ein Ullstein Buch

DAS BUCH:

Vier Frauenschicksale erzählt Evelyn Peters in *Frauen ohne Männer.* Vier alleinstehende Frauen haben sich auf der Flucht vor der Einsamkeit in ein idyllisches Bergsanatorium am Tegernsee zurückgezogen. Alle vier befinden sich in einer Lebenskrise, die sie vor die Frage stellt, ob zum Glück die Männer dazugehören oder ob sie das Leben besser allein meistern. Evelyn Peters hat sich dieser sensiblen Frage mit großem Ernst und viel Erfahrung angenommen und das Thema »Lebensglück« erneut virtuos variiert.
Das Seneca-Zitat *Umarme jede einzelne Stunde* ist für Katharina, die Heldin des ersten Romans, zum Lebensmotto geworden. In einer Zeit schwerer Erfahrungen hat sie gelernt, eine selbständige, ungebundene Frau zu sein. Sie besitzt die seltene Gabe, auch andere glücklich zu machen, innere Ruhe und Ausgeglichenheit zu vermitteln. Als sie Barbara, die unter ihrem dominanten Ehemann leidet, beeinflußt, sieht dieser seine Ehe und alle damit verbundenen Werte in Gefahr.

DIE AUTORIN:

Evelyn Peters wurde 1925 in Berlin geboren und verbrachte ihre Jugend in Wien, wo sie drei Jahre lang das Reinhardt-Seminar besuchte. Von 1945 bis 1955 spielte sie Theater in Hamburg: bei Ida Ehre in den *Kammerspielen* und am *Deutschen Schauspielhaus*. Ab 1961 arbeitete sie als Redakteurin, bis sie sich 1967 ganz der Schriftstellerei widmete: eine Autorin, die für Frauen schreibt und dabei auch Männern eine spannende und nachdenkenswerte Lektüre vermittelt.

Evelyn Peters

Frauen ohne Männer

Roman

ein Ullstein Buch

ein Ullstein Buch
Nr. 22448
im Verlag Ullstein GmbH,
Frankfurt/M – Berlin

Ungekürzte Sonderausgabe
von UB 20815, 22034

Umschlaggestaltung:
Hansbernd Lindemann
Foto: Hank Londoner/The Image Bank

Sonderausgabe mit Genehmigung
des Franz Schneekluth Verlags, München

Printed in Germany 1990
Druck und Verarbeitung:
Ebner Ulm
ISBN 3 548 22448 2

Oktober 1990

Von derselben Autorin
in der Reihe der
Ullstein Bücher:

Mai in Morcote (20812)
Klassentreffen (20817)
Reise nach Casablanca (20822)
Eine Frau von vierzig (20847)
Ende einer Kindheit (20871)
Die Wahrheit über Malou (20906)
Liebe und Tod auf Ischia (20929)
Trans-Europ-Express (20952)
Eine geschiedene Frau (22004)
Eine Reise im September (22130)
Des Lebens Freude (22184)
Erinnerung an einen Sommer (22233)

CIP-Titelaufnahme
der Deutschen Bibliothek

Peters, Evelyn:
Frauen ohne Männer: Roman / Evelyn
Peters. – Ungekürzte Sonderausg. von
UB 20815, 22034. – Frankfurt/M; Berlin:
Ullstein, 1990
(Ullstein-Buch; Nr. 22448)
Enth. außerdem: Umarme jede einzelne
Stunde
ISBN 3-548-22448-2
NE: Peters, Evelyn: [Sammlung]; GT

Für meinen Mann

1

Der Zug, der Leonore Tettenborn nach Gmund am Tegernsee bringen soll, wartet bereits auf dem Bahnsteig. Sie ist allein. Eine schlanke, elegante Erscheinung.

Langsam schiebt sie den Gepäckwagen vor sich her. Ein Träger war natürlich nicht zu bekommen.

Alles Dinge, die sie erst lernen mußte. Selbständig planen, allein reisen, sich um ihr Gepäck kümmern – früher hatte das alles Hans für sie erledigt. Hans hatte für sie gedacht, für sie gehandelt, für sie gesorgt. Er hatte ihr Leben gelenkt, und sie, in dem glücklichen Wahn befangen, das würde für alle Zeiten so bleiben, hatte seine liebevolle Fürsorge gedankenlos hingenommen.

Der Zug ist so gut wie leer. In der Ersten Klasse sitzt nur eine ältere Frau, die finster vor sich hin sieht. Leonore geht an dem Abteil vorbei, um nicht entmutigt zu werden.

Seit sie Witwe ist, seit zwei Jahren, meidet sie einsame Frauen. Aber man kommt nicht drumherum, gerade diesen Frauen immer wieder zu begegnen. Sie sitzen in Hotelhallen, Speisesälen, Cafés. Man trifft sie an Deck eines Schiffes genauso häufig wie in einem Flugzeug. Man begegnet ihnen im Kino, im Theater, im Konzertsaal – man entgeht ihnen einfach nicht.

Doch Leonore hält sich von ihnen fern.

Sie gehört nicht zu den Frauen, die Frauenfreundschaften pflegen. Sie sagen ihr nichts. Vertraulichkeiten mit ihren Geschlechtsgenossinnen findet sie »degoutant«. Das hat ihr die Einsamkeit nicht gerade erleichtert, hat ihr – völlig zu Unrecht – bei ihren Bekannten den Ruf eingetragen, »mannstoll« zu sein.

Im Abteil ist es warm. Leonore zieht ihren braunen Mantel aus. Darunter trägt sie einen beigefarbenen Pullover und dazu einen grünen Tweedrock. Ihre Figur ist die eines jungen Mädchens. Sie ist einundvierzig Jahre alt, aber sie sieht aus wie Anfang Dreißig. Die Frauen in ihrer Bekanntschaft nehmen ihr das übel. Sie nehmen ihr eine ganze Menge übel: ihre Zurückhaltung, ihre Natürlichkeit, ihre Weiblichkeit, ihren Charme. Vor allem aber ihren Mangel an Bereitschaft, über Männer herzuziehen.

»Ich mag Männer«, gesteht sie freimütig. »Ich finde ein Leben ohne Männer langweilig und reizlos.«

Befragt, wie sie das mit ihrer Witwenschaft in Einklang bringe, erwidert sie: »Ich hoffe, ich werde nicht für immer allein bleiben.« Das sagt sie

bereits ein halbes Jahr nachdem sie ihren Mann verloren hat. Seitdem gilt sie in ihrem Bekanntenkreis als herzlos.
Der Zug setzt sich in Bewegung. Leonore blickt zum Fenster hinaus. Sie sieht einen grauen, schneeschweren Winterhimmel, und einen Augenblick will sie mutlos werden. Weihnachten steht vor der Tür. Zum zweitenmal erlebt sie es allein. Diesmal hat sie sich entschlossen, wegzufahren. Ihr Arzt hat das »Bergsanatorium« empfohlen. In letzter Zeit war er mit ihrem Befinden nicht zufrieden gewesen. Kreislaufbeschwerden, Appetitlosigkeit, Magenschmerzen. Keine eigentliche Krankheit, nur ein ständiges Sich-unwohl-fühlen. Es ist ihr erster Aufenthalt in einem Sanatorium. Anfangs hat sie sich gewehrt. Was sie da solle? Sie sei doch nicht krank. Und lauter alte Leute, die den ganzen Tag jammern, das hielte sie nicht aus. Der Arzt hat sie beruhigt. Er kenne die Leiterin des Sanatoriums. Eine reizende Frau, sie würde ihr gefallen. Und das Sanatorium selbst – herrlich gelegen. Es kämen keineswegs nur Alte und Kranke dorthin, im Gegenteil. Streßgeplagte Manager, abenteuerlustige Ehefrauen, die sich aus Langeweile ein Wehwehchen zugelegt hätten, überdrehte Künstler, aber natürlich auch völlig normale Leute, die einfach mal ausspannen wollten. Nein, nein, sie könne ganz beruhigt sein, es werde ihr bestimmt gefallen.
Leonore ist da nicht so sicher. Sie hat nachgegeben, gut. Wo soll sie auch sonst hin? Das letzte Weihnachtsfest im Haus ihres Schwagers war trostlos. Sie hat sich letztes Jahr geschworen, das nie wieder mitzumachen. Ein Ehepaar, das sich längst auseinandergelebt hat und nur der Kinder wegen so tut, als hätten sie sich noch etwas zu sagen. Grausig, doppelt grausig, wenn man selbst glücklich verheiratet war.
Leonore bleibt allein in ihrem Abteil. Der Zug fährt durch eine schneebedeckte Landschaft. Ein Stück Wald, ein Dorf mit Kirchturm, Kinder, die an einer geschlossenen Bahnschranke stehen und winken. Aufenthalte an kleinen Stationen. Menschen steigen aus. Frauen mit Kopftüchern und derbem Schuhwerk und Männer in Lodenmänteln, mit bärtigen Gesichtern. Eine zaghafte Freude ist plötzlich in ihr. Ferienstimmung. Leonore kann es gar nicht begreifen.

Endlich ist sie in Gmund. Ein freundlicher Mensch nimmt ihr den Koffer ab. Leonore steigt aus und sieht sich suchend um. Sie soll abgeholt werden. Die Hausdame im Sanatorium hat das arrangiert. Und da hört sie auch schon neben sich eine frische Stimme, bayerisch gefärbt: »Grüß Gott! Ich bin die Resi. Sind Sie Frau Tettenborn?«
Die Resi ist klein und rundlich. Sie hat lustige braune Augen und rote Apfelbäckchen. Und während sie den Koffer zum Wagen trägt, redet sie

ununterbrochen. Über das Wetter und den Schnee und den Sepp, ihren Mann, diesen Deppen, der beinahe vergessen hätte, ihr auszurichten, daß sie die Dame in Gmund abholen soll.
Leonore lacht und erwidert, es hätte ja geklappt. Und wieder ist diese seltsame Freude in ihr, diese Heiterkeit, die sie so lange nicht empfunden hat.
Sie fahren am See entlang. Es war ein sonnenklarer Tag, und nun färbt sich der Himmel apfelgrün, mit Resten verglühender Sonne an den Bergrändern.
Wie schön dieses Tal ist, denkt Leonore. Wie schön und friedlich und still. Und sie denkt weiter, daß es vielleicht doch gut war, hierhergekommen zu sein, und daß sie versuchen will, keine bitteren und melancholischen Gedanken in sich aufkommen zu lassen.
Die Resi redet und redet. Sie erzählt, daß das Sanatorium gut besucht sei. Ein paar alte Stammgäste, die jedes Jahr zu Weihnachten kämen, aber diesmal auch viele jüngere Leute. Gerade gestern sei ein ganz junges Ding angekommen, so ein dünnes, kleines, blutleeres Ding. Der Sepp hätte sie abgeholt in Tegernsee, und dann wäre er nach Hause gekommen und hätte sich gar nicht beruhigen können über den komischen Namen, den dieses Geschöpf habe.
»Schneeweiher«, sagt die Resi und kichert. »Haben Sie schon einmal so einen komischen Namen gehört?«
Leonore schüttelt den Kopf. Sie blickt aus dem Fenster und sieht eine lange Mauer, und da biegt die Resi auch schon von der Straße ab und fährt durch einen gewölbten Torbogen.

In der Empfangsloge sitzt ein blondes Mädchen mit Pferdeschwanz. Sie begrüßt Leonore mit einem freundlichen Lächeln und winkt in den Gang hinein. Von dort kommt ein Hausknecht mit grüner Schürze und gleich danach eine schmale, dunkelhaarige Frau mit hübschen, etwas welken Gesichtszügen. Auch sie lächelt, aber eher müde und eine Spur distanziert. Es ist die Hausdame, Fräulein von Winsen. Sie begrüßt Leonore Tettenborn und gibt Anweisung, das Gepäck, einen braunen Lederkoffer, eine schottische Reisetasche, zwei Mäntel und einen Schirm, in das erste Stockwerk zu schaffen.
»Zimmer 37«, sagt sie und nimmt von der Blonden mit dem Pferdeschwanz den Schlüssel entgegen.
Leonore hat indessen der Resi ein Trinkgeld gegeben und wirft einen Blick in die rechts vom Eingang gelegene Halle. Hier sitzt ein älteres Ehepaar beim Tee. Leonore sieht ein Paar Krücken neben dem Stuhl des Mannes lehnen und blickt schnell wieder weg. Eben kommt eine Frau im Hosen-

anzug die Treppe herunter, direkt auf Leonore zu. Sie ist stark geschminkt und trägt eine dicke goldene Kette mit einem auffallend großen Anhänger, der zwischen ihren Brüsten baumelt. Sie nickt der Hausdame zu, etwas herablassend, wie es Leonore scheint, streift die eben Angekommene mit einem neugierigen Blick und tritt an die Rezeption, wo sie die Pferdeschwänzige in ein Gespräch verwickelt.

»Wenn Sie bitte mitkommen wollen«, sagt Fräulein von Winsen zu Leonore.

Sie gehen die Treppe hinauf und dann hintereinander geräuschlos einen schmalen, gewundenen Korridor entlang, der mit grauem Velours bedeckt ist. An den Wänden hängen kleine kolorierte Stiche, Szenen aus dem Landleben. Eine Schwester in weißer Tracht mit Häubchen kommt ihnen entgegen, sehr jung und niedlich anzusehen, mit weißen Kniestrümpfen und Haferlschuhen. Sie grüßt, und Fräulein von Winsen grüßt gemessen zurück. Offenbar achtet sie sorgsam darauf, zwischen sich und dem übrigen Personal Abstand zu halten.

»Hier ist es«, sagt sie und schließt eine Tür auf. »Hoffentlich sagt es Ihnen zu. Das Zimmer ist nicht sehr groß, aber Sie haben ein geräumiges Bad, und in dieser Ecke ist es sehr ruhig.«

Fräulein von Winsen schaltet das Deckenlicht ein und läßt Leonore eintreten. Das Zimmer ist wirklich nicht sehr groß, aber behaglich eingerichtet: eine Sitzgarnitur, ein kleiner Sekretär, auf dem eine Vase mit rosa Nelken steht, und das Bett in einer Wandnische. Die rustikalen Leinenvorhänge sind aufgezogen. Man sieht hinaus in den verschneiten Garten. Mitten auf dem Rasen steht eine große Tanne mit brennenden Kerzen.

»Hübsch«, sagt Leonore. »Wirklich sehr hübsch.«

Fräulein von Winsen lächelt müde und öffnet die Tür zum Badezimmer. Auch hier wird Licht gemacht, und Leonore sieht rosa Kacheln und einen dicken weißen Läufer aus Schaumstoff. Sie nickt anerkennend, weil die Hausdame darauf zu warten scheint, und hört plötzlich von nebenan Tanzmusik.

»Sie brauchen keine Angst zu haben«, sagt Fräulein von Winsen rasch. »Nach zweiundzwanzig Uhr werden die Radios abgeschaltet.«

»Oh, es stört mich nicht«, versichert Leonore, doch Fräulein von Winsen fühlt sich noch zu der Erklärung verpflichtet, die Sanatoriumsleitung lege größten Wert darauf, daß die Gäste nachts nicht gestört würden.

»Ich bitte Sie auch, sich die Hausordnung durchzulesen«, setzt sie hinzu. »Unsere Frau Doktor hält sehr auf Einhaltung der vorgeschriebenen Ruhezeiten.«

Leonore nimmt diese Erklärung mit innerem Schmunzeln auf. Sie hat nichts gegen eine gewisse Bevormundung, wenn es der Gesundheit gut-

tut. Nur der pastorale Ton, in dem die Hausdame mit ihr spricht, erscheint ihr übertrieben.
»Ich darf Sie jetzt allein lassen«, sagt Fräulein von Winsen. »Wir essen zwischen neunzehn Uhr und zwanzig Uhr dreißig. Doktor Üxleben wird Sie morgen untersuchen und danach Ihren Diätplan festsetzen.«
Die Hausdame sieht noch nach der Heizung, schließt die Vorhänge und verläßt mit einem letzten müden Lächeln das Zimmer.
Leonore ist allein. Sie steht einen Augenblick unschlüssig da, läßt ihren Blick hinüber zu der Bettnische wandern und denkt, was sie seit dem Tod ihres Mannes immer denkt, wenn sie in ein Hotelzimmer kommt: Es ist grauenhaft, allein zu sein.
Dann packt sie aus. Sehr sorgfältig und methodisch tut sie das, denn sie ist eine Frau, die Ordnung liebt und die sich nur in Räumen wohl fühlt, in denen jedes Ding seinen bestimmten Platz hat. Sie hängt ihre Kleider auf, schichtet ihre Wäsche in die Schrankfächer, stellt die Schuhe sorgsam nebeneinander auf den Schrankboden und geht dann ins Bad, um ihre Toilettenutensilien aufzustellen. Badeschaum auf den hinteren Rand der Wanne, auf die Glasplatte über dem Waschbecken einen Beutel mit bunten Wattebäuschchen für die abendliche Reinigung des Gesichts sowie Manikürezeug, Schwamm, Bürste, Seife und Hautöl.
Sie ist eine gepflegte Frau, diese Leonore Tettenborn, eine schöne, gepflegte Frau, die offen zugibt, eitel zu sein, und es liebt, zu gefallen. Sie wäscht und trocknet sich die Hände, und danach blickt sie in den Spiegel und prüft ihre Frisur. Sie hat starkes, gesundes Haar, »problemlos«, wie ihre Friseuse sagt, und dieses Haar trägt sie halblang und streicht es gern an den Ohren zurück. Sie bürstet es flüchtig, stellt fest, daß es am Ansatz schon wieder grau wird, und seufzt ein bißchen. Natürlich wird sie es wieder färben lassen. Sie ist noch zu jung, findet sie, um schon grau zu werden. Kastanienbraun, ihre ursprüngliche Haarfarbe, steht ihr besser.
Auch mit ihrem Gesicht ist sie unzufrieden. Es ist ein großflächiges Gesicht, großflächig und regelmäßig, mit einer schönen Stirn und klaren, graublauen Augen. An manchen Tagen gefällt es ihr, aber heute findet sie sich zu blaß. Es gibt da auch ein paar winzige neue Falten, die sie irritieren. Sie sagt sich, es sei nicht so wichtig, aber dann greift sie doch zu der Tube mit Make-up und trägt mit den Fingerspitzen ganz leicht etwas Farbe auf.
Was nun? Sie sieht auf die Uhr. Noch zwei Stunden bis zum Abendessen. Sie könnte schwimmen gehen. Im Prospekt ist von einem geräumigen Hallenbad die Rede. Doch dann ist es ihr zu mühsam, sich der ganzen Prozedur zu unterwerfen, die damit verbunden ist. Sie wird sich in die Halle setzen und lesen.

Das ältere Ehepaar sitzt noch immer vor dem leeren Teegeschirr. Leonore grüßt, und die beiden nicken ihr freundlich zu. Der Mann hat eine gelbliche, ungesunde Gesichtsfarbe. Er zieht die Krücken näher zu sich heran, als Leonore vorbeigeht.
Sie setzt sich in die Ecke neben den Kamin und schlägt ein Buch auf. Eine Weile versucht sie zu lesen, doch dann lehnt sie sich einfach zurück und träumt mit halbgeschlossenen Augen vor sich hin. Sie versucht sich zu erinnern, wann sie zum letztenmal mit Hans zusammen verreist ist. Das muß im September vor zwei Jahren gewesen sein, kurz vor Ausbruch seiner Krankheit, im September, ganz sicher. Zehn Tage Südtirol – zehn sonnige, selige Tage, in denen sie Ausflüge machten, lange, ausgedehnte Wanderungen, nicht ahnend, daß der Tod ihnen nur noch eine kurze Spanne Zeit ließ. Nach ihrer Rückkehr ging alles ganz schnell. Quälende Kopfschmerzen, die sich bis zur Unerträglichkeit steigerten und durch keine Mittel mehr betäubt werden konnten. Als das Wort »Gehirntumor« zum erstenmal fiel, ahnte sie noch immer nicht, daß das ein Todesurteil war. Dr. Vermehren, ein bekannter Neurologe, den sie zu Rate zogen, machte ihr klar, daß jede Hoffnung vergeblich sei, daß Hans sterben mußte. Zwei Monate später war sie Witwe. Das war nicht leicht zu begreifen für sie, das war anfangs überhaupt nicht zu begreifen. Sie glaubte, über seinen Tod nicht hinwegkommen zu können. Doch eines Tages erwachte sie und machte die bestürzende Feststellung, daß sie keinen Schmerz mehr empfand. Die Trostlosigkeit, die sie ein paar Monate lang mit sich herumgeschleppt hatte, war von ihr abgefallen. Sie konnte wieder frei atmen. Ihre Lebenskraft hatte sich als stärker erwiesen. Natürlich gab es Rückfälle. Kleinigkeiten konnten sie auslösen. Ein Paar, das vor ihr herging, Arm in Arm, ein Foto aus glücklichen Tagen, das sie ein paar Minuten zu lang betrachtete, ein Tisch am Fenster in einem bestimmten Restaurant – und schon wurde ihr die Kehle eng, und die Tränen waren da.
Aber das waren eben Rückfälle. Der Wunsch, wieder glücklich zu sein, war stärker. Sie begann wieder auszugehen, Einladungen anzunehmen, Theater und Konzerte zu besuchen. Auch einen Mann gab es, der ihr zu verstehen gab, sie sei begehrenswert. Sie traf sich ein paarmal mit ihm, aber die Erinnerung an Hans war noch zu stark, um eine neue Bindung auch nur in Erwägung zu ziehen. Er zog sich schließlich zurück, und sie vermißte ihn nicht. Es genügte zu wissen, sie zählte noch als Frau. Irgendwann würde die Zeit für ein neues Erlebnis reif sein, für ein echtes, großes Liebeserlebnis, nicht für einen kleinen, dummen, nichtssagenden Flirt.
Leonore grübelt noch eine Weile vor sich hin. Sie fühlt sich ganz wohl

in dieser Halle mit dem gedämpften Licht, den tiefen, bequemen Sesseln und den murmelnden Stimmen, die von nebenan aus dem Speisesaal zu ihr dringen.
Nach und nach finden sich andere Gäste ein. Die Vorhut bilden drei Damen mittleren Alters, die einander merkwürdig ähneln. Alle drei sind grauhaarig, sorgfältig frisiert, haben rosig überhauchte Gesichter und sind teuer angezogen. Dezenter Schmuck, kleine Krokodilledertaschen, bedruckte Seidentücher – Leonore nimmt das alles halb aus den Augenwinkeln wahr. Die drei setzen sich ihr schräg gegenüber und beginnen ein Gespräch, das sich um einen Mann dreht, der sich offenbar schäbig verhalten hat. Einzelheiten kann Leonore nicht verstehen, aber er muß schon sehr schäbig gewesen sein. Die Entrüstung ist groß.
Leonore denkt gerade, daß sie keine Lust hat, diese drei Frauen, die nach Düsseldorfer Geschäftswelt aussehen, näher kennenzulernen, da naht bereits der nächste Gast. Ein schlanker, hochgewachsener Herr von vielleicht siebzig Jahren, der mit seinem gereckten Hals und der langen spitzen Nase an einen Marabu erinnert. Ihm folgt eine sehr viel jüngere Dame in einem Hemdblusenkleid, die das Haar auf eine altmodische Weise aufgesteckt trägt. Eine blasse, liebliche Schönheit, wie man sie auf den Gemälden von Gainsborough findet. Sie grüßt freundlich nach allen Seiten, und Leonore bemerkt, daß das Gespräch der drei Düsseldorferinnen für einen Augenblick ins Stocken gerät. Der »Marabu« und die Gainsborough-Schönheit betreten den Speisesaal. Leonore sieht durch die offenen Flügeltüren, wie der Marabu seiner Frau, oder wer immer es ist, sorgsam den Stuhl zurechtrückt.
Dann taucht Fräulein von Winsen auf. Sie teilt Leonore mit, sie sitze am Tisch Nummer sieben, zusammen mit Frau Klostermeier.
Von allen Seiten strömen sie nun herbei. Man ist teils leger, teils abendlich dunkel gekleidet, einige Damen für Leonores Geschmack mit zu viel Schmuck behängt.
»Ach, da kommt ja Ihre Tischgenossin«, sagt Fräulein von Winsen. Sie macht Leonore mit einer jüngeren Frau im tief ausgeschnittenen Dirndlkleid bekannt und entfernt sich dann.
Leonore sieht sich einer Frau mit hübschen, aber gewöhnlichen Zügen gegenüber, die sie entfernt an die Monroe erinnert. Die gleiche niedliche Stupsnase, die aufgeworfenen Lippen, der naiv-kindliche und dabei sinnliche Blick.
»Sie sind eben erst angekommen?« fragt Frau Klostermeier. Eine überflüssige Frage, die nur mit einem Kopfnicken beantwortet wird.
Leonore schlägt vor, sich nicht erst wieder zu setzen. Sie verspürt plötzlich Hunger und hat auch keine Lust, den ersten Abend unnötig auszu-

dehnen. Die kleine Frau, die ihr da als Tischgenossin zugeteilt wurde, verspricht keine sehr ergiebige Gesprächspartnerin zu werden.
Darin allerdings soll sich Leonore täuschen.
Ellen Klostermeier, 35 Jahre alt und seit ein paar Monaten geschieden, ist randvoll angefüllt mit Erlebnissen. Vor zwei Jahren ist sie ihrem Mann davongelaufen, um »das Leben« zu suchen – in dem Provinznest, wohin sie die Heirat mit dem Zahnarzt Dr. Peter Klostermeier verschlagen hatte, schien es ihr zu entgleiten. Sie hat die Scheidung erzwungen, obwohl ihr Mann nichts davon wissen wollte. Seitdem hatte sie eine Reihe von Liebschaften, die sie alle unbefriedigt ließen. Das Leben, das wahre, richtige Leben, von dem sie träumt, ohne eine klare Vorstellung davon zu haben, hat sie nicht gefunden.
Das alles vertraut sie Leonore in der ersten halben Stunde ihrer Bekanntschaft freimütig an, während sie mit gutem Appetit einen Geflügelsalat, geschnetzeltes Kalbfleisch mit Rösti und eine Karamelspeise verzehrt.
Leonore hört zu und hört auch wieder nicht zu. Sie betrachtet die Umsitzenden und macht so ihre Beobachtungen.
Der Speisesaal ist länglich und in der Art modern eingerichtet, die jede Gemütlichkeit ausschließt. Zwar gibt es auf jedem der zwanzig Tische eine kleine Vase, gefüllt mit Nelken, doch die Wandbeleuchtung ist zu grell, die Stühle sind langweilig funktionell, und die Blattpflanzen, die verschwenderisch über den ganzen Saal verstreut sind, schaffen eine fade Gewächshausatmosphäre.
Leonore direkt gegenüber sitzt ein blasses, junges Ding, in dem sie unschwer das von der Resi erwähnte Fräulein Schneeweiher erkennt. Das ist nun wirklich ein unansehnliches kleines Geschöpf mit einem zarten dreieckigen Gesichtchen, dem die übergroßen Augen einen Ausdruck von ängstlicher Verwunderung geben. Sie sitzt allein am Tisch, in schlechter Haltung, mit leicht hochgezogenen Schultern. Sie trägt einen weinroten Pullover, der viel zu weit für die zarte Gestalt ist. Der runde Ausschnitt gibt einen kindlichen Hals frei. Dieses Fräulein Schneeweiher hat etwas Rührendes, Mitleiderregendes an sich. Leonore denkt, daß sie noch sehr jung sein muß und nicht sehr glücklich aussieht.
Frau Klostermeier ist Leonores Blick gefolgt. Sie beugt sich leicht zu Leonore und flüstert (Leonore kommt es viel zu laut vor): »Das ist Lisa Schneeweiher. Die Mutter ist eine geborene Kahn. Sie wissen, die Kahns aus dem Saargebiet. Schwerindustrie. Die Kleine erbt einmal Millionen.«
Ellen Klostermeier spricht stark Frankfurterisch, schnell und aufgeregt, weil etwas mit ihrer Schilddrüse nicht in Ordnung ist. »Kann einem leid tun, die Kleine, das viele Geld und dann so unscheinbar. Aber es wird sich schon ein Mann finden.«

Lisa Schneeweiher merkt offenbar, daß über sie gesprochen wird. Der zarte Halsansatz rötet sich, und sie zieht die Schultern noch ein Stückchen höher.
Leonore will Frau Klostermeier von der unscheinbaren Erbin ablenken und erkundigt sich, wie denn hier im Sanatorium der Tagesablauf wäre. Da sind nun bei Ellen Klostermeier die Schleusen geöffnet. Laut und sich mehrmals verhaspelnd berichtet sie: »Gott, wenn Sie mich fragen… es ist ja soweit ganz gemütlich hier. Die spinnen nur mit ihren Ruhezeiten. Schließlich – wer ist hier schon wirklich krank? Und dann soll man dauernd schlafen. Die stellen mittags sogar das Telefon ab. Und nach zweiundzwanzig Uhr darf man auch nicht mehr angerufen werden. Und wenn Sie abends noch in der Halle sitzen, kommt die Nachtschwester und macht ›Psst‹ und legt den Finger auf den Mund. Nicht einmal eine Bar gibt es hier. Frau Dr. Mittenwald will diesen Rummel nicht, hat sie gesagt. Na ja, wenn's mir zu blöde wird, dann kratze ich aus. In Rottach gibt es zwei nette Weinstuben, und wenn Sie sich amüsieren wollen, dann gehen Sie eben zum ›Bachmair‹. Ein bißchen Abwechslung will man schließlich haben, finden Sie nicht?«
Leonore nickt zerstreut. Sie ist in Gedanken noch bei Lisa Schneeweiher, beobachtet sie unauffällig und stellt fest, daß dieses Mädchen trotz ihrer ungünstigen Aufmachung (wer hat ihr nur diese Frisur empfohlen?) nicht ohne Reiz ist.
Lisa hat ihre Mahlzeit beendet. Sie faltet die Serviette zusammen und steckt sie in die dazugehörige Tasche, die neben ihrem Gedeck liegt. Dann steht sie auf, grüßt linkisch nach allen Seiten, nickt auch der Bedienung zu, die eben mit zwei gefüllten Weinkaraffen den Mittelgang entlangkommt, und entfernt sich schnell in Richtung Halle.
Einer der beiden Weinkrüge ist für Frau Klostermeier bestimmt. Trudi, die älteste der drei Bedienungen, schenkt ein, wobei sie sich die mit erhobenem Zeigefinger geäußerte Bemerkung nicht verkneifen kann, dies sei bereits das dritte Viertel.
»Ja, ja«, seufzt Ellen Klostermeier. »Und Doktor Üxleben sieht das gar nicht gern, ich weiß.«
Die Trudi lächelt vertraulich. Sie ist eine dralle, kurzbeinige Person Mitte Vierzig. Das Dirndl mit der grünen Schürze sitzt prall um ihre Hüften. Wenn sie sich vorbeugt, wie eben jetzt, sieht man den etwas welken Busen, den ein Leberfleck nicht gerade verschönt.
»Wichtigtuerin«, sagt Frau Klostermeier, nachdem die Trudi mit ihrem Tablett weitergegangen ist. »Kommt in die Wechseljahre. Früher war sie viel netter.«
Sie trinkt einen Schluck Wein und nickt einer Dame zu, die eben vorbei-

gehen will, dann aber unvermittelt am Tisch stehenbleibt. Es ist die geschminkte Person im Hosenanzug, die Leonore bei ihrer Ankunft so interessiert gemustert hat. Die goldene Schnur mit dem auffallenden Anhänger hat sie jetzt mit einer zweireihigen Perlenkette vertauscht.
»Ich darf mal eben bekannt machen«, sagt Frau Klostermeier zu Leonore. »Oder kennen Sie Frau Gilles bereits, Frau Tettenborn?«
Leonore schüttelt den Kopf.
»Ein Neuankömmling?« fragt Frau Gilles und läßt ein Bühnenlächeln aufblitzen.
Die Damen plaudern einen Augenblick. Frau Gilles wird von Frau Klostermeier aufgefordert, sich zu setzen, winkt jedoch ab mit dem Hinweis auf die Nachrichten, die gleich beginnen werden.
»Ach, Nachrichten –«, sagt Frau Klostermeier und nimmt noch einen kräftigen Schluck. »Wozu soll man Nachrichten hören? Das ist doch immer dasselbe.«
Frau Gilles meint, man müsse informiert bleiben und überdies habe sie gehört, es sei schon wieder ein Industrieller entführt worden.
»Gräßlich«, sagt Ellen Klostermeier mit Abscheu in der Stimme und setzt hinzu, man solle das Gesindel doch besser totschlagen.
Frau Gilles ist weitergegangen, und Frau Klostermeier mit dem Monroenäschen und den radikalen Ansichten hat gleich wieder ein kleine Geschichte parat.
»Sie kennen sie wahrscheinlich nicht«, sagt sie zu Leonore. »Sie ist ja auch nur in München bekannt, und so dolle Rollen spielt sie da, glaube ich, auch nicht.«
»Ach, ist sie Schauspielerin?« fragt Leonore ohne viel Interesse.
»Schauspielerin, ja. Teresa Gilles. Man sieht sie auch ab und zu im Fernsehen. Krimis und so, keine großen Sachen. Aber sie gibt ganz schön an. Neulich hat sie mir erzählt, irgend so ein Jungfilmer – ich komme jetzt nicht auf den Namen – wird im Sommer einen Film mit ihr drehen, mit einer fabelhaften Besetzung. Vielleicht stimmt's, vielleicht auch nicht. Diese Schauspieler übertreiben ja alle. Jedenfalls hat mir die Winsen erzählt, sie hätte eine Zeitlang Rauschgift genommen. Was schätzen Sie übrigens, wie alt sie ist?«
»Keine Ahnung«, erwiderte Leonore, während sie sich eine Zigarette anzündet.
»Pardon – rauchen Sie?« Sie hält Frau Klostermeier ihr silbernes Etui hin, das mit einem Monogramm verziert ist, ein Geschenk ihres Mannes zu ihrem zehnten Hochzeitstag.
»Danke.« Frau Klostermeier bedient sich, legt die Zigarette dann aber neben ihr Weinglas. »Später«, sagt sie. »Ich soll eigentlich nicht.«

Sie erzählt dann weiter von Teresa Gilles, schätzt deren Alter auf Mitte Vierzig, was übertrieben ist, und berichtet, es wäre neulich ein Mann im Sanatorium aufgetaucht, um die Schauspielerin zu besuchen.
»So ein richtiger Primitivling«, sagt Frau Klostermeier verächtlich. »Alles an ihm war schmierig. Haare, Anzug, Fingernägel.« Sie schüttelt sich und senkt ihre Stimme dann zu einem verschwörerischen Flüsterton. »Sie hat ihn mit auf ihr Zimmer genommen. Leider wohne ich direkt daneben, na, ich kann Ihnen sagen! Ich *kann* Ihnen sagen. O Gottogottogott. Man sollte doch meinen –«
Sie bricht ab, weil der alte Herr mit der auffallend schönen Frau vorbeigeht. Die beiden grüßen. Frau Klostermeier und Leonore grüßen zurück.
»Auch ein Roman«, sagt Frau Klostermeier, kaum daß die beiden außer Hörweite sind. »Ein Graf Hoheisel aus Wien mit seiner jungen Frau. Er soll vierundsiebzig sein, aber das halte ich für ein Gerücht. Sie sollten ihn mal tanzen sehen – wie ein Jüngling! Fräulein von Winsen hat mir erzählt, daß er rasend eifersüchtig ist. Geld wie Heu übrigens. Muß eine phantastische Gemäldesammlung haben. Haben Sie ausgetrunken? Was meinen Sie, wollen wir aufstehen? Sie kommen doch noch mit auf ein Glas Wein in die Halle?«
Leonore sieht auf ihre Uhr, stellt fest, daß es noch nicht einmal halb neun ist, und denkt mit Unbehagen an ihr leeres Zimmer.
»Kommen Sie schon«, drängt Frau Klostermeier. »Was soll man sonst machen?«
In der Halle ist es leer. Nur das ältere Ehepaar sitzt wieder an dem Tisch neben dem Kamin. Die meisten Gäste befinden sich um diese Zeit im Fernsehzimmer.
Frau Klostermeier bestellt Wein, für Leonore gleich mit. »Wir bleiben wohl bei dem gleichen«, sagt sie.
Leonore nickt und denkt, daß nun genau die Situation eingetreten ist, die sie vermeiden wollte: sie allein mit einer Frau, die ihr im Grunde nichts sagt.
Sie ist müde und hat auch etwas Kopfschmerzen. Vor allem aber lehnt sich alles in ihr auf gegen die Vertraulichkeit, die Frau Klostermeier ganz offensichtlich schaffen will, nach dem Motto: Wir Frauen müssen doch zusammenhalten.
Sie ertappt sich dabei, daß sie das alte Ehepaar beneidet, das da drüben beisammensitzt. Sie lesen Zeitung und wechseln ab und zu ein paar Worte miteinander, und wenn der Mann über sein Bein streicht (er tut es immer wieder, weil dieses Bein offenbar schmerzt), dann tritt in das Gesicht der Frau ein Ausdruck von liebevoller Besorgtheit.
Leonore, die ihren Blick von dem Paar nicht losreißen kann, denkt:

Warum mußte Hans sterben? Warum mußte gleich das Schlimmste geschehen? Wäre er krank geworden... oder war das egoistisch gedacht? Ein kranker Mann – ein Mann im Rollstuhl, gelähmt, verblödet gar... nein, nein, das wäre entsetzlich für ihn gewesen. Er war so strahlend, so voller Leben, er hätte es nicht ertragen können, dahinzusiechen. Dann lieber tot, ausgelöscht.

»Darf ich mich zu Ihnen setzen?« fragt Teresa Gilles.

»Das Programm ist mal wieder... ach, Trudi, wenn Sie mir bitte einen Whisky bringen würden, nur mit einem Stückchen Eis.«

Es ist wohl wirklich nichts mit dem Fernsehprogramm. Auch die drei Damen aus Düsseldorf, oder wo immer sie her sind, kommen zurück. Und Graf Hoheisel mit seiner schönen Frau. Die beiden werfen aber nur einen Blick in die Halle und entfernen sich sofort wieder. Leonore bedauert das. Sie hat eine Schwäche für schöne Menschen.

»Komisches Paar«, bemerkt Teresa Gilles. »Man erzählt sich, es sei eine Liebesheirat gewesen, aber das kann ich mir eigentlich nicht denken. Der Altersunterschied – ich bitte Sie!«

Sie starrt Leonore an, zieht die Oberlippe ein und scheint zu überlegen. Der Platz, den sie gewählt hat, ist ungünstig. Sie sitzt gerade unter der Stehlampe, und das Licht einer zu hellen Birne fällt voll auf ihr geschminktes Gesicht. In einiger Entfernung, günstig beleuchtet, wäre dieses Gesicht nicht ohne Reiz. So aber sieht man nur die Verheerungen, die eine undisziplinierte Lebensweise darin angerichtet hat. Es ist das Ungepflegte an ihrer Erscheinung, was Leonore besonders abstößt. Das schlecht gefärbte Haar hängt strähnig herab. Die Schultern der schwarzen Jacke sind mit Schuppen bedeckt, an der Bluse fehlt ein Knopf. Und dann die Hände! Schmal und elegant in der Form zwar, doch die Nägel viel zu lang und mit abblätterndem rotem Lack bedeckt. Sie kann sie nicht stillhalten, diese Hände. Ständig sind sie in Bewegung, zupfen an etwas herum, krampfen sich ineinander. Sie strahlt so viel innere Unruhe aus, daß Leonore davon angesteckt wird.

»Werden Sie lange hierbleiben?« fragt Frau Gilles Leonore.

»Drei Wochen.«

»Ach Gott, es ist ganz hübsch hier, wenn man keine zu großen Ansprüche stellt. Haben Sie einen Wagen? Nein? Das ist schade. Die Umgebung... Sie können natürlich jederzeit einen Wagen mieten. Ich empfehle Ihnen...« Sie zählt eine Reihe von Ausflugsmöglichkeiten auf und winkt zwischendurch der Trudi, um neuen Whisky zu bestellen.

Das Gespräch plätschert so dahin. Fräulein von Winsen taucht auf und fragt, ob sie sich einen Augenblick dazusetzen dürfe.

Eines der beiden Mädchen aus der Rezeption erscheint. Es ist nicht die

Pferdeschwänzige, sondern ihre Kollegin, ein ältliches Wesen mit Brille, das nie lächelt.
»Frau Potthaas bitte zum Telefon!« ruft sie in die Halle.
Am Tisch der Düsseldorferinnen entsteht Bewegung. Frau Potthaas, die älteste, mit dem auffallendsten Schmuck behängte der drei Damen, eilt mit einem beglückten Lächeln auf den welken Zügen zur Tür.
Hinter der vorgehaltenen Hand sagt Ellen Klostermeier zu Leonore: »Das ist ihr Mann. Er ruft jeden Abend an. Nicht etwa aus Sehnsucht. Er will bloß wissen, ob sie nicht abgereist ist. Das hat sie nämlich schon einmal fertiggebracht.«
»Woher wissen Sie denn das?« fragt Fräulein von Winsen irritiert.
»Aber, meine Liebe, das weiß doch jeder«, erwidert Frau Klostermeier in ihrer burschikosen Art. »Tun Sie bloß nicht so, als wüßten Sie es nicht.« Und zu Leonore gewandt: »Der alte Potthaas hat seit Jahren eine Freundin. Seitdem ist er sehr besorgt um die Gesundheit seiner Frau. Sie kann so lange im Sanatorium bleiben, wie sie will. Er schickt jede gewünschte Summe. Sie soll bloß nicht nach Hause kommen.«
»Traurig«, sagt Leonore, peinlich berührt von der Heiterkeit, mit der diese kleine Geschichte aufgenommen wird. »Finden Sie nicht auch, daß das traurig ist?« fragt sie und wirft einen Blick in die Runde.
Fräulein von Winsen schweigt und wartet ab. In ihrer Stellung empfiehlt es sich, eine eigene Meinung erst dann zu äußern, wenn man der Zustimmung anderer sicher ist.
»Ich weiß nicht, was daran traurig ist«, sagt Teresa Gilles mürrisch. »Ich finde es typisch. So sind Männer nun mal. Man soll sich da gar keine Illusionen machen.«
»Aber was das Schönste ist –« Frau Klostermeier kichert und stößt kleine verächtliche Zischlaute aus. »Seine Frau bildet sich tatsächlich ein, er täte das alles aus Liebe. Überall erzählt sie herum, wie rührend er sei und daß er ihr immer wieder nahelege, doch möglichst lange hierzubleiben. Ist das nicht irrsinnig komisch?«
»Allerdings«, sagt Teresa Gilles und beobachtet dabei Leonore, die mit niedergeschlagenen Augen dasitzt.
»Ich weiß schon, warum ich nicht heirate«, verkündet Fräulein von Winsen plötzlich und erregt damit erneut die Heiterkeit der geschiedenen Klostermeier. »In meinem Beruf... man hört so allerlei. Natürlich, es gibt Ausnahmen... aber im großen und ganzen – also nein, ich weiß nicht.« Sie schweigt und blickt zur Tür, weil dort etwas ihre Aufmerksamkeit erregt. »Wenn Sie mich bitte entschuldigen«, murmelt sie und steht auf.
»Auch ein armes Luder«, sagt die Gilles, während sie ihr nachblickt. Sie hat ihr Glas ausgetrunken und winkt Trudi wieder herbei.

»Aber dann gibt es nichts mehr«, sagt Trudi vorwurfsvoll bedauernd. »Sie wissen doch, was Dr. Üxleben gesagt hat.«
Die Gilles winkt ab. »Ja, ja, ich weiß. Alles Blödsinn. Es geht mir ausgezeichnet.«
Darauf die Trudi, bereits im Weggehen. »Ab zehn Uhr darf nichts mehr ausgeschenkt werden.«
Frau Potthaas kommt zurück. Sie srahlt. Sie hat rosige Wangen wie ein junges Mädchen. Ein stiller Triumph liegt auf ihren Zügen. Ihr Blick scheint zu sagen: Da könnt ihr mal sehen! Jeden Abend ruft er an. So etwas passiert nicht jeder Frau.
Sie setzt sich wieder, redet lebhaft auf die beiden Damen ein, und Frau Klostermeier bemerkt zu Leonore: »Ich bin bloß gespannt, wie lange dieses Theater gutgeht. Irgendwann muß sie doch kapieren, was los ist.«
»Hoffentlich nicht«, sagt Leonore. »Sie sieht so glücklich aus.«
Diese Bemerkung weckt Teresa Gilles aus ihrem Whiskynebel. Sie richtet sich auf, und in ihr maskenhaft geschminktes Gesicht kommt Bewegung. »Glücklich«, sagt sie mit ihrer prononcierten Bühnenstimme. »Was heißt das schon? Eine Illusion. Es gibt kein Glück. Sehen Sie sich diese Frau an! Sie lebt in einem Traum. Eines Tages wird sie erwachen. Es wird furchtbar sein. Ich kenne das. Glauben Sie mir, ich kenne das genau.«
Ihre Stimme ist leiser geworden. Sie sinkt zurück, schließt halb die Augen. »Gott sei Dank habe ich das alles hinter mir«, murmelt sie. Sie will nach ihrem Glas greifen, sieht, daß es leer ist, und blickt sich nach Trudi um. »Na ja, macht nichts«, sagt sie. »Ist auch egal. Gehen wir eben schlafen.«
Das alte Ehepaar ist aufgestanden. Der blasse, dünne Mann stößt gegen seinen Stuhl, und eine der beiden Krücken fällt polternd zu Boden. Verlegenes Schweigen im Raum. Frau Potthaas erhebt sich halb, doch der Mann bückt sich bereits, unterstützt von seiner Frau. Die Stimmen beginnen wieder zu summen. Leonore bemüht sich, nicht hinzusehen, tut es dann doch und sieht, wie der alte Mann mühsam hinaushumpelt. Er murmelt ein »Gute Nacht«, und seine Frau nickt und lächelt nach allen Seiten, beladen mit Zeitungen, Handtasche und einem Kissen, das sie immer bei sich trägt. Fräulein von Winsen hält den beiden die Tür auf, wünscht eine angenehme Nachtruhe und ruft noch hinterher: »Bitte morgen früh nüchtern bleiben.«
Sie schließt die Tür und kehrt an Leonores Tisch zurück. »Das wird ja immer schlimmer mit dem armen Mann«, sagt die Gilles. »Letztes Jahr konnte er sich doch noch ohne Krücken bewegen.«
»Ein Unfall?« fragt Leonore.
»Raucherbein«, erwidert Fräulein von Winsen sachlich. Und setzt flü-

sternd hinzu: »Sieht böse aus. Dr. Üxleben fürchtet, es muß bald amputiert werden.«

»Armer Kerl«, sagt die Schauspielerin und starrt trübselig in ihr leeres Glas. »Da kann ich Ihnen auch eine Geschichte erzählen. Ein Bekannter von mir...«

Leonore steht auf. Sie will die Geschichte nicht hören. Sie will überhaupt nichts mehr hören, müde und gereizt wie sie ist.

»Sie wollen uns schon verlassen?« Teresa Gilles ist indigniert. Sie findet es ungezogen, einfach aufzustehen, nachdem sie eben erst begonnen hat, etwas zu erzählen.

Leonore entschuldigt sich. Die lange Fahrt... Außerdem hätte sie Kopfschmerzen.

»Soll ich Ihnen eine Tablette bringen?« fragt Fräulein von Winsen eifrig.

»Danke, nicht nötig, ich habe selbst welche.«

Sie nickt noch einmal allen zu und entfernt sich rasch, in dem sicheren Bewußtsein, daß man jetzt über sie reden wird. Es ist ihr gleichgültig, sie ist erleichtert, wegzukommen, dem Geschwätz zu entgehen. Ein heißes Bad wird ihr jetzt guttun. Und dann noch ein paar Seiten lesen.

Der gewundene Korridor liegt wie ausgestorben. Der dicke Teppichboden verschluckt ihre Schritte. An einem der Fenster bleibt sie stehen, bringt ihr Gesicht nahe an die Scheibe und blickt nach draußen. Eine mondhelle Nacht. Man sieht ein paar erleuchtete Häuser, eine verschneite Wiese, von der Straße her blitzen die Scheinwerfer eines Autos.

Leonore geht weiter, entspannt jetzt, leicht benebelt vom Wein. Fast wäre sie über ein Paar Stiefel gestolpert, die vor einer Tür stehen. Halbhohe Stiefel mit einem braunen Pelzbesatz. Hinter der Tür ertönt leise Musik. Wer mag da wohnen? Die kleine Schneeweiher vielleicht, das reiche Mädchen mit den eckigen, hochgezogenen Schultern und dem schüchternen Lächeln? Leonore denkt im Weitergehen, daß dieses Mädchen einsam ist, genau wie sie oder wie die geschminkte Schauspielerin, sie hat den Namen schon wieder vergessen, oder wie so viele andere, hier im Sanatorium und anderswo. Sie hatte das früher nicht gewußt, hatte es sich nicht vorstellen können. Da war immer jemand gewesen. Erst die Eltern, dann Hans. Nahtlos. Übergangslos. Behütetes Kind, geliebte und verwöhnte Ehefrau. Kein Gedanke an Gespenster. Nie, nicht einen einzigen Augenblick.

Sie hat ihr Zimmer erreicht, schließt die Tür auf, macht Licht. Das Bett ist aufgeschlagen, das Nachthemd adrett gefaltet. Der reine Hohn, denkt Leonore. Glatte Seide, zarte Spitzen am Ausschnitt... Hans hatte es ihr geschenkt. Mindestens ein Dutzend Nachthemden hatte er ihr im Laufe der Jahre mitgebracht.

Sie starrt erbittert auf das Hemd, nimmt es und knüllt es in einem plötzlichen Impuls von Zorn und Kummer zusammen.
Dann zieht sie sich aus, läßt Wasser in die Wanne laufen und beobachtet, wie die bläulichen Schaumblasen des Badezusatzes hochsteigen.
Nach dem Bad cremt sie vor dem Spiegel ihr Gesicht ein. Sie weiß nicht, für wen sie sich pflegt, tut es unbewußt, aus einem angeborenen weiblichen Instinkt heraus.
Dann liegt sie im Bett, spürt einen Schmerz in der linken Schläfe, spürt auch eine dumpfe Traurigkeit, ein jähes Erschrecken, daß das vielleicht doch in alle Ewigkeit so weitergehen könnte, sie allein, allein am Tage, allein in der Nacht... Sie steht noch einmal auf, geht ins Bad, sucht nach einem Beruhigungsmittel, hat das Röhrchen mit den Tabletten schon in der Hand und legt es ungeöffnet zurück. Das passiert ihr manchmal. Sie will etwas tun, und plötzlich ist da eine Stimme, die Stimme eines Toten, der es ihr verbietet. Hans mochte es nicht, wenn sie Beruhigungsmittel nahm. »Das kommt überhaupt nicht in Frage«, sagte er dann. »Ich verbiete es dir.«
Leonore lächelt versonnen vor sich hin. Er ist ihr plötzlich wieder ganz nahe. Sie glaubt ihn zu sehen. Die schmale, gebogene Nase, die hohen Backenknochen... da war eine Stelle, unterhalb der rechten Schläfe, eine winzige Ader, die deutlich hervortrat... sie sieht sie vor sich.
Ich liebe ihn, denkt Leonore. Ich liebe ihn immer noch.
Sie geht in ihr Zimmer zurück. Es ist viel zu warm zum Schlafen. Sie wird das Fenster aufmachen. Als sie die Vorhänge zurückzieht, sieht sie die erleuchtete Tanne.
Weihnachten, denkt sie. Und: Wenn ich Kinder hätte, wäre alles leichter.
Wieder wartet sie auf den Schlaf. Und als er sich nicht einstellen will, beginnt sie zu grübeln. Sie muß plötzlich an ihre Schwägerin Gisela denken. Eine hübsche, aber beschränkte Frau. Hans mochte sie nicht leiden. Spießig, hatte er gesagt. Er könne seinen Bruder nicht begreifen. Schließlich sei Manfred ein kluger, gebildeter Mann. Und während Leonore Tettenborn mit offenen Augen auf dem Rücken liegt, fällt ihr plötzlich eine Beobachtung ein, die sie am Weihnachtsabend im vergangenen Jahr erschreckt hatte. Es war der Ausdruck von Überdruß, den Manfreds Gesicht angenommen hatte, als Gisela unter dem brennenden Tannenbaum auf ihn zutrat, um ihn zu küssen. Sie sieht noch deutlich, wie sein Gesicht sich plötzlich verzerrte, sieht seine Hände, halb erhoben, wie in Abwehr. Leonore begriff in einem Augenblick, was da vor sich ging. Daß Manfred seine Frau satt hatte, daß er sie nur noch mühsam, der Kinder wegen, ertrug, daß ihm jede körperliche Berührung verhaßt war.

Leonore ist jetzt hellwach. Seit sie gespürt hatte, daß die Ehe ihres Schwagers zerstört war, hat sie sich in Gedanken öfter mit diesen beiden Menschen beschäftigt. Gisela liegt ihr nicht, das gibt sie ehrlich zu. Sie ist in ihren Augen gar keine richtige Frau. Eigentlich mehr ein Muttertier, das sich nach der Geburt ihrer Kinder mehr und mehr von ihrem Mann abgewandt hatte. Sie ging in der Liebe zu ihren Kindern auf, was gewiß ein schöner Zug von ihr war, doch auch ein wenig töricht, wenn man bedachte, wieviel Interesse und Zuneigung andere Frauen dem gutaussehenden Manfred entgegenbrachten. Leonore entsann sich noch, was Hans zu ihr gesagt hatte, bevor er sie das erste Mal mit seinem Bruder zusammenbrachte. »Du wirst sehen, er sieht viel besser aus als ich. Er hat auch mehr Charme.«
Leonore, verliebt wie sie war, wollte das natürlich nicht wahrhaben. Sie sieht Manfred wieder vor sich, wie er damals aus seinem Wagen gestiegen war und zu ihnen, die oben in der Wohnung nebeneinander am Fenster standen, heraufwinkte. Ein schlanker, junger Mann, mittelgroß, sehr sorgsam gekleidet, und ihr erster Gedanke war gewesen: Sicher eitel. Das mit der Eitelkeit traf zu. Aber er brachte auch eine Menge mit, was diese Eitelkeit rechtfertigte: Klugheit, Witz, Charme und – was Frauen aller Altersstufen magisch anzog – eine starke erotische Ausstrahlung. Leonore war dagegen immun. Und heute? fragt sie sich, während nun doch die Müdigkeit kommt und ihre Lider schwer werden läßt. Stehe ich ihm immer noch so gleichgültig gegenüber? Sie lächelt, schon halb im Schlaf, verspürt aber keine Neigung, im Augenblick darüber nachzudenken. Er ist nett, ihr Schwager Manfred. Ein netter, kluger, gebildeter Mann. Viel zu schade für eine Frau wie Gisela.
Sie ist eingeschlafen. Aber nun kommen bunte Traumbilder. Sie träumt, wie ihr Schwager Manfred Tettenborn auf sie zukommt. Aber als er sich ihr nähert, erkennt sie, es ist gar nicht Manfred, es ist Hans, ihr verstorbener Mann. Sie erschrickt, als habe man sie bei etwas Bösem ertappt. Er bleibt vor ihr stehen, und als er sie ansieht, mit seinen braunen Augen, die ihren Ausdruck so jäh wechseln konnten, da reißt sie sich gewaltsam aus dem Traum empor, denn sie begreift, daß das ein Trugbild ist, und sie empfindet Furcht davor.
Jetzt ist sie wach und hat Herzklopfen. Plötzlich spürt sie ein Verlangen nach körperlicher Liebe, wie sie es seit Hans' Tod nicht erlebt hat. Sie verbindet damit nicht den Gedanken an einen bestimmten Mann. Es ist einfach Sehnsucht nach Zärtlichkeit, nach Hingabe. Nach einem Mund, der sie küßt, nach Händen, die sie streicheln... so stark ist diese Sehnsucht, dieses Verlangen, daß sie fürchtet, weinen zu müssen.
Aber das ist wirklich zu dumm, denkt sie. Und legt die Hände auf ihr wild

klopfendes Herz und sagt sich immer wieder: Sei vernünftig, komm, sei vernünftig, bis sie sich nach und nach beruhigt und endlich wieder einschläft.

2

»Guten Morgen«, sagt Leonore zu dem Pferdeschwanz-Mädchen an der Rezeption. »Wenn ein Anruf für mich kommt – ich gehe jetzt spazieren. Gegen zwölf Uhr bin ich wieder zurück.«

Sie ist fertig zum Ausgehen, sportlich gekleidet, in Wildlederstiefeln mit dicker Sohle, braunen Keilhosen und Lammfelljacke. Die Pferdeschwänzige nickt und wünscht einen guten Tag. Sie ist blaß heute morgen, hat Ringe unter den Augen, und Leonore denkt: Aha! Und wundert sich im gleichen Augenblick über sich selbst. Ist es schon so weit mit ihr gekommen, daß sie alles mit Erotik in Zusammenhang bringt? Das wäre allerdings ein bedenkliches Zeichen.

Sie verläßt das Haus und schlägt den Weg durch den Park zum See hinunter ein. Fräulein von Winsen hat ihr genau beschrieben, wie sie zu gehen habe, um an die Seepromenade zu kommen.

Es ist ein strahlend schöner Tag. Der Himmel wolkenlos und von intensiver Bläue. Leonore schiebt beide Hände in die Taschen. Sie ist jetzt gutgelaunt, fast ausgelassen. Die Sonne glitzert so hübsch auf dem Schnee, die Luft ist glasklar und prickelnd, und der Blick auf den See mit den verschneiten Bergen ringsherum ist einfach bezaubernd.

Sie begegnet anderen Spaziergängern, die sie aufmerksam, zum Teil wohlwollend ansehen. Einige lächeln ihr zu, und sie lächelt zurück. Sie ist gespannt und erwartungsvoll, fast wie ein junges Mädchen. Das muß an der Luftveränderung liegen, an der neuen Umgebung, sicher auch an dem ungewöhnlich schönen Wetter. In Hamburg regnete es. Sie hat es heute morgen in der Zeitung gelesen. Wie gut, daß sie sich entschlossen hat hierherzufahren.

Sie hat jetzt die Promenade erreicht. Gerade nähert sich ein weißer Dampfer der Anlegestelle. Ein paar Leute steigen aus, die Glocke bimmelt, und das Schiff fährt weiter. Leonore blickt ihm eine Weile nach und bedauert, nicht mitgefahren zu sein. Eine Kindheitserinnerung kommt ihr in den Sinn, die in ihr sechstes oder siebentes Lebensjahr zurückreicht und die sie sich bewahrt hat. Es war während eines Ferienaufenthaltes am Wörthersee. Die Eltern hatten ihr versprochen, mit dem Schiff von Pörtschach nach Velden zu fahren. Auf dem Weg zur Anlegestelle hatten sie Streit miteinander. Sie entsann sich noch deutlich, daß böse Worte fielen.

Die Mutter kehrte um und ließ Vater und Tochter allein. Aus der Fahrt mit dem Schiff wurde nichts. Dem Vater war die Stimmung verdorben. Leonore konnte betteln, soviel sie wollte, das Schiff fuhr ohne sie ab. Als Entschädigung gab es eine große Portion Eis, doch die Enttäuschung war damit nicht aufzuwiegen.

Nach einem etwa halbstündigen Spaziergang am See entlang erreicht Leonore eine Art Halbinsel. Hier herrscht munterer Betrieb. Eine Gruppe von Leuten ist damit beschäftigt, die Enten und Möwen zu füttern, die sich in Scharen eingefunden haben. Kreischend und flügelrauschend stürzen sie sich auf die Brocken, die ihnen hingeworfen werden. Leonore sieht zu und entdeckt plötzlich unter den Fütternden ein bekanntes Gesicht. Sie sieht genauer hin und erkennt Lisa Schneeweiher, die hier selbstvergessen Brotkrumen in die Luft wirft und selig lacht, wenn es einer Möwe gelingt, einen Happen im Flug zu erwischen. Leonore kann sich von dem Anblick des Mädchens gar nicht losreißen. Lisa sieht völlig verändert aus. Die blassen Wangen sind von der frischen Luft gerötet, die Augen leuchten, und wenn sie lacht, wie eben jetzt, geht eine starke Anziehungskraft von ihr aus.

Nun ist das Futter zu Ende. Lisa schüttelt die Tüte aus und knüllt sie zusammen. Sie bleibt noch einen Augenblick stehen und blickt über das Wasser. Doch sie lacht nicht mehr. Ihr kindliches Gesicht hat wieder den verstockten Ausdruck angenommen, der Leonore schon am Abend zuvor aufgefallen war. Sie steht da, eine kleine, schmale Gestalt mit hochgezogenen Schultern, zu der der dunkle Nerzmantel nicht so recht passen will.

Lisa Schneeweiher dreht sich um und kommt direkt auf Leonore zu. Sie sieht sie an, stutzt und grüßt dann mit einem leichten Neigen des Kopfes.

Leonore weiß selbst nicht, was sie treibt, das Mädchen anzusprechen. Sie sagt: »Guten Tag« und: »Sie wohnen doch auch im Bergsanatorium?«

Und Lisa nickt wieder und weiß nicht so recht, was sie machen soll. Sie betrachtet Leonore mit seitwärts geneigtem Kopf und zieht dabei die Unterlippe ein.

»Wollen wir ein Stück zusammen gehen?« schlägt Leonore vor. »Oder möchten Sie noch hierbleiben?«

»Nein, nein«, sagt Lisa, streift den linken Handschuh zurück und sieht auf ihre Uhr. »Ich muß mich beeilen. Ich habe um elf eine Massage.«

Leonore fragt sich, was bei diesem dünnen Geschöpf, das sie ein bißchen an eine verhungerte Katze erinnert, massiert werden soll, wagt aber nicht, diese Frage laut werden zu lassen. Irgendein Leiden wird ja wohl dahinterstecken, womit auch der Aufenthalt im Sanatorium erklärt wäre.

Eine Weile gehen sie schweigend nebeneinander. Leonore, im allgemeinen gewandt im Umgang mit Menschen, fällt es schwer, hier einen Anfang zu finden. Lisa stapft mit gesenktem Kopf neben ihr her, und ihre ablehnende Haltung ermuntert nicht dazu, Bemerkungen über das Wetter oder die schöne Gegend zu machen.
Wider Erwarten beginnt Lisa Schneeweiher plötzlich zu sprechen. »Ich bin heute furchtbar deprimiert«, sagt sie. »Kennen Sie das? Man wacht morgens auf und ist traurig. Ich habe erst gedacht, es wäre Föhn, aber dann habe ich gesehen, daß die Sonne scheint... Es ist ja auch Unsinn. Man schiebt immer alles auf das Wetter. Mit der Stimmung hat das gar nichts zu tun. Es gibt Menschen, die sind stets vergnügt und gutgelaunt, und andere sind es eben nicht.«
»Sie wollen hoffentlich nicht behaupten, daß Sie zu den anderen gehören«, sagt Leonore.
»Doch, ja, leider.« Lisa geht schneller, sie läuft fast. Leonore hat Mühe, mit ihr Schritt zu halten. »Es ist alles so mühsam, finden Sie nicht?«
Leonore lacht und erwidert: »Aber doch nicht in Ihrem Alter.«
Die kleine Schneeweiher bleibt ruckartig stehen. »Wenn ich das schon höre!« sagt sie unfreundlich. »Gerade in meinem Alter ist es mühsam. Das versuche ich der Ärztin auch immer begreiflich zu machen, aber sie versteht mich nicht. Das heißt... ich glaube, sie versteht mich doch, sie ist ja eine kluge Frau. Kennen Sie sie schon? Nein? Ach, Sie werden begeistert sein. Ich bin auch begeistert von ihr. Aber sie darf mir natürlich nicht recht geben. Sie soll mir ja helfen. Und wenn sie mir recht gibt...«
Lisa geht weiter, etwas langsamer jetzt, und im Weitergehen murmelt sie: »Es ist eben alles sehr kompliziert.« Danach fällt sie wieder in ihr verschlossenes Schweigen zurück, scheint vergessen zu haben, daß überhaupt jemand neben ihr geht.
Aber Leonore hat bereits begriffen. Hinter der Scheu, die dieses Mädchen im Umgang mit Menschen zeigt, verbirgt sich eine verzweifelte Bereitschaft, sich anzuvertrauen. Sie sehnt sich nach Freundschaft, doch die Furcht, zurückgewiesen zu werden, ist größer.
Armes Ding, denkt Leonore und entschließt sich nun doch, ein paar vorsichtige Fragen zu stellen. Ob es denn nicht sehr langweilig für sie sei, so allein unter lauter älteren Leuten? Und warum sie sich gerade dieses Sanatorium ausgesucht habe, das so gut wie gar keine Abwechslung biete, während es in anderen Häusern hier in der Gegend sehr viel geselliger zugehe?
»Ich bin froh, wenn ich meine Ruhe habe«, sagt Lisa schroff.
Leonore unterdrückt ein Lachen, wenngleich diese Bemerkung aus einem so jungen Mund dazu herausfordert. Fast könnte man meinen, diese Lisa

Schneeweiher wäre blasiert, doch dagegen spricht das kindliche Entzükken, das sie beim Füttern der Möwen zeigte, als sie sich unbeobachtet glaubte.
Warum sie hier sei, sagt Lisa, das wisse sie eigentlich selbst nicht. Besser hier als zu Hause. Da sei die Mama, und mit der Mama verstehe sie sich nicht. Neuerdings solle sie auch noch verheiratet werden, aber da spiele sie nicht mit. Sie würde überhaupt nie heiraten, es gebe ja doch nur unglückliche Ehen.
Wie sie denn so etwas sagen könne, wirft Leonore ein. Gewiß gebe es unglückliche Ehen, aber glückliche doch auch, sehr glückliche sogar.
»Ist das wahr?« Lisa schaut zweifelnd. »Ich kenne nicht eine einzige.«
»Das ist schlimm«, erwidert Leonore. Und weil der Blick des Mädchens so jammervoll skeptisch ist, spricht sie nun von ihrem verstorbenen Mann. Nicht einen Augenblick hätte sie es bereut, ihn geheiratet zu haben. Zwanzig Jahre lang wären sie glücklich miteinander gewesen. Das könne sich Lisa vielleicht nicht vorstellen, aber es sei die reine Wahrheit.
Ja, sagt Lisa Schneeweiher, das sei gewiß wundervoll, aber doch sicher eine Ausnahme. In ihrer Familie sehe das ganz anders aus. Die Ehepaare, mit denen sie zusammenkomme, die leben einfach so nebeneinander her, und das seien noch die besten Ehen. Es gebe auch andere, o ja, da gehe es schrecklich zu. Nichts als Streit und Ärger und Gemeinheit, einer betrüge den anderen, und gegenseitig mache man sich das Leben schwer. Nein, nein, da könne die Mama nun reden, so viel sie wolle, sie, Lisa, würde nie so eine riesengroße Dummheit machen.
Darauf kann Leonore nichts mehr erwidern. Sie ist betroffen von so viel Bitterkeit bei einem jungen Menschen. Lisa tut ihr leid, so befangen wie sie ist. Aber was ist da zu machen? Nur ein Mann könnte helfen, aber wo ist ein solcher Mann zu finden? Die gewöhnlichen Männer sind viel zu egoistisch, die könnten mit einem Mädchen wie Lisa nichts anfangen.
»Ich wollte auch weg wegen Weihnachten«, sagt Lisa übergangslos.
Nach einer vorsichtigen kleinen Pause fragt Leonore: »Aber warum denn?«
»Weihnachten zu Hause ist schrecklich«, erwidert Lisa klar und bestimmt. »Da kommen all die alten Tanten, mit denen Mama befreundet ist. Und dann tuscheln sie und stecken die Köpfe zusammen und stellen dumme Fragen, wie denn das nun wäre mit meiner Zukunft. Und später, wenn sie getrunken haben, werden sie sentimental. Bloß Mama nicht. Mama wird nie sentimental. Mama wird böse.«
Das Gespräch hat eine Wendung genommen, die Leonore nicht hatte voraussehen können. Sie ist erschrocken, ja bestürzt und weiß nicht, was sie erwidern soll.

Aber da sagt Lisa schon: »Ich spreche nicht nett über meine Mutter, ich weiß, aber sie ist auch nicht nett, nein, sie ist überhaupt nicht nett. Aber Sie wollten wissen, warum ich hier bin. Also gut, jetzt wissen Sie es.«
»Es tut mir sehr leid für Sie«, murmelt Leonore betreten.
»Ach, ich bin ganz vergnügt«, erwidert Lisa, aber es klingt sehr traurig.
Danach schweigen beide, und jede hängt ihren Gedanken nach. Leonore, die noch vor einer Stunde so heiter gestimmt war, ist nun bedrückt und niedergeschlagen. Sie denkt, daß man diesem Kind helfen müsse, aber sie will sich nicht aufdrängen. Vielleicht sollte man einmal mit dieser Ärztin reden, Frau Dr. Mittenwald, vielleicht wußte die einen Rat.
Sie nähern sich jetzt dem Parkplatz des Sanatoriums. Ein Trupp Gäste kommt ihnen entgegen, darunter Teresa Gilles in einem bonbonrosa Skianzug.
»Guten Morgen, guten Morgen«, ruft sie schon von weitem. »Prachtvolles Wetter heute.«
Nun steht sie vor ihnen. Leonore sieht ihr Gesicht genau, zum erstenmal sieht sie dieses Gesicht bei Tageslicht und erschrickt. Teresa ist wieder stark geschminkt. Die scharfen Falten treten dadurch noch deutlicher hervor, und der Mund, dick übermalt, erinnert an einen Clown. Teresa sieht erst Leonore, dann Lisa an, mit einem neugierigen, dreisten Lächeln, als wolle sie sagen: Was habt ihr beide denn miteinander zu schaffen?
»Prachtvolles Wetter«, wiederholt sie und rollt dabei das »r«, als stände sie auf der Bühne des Burgtheaters. »Haben Sie schon einen Spaziergang gemacht? Ich fahre jetzt hinauf in die Berge. Das Mittagessen habe ich abgesagt.«
»Viel Vergnügen«, sagt Leonore. Sie ist peinlich berührt von dieser auf jugendlich zurechtgemachten Erscheinung. Sie schwankt zwischen Mitleid und Verachtung und empfindet eine fast körperliche Abneigung gegen die Schauspielerin.
Sie will gehen, doch Teresa Gilles hält sie mit einer Bemerkung fest. Sie hat dunkle Augen, die einmal schön gewesen sein müssen. Jetzt haben sie ihren Glanz verloren, sind trüb und leicht gerötet. Sie wandern flink und neugierig zwischen Leonore und Lisa hin und her, als gäbe es da etwas Verbotenes zu entdecken. »Reizend, daß Sie sich unserer Kleinen etwas annehmen«, sagt sie zu Leonore. »Sie ist immer so allein.«
Die »Kleine« wirft ihr einen finsteren Blick zu und sagt zu Leonore, und nur zu ihr: »Entschuldigen Sie mich – die Masseuse wartet.«
Weg ist sie, ohne sich von der Gilles verabschiedet zu haben.
»Sie kann mich nicht leiden«, sagt die Schauspielerin trocken.
Leonore hat keine Lust, hier noch länger herumzustehen, doch es ist schwer, von Teresa Gilles loszukommen. Sobald Leonore Miene macht,

sich zu verabschieden, klammert sich die andere mit einem hastigen Wort an sie, gerade so, als fürchte sie, alleingelassen zu werden. Sie erzählt ausführlich von der elenden Nacht, die sie verbracht habe, und springt gleich darauf auf ein völlig anderes Thema über. Sie erwarte Bekannte aus München, die Baronin Hussarek, eine Kusine von ihr, und deren Freund, einen Grafen Laßwitz, aus der bekannten Turnierreiterfamilie. Des langen und breiten läßt sie sich über die verwandtschaftlichen Beziehungen aus – offenbar um deutlich zu machen, daß sie sich nicht der Boheme zugehörig fühle. Sie läßt durchblicken, daß »Gilles« nur ein Künstlername sei und daß ihre Familie für ihre Schauspielerei wenig Verständnis zeige. »Aber was wollen Sie, ich muß Geld verdienen«, ruft sie aus. »Wir sind Flüchtlinge. Meine Eltern hatten einen Besitz in Ungarn. Alles futsch. Heute lebt mein Vater in einer winzigen Zweizimmerwohnung. Macht Übersetzungen. Das ist alles sehr traurig, finden Sie nicht?«
Gewiß, antwortet Leonore, aber das gehe ja heute vielen so. Sie glaubt Teresa Gilles kein Wort. Wie eine ungarische Magnatentochter sieht sie jedenfalls nicht aus. Eher wie eine Zigeunerin, mit den dunklen Augen und der braungetönten Haut. »Also – viel Spaß für Ihren Ausflug«, sagt Leonore und will nun endlich gehen.
Aber da faßt die Gilles einfach ihren Arm und hält sie fest. Und so krampfhaft ist sie bemüht, das Gespräch noch eine Weile fortzusetzen, daß Leonore es nicht übers Herz bringt, sie einfach stehenzulassen.
»Ich hatte Glück«, sagt Teresa. »Wohl mehr Glück als Talent. Eine richtige schauspielerische Ausbildung hatte ich nie. Eines Tages machte mir jemand den Vorschlag, es doch einmal beim Theater zu versuchen, und was soll ich Ihnen sagen...«
Und sie beginnt von ihren allerersten Anfängen zu erzählen, an einer kleinen Wanderbühne. Was da für komische Sachen passierten! Es kam vor, daß ein Schauspieler einfach nicht zur Vorstellung erschien, weil er betrunken in einer Kneipe saß. Dann mußte ein Kollege seine Rolle mit übernehmen. Schließlich kommt sie wieder auf ihre vornehme Abstammung zu sprechen, bricht aber mittendrin ab, weil sie nun doch spürt, daß Leonore ungeduldig wird.
»Wollen Sie weg? Haben Sie es eilig?« fragt sie gekränkt.
Leonore sagt, sie müsse sich noch umziehen. Es stimmt nicht, aber sie hat nun endgültig genug von dem Geschwätz. Die Gilles sieht sie an, nickt von oben herab einen Gruß, sehr beleidigt jetzt, und geht davon.
Leonore betritt das Haus und wird gleich von Fräulein von Winsen abgefangen. Sie drückt ihr eine weiße Karte in die Hand, die Kurordnung, auf der die Zeiten für Massagen, Kniegüsse, Arztbesuche und andere Anwendungen vermerkt sind.

In der Halle hat es Veränderungen gegeben. Die Flügeltüren zum Speisesaal sind geschlossen. Davor steht jetzt der geputzte Tannenbaum. Der Hausknecht ist gerade dabei, die letzten bunten Kugeln zu befestigen.
»Hübsch«, sagt Leonore zu Fräulein von Winsen.
Die Hausdame nickt und lächelt und versichert, es werde bestimmt eine schöne Weihnachtsfeier werden. »Dr. Üxleben wird eine Ansprache halten. Das macht er jedes Jahr.«
In Leonores Zimmer steht die Balkontür weit offen, und die Sonne flutet herein. Draußen ist ein Liegestuhl bereitgestellt, mit einer darübergebreiteten Decke. Fräulein von Winsen hatte ihr erklärt, sie brauche nur zu läuten, dann komme Schwester Gisela, die Wärmflasche zu füllen. Leonore macht das lieber selbst, um nicht schon wieder in ein Gespräch verwickelt zu werden. Dann nimmt sie draußen auf dem Balkon in dem knarrenden Korbstuhl Platz, schiebt die Wärmflasche zurecht und wickelt ihre Beine ein.
Sie liegt bequem zurückgelehnt, mit geschlossenen Augen, und gerät in eine angenehme, träumerische Stimmung. Die Sonne wärmt und macht schläfrig. Leonore blinzelt in den verschneiten Garten und ist für den Augenblick wunschlos zufrieden. Es ist still ringsum, nur ab und zu tropft es vom Dach, wenn ein Stück Schnee schmilzt. Ein wunderbarer Friede...
Sie horcht in sich hinein, ob sie Schmerz empfindet, Sehnsucht nach dem Toten, doch da ist nur diese wunderbare Stille. Hans – sie sagt seinen Namen, aber auch dieser Name weckt keine Wehmut in ihr. Nur Dankbarkeit, für etwas, was schön und gut war.

3

Lisa Schneeweiher kommt aus der Schwimmhalle. Es ist später Nachmittag. Die langen Gänge sind leer. Die Sanatoriumsgäste ruhen oder kleiden sich zum Abendessen um. Lisa hat am Nachmittag noch einen langen Spaziergang gemacht, danach eine halbe Stunde geschwommen. Jetzt ist sie müde, ein wenig schwindlig auch. Es liegt an ihrem Blutdruck. Er ist zu niedrig. Dr. Üxleben hat deswegen immer wieder bedenklich den Kopf geschüttelt.
Sie macht kein Licht in ihrem Zimmer. Es ist so hübsch, in den verdämmernden Tag hinauszusehen. Im Garten strahlt der Lichterbaum. Lisa, noch im Bademantel, setzt sich auf ihr kleines Sofa und faltet die Hände im Schoß. Sie denkt daran, daß sie morgen, am Weihnachtsabend, Geburtstag hat. Frau Dr. Mittenwald weiß es, sonst niemand. Lisa hat sie

gebeten, es nicht weiterzusagen. Es wäre ihr peinlich, von den Gästen daraufhin angesprochen zu werden. Mama wird anrufen oder vielleicht auch nicht. Es wäre ihr lieber, sie würde darauf verzichten. Mama! Allein der Gedanke an sie läßt sie erzittern. Sie sieht sie vor sich. Das strenge, hochmütige Gesicht mit der schmalen Nase und den eng beieinanderstehenden Augen. Die Lippen schmal und verkniffen, niemals lächelnd. Und ihre Stimme! Diese scharfe, unangenehme Stimme, die Lisa als Kind Angstschauer über den Rücken gejagt hatte. Durch das ganze Haus hatte sie diese Stimme verfolgt.

»Lisa – wo steckst du? Komm sofort hierher! Wie siehst du wieder aus? Halte dich gerade! Was hast du da in der Hand? Gib das her. Pfui, schäme dich! Ich habe dir ausdrücklich verboten, Tiere mit ins Haus zu bringen. Gib den Maikäfer her, gib ihn sofort her! Seckmann, entfernen Sie das! Und was soll diese Aufmachung? Es ist unglaublich, wie du herumläufst. Stell dich hier in die Ecke. Hast du nicht gehört? Du sollst dich in die Ecke stellen. So – hier bleibst du jetzt, bis ich dich rufe. Und wehe, du rührst dich vom Fleck! Ich werde dir schon beibringen, wie du dich zu benehmen hast. Nimm dir ein Beispiel an deiner Schwester. Sie würde nicht auf die Idee kommen, wie eine Schlampe herumzulaufen.«

Lisa verscheucht das Echo dieses Gekeifes, steht plötzlich auf, geht zur Balkontür und öffnet sie. Die kalte, klare Luft strömt herein. Sie atmet gierig, so beschmutzt fühlt sie sich von dem, was da eben wieder in ihr hochkam. Die ersten Sterne am Himmel, eine blasse Mondsichel. Ich will nicht zurück, sagt sie sich. Aber wo soll ich denn hin? Was soll ich anfangen? Ich bin zu dumm fürs Studieren. Nicht einmal zum Abitur hat es gereicht. Nora, ja, Nora war klug. Nora war auch schön. Nora war alles, was sie selbst nicht war, und die Mutter hatte keine Gelegenheit ausgelassen, sie vor der schönen und klugen Schwester zu demütigen. Aber ich tauge zu nichts. Jahrelang war es ihr eingehämmert worden. Inzwischen glaubte sie daran. Das Leben erschien ihr drohend und schrecklich, und sie würde nie damit fertig werden.

Und nun sollte sie verheiratet werden! Ein schrecklicher Gedanke. Aber sie würde sich wehren, diesmal würde sie sich wehren. Man konnte sie schließlich nicht zwingen. Oder konnte man doch? Mama konnte es, Mama konnte alles. Selbst Papa hatte vor ihr gezittert. Deswegen hatte er sich auch aus dem Staub gemacht, hatte irgendwo auf dem Land gelebt. Eines Tages erhielten sie die Nachricht von seinem Tod. Ein Jagdunfall, hieß es, doch Nora wußte es anders: »Er hat sich umgebracht.«

Und die alte Frau Schneeweiher, geborene Kahn, sagte am Tag der Beerdigung, Lisa wird es nie vergessen: »Recht geschieht ihm. Er hat immer ein unordentliches Leben geführt. Solche Menschen werden bestraft.«

Seitdem haßt Lisa ihre Mutter.
Lisa schließt die Balkontür und zieht die Vorhänge zu. Sie öffnet den Schrank und nimmt ein Kleid heraus. Unter dem Bademantel ist sie nackt. Sie sieht sich im Spiegel und findet sich, wie immer, zu mager. Dr. Üxleben hat ihr Zusatzkost verschrieben, aber das hilft auch nichts.
Ja, ja, sagt sie sich, mit mir ist eben nichts los. Wenn mich jemand heiratet, tut er es doch nur, weil ich mal Geld haben werde. Aber ich will gar nicht heiraten. Die Männer sind widerlich. Nora sagt das auch immer. Geil sind sie, sagt Nora, aber ich weiß nicht, was das ist. Nora weiß es. Nora weiß alles über Männer. Sie sagt, sie wird sie ausnutzen, und das könne man nur, wenn man alles über sie weiß. Lisa hat jetzt ein weißes Trikothemd und eine dazu passende Hose angezogen. Nora bezeichnet diese Wäsche als vorsintflutlich, aber sie, Lisa, hat sich nie dazu entschließen können, etwas anderes zu tragen. Die duftigen, hauchzarten Gebilde, in denen ihre Schwester frühmorgens ins Zimmer kam, um sie ihr vorzuführen, wirkten abstoßend auf sie. »Du bist prüde«, pflegte Nora zu sagen. »Du bist eine prüde, kleine Gans. Es wird Zeit, daß dich einer aufs Kreuz legt.«
Auch diese Bemerkung hat Lisa nicht verstanden, aber Nora erklärte ihr, was damit gemeint war. Diese Erklärung, gewürzt mit Ausdrücken, vor denen es Lisa schauderte, war nicht dazu angetan, ihre Scheu vor Männern zu vermindern. Sie dachte, daß es besser sei, mit alldem nichts zu tun zu haben.
Und doch und doch... manchmal sagt sie sich, es muß noch etwas geben, etwas, was nichts mit dem zu tun hat, was Nora »den sexuellen Trieb« nennt. Oder vielleicht hatte es doch etwas damit zu tun, aber auf eine andere Weise. Sie muß darüber nachdenken. Sprechen konnte man über diese Dinge ja mit keinem Menschen. Liebe – sie hat natürlich darüber gelesen. Vielleicht gab es so etwas sogar in Wirklichkeit, aber sie konnte es sich nicht vorstellen. Die Männer, die sie bisher kennengelernt hatte, waren entweder laut und vulgär und voll versteckter Anspielungen oder die jüngeren, die sie in der Tanzstunde kennenlernte, einfach albern. Das waren Internatsjünglinge in der Pubertät, einige lümmelig und arrogant, andere wieder schüchtern und noch halbe Kinder. Natürlich gab es auch dort intime Beziehungen, aber sie, Lisa Schneeweiher, stand immer abseits. Sie hatte auch keine wirkliche Freundin im Internat, keine Vertraute. Man hielt sie allgemein für hochmütig, dabei war sie nur scheu und kontaktarm. Nora allerdings formulierte es härter. »Du bist einfach blöde«, sagte sie.
Und nun sitze ich hier in einem Sanatorium mit lauter alten Leuten und kann noch froh sein, daß Mama diesmal nachgab, weil sie einsah, daß

Professor Sehmer, der alte Hausarzt der Familie, wohl doch nicht zu Unrecht zu einem Kuraufenthalt riet. »Das Kind hat einen nervösen Magen«, hieß es, »und mit der Wirbelsäule muß auch etwas geschehen.« Und da Frau Dr. Mittenwald eine alte Bekannte von ihm war, wurde Lisa, wie schon einmal vor drei Jahren, nach Bad Wiessee geschickt.
Sie öffnet den Schrank, nimmt ein Kleid nach dem anderen heraus und hängt es wieder zurück. Sie kann sich nicht anziehen, auch das hat man ihr eingeredet. Mama und Nora hatten ständig etwas an ihrer Kleidung auszusetzen. Früher hatte Mama ihre Garderobe ausgesucht. Es wurde selten etwas Neues für sie gekauft. Meist gab man dem Kind Lisa das abgetragene Zeug ihrer Schwester zu tragen. Dann starb die Großmutter Kahn und vererbte ihren beiden Enkelinnen ein beträchtliches Vermögen. Das meiste davon in Papieren angelegt, doch über einen Teil durfte Lisa nach Vollendung ihres 21. Lebensjahres frei verfügen. Wochenlang lebte sie in einem wahren Kaufrausch. Sie strich durch Warenhäuser und Boutiquen, bis sich Kleider, Mäntel, Pullover, Hosen und Röcke zu Bergen häuften. Da sie selbst keine Ahnung hatte, was ihr gut stand, und zudem schlecht beraten war, gab die Zusammenstellung ihrer Garderobe nicht nur im Familienkreis Anlaß zur Heiterkeit. Lisas Unsicherheit wurde immer größer. Zum Schluß hatte sie es einfach satt, sich immer wieder auslachen zu lassen, und kaufte gar nichts mehr. Sie fand Nora mit ihrer Putzsucht albern. Doch insgeheim beneidete sie sie um ihren guten Geschmack. Die Schwester zu bitten, sie zu beraten, wagte sie nicht. Dazu war ihr Verhältnis zu Nora zu kühl. Zweifellos war ihre Kindheit und Jugend unglücklich gewesen. Die Erinnerung daran war ein Alptraum für sie. Wie kalt und lieblos die Atmosphäre war, in der sie aufwuchs, wurde ihr erst viel später klar. Zu Hause hatte man sich über sie lustig gemacht, im Internat wurde sie gemieden. Noch heute sind ihr jene Jahre der Ausgestoßenheit gegenwärtig, die Kette trostloser, einsamer Tage. Und die Feindseligkeit ihrer Mutter, die scharfe, tadelnde Stimme: »Dieses Kind taugt nichts. Es schlägt seinem Vater nach.«
Seit sie erwachsen und finanziell unabhängig ist, könnte sie einfach fortgehen von zu Hause. Doch fehlt ihr der Mut. Sie ist ängstlich, unsicher, fühlt sich den Anforderungen, die das Leben an einen alleinstehenden Menschen stellt, nicht gewachsen. Daher auch die Bereitschaft, in dieses Sanatorium zu gehen. Nora, die sie einmal auf einen Tag besucht hat, bezeichnet das Leben hier als steril. Da ist etwas dran. Hier läuft alles in eingefahrenen Bahnen. Aufregungen irgendwelcher Art werden von den Patienten ferngehalten. Die einfachsten Dinge werden einem abgenommen. Anforderungen werden keine gestellt, auch keine Entscheidungen verlangt. Es gibt eine Kurordnung, die man zu befolgen hat, das ist alles.

Lisa weiß, daß das Ganze eine Flucht ist. Der nervöse Magen, die lädierte Bandscheibe – willkommene Vorwände, sich zu verkriechen. Hier fühlt sie sich geborgen, sicher, unangreifbar. Sie kann sich nicht mit anderen jungen Frauen messen. Was da an Freundinnen von Nora zu Hause verkehrt – all diese hübschen, gewandten, schlagfertigen und an den Umgang mit Männern gewöhnten Mädchen, wie hat sie sie beneidet! Sie kann sich nicht mit ihnen vergleichen, kommt sich daneben wie ein dummer, unbedarfter Trampel vor. Also verschwinden, sich unsichtbar machen, gar nicht mehr vorhanden sein. Sie will sich nicht mehr blamieren. Zu beschämend ist die Erinnerung daran, wie oft sie versagt hat. Theaterbesuche, Einladungen bei Bekannten ihrer Mutter, Cocktails – wie sie das alles verabscheute! Herumstehen und angestarrt werden. »Ach – Sie sind Lisa Schneeweiher? Sie sind wirklich die Schwester von Nora? Aber wie ist das möglich? Sie sind – Sie haben so gar keine... ich will sagen –« Und dann Verstummen, verlegenes Lächeln, krampfhaftes Suchen nach einem Gesprächsstoff.

All diese Gesellschaften und Diners, zu denen Mama sie mitschleppte, waren zu einer schwer zu ertragenden Last geworden. Vielleicht waren sie gar nicht so schrecklich gewesen, wie sie ihr erschienen. Die anderen hatten sich amüsiert. Nora hatte gar nicht genug davon bekommen können, aber was wußte Nora auch von Ängsten und Unsicherheiten? Nichts. Sie war die Vielumworbene, Vielumschwärmte, während sie, Lisa, bestenfalls belächelt wurde.

Sie ist jetzt fertig angezogen. Dunkelblaues Wollkleid mit weißem Kragen, eines der wenigen Kleider, in denen sie sich halbwegs wohl fühlt. Es ist ja auch egal, sagt sie sich. Wer sieht mich schon? Ein paar alte Tanten, auf die es nicht ankommt. Männer? Es gibt keine Männer im Sanatorium, die ihr gefallen. Sie bezweifelt, daß es überhaupt irgendwo einen Mann gibt, der ihr gefallen könnte. Achselzuckend tritt sie vom Spiegel zurück. Sie wird allein bleiben. Eine alte Jungfer werden. Warum auch nicht? Vielleicht wird sie doch einen Beruf ergreifen, oder nein, sie wird reisen – Italien, Sizilien, sie hat neulich einen Bildband zu Hause gefunden, den hat sie mit auf ihr Zimmer genommen. Da gab es Bilder darin von malerischen Ortschaften, an denen sie sich nicht sattsehen konnte. Ein paar Namen hat sie sich gemerkt: »Dolceda« und »Ceriana« und »Anticolo Corrado«, Namen, die romantische Vorstellungen in ihr weckten. Ja, sie wird nach Italien reisen. Sie wird kleine, einsame Orte aufsuchen und in abgelegenen Herbergen wohnen, in denen keine Touristen absteigen.

Ich werde dort glücklich sein. Ich bin noch nie glücklich gewesen... O Gott, ich habe Sehnsucht danach. Ich werde Mama verlassen und nie wieder nach Hause zurückkehren. Im Frühling werde ich nach Sizilien fah-

ren, im April, wenn es dort schon heiß ist. Ich werde im Meer baden, und abends werde ich auf einer Terrasse sitzen und zusehen, wie die Sonne untergeht.
Sie steht immer noch vor dem Spiegel und lächelt selbstvergessen vor sich hin. Als das Telefon läutet, begreift sie erst nach einer ganzen Weile, daß das ihr gilt.
Sie nimmt den Hörer ab. »Ein Gespräch für Sie«, sagt das Mädchen aus der Zentrale. »Nehmen Sie bitte ab.«
»Sagen Sie, ich bin nicht da«, erwidert Lisa hastig.
»Aber –«
»Sagen Sie, ich wäre ausgegangen und käme erst spät zurück.« Sie legt den Hörer auf und atmet tief.
Sie hat eben etwas Unerhörtes getan. Mama wird außer sich sein. Sie rief jeden Abend um die gleiche Zeit an, aber heute will sie Mama nicht sprechen.
Sie hat einen Entschluß gefaßt. Zum erstenmal in ihrem Leben hat sie selbständig einen Entschluß gefaßt. Sie will sich in ihrer Freude darüber nicht stören lassen.

4

Dr. Üxleben leitet, zusammen mit Frau Dr. Mittenwald, das Bergsanatorium. Er ist ein großer, zur Fülle neigender Mann, dessen lautes, beruhigendes Lachen auf Patienten mit hypochondrischer Veranlagung (zwei Drittel der Hausgäste zählen dazu) überaus wohltuend wirkt. Dr. Üxleben stammt aus der Wetterau, dem lieblichen bewaldeten Landstrich in der Nähe von Frankfurt am Main. Seine Eltern waren einfache Bauern gewesen, und er hatte als einziger Sohn studiert. Er hat Erfolg bei Frauen, obwohl man ihn nicht eigentlich als gutaussehend bezeichnen kann. Er ist Mitte Vierzig, hat grobgeschnittene bäurische Züge. Das graue Haar ist sorgfältig frisiert, verbirgt aber nur unvollkommen eine sich ausbreitende Glatze. Seine Augen strahlen Klugheit und Wärme aus. Die Patienten lieben ihn.
Schwester Erika hatte Dr. Üxlebens Besuch bei Leonore für Viertel vor zehn angekündigt. Er kommt pünktlich auf die Minute.
»Freut mich, Sie kennenzulernen«, sagt er laut und vergnügt und schüttelt Leonore kräftig die Hand. »Mein Kollege Bergmann aus Hamburg hat mich bereits informiert. Ich darf mich setzen? Wenn es Ihnen recht ist, wollen wir uns erst einmal ein bißchen unterhalten.«
Leonore lächelt, angesteckt von der guten Laune des Arztes. Ein paar Mi-

nuten plaudern sie. Üxleben will wissen, wo sie in Hamburg wohnt, er kennt die Stadt, hat dort zwei Jahre gearbeitet, als Assistenzarzt in Eppendorf. Blankenese? Ja, natürlich, in Blankenese hatte er eine Freundin. Mörfeld – ach, sie kennt die Familie? Ja, der alte Mörfeld war in Hamburg ein bekannter Mann gewesen. Ist ja leider vor zwei Jahren gestorben. Wäre es nach Mörfeld gegangen, so wäre er heute sein Schwiegersohn, aber damals war ihm der Gedanke an Heirat gar nicht in den Sinn gekommen.

Dr. Üxleben stellt dann ein paar Fragen, die Leonores Gesundheit betreffen. Er mißt den Blutdruck und stellt fest, daß er zu niedrig ist. »Daher auch die Kreislaufbeschwerden. Ich werde Ihnen ein Präparat verschreiben. Wie ist es mit dem Appetit? Ein paar Pfund mehr könnten Sie vertragen.«

»Ach, wissen Sie, ich habe einfach keine Lust, für mich allein zu kochen.«

Ein forschender Blick trifft Leonore. »Sie sind Witwe, nicht wahr?«

»Ja. Mein Mann ist vor zwei Jahren gestorben.« Und leise setzt sie hinzu: »Er war erst siebenundvierzig.«

»Traurig«, sagt Dr. Üxleben. »Sehr traurig. Aber Sie müssen jetzt an sich denken.«

»Ja«, sagt sie, »das tue ich auch. Es ist nur –«

Sie verstummt, wird sich plötzlich bewußt, daß er sie immer noch ansieht, mitleidig jetzt. Doch sie will kein Mitleid, hat sich immer dagegen gewehrt. Es ist deprimierend für eine Frau, bemitleidet zu werden.

»Ich bin inzwischen darüber hinweggekommen«, sagt sie schnell.

Dr. Üxleben antwortet nichts darauf, und sie wechselt das Thema und bittet ihn, ihren rechten Arm zu untersuchen. Sie habe seit einiger Zeit Schmerzen im Schultergelenk.

Er geht sofort auf ihren sachlichen Ton ein und fordert sie auf, ihren Pullover auszuziehen und Arme und Schultern freizumachen.

Während der Untersuchung, die recht schmerzhaft ist, geschieht etwas Seltsames mit Leonore. Sie spürt die Hände des Arztes, spürt die Kuppen seiner Finger, die erst behutsam tasten, dann unerwartet fest zudrücken. Und während sie seine Fragen beantwortet, den Arm hebt und wieder fallen läßt, kreisende Bewegungen mit dem Schultergelenk macht und den Kopf langsam hin und her bewegt, erfaßt sie wieder ein ganz unsinniges Verlangen nach Zärtlichkeit. Sie muß an sich halten, sich nicht gegen ihn zu lehnen, und verbirgt ihr Erschrecken hinter einem nervösen Auflachen. »Das tut aber ziemlich weh!«

Er läßt sie los, und sie wendet sich ab, um ihre Verwirrung zu verbergen.

»Sie können sich anziehen«, hört sie die ruhige Stimme des Arztes.

Er geht ans Fenster, während sie den Pullover über den Kopf zieht und dabei überlegt, was geschehen wäre, wenn sie eben die Beherrschung verloren hätte. Was war bloß los mit ihr? Ist ihr Körper so ausgehungert, daß er auf die leiseste Berührung eines Mannes reagiert? Wenn es so um sie steht, dann ist es wohl das beste, sich einen Liebhaber zu suchen.
Dr. Üxleben erklärt Leonore, sie leide aller Wahrscheinlichkeit nach unter rheumatischen Beschwerden. Er würde aber empfehlen, vorsichtshalber die Nackenwirbel röntgen zu lassen.
Sie hört ihm kaum zu, steht immer noch unter der Einwirkung des Schocks, den sie eben erlebt hat.
»Zehn Massagen werde ich Ihnen auch aufschreiben«, sagt Dr. Üxleben. »Und ein paar Kurzwellenbestrahlungen.«
Sie bedankt sich und wartet darauf, daß er geht. Ob er etwas gemerkt hat? Sie weiß es nicht. Sein Gesicht wirkt ganz unbefangen, aber das kann natürlich täuschen.
Er verabschiedet sich mit ein paar freundlichen Worten und verspricht, wieder nach ihr zu sehen. »Vor allem müssen Sie tüchtig essen«, sagt er, bevor er das Zimmer verläßt.
Dann ist sie allein. Einen Augenblick starrt sie auf die geschlossene Tür. Aus dem Zimmer nebenan dringt das Geräusch eines Staubsaugers. Sie setzt sich aufs Sofa, steht aber sofort wieder auf und geht unruhig in dem kleinen Zimmer auf und ab.
Das ist wirklich zu lächerlich, denkt sie. Ein fremder Mann. Sie empfindet nichts für ihn. Wie ist es möglich, daß seine Hände etwas auslösen... einen Impuls – sie muß darüber nachdenken, nein, besser nicht. Herrgott noch mal, sie benimmt sich geradezu kindisch. Also gut, warum gibt sie es nicht zu? Sie sehnt sich nach Liebe, auch nach sexueller Befriedigung. Hans war ein sehr leidenschaftlicher Mann gewesen. Er hatte nie eine außereheliche Affäre gehabt. Behauptete, so etwas nicht nötig zu haben, weil er immer noch in sie verliebt sei. Sie hatte sich nicht genug darüber wundern können, wenn andere Frauen von der Last ehelicher Pflichten sprachen. Sie hatte nie eine Abneigung davor empfunden. Hans war ein erregender, zärtlicher Liebhaber gewesen, der es verstand, immer wieder aufs neue ihre Begierde zu wecken. Er war rücksichtsvoll und voller Einfühlungsvermögen. Daher hatte sie auch Angst vor einer neuen Beziehung. Die Wahrscheinlichkeit, enttäuscht zu werden, war groß. Dennoch sieht sie ein, daß sie nicht dazu geschaffen ist, allein zu bleiben. Sie ist keine kalte Frau, ist es nie gewesen. Ihr Körper stellt Forderungen an sie, und es besteht kein Grund, sich deswegen zu schämen.
Aber was soll sie tun? Sie kann sich nicht einfach auf die Suche nach einem Mann machen, nein, nein, so leicht ist das nicht. Es müßte schon ein be-

sonderer Mann sein, und wo war ein solcher Mann zu finden? Ein Liebhaber, natürlich, das auch, aber darüber hinaus ein Mensch, ein Freund. Wenn sie an die Männer denkt, denen sie in den vergangenen beiden Jahren begegnet ist, kann sie nur den Kopf schütteln. Nicht einer war darunter, der sie ernsthaft interessiert hat.
Nicht einer? Sie stutzt einen Augenblick und ermahnt sich dann schnell: »Er kommt nicht in Frage. Er ist verheiratet.« Er macht sich auch gar nichts aus mir, denkt sie weiter. Er ist mein Schwager. Wir sind gute Freunde, nichts weiter.
Sie stellt sich ans Fenster und blickt nach draußen. Der Himmel hat sich umwölkt. Vereinzelte Schneeflocken fallen.
Und da kommt ihr der Gedanke, daß heute Heiligabend ist, daß Manfred sicher zu Hause ist und daß sie eigentlich anrufen könnte, bloß so, um ein frohes Fest zu wünschen.
Wenn sie etwas tut, dann tut sie es spontan, ohne lange zu überlegen. Sie hat schon den Telefonhörer in der Hand und gibt dem Mädchen in der Zentrale die Nummer. »Soll ich auflegen?« fragt sie.
»Nein, Sie können gleich dranbleiben.«
Leonore wartet. Und plötzlich spürt sie ein Kribbeln auf der Kopfhaut. Was tue ich? denkt sie. Ihr Blick fällt auf den Wecker, der auf dem Nachttisch steht. Elf Uhr? Hoffentlich ist Gisela beim Einkaufen.
Sie hält den Hörer ans Ohr. Es tutet. Gleich darauf vernimmt sie die Stimme ihres Schwagers. »Tettenborn.«
»Hallo, Manfred – ich bin's, Leonore.«
»Ach, wie nett, daß du anrufst. Bis du gut angekommen?«
»Ja, danke, alles in Ordnung. Bist du allein?«
»Ganz allein. Gisela ist mit den Kindern in die Stadt gefahren.« Pause.
Nein, denkt sie, ich kann das nicht machen. Ich kann mich ihm nicht an den Hals werfen, bloß weil ich allein bin, weil ich Sehnsucht habe. Es ist unmöglich. So etwas tut man nicht.
»Ist etwas passiert?« fragt Manfred.
»Überhaupt nichts. Ich wollte euch bloß frohe Weihnachten wünschen.«
»Ah, ja. Danke. Sehr aufmerksam von dir.«
Sie hört einen Unterton von Ironie in seiner Stimme, und das ärgert sie.
»Mach dich nicht lustig. Ich weiß, du hast etwas gegen Feiertage, aber denk an deine Kinder.«
»Ich denke ständig an sie«, erwidert Manfred. »Wenn ich es nicht täte, wäre ich heute bestimmt nicht hier.«
Er räuspert sich, und sie sucht nach einer harmlosen Bemerkung, mit der sie dieses Gespräch beenden kann. Es war töricht von ihr, anzurufen. Töricht – und ganz und gar überflüssig.

»Wie geht es dir?« fragt Manfred höflich.
»Danke, ausgezeichnet. Es schneit.«
Wieder entsteht eine Pause, und sie will gerade sagen, sie müsse jetzt Schluß machen, da hört sie seine Stimme: »Ich muß dir etwas sagen, Leonore. Ich werde Gisela verlassen.«
»Nein!« ruft sie erschrocken.
»Doch. Ich bin fest entschlossen. Ich habe schon mit ihr darüber gesprochen. Gleich nach Neujahr werde ich ausziehen. Sie glaubt es natürlich nicht. Sie hält mich für verrückt. Aber ich bin ganz normal. Ich bin noch nie so normal gewesen. Natürlich wird sie sich weigern, in eine Scheidung einzuwilligen. Das ist mir egal. Von mir aus können wir verheiratet bleiben, aber ich werde von jetzt ab mein eigenes Leben leben.«
Sie hört atemlos zu; er ist verändert, sie hört es an seiner Stimme. Bisher hatte er es immer für ausgeschlossen gehalten, Gisela und die Kinder zu verlassen. Was war geschehen? Irgend etwas mußte geschehen sein?
»Habt ihr euch gestritten?« fragt sie.
»Ich erzähle es dir gelegentlich. Ich habe eingesehen, daß es keinen Sinn mehr hat. Du kennst Gisela. Sie paßt nicht zu mir. Außerdem ist sie krankhaft eifersüchtig. Ich möchte noch ein paar friedliche Jahre haben, verstehst du?«
»Ja«, sagt Leonore. »Das verstehe ich gut.«
Manfred hat noch nie so offen mit ihr geredet. Er war bisher ihr gegenüber eher zurückhaltend gewesen, was persönliche Dinge betraf. Daß er es jetzt tut, beweist ihr, daß er Vertrauen zu ihr hat.
»Kann ich dir irgendwie helfen?« fragt sie. »Soll ich vielleicht mit Gisela reden?«
»Das ist sinnlos. Außerdem – was willst du ihr sagen? Scheiden läßt sie sich nicht, und daran, daß ich weggehe, kann sie ohnehin nichts ändern.«
Sie schweigen beide einen Augenblick, und dann sagt Manfred, er hätte daran gedacht, in der ersten Januarhälfte ein paar Tage Ferien zu machen.
»Hättest du etwas dagegen, wenn ich dich in Wiessee besuche?« fragt er.
Sekundenlang ist sie befangen, dann erwidert sie rasch: »Nein, durchaus nicht. Das ist eine gute Idee. Wann kommst du?«
»Ich weiß es noch nicht genau. Ich werde dir rechtzeitig Bescheid sagen. Übrigens – du brauchst keine Angst zu haben, daß ich dir etwas vorjammere. Aber ich brauche einen Menschen, mit dem ich reden kann.«
»Ja«, sagt sie. »Natürlich.«
»So, und nun wollen wir aufhören. Gisela wird bald zurückkommen.«
»Fröhliche Weihnachten wage ich dir nicht mehr zu wünschen«, sagt Leonore.

»Nein, besser nicht. Es wird vorübergehen. Also auf Wiedersehen, Leonore. Und vielen Dank für deinen Anruf.«
»Auf Wiedersehen!«
Sie legt den Hörer auf und sieht in das Schneetreiben hinaus und beschließt, sich zu freuen. Manfred wird hierherkommen! Sie weiß nicht, was sich daraus entwickelt. Möglicherweise wird gar nichts geschehen. Sie werden wie gute Freunde sein und sich nach ein paar Tagen wieder trennen. Jedenfalls werde ich nichts überstürzen, denkt sie, und dann stellt sie sich vor, wie ihrer Schwägerin Gisela jetzt wohl zumute ist, aber sie kann kein Mitleid für sie empfinden. Oft genug hatten sie und Hans miterleben müssen, wie unmöglich sich Gisela ihrem Mann gegenüber benahm. Sie war wirklich krankhaft eifersüchtig. Sobald eine hübsche Frau nur in Manfreds Nähe auftauchte, verlor sie die Beherrschung. Kein Wunder, daß er schließlich die Geduld verlor. Niemand konnte ihm daraus einen Vorwurf machen.
Leonore macht sich zum Ausgehen fertig. Es ist halb zwölf. Noch Zeit genug, einen Spaziergang zu machen.
Sie beschließt, alle Gedanken an die Zukunft beiseite zu schieben. Auch die Erinnerung an den Besuch von Dr. Üxleben. Sie geht die Treppe hinunter und ist froh, keinem Menschen zu begegnen. Draußen empfängt sie wildes Schneetreiben, ein eisiger Wind nimmt ihr fast den Atem. Herrlich, denkt sie. Genau das richtige Wetter, um wieder zur Vernunft zu kommen. Sie ist jetzt ganz ruhig und denkt im Augenblick mehr bedauernd als verlangend an ihren Schwager, obwohl sie weiß, daß da etwas im Hintergrund lauert, was sie nur verdrängt. Sie weiß auch, daß Manfred ähnlich empfindet. Sie haben nie darüber gesprochen, aber es bestand so etwas wie ein stillschweigendes Abkommen zwischen ihnen, an bestimmte Dinge nicht zu rühren. Ja, es ist nicht zu leugnen, sie sind sich sympathisch. Sie sind zwei Menschen, die einander etwas zu sagen haben, die gleichgestimmt sind. Vielleicht sind sie sich gerade darum bisher aus dem Weg gegangen. Wenn sich das jetzt ändert, muß sie vorsichtig sein.
Als sie mit ihren Überlegungen an diesem Punkt angelangt ist, schiebt sie jeden Gedanken an Manfred von sich und gibt sich ganz dem Vergnügen hin, allein spazierenzugehen.

5

Teresa Gilles und Ellen Klostermeier räkeln sich in der überheizten Schwimmhalle in ihren Liegestühlen und sehen, wie der Schnee über den Rasen wirbelt und wie sich die Büsche im Wind biegen.

»Ein gräßliches Wetter«, sagt Frau Klostermeier. »Mir ist überhaupt nicht weihnachtlich zumute. Ihnen vielleicht?«
»Ach, Weihnachten –«, sagt die Schauspielerin abwertend. »Was ist das überhaupt? Ich bin nicht fromm. Mir sagt Weihnachten gar nichts. Sentimentales Getue. Ich weiß auch nicht, ob ich heute abend zu der Feier kommen soll. Dr. Üxleben wird eine Ansprache halten. Ich kann mir schon denken, was er sagen wird, daß wir alle in uns gehen sollen. Dummes Zeug. Das tut ja doch keiner. Alle werden fromme Gesichter machen und denken, hoffentlich hört er bald auf, damit wir was zu essen bekommen.«
»Na, also ich weiß nicht«, sagt Ellen Klostermeier leicht schockiert. »Man sollte über diese Dinge nicht scherzen. Ich finde die Idee einer gemeinsamen Feierstunde sehr hübsch. Es ist doch traurig genug, wenn man Weihnachten nicht im Familienkreis verbringt.«
Teresa Gilles blickt überrascht zu Ellen Klostermeier hin. Sie hat sich bisher nicht viel Gedanken über die junge Frau gemacht. Hübsche Person, hat sie gedacht, ist ihrem Mann davongelaufen, sieht aus, als führe sie ein recht vergnügtes Leben. Das Wort »Familienkreis« aus ihrem Mund klingt eher lächerlich, findet sie.
»Ich habe schon lange keine Familie mehr«, sagt Teresa gähnend. »Meine Mutter ist tot, und mein Vater lebt in Baden bei Wien. Ich habe ihn seit Jahren nicht mehr gesehen.«
»Aber das ist doch traurig«, erwidert Ellen unbehaglich. »Ich gebe zu, meine Mutter und ich, wir haben uns auch nicht viel zu sagen, aber das liegt daran, daß wir grundverschieden sind. Sie ist eine sehr altmodische Frau. Über meine Scheidung war sie entsetzt. Sie konnte gar nicht verstehen, daß ich diesen ›lieben, guten Mann‹, wie sie immer sagte, verlassen habe.«
Teresa wartet auf mehr, aber es kommt nichts. Und da sie immer begierig ist, pikante Geschichten zu hören, fragt sie unverblümt: »Und warum haben Sie ihn verlassen?«
Ellen Klostermeier muß nun auch gähnen. Und dann setzt sie sich auf und zieht die Knie an. Der Bademantel fällt auseinander und enthüllt ungewöhnlich hübsche Beine. Teresa betrachtet diese Beine mit Kennermiene. Ein kleiner anzüglicher Gedanke huscht durch ihren Kopf, aber sie verdrängt ihn sofort wieder. Bei aller Attraktivität scheint die kleine Klostermeier ein wenig spießig zu sein. Sicher wäre sie ganz außer sich, aus Teresas Mund zu hören, daß sie zwei Jahre lang intim mit einem jungen Mädchen befreundet war.
»Warum verläßt man einen Mann?« greift Ellen die Frage der Schauspielerin auf. »Ich persönlich hatte einfach Angst, stumpfsinnig zu werden.

Man geht doch mit gewissen Erwartungen in eine Ehe, nicht wahr? Und wenn sich dann herausstellt, daß alles ganz anders ist... ich meine, nicht daß ich mich zu beklagen gehabt hätte! Mein guter Werner war wirklich rührend zu mir. Aber eine Frau, mein Gott – eine Frau kann sich doch unmöglich damit zufriedengeben, jeden Abend mit ihrem Mann vor dem Fernseher zu sitzen. Und dann diese gräßliche Schwiegermutter! Immer wenn ich ihn wirklich mal soweit hatte, daß er was unternehmen wollte, funkte sie dazwischen. Vergiß nicht, daß dein armer Mann abends müde ist...!« Ellen Klostermeier ahmt mit gespitzten Lippen ihre Schwiegermutter nach. »Er braucht Ruhe. Schließlich hat er den ganzen Tag schwer gearbeitet, während du... ach, hol's der Teufel«, sagt Ellen mit ihrer normalen Stimme. »Ich habe es in diesem Kaff einfach nicht mehr ausgehalten. Man ist schließlich nur einmal jung, nicht wahr? Das habe ich Werner auch gesagt.« Sie legt sich zurück, hebt das rechte Bein und betrachtet ihre gelackten Fußnägel.
Vielleicht kann man doch etwas mit ihr anfangen, denkt Teresa und fragt spöttisch lächelnd: »Und dann haben Sie den armen Kerl einfach sitzenlassen?«
»Es war wirklich kein leichter Entschluß für mich«, erklärt Ellen unsicher. »Und wenn da nicht ein anderer Mann aufgetaucht wäre –«
»Ach, es ist ein anderer aufgetaucht?« fragt Teresa und betrachtet sie mit wachsender Neugierde. »Erzählen Sie doch mal –«
»Da gibt es nicht viel zu erzählen. Ich hab' mich halt verliebt. Eine ganz dumme Geschichte eigentlich. Er war ein Freund meines Mannes und hat uns auf der Durchreise besucht. Er blieb bei uns über Nacht, und am anderen Morgen, als mein Mann in der Praxis war, da hat er plötzlich erklärt –«
Ellen Klostermeier bricht ab, nun doch etwas geniert. Doch unter dem neugierig mitfühlenden Blick der anderen – den Funken lüsterner Schadenfreude darin bemerkt sie nicht – setzt sie achselzuckend hinzu: »Ich weiß ja auch nicht, wie das möglich war. Zuerst haben wir uns nur geküßt, aber dann war uns einfach alles egal. Ich hab' nur immerzu gedacht: Wenn jetzt bloß nicht meine Schwiegermutter auftaucht!«
Teresa Gilles lacht, aber es ist ein boshaftes Lachen. Sie ist sehr angeregt und blickt Ellen mit glitzernden Augen an.
»Weiter, weiter«, sagt sie drängend. »Jetzt haben Sie mich aber wirklich neugierig gemacht.«
Ellen Klostermeier denkt einen Augenblick schweigend nach und entschließt sich plötzlich zu einer Generalbeichte. Schließlich ist die Gilles eine erfahrene Frau. Mit moralischer Entrüstung ist von ihrer Seite kaum zu rechnen.

»Ich hatte wirklich ein schlechtes Gewissen«, beginnt sie. »Aber –«
»Sie haben das einzig Richtige getan«, unterbricht sie Teresa und legt ihre kräftige Hand auf Ellens Knie. »Eine Frau in Ihrer Lage – ich bitte Sie! Ihr Mann hat doch ganz offensichtlich versagt. Erstens hat er sich nicht genügend um Sie gekümmert, und zweitens hat er Ihnen viel zuwenig Abwechslung geboten. Vor allem aber kann man von einer jungen, temperamentvollen Frau nicht erwarten, daß sie auf ein Vergnügen verzichtet, das so reizvoll zu werden verspricht.«
»Ach«, sagt Ellen, erfreut über soviel Verständnis. »Meinen Sie wirklich?«
Teresa, die Hand immer noch auf Ellens Knie, erwidert ernsthaft: »Gewiß. Jede Frau hat ein Recht darauf, ihre Erfahrungen zu machen, und wenn sie zehnmal verheiratet ist.«
»Ich bin da anders«, sagt Ellen Klostermeier fast entschuldigend. »Wenn ich schon mit anderen Männern schlafe, dann will ich auch nicht mehr verheiratet sein.«
»Blödsinn«, murmelt Teresa und zieht ihre Hand zurück, weil sie bei Ellen einen leisen Widerstand spürt. »Aber erzählen Sie nur weiter.«
»Ich war wirklich verliebt in den anderen«, sagt Ellen. »Verliebt wie eine dumme Göre. Ganz verrückt war ich nach ihm und bereit, alles für ihn im Stich zu lassen. Eine Weile ist es ja auch gutgegangen, aber dann hatte er genug von mir. Ich hätte wieder zu meinem Mann zurückkehren können, er hat nur darauf gewartet, aber das wollte ich nicht. Ich hab' eingesehen, daß ich für eine glückliche Ehe nicht geschaffen bin. Es ist bald ein anderer aufgetaucht, und dann wieder einer, und das ging so fort.«
Sie schweigt, und Teresa Gilles spitzt die Lippen, sagt aber nichts.
Ellen Klostermeier blinzelt unter halbgeschlossenen Lidern in das Schneetreiben hinaus. Sie ist deprimiert und weiß nicht, warum. Vielleicht liegt es an Weihnachten, bestimmt sogar. Fünf oder sechs Liebhaber hat sie im vergangenen Jahr gehabt, so genau weiß sie die Zahl nicht, sie müßte erst nachrechnen. Und nun? Was ist geblieben?
Heute ist Heiligabend, und sie ist allein. Traurig. Sehr traurig ist das, denkt sie, aber mit so etwas muß man sich eben abfinden.
»Sind Sie denn nun wenigstens zufrieden mit Ihrem Leben?« fragt Teresa Gilles unerwartet sanft.
»Ach, ich weiß nicht«, erwidert Ellen eine Spur gereizt, weil sie das Gefühl hat, der anderen zuviel von sich anvertraut zu haben. »Ich glaube, so richtig zufrieden kann man nur sein, wenn alles stimmt.«
Teresa setzt sich auf und sieht sie ganz fassungslos an. »Aber ich bitte Sie – wo stimmt denn alles?« ruft sie. »Sie sind doch kein kleines Kind mehr. Sie können doch nicht im Ernst glauben –«

»Bei manchen Menschen stimmt es«, sagt Ellen störrisch.
Darauf Teresa, in einem ganz neuen, unverschämten Ton: »Ach, reden Sie keinen Unsinn! Es stimmt nirgends, das sind doch alles Märchen. Es gibt kein Glück auf dieser Welt, und wenn sich jemand einbildet, er wäre glücklich, dann macht er sich selbst etwas vor.«
»Warum sind Sie denn plötzlich so böse?« fragt Ellen betroffen.
»Weil ich es nicht ausstehen kann, wenn sich die Menschen selbst etwas vormachen. Man muß den Dingen ins Auge sehen. Illusionen – Illusionen sind gefährlich, glauben Sie mir. Ich hatte auch mal welche. Als ich noch sehr jung war, ein Kind fast... ach, lassen wir das, wozu darüber reden – ich weiß jedenfalls heute, wie töricht es ist, an das sogenannte Gute im Menschen zu glauben.«
»Nein, nein, nein«, sagt Ellen ganz aufgeregt. »So etwas dürfen Sie nicht sagen, das will ich gar nicht hören. An das Gute im Menschen muß man immer glauben. Wo kommen wir denn hin, wenn wir es nicht tun?«
Teresa Gilles gähnt wieder. Sie hat genug von der Unterhaltung, sie langweilt sich. Diese Frau ist hoffnungslos spießig, sie hat es ja gleich gewußt. Eine kleine, dumme, sinnliche Spießbürgerin. Hätte bei ihrem gutmütigen Zahnarzt in ihrem Provinznest bleiben sollen, wo sie hingehört. Sie kippt ihren Liegestuhl hoch und steht auf und reckt sich. Ihre Figur ist immer noch tadellos, trotz ihrer neununddreißig Jahre. Ein bißchen knochig in den Schultern vielleicht, aber sonst – tadellos. Besser als das Gesicht jedenfalls, das verrät zuviel von dem, was sie gedacht und getan hat. Einen Hang zur Unschuld jedenfalls, wie diese Möchtegern-Abenteurerin mit dem romantischen Gemüt, hat sie, Teresa Gilles, nie besessen. »Das Kind hat den Teufel im Leib«, hat ihre Mutter immer wieder entschuldigend gesagt, wenn sich die Lehrer in der Schule über sie beschwerten. Und sie fand das höchst amüsant. Es war gewissermaßen ein Freibrief, sich kein Vergnügen vorzuenthalten. Sie hat ein wildes, zügelloses Leben geführt, das gibt sie gerne zu. Leider hat dieses Leben Spuren hinterlassen. Nicht auf ihrem Körper, wohl aber in ihren Zügen, da half auch die dickste Schminkschicht nicht mehr.
»Glauben Sie an das Gute, meine Liebe«, nimmt sie den Faden des Gesprächs wieder auf, während sie sich immer noch dehnt und streckt. »Ich kann Sie nicht daran hindern. Ich fürchte nur, Sie werden immer wieder enttäuscht werden.«
»Mein Mann war ein Engel«, sagt Ellen Klostermeier wehleidig. »Ein grundanständiger Mensch. Sie können sich nicht vorstellen, wie fabelhaft anständig er sich mir gegenüber benommen hat.«
»Er hätte Sie lieber verprügeln sollen. Vielleicht wären Sie dann bei ihm geblieben.«

»Also wissen Sie –«
»Sie brauchen gar nicht so empört zu sein, wenn ich so etwas sage. Ich persönlich jedenfalls – nein, also wirklich, wenn ich einen Mann betrüge und er läßt sich das gefallen, dann ist er in meinen Augen ein Schwächling.«
Ellen Klostermeier schweigt, nun sehr irritiert und beleidigt. Was nimmt sich diese Person eigentlich heraus? Aber es war ihre eigene Schuld. Immer wieder fällt sie auf diese Art Frauen herein. Sie ist geschwätzig, sie weiß es. Ständig nimmt sie sich vor, Zurückhaltung zu üben, doch dann sprudelt es einfach aus ihr heraus.
»Ich wollte Sie nicht kränken«, sagt Teresa Gilles widerwillig. Sie findet es lächerlich, eine so harmlose Bemerkung übelzunehmen, aber dann lenkt sie doch ein. Schließlich ist man hier aufeinander angewiesen, und einen gewissen gutmütigen Charme konnte man dieser kleinen Provinzlerin nicht absprechen.
»Wir machen alle unsere Fehler«, sagt sie. »Ich will gar nicht behaupten, daß ich mit dem Leben besser zurechtkomme als Sie. Ich erwarte nicht mehr allzuviel... und von den Männern erwarte ich schon gar nichts. Was ist? Wollen Sie noch hierbleiben? Ich gehe jetzt, ich will mich einen Augenblick hinlegen.«
»Gehen Sie nur«, sagt Ellen, immer noch aufgebracht darüber, daß die andere es gewagt hat, ihren Werner einen Schwächling zu nennen. »Ich werde noch ein paar Runden schwimmen.«
Teresa Gilles sucht nach einem versöhnlichen Abschiedswort, aber Ellen Klostermeier hat die Augen geschlossen, und die Schauspielerin entfernt sich achselzuckend.
Auf dem Weg zu ihrem Zimmer begegnet sie der schönen Gräfin Hoheisel. Sie verlangsamt ihren Schritt, in der Hoffnung, die junge Frau würde stehenbleiben und ein paar Worte mit ihr wechseln, doch die Gräfin nickt ihr nur kurz zu und geht an ihr vorbei. Teresa beherrscht sich einen Augenblick lang, dann dreht sie sich rasch um und sieht der hochgewachsenen Gestalt nach. Und so versunken ist sie in den Anblick der Davonschreitenden, daß erst ein Räuspern hinter ihr sie aufschrecken läßt.
Sie dreht sich um und sieht sich Dr. Üxleben gegenüber, der sich lächelnd nach ihrem Befinden erkundigt. Teresa Gilles kann den Chefarzt nicht leiden. Er hat ihr einmal ziemlich grob die Meinung gesagt, als sie sich darüber beklagte, daß die von ihm verschriebene Diät ihr Magenbeschwerden verursache. Mit der Diät hätte das überhaupt nichts zu tun, wohl aber mit der heimlichen Trinkerei. Wenn sie so weitermache, würden sich noch ganz andere Beschwerden einstellen. Das war vor zwei Jahren gewesen. Teresa hatte versucht, den Doktor mit ihren weiblichen Rei-

zen zu ködern, doch jeder Versuch in dieser Richtung war freundlich, aber bestimmt zurückgewiesen worden. Seither war ihr der Bauernsohn aus der Wetterau ein Dorn im Auge, und sie ging ihm tunlichst aus dem Wege. Auch jetzt gibt sie auf seine Frage nur eine knappe Antwort und tut, als habe sie es eilig.

Bevor sie ihre Zimmertür hinter sich zumacht, hängt sie das Schild mit der Aufschrift »Bitte nicht stören« außen an die Klinke und genehmigt sich erst einmal einen Whisky. Sie hat immer eine Flasche im Schrank versteckt, die sie morgens nach dem Spaziergang ins Sanatorium schmuggelt. Sie trinkt seit vielen Jahren. Anfangs, weil es ihr schmeckte, ihr Entspannung brachte, wenn sie nach anstrengenden Proben und Vorstellungen überdreht war, später aus Gewohnheit, zuletzt – seit ungefähr zwei Jahren – aus Verzweiflung.

Teresa Gilles weiß nicht, daß sie verzweifelt ist. Sie spürt es dumpf, aber sie wehrt sich dagegen, es zuzugeben, denn das hätte bedeutet, daß sie vor sich selbst kapituliert. Sie ist immer eine starke Natur gewesen, jedenfalls hat sie sich das einzureden versucht. Und sie ist ehrgeizig! Ehrgeiz ist der beherrschende Trieb in ihrem Leben. Daß dieser Ehrgeiz nicht befriedigt wird, schiebt sie nicht etwa ihrer Talentlosigkeit zu, sondern ihrem Pech. Und natürlich der Lieblosigkeit und dem Unverständnis ihrer Mitmenschen. Teresa Gilles hat sich immer für eine fabelhafte Schauspielerin gehalten. Als die große Karriere ausblieb, hat sie unzählige Menschen dafür verantwortlich gemacht, ihr beruflich geschadet zu haben – angefangen von uneinsichtigen Intendanten über schlechte und unfähige Regisseure bis hin zu intriganten Kollegen. Nur sich selbst hat sie ausgenommen, an ihr konnte es nicht gelegen haben.

Es kam eine Zeit, da stellte sich ein gewisser Erfolg ein, aber es war nicht der Erfolg, von dem sie träumte. Sie empfand es geradezu als Beleidigung, wenn man ihr zweitrangige Rollen anbot oder ihr zumutete, unter einem Regisseur zu arbeiten, der nicht zur Weltklasse zählte. Hatte sie das nötig?

Leider hatte sie es nötig, es ließ sich nicht leugnen. Und sie war eine Zeitlang vernünftig genug, das sogar einzusehen. Sie nahm ein Engagement an einer mittleren Provinzbühne an und feierte dort Triumphe, die ihr wieder zu Kopf stiegen. Kurzentschlossen kündigte sie eines Tages und zog nach München, in der Hoffnung, hier endlich ein großer Star zu werden. Doch diese Hoffnung wurde bitter enttäuscht.

Teresa Gilles sitzt auf dem Bettrand und starrt trübe in ihr leeres Glas. Sie greift zur Flasche und schüttet etwas Whisky nach, nicht allzuviel, denn sie will nicht betrunken werden, doch immerhin genug, um den Trübsinn zu verscheuchen.

Sie hat eben Pech gehabt, ganz außergewöhnliches Pech. Bei ihr blieb alles immer in den Anfängen stecken. Versprechungen, halbe Zusagen... und dann – Bedauern, Achselzucken, lahme Ausreden. »Sie sind nicht mehr jung genug für diese Rolle, das müssen Sie einsehen.« Ober bei einer anderen Gelegenheit: »Der Produzent besteht auf einem großen Namen. Das müssen Sie verstehen... schließlich ist es sein Geld. Das Risiko – ich bitte Sie...«

Es waren harte Jahre für sie, damals in München. Immer wieder neue Hoffnungen, die sich im letzten Augenblick zerschlugen. Dabei war sie nicht etwa müßig in dieser Zeit, o nein, sie hat hart gearbeitet, hat sogar ein paar recht anständige Rollen gespielt, aber eben nicht die Rollen, die auf sie aufmerksam gemacht hätten. Auch in einigen Filmen durfte sie mitwirken, doch das waren Filme, die weder in Berlin noch in Cannes gezeigt wurden und von denen kein Mensch in der Branche überhaupt Notiz nahm. Schließlich gelang es ihr, beim Fernsehen unterzukommen. Sie spielte meist etwas anrüchige Damen in Kriminalserien, verdiente nicht schlecht und machte sich damit einen gewissen Namen. Aber sollte das nun die Endstation sein? Das Ziel ihres Ehrgeizes? Nein, das wollte sie nicht einsehen.

Also wurde weitergekämpft. Immer wieder neue Verbindungen anknüpfen, antichambrieren, hierhin und dorthin fahren, Fotos einschicken, mit Agenten verhandeln, Regisseuren nachlaufen, sich auf Cocktails und Filmbällen zeigen, einflußreiche Leute hofieren. Ein zermürbendes, nervenaufreibendes Spiel, das letzten Endes erfolglos blieb.

»Scheiße«, sagt Teresa Gilles laut und böse, in der Erinnerung an die Enttäuschungen und Niederlagen jener Jahre.

Und nun? Wie geht es jetzt weiter? Sie wird vierzig in ein paar Monaten, und die Aussichten, berühmt zu werden, sind so gut wie vorbei.

Aber sie würde nicht aufgeben. Niemals! Eher bringt sie sich um. Noch hat sie eine Chance, eine große Chance sogar, vielleicht die größte, die sich ihr jemals geboten hat.

Teresa Gilles trinkt schnell einen Schluck, um sich selbst Mut zu machen. Sie hält im allgemeinen nicht viel von Männern, dazu ist sie zu oft hereingefallen, aber dieser eine, an den sie jetzt denkt, von dem hält sie viel. Enzio Luperti heißt er, stammt aus Sizilien, hat eine deutsche Mutter und einen italienischen Vater und errang bereits mit seinem ersten Film internationalen Ruhm. Die Presse bezeichnete ihn als einen Nachfolger Rossellinis, ja man erwarte sich sogar mehr von ihm als von dem einstigen Gatten der Ingrid Bergman, der nach seinen Anfangserfolgen eher enttäuschte. »Mein kleiner Enzio«, sagt Teresa weich und sieht plötzlich um Jahre verjüngt aus. »Du wirst mir helfen, ich weiß es.«

Sie hatte Enzio vor ein paar Monaten auf einer Party in Rom kennengelernt. Ein alter Freund hatte ihr eine kleine Rolle in einem Film verschafft, der auf Capri und in Rom gedreht wurde. Wirklich nur eine lächerliche Rolle, aber die Aufnahmen hatten ihr Spaß gemacht und ihr noch einmal Auftrieb gegeben. An jenem Abend, als ihr Enzio über den Weg lief, war sie in glänzender Stimmung gewesen. Nur so war es wohl zu erklären, daß sie dem erfolgreichen jungen Regisseur, dem alles zu Füßen lag, überhaupt auffiel. Sie war damals selbst überrascht von dem Eindruck, den sie auf ihn machte. Früher war es ihr nicht schwergefallen, einen Mann zu faszinieren, doch in letzter Zeit – sie merkte es an vielen kleinen Demütigungen – hatte ihre Wirkung auf Männer erheblich nachgelassen. Desto aufregender fand sie es, plötzlich wieder umworben zu werden, noch dazu von einem so gefragten Mann. Enzio war hinreißend. Als er mit ihr zusammen die Party verließ und sie aufforderte, noch mit in seine Wohnung zu kommen, zögerte sie nicht einen Augenblick. Die Erinnerung an die Nacht, die sie in seinen Armen verbrachte, macht sie heute noch erregt.

Teresa springt auf. Sie kann plötzlich nicht mehr stillsitzen. Dieses Warten! Warum läßt er nichts von sich hören? Er hat ihr doch versprochen, sie anzurufen, sobald die Sache perfekt ist. Der neue Film... er hat ihr das Drehbuch zu lesen gegeben. Die Rolle der Agentin... sie war ihr wie auf den Leib geschrieben. Enzio hatte ihr diese Rolle versprochen, damals, nach jener Nacht in Rom. Seitdem wartet sie auf Nachricht von ihm. Ein paarmal hat er angerufen. Sie müsse sich noch gedulden, die Vorarbeiten seien noch nicht abgeschlossen. Nein, keine Sorge, er denke an sein Versprechen.

»Ach, mein Liebling«, sagt sie, als säße Enzio neben ihr, »du wirst mich nicht im Stich lassen, ich weiß es, du wirst mich retten.«

Sie rennt plötzlich ins Badezimmer und starrt in den Spiegel. Ist sie noch jung genug für diese Rolle? Noch attraktiv genug? Die Kamera ist grausam. Sie muß perfekt ausgeleuchtet werden. Die Tränensäcke unter den Augen... die scharfen Falten rechts und links der Nase – die Nase selbst, zu breit, zu plump...

Teresa gerät in Panik. Sie läuft zurück, greift nach der Flasche, stellt sie kopfschüttelnd wieder auf den Nachttisch.

Nein, sie darf nicht trinken! Es schadet ihr. Sie muß sich zusammennehmen, darf sich nicht gehenlassen. Bald wird sie in London sein. In London wird der Film gedreht werden, *ihr* Film, der Film, der sie berühmt machen wird. Vierzig Jahre – was ist das schon? Sie muß nur auf sich aufpassen. Dann sieht man ihr diese lächerlichen vierzig Jahre überhaupt nicht an. Ab heute keinen Tropfen Alkohol mehr! Keine Zigaretten. Viel Schlaf –

Bewegung in frischer Luft. Dr. Üxleben würde staunen. Alle würden staunen. Sie muß nur wollen. Sie muß es nur ganz fest wollen, dann schafft sie es auch.
Sie greift wieder nach der Flasche, hält sie gegen das Licht und lächelt triumphierend. Sie wird diese halbvolle Flasche nicht austrinken. Sie wird den Rest wegschütten, jetzt, sofort.
Sie geht ins Badezimmer, schraubt den Verschluß ab und sieht zu, wie die gelbbraune Flüssigkeit in den Ausguß rinnt.
Schade darum, denkt sie. Aber es ist besser so. Sie kann sich nicht beherrschen, wenn das Zeug herumsteht.
Ich werde es schaffen. Enzio soll stolz auf mich sein. Wir werden gemeinsam einen großen Erfolg erringen. Und dann werden wir zusammen verreisen. Nach Sizilien. Enzio hat dort ein Haus, und er hat versprochen, es ihr zu zeigen. Sie wird glücklich sein. Für eine kleine Weile wird sie glücklich sein. Enzio wird nicht bei ihr bleiben, ganz gewiß wird er das nicht. Aber wenn sie erst berühmt ist, dann ist das auch nicht mehr so wichtig.
Teresa Gilles öffnet die Balkontür und macht ein paar Atemübungen. Alles wird anders werden, sie weiß es. Ein paar Wochen lang war sie mutlos gewesen, hatte befürchtet, Enzio würde sein Versprechen nicht halten. Das ist jetzt vorbei. Sie glaubt wieder, hofft wieder, zweifelt nicht mehr. Es war töricht von ihr, zu zweifeln.
Sie holt tief Luft und strafft die Schultern. Eine Weile steht sie reglos. Dann öffnet sie die Augen und richtet den Blick auf die verschneite Weihnachtstanne im Garten. Sie fühlt sich jung und stark, und sie hat das sichere Gefühl, vor einer Wende zu stehen.

6

Die Weihnachtsfeier im Bergsanatorium beginnt um 17 Uhr.
Am Morgen war den Gästen ein gedrucktes Kärtchen überreicht worden. Die Sanatoriumsleitung lud zu einer gemeinsamen Feierstunde mit anschließendem Diner ein.
Leonore hat sich ein paar Minuten verspätet. Die meisten Gäste haben bereits ihre Plätze in der Halle eingenommen. Frau Klostermeier, die in einer der hinteren Reihen sitzt, winkt ihr eifrig zu. »Kommen Sie – hier ist noch ein Stuhl frei.«
Die Kerzen am geschmückten Baum brennen, der Kamin ist mit frischem Tannengrün geschmückt. Hinter dem Cembalo, das am Nachmittag gebracht worden war, haben ein paar jüngere Mitarbeiterinnen des Hauses

Aufstellung genommen. Leonore erkennt das Pferdeschwanz-Mädchen vom Empfang, eine der Diätassistentinnen und Fräulein Kiewit, die Heilgymnastikerin.
An der Tür entsteht noch einmal Bewegung. Einige Köpfe drehen sich um, und Ellen Klostermeier flüstert Leonore zu: »Das ist Frau Dr. Mittenwald.«
Leonore sieht eine große, aufrechte Erscheinung im hochgeschlossenen Abendkleid. Glatt zurückgekämmtes rötlichblondes Haar, strenge Gesichtszüge, gemildert durch ein liebenswürdiges Lächeln, das nach allen Seiten ausgeteilt wird; kluge, dunkle Augen, die einen Moment lang auf Leonore ruhen.
Frau Dr. Mittenwald, begleitet von Dr. Üxleben und dem Oberarzt Dr. Kern, nimmt auf dem für sie reservierten Stuhl Platz. Die leise geführten Gespräche in der Halle verstummen. Dr. Kern, ein junger, knabenhaft wirkender Mann mit heller Haut und weißblondem Haar, geht auf das Cembalo zu.
Er beginnt mit »Stille Nacht, heilige Nacht«, und die hellen Mädchenstimmen fallen ein. Danach werden noch ein paar Weihnachtslieder gesungen, und dann steht Dr. Üxleben auf, um seine Ansprache zu halten. Er spricht über Sitten und Gebräuche des Weihnachtsfestes, das erst im 4. Jahrhundert, wie er betont, gegen starke Widerstände in der christlichen Kirche eingeführt wurde. Anhand von Lichtbildern informiert er seine Zuhörer über die Entstehung von Weihnachtskrippen, erzählt von Weihnachtsliedern, die, wie er sagt, meist aus dem 18. und 19. Jahrhundert stammen, und leitet über zum christlichen Festbrauch des geschmückten Lichterbaumes.
Freundlicher Beifall dankt dem Redner, nachdem er geendet hat. Danach erhebt sich alles und strebt dem Speisesaal zu. Fräulein von Winsen hatte bereits vorher jedem Gast mitgeteilt, an welchem Tisch er sitzen würde, da die übliche Einteilung an diesem Abend aufgehoben war.
Leonore sitzt am selben Tisch mit Frau Dr. Mittenwald, Lisa Schneeweiher, dem Grafen Hoheisel und seiner schönen Frau. Ihr Nachbar zur Linken ist ein kleiner Mann Ende Sechzig. Sein Gesicht ist blaß und mager, als hätte er gerade eine lange Krankheit überstanden. Beim Sprechen zuckt ständig seine rechte Mundhälfte. Er stellt sich als Dr. Meyer vor und ist, wie er Leonore in den ersten fünf Minuten ihrer Bekanntschaft mitteilt, von Beruf Filmkaufmann.
Der Speisesaal erstrahlt in festlichem Glanz. Alle Tische sind mit Kerzen und Tannengrün geschmückt, und neben jedem Gedeck stehen mehrere Gläser. Die Gesichter der Sanatoriumsgäste haben noch etwas von jener angespannten Feierlichkeit bewahrt, mit der sie der Weihnachtsansprache

des Chefarztes gelauscht haben. Erst als die Schüsseln aufgetragen und die ersten Weinflaschen angebrochen sind, lockert sich die Stimmung. Man hört wieder Gelächter, und die eben noch gedämpft geführte Unterhaltung wird lauter.
Frau Dr. Mittenwald, die rechts neben Leonore sitzt, hebt als erste ihr Glas und blickt lächelnd in die Runde. Es gibt Krabbencocktail als Vorspeise, und Graf Hoheisel verkündet schmunzelnd, daß die Anstrengungen der letzten Tage, sein Gewicht zu senken, heute wieder zunichte gemacht würden.
»Man kann sich nicht immer kasteien«, sagt Frau Dr. Mittenwald. Sie selbst unterziehe sich seit Jahren einer strengen Diät, aber das hieße nicht, daß sie nicht hin und wieder mit Vergnügen sündige.
Das Thema wird noch eine Weile weitergesponnen, bis Dr. Meyer schließlich meint, er könne es schon nicht mehr mit anhören, wie bei jeder Gesellschaft kaum noch von etwas anderem geredet würde als davon, wieviel Kalorien ein Mensch verbrauchen dürfe.
Graf Hoheisel sagt in seinem stark österreichisch gefärbten Tonfall: »Vollkommen richtig. Also hören wir auf damit.«
Das Gespräch springt über zur Ansprache von Dr. Üxleben, und Lisa Schneeweiher, die bisher noch nicht den Mund aufgetan hat, bemerkt dazu, sie wäre sehr beeindruckt davon gewesen.
»Das müssen Sie ihm selbst sagen«, meint Frau Dr. Mittenwald. »Es wird ihn freuen.«
Sie lächelt Lisa zu, und die lächelt unsicher zurück und wird schon wieder verlegen. Die Ärztin übergeht das und zieht Lisa in eine längere Unterhaltung, die sich um harmlose Dinge dreht. Leonore hört zu und fühlt sich stark zu der älteren Frau hingezogen, die so ruhig und überlegen wirkt und eine natürliche Würde ausstrahlt. Sie denkt, daß es gut sein müßte, sich bei dieser Frau Dr. Mittenwald einmal auszusprechen.
Der nächste Gang wird aufgetragen, ein gespickter Hasenrücken mit Rotkohl und Knödeln, und Graf Hoheisel zieht nur vielsagend die Augenbrauen in die Höhe und seufzt. Dazu wird Rotwein gereicht, ein milder Burgunder, und die Wangen röten sich, und es gibt nun schon Zurufe und Gelächter von Tisch zu Tisch.
Leonore fängt eine Bemerkung auf, die Graf Hoheisel zu seiner Frau macht, eine Bemerkung sehr persönlicher Art, die mit einem Lächeln und einem knappen Händedruck beantwortet wird. Sie empfindet einen kurzen, scharfen Schmerz und muß sich abwenden. Plötzlich ist da die Erinnerung an andere Weihnachtsabende, und sie spürt, wie es ihr heiß in die Augen steigt. Sie greift schnell zu ihrem Glas und trinkt einen Schluck, bemüht, nicht die Fassung zu verlieren.

Frau Dr. Mittenwald sieht sie an. Und es liegt so viel tiefes Verstehen in dem Blick der Ärztin, so viel Lebensklugheit und Wissen um die Dinge, daß Leonore wieder ruhig wird.
Die beiden Frauen lächeln einander zu. Die Augen der Ärztin signalisieren Leonore: Ich weiß, wie das ist, ich kenne das auch. Ich bin genauso allein...
Leonore antwortet mit einem fast unmerklichen Nicken des Kopfes. Dann wenden sich beide ab und beginnen zu plaudern.
Niemand hat das kleine Intermezzo bemerkt, doch Leonores Traurigkeit ist verflogen, sie bemüht sich jetzt, der Unterhaltung zu folgen und auch Lisa Schneeweiher mit einzubeziehen.
Nach dem Dessert gibt es noch Mokka, der im Stehen in der Halle getrunken wird. Dr. Meyer hat sich an Leonores Fersen geheftet und erzählt ihr, heftig mit dem rechten Mundwinkel zuckend, wie er nach der Währungsreform seine eigene Filmfirma gegründet hat. »Das waren noch Zeiten«, ruft er aus. »Damals wurde bei uns noch sparsam gewirtschaftet. Wer für einen Aufnahmetag eine Kuh mietete, der sorgte dafür, daß sie abends auch gemolken wurde, bevor man sie zurückgab.«
Leonore lacht, obwohl sie sich unbehaglich fühlt. Der kleine Filmproduzent mißfällt ihr, aber sie bringt es nicht über sich, ihn einfach stehenzulassen. Er redet weiter auf sie ein, rückt immer näher an sie heran, bemüht sich krampfhaft, witzig zu sein, und läßt einfließen, wie einsam sein Leben nach dem Tod seiner Frau sei. »Sie ist beim Skilaufen verunglückt«, sagt er, den Tränen nahe. »Eine gute Frau. Eine wunderbare Frau. Sie fehlt mir sehr.«
»Wie traurig«, murmelt Leonore und wendet den Kopf ab, da Dr. Meyer zu allem Unglück auch noch eine feuchte Aussprache hat.
Er nickt bewegt und starrt sie an. Sein Blick gleitet von ihren Augen zu ihrem Mund und von dort weiter zu ihren Brüsten.
»O ja«, sagt er, während er in ihren Ausschnitt späht. »Es ist sehr traurig für einen alten Mann, allein zu sein.«
Frau Klostermeier gesellt sich zu ihnen, und Leonore atmet auf. Sie überläßt die attraktive Blondine dem einsamen Produzenten, macht kehrt und geht davon. Einen Augenblick steht sie unschlüssig in der Nähe der Treppe und überlegt, ob sie sich in ihr Zimmer zurückziehen soll. Überall stehen Gruppen plaudernd beisammen. Sie fühlt sich allein, überflüssig. All diese Menschen gehen sie nichts an. Ihre Gefühle und Empfindungen sind ihr fremd. Sie hat nichts, absolut nichts mit ihnen gemein. Diese aufgetakelte Teresa zum Beispiel, die sich an den österreichischen Grafen herangemacht hat und mit glänzenden Augen zu ihm aufsieht, bemüht, seine Aufmerksamkeit zu erregen. Völlig gleichgültig ist sie ihr. Oder der

kranke Mann mit den Krücken. Eben verläßt er, zusammen mit seiner Frau, die Halle. Sein Gesicht ist schmerzhaft verzogen. Etwas Hoffnungsloses geht von ihm aus. Sie empfindet Mitleid für ihn, aber auch er geht sie nichts an.

Die bemühte Hausdame, Fräulein von Winsen, die kleine Schneeweiher mit ihrer bösen Mutter – Lisa steht mit hängenden Schultern neben Frau Dr. Mittenwald und lauscht geistesabwesend der Unterhaltung –, die schöne Gräfin, die Schwestern, das übrige Personal: fremde Menschen, eingesponnen in ihr eigenes Schicksal.

O nein, Leonore gehört nicht zu ihnen. Aber zu wem gehört sie dann? Zu den paar Freunden, die ihr nach Hans' Tod treu geblieben sind? Lächerlich. Auch sie leben ihr eigenes Leben, von dem sie ausgeschlossen ist. Allein, sagt sie sich, während sie auf die Treppe zugeht.

»Sie wollen uns schon verlassen?« Frau Dr. Mittenwald steht plötzlich neben ihr. »Bleiben Sie doch noch einen Augenblick. Wir haben uns noch gar nicht in Ruhe unterhalten.«

Das ist nun eine Aufforderung, der Leonore nicht widerstehen kann. Die Ärztin ist der einzige Mensch hier im Sanatorium, zu dem sie sich hingezogen fühlt. Sie kann es nicht erklären. Es ist wohl Sympathie auf den ersten Blick.

Sie finden eine stille Ecke, wo sie ungestört sind. Frau Dr. Mittenwald bestellt Sekt. Sie lehnt sich zurück und verschränkt die Arme vor der Brust. »Ach«, sagt sie, »das tut jetzt gut. Dieses lange Herumstehen strengt mich immer an.«

Frau Dr. Mittenwald betrachtet Leonore aufmerksam. Sie hat sich – wie sie das meist bei neuen Gästen zu tun pflegt – über deren Lebensumstände informiert, sie weiß, daß Leonore Witwe und nicht unvermögend ist, spürt hinter dem sicheren Auftreten und den gewandten Umgangsformen geheime Ängste und hat sich bereits während des gemeinsamen Abendessens ein ziemlich genaues Bild von der anderen gemacht.

Der Sekt wird gebracht, und Frau Dr. Mittenwald beginnt ein Gespräch, nicht allzu gewichtig, aber bald den Kern des Problems berührend.

»Es liegt immer eine gewisse Gefahr darin, Weihnachten mit fremden Menschen zu feiern. Ich hoffe, Sie haben sich nicht allzu verloren gefühlt?«

»Durchaus nicht«, erwidert Leonore höflich.

Die Ärztin schüttelt den Kopf. »Mir brauchen Sie nichts vorzumachen. Was wir hier tun – unsere kleine Feier, das gemeinsame Essen –, es bleibt doch alles nur Ersatz. Sehen Sie, wir haben Gäste, die kommen jedes Jahr, um hier mit uns Weihnachten zu feiern. Aber sie kommen doch nur, weil sie allein sind, nicht wahr?«

Leonore zögert.
Dann sagt sie leise: »Sie kommen bestimmt auch, weil sie sich in Ihrem Hause wohl fühlen.«
Die Ärztin lächelt. »Einige vielleicht. Die meisten kommen einfach aus Gewohnheit. Das Sanatorium ist ihnen zur zweiten Heimat geworden. Für manche ist es überhaupt das einzig richtige Zuhause, das sie haben. Es klingt vielleicht zynisch, aber es stimmt. Die wenigsten unserer Gäste sind ernsthaft krank. Die meisten sind einfach einsam.«
»Wie traurig«, sagt Leonore und denkt: Ich bin es auch.
Sie ist angerührt vom Zauber dieser Frau, die so vielen Menschen geholfen hat, einfach, weil sie Verständnis für ihre Schwierigkeiten aufbringt. Sie, die sonst so Zurückhaltende, geht plötzlich aus sich heraus. »Ich beneide Menschen, die allein sein können«, sagt sie offen. »Ich kann es nicht – es fällt mir schwer. Ich leide darunter. Ich spüre, wie ich daran kaputtgehe.«
Die schmalen Lippen der Ärztin lächeln sanft. »Nein, das werden Sie nicht, dazu sind Sie zu stark. Mit der Zeit werden Sie es lernen – das Alleinsein.« Frau Dr. Mittenwald lehnt sich zurück. Ihr Gesicht entspannt sich. »Aber ich glaube, Sie werden es nicht nötig haben. Sie werden immer wieder einen Menschen finden, der Sie aus Ihrer Einsamkeit herausholt.«
»Glauben Sie?« fragt Leonore rasch.
»Ja, das glaube ich«, sagt Frau Dr. Mittenwald freundlich. Sie breitet die Hände aus, in einer Geste freudiger Zustimmung. »Sie sind eine sehr anziehende Frau. Ich sage das nicht, um Ihnen ein Kompliment zu machen. Es ist einfach so. Sie ziehen Menschen an. Menschen, Männer... das ist kein Verdienst, es ist ein Geschenk. Man darf nur nicht leichtsinnig damit umgehen.«
Es entsteht eine lange Pause. Leonore blickt auf ihre schmalen Hände. Sie muß an ihren Schwager Manfred denken und fragt sich, ob diese kluge Frau wohl Verständnis dafür aufbringen würde, falls sie, Leonore, sich entschließen würde, Manfreds Geliebte zu werden. Doch Frau Dr. Mittenwald sieht ganz danach aus, als wäre sie tolerant genug, dem Glück, was immer sie auch darunter versteht, gewisse Zugeständnisse zu machen.
Vorsichtig fragt sie: »Ist das schlimm, anziehend zu sein?«
Frau Dr. Mittenwald lacht. »Im Gegenteil, Sie können sich glücklich preisen. Sehen Sie sich doch um. Viele Frauen hier wirken eher abstoßend. Oder sie haben Kontaktschwierigkeiten oder sind ganz einfach langweilig. Und solche Frauen haben es natürlich sehr viel schwerer, der Einsamkeit zu entgehen, als Sie.«

Die Ärztin trinkt einen Schluck Sekt und stellt das Glas behutsam auf den Tisch zurück. Sie sagt, mit einer gewissen Strenge in der Stimme: »Sie haben durch den Tod Ihres Mannes viel Schweres durchgemacht, aber Sie sind ein positiver Mensch und Sie werden damit fertig werden.« Plötzlich ist wieder das Lächeln da, das ihr Gesicht so anziehend macht. »Sie nehmen keine Situation als gegeben hin«, bemerkt sie trocken. »Sie sind sehr gut in der Lage und auch willens, Veränderungen herbeizuführen, wenn Sie einen Zustand als unerträglich empfinden. Und das«, schließt Frau Dr. Mittenwald sachlich, »können die wenigsten Frauen.«
Leonore ist betroffen. Sie war drauf und dran gewesen, sentimental zu werden und sich selbst zu bemitleiden. Jetzt macht ihr diese lebenskluge Frau klar, daß sie keinen Grund dazu hat. Sie ist beschämt. Zweifellos gibt es unzählige Menschen, deren Schicksal weitaus tragischer ist als das ihre. Für Frau Dr. Mittenwald ist sie nur eine Patientin unter vielen, noch dazu eine, deren trauriges Los, einen geliebten Menschen verloren zu haben, durch sehr angenehme äußere Umstände erträglich gemacht wurde und die sich außerdem, wie die Ärztin es ausdrückt, »sehr gut selbst zu helfen weiß«. Ein ziemlich deutlicher Wink, daß sie kein Recht hat, zu jammern.
Sie sitzen noch eine Weile gelöst beisammen. Leonore hat die kritische Phase des heutigen Abends überwunden. So kurz das Gespräch gewesen war, hatte diese Frau doch einen tiefen Eindruck auf sie gemacht. Sie hat die Gabe, einen Menschen sofort zu durchschauen und die Dinge auf das richtige Maß zurückzuführen. Schmerz ist nicht gleich Schmerz, denn es gibt Menschen, die können diesen Schmerz überwinden, und andere, die können es nicht. Diese anderen, Leonore begreift es plötzlich, sind die wahrhaft Bedauernswerten. Sie selbst ist es nicht.
Dr. Üxleben kommt an ihren Tisch und meint, es würde langsam Zeit, den Abend zu beenden. »Die meisten sind schon schlafen gegangen.«
Frau Dr. Mittenwald steht auf. Sie macht jetzt einen müden und ein wenig abwesenden Eindruck.
»Schlafen Sie gut, meine Liebe«, sagt die Ärztin und gibt Leonore die Hand. »Wir sehen uns nächste Woche.«
Sie wendet sich ab und geht davon, eine schlanke, aufrechte Gestalt, sehr straff und diszipliniert in der Haltung.
Leonore blickt ihr nach, und ein Gedanke schießt ihr durch den Kopf: Auch diese Frau hat ihr Kreuz zu tragen. Sie ist Ärztin, hat eine gesicherte Position, aber sie scheint einsam zu sein. Mitleid regt sich in ihrem Herzen, auch Neugierde. Frauen wie Käthe Mittenwald begegnet man selten. Sie möchte sie näher kennenlernen, aber das wird nicht leicht sein. Sie ist eine sehr beschäftigte Frau. Und dann – Leonore fühlt es bereits nach

kurzer Bekanntschaft – gehört sie nicht zu den Mitteilsamen, Aufgeschlossenen. Der Reiz ihrer Persönlichkeit liegt gerade in ihrer Zurückhaltung, in der Geschlossenheit ihres Wesens, die jede Zutraulichkeit ausschließt.
Leonore trifft ein kühler Luftstrom. Die Nachtschwester hat wohl ein Fenster geöffnet. Aus der Halle dringen nur noch ein paar murmelnde Stimmen, doch Leonore hat keine Lust mehr, nachzusehen, wer hier noch herumsitzt. Nach dem Gespräch mit Frau Dr. Mittenwald will sie allein sein. Sie fröstelt in der jähen Kühle, die über ihre Schultern streicht, geht langsam die Treppe hinauf und biegt in den Gang ein, der zu ihrem Zimmer führt.

7

Teresa und Frau Klostermeier sitzen noch allein in der Ecke neben dem Tannenbaum. Teresa hat sich tatsächlich um die Feier gedrückt und ist erst erschienen, als das gemeinsame Essen begann. Ellen Klostermeier macht ihr deswegen Vorwürfe, doch die Schauspielerin winkt ab. »Man kann niemanden zur Frömmigkeit zwingen.«
Sie sagt es nicht unfreundlich, bloß ein bißchen herablassend. Überhaupt ist sie den ganzen Abend von einer abweisenden Überlegenheit, die allgemein auffällt. Sie hat die Rolle der hoheitsvollen Diva angenommen, des Stars, der sich nur widerwillig unter gewöhnliche Sterbliche mischt und auf Abstand sieht. An dem Entschluß, nicht mehr zu trinken, hat sie während des ganzen Abends festgehalten. Es ist ihr nicht leichtgefallen, aber sie hat jetzt ein Ziel, und für dieses Ziel ist sie bereit, Opfer zu bringen. Es erfüllt sie mit einer gewissen Genugtuung, daß Frau Klostermeier an ihrer Seite glasige Augen hat und mit schwerer Zunge sentimentalen Unsinn von sich gibt, wie es Menschen tun, die sich nicht mehr unter Kontrolle haben. Lieblos stellt sie fest, daß die blonde Provinzlerin »einen sitzen hat« und vor Kummer und Trunkenheit den Tränen nahe ist. Nun, da sie die Labilität der jungen Frau kennt, reizt es sie auszuprobieren, wie weit sie bei ihr gehen kann. Sie ist nicht lesbisch im eigentlichen Sinne. Sie hat nur einen fatalen Hang, schwache Naturen zu provozieren. Ein Spiel, nichts weiter, aber ein nicht ganz harmloses Spiel, das ihr schon Ärger mit aufgebrachten Müttern eingebracht hat.
»Ich kann gar nicht verstehen, daß er nicht angerufen hat«, jammert Ellen Klostermeier mit weinerlicher Stimme. »Es ist schließlich der erste Weihnachtsabend – ach Gott, wenn ich denke, wie glücklich wir vor einem Jahr noch waren... schrecklich ist das, ach, das ist alles so schrecklich.

Mein armer Werner! Mein armer, guter Werner, ich hätte ihm das nicht antun dürfen...«
»Hören Sie auf!« sagt die Gilles angewidert. »Sie machen sich einfach lächerlich.«
Frau Klostermeier nickt. »Ich weiß. Es ist ja auch nur, weil heute Weihnachten ist.«
»Blödsinn. Weihnachten ist ein Tag wie jeder andere.«
»Nein-nein-nein«, ruft die andere fast flehentlich. »Das dürfen Sie nicht sagen. Es ist schrecklich, wenn Sie so etwas sagen, ganz schrecklich ist das.«
Die Gilles steht auf und verkündet, sie gehe jetzt schlafen.
»Ich komme mit«, sagt Frau Klostermeier sofort. »Ich will hier nicht allein bleiben. Wir können auch bei mir noch etwas trinken.« Flüsternd setzt sie hinzu: »Ich habe eine Flasche Gin auf dem Zimmer.«
»Sie wissen doch, ich trinke nicht mehr«, erwidert Teresa.
»Ach so. Aber mitkommen können Sie doch? Bitte, kommen Sie mit! Ich habe solche Angst, jetzt allein zu sein. Ich bin ja so unglücklich.«
Sie will aufstehen, fällt aber sofort wieder auf das Sofa zurück und stöhnt: »O Gott! Ich glaube, ich bin betrunken.«
»Jetzt nehmen Sie sich doch zusammen«, sagt die Gilles energisch. Sie faßt Ellen unterm Arm und zieht sie hoch.
»Ich kann nicht«, jammert Frau Klostermeier. »Ich kann wirklich nicht. Mir ist schlecht.«
In der Tür zur Halle taucht die Nachtschwester auf. Teresa Gilles winkt ihr zu. »Können Sie mir mal eben helfen?«
Nachtschwester Maria hat einen geschulten Blick. Schließlich arbeitet sie seit zehn Jahren in einem Haus, deren Gäste an seelischen Wehwehchen aller Art leiden und die sie nachts nicht nur herausklingeln, um sich eine Spritze oder Schlaftabletten geben zu lassen, sondern auch – und das nicht selten –, um sich ganz schlicht bei ihr auszuweinen.
»Nun kommen Sie schon, Frau Klostermeier«, sagt sie in ihrer derb-gutmütigen Art. »Sie werden uns doch hier nicht schlappmachen.«
»Nein, nein... verzeihen Sie – es ist nur – ich bin wirklich ein bißchen betrunken«, stammelt Ellen.
Sie versucht wieder aufzustehen, und beim dritten Anlauf gelingt es auch. Gestützt auf die Nachtschwester und Teresa Gilles wankt sie durch die leere Halle bis zur Treppe. Hier bleibt sie stehen, seufzt abgrundtief und erklärt, ihr wäre sterbensübel.
»Das geht gleich vorbei«, tröstet Schwester Maria. »Wenn Sie erst im Bett liegen, fühlen Sie sich wieder wohler.«
Es gelingt ihr unter gutem Zureden, unterstützt von der energischen Te-

resa, Ellen Klostermeier die Treppe hinaufzubugsieren. In ihrem Zimmer bricht das »blonde Glück«, wie Teresa sie im stillen getauft hat, sofort in Tränen aus. Sie wirft sich vor, alles in ihrem Leben falsch gemacht zu haben und eine ganz und gar verkommene Person zu sein.

»Sie sind einfach hysterisch«, stellt Teresa kalt fest. Die Nachtschwester wirft ihr einen mißbilligenden Blick zu, und sie wendet sich achselzuckend ab.

»Ich werde Ihnen eine Beruhigungsspritze geben«, sagt Schwester Maria. »Sie sind ja völlig durcheinander.«

Sie geht hinaus, und Ellen setzt ihre Selbstanschuldigungen unter ständigem Schluchzen fort. Dabei beginnt sie sich auszuziehen, von Teresa mit unverhohlenem Interesse beobachtet. Sie knöpft die Bluse auf, und es kommt ein schwarzes Spitzenunterkleid zum Vorschein. Man sieht ihre üppigen Schultern und den Ansatz der Brust. Sie sitzt da mit starrem Blick, das Gesicht kläglich verzogen, und sagt mit weinerlicher Stimme: »Ich kann doch nichts dafür. Ich hab' alles falsch gemacht, aber ich kann doch nichts dafür.«

Teresa setzt sich neben sie und beginnt ihre Schultern zu streicheln. Ellen hört zu schluchzen auf und sieht sie neugierig erschrocken an. »Sie sind mir hoffentlich nicht böse? Ich benehme mich ziemlich albern, ich weiß.«

»Ja, ja«, sagt Teresa. »Schon gut.« Sie streichelt weiter, massiert den verkrampften Nacken und steht abrupt auf, als sie draußen Schritte hört.

Schwester Maria hat genügend Erfahrung im Umgang mit aufgeregten Patienten, um zu wissen, daß eine kleine Spritze oft Wunder wirkt, selbst dann, wenn sie nur eine Dosis Valium enthält.

Ellen Klostermeier bekommt ihre Injektion, wird ins Bett gepackt und liegt dort nun wie ein etwas verschrecktes, aber ganz zufriedenes Kind. »Und nun wird geschlafen«, sagt die Schwester in mütterlich bestimmtem Ton.

Sie geht zur Tür und fordert Teresa mit einem Blick auf, mitzukommen. Teresa will ihr folgen, wird aber sofort von Ellens Stimme zurückgehalten: »Ach, bitte – bleiben Sie doch noch einen Augenblick.«

»Aber nur ein paar Minuten«, sagt Schwester Maria mit erhobenem Zeigefinger. »Es ist wirklich besser, wenn sie jetzt schläft.«

Teresa hat eigentlich gar keine Lust, noch länger hierzubleiben. An wehrlosen Opfern ihre Macht zu erproben, erscheint ihr reizlos. Ohnehin hat sie das Gefühl, daß es besser wäre, die Finger von diesem Gänschen zu lassen. Das ist eine, der sie zutraut, daß sie ein großes Geschrei erhebt und behauptet, sie, Teresa, wäre ihr zu nahe getreten. So etwas konnte sie im Augenblick nicht brauchen.

Die Tür fällt hinter der Schwester ins Schloß, und Ellen Klostermeier streckt mit einer theatralischen Geste die Hand nach Teresa aus. »Bitte – bitte – setzen Sie sich noch einen Augenblick zu mir. Ich bin Ihnen ja so dankbar, daß Sie mir geholfen haben.«
Teresa kommt zögernd näher, unschlüssig, ob sie die Intimität der Stunde nicht doch ausnutzen soll. Sie setzt sich auf den Bettrand, und Frau Klostermeier greift sofort nach ihrer Hand. »Ich habe mich sehr dumm benommen«, flüstert sie. »So etwas ist mir eigentlich noch nie passiert – ich meine, ich bin noch nie wirklich betrunken gewesen, nur ein einziges Mal, aber da war ich noch ein halbes Kind. Soll ich Ihnen die Geschichte erzählen? Ach, es war eigentlich eher komisch. Ich war sechzehn Jahre alt und –«
Sie verstummt, weil Teresa sich plötzlich über sie beugt und sie mit einem Blick ansieht, den Ellen selbst in ihrem halben Rausch richtig zu deuten weiß. Ihre Haltung wird sofort steif und mißtrauisch. Sie will ihre Hand fortziehen, wagt es aber nicht.
»Ich bin müde«, sagt sie mit benommener Stimme. »Entschuldigen Sie – ich... es ist wohl besser, Sie lassen mich allein.«
Teresa unterdrückt ein ironisches Lächeln. Augenblicklich läßt sie Ellens Hand los und steht auf. »Wie Sie meinen. Ich will mich nicht aufdrängen. Ich dachte nur –«
»Oh, bitte – nicht böse sein!« Ellen Klostermeier ist jetzt vollends verwirrt. Möglicherweise hat sie sich getäuscht? Obwohl, dieser Ausdruck...
»Das Mittel, das mir die Schwester gegeben hat«, sagt sie. »Mir fallen einfach die Augen zu.«
»Dann schlafen Sie wohl besser«, antwortet Teresa in so freundlichem Ton, daß Ellen ganz beschämt ist. Am liebsten hätte sie die andere aufgefordert, sich wieder zu setzen, aber ein Rest von Mißtrauen hält sie davon zurück. Sie hat keine Erfahrung mit lesbischen Frauen. Vielleicht ist Teresa ganz harmlos, aber allein bei dem Gedanken daran, die Schauspielerin könnte zudringlich werden, ekelt es sie derart, daß sie sich abwenden muß.
»Gute Nacht«, murmelt sie. »Und nochmals vielen Dank, daß Sie so nett zu mir waren.«
»Aber das war doch selbstverständlich.«
Teresa wartet, ob noch etwas kommt, aber Ellen sagt nichts weiter. Sie scheint eingeschlafen zu sein. Ihr Kopf ist zur Seite gerutscht, der Mund halb geöffnet. Sie gibt leise Schnarchtöne von sich.
Die Schauspielerin betrachtet die Schlafende einen Augenblick. Sie ärgert sich, daß ihr die Situation entglitten ist. Aber vielleicht ist es besser so. Sie wird abwarten. Vielleicht ergibt sich eine andere Gelegenheit. Sie

weiß selbst nicht, was sie an dieser blonden Person reizt. Sie ist gar nicht ihr Typ. Es ist wohl einfach die Langeweile, der sie hier ausgesetzt ist. Teresa verläßt das Zimmer. Der lange Gang liegt im Halbdunkel. Es herrscht Totenstille im Haus. Sie hat eigentlich keine Lust, jetzt schlafen zu gehen. Sie denkt wieder an Ellen. Diese dumme Person! Wenn sie ihr morgen begegnet, wird sie sie links liegen lassen. Es gab genug andere, die entgegenkommender waren. Hoppla – was war das? Jetzt wäre sie fast gestolpert. Mußten die Leute ihre Schuhe auch mitten in den Gang stellen!

Sie setzt ihren Weg fort, keineswegs bemüht, besonders leise zu sein. Rücksichtnahme war noch nie ihre Stärke gewesen. Wozu auch? Auf sie hat auch nie jemand Rücksicht genommen. Zorn steigt plötzlich in ihr hoch. Sie hätte nicht übel Lust, mit den Fäusten an die Türen zu hämmern, um die Schlafenden dahinter zu wecken. Was ihr jetzt fehlt, ist ein Schluck Whisky. Wie töricht von ihr, das kostbare Zeug wegzuschütten. Wie soll sie nur zur Ruhe kommen, Entspannung finden? Sie weiß jetzt schon, daß sie bis zum Morgen wach liegen wird.

Als sie in ihrem Zimmer ist, läßt sie Wasser in die Badewanne laufen. Es ist nachts verboten zu baden, aber sie schert sich einen Teufel darum. Es soll nur jemand kommen und sich beschweren, dem wird sie etwas erzählen!

Sie weiß selbst nicht, warum sie plötzlich so erbittert, so voller Groll ist. Es kann nicht an diesem albernen Gänschen liegen, das so erschreckt auf ihre harmlose Annäherung reagiert hat, das ist einfach zu lächerlich. Die Abstinenz bekommt ihr nicht, das wird es sein. Ihre Nerven vibrieren. Es verlangt sie danach zu trinken und im Trinken Vergessen zu finden. Die Nacht ist ihr Feind. Ein brutaler Feind, der über sie herfällt und sie peinigt. Schatten stehen auf und bedrohen sie. Sie glaubt nicht an Gott. Sie glaubt auch nicht an ein Leben jenseits des Todes. Aber sie fürchtet sich davor zu sterben. In der Einsamkeit der Nacht hört sie Stimmen, die sie anklagen, die sie mit kaltem Entsetzen erfüllen. Ist sie ein schlechter Mensch? Sie muß es wohl sein, sonst wäre sie nicht so von Angst erfüllt. Aber wovor fürchtet sie sich, wenn es nichts gibt außerhalb dieser Welt? Sie weiß es nicht. Sie weiß nur, daß etwas Neues in ihr Leben getreten ist, eben jene Angst, die sie früher nicht gekannt hat. Nur wenn sie trinkt, kann sie die Stimmen, die sie peinigen, zum Verstummen bringen.

Sie liegt im warmen Wasser, aber das gewohnte Wohlgefühl, das sie sonst empfindet, wenn sie badet, bleibt aus. Ihre Gedanken wandern wieder in die Vergangenheit zurück. Es gibt eine Schuld, die sie auf sich geladen hat. Während das Wasser langsam erkaltet, durchlebt sie etwas, das sie seit Jahren zu verdrängen sucht. Als blutjunges Ding hatte sie einen

Mann geliebt, einen Kapellmeister, den sie in ihrem ersten Engagement kennenlernte. Als fest stand, daß sie ein Kind von ihm erwartete, wollte er sie heiraten. Sie lehnte das schroff ab. Sie war verliebt in ihn, aber sie dachte nicht daran, seinetwegen ihre Karriere aufzugeben. Und darauf wäre es praktisch hinausgelaufen. »Aber das Kind?« hatte er gefragt. »Was wird mit dem Kind?« Sie sagte ihm, sie würde es wegmachen lassen. Daraufhin war er vor ihr auf die Knie gefallen und hatte sie angefleht, das nicht zu tun. Sie mußte ihm versprechen, das Kind zur Welt zu bringen. Er würde dafür sorgen. Sie brauche sich nicht darum zu kümmern. Sie gab ihm das Versprechen, um es zwei Monate später zu brechen. Es ging um eine Rolle, die ihr angeboten wurde. Sie wollte nicht darauf verzichten. Also ließ sie das Kind abtreiben.

Sie sieht sich noch um die Mittagsstunde jenes Haus betreten, das man ihr genannt hat. Ein schmutziger Hausflur, spielende Kinder auf der Treppe, eine Frau im Schlafrock, die ihr entgegenkommt und sie dreist mustert.

Dann liegt sie auf einem Tisch in einer Art Wohnküche. Ein Männergesicht beugt sich über sie. Sie spürt den Einstich der Spritze in ihrer Vene. Als sie aufwacht, rinnt das Blut an ihren Schenkeln herab. Sie liegt nicht mehr auf dem Tisch. Sie liegt auf einem Sofa und ist mit einer Decke zugedeckt. Auch die Decke ist klebrig von ihrem Blut. Sie beginnt zu schreien. Die Frau im Schlafrock kommt, gefolgt von ihrem Mann. Sie reißen die Decke weg. Sie hört noch, wie der Mann sagt: »So eine Schweinerei. Sie ist viel zu spät gekommen.« Dann wird sie ohnmächtig.

Im Krankenhaus erwacht sie zum zweitenmal. Ihr Liebhaber ist gekommen, der Mann, dessen Kind sie getötet hat. Er ist aschfahl im Gesicht. »Du hast es gemordet. Du hast unser Kind ermordet. Gott wird dich dafür strafen.«

Damals hat sie gelacht. Sie ist in ein hysterisches Gelächter ausgebrochen und hat ihm gesagt, er solle sich nicht lächerlich machen. Eine Abtreibung wäre noch lange kein Mord, und sie würde es immer wieder tun. Er ist aufgestanden und hat wortlos das Zimmer verlassen. Sie hat nie wieder etwas von ihm gehört.

Teresa stöhnt auf. Sie hat nicht gewußt, wie sehr das Erlebnis sie berührt hat, bis die Erinnerung daran sie zu peinigen begann. Das Kind, das sie nie gesehen hat, erscheint eines Tages in ihren Träumen. Es ist ein unförmiger blutiger Klumpen, der winzige Arme und Beine hat. Der Traum kehrt wieder, immer in einer verzerrten Variation, doch deutlich in seiner Aussage.

In ihr Entsetzen beim Erwachen mischt sich die Angst vor der angekündigten Strafe. Meist gelingt es ihr, diese Angst zu unterdrücken, doch in

der Stille der Nacht, in einer Stunde wie dieser, in der sie allein und nüchtern ist, fällt sie erbarmungslos über sie her.
Sie will kein Kind haben. Das stimmt. Sie will Karriere machen, auch heute noch. Aber sie will endlich von dieser Qual befreit sein, immer wieder an diese unselige Tat erinnert zu werden.
Teresa steigt aus der Wanne und trocknet sich ab. Sie wird eine Schlaftablette nehmen, besser gleich zwei. Es gibt keinen Gott, der sie bestrafen kann, das ist Unsinn. Wenn es ihr bestimmt ist, zu leiden, dann hat das nichts mit der Geschichte von damals zu tun. Doch warum soll sie überhaupt leiden? Sie kann es nicht einsehen. Unzählige Frauen lassen sich Kinder abtreiben, ohne deswegen ein schlechtes Gewissen zu haben.
Sie schluckt zwei Tabletten, legt sich ins Bett und versinkt nach und nach in einen Dämmerzustand zwischen Wachen und Schlaf. Diesmal träumt sie nicht von dem Ungeborenen. Sie träumt von Scheinwerfern, die auf sie gerichtet sind und in deren grellem Licht sie sich lächelnd bewegt.

8

»Hätten Sie Lust, mit mir nach Rottach zu fahren?« fragt Leonore Tettenborn drei Tage später die kleine Schneeweiher.
Das Wetter ist umgeschlagen. Es regnet, und der Schnee auf den Wiesen ist fast weggeschmolzen.
An diesem Morgen sieht man im Bergsanatorium nur mißmutige Mienen. Die Damen erscheinen in Regenmänteln und Gummistiefeln, einige mit grotesken Hauben auf dem Kopf. Die Herren sind meist in Loden gekleidet, was nur dem österreichischen Grafen ein wirklich zünftiges Aussehen verleiht. Er und seine schöne Frau sind die einzigen, denen das Wetter nicht auf die Stimmung zu schlagen scheint. Leonore begegnete ihnen am frühen Morgen auf ihrem Weg zum Schwimmbad, beide sind bereits zum Ausgehen gerüstet. Auf ihre Bemerkung, es sei doch ein ganz schauderhaftes Wetter, erhält sie von der Gräfin die vergnügte Anwort: »Das macht uns nichts aus. Waldspaziergänge im Regen sind herrlich.«
Lebenskünstler, hatte sie gedacht und sich vorgenommen, den beiden nachzueifern und nicht, wie die meisten Sanatoriumsgäste, verdrießlich in der Halle zu hocken. Der Gedanke, mit dem Schiff nach Rottach zu fahren, war ihr ganz spontan gekommen, und als ihr Lisa Schneeweiher über den Weg lief, wie immer mürrisch und verschlossen wirkend, hatte sie sie ebenso spontan aufgefordert mitzukommen.
Gleich nach dem Frühstück ziehen sie los. Lisa Schneeweiher in einen Umhang mit Kapuze gehüllt, aus der nur die rote Nasenspitze hervor-

sieht. Sie geht geduckt, stemmt sich gegen den Wind. Ihre Beine stecken in hohen Lederstiefeln, und sie stapft so ungraziös dahin, daß sich Leonore vornimmt, sie einmal zu fragen, ob sie eigentlich absichtlich so wenig weibliche Anmut in Kleidung und Benehmen zeige. Sie, als die um viele Jahre Ältere, kann sich eine solche Bemerkung erlauben, wenn sie es geschickt macht. Sie empfindet für dieses verschreckte Kind eine vage Sympathie und möchte ihr gerne helfen.

Es regnet ununterbrochen, und der Schnee auf den Straßen hat sich in Matsch verwandelt. Auf dem Weg zur Anlegestelle werden sie mehrfach von Autos überholt, die sie anspritzen. Lisa legt das letzte Stück fast im Laufschritt zurück. Dabei hätte sie um ein Haar ein Kind umgerannt, das sie erst im letzten Moment bemerkt. Die Mutter, eine dicke Frau im Pelzmantel, schimpft laut, ob sie nicht aufpassen könne. Lisa gibt eine patzige Antwort. Die dicke Frau blickt ihr entrüstet nach, sagt aber nichts mehr.

»Warum waren Sie denn so böse?« fragt Leonore, bemüht, mit der vorwärtshastenden Lisa Schritt zu halten.

»Ich mag es nicht, wenn man mich angreift«, erwidert Lisa. »Früher habe ich es mir gefallen lassen. Jetzt nicht mehr.«

Leonore spürt die Erbitterung des Mädchens. Man muß ihr helfen, denkt sie wieder. Ich werde mich ein bißchen um sie kümmern. Sie ist ein armes verklemmtes Ding. Ein Hund, den man verprügelt hat und der nun um sich beißt.

Sie besteigen das Schiff. Lisa strebt gleich in die hinterste Ecke zu einer leeren Bank. Sie setzt sich ans Fenster und blickt hinaus auf die vom Regen gepeitschte Wasserfläche. Es sieht alles sehr trostlos aus, und sie fühlt sich deprimiert. Leonore sagt etwas, doch Lisa antwortet nicht. Eingesponnen in ihren Trübsinn sitzt sie da und ärgert sich, mitgekommen zu sein.

Leonore blickt sich um. Ein halbes Dutzend Leute sind mit ihnen zusammen eingestiegen, unter anderem ein kräftiger blonder Mann mit auffallend hellblauen Augen. Er hat ein keckes, vergnügtes Aussehen, und Leonore denkt, daß er sie an irgend jemanden erinnert. Als sie noch einmal zu ihm hinübersieht, begegnet ihr sein Blick, und er lächelt ihr freundlich zu.

Das Schiff fährt ab. Es beschreibt einen halbkreisförmigen Bogen und tuckert dann gemächlich auf den See hinaus.

»Ich weiß gar nicht, was wir in Rottach machen sollen«, sagt Lisa mit müder, schleppender Stimme.

»Wir bummeln einfach ein bißchen herum und sehen uns die Auslagen an«, antwortet Leonore.

»Bei *dem* Regen?«

»Da drüben wird es schon heller. Außerdem haben wir ja Schirme mit.«
Lisa Schneeweiher läßt die Mundwinkel hängen. Sie starrt vor sich hin und sagt nichts. Das Tuckern der Schiffsschraube und die warme Luft in dem engen Raum machen sie schläfrig. Sie schließt die Augen und döst vor sich hin. Schallendes Gelächter läßt sie plötzlich auffahren. Auch Leonore ist unwillkürlich zusammengezuckt. Beide sehen hinüber zu dem blonden Mann mit den blauen Augen, der immer noch lauthals lacht und sich vor Vergnügen auf die Schenkel schlägt. Grund seiner Heiterkeit ist ein Mädchen in Jeans mit kurzgestutztem Haar und sommersprossiger Stupsnase, das offenbar einen Witz gemacht hat. Die beiden sind nicht allein. Sie befinden sich in Gesellschaft eines mageren Menschen mit einem Windhundgesicht, der den Arm um das Mädchen gelegt hat und ihr etwas ins Ohr flüstert, was erneut Gelächter bei ihr auslöst. Lisa mustert das Trio mit widerwilliger Neugierde. Vor allem das Pärchen erregt ihre Aufmerksamkeit. Sie sitzen eng beieinander und benehmen sich auffallend vertraulich. Das Mädchen lehnt sich an die Schulter des Mannes. Sie wippt mit dem rechten Schuh und reibt ihr Bein an seiner Wade. Dazu lacht sie und sieht ihn an, und über sein Gesicht verbreitet sich ein Grinsen, das auf Lisa abstoßend wirkt.
Aber sie muß immer wieder hinsehen. Sie kann ihren Blick nicht von den beiden losreißen. Das Mädchen wird schließlich auf sie aufmerksam und starrt sie dreist an. Lisa senkt erschrocken die Lider.
Sie fühlt sich ertappt, als hätte sie etwas Unanständiges getan. Obwohl sie sich krampfhaft bemüht, nicht wieder hinzusehen, kann sie nicht verhindern, daß sich ihre Gedanken weiter mit den beiden beschäftigen. Obszöne Bilder steigen in ihr auf. Ihre Wangen beginnen zu brennen, und sie ruft sich selbst energisch zur Ordnung. Betont gleichgültig sieht sie noch einmal zu dem Paar hinüber, bemerkt, daß beide immer noch miteinander flüstern und sich benehmen, als wären sie allein. Mit grimmiger Entschlossenheit wendet sie sich ab, um wieder in den Regen hinauszusehen.
Dann sind sie in Rottach-Egern. Trotz des schlechten Wetters herrscht in den Straßen lebhafter Verkehr. Lisa und Leonore schlendern eine Weile herum, bleiben hier und da vor einem Schaufenster stehen und betreten schließlich eine Boutique, weil Leonore, wie sie sagt, einen warmen Pullover kaufen will.
Die Verkäuferin ist allein im Laden. Eine gewandte junge Frau, die Leonore geschickt berät. Sie zeigt ihr nicht nur Pullover; auch Strickjacken und buntbedruckte Kaschmirtücher, die den Namenszug eines bekannten Modeschöpfers tragen. Leonore wählt zwei Pullover mit Rollkragen aus und geht in eine Kabine, um sie anzuprobieren. Lisa läßt sich inzwischen

Hosenanzüge zeigen. Sie ist schon halb entschlossen, ein besonders scheußliches Exemplar, das bisher als unverkäuflich galt, zu erstehen, als Leonore zurückkommt. Sie trägt einen der beiden neuen Pullover und sieht – Lisa erkennt es neidlos an – besonders schick und elegant darin aus. »Mir würde so etwas nie stehen«, bemerkt sie seufzend.
»Das bilden Sie sich doch nur ein«, erwidert Leonore, während sie ein Halstuch probeweise knotet und sich dann prüfend im Spiegel betrachtet.
Lisa hat sich wieder ihrem Hosenanzug zugewandt. Die Verkäuferin frohlockt bereits innerlich, als Leonore sich einschaltet und kurzerhand erklärt, dieses unförmige Ding wäre einfach unmöglich. Ob es Lisa nicht einmal damit versuchen wolle? Sie zeigt auf ein einfaches beigefarbenes Wollkleid mit einem runden Kragen.
Die Verkäuferin lächelt anerkennend. »Ein Modell. Wir haben es eben erst hereinbekommen. Es ist noch nicht ausgezeichnet.«
Lisa zögert. Sie blickt erst auf das Kleid, dann auf Leonore und meint schließlich, so etwas könne sie bestimmt nicht tragen. »Probieren Sie es doch einmal an«, schlägt die Verkäuferin vor.
»Ja«, sagt Leonore. »So etwas muß man angezogen sehen, sonst wirkt es nicht.«
Lisa zögert immer noch. Aber die beiden reden ihr so lange zu, bis sie schließlich in der Umkleidekabine verschwindet.
Es dauert eine ganze Weile, bevor sie wieder erscheint. Leonore wird bereits unruhig. Sie fragt sich, was dieses Kind da drinnen macht. Ist sie so ungeschickt, daß man ihr helfen muß?
Endlich teilt sich der Vorhang, und Lisa Schneeweiher, eine ganz und gar verwandelte Lisa Schneeweiher, kommt zum Vorschein.
Das ist nicht zu fassen, denkt Leonore. Aschenbrödel, verwandelt in eine entzückende junge Dame.
»Also ich weiß nicht –«, sagt Lisa unsicher.
Sie bleibt vor dem Spiegel stehen, um sich darin zu betrachten. Die Verkäuferin und Leonore wechseln einen Blick. Lisa ist so mit sich selbst beschäftigt, daß sie es nicht bemerkt. Sie richtet sich auf, stellt sich auf die Zehenspitzen, dreht sich um die eigene Achse und blickt Leonore schließlich fragend an.
Leonore nickt. »Dieses Kleid steht Ihnen ausgezeichnet. Ich würde es kaufen.«
»Meinen Sie wirklich?« fragt Lisa.
Sie mustert sich wieder im Spiegel, sieht ein Mädchen, das ihr gleicht, das ihr aber auch auf seltsame Weise fremd ist, mit dem etwas geschieht, was sie sich nicht erklären kann. Lisa fühlt, daß das Kleid sie verändert,

daß es ihr ein neues, unbekanntes Selbstvertrauen gibt. Ihre Stimmung schlägt plötzlich um. Sie ist nicht mehr deprimiert, wie vorhin auf dem Schiff. Sie ist glücklich, fast übermütig. Von diesem Kleid gehen geheimnisvolle Kräfte aus. Oder sind diese Kräfte in ihr? Haben sie bisher nur geschlummert und sind plötzlich, wie von Zauberhand, geweckt worden?
»Also gut, ich werde es nehmen«, sagt sie zu der Verkäuferin.
Später probiert sie noch andere Kleider, doch jedesmal schüttelt sie den Kopf, und auch Leonore muß zugeben, daß keines so wirkungsvoll ist wie das kleine, schlichte Wollkleid.
Auf Anraten Leonores ersteht Lisa noch einen Pullover und einen Rock, und als sie den Laden nach etwa einer Stunde verlassen, sind beide in vergnügter Stimmung. Das gemeinsame Probieren und Auswählen hat eine gewisse Intimität zwischen ihnen geschaffen, Lisa hängt sich sogar einmal bei Leonore ein, läßt sie allerdings sofort wieder – erschrocken über die eigene Kühnheit – los. Sie plaudert jetzt ganz munter, erzählt Leonore harmlosen Klatsch aus dem Sanatorium und stimmt eifrig zu, als Leonore vorschlägt, in einer Weinstube einzukehren, um sich etwas aufzuwärmen.
Lisa hat noch nie in ihrem Leben am hellen Vormittag Rotwein getrunken. Anfangs nippt sie bloß an ihrem Glas, doch dann stellt sie fest, daß es ihr schmeckt, und sie trinkt einen kräftigen Schluck und gleich noch einen hinterher. Die Weinstube ist um diese Zeit fast leer. Es gibt einen Stammtisch, an dem ein paar bärtige Einheimische sitzen. Sonst ist nur noch ein älteres Paar mit einem Pudel da, das gemeinsam ein Kreuzworträtsel löst. Sie sind so eifrig bei der Sache, daß sie nicht einmal bemerken, wie einer der Stammtischgäste den Pudel mit Wurstresten füttert.
Lisa, die kleine, mürrische Lisa, ist nicht wiederzuerkennen. Sie schwätzt drauflos und ist so munter und aufgeschlossen, daß Leonore sie immer wieder verwundert ansieht.
»Ach, ich bin ja so froh, daß ich mitgefahren bin«, sagt Lisa. »Heute morgen war ich so deprimiert, und jetzt... ich weiß gar nicht, was mit mir los ist, ich bin so vergnügt...«
Sie stützt die Ellenbogen auf, legt ihr Kinn in die Hände und blickt Leonore mit ihren dunklen Augen an. »Es gibt Menschen, die sind von Natur heiter«, sagt sie. »Meine Schwester Nora zum Beispiel. Aber sie ist auch ein bißchen albern... ich weiß noch, als wir klein waren, sie mußte immerzu lachen. Ich hab' gar nicht gewußt, warum, und sie hat es, glaube ich, auch nicht gewußt. Sie hat einfach gelacht. Ich konnte das gar nicht verstehen.«
Lisa trinkt wieder einen Schluck und kaut ein Stück Brot dazu. »Es war

sehr nett von Ihnen, daß Sie mich mitgenommen haben«, sagt sie zu Leonore. »Ich kenne das gar nicht. Ich meine, ich habe sonst mit niemandem im Sanatorium Kontakt. Die sind ja auch alle viel älter als ich.«
»Ich bin auch älter«, sagt Leonore lächelnd.
»Sie sind nicht alt«, sagt Lisa eifrig. »Ich meine, Sie sind natürlich älter als ich, aber mit Ihnen kann man reden. Mit den meisten Menschen kann ich nicht reden, ich kann es einfach nicht. Ich bin dann wie... ich weiß auch nicht, wie – wie zugeschlossen. Aber bei Ihnen, bei Ihnen ist das anders. Sie sind so natürlich, so – so normal. Vielleicht klingt das merkwürdig, aber ich habe gar keine Angst vor Ihnen.«
»Angst?« Leonore sieht sie betroffen an. »Haben Sie denn vor anderen Menschen Angst?«
Lisa überlegt einen Augenblick. »Doch, ja, ich glaube schon. Vor Frauen nicht so sehr, aber vor Männern.«
Leonore schweigt. Sie fühlt, daß sie diesem Mädchen gegenüber sehr vorsichtig sein muß. Ein falsches oder unüberlegtes Wort von ihr, und Lisa würde sich sofort wieder in sich zurückziehen. Sicher ist sie noch nie in ihrem Leben verliebt gewesen und hat wohl auch etwas merkwürdige Vorstellungen davon. Es mußten da schwere Fehler in ihrer Erziehung gemacht worden sein. Angst vor Männern! Wie war das möglich, bei einem Mädchen, das noch keinerlei Erfahrungen in ihrem Leben gemacht hatte? Oder sollte sie sich darin täuschen?
»Vor Männern braucht man keine Angst zu haben«, sagt sie in festem Ton. »Man darf sich nur nicht mit miesen Typen einlassen, dann ist man natürlich verloren.«
»Aber wie weiß man denn, welche mies sind?« fragt Lisa unschuldig.
»Das merken Sie schon«, erwidert Leonore und lächelt Lisa mütterlich an. »Mit ein bißchen Menschenkenntnis –«
»Ach, ich weiß nicht, ich glaube, ich würde es nicht merken. Ich hab' einfach Angst. Nora hat gesagt...« Sie bricht ab.
Leonore will sie ermuntern weiterzusprechen, doch da tut sich die Tür auf, und ein Schwall von Gästen kommt herein, offenbar eine Reisegesellschaft. Im Nu ist die kleine Weinstube voll. Stimmengewirr und Gelächter füllen den Raum. Der kleine Pudel, der bisher friedlich unter dem Tisch gelegen hat, beginnt aufgeregt zu bellen und wird von Herrchen und Frauchen abwechselnd beschwichtigt. Einer der Neuankömmlinge ahmt das Bellen des Hundes nach, war zur Folge hat, daß der Pudel ganz außer sich gerät und wütend an seiner Leine zerrt. Lautes Gelächter von allen Seiten.
»Lassen Sie doch den Unsinn!« sagt die Besitzerin des Pudels empört. »Sie machen den Hund ja ganz verrückt.«

Der Mann, der gebellt hat, wendet sich achselzuckend ab und geht zur Theke. Der Pudel wird von seinem Frauchen auf den Schoß genommen. Nach und nach tritt wieder Ruhe ein, doch mit der Gemütlichkeit ist es vorbei. An allen Tischen wird so laut geredet, daß man sein eigenes Wort nicht mehr versteht.
Leonore blickt Lisa an, die unbehaglich die Schultern eingezogen hat. »Wollen wir gehen?« fragt sie.
»Ach, ich weiß nicht... es war so nett hier. Vielleicht verschwinden die ja gleich wieder.«
»Also gut, bleiben wir noch ein Weilchen.«
Leonore bestellt noch einen halben Liter Wein und dazu eine gemischte Käseplatte.
»Nora ist Ihre Schwester, nicht wahr?« nimmt sie den Faden des Gesprächs wieder auf.
»Ja, meine ältere Schwester«, sagt Lisa. »Sie sieht ganz anders aus als ich. Meine Mutter sagt, sie ist eine Schönheit. Ich finde auch, daß sie gut aussieht, aber eine Schönheit... na, ich weiß nicht. Ich finde, sie sieht ein bißchen gewöhnlich aus, aber so etwas mögen die Männer, glaube ich. Meine Mutter hat immer gesagt: ›Mit Nora gibt es keine Probleme. Die hat genau die richtige Art, mit Männern umzugehen. Du wirst das nie lernen.‹ Sie hält mich überhaupt für einen hoffnungslosen Fall. Wenn sie schlecht gelaunt ist, sagt sie, ich wäre ein richtiger Trampel.« Lisa sagt das in gleichgültigem Ton, aber Leonore spürt doch, daß es ihr nicht ganz so gleichgültig ist.
»Sie haben das hoffentlich nicht ernst genommen«, sagt sie.
»Als Kind schon«, erwidert Lisa.
»Aber jetzt sind Sie erwachsen«, sagt Leonore und empfindet fast so etwas wie Zärtlichkeit für dieses fremde Geschöpf. »Sie sind ein sehr hübsches Mädchen und –«
»Hübsch? Haben Sie gesagt, ich sei hübsch?« Lisa reißt die Augen auf und bricht in ein etwas gekünsteltes Gelächter aus. »Ich bin überhaupt nicht hübsch, ich bin häßlich, aber ich habe mich damit abgefunden.«
»Reden Sie nicht so einen Unsinn!« sagt Leonore unwillig.
»Aber ich weiß es doch«, ruft Lisa fast triumphierend. »Ich bin doch nicht blöde, ich hab' schließlich Augen im Kopf. Ich bin klein und mickerig, eine halbe Portion, sagt Nora. Und wenn Sie sich meine Nase ansehen... bitte, sehen Sie sich doch einmal meine Nase an!« Sie dreht ihren Kopf halb ins Profil. »Ist sie nicht scheußlich? Eine richtige Stupsnase, es sieht einfach lächerlich aus. Nein, nein, Sie können mir nicht einreden, daß ich hübsch bin, aber es ist auch nicht so wichtig. Es können schließlich nicht alle Mädchen hübsch sein.«

Sie schweigt und trinkt einen Schluck, und Leonore überlegt, was sie sagen soll. Sie findet es bedenklich, daß ein junges Ding wie Lisa ein so falsches Bild von sich hat. Was für Chancen hatte ein junges Mädchen, das so wenig Selbstvertrauen besaß? So gut wie keine. Lisa weiß nichts von sich. Überhaupt nichts. Jahrelang hat man ihr eingetrichtert, sie sei ein Trampel. Inzwischen glaubt sie selbst daran.
Lisa sagt: »Es spielt wirklich keine Rolle. Ich will ja nicht heiraten.«
»Eines Tages werden Sie anders darüber denken.«
»O nein, ich bestimmt nicht«, widerspricht Lisa und glaubt im Augenblick selbst daran. »Vielleicht verliebe ich mich einmal, aber heiraten werde ich sicher nicht. Ich sehe doch, was los ist, wenn man heiratet.«
»Gar nichts sehen Sie«, sagt Leonore, nun wirklich ein bißchen aufgebracht. »Sie sehen alles immer verzerrt. Auch sich selbst sehen Sie verzerrt. Sie müssen versuchen, dagegen anzugehen, sonst werden Sie sich und anderen zur Last. Und was Ihr Aussehen betrifft«, fährt Leonore fort und bringt Lisa, die sie unterbrechen will, mit einer Handbewegung zum Schweigen. »Ich finde Sie hübsch. Nein, nein, sagen Sie nichts, Sie sind wirklich ein hübsches, anziehendes Mädchen, aber irgendwer hat Ihnen eingeredet, Sie seien häßlich, und nun halten Sie daran fest. Sie kleiden sich so unvorteilhaft wie möglich, entschuldigen Sie, wenn ich Ihnen das sage. Auch Ihre Frisur – man könnte meinen, Sie legen es darauf an, sich zu verunstalten.«
»Meinen Sie wirklich?« fragt Lisa betroffen.
»Ja. Sehen Sie – ich weiß nicht, wie ich Ihnen das erklären soll. Gutes Aussehen kommt nicht von ungefähr. Es ist eine Sache der inneren Einstellung. Es gibt Frauen, die wirklich häßlich sind, aber sie verstehen es, etwas aus sich zu machen. Und Sie – Sie haben doch alle Möglichkeiten. Sie müssen nur endlich lernen, an sich zu glauben.«
Lisa sagt: »So etwas hat noch nie ein Mensch zu mir gesagt. Bisher haben nur immer alle an mir herumgenörgelt.«
Sie stützt wieder ihre Arme auf und rückt nahe an Leonore heran. »Können Sie mir nicht ein bißchen helfen?« fragt sie zutraulich.
»Mit Vergnügen«, sagt Leonore und meint das ganz aufrichtig. »Gleich morgen früh gehen wir zum Friseur. Sie brauchen eine Dauerwelle. Und ein bißchen Make-up können Sie auch vertragen. Sie sind einfach zu blaß.«
Lisa beginnt plötzlich zu lachen. Sie ist jetzt ein bißchen betrunken und findet das alles sehr aufregend. Mit dem neuen Kleid hat es angefangen. Aber damit allein ist es natürlich nicht getan. An sich selbst glauben, o ja, das war sicher wichtig. Doch wie stellte man das an? Sie war weder besonders klug noch gewandt, aber sie war bereit zu lernen. Man durfte

sich nur nicht über sie lustig machen, und bisher hatten sich alle über sie lustig gemacht.
»Sie sind sehr nett«, sagt sie zu Leonore, und es kostet sie zum erstenmal keine Überwindung, so etwas zu sagen. »Sie sind wirklich sehr nett. Vielleicht haben Sie recht, vielleicht sehe ich wirklich alles zu negativ. Ich will versuchen, mich zu ändern, aber es wird nicht leicht sein.«
Wieder geht die Tür auf, und neue Gäste kommen herein. Und dann steht plötzlich ein blonder Mann neben Lisa und fragt, ob wohl noch ein Platz frei sei. Lisa sieht Leonore an, und die nickt und sagt: »Bitte schön« und rückt ein Stück zur Seite.
Lisa hat sofort den jungen Mann vom Schiff erkannt, der neben dem verliebten Pärchen gesessen und ihnen so freundlich zugelächelt hat. Auch jetzt lächelt er und bedankt sich und setzt sich Lisa gegenüber.
»Hoffentlich störe ich nicht«, sagt er höflich. Er sieht immer noch Lisa an, als sei Leonore gar nicht vorhanden, und Lisa wird verlegen unter seinem Blick und murmelt etwas, was nicht zu verstehen ist.
Ein Gespräch zwischen den beiden Frauen ist nun nicht mehr möglich. Lisa ist befangen, und auch Leonore fühlt sich durch die Gegenwart des Fremden gehemmt. Es geht eine merkwürdige Anziehungskraft von ihm aus. Der junge Mann scheint mit sich und der Welt sehr zufrieden zu sein. Er beginnt auch gleich eine Unterhaltung über Land und Leute und begegnet der Zurückhaltung seiner beiden Tischgenossinnen mit fröhlicher Unbefangenheit. Er macht den Eindruck eines Menschen, der gerade eine besonders erfreuliche Nachricht erhalten hat und nun ein Ventil für seine gute Laune sucht.
Als der Wein gebracht wird, strahlt er die Kellnerin an und macht ihr ein Kompliment über ihr hübsches Dirndlkleid. Dann blinzelt er wieder Lisa zu, hebt sein Glas und trinkt wie ein Verdurstender.
Leonore weiß plötzlich, woher sie ihn kennt. Im Fernsehen war vor kurzem eine Sendung über die bekannte Wiener Schauspielerfamilie Hollerer gelaufen. Ihr Tischnachbar war der jüngste Sohn, Anton. Es war eine Szene aus Schillers »Maria Stuart« gezeigt worden, Anton Hollerer hatte den Mortimer gespielt.
Einen Augenblick überlegt sie, ob sie ihn darauf ansprechen soll. Warum eigentlich nicht? Er macht so gar keinen blasierten Eindruck. Sicher freut er sich über ein ehrlich gemeintes Kompliment.
»Na, so was«, sagt Anton Hollerer und wendet sich mit lebhaftem Interesse Leonore zu. »Sie haben die Sendung gesehen? Und ich dachte schon, so spät am Abend schaut sich das kein Mensch mehr an. Es freut mich wirklich, daß es Ihnen gefallen hat. Ich habe den Mortimer in Innsbruck gespielt. Die Kritiken waren recht anständig, das muß ich sagen.«

»Sie waren wirklich ausgezeichnet«, sagt Leonore, und Hollerer lacht und hebt in gespielter Bescheidenheit beide Hände.
»Doch, doch«, sagt sie. »Das waren Sie wirklich. Ihren Papa kenne ich natürlich. Ich habe ihn ein paarmal am Burgtheater spielen sehen, aber ich hatte keine Ahnung, daß er einen so begabten Sohn hat.«
Anton Hollerer ist entzückt. Er schlägt vor, die Damen mögen ihm erlauben, sie zu einer Flasche Wein einzuladen.
Leonore meint, sie seien schon zu lange hier und hätten bereits genug getrunken, doch Hollerer schüttelt nur den Kopf und winkt die Kellnerin herbei. So eine reizende Begegnung! Das muß man doch feiern.
Der Schauspieler läßt jetzt seinen ganzen Charme spielen. Er plaudert unterhaltsam und liebenswürdig über seinen Beruf, von dem er, wie er sagt, besessen sei.
Lisa sitzt da und weiß gar nicht, wie ihr geschieht. Sie hat die Sendung nicht gesehen, aber der Name »Hollerer« ist ihr ein Begriff, allerdings nur durch Vater und Großvater Hollerer, die beide seit Jahrzehnten dem Ensemble des Wiener Burgtheaters angehören. Lisa ist ein paarmal mit Mutter und Schwester in Wien gewesen. Sie hat in der Burg eine Aufführung des »Faust« gesehen, mit Max Hollerer als Mephisto. Damals war sie vierzehn Jahre alt gewesen und hätte für ihr Leben gern von dem einen oder anderen Schauspieler ein Autogramm gehabt. Doch die Mutter hatte ihr nicht erlaubt, sich nach der Vorstellung an den Bühnenausgang zu stellen. Schauspieler waren in den Augen der Familie Schneeweiher Menschen zweiter Klasse. Künstlervolk... mit so etwas gab man sich nicht ab.
Lisa muß daran denken, während sie fasziniert den Erzählungen Anton Hollerers lauscht. Der Wein hat ihm die Zunge gelöst, und er ist in einem lebhaften Vortrag begriffen:
»... Für mich kam nie etwas anderes in Frage. Schauspieler zu sein – wie soll ich Ihnen das erklären... es ist der herrlichste Beruf, den es gibt. Ich könnte mir keinen anderen denken. Immer wieder eine neue Rolle zu spielen – sich in einen anderen Menschen hineinzuversetzen... aufregend ist das. Alles andere ist doch langweilig dagegen.«
»Sie haben ja auch Erfolg«, wirft Leonore ein. »Ich kann mir denken, daß Erfolg gerade in diesem Beruf besonders wichtig ist.«
»Erfolg ist immer wichtig«, erwidert Hollerer. Es klingt knapp, fast ein wenig arrogant. Leonore denkt, daß dieser junge Mann sehr ehrgeizig ist. Ehrgeizig und auch vom Leben verwöhnt. Der Name Hollerer hat ihm von Anfang an den Weg geebnet. Sie betrachtet das hübsche, energische Gesicht und ist sich nicht sicher, ob sie Anton Hollerer unbedingt sympathisch findet. War er nicht ein wenig aufdringlich? Schließlich war er als

Fremder an ihren Tisch gekommen, und nun benimmt er sich, als seien sie alte Bekannte. Im Norden wäre diese Art von spontaner Vertraulichkeit unmöglich gewesen. Hier in Süddeutschland ist man aufgeschlossener, findet schneller Kontakt zu fremden Menschen, was freilich eine gewisse Vorsicht angebracht sein läßt.
Anton Hollerer unterhält sich jetzt mit Lisa, und Leonore stellt erstaunt fest, daß das sonst so stille und schüchterne Mädchen eine Koketterie an den Tag legt, die sie ihr nie zugetraut hätte. Sie sitzt da, mit großen, glänzenden Augen und geröteten Wangen, und ihr Gesicht zeigt einen Ausdruck von Hingerissenheit, der Leonore erschreckt.
»Aber Sie kennen ja noch gar nichts von unserer schönen Gegend«, ruft Hollerer aus.
Er wendet sich Leonore zu und meint, das müsse anders werden, und wenn die Frau Mama nichts dagegen habe, dann würde er das Fräulein Tochter morgen im Sanatorium abholen und zu einer kleinen Autofahrt einladen.
Lisa blickt Leonore an und bricht in ein etwas übertriebenes Gelächter aus.
Hollerer ist einen Augenblick irritiert. Er fragt, was an diesem Vorschlag so komisch sei, und Leonore klärt den Sachverhalt auf und fügt hinzu, sie habe zwar keinerlei mütterliche Rechte, würde jetzt aber doch empfehlen, langsam aufzubrechen, sonst komme man noch zu spät zum Mittagessen.
»Sie wollen schon gehen?« fragt Hollerer bestürzt. »Aber das ist doch jammerschade. Ich wollte die Damen gerade zum Essen einladen, nein, bitte, die Freude müssen Sie mir machen. Es gibt hier eine hervorragende Schweinshaxe mit Knödeln. Und wenn Sie erlauben, fahre ich Sie anschließend zurück. Mein Wagen steht ganz in der Nähe.«
Er bittet und bettelt wie ein kleiner Junge, doch Leonore schüttelt den Kopf. Sie fühlt sich für Lisa verantwortlich. Das alles geht ihr zu schnell. Hollerers überströmende Herzlichkeit ist ihr verdächtig. Lisa gefällt ihm, das ist nicht zu übersehen, aber Leonore ist erfahren genug im Umgang mit Männern und spürt, daß es diesem gutaussehenden, erfolggewohnten Künstler nur darauf ankommt, sich in seinen Ferien zu amüsieren. Und sie findet, dafür ist Lisa zu schade.
Leonore winkt der Kellnerin.
In diesem Augenblick sagt Lisa mit einer überraschend klaren Stimme: »Fahren Sie nur allein zurück. Ich möchte noch hierbleiben.«
Eine winzige verlegene Pause entsteht. Leonore begreift sofort, daß es zwecklos ist, dem Mädchen zu widersprechen. Eine halbe Stunde hat genügt, daß sie wie hypnotisiert ist. Leonore existiert nicht mehr für sie.

Sie hat nur noch Augen für Hollerer. Der Himmel mag wissen, was dieses unerfahrene Kind, das jahrelang gegängelt worden ist, jetzt, da es dem mütterlichen Zwang entschlüpft ist, anstellen würde. Es geht mich nichts an, denkt Leonore. Lisa ist erwachsen. Mit einem Schulterzucken, das freilich von einem Gefühl des Unbehagens begleitet wird, gibt sie nach.
»Wenn Sie gerne bleiben möchten – selbstverständlich. Ich werde im Sanatorium Bescheid sagen.«
»Sie sind mir hoffentlich nicht böse?« fragt Lisa mit etwas unsicherer Stimme. Sie weiß, daß sie zuviel getrunken hat. Sie weiß auch, daß sie sich Leonore gegenüber unhöflich benimmt. Aber sie kann nicht anders. Sie handelt wie unter einem Zwang.
»Aber ich bitte Sie«, sagt Leonore. Sie drückt der Kellnerin einen Geldschein in die Hand und steht auf. Während sie sich von Hollerer in den Mantel helfen läßt, wird ihr klar, daß sie einen Fehler macht. Sie dürfte Lisa nicht allein lassen. Andererseits – diese kleine Schneeweiher muß endlich einmal erwachsen werden. Vielleicht war dies der richtige Augenblick. Was konnte schon groß passieren? So betrunken war sie nun auch wieder nicht, daß ihr jeder Sinn für Schicklichkeit abhanden kommen und sie sich mir nichts, dir nichts von diesem jungen Mann verführen lassen würde.
»Es war reizend, Sie kennenzulernen«, sagt Hollerer und küßt Leonore zum Abschied die Hand. »Ich hoffe, wir sehen uns bald einmal wieder.«
Und Lisa sagt, während sie Leonore treuherzig und wie um Entschuldigung bittend ansieht: »Bis heute abend. Und vielen Dank, daß Sie mich mitgenommen haben!«
Leonore nickt ihr zu, nimmt Tasche und Schirm und geht. Hollerer eilt ihr nach, um ihr die Tür zu öffnen. Sie sieht noch einmal in sein lächelndes Gesicht und bemerkt so etwas wie Spott in den blauen Augen. Es liegt ihr auf der Zunge zu sagen, er solle das Kind in Ruhe lassen, doch sie schweigt. Bei aller Sympathie für Lisa Schneeweiher, hat sie keine Lust, sich lächerlich zu machen.
Anton Hollerer kehrt zu Lisa zurück. Sie sitzt da, beide Arme vor der Brust verschränkt, und sieht ihm entgegen. Er setzt sich neben sie. Einen Augenblick sehen sie sich stumm an. Dann beugt er sich vor und sagt leise: »Ich freue mich, daß Sie geblieben sind!«
Lisa wird rot vor Freude. Dann antwortet sie mit entwaffnender Aufrichtigkeit: »Ich bin noch nie mit einem Mann allein gewesen.«
Er lacht, wie über einen guten Witz, und legt seine Hand auf ihre Schulter. »Und was machen wir jetzt, wenn ich fragen darf? Haben Sie Hunger? Natürlich haben Sie Hunger. Wir werden jetzt fabelhaft essen, und dann werden wir uns überlegen, was wir heute nachmittag anstellen.«

»Sie verfügen einfach über mich«, sagt sie lächelnd.
»Natürlich. Darf ich das nicht? Ich verspreche Ihnen, Sie werden sich nicht langweilen.«

Eine Stunde später verlassen beide die Weinstube. Es hat zu regnen aufgehört, doch die Wolken hängen tief über den Bergen. Lisa hat sich bei Hollerer eingehängt – ein wenig linkisch und selbst erstaunt über diese spontane Regung. Er drückt ihren Arm fest an sich, denn sie schwankt bei jedem Schritt, obwohl sie jetzt nicht mehr betrunken ist.
»Ich habe zuviel gegessen«, sagt sie. »Am liebsten würde ich einen Spaziergang machen.«
»Gut, machen wir einen Spaziergang.«
Sie gehen am See entlang. Die Promenade ist menschenleer, der Weg vom Regen aufgeweicht. Hollerer ist froh, daß Lisa den Vorschlag gemacht hat, spazierenzugehen. Das gibt ihm Zeit, zu überlegen. Er ist da in eine merkwürdige Geschichte hineingeraten. Dieses Mädchen, das ihm unversehens über den Weg gelaufen ist, kann er in keine der üblichen Kategorien einordnen. Anfangs hat er sie einfach für eine niedliche kleine Maus gehalten, die darauf aus ist, ein Abenteuer zu erleben, doch bereits während des Essens hat er dieses vorschnelle Urteil revidieren müssen. Lisa (sie hat ihm inzwischen ihren Namen verraten) ist eine erstaunliche Person. Sie war zwar ein bißchen betrunken und albern, aber er konnte mit ihr reden. Sie hat erstaunlich vernünftige Ansichten und besitzt die seltene Gabe, zuhören zu können.
Anton Hollerer ist eitel. Er liebt es, bewundert zu werden, ist aber selbstkritisch genug, um Komplimenten gegenüber mißtrauisch zu sein. Er weiß sehr genau zwischen albernen Schmeicheleien und echter Anteilnahme zu unterscheiden, und daß Lisa ein so ehrliches Interesse an ihm bekundet, ein Interesse, das sich in jedem Wort und jedem Blick ausdrückt, läßt sie in seinem Wert steigen.
Was macht er nun mit diesem Mädchen, das sich offensichtlich – Anton Hollerer ist sich seiner Sache völlig sicher – Hals über Kopf in ihn verliebt hat? Er kann seine Erfahrung und seinen Charme ausspielen und Lisa zu sich ins Bett nehmen. Das wäre der natürliche Lauf der Dinge, und Anton Hollerer hat in der Vergangenheit oft genug die Erfahrung gemacht, daß die Frauen und Mädchen, die er kannte, seine Zielstrebigkeit durchaus zu schätzen wußten.
Woher kommen also die Hemmungen, die er plötzlich hat?
Technisch gesehen ist die Sache denkbar einfach. Er und sein Freund, Felix von Maindorff, haben in Rottach-Egern ein Haus gemietet, in dem sie ein paar Tage Ferien machen. Felix ist mit seiner Freundin nach Wien zu

Filmbesprechungen gefahren. Beide würden nicht vor morgen abend zurückkommen. Das Haus steht also leer, und er könnte Lisa ohne weiteres mitnehmen. Ja, er könnte sie auch mitbringen, wenn Felix nicht verreist wäre, obwohl es ihm so lieber ist. Felix hatte in letzter Zeit eine etwas penetrante Art, sich in seine persönlichen Angelegenheiten zu mischen. Außerdem betrachtete er es als sein gutes Recht, mit seinen, Hollerers, Freundinnen gleichfalls anzubändeln, was stets zu erheblichen Mißstimmigkeiten führte.

Hollerer wendet sich Lisa zu. Sie hält den Blick geradeaus gerichtet. Um ihren Mund liegt ein selbstvergessenes Lächeln. Hollerer fällt das liebliche Oval ihres Gesichtes auf, das voll jugendlicher Unschuld ist.

Sie könnte noch unberührt sein, sagt er sich, doch er verwirft diesen Gedanken sofort wieder. Wo gab es heute noch unberührte Mädchen? Ein oder zwei Liebhaber hat sie sicher gehabt.

Aus einem plötzlichen Impuls bleibt er stehen und sagt: »Finden Sie es nicht blödsinnig, hier noch länger herumzulaufen? Das Wetter ist schauderhaft. Bei mir zu Hause ist es gemütlicher. Ich mache uns Tee, und wir können uns in Ruhe unterhalten.«

Auch Lisa ist stehengeblieben. Unschlüssig blickt sie ihn an.

Er fügt hinzu: »Sie brauchen keine Angst zu haben. Ich verspreche Ihnen... nein, ich verspreche Ihnen gar nichts. Aber Sie können ohne Bedenken mitkommen.«

Sie zögert immer noch, lächelt unsicher, schweigt.

Er sieht sie mit seinen blauen, lustigen Augen fragend an und wartet, was kommen wird. Eine leichte Spannung hat sich seiner bemächtigt. Er spürt, daß sein Vorschlag Bedenken auslöst. Das reizt seine Neugierde.

»Ich kenne Sie doch gar nicht«, sagt sie. Doch dann, während sie sich plötzlich des neuartigen Reizes der Situation bewußt wird, fährt sie fort: »Aber eine Tasse Tee könnte ich jetzt ganz gut vertragen. Ich habe nasse Füße.«

»Oh, dann müssen wir aber sofort umkehren. Ihre Schuhe können am Kamin trocknen, während wir Tee trinken.«

Sie stehen immer noch voreinander und sehen sich an. Lisa denkt, daß das ein sehr aufregender Augenblick in ihrem Leben ist, und Hollerer spürt fast so etwas wie Enttäuschung, daß sie so schnell nachgegeben hat. Aber dann sagt er sich, daß ihm eigentlich nichts Besseres passieren konnte. Er hat ein paar Ferientage vor sich, und die Kleine gefällt ihm. Sie hat eine besondere Art an sich – etwas Geheimnisvolles, Liebliches, vielleicht sogar Rührendes. Sie lächelt und spricht wie ein Mensch, der von Träumen lebt, außerhalb der Wirklichkeit. Sensibel – ja, sensibel ist genau das richtige Wort, das auf sie zutrifft, und sensible Frauen sind genau die Sorte, die er schätzt. Von den plumpen, frechen, zudringlichen hat er genug. Die hatten sich schon an den jungen Schauspieleleven herangemacht, jeder zarteren Regung unfähig, nur lüstern und dreist. Es hat ihm Spaß gemacht, natürlich hat es ihm Spaß gemacht, jung und sinnlich, wie er war. Sinnlich ist er auch heute noch, doch er erwartet mehr von einer Frau als die bloße Befriedigung seiner Triebe. Er erwartet Zärtlichkeit, Einfühlungsvermögen, auch eine gewisse spröde Scheu, die es erst zu überwinden gilt.

»Also gehen wir«, sagt er. »Es ist nicht weit. Gleich am Ende der Promenade links den Berg hinauf. Wir brauchen höchstens zehn Minuten.«

Ohne ein weiteres Wort dreht sie sich um. Hollerer folgt ihr, und während sie nun beschleunigten Schrittes weitergehen, spürt Lisa den aufgeregten, unregelmäßigen Schlag ihres Herzens.

9

»Jetzt ziehen Sie erst einmal Ihre Schuhe aus«, sagt Hollerer, nachdem er Lisa in das geräumige Wohnzimmer geführt hat. »Ich mache inzwischen Feuer.«

Er geht zum Kamin, nimmt Scheite aus dem Holzkasten und schichtet sie auf. Ohne sich umzudrehen, sagt er: »Die Strümpfe am besten auch gleich. Ich bringe Ihnen ein Paar Socken von mir.«

Lisa steht mitten im Raum und sieht sich um. Seit die Wohnungstür hinter ihr ins Schloß gefallen ist, kommt sie sich vor wie in einer Falle. Ihr Hals ist plötzlich eng geworden, und das Atmen fällt ihr schwer. Wie hatte sie bloß mitgehen können! Sie muß den Verstand verloren haben, anders ist das nicht zu erklären.

Die Trunkenheit ist einer tiefen Verzagtheit gewichen. Nichts mehr von Hochstimmung und Leichtsinn, nur noch ängstliche Verkrampftheit, die sie mühsam zu verbergen sucht.

Die Holzscheite im Kamin beginnen zu prasseln. Hollerer dreht sich um. Er sieht das Mädchen stehen und ist betroffen von dem furchtsamen Ausdruck in ihrem Gesicht. »Aber bitte – setzen Sie sich doch«, sagt er freundlich. »Hier, neben den Kamin. Es wird gleich warm werden.«

Lisa kommt zögernd näher. Sie setzt sich, und Hollerer fordert sie noch einmal auf, die Schuhe auszuziehen.

»Soll ich Sie allein lassen?« fragt er, als sie seiner Aufforderung nicht nachkommt.

Sie nickt wortlos.

Leichte Verdrossenheit steigt in ihm hoch. Hätte er sie doch besser nicht

mitnehmen sollen? Vielleicht hat er sich getäuscht? Vielleicht ist sie nichts weiter als ein albernes Gänschen, das ihm schnell auf die Nerven fällt.
»Ich hole Socken und Hausschuhe«, sagt er. »Fühlen Sie sich ganz wie zu Hause.«
Er verläßt das Zimmer, und Lisa zieht rasch die Schuhe aus, behält aber die Strümpfe an. Sie rückt den Stuhl näher an den Kamin und hält die Füße gegen das Feuer. Die Wärme tut ihr gut, sie war wirklich halb erfroren. Mein Gott, vielleicht sollte sie sich nicht so anstellen! Was ist schon dabei, mit diesem freundlichen jungen Mann eine Tasse Tee zu trinken. Mama wäre natürlich außer sich, wenn sie es wüßte, aber sie war ja zum Glück nicht da.
Jetzt habe ich es eben getan, sagt sie sich, und während sie ihre Füße hin und her bewegt, damit die feuchten Strümpfe trocknen, denkt sie mit einer gewissen Befriedigung, daß weder ihre Mutter noch Nora in diesem Augenblick etwas gegen sie unternehmen können. *Sie* hat eine Entscheidung getroffen, und ob diese Entscheidung richtig oder falsch ist, niemand konnte sie daran hindern. Sie fürchtet zwar, daß sie den kommenden Ereignissen nicht gewachsen ist, aber dann sagt sie sich, daß eine Situation wie diese nicht so schnell wiederkommen wird und daß sie das Beste daraus machen muß.
Was aber, so fragt sie sich weiter, war das Beste? Sich verführen lassen, wie es Hollerer möglicherweise von ihr erwartet? Allein bei dem Gedanken an eine derartige Möglichkeit wird ihr heiß und kalt. Das Wort »Verführung« löst bei ihr eine Assoziation schrecklicher und abstoßender Bilder aus. Schuld daran war Nora, die der vierzehnjährigen Schwester heimlich Pornobilder zusteckte, die bei Lisa den Eindruck hinterlassen haben, Sexualität sei eine schmutzige und verwerfliche Angelegenheit, an der nur lasterhaft veranlagte Menschen Vergnügen empfinden können. Lisa ist bei diesem Gedanken nahe daran, sich ihre Schuhe wieder anzuziehen und sich heimlich davonzuschleichen.
Doch es ist zu spät. Hollerer betritt gerade das Zimmer. Er bringt Hausschuhe und ein Paar rote Wollsocken mit und erklärt, das Teewasser würde auch gleich kochen.
Ein paar Minuten später hat Lisa all ihre Ängste vergessen. Sie trinkt Tee aus einer bauchigen, geblümten Tasse und knabbert dazu knusprige Kekse. Das Feuer brennt hell, ihr ist endlich warm geworden, und sie weiß nicht mehr so recht, wovor sie sich eigentlich gefürchtet hat. Von diesem Mann, der so freundlich um sie besorgt ist und von harmlosen Dingen wie Theaterpremieren und seinen ersten Erfahrungen mit dem Fernsehen plaudert, geht ganz gewiß keine Gefahr aus.

Ich bin einfach hysterisch, sagt sich Lisa, und ihre Gefühle für Anton Hollerer wagen sich langsam, aber sicher wieder aus ihrem Versteck hervor.
Später stellt Hollerer den Plattenspieler an, und sie hören die Ungarischen Tänze von Brahms und später eine Serenade von Mozart. Lisa versteht nicht viel von Musik, aber es gibt bestimmte Komponisten, die sie liebt und von denen sie sich bezaubern läßt. Mozart gehört dazu.
Anton Hollerer hat den Teewagen beiseite gerückt und seinen Sessel näher an Lisa herangeschoben. »Möchten Sie noch mehr Musik hören?« fragt er, und Lisa nickt. Musik, denkt sie, ist unverfänglich. Ein Mann wird kaum auf frivole Gedanken kommen, während er Mozart hört. Aber da verkündet Hollerer, er werde jetzt etwas anderes spielen, nichts Klassisches, etwas Unterhaltendes, er habe die Platte erst heute morgen erstanden.
Er steht auf, und sie blickt ihm nach und findet das alles immer noch sehr angenehm, das Feuer im Kamin und die brennenden Kerzen auf dem Teetisch, den Blick durch das große Fenster hinaus in den verdämmernden Tag und den Mann, der so nett zu ihr ist und sich um sie bemüht, wie noch nie ein Mann zuvor es getan hat. Sehr angenehm ist das alles und ganz und gar nicht beunruhigend.
Hollerer kommt zurück, und im Raum schwebt jetzt eine leise, zärtliche Melodie. Lisa schließt einen Augenblick die Augen, öffnet sie aber sofort wieder, als sie seine Hand auf ihrer Schulter spürt.
Er beugt sich über sie, lächelt, streckt die Hand aus.
»Wollen wir tanzen?« fragt er.
»Nein«, sagt sie rasch und erschrocken.
»Warum nicht?«
»Ich kann nicht tanzen.«
Sie blickt an ihm vorbei, schämt sich entsetzlich, daß sie nicht tanzen kann. Man hat versucht, es ihr beizubringen, aber sie hatte sich so ungeschickt dabei angestellt, daß Nora erklärt hatte, sie solle es lieber bleibenlassen.
Hollerer sagt: »Das gibt es gar nicht, daß eine Frau nicht tanzen kann. Es liegt einfach daran, daß Sie bisher die falschen Tänzer hatten. Wollen wir es nicht einmal versuchen?«
Sie schüttelt den Kopf. Ihr Gesicht hat sich verfinstert. Sie fühlt sich in die Enge getrieben und zittert innerlich vor hilflosem Zorn. Warum muß er sie zwingen, eine Schwäche zuzugeben? Es ist kläglich, wenn eine Frau nicht tanzen kann, aber sie hat einfach nicht den Mut dazu.
»Also gut«, sagt er, »tanzen wir nicht.«
Lisa hört den leisen Sarkasmus in seiner Stimme und sagt überstürzt:

»Vielleicht ein andermal, ich habe jetzt keine Lust. Es hat mir nie viel Spaß gemacht, und ich stelle mich wirklich sehr ungeschickt dabei an.«
Er antwortet nicht darauf, setzt sich wieder neben sie und wirft ein neues Holzscheit ins Feuer. Ein Funkenregen stiebt auf.
Die Stimmung ist verdorben, findet sie, und sie ist schuld daran. Aber war es nicht immer so gewesen? Sie kann eben nicht richtig umgehen mit einem Mann. Nora hätte jetzt etwas gesagt, etwas Leichtes, Unverbindliches, und alles wäre wieder in Ordnung gewesen. Ihr fällt nichts ein. Sie sitzt da, stocksteif und dumm, während Hollerer scheinbar verdrießlich ins Feuer starrt.
Aber Hollerer ist gar nicht verdrießlich, er ist nur nachdenklich, weiß nicht, was er mit diesem merkwürdigen Geschöpf anfangen soll. Daß sie nicht tanzen möchte, hält er für einen Vorwand. Aber warum ist sie dann so bereitwillig mitgekommen? Er versteht das nicht.
Sie blickt ihn schüchtern von der Seite an. »Ich fürchte, Sie langweilen sich mit mir. Soll ich lieber gehen?«
So etwas sagt eine Frau nicht, sie weiß es, aber die Worte drängen sich ihr von selbst auf die Lippen.
»Seien Sie nicht kindisch«, sagt Anton Hollerer. »Ich langweile mich überhaupt nicht mit Ihnen. Ich finde Sie reizend. Von mir aus können Sie so lange bleiben, wie Sie wollen.«
Sie lacht nervös, fragt, ob sie vielleicht eine Zigarette haben dürfe.
»Selbstverständlich. Entschuldigen Sie – ich wußte nicht, daß Sie rauchen.«
Es steht auf, holt die Zigaretten, gibt ihr Feuer.
»Na, na«, sagt er, als sie zu husten anfängt. »Viel Erfahrung scheinen Sie nicht damit zu haben.«
»Überhaupt keine.«
»Warum rauchen Sie dann?«
»Ich weiß auch nicht. Aus Nervosität wahrscheinlich.«
Er schüttelt den Kopf. Dann plötzlich greift er nach ihrer Hand, nimmt ihr die Zigarette weg und drückt sie aus.
»Aber was tun Sie denn –« Sie blickt ihn aus großen Augen an.
»Still – sag jetzt nichts ... bleib ganz ruhig – du brauchst keine Angst vor mir zu haben.«
Er beugt sich über sie, und sie macht sich ganz klein in ihrem Sessel und merkt entsetzt, daß sie nicht weiß, wie sie sich verhalten soll, daß seine Nähe sie verwirrt. Hollerer küßt sie. Er tut es sehr behutsam, als habe er Angst, sie zu verletzen. Aber als er spürt, daß ihre Lippen sich zögernd öffnen, daß sie seine Küsse unsicher erwidert, legt er die Arme um ihre Schultern und zieht sie zu sich hoch.

Sie stehen eng umschlungen. Lisa spürt seine Hände auf ihren Schultern und seinen Mund, der sich auf ihre Lippen preßt.
Als er sie nach einer ganzen Weile losläßt, taumelt sie, doch er hält sie fest und drückt sie erneut an sich.
»Aber das geht doch nicht – das geht doch nicht«, murmelt sie, doch er lacht nur zärtlich und preßt seine Wange an ihr Haar.
»Ach was, du siehst doch, daß es geht. Süß bist du ... herzig bist du – eine ganz herzige kleine Person. Komm – küß mich – so küß mich doch!«
Sie wirft sich, überwältigt von einem ganz neuartigen Verlangen, in seine Arme. Er küßt sie und legt seine Hand auf ihre Brust. Durch den Stoff ihres Kleides spürt er den wilden Schlag ihres Herzens und sagt: »Verkrampf dich nicht. Ich tu dir doch nichts, ich will dich nur streicheln.«
Sie antwortet nicht, läßt ihn aber gewähren, angstvoll darauf wartend, daß etwas Schreckliches geschieht.
Doch es geschieht nichts, was sie in Panik versetzt. Er streichelt nur ihre Schultern und ihre Brüste, und sie stöhnt leise vor Entzücken und empfindet nicht den leisesten Ekel. Alles, was sie gehört oder gelesen hat, ist erlogen. Liebe ist nicht schmutzig und widerwärtig, wie man ihr hat einreden wollen. Liebe ist wundervoll. Was auch geschehen mag, sie wird sich nicht dagegen wehren!
Anton Hollerer läßt Lisa los. Er schiebt sie ganz sachte auf Armeslänge von sich und betrachtet sie, etwas wie Bestürzung und Überraschung ist in seinen Augen. Was er sieht, hat er nicht für möglich gehalten. Ein verwandeltes Gesicht. Nicht mehr das Gesicht eines kleinen, schüchternen Mädchens. Das Gesicht einer liebenden Frau. Keine Furcht mehr – nur schlichtes, inniges Verlangen ist darin zu lesen.
»Aber du bist ja süß«, sagt er, als habe er eine Entdeckung gemacht.
»Ich glaube, ich bin verliebt«, erwidert sie einfach, ohne sich zu rühren, und blickt ihn immer noch an.
Er antwortet nicht, und sie fragt, lächelnd und mit einer leisen Ungeduld in der Stimme: »Ist das schlimm?«
Er beeilt sich zu versichern, daß das ganz und gar nicht schlimm sei, im Gegenteil, er sei ja auch verliebt, doch, ganz sicher. Sie sei eine süße, kleine Person, und er wäre einfach hingerissen von ihr.
Lisa hört sich das an, hört diese ihr fremden und köstlich klingenden Worte und gerät darüber vor Freude außer sich. Sie lächelt ohne das geringste Mißtrauen zu ihm auf und sagt: »Hab mich lieb – bitte, hab mich lieb! Ich bin glücklich, ich bin noch nie in meinem Leben so glücklich gewesen wie in diesem Augenblick.«
Er ist gerührt, aber jetzt auch sehr auf der Hut. In was hat er sich da bloß eingelassen! Die Kleine ist ja gefährlich in ihrer Überschwenglichkeit.

Wenn er nicht aufpaßt, kommt er nie wieder von ihr los. Es gab Beispiele in seinem Bekanntenkreis. Ein Freund von ihm hatte mit einem Mädchen geschlafen. Plötzlich hieß es: Ich kann ohne dich nicht mehr leben! Und dann Tränen, Szenen, Selbstmorddrohungen, bis er schließlich nachgab und sie heiratete. Hollerer nimmt sich vor, keine Dummheiten zu machen, aber dann sieht er wieder Lisa an, sieht ihr hingebungsvolles Gesicht, ihre strahlenden Augen und streckt spontan beide Hände aus: »Komm her zu mir! Gott, bist du süß... ich glaube, ich muß dich einfach in den Arm nehmen.«

Er umfaßt sie so fest, daß sie kaum atmen kann. Er ist jetzt seiner Sache sicher, sie wird ihm keine Schwierigkeiten machen. Er ist schließlich kein Dummkopf, er ist noch mit jeder verliebten Frau fertig geworden.

»Schade um das Kleid«, sagt er. »Ich will es nicht kaputtmachen. Wir werden es ausziehen.«

»Nein«, sagt Lisa aufgeregt. »Nein... bitte nicht, ich –«

Er spürt den Widerstand, aber auch gleichzeitig ihr Verlangen. Mit einem einzigen geübten Griff öffnet er den Reißverschluß und zieht das Kleid von ihren Schultern.

»Wie hübsch du bist«, flüstert er. »Was für ein hübscher kleiner Busen!«

Sie weicht zurück, entsetzt und verstört, daß sie es so weit hat kommen lassen. »Oh, bitte – ich –«

»Schscht!« macht er und legt den Finger auf den Mund.

Sie verstummt jäh und läßt es geschehen, daß seine Hände die Spitzen ihrer Brüste liebkosen. Wieder wartet sie darauf, daß sie Ekel empfindet, aber sie empfindet nur Entzücken und kann sich nicht genug darüber wundern.

Dann liegen sie eng umschlungen auf der Couch, umarmen sich leidenschaftlich und selbstvergessen. Einmal schreit sie auf, und er fragt erschrocken, ob er ihr weh getan habe, doch sie murmelt nur: »Es macht nichts... es macht wirklich nichts. Halt mich fest – bitte, halt mich fest, laß mich nicht los. O Gott, bin ich glücklich!«

Er lacht leise und zieht sie an sich. »Der Teufel soll mich holen«, sagt er. »Ich hatte wirklich keine Ahnung... hoffentlich geht das gut.«

Sie antwortet nicht, drückt sich nur noch fester an ihn; ihr ist in diesem Augenblick alles gleichgültig. Sie ist selig, daß es endlich passiert ist. Stolz und selig und völlig von Sinnen.

»Küß mich«, flüstert sie dicht an seinem Ohr. »So küß mich doch! Du brauchst keine Angst zu haben, ich mach dir keine Schwierigkeiten. Und wenn ich ein Kind bekomme, dann ist es auch egal.«

»Also gut, wenn du meinst«, sagt er rauh und reißt sie so entschlossen an sich, daß sie vor Lust stöhnt.

Sie küssen und streicheln und umarmen sich, und Lisa weiß, daß sie etwas Neues und Wunderbares erlebt, und ob das nun richtig oder falsch ist, was sie tut – es ist ihr egal. Sie spürt keine Scham und keinen Widerwillen – nur Entzücken, Lust. Dies ist die Stunde, auf die sie gewartet hat, auf die sie unbewußt all die Jahre gewartet hat.
»Ich liebe dich«, sagt sie.
Hollerer lächelt und küßt ihr Haar. Er ist sehr gerührt, aber es ist sicher klüger, nicht darauf zu antworten. Es ist die selige Einfalt erster Verliebtheit, die ihr diese Worte eingibt. Man darf ihr nicht widersprechen.
Er ist kein Jüngling mehr, sondern ein erfahrener Mann. Wie viele Frauen hat er umarmt? Er weiß es nicht mehr. Geliebt hat er keine. Auch diese hier liebt er nicht, aber er darf es ihr nicht sagen.
Er seufzt tief und zieht sie an sich. »Mein kleines Mädchen... mein liebes, kleines Mädchen. Wie hübsch, daß du so etwas sagst. Was kann sich ein Mann mehr wünschen?«
»Du glaubst mir nicht?« fragt sie enttäuscht.
»Natürlich glaube ich dir. Du bist süß. Ich kenne dich nicht – noch nicht sehr gut, meine ich. Wir haben uns geliebt, aber ich weiß nichts von dir. Nein, bitte, hör mich an! Ich bin verliebt in dich, aber du verlangst hoffentlich nicht von mir –«
»Ich verlange gar nichts«, unterbricht sie ihn barsch. »Es ist einfach passiert, und ich bin froh, daß es passiert ist, und ich verlange nichts von dir, du brauchst keine Angst zu haben. Ich weiß, Männer haben immer Angst davor, daß sie eine Frau nicht mehr loswerden, aber bei mir ist das anders.«
Sie spricht hastig, versucht sich zu rechtfertigen, ohne genau zu wissen, wofür sie sich eigentlich rechtfertigen soll. Es ist alles sehr schwierig. Sie liebt ihn, sie will ihn nicht verlieren, aber instinktiv erfaßt sie, daß sie ihn nur dann nicht verliert, wenn sie ihr Herz vor ihm verschließt.
»Ich werde dir bestimmt nicht auf die Nerven fallen«, sagt sie. »Wenn du mich nicht mehr sehen willst, brauchst du es nur zu sagen.«
Ihre Worte beschämen ihn. »Du hast mich völlig mißverstanden«, sagt er. »Natürlich will ich dich sehen. Jeden Tag will ich dich sehen. Wir werden eine herrliche Zeit miteinander haben.«
Und dann, als ob nun alles zwischen ihnen geklärt sei, beginnt er sie wieder zu küssen und zu liebkosen, bis ihn die Müdigkeit übermannt.
Er schläft ein, aber sie bleibt wach, liegt immer noch in seinen Armen und denkt daran, wie seltsam das ist, daß sie nun einen Geliebten hat. Sie bereut es nicht. Was sie getan hat, war gut und richtig. Und dennoch hat sie plötzlich Angst. Würde er sie nicht doch letzten Endes wegschicken? Ach, es ist ihr gleich, ob er es tut. Nein, es ist ihr nicht gleich! Das Herz

wird ihr brechen, wenn sie ihn nicht mehr sehen darf. Sie ist jetzt kein Mädchen mehr, sie ist eine Frau. Durch diesen Mann, der in ihren Armen liegt und schläft, ist sie eine Frau geworden.
Das kann sie nicht vergessen, das kann sie nicht einfach ausradieren aus ihrem Gedächtnis. Sie liebt ihn. Und wenn er sie nicht mehr haben will, wird sie ihn trotzdem lieben.
So einfach ist das. So einfach und so schwer.

10

Nach dem Abendessen sitzt Leonore Tettenborn allein vor einer halben Flasche Rotwein in ihrem Zimmer. Es war nicht leicht gewesen, sich den neugierigen Fragen der Damen Gilles und Klostermeier zu entziehen. Man hatte sie am Morgen zusammen mit Lisa Schneeweiher weggehen sehen. Und nun wollte man natürlich wissen, wo die Kleine geblieben sei. Daß sie mittags nicht zum Essen erschienen war, gab bereits zu Vermutungen Anlaß, die von Ellen Klostermeier in neckischer Form angestellt wurden. Leonore hatte andeutungsweise den Besuch in der Weinstube erwähnt. Auch der Name »Hollerer« war gefallen, und Teresa Gilles hatte sofort erklärt, sie kenne den jungen Schauspieler aus München und er sei ein bekannter Draufgänger. »Ein typischer Weiberheld«, wie sie sich verächtlich äußerte.
»Und *den* haben Sie mit der Kleinen allein gelassen?« fragte Frau Klostermeier entsetzt. »Also das hätte ich nun ganz bestimmt nicht getan.«
Leonore war wütend. Sie ärgerte sich über das dumme Weibervolk, das sich in alles einmischen mußte, ärgerte sich aber noch mehr über sich selbst. Wahrscheinlich wäre es wirklich besser gewesen, Lisa mitzunehmen.
Als Lisa auch zum Abendessen nicht erschien, fing Leonore an, sich ernsthaft Sorgen zu machen. Frau Klostermeier genoß die Situation sichtlich. Wie alle ungefestigten Menschen ist sie immer gerne bereit, anderen etwas am Zeug zu flicken. Man kenne das ja, meinte sie, gerade diese Mädchen mit dem Rühr-mich-nicht-an-Gehabe hätten es oft faustdick hinter den Ohren. Diese Lisa Schneeweiher tue zwar, als könne sie kein Wässerchen trüben, aber bei der ersten sich bietenden Gelegenheit schlage sie gleich über die Stränge.
Woher sie denn das wisse, fragte Leonore ungeduldig.
»Aber ich bitte Sie!« Beredter Augenaufschlag von Frau Klostermeier. Ihr könne man doch nichts vormachen. Es sei jetzt halb neun Uhr abends, und da liege der Fall ja wohl klar. Es sei schließlich auch nichts dabei, sie habe

volles Verständnis, daß so ein junges Ding sich mal amüsieren wolle, sie solle nur nicht morgen ankommen und so tun, als sei überhaupt nichts gewesen.
In der Halle ging es dann weiter. Die Gilles stieß dazu und wollte sich ausschütten vor Lachen, als Leonore erklärte, sie verstehe die ganze Aufregung nicht. Es sei doch gut möglich, daß die beiden ins Kino gegangen wären.
»Ins Kino!« Teresa Gilles konnte sich gar nicht beruhigen. »Aber ich bitte Sie, meine Liebe! Das ist doch wirklich naiv. Wenn Sie mich fragen – die beiden liegen im Bett miteinander, und dagegen ist ja auch gar nichts einzuwenden.«
Nein, dagegen ist wirklich nichts einzuwenden, Leonore fand das auch, aber es störte sie, daß die beiden Frauen sich darüber amüsierten, daß sie sich zuzwinkerten und kichernde Bemerkungen machten, die die ganze Angelegenheit von vornherein ins Gemeine zogen. Möglicherweise hat sich Lisa verliebt, aber mit so etwas rechnen diese Frauen natürlich nicht.
»Ich bin dafür, wir setzen uns in die Halle und warten auf sie«, schlug Ellen Klostermeier vor.
Und die Gilles lächelte auf eine hinterhältige Weise und meinte, falls es das erste Mal gewesen sein sollte, könne es nichts schaden, sich des guten Kindes etwas anzunehmen. »Für manche soll es ja ein Schock sein«, setzte sie trocken hinzu.
Leonore hatte genug von den beiden. Sie floh auf ihr Zimmer, hat sich Wein bringen lassen und versucht nun zu lesen. Sie sagt sich immer wieder, daß die ganze Geschichte sie im Grunde nichts angeht, aber als es zehn wird und schließlich halb elf und Lisa immer noch nichts von sich hören läßt, hält sie es nicht länger aus.
Sie geht hinaus, bemüht sich, so leise wie möglich zu sein. Es ist still im Haus. Von unten dringen keine Geräusche mehr herauf. Alles scheint schlafen gegangen zu sein.
Ein paar Türen weiter klopft sie an. Von drinnen ertönt ein leises »Herein!«
Leonore ist erleichtert, daß sie über sich selbst den Kopf schütteln muß.
»Ach, Sie sind es –« Lisa Schneeweiher steht in der geöffneten Tür und sieht Leonore an wie einen Geist. Sie trägt noch immer das beigefarbene Wollkleid, aber es sieht jetzt zerknittert aus.
»Entschuldigen Sie die Störung«, sagt Leonore. »Darf ich hereinkommen?«
Lisa nickt und tritt einen Schritt zurück. Sie weiß nicht, was sie von diesem nächtlichen Besuch halten soll, aber es ist ihr eigentlich ganz lieb, daß Leonore gekommen ist.

»Setzen Sie sich doch«, sagt sie und deutet auf einen der beiden Sessel. Sie selbst bleibt stehen, sieht an Leonore vorbei, bewegt ein wenig geniert die Schultern.

Was sagt man in so einem Fall? Sagt man überhaupt etwas? Nein, es ist wohl besser, man schweigt. Andererseits – sie mag diese Frau, empfindet fast so etwas wie Freundschaft für sie. Sicher würde sie ihr Vertrauen nicht mißbrauchen. Als Kind hat sie sich manchmal gewünscht, eine Freundin zu haben, einen Menschen, mit dem man reden kann. Mit Mama konnte man nicht reden, auch mit Nora nicht. Sie versagten, wenn man sie brauchte.

»Es geht mich natürlich nichts an«, sagt Leonore. »Aber ich habe mir Sorgen um Sie gemacht.«

Lisa sieht sie mit leisem Staunen an. Sie hat sich Sorgen um sie gemacht! Wie merkwürdig...

»Aber warum?« fragt sie. »Ich bin doch kein Kind mehr.«

»Nein, Sie sind kein Kind, aber Sie sind unerfahren. Ich hätte Sie nicht allein lassen sollen.«

Lisa lächelt. Es ist ein kleines, überlegenes Lächeln, das ihrem zarten Gesicht einen neuen Reiz verleiht. Sie hat ein Geheimnis. Zum erstenmal in ihrem Leben hat sie ein Geheimnis, und sie weiß noch nicht, ob sie es preisgeben soll.

»Es ist alles in Ordnung«, sagt sie schnell. Aber dabei wird sie rot und muß sich abwenden.

»Möchten Sie vielleicht etwas trinken?« fragt sie, um ihre Verlegenheit zu überbrücken. »Ich habe eine Flasche Rotwein –«

Sie wartet eine Antwort nicht ab, ist schon am Schrank, nimmt die Flasche, holt einen Korkenzieher. »Ach, bitte«, sagt sie. »Trinken Sie einen Schluck mit mir. Ich bin noch gar nicht müde. Es ist nett, daß Sie gekommen sind. Jetzt können wir auch noch ein bißchen beisammenbleiben. Ich hole schnell Gläser.« Sie geht rasch ins Bad. Leonore weiß, daß sie jetzt so schnell nicht wieder wegkommt. Aber es ist ihr egal. Sie spürt, daß Lisa jetzt nicht allein sein will, und sie kann es verstehen. Eine ferne Erinnerung ist plötzlich da, eine Welle, die heranweht und etwas zurückbringt – Glück, erste Verliebtheit, Verwirrung auch und leises Erschrecken.

Lisa kommt aus dem Bad zurück. Sie füllt zwei Zahnputzgläser mit Wein und entschuldigt sich, daß sie nicht daran gedacht hat, vernünftige Gläser zu besorgen.

»Aber das spielt doch keine Rolle«, sagt Leonore. Sie hebt ihr Glas. »Prost, Lisa! Ich darf Sie doch so nennen? Ich bin wirklich froh, daß Sie wieder da sind. Und jetzt erzählen Sie – falls Sie Lust dazu haben. War es noch nett mit Hollerer?«

Lisa schweigt eine Weile. »Ich weiß nicht, wie ich es Ihnen erklären soll«, sagt sie dann.
Sie trinkt, setzt ihr Glas ab und sieht nachdenklich zu Leonore hinüber. »Vielleicht sollte ich nicht darüber reden«, fährt sie fort. »Aber ich bin so – ich bin so durcheinander. Nein, bitte... sagen Sie nichts! Ich will versuchen, Ihnen alles zu erklären.«
Lisa legt ihre Hände auf den Tisch. Sie betrachtet sie einen Augenblick und nimmt sie dann wieder fort, als hätte sie Angst, diese Hände könnten etwas verraten.
»Waren Sie schon einmal verliebt?« fragt sie mit leiser Stimme.
Leonore nickt. »O ja.«
»Das hab' ich mir gedacht, darum kann ich auch mit Ihnen reden. Es gibt Dinge, über die kann man eigentlich nicht reden, oder sagen wir, nur mit ganz bestimmten Menschen. Liebe und so was – das versteht doch keiner. Wenn ich zu Hause erzählen würde, ich wäre verliebt, würden sie mich nur auslachen. Sie würden mich keinen Augenblick ernst nehmen.«
Leonore hütet sich, zu widersprechen. Sie sieht Lisas Kinn zittern und fühlt, daß dieses Mädchen innerlich aufgewühlt ist. Lisa würde sich ihr gerne offenbaren, aber sie hat gleichzeitig Angst davor.
Wie kann ich ihr diese Angst nehmen? denkt Leonore. Sie kommt sich hilflos vor, weiß nicht, was sie sagen soll, und sagt darum gar nichts.
»Es ist etwas passiert«, sagt Lisa nach einer langen Pause. Sie steht unvermittelt auf, geht zum Fenster und bleibt dort mit dem Rücken zu Leonore stehen, als betrachte sie die angestrahlte Tanne, die man durch den Spalt der zugezogenen Vorhänge sehen kann. Dann fährt sie fort:
»Ich bin mit ihm mitgegangen. Ich bin einfach mit in sein Haus gegangen, und wir haben uns geliebt.«
Sie dreht sich plötzlich entschlossen um und reckt die Schultern. »Ich weiß nicht, warum ich Ihnen das erzähle. Wahrscheinlich spricht man über so etwas nicht. Aber ich mußte es einfach loswerden.«
»Natürlich«, sagt Leonore ruhig. »Das kann ich verstehen.« Sie ist ein bißchen bestürzt, aber sie sagt sich, daß so etwas jeden Tag vorkommt. Nur eben zu Lisa paßt es nicht, und darum stimmt sie dieses Geständnis eher traurig.
Lisa kommt zurück und setzt sich wieder. »Ich dachte immer, so etwas könnte mir nie passieren«, sagt sie und schließt für einen Moment die Augen. »Wirklich – ich hätte das nicht für möglich gehalten, aber es war ganz selbstverständlich.«
Leonore zögert. »Liebe ist immer selbstverständlich«, sagt sie dann. »Das ist ja das Wunderbare daran.«
»Sehen Sie – ich wußte, daß Sie mich verstehen!«

Lisa sieht sie strahlend an, und Leonore muß daran denken, was Teresa Gilles über Anton Hollerer gesagt hatte, daß er ein Weiberheld sei und nur darauf aus, sich zu amüsieren.
»Ich bin ja so glücklich«, sagt Lisa und lächelt. Ihr Gesicht ist hell und offen. Nicht eine Spur von Argwohn ist darin. »Sie können sich nicht vorstellen, wie glücklich ich bin. Bisher dachte ich, ich kann keinen Mann liebhaben. Aber nun ist alles anders. Ich bin wie ein neuer Mensch. Sie müssen nicht denken, daß ich mir das nur einbilde... ich fühle mich wirklich wie verwandelt, aber das geht wohl allen so, wenn sie verliebt sind.«
»Ja«, sagt Leonore. »Das geht allen so.«
»Möchten Sie noch etwas trinken?« fragt Lisa. »Ach, bitte, trinken Sie noch ein Glas. Bleiben Sie noch ein bißchen bei mir. Ich kann jetzt nicht allein sein.«
»Ja«, sagt Leonore. »Natürlich.«
Sie ist also glücklich, denkt sie. Ohne Bedenken, wie ein Kind. Aber sie hat doch keine Ahnung! Muß man sie nicht warnen? Ihr nicht die Augen öffnen! Man kann doch nicht dasitzen und zusehen, wie sie in ihr Unglück rennt! »Dieser Mann –«, beginnt sie vorsichtig.
»Oh, ich weiß schon, was Sie sagen wollen!« ruft Lisa aus. »Sie halten ihn für leichtsinnig, Sie denken, er hätte das nicht tun dürfen. Aber wir wollten es ja beide!«
Leonore sieht sie schweigend an.
»Wir wollten es wirklich beide«, wiederholt sie eindringlich. »Und mit Leichtsinn hat es überhaupt nichts zu tun.«
»Bei *Ihnen* bestimmt nicht«, sagt Leonore ruhig.
»Auch bei ihm nicht. Er liebt mich. Er wird mich natürlich nicht gleich heiraten, aber das ist ja auch nicht nötig. Sie wissen ja, wie ich über das Heiraten denke, dabei kommt sowieso nichts heraus.«
Lisa sieht Leonore herausfordernd an. Und dann sagt sie etwas, was aus ihrem Mund ausgesprochen töricht klingt. Sie sagt: »Heiraten ist völlig überflüssig. Wir sind schließlich moderne Menschen.«
Leonore antwortet nicht. Sie trinkt einen Schluck und behält das Glas in der Hand. Das ist alles sehr traurig, denkt sie. Da verliebt sich so ein dummes, kleines Ding und ist gleich bereit, Opfer zu bringen und sich noch einzureden, das wäre zeitgemäß. Aber was ging sie das eigentlich an? Vielleicht war das heute wirklich so, und sie, Leonore, war einfach altmodisch.
Nein, nein, denkt sie. Lisa macht sich selbst etwas vor. Sie alle machen sich etwas vor. Freie Liebe – keine Rücksicht auf den anderen – jeder kann tun und lassen, was ihm gefällt. Sie kennt das doch. Oft genug hat sie mit anderen Leuten über dieses Thema diskutiert. Sie gaben sich modern,

ohne genau zu wissen, was das eigentlich war. So modern, aufgeklärt und uneigennützig, daß sie jedes Versprechen, jede kleinste Zusage bereits für einen Zwang hielten. Und was kam dabei heraus? Neurosen und Selbstmordversuche.
Warum sage ich das nicht, denkt Leonore. Warum sitze ich hier und schweige, statt dieses Kind zu warnen?
»An was denken Sie jetzt?« fragt Lisa plötzlich.
»Ich denke, daß Sie es diesem jungen Mann, von dem Sie annehmen, er liebe Sie, sehr leichtmachen.«
»Aber ich möchte ihn wirklich nicht heiraten«, sagt Lisa eigensinnig.
»Das sollen Sie auch nicht. Jedenfalls nicht, bevor Sie ihn wirklich kennen. Ich finde es nur bedauerlich, daß Sie jeden Gedanken daran von vornherein ausschließen.«
Die beiden Frauen blicken einander über den Tisch hinweg an. Lisas dunkle Augen flackern, und Leonore wendet sich schnell ab. Gegen ihren Willen sagt sie: »Vielleicht haben Sie recht, ich kann das nicht so beurteilen. Jedenfalls wünsche ich Ihnen, daß Sie nicht enttäuscht werden.«
Lisa schweigt. Sie streckt die Hand aus und berührt eine Rose, die in einer schmalen Vase auf dem Tisch steht. Es ist eine unbewußte Geste der Zärtlichkeit, die Leonore rührt. Kind, denkt sie, armes, ahnungsloses Kind! Konntest du nicht an einen vernünftigen Mann geraten! Mußte es ausgerechnet dieser Anton Hollerer sein, der nichts im Kopf hat als seine Karriere und Weiberaffären. Für den bist du doch nichts anderes als ein Spielzeug, das er wegwirft, wenn er ein neues gefunden hat.
»Ich glaube, ich lasse Sie jetzt besser allein«, sagt sie.
»Sie können gerne noch bleiben«, erwidert Lisa mit einem kleinen Lächeln. »Ich kann jetzt doch nicht schlafen. – Entschuldigen Sie«, setzt sie hinzu. »Ich bin egoistisch. Sie sind sicher müde.«
»Es geht.«
Lisa beugt sich plötzlich vor. »Was ist das nur?« fragt sie. »Was ist das mit der Liebe? Wie kann so etwas geschehen? Ist es nur, weil ich so allein war? Manchmal hab' ich gedacht – ich dachte, ich bin gezeichnet. Wie eine Krankheit... verstehen Sie? Hautausschlag oder so. Die anderen wurden geliebt. Ich nicht. Mich hat niemand gemocht. Ich hab' gedacht, es wäre eine Krankheit.«
Sie steht auf, geht ein paar Schritte in dem kleinen Raum auf und ab und kommt wieder zurück. »Ich mußte es einfach tun«, sagt sie. »Ich hab' gedacht, wenn ich es nicht tue, dann ist alles wieder vorbei. Ich wollte sein wie andere Mädchen. Wie Nora, wie Miriam – sie ist eine Freundin von Nora, ich hab' Ihnen noch nichts von ihr erzählt. Ein schönes Mädchen, wunderschön. Die Männer sind verrückt nach ihr. Und sie schläft mit ih-

nen. Sie sagt, wenn man nicht mit ihnen schläft, ist man sie schnell wieder los.« Sie starrt Leonore an. »Stimmt das? Ist das wahr?«
Leonore zuckt die Achseln. »Das kann man nicht verallgemeinern. Es gibt Männer, die lieben eher zurückhaltende Frauen.«
»Ich hatte Angst«, flüstert Lisa. »Ich hatte ganz einfach Angst, ihn zu verlieren.«
Es entsteht eine längere Pause. Leonore überlegt, ob sie Lisa sagen soll, daß die Gefahr, Hollerer zu verlieren, nach dieser flüchtigen Liebesstunde viel größer ist. Aber sie würde Lisa nur eine schlaflose Nacht bereiten, und außerdem war sie nicht sicher, ob Hollerer nicht vielleicht doch eine Zuneigung zu diesem Kind gefaßt hatte. Sie kannte ihn nicht. Wenn Liebe für ihn nur Sex war, dann stand es schlecht um Lisa Schneeweiher. Doch vielleicht täuschte sie sich, vielleicht war Hollerer ganz anders, als sie vermutete, zärtlich, verständnisvoll, eines tieferen Gefühls durchaus fähig. Statt Lisa zu beunruhigen, antwortet Leonore ausweichend: »Ich kann das gut verstehen.«
Kaum hat sie es ausgesprochen, wird ihr klar, daß sie Lisa in ihrer Torheit noch bestärkt hat, denn es blieb unglaublich, daß sie sich mit Hollerer eingelassen hatte, ohne das mindeste von ihm zu wissen. Gewiß – sie hat sich dadurch von der Tyrannei der Mutter befreit, die ihr jede Möglichkeit verwehrte, sich selbst zu bestätigen. Doch ob diese unüberlegte Handlung richtig war, wagt sie, Leonore, bei aller Toleranz zu bezweifeln.
»Hemmungslosigkeit«, hatte Hans einmal vor Jahren zu ihr gesagt, »stößt die meisten Männer bei Frauen ab. Das ist eine Tatsache. Es stößt sie ab, auch wenn sie das Gegenteil behaupten.« Er konnte so etwas zu ihr sagen. Sie hatte lange gezögert, ehe sie mit ihm schlief. Das hatte nichts mit Prüderie zu tun. Sie wollte nur sicher sein, wirklich geliebt zu werden.
»Ich glaube nicht, daß er mich für leichtfertig hält«, sagt Lisa jetzt und gleitet wieder mit der Spitze ihres Zeigefingers über das Rosenblatt. »Nein, das glaube ich bestimmt nicht.«
Leonore lächelt. »Männer irren sich zwar meist in der Beurteilung von Frauen, aber wenn er ein bißchen Menschenkenntnis besitzt –«
Sie läßt den Satz in der Luft hängen und steht auf.
»Nicht böse sein, Lisa – aber mir fallen die Augen zu. Morgen früh reden wir weiter. Ich wünsche Ihnen jedenfalls von Herzen, daß Sie glücklich werden. Ob mit diesem Mann oder mit einem anderen – es spielt letzten Endes keine Rolle. Glücklich sollen Sie sein!«
»Ja, das braucht wohl jeder Mensch«, antwortet Lisa sanft.
Sie fühlt, daß Leonore es gut mit ihr meint, daß da endlich eine Frau ist, mit der sie reden kann, die sie ernst nimmt. Leonore bevormundet sie

nicht, sie bleibt immer ruhig und verständnisvoll. Sie ist auch nicht ironisch, wie es Nora war.
»Ich bin Ihnen so dankbar«, murmelt sie, während sie Leonore zur Tür begleitet.
»Aber ich bitte Sie – ich habe doch gar nichts getan.«
»Sie haben mir zugehört«, sagt Lisa still. »Sie haben mir zugehört, und Sie haben mich nicht ausgelacht.«
Leonore ist gerührt, hütet sich aber, das zu zeigen.
»Schlafen Sie gut«, sagt sie. »Und drehen Sie die Heizung ab, es ist viel zu warm im Zimmer.« Damit geht sie hinaus.
Lisa schließt die Tür ab, dreht den Schlüssel um, aber gleich wieder zurück, öffnet noch einmal und stellt ihre Schuhe nach draußen.
Der Gang ist leer; Leonore ist bereits um die Ecke verschwunden. Lisa geht auf Strümpfen in ihr Zimmer zurück, schließt ab und begibt sich gleich ins Bad. Sie macht Licht und betrachtet sich längere Zeit im Spiegel.
Man sieht gar nichts, denkt sie enttäuscht. Man sieht überhaupt nichts. Ich sehe noch genauso aus wie vorher.
Doch dann lächelt sie ihr eigenes Spiegelbild an. Ihre Augen werden groß und beginnen zu strahlen. In einem plötzlichen Entschluß hebt sie beide Arme, macht den Reißverschluß auf, streift das Kleid von den Schultern, auch die Träger des Büstenhalters.
Sie steht mit nacktem Oberkörper, betrachtet sich, sieht ihre Brüste und umfaßt sie mit beiden Händen. Da hat er mich geküßt, denkt sie.
Sie spürt ein Ziehen in ihren Schenkeln und wirft den Kopf zurück. Ihre Lippen öffnen sich.
Nach einer Weile wendet sie sich vom Spiegel ab und verläßt das Bad. Sie ist jetzt sehr müde, kann sich kaum noch auf den Beinen halten. Sie zieht das Kleid aus und wirft es achtlos über einen Stuhl. Strumpfhose, Slip, Büstenhalter – alles fällt zu Boden.
Nackt, wie sie ist, legt sie sich ins Bett und deckt sich zu. Sie macht das Licht aus. Und dann beginnt sie zu summen. Sie summt eine kleine, unzusammenhängende Melodie, die sie sich selbst ausdenkt.
Sie summt so lange vor sich hin, bis sie einschläft.

11

Ellen Klostermeier und Teresa Gilles stehen am Empfang. Sie fragen nach Post, und Frau Klostermeier bekommt einen Brief ausgehändigt.
»Von meiner Mutter«, sagt sie und wendet sich zu Teresa. »Wir können gleich gehen. Ich will ihn nur schnell lesen.«

Sie verschwindet mit ihrem aufreizend wiegenden Gang in der Halle, und Teresa sagt zu dem pferdeschwänzigen Mädchen, das schon wieder hinter seiner Schreibmaschine sitzt:
»Sehen Sie doch bitte noch einmal nach. Es ist bestimmt ein Brief für mich gekommen.«
Die Pferdeschwänzige erhebt sich träge, wirft einen Blick in das Fach und schüttelt den Kopf.
»Nichts?« fragt Teresa mit erhobener Stimme.
»Leider, nein.«
»Das begreife ich nicht.«
Teresa Gilles dreht sich um und geht langsam auf die Halle zu. Der Mann mit dem Raucherbein kommt ihr entgegen und grüßt. Teresa nickt mürrisch zurück, so daß der andere gekränkt ist und unmerklich den Kopf schüttelt. Früher haben hier auch andere Leute verkehrt, denkt er.
Teresa ist außer sich. Enzio hatte fest versprochen, in dieser Woche von sich hören zu lassen. Heute ist Donnerstag, und wieder keine Nachricht von ihm. Zum Verzweifeln ist das, zum Verzweifeln! Ihr Leben hängt von diesem verdammten Brief ab.
»Oh, bitte, setzen Sie sich einen Augenblick zu mir«, sagt Frau Klostermeier aufgeregt, als Teresa neben ihr steht.
»Setzen Sie sich – bitte, setzen Sie sich! Ich muß Ihnen etwas erzählen.«
Teresa Gilles hat nicht die geringste Lust, sich zu setzen. Sie will raus, an die frische Luft, sie erstickt hier.
»Nur einen Augenblick...« Ellen Klostermeier streckt die Hand aus und zieht die andere fast mit Gewalt neben sich auf das Sofa. Sie ist völlig durcheinander. Das Schreiben, das sie eben erhalten hat, stellt sie vor ein unerwartetes Problem. Ihre Mutter teilt kurz und bündig mit, ihrem ehemaligen Schwiegersohn ginge es sehr schlecht. Er sei schon am hellen Vormittag betrunken und kaum noch fähig, seinen Beruf auszuüben. »Deine Schuld«, schreibt die Mutter. »Du hättest ihn nicht allein lassen dürfen.«
Schnell, sich vor Aufregung immer wieder überhaspelnd, liest Ellen Klostermeier den Brief vor, aus dem zu ersehen ist, daß der verlassene Zahnarzt an der Trennung von seiner Frau zugrunde geht.
Teresa Gilles findet das alles eher komisch. »Großer Gott – wie kann sich ein Mann so anstellen? Er soll sich doch zusammenreißen. Andere sind froh, wenn sie ihre Frauen loswerden«, sagt sie bewußt provozierend.
Ellen fährt prompt auf. »Meiner nicht! Er liebt mich. Sie können sich nicht vorstellen, wie verzweifelt er war, als ich weggegangen bin. Er hat geweint – geweint hat er... wie ein kleines Kind.«
Teresa Gilles sieht interessiert, wie die andere errötet, als schäme sie sich

noch nachträglich. »Lächerlich«, sagt sie. »Ein Mann, der weint, ist in meinen Augen ein Schwächling.«
»Sie haben eben kein Herz«, gibt Ellen Klostermeier beleidigt zurück.
Teresa Gilles zuckt die Achseln. Sie ist wütend und verbittert. Kein Brief von Enzio, und nun wird sie hier festgehalten von dieser dummen Person, die sie mit ihren lächerlichen Problemen behelligt.
Sie denkt daran, daß sie kaum noch Geld auf ihrem Konto hat und schließlich gezwungen sein wird, irgendeine idiotische Rolle anzunehmen, nur um sich wieder eine Weile über Wasser zu halten. Von so was hat diese kleine Gans natürlich keine Ahnung.
»Was wollen Sie eigentlich?« fährt sie auf Ellen los. »Wenn ich etwas nicht ausstehen kann, dann ist es so ein sentimentales Getue. Sie haben Ihren Mann verlassen, gut und schön. Er hat Sie gelangweilt, und Sie haben ihn betrogen. Dann weiß ich nicht, warum Sie sich jetzt so anstellen.«
Frau Klostermeier ist empört und schockiert. Sie hat mit ein bißchen mehr Verständnis gerechnet, aber freilich, was kann man schon von einer Frau erwarten, die so zynisch und illusionslos ist wie diese Schauspielerin!
»Sie verstehen das eben nicht«, sagt sie mehr von oben herab. »Sie haben nie wirklich geliebt.«
Teresa Gilles wirft ihr einen Blick zu, einen Blick, der Frau Klostermeier vollends aus dem Gleichgewicht bringt, weil er so lieblos und wissend ist.
Dann sagt Teresa: »Reden Sie doch nicht so einen Unsinn! Einen Mann, den man liebt, läßt man nicht einfach sitzen.«
Ellen Klostermeier senkt den Kopf und faltet langsam und bedächtig den Brief zusammen. Als sie dann endlich antwortet, spricht sie in überraschend vernünftigem Ton. Ruhig und bestimmt sagt sie: »Es ist leicht, über andere den Stab zu brechen. Aber überlegen Sie mal: Wenn man als Frau schwach und anfällig ist, dann kommt man eben in Situationen, in denen man versagt. Ich gebe ja zu, daß ich mich gemein gegenüber meinem Mann benommen habe. Ich bin herzlos und eigensüchtig gewesen, aber ich konnte einfach nicht anders. Jetzt tut es mir leid. Es hat mir eigentlich immer leid getan, von Anfang an. Ich habe ihn betrogen, aber es hat mir leid getan. Ich bin mir furchtbar schäbig dabei vorgekommen. Wie er es dann herausbekam und mir Vorwürfe gemacht hat! Er konnte gar nicht richtig wütend sein, weil er so unglücklich war. Glauben Sie, das war mir gleichgültig? Aber ich kann eben nicht ewig treu sein, mich immer beherrschen – ich kann es nicht, ich bin zu schwach. Vielleicht hätte er mich prügeln müssen! Es gibt Frauen, die brauchen das. Vielleicht hätte ich Angst haben müssen vor ihm, dann wäre ich ihm treu geblieben. Seine Gutmütigkeit ist mir auf die Nerven gefallen, und dann habe ich

mit dem erstbesten, der mir über den Weg gelaufen ist, geschlafen.« Sie macht eine Pause und starrt vor sich hin. »Und mein Mann geht jetzt kaputt daran, weil er immer noch an mir hängt.« Diese Worte überwältigen sie. Sie beginnt zu weinen.

Teresa Gilles steht auf. Sie hat endgültig genug von diesem Theater. Verächtlich blickt sie auf die weinende Frau hinab und sagt: »Nehmen Sie sich gefälligst zusammen! Was sollen denn die Leute denken, wenn Sie hier sitzen und heulen.«

»Das ist mir egal«, erwidert Ellen Klostermeier und schluchzt.

»Ich gehe jetzt«, verkündet Teresa. Aber sie bleibt stehen, weil sie nun doch das Gefühl hat, daß sich hinter den Tränen dieser kleinen Provinzlerin echte Verzweiflung verbirgt. Also setzt sie sich noch einmal hin, legt Ellen die Hand auf den Arm und sagt spöttisch, aber nicht unfreundlich: »Wenn Sie denken, daß er ohne Sie nicht leben kann, dann müssen Sie eben zu ihm zurückkehren.«

Frau Klostermeier hebt ruckartig den Kopf. Sie ist so erleichtert, daß ihre Tränen schlagartig versiegen. »Meinen Sie wirklich?« fragt sie leise. »Ich habe es mir ja auch schon überlegt, aber –«

Teresa Gilles hätte am liebsten laut gelacht, aber sie beherrscht sich. »Es wird natürlich nicht gutgehen«, sagt sie. »Es wird neuen Ärger geben, aber ich finde, Sie sollten es tun.«

Und damit steht sie auf, um jeder weiteren Auseinandersetzung zu entgehen, nickt Ellen kurz zu und geht davon.

Ellen Klostermeier bleibt sitzen, um den Brief noch einmal in Ruhe zu lesen. Daß ihr Mann aus Kummer zu trinken angefangen hat, beeindruckt sie tief. Früher hat er nie einen Tropfen angerührt. Möglicherweise hat er sich auch in anderer Hinsicht verändert? Vielleicht treibt er sich nachts in Lokalen herum und schläft mit Kellnerinnen und Huren?

Nein, das ist ausgeschlossen. So etwas tut Werner nicht.

Sie ertappt sich bei dem Gedanken, daß es ihr leichterfallen würde, zu ihm zurückzukehren, wenn er nicht gar so brav und bieder gewesen wäre. Oft genug hat sie ihn aufgefordert, sie wenigstens ein einziges Mal zu betrügen, doch er hat diesen Vorschlag immer entsetzt zurückgewiesen.

Ein treuer Mann, ein zuverlässiger Mann. Andere Frauen hatten sie um diesen Mann beneidet, doch sie war vor Langeweile fast gestorben. Und nun? Wie würde es weitergehen?

Sie hält sich vor Augen, wie eintönig das Leben an seiner Seite gewesen war, wie oft sie sich danach gesehnt hatte auszubrechen. Mit einem Aufseufzen und einem resignierten Achselzucken erkennt sie die Wahrheit: Es wird sich nichts daran ändern.

Aber ich muß es tun, denkt sie, ich muß es tun! Ich bin es ihm schuldig.

12

Am späten Vormittag sitzt Anton Hollerer allein im Wohnzimmer und starrt in den leeren Kamin. Ein Rollenheft liegt aufgeschlagen vor ihm auf dem Tisch, aber er hat keine Lust, sich damit zu beschäftigen. Er wartet auf Felix von Maindorff, seinen Freund und Kumpan. Er sammelt Kraft für die bevorstehende Auseinandersetzung.

Anton Hollerer – Toni, wie ihn seine Freunde nennen – ist zum erstenmal in seinem Leben im Zweifel mit sich selbst. Er, der in Theaterkreisen berühmt für seine leichten und problemlosen Eroberungen ist, hat sich in ein Mädchen verliebt, das genau zu jenem rührenden und anhänglichen Typ zählt, den er bisher tunlichst gemieden hat – aus Furcht vor einer unüberlegten Heirat. Er weiß selbst nicht, wie das möglich war, doch es ist nun einmal geschehen, und er bemerkt voller Beklemmung, wie tief er in diese Angelegenheit, die so harmlos begann, bereits verstrickt war.

Lisa Schneeweiher übt eine starke Anziehungskraft auf ihn aus, wie er das bisher noch nie bei einer Frau erlebt hat.

Toni bemerkt mit wachsendem Unbehagen, wie heftig seine Sehnsucht nach Lisa ist. Er vermißt sie, obwohl sie ihn erst vor kurzem verlassen hat.

Verliebt! denkt er. Verliebt wie ein dummer Junge!

Das muß ihm passieren, ausgerechnet ihm, dem seine innere Unabhängigkeit bisher über alles ging.

Felix wird ihn auslachen. Und das zu Recht. Denn für ihn ist er, Toni, ein ehrgeiziger junger Mann, der nichts anderes als seine Karriere im Kopf hat. Ein Mädchen ist dabei nur hinderlich.

Toni holt tief Atem. Was kann er tun? Wie kann er sich dem Zauber entziehen, den Traum zerstören? Und will er es überhaupt?

Er denkt an Felix, an seinen Sarkasmus, seine zynische Überlegenheit, sein Mißtrauen gegen Frauen. Kann ein Mensch wie Felix je glücklich sein?

Er muß mit ihm reden. Heute noch. Er muß ihm klarmachen, daß diese Liebe etwas Großes, Einmaliges ist. Felix soll es ja nicht wagen, sich lustig über Lisa zu machen! Lisa gehört nicht zu der Sorte primitiver kleiner Mädchen, wie sie von Leuten wie Felix und seinem ganzen fragwürdigen Freundeskreis bevorzugt werden. Lisa ist etwas Besonderes. Sie ist zart und unschuldig wie Ophelia, eine leidenschaftliche Liebende wie Gretchen, ist Rosalinde und Julia, Käthchen und Thekla.

Er ist verwirrt, aber glücklich. Und dann hört er das Geräusch eines Wagens, das Zuklappen einer Tür und das alberne Lachen von Angela Kardes, der langjährigen Geliebten seines Freundes Felix.

Er steht auf. Seine Nerven vibrieren. Es wird nicht leicht sein, den beiden begreiflich zu machen, was geschehen ist.
Angela Kardes betritt das Zimmer, lachend, zwei Flaschen Wein im Arm, eine Jeanskappe mit breiter Krempe tief in die Stirn gezogen. Sie entschuldigt sich, daß es so spät geworden ist, aber sie hätten eine Panne gehabt, kurz hinter Linz, und überhaupt wäre es eine grauenhafte Fahrt gewesen. Schnee und Glatteis, und Felix wäre schlecht gelaunt, weil bei der Besprechung nichts Gescheites herausgekommen sei.
Sie tritt auf Toni zu und küßt ihn mitten auf den Mund.
»Heh –«, macht sie, weil er einen Schritt zurückweicht.
Dann kommt Felix, den langen, pelzgefütterten Mantel halb über der Schulter, das Windhundgesicht blaß und übernächtigt, leise vor sich hin fluchend.
»Hallo!« sagt Toni laut, doch Felix gibt keine Antwort. Er läßt den Mantel fallen, wirft sich in einen Sessel und streckt beide Beine weit von sich.
»Gib mir was zu trinken!« sagt er zu Angela.
Sie zuckt mit den Achseln, wirft Toni einen Blick zu, der besagt: »Total durchgedreht«, stellt die Weinflaschen auf den Boden und geht zu einem Tisch, auf dem eine Reihe von Flaschen stehen.
Toni bleibt vor Felix stehen und sagt: »Was ist denn los mit dir? Gibt es Ärger mit Rosenbaum? Will er kein Geld mehr rausrücken?«
Rosenbaum ist ein reicher Wiener Kaufmann, der sich bereit erklärt hat, die Finanzierung des neuen Filmes zu übernehmen.
»Rosenbaum ist ein Arschloch«, erklärt Felix und schnippt dabei mit den Fingern zu Angela hinüber – sie soll sich mit dem Whisky beeilen. »Das Drehbuch paßt ihm nicht, und die Besetzung paßt ihm auch nicht. Wenn er nicht zur Vernunft kommt und mir freie Hand läßt, dann suche ich mir einen anderen.«
Er springt plötzlich auf und reißt seine Pelzmütze vom Kopf. »Mache ich den Film – oder er?« brüllt er unbeherrscht los.
Angela läuft auf ihn zu, das gefüllte Whiskyglas in der Hand. »Du natürlich, Liebling«, sagt sie und drückt ihm das Glas in die Hand.
Felix von Maindorff starrt sie finster an. »Nimm endlich dieses Ding ab«, sagt er und deutet auf die Jeanskappe. »Du kannst doch nicht im Winter mit so einer albernen Kopfbedeckung herumlaufen.«
Angela nimmt wortlos die Kappe ab und legt sie auf den Tisch. Als sie Anstalten macht, sich hinzusetzen, hält ihr Felix sein leeres Glas hin. »Schenk mir gefälligst anständig ein. Ich bin kein Säugling.«
»Der Arzt hat gesagt –« Weiter kommt Angela nicht. Felix schleudert sein Glas in ihre Richtung. Sie duckt sich blitzschnell, offenbar an derartige Zwischenfälle gewöhnt. Das Glas zerschellt an der Wand.

Toni und Angela sehen sich an. Angela zuckt wieder die Achseln, und Toni sagt ruhig: »Die Scherben sammelst du hoffentlich selbst auf.«
»Den Teufel werde ich!« brummt Felix, aber dann beginnt er unerwartet zu lachen, und nach einer Weile stimmen die beiden in sein Gelächter mit ein.
»Na also«, sagt Toni und setzt sich vor den Kamin. »Ich hatte schon befürchtet, du würdest verrückt spielen.«
»Ach wo«, sagt Felix jetzt ganz gemütlich. Er nimmt von Angela ein neues Glas entgegen, das randvoll gefüllt ist, legt den Arm um sie und zieht sie neben sich auf das Sofa. »Und nun erzähle, Bruder! Was hast du getrieben, während wir weg waren? Wie viele kleine Mädchen hast du aufs Kreuz gelegt? Oder waren es diesmal Damen gesetzteren Alters?«
Toni schweigt. Er sitzt vornübergebeugt, stochert in der kalten Asche herum und überlegt, was er antworten soll.
Hinter ihm wird leise geflüstert. Ohne sich umzudrehen, weiß er, daß Felix seine Hand auf Angelas Brust gelegt hat. Felix ist in diesen Dingen ganz ungeniert. Einmal hatte Toni die beiden sogar im Bett überrascht. Als er sich mit einem gemurmelten »Pardon!« rasch wieder zurückziehen wollte, hatte Felix nur erwidert: »Du störst nicht. Komm ruhig rein.« Das war kurze Zeit nach Beginn ihrer Bekanntschaft gewesen. Toni war damals über soviel Unverfrorenheit bestürzt gewesen. Inzwischen hat er sich an derartige Entgleisungen seines Freundes gewöhnt. Felix ist schamlos, wie er offen zugibt. Es macht ihm Spaß, andere zu schockieren, und die sexuellen Geschmacklosigkeiten, die er in seinen Filmen zeigt und die ihm zu rascher Popularität verholfen haben, praktiziert er auch im täglichen Leben. Angela Kardes hat es sich längst abgewöhnt, daran Anstoß zu nehmen. Felix macht kein Hehl daraus, daß er sie bei jeder Gelegenheit betrügt, denkt aber nicht daran, sich von ihr zu trennen. Das einzige Kind einer braven Kleinbürgerfamilie aus der Wiener Vorstadt, das er vor sechs Jahren verführt und dann für den Film entdeckt hatte, gehört zum festen Bestandteil seines unruhigen Künstlerdaseins, genau wie Anton Hollerer, den er groß und berühmt machen will.
Toni sitzt immer noch schweigend da. Die beiden hinter ihm tuscheln und betasten einander. Felix hat seine linke Hand in den Ausschnitt von Angelas Bluse geschoben. Er preßt ihre Brustwarzen zwischen Daumen und Zeigefinger, doch irgendwann fällt sein Blick auf den Freund, und der abwesende Ausdruck in Tonis Gesicht macht ihn stutzig. Er zieht seine Hand zurück, schiebt Angela zur Seite und steht auf.
»Was ist los, alter Freund?« fragt er und geht langsam auf Toni zu. »Warum sagst du nichts? Irgendwelche Probleme?«
Toni schüttelt den Kopf. Die beiden sehen sich an, und Felix fährt fort:

»Also irgend etwas stimmt doch nicht mit dir. Nun beichte schon. Soll Angela rausgehen? Genierst du dich vielleicht vor ihr?«
Angela beginnt zu kichern, doch Felix dreht sich nur kurz um und wirft ihr einen Blick zu. Sie verstummt.
Felix setzt sich Toni gegenüber und schlägt ein Bein über das andere. Toni, der genau weiß, daß der andere doch keine Ruhe geben wird, berichtet von seinem Erlebnis mit Lisa. Wie er sie kennengelernt hat, wie sie mitgekommen und gleich die halbe Nacht bei ihm geblieben ist. Wie er sie dann wiedergesehen hat, einmal und noch ein zweites Mal, und wie er plötzlich begriffen hat, daß etwas mit ihm geschehen ist, das er sich überhaupt nicht erklären kann. Daß Lisa etwas ganz Besonderes sei, ein Mädchen, wie es ihm bisher noch nie begegnet sei, zart und rührend und einfach. Felix werde sie ja bald kennenlernen und könne sich dann selbst davon überzeugen.
Leise und zögernd kommt das alles nach und nach aus Toni heraus, und Felix unterbricht ihn nicht ein einziges Mal. Er sieht ihn nur immerzu an mit seinen grauen, spöttischen Augen, trinkt ab und zu einen Schluck und wippt mit dem rechten Bein.
Toni schweigt jetzt, und Felix fragt, ob das alles sei.
»Wie – alles?« fragt Toni zurück. »Ich bin verliebt, Mensch! Genügt das nicht?«
Felix erwidert, den Blick immer noch starr auf Toni gerichtet: »Jedem anderen würde ich diese rührselige Geschichte nicht abnehmen, aber dir muß ich sie wohl glauben. Wenn du mir jetzt noch sagst, daß du sie heiraten willst, dann weiß ich, daß du komplett übergeschnappt bist.«
Toni wird rot. Die Ader an seiner rechten Schläfe schwillt an. Er ist leicht erregbar, wie die meisten Künstler, doch jetzt steigert er sich noch bewußt in Zorn, weil er die Ironie seines Freundes fürchtet und ihr nichts entgegenzusetzen hat. Ironie macht ihn immer hilflos. Er kann nur mit Wut darauf reagieren.
»Jawohl, ich werde sie heiraten«, schreit er. »Niemand wird mich daran hindern, auch du nicht. Du am allerwenigsten!«
»Angela, hör dir das an!« ruft Felix laut. »Der dumme Junge will heiraten. Er will das Filmgeschäft an den Nagel hängen und ein braver Spießbürger werden. Mit einem Engagement in einem lausigen Provinznest, damit die lieben Kinderchen kein Zigeunerleben führen müssen.«
»Halt's Maul!« brüllt Toni und springt auf. Bis zu diesem Augenblick hat er an eine Heirat mit Lisa überhaupt nicht gedacht, doch nun hat er davon angefangen und kann nicht mehr zurück, ohne sich lächerlich zu machen.
»Ich verbiete dir, so zu reden!« Toni steht mit geballten Fäusten da und

starrt Felix wütend an. »Du verstehst das natürlich nicht. Du verstehst überhaupt nichts. Ich hab' dir gesagt, daß ich dieses Mädchen liebe, aber das kapiert so ein Idiot wie du natürlich nicht.«
Angela im Hintergrund beginnt zu lachen. Toni fährt herum und sagt höhnisch: »Du kapierst es auch nicht, du bist genau wie er. Herumhuren könnt ihr, das ist alles. Von Liebe habt ihr keine Ahnung.«
Einen Augenblick herrscht Stille. Felix sitzt da, die Hände über dem Bauch gefaltet, die Beine weit von sich gestreckt. Er mustert Toni aus halb geschlossenen Augen. Sein schmales, verlebtes Gesicht zeigt keinerlei Erregung. Schließlich sagt er, und es klingt eher gleichgültig: »Du bist ganz schön unverschämt, mein Junge, aber ich nehme es dir nicht übel.«
Zu seinem Erstaunen erwidert Toni störrisch: »Ob du es mir übelnimmst oder nicht, ist mir scheißegal.« Er nimmt sein Rollenheft. »Ich muß jetzt weiterarbeiten. Ich habe keine Lust, mich mit dir herumzustreiten.«
»Moment mal – Moment!« Auf einmal kommt Bewegung in Felix. Er richtet sich auf und sieht plötzlich verändert aus. Die Muskeln in seinem Gesicht spannen sich. In seine Augen tritt ein drohender Ausdruck. »Setz dich wieder hin! Ich muß mit dir reden.«
»Ich hab' zu tun.«
»Du wirst, verdammt noch mal, einen Augenblick warten!«
Die beiden Männer sehen sich an. Toni spürt die Überlegenheit des Älteren. Er ist immer noch wütend, aber er weiß auch, daß er zu weit gegangen ist. Ein Rest von Vernunft sagt ihm, daß er es sich nicht leisten kann, sich Felix zum Feind zu machen. Er braucht ihn.
Langsam, widerwillig setzt er sich wieder hin. Stille. Felix trinkt. Angela hat das Zimmer verlassen. Die beiden Männer sind allein.
»Kindskopf!« sagt Felix versöhnlich.
Tonis kräftiges, gebräuntes Gesicht verrät immer noch Eigensinn und Wut, doch ganz allmählich entspannt er sich. »Tut mir leid«, murmelt er. »Ich wollte dich nicht kränken, aber du hast mich gereizt.«
»Schon gut«, sagt Felix. »Aber nun hör mich an. Wir wollen einen Film zusammen machen, und ich kann es mir nicht leisten, mir noch mehr Scherereien aufzuhalsen. Wenn du verrückt spielen willst – gut, das ist deine Sache. Aber dann muß ich die Rolle einem anderen geben. Kapiert?«
Toni ist betroffen. Er kennt Felix gut genug, um zu wissen, daß er das nicht nur so daherredet. Es ist ihm Ernst damit.
»Aber das ist doch lächerlich«, sagt er. »Was hat das Mädchen mit dem Film zu tun?«
»Das Mädchen geht mich nichts an«, erwidert Felix wegwerfend. »Mir geht es einzig und allein um dich. Ich kann nicht mit einem Mann zusam-

menarbeiten, der Weibergeschichten im Kopf hat. Du kennst das Drehbuch. Du weißt genau, was dir diese Rolle abverlangt. Wenn du dich nicht voll darauf konzentrierst, gibt es einen Reinfall. Das kann ich mir nicht leisten. Das können wir uns beide nicht leisten. Ist das klar?«
Toni schweigt betreten. »Was soll ich tun?« fragt er schließlich und weiß bereits, daß er gezwungen sein wird, Lisa weh zu tun. Er will es nicht, aber es wird ihm gar nichts anderes übrigbleiben.
»Ach, im Augenblick gar nichts«, erwidert Felix gelassen. »Du hast noch zwei Wochen Zeit. In diesen zwei Wochen kannst du dich großartig amüsieren.«
Er beugt sich vor und grinst Toni freundlich an. »Ich hab' ja gar nichts dagegen, daß du verliebt bist, mein Junge. Im Gegenteil! Ich erwarte nur von dir, daß du rechtzeitig wieder zur Vernunft kommst. Sei still –«, sagt er, als Toni auffahren will. »Ich bin noch nicht fertig. Wie alt bist du? Schweig! Du bist sechsundzwanzig. Sechsundzwanzig Jahre!« Er verdreht die Augen und stößt einen Seufzer aus. »Und da willst du heiraten und dir die Zukunft verbauen? Nein, mein Junge, das werde ich nicht zulassen.« Er nimmt Tonis Glas, füllt es und schiebt es ihm wieder zu. »Trink, Junge!« sagt er. »Und mach nicht so ein Gesicht. Glaub mir, ich meine es gut mit dir. Du sollst deinen Spaß haben, ich gönn ihn dir, aber nimm das Ganze nicht so wichtig. Laß dir doch nicht von so einem lächerlichen kleinen Gänschen das Hirn vernebeln!«
»Du hast kein Recht, das zu sagen. Du kennst Lisa nicht.«
»Lisa, Lore, Angela – sie sind alle gleich. Po und Busen. Bestenfalls ein bißchen Intelligenz. Aber wenn du verliebt bist, geheimnist du etwas in sie hinein, was gar nicht vorhanden ist. Und hinterher, wenn du wieder klar denken kannst, begreifst du dich selbst nicht mehr.«
»Du widerst mich an«, sagt Toni.
Felix zuckt die Achseln.
»Soll ich dir sagen, warum?«
Felix grinst. »Sag es, wenn es dich erleichtert.«
»Du widerst mich an, weil du zynisch bist. Ich hasse Zyniker. Sie zerstören alles, selbst das, was gut und anständig ist. Das am allerliebsten. Sie fällen ein Urteil – egal, ob es richtig oder falsch ist. Sie verdammen, schwärzen an, machen alles mies. Es widert mich an. Ich kann dir gar nicht sagen, wie mich das anwidert!«
»Ich weiß gar nicht, wovon du redest.«
»O doch, das weißt du ganz genau. Du hast eine Freude daran, alles auf dieser Welt in den Dreck zu ziehen.«
»Die Leute haben das ganz gern«, erwidert Felix gleichmütig. »Sonst würden sie nicht mit solcher Begeisterung in meine Filme rennen.«

»Ja, ja, ich weiß, du sprichst mit Erfolg die primitiven Instinkte an.«
»Du sagst es, Bruder. Weil ich genau weiß, daß ich damit richtig liege. Die Zeit der sentimentalen Schnulzen ist vorbei. Heute wollen die Menschen Gemeinheit sehen. Also biete ich ihnen Gemeinheit.«
Er sagt das ruhig und ironisch, und Toni weiß nicht, soll er ihn hassen oder bewundern. Der Erfolg gibt ihm recht, und Toni denkt, daß es da vielleicht noch irgendein Geheimnis gibt. Daß auch dieser Mann, der so überlegen tut, als könne ihn nichts auf dieser Welt berühren, irgendwo eine verwundbare Stelle hat.
Felix sieht ihn an und grinst. Er scheint Tonis Gedanken zu erraten. Dann hebt er sein Glas, prostet ihm zu und sagt: »Du hältst mich für ein Schwein, aber dir ist nicht ganz wohl dabei. Du magst mich im Grunde gern – doch, doch, ich weiß, daß du mich magst. Es imponiert dir auch, daß ich Erfolg habe, aber ich habe nur Erfolg, weil ich nicht sentimental bin. Du – du bist sentimental! Das ist eine große Gefahr für dich. Du bist ein großartiger Schauspieler, aber wenn du diese verdammte Sentimentalität nicht ablegst, wirst du nie wirklich Karriere machen.«
»Ich möchte ein Mensch bleiben«, antwortet Toni und spürt selbst, daß das banal klingt. Aber er ist jetzt betrunken, und es kommt ihm schon nicht mehr so darauf an.
»Ein Mensch!« Felix lacht verächtlich. »Ein Mensch zu sein, das muß man sich leisten können. Und was heißt das überhaupt? Willst du Gutes tun? Barmherzigkeit üben? Den anderen nicht übervorteilen? Dann kannst du dich gleich darauf gefaßt machen, daß du auf der Strecke bleibst. Ich warne dich, Bruder! Hör auf, sentimental zu sein! Vor allem den Frauen gegenüber. Du wirst nur ausgenutzt.«
»Lisa ist anders«, sagt Toni fast beschwörend. Ihm dreht sich der Kopf. Er ist betrunken. Er kann sich nicht mehr wehren und möchte in Ruhe gelassen werden. Er weiß, daß Felix ihm ein Versprechen abringen will, das Versprechen, Lisa in spätestens vierzehn Tagen zu verlassen, aber er möchte dieses Versprechen nicht geben. Nicht in diesem Augenblick.
Felix kommt plötzlich ein Einfall. Es ist gar nicht nötig, diesen verliebten Narren zu überzeugen. Er wird sich hinter das Mädchen stecken. So, wie Toni sie geschildert hat, gehört sie zu der naiven Sorte, mit der man spielend fertig wird. Und wenn sie so niedlich ist, wie Toni behauptet, kann man sich zusätzlich noch ein bißchen Spaß verschaffen. Toni wäre schnell geheilt, wenn er, Felix, ihm beweisen könnte, daß dieses einmalige Wesen auch zu anderen Männern ins Bett hüpft.
Felix steht auf und gähnt herzhaft. »Ich bin müde nach der Fahrt. Ich schlage vor, wir legen uns erst man hin.«
»Was soll ich denn nun machen?« fragt Toni. Es widerstrebt seiner gera-

den Natur, eine Auseinandersetzung zu beenden, ohne eine Entscheidung getroffen zu haben.
»Du machst vorläufig gar nichts«, erwidert Felix liebenswürdig. »Ich werde mir die Kleine ansehen. Wenn sie wirklich so süß ist, wie du sagst, dann heirate sie in Gottes Namen – aber nicht, bevor wir den Film abgedreht haben«, setzt er hinzu.

13

Leonore Tettenborn erwacht. Sie ist in einer heiter-beschwingten Stimmung. Als ihr einfällt, daß ihr Schwager Manfred sein Kommen für heute angesagt hat, wird ihre Laune noch besser.
Es wird ein guter Tag für sie werden, sie fühlt es, und sie wird diesen Tag bewußt leben und genießen.
Sie blickt auf die Uhr. Es ist halb neun. Sie wird jetzt baden und in Ruhe frühstücken. Gegen zehn Uhr hat sich Frau Dr. Mittenwald zu einem Besuch angesagt. Sie erscheint selten, überläßt die tägliche Visite Dr. Üxleben, doch wenn sie kommt, läßt sie sich immer Zeit zu einem kurzen persönlichen Gespräch. Am Silvestermorgen war sie schon einmal bei Leonore gewesen und hatte sich mit ihr unterhalten. Sie war in Eile gewesen. Heute, hofft Leonore, wird sie länger bleiben. Sie weiß selbst nicht, warum sie wünscht, dieser Frau näherzukommen. Sie hat Vertrauen zu ihr gefaßt, ist daran interessiert, ihre Meinung zu gewissen Dingen zu hören.
Der Fall Lisa Schneeweiher beschäftigt Leonore. Sie fürchtet, daß das Mädchen sich hoffnungslos in ein Gefühl verrennt, aus dem es keinen Ausweg mehr findet. Was geschieht, wenn Anton Hollerer eines Tages wieder aus Lisas Leben verschwindet? Das kann zu einem bösen Erwachen führen. Man sollte Lisa warnen, aber sie, Leonore, kann sich nicht dazu entschließen.
Sie will mit Frau Dr. Mittenwald darüber sprechen.
Es klopft, und Sophie, eines der jungen Mädchen, die im Speisesaal bedienen, bringt auf einem Tablett das Frühstück, bestehend aus Tee, Quark, zwei Scheiben Toast und einem weichgekochten Ei.
Leonore erkundigt sich, wie Sophie den gestrigen Neujahrstag verbracht hat.
»Wir waren Skilaufen, mein Verlobter und ich«, erwidert Sophie, während sie das Geschirr zurechtrückt und prüft, ob auch das Salzfaß nicht verstopft ist.
Sophie ist ein altmodisches Mädchen, wie sie Leonore gegenüber einmal

betont hat. Katholisch, streng erzogen. Abends auszugehen, mit irgendwelchen fremden Männern, wie das manche ihrer Kolleginnen tun, würde für Sophie nicht in Frage kommen.
Leonore sieht sie an, und Sophie erwidert lächelnd ihren Blick. Ihr glattes, herbes Gesicht hat etwas Unantastbares. Sie ist etwa so alt wie Lisa Schneeweiher, aber die beiden trennen Welten. Sophie stammt aus einem intakten Elternhaus. Sieben Geschwister, hat sie Leonore erzählt. Und den Josef, ihren Verlobten, hat sie schon in der Schule kennengelernt. Sie gehört zu den Unangefochtenen, denkt Leonore, zu denen, die nicht in Versuchung geführt werden. Und sie weiß nicht, soll sie sie darum bedauern oder beneiden.
»Guten Appetit«, sagt Sophie. »Ich glaube, es fehlt nichts.«
»Nein, vielen Dank! Wenn Sie bitte noch Fräulein von Winsen Bescheid sagen wollen. Es könnte sein, daß mein Besuch schon zum Mittagessen kommt. Sie hat versprochen, mir einen anderen Tisch zu geben.«
»Ich werde es ausrichten«, erwidert Sophie und geht hinaus.
Leonore frühstückt mit gutem Appetit und steht danach eine Weile in der geöffneten Balkontür. Die Sonne flutet ins Zimmer. Sie schließt die Augen und spürt die Wärme auf ihrem Gesicht und ihrem Hals.
Dann erscheint Schwester Beate, ein ältliches, verhuschtes Geschöpf mit enttäuschten Augen, und kündigt an, daß Frau Dr. Mittenwald jeden Augenblick kommen wird. Dabei wirft sie einen prüfenden Blick in die Runde, ob auch alles in Ordnung ist, schließt die Tür zum Badezimmer und geht wieder.
Dr. Käthe Mittenwald, im weißen Arztkittel, das Stethoskop um den Hals, tritt bald darauf ein und erfüllt mit ihrer Persönlichkeit den Raum. Sie setzt sich Leonore gegenüber und sieht sie prüfend an.
»Ich freue mich über Sie«, sagt sie offen.
»Warum?«
»Sie sehen prachtvoll erholt aus.«
»Es geht mir auch gut«, erwidert Leonore spontan. »Ich fühle mich wohl hier. Dr. Üxleben mißt zwar regelmäßig den Blutdruck, aber ich glaube, es ist gar nicht mehr nötig. Ich bin kerngesund.«
Die Ärztin lächelt. »So etwas höre ich selten. Die meisten Menschen, selbst wenn sie wirklich gesund sind, geben es nicht zu. Sie kultivieren ihre Wehwehchen. Das tun Sie nicht, ich weiß. Sie sind überhaupt eine Frau, die man um ihr Naturell beneiden kann.«
»Weil ich das Leben liebe?« fragt Leonore rasch.
»Genau.«
»Manche verübeln mir das auch. Sie halten mich für oberflächlich.«
Frau Dr. Mittenwald macht eine Handbewegung, die besagt, daß das lä-

cherlich ist. »Für uns Ärzte ist es immer wieder erschreckend, zu sehen, wie wenig Menschen es gibt, die zum Leben eine positive Einstellung haben. Ich habe immer wieder erlebt, daß Patienten dem Leben gleichgültig, ja feindlich gegenüberstehen. Solche Menschen zu heilen ist sehr schwer.«

Leonore nickt nachdenklich. »Ich habe mich oft gefragt, warum die Freude heutzutage so verpönt ist. Man geniert sich geradezu, Freude zu zeigen, weil man sofort schief angesehen wird.«

»Lächerlich«, sagt Frau Dr. Mittenwald. »Aber Sie haben recht. Freude ist vielen Menschen suspekt. Ich weiß auch nicht, warum. Daß es auf dieser Welt unendliches Elend gibt, ändert nichts daran, daß das Leben an sich eine grandiose Angelegenheit ist. Für mein Gefühl gibt es sogar eine gewisse Pflicht zur Freude. Aber wenn ich das meinen Patienten sage, stoße ich meist auf Widerstand.«

»Wie traurig«, sagt Leonore und findet den Augenblick günstig, das Gespräch auf die kleine Schneeweiher zu bringen.

»Manchmal geschehen aber auch Wunder«, sagt sie und setzt, als die Ärztin sie fragend ansieht, hinzu: »Nehmen Sie beispielsweise Lisa Schneeweiher, Ihre jüngste Patientin –«

»Mein Sorgenkind«, ergänzt die Ärztin. »Was ist mir ihr? Ich habe gehört, es gäbe da plötzlich einen Mann. Wissen Sie etwas Näheres?«

Leonore findet, daß Diskretion hier nicht angebracht ist, und berichtet in wenigen knappen Sätzen, was geschehen ist. »Ich gönne es diesem Mädchen wirklich von Herzen, daß es endlich mal ein bißchen Glück erlebt«, sagt Leonore zum Schluß. »Ich fürchte nur, sie muß teuer dafür bezahlen. Der junge Mann sieht nicht danach aus, als sei er an einer dauerhaften Verbindung interessiert.«

»Das sind die wenigsten jungen Männer«, erwidert Frau Dr. Mittenwald trocken. »Jedenfalls heutzutage. Aber was Sie mir da sagen, interessiert mich sehr. Die kleine Schneeweiher ist ein ganz besonders schwieriger Fall. Ich weiß nicht, ob Sie die Familienverhältnisse kennen?«

»Ein wenig. Sie kommt wohl nicht sehr gut mit ihrer Mutter aus.«

»Die Mutter haßt die Tochter«, sagt die Ärztin ernst. »Ich erlebe so etwas nicht zum erstenmal. Diese Lisa ist ein ganz armes Geschöpf. Verklemmt und voller Komplexe. Man kann ihr nur wünschen, daß sie endlich mal ein bißchen Zärtlichkeit kennenlernt.«

»Aber er wird sie sitzenlassen!« ruft Leonore aus.

Frau Dr. Mittenwald lächelt fein. »Sie haben mir erzählt, Lisa sei durch dieses Erlebnis völlig verändert. Sie sei zum erstenmal gelöst und heiter.«

»Das ist richtig. Man erkennt sie kaum wieder.«

»Ich kann das nicht beurteilen«, sagt die Ärztin. »Sie hat mich in den letzten Tagen gemieden. Aber wenn das wirklich so ist, dann kann man doch nur froh sein, daß Lisa diesem Mann begegnet ist. Selbst wenn er sie verläßt – was noch gar nicht sicher ist –, so wird sie sich die Erinnerung an etwas Schönes bewahren.«
»Ja, wenn Sie das so sehen«, sagt Leonore und denkt, daß sich hinter diesem strengen und klugen Gesicht Dinge verbergen, die man nur ahnen kann. Ein Mund – fein und schmal vom Alter und Erfahrung. Er muß seine Erfahrung haben, dieser Mund, sonst hätte Käthe Mittenwald auf ihre Erzählung anders reagiert.
»Machen wir uns doch nichts vor«, sagt Frau Dr. Mittenwald. »Wir wissen doch beide, wohin es führt, wenn eine Frau keine sexuelle Befriedigung erfährt. Sehen wir einmal ab von der Moral, ich spreche als Ärztin. Ich kenne genug Frauen, die gehen vor die Hunde, weil sie keinen Mann haben. Sie werden hysterisch oder renitent und sind eine Plage für ihre Mitmenschen. Lachen Sie mich ruhig aus – aber die Hälfte aller Beschwerden meiner weiblichen Patienten rührt daher, daß sie niemand in den Arm nimmt.«
Die Ärztin steht auf. Sie lächelt. »Wir sprechen uns bald wieder – ich muß weiter. Es wäre nett, wenn Sie sich ein bißchen um die kleine Schneeweiher kümmern würden. Ich glaube, sie mag Sie.« Sie gibt Leonore die Hand und setzt in einem sanft spöttischen Ton hinzu: »Ich habe Ihnen ja gesagt, Sie haben ein Talent, Menschen zu erobern. Auf Wiedersehen! Ich wünsche Ihnen einen angenehmen Tag.«

14

An diesem Vormittag spazieren Lisa und Toni einen verschneiten Waldweg entlang. Sie haben den Skilift und das Menschengewimmel drumherum hinter sich gelassen und sind jetzt allein.
Stille Zufriedenheit herrscht zwischen ihnen. Manchmal bleiben sie stehen und sehen sich an. Und dann lächeln sie, selig und vergnügt wie Kinder, und gehen weiter in den strahlenden Morgen hinein. Die Sonne scheint auf den Schnee, und die Bäume und Büsche glitzern und funkeln. Alle Schatten sind gebannt.
Ein paar Tage lang haben sie sich nicht gesehen. Lisa war unglücklich, verzweifelt. Sie konnte nicht wissen, daß Maindorff Toni unter Druck gesetzt hatte. Doch nun ist alles wieder gut. Toni ist gekommen.
Anton Hollerer hat die Vorhaltungen seines Freundes nicht vergessen, er hat sie verdrängt. Im Augenblick zählt nur Lisa, sonst nichts. Er ist faszi-

niert von ihr. Bisher hat er gar nicht gewußt, was das ist – Liebe. Oft genug hat er sich – gemeinsam mit anderen – darüber amüsiert. Und doch war er mitunter neidisch auf Verliebte und sehnte sich danach, eine Empfindung kennenzulernen, deren er sich nicht für fähig hielt.
Er betrachtet Lisa von der Seite. Sie trägt einen knapp sitzenden Anzug aus Lastex, den er selbst in einem Skigeschäft für sie ausgesucht hat. Ihre knabenhafte Figur wird dadurch betont. In der kalten Luft haben sich ihre Wangen gerötet. Das zarte Gesicht glänzt vor Freude.
»Warum siehst du mich so an?« fragt Lisa.
»Du bist hübsch«, erwidert er. »Nein – du bist schön.«
Sie schüttelt den Kopf.
»Doch, wirklich. Die Sonne ... du siehst ganz verändert aus. Du leuchtest richtig.«
»Was du für Sachen sagst –«
»Ich bin Künstler. Vielleicht denkst du, ich übertreibe. Aber wenn ich dir sage, daß du schön bist, daß ich dich immerzu ansehen möchte, dann ist das überhaupt nicht übertrieben.«
Sie zittert vor Glück. Er spürt die Erregung und zieht sie dicht an sich. Dann sagt er, bedenkenlos und voll innerer Bewegtheit: »Ich liebe dich, Lisa. Ich habe noch nie eine Frau geliebt, aber dich liebe ich, das mußt du mir glauben.«
Sie schlingt die Arme um seinen Hals, küßt ihn auf den Mund und sagt: »O Liebster ... mein Liebster. Ich bin so froh, daß du das sagst. Ich liebe dich auch. Ich hatte Angst ... Nein! Bitte, hör mich an! Ich hatte Angst, daß alles ganz schnell wieder vorbei ist. Daß du nur mit mir schlafen wolltest. Das wäre schrecklich gewesen! Aber nun sagst du, daß du mich liebst, und damit machst du mich glücklich – so glücklich ... du kannst es dir gar nicht vorstellen.«
»Du machst mich auch glücklich, Lisa.«
»Ja? Wirklich? Ich kann es kaum glauben.«
»Das verstehe ich nicht.«
»Du verstehst es nicht? Sieh mal – es ist noch gar nicht lange her, da glaubte ich, es würde nie einen Mann geben, der mich auch nur ansieht. Und nun sagst du, ich mache dich glücklich. Ich verstehe es nicht ... wirklich nicht! An mir ist doch gar nichts dran.«
»Ich liebe dich«, sagt Toni ernst. »Und wenn ein Mann eine Frau liebt, dann ist sie für ihn das wundervollste Wesen der Welt.«
Lisa hört sich das an, mit geneigtem Kopf, und in ihre dunkle Augen tritt ein nachdenklicher Ausdruck. Sie fragt rundheraus: »Was geschieht aber, wenn du mich eines Tages nicht mehr liebst?«
Toni ist einen Augenblick verwirrt. Doch er fängt sich rasch und erwidert:

»Was machst du dir jetzt darüber Gedanken, Liebste? Das ist dummes Zeug. Im Augenblick liebe ich dich. Genügt das nicht?«
Lisa schweigt. Sie denkt, daß das nicht genügt, aber instinktiv spürt sie, daß sie das nicht sagen darf.
Sie gehen langsam weiter.
»Was willst du hören, Lisa?« fragt Toni und legt ihr im Gehen den Arm um die Schulter. »Willst du hören, daß ich dich bis zu meinem letzten Atemzug lieben werde? So ein Versprechen kann kein Mensch geben, auch du nicht.«
»Nein«, sagt Lisa. »Natürlich nicht.« Und setzt in Gedanken hinzu: Aber dann würde ich mich sicher fühlen

15

Manfred Tettenborn hatte in München übernachtet, um sich von den Strapazen einer achtstündigen Autofahrt zu erholen.
Er hatte kaum geschlafen, hatte sich ruhelos herumgewälzt, zwischendurch immer wieder von quälenden Alpträumen gepeinigt. Im Traum stieß er Gisela, seine Frau, von einem Felsen hinunter, suchte sie lange Zeit vergeblich in einer Geisterlandschaft und fand schließlich ihren blutigen, zerschmetterten Leichnam. Dann wieder kniete sie vor ihm, das Gesicht tränenüberströmt, umklammerte ihn mit beiden Armen und flehte ihn an, sie nicht zu verlassen. Aber dann war er wieder allein, ging einen einsamen Strand entlang, übersät mit Abfällen und Scherben, und hörte plötzlich den Angstschrei seines ältesten Sohnes: »Papi, Papi, Hilfe... ich ertrinke...«
Er war erwacht, klatschnaß unter seinem Pyjama, und hörte das Geräusch eines Staubsaugers draußen auf dem Gang. Er hatte Kopfschmerzen und einen galligen Geschmack im Mund. Die Erinnerung an die Szene in der Silvesternacht, an diese grauenhafte Szene, die ihm Gisela gemacht hatte, nachdem die Kinder im Bett lagen und schliefen, wurde wieder lebendig in ihm, und erneut war ihm der Schweiß ausgebrochen. Vor Wut und Erbitterung hatte er am ganzen Körper gezittert. Nachdem er gebadet und kalt geduscht hatte, fühlte er sich etwas besser, doch als er sein Gesicht im Spiegel betrachtete, dieses graue, übernächtigte Gesicht mit den Tränensäcken unter den Augen, konnte er nur den Kopf schütteln.
Wahnsinn! hatte er laut vor sich hingesagt. Verdammter Wahnsinn! Aber jetzt war Schluß! Er hatte es satt, er machte nicht mehr mit, er würde sich eine eigene Wohnung suchen und Gisela mit den Kindern allein lassen.

Die Kinder! Sekundenlang hatte ihn Verzweiflung erfüllt, doch dann riß er sich gewaltsam zusammen. Man würde sich arrangieren. Die Kinder würden ihn besuchen kommen. Er würde in den Ferien mit ihnen zusammen verreisen. Gisela mußte das einsehen. Sie mußte Verständnis haben.
Verständnis! Er lachte bitter. Hatte Gisela jemals in ihrem Leben für irgend etwas Verständnis gezeigt? Nie. Nicht ein einziges Mal.
Oder tat er ihr Unrecht? Sie hatte ihn geliebt. Vielleicht liebte sie ihn noch. Aber was war eine Liebe, die immer nur forderte? Eine egoistische Liebe, die forderte und forderte und nie bereit war zu geben oder einmal auf etwas zu verzichten? Was war eine solche Liebe wert?
Jahrelang hatte er versucht, mit dieser Frau zurechtzukommen. Mit ihren Launen, ihrem Egoismus, ihrer Verständnislosigkeit fertig zu werden. Jetzt konnte er nicht mehr. Er wollte auch nicht mehr. Er war 53 Jahre alt. Er wollte noch etwas von seinem Leben haben.
Nach dem Frühstück hatte er seine Rechnung bezahlt, den Wagen aus der Garage geholt und war losgefahren.

Erst als er von der Autobahn abgebogen ist und durch kleine Ortschaften fährt, vorbei an buntbemalten Häusern, Kirchen mit Zwiebeltürmen und an verschneiten Hängen gelegenen Gehöften, weicht das Unbehagen von ihm, und er kann wieder frei atmen.
Er freut sich auf das bevorstehende Wiedersehen mit Leonore. Seine Schwägerin ist eine Frau, mit der er reden kann, die auch zuhört, die nicht pausenlos Monologe hält wie Gisela. Es hat ihn rasend gemacht, daß Gisela nie auf das, was er sagte, einging. Versuchte er ihr irgend etwas klarzumachen, wurde er sofort von ihr unterbrochen und mußte sich ihre sich stets wiederholenden Vorwürfe anhören. Hielt er es schließlich nicht mehr aus und lief aus dem Zimmer, rannte sie hinter ihm her und begann zu schreien.
In der Ehe seines Bruders hatte es so etwas nicht gegeben. Das lag nicht allein daran, daß die beiden sich liebten und gut miteinander auskamen. Das lag auch daran, daß Leonore die bei Frauen seltene Gabe besaß, nicht nachtragend zu sein. Bei Auseinandersetzungen, die selbst in der besten Ehe nicht ausbleiben, lenkte sie sofort ein und beharrte nicht starrsinnig, wie Gisela, auf ihrer Meinung.
Es ist wenig Verkehr auf der Straße, doch er fährt in gemächlichem Tempo, denn er will innerlich noch ruhiger werden, noch mehr Abstand gewinnen. Er nimmt sich vor, die Tage, die vor ihm liegen, dazu zu benutzen, neue Kräfte zu sammeln. Er ist total mit den Nerven herunter. Und das liegt nicht etwa daran, daß er unter beruflichem Streß steht, o nein,

das liegt einzig und allein an den täglichen häuslichen Reibereien. Es war schon so weit gekommen, daß er sich am liebsten ein Sofa in sein Büro gestellt und dort übernachtet hätte, nur um den unentwegten Streitereien, die sich oft bis in die Nacht ausdehnten, zu entgehen. Der Kinder wegen hatte er darauf verzichtet.
Jetzt also Leonore! Er erinnert sich, wie sie bei ihnen war, kurz vor ihrer Abreise nach Wiessee. Gisela hatte während des ganzen Abends mit einem beleidigten Gesicht dagesessen und kaum den Mund aufgetan. Sie war auf Leonore schon eifersüchtig gewesen, als sein Bruder noch lebte. Nach Hans' Tod hätte sie es am liebsten gesehen, wenn ihre Schwägerin von Hamburg weggezogen wäre. Jedesmal, wenn sie bei ihnen war, gab es anschließend eine Debatte. Gisela regte sich darüber auf, daß Leonore angeblich zuviel Geld ausgab.
»Was geht es dich an?« hatte er gefragt. »Ist es dein Geld?«
Sie war wütend auf ihn losgefahren: »Mir hältst du vor, daß ich nicht sparsam genug wirtschafte! Wenn ich mir ein neues Kleid kaufe, machst du jedesmal ein Theater. Aber wenn Leonore sich wie eine Prinzessin ausstaffiert, dann findest du das fabelhaft.«
»Was Leonore mit ihrem Geld macht, geht mich nichts an. Mein Bruder hat ihr ein Vermögen hinterlassen.«
»Schlimm genug. Es wäre klüger von ihm gewesen, ihr eine Rente auszusetzen. Wenn das Geld verpulvert ist, wird sie zu dir kommen.«
»Red nicht so einen Blödsinn!« hatte er grob erwidert. »Der größte Teil ist angelegt. Außerdem geht dich das nichts an. Kümmere dich um deine eigenen Angelegenheiten.«
Auch bei Leonores letztem Besuch war es wieder um Geld gegangen. Sie hatte gesprächsweise erwähnt, sie plane den Kauf einer Eigentumswohnung in Davos. »Du mußt mich da beraten«, hatte sie zu ihm gesagt. Nach dem Abendessen hatte er das Für und Wider einer solchen Investition mit Leonore erwogen. Gisela hatte sich ausgeschlossen gefühlt und die Gekränkte gespielt. Schließlich war sie aus dem Zimmer gegangen.
Er entsinnt sich deutlich des Dialogs, den er und Leonore damals miteinander geführt hatten.
»Ich finde, du behandelst sie schlecht«, hatte seine Schwägerin gesagt. »Warum bist du immer so ironisch zu ihr?«
»Ich ertrage sie nicht mehr.«
»Aber du hast sie doch einmal geliebt.«
»Ich weiß nicht, ob ich sie geliebt habe – ich weiß es wirklich nicht. Das ist so lange her.«
Leonore hatte den Kopf geschüttelt. »Arme Gisela – sie tut mir leid.«
»Warum sie? Warum nicht ich?«

»Ich finde, Männer können sich leichter helfen. Sie sind nicht so ausgeliefert. Du hast deinen Beruf, deine Arbeit, kannst verreisen, dich ablenken. Sie kann das nicht. Sie ist an das Haus und an die Kinder gebunden. Und sie gibt sich wirklich Mühe, dir alles recht zu machen.«

»Ja? Tut sie das?«

»Natürlich tut sie das. Und du weißt es auch.«

»Ich finde es rührend, wie du sie verteidigst.«

»Ich verteidige sie nicht. Ich finde nur, du solltest ein bißchen netter zu ihr sein. Sie hat es verdient.«

Leonore war bald darauf gegangen. Er hatte sie nach Hause bringen wollen, aber sie hatte seine Begleitung abgelehnt. »Kümmere dich um deine Frau!«

Das hatte er nicht getan. Er war sitzengeblieben, allein bei einer Flasche Wein, und hatte über Leonores Worte nachgedacht.

Das hörte sich alles so einfach an: Sei ein bißchen nett zu ihr – sie hat es verdient!

Vielleicht hatte sie es wirklich verdient? Zu Anfang ihrer Ehe sicher. Das Schlimme war, daß sie in ihrem Bemühen, ihm eine gute Frau zu sein, Torheiten beging, die er ihr nicht verzeihen konnte. Sie war wie eine Glucke, die die Flügel über ihm ausbreitete. Der Drang, ihn zu bemuttern, artete nach und nach in Bevormundung aus, die er nicht ertrug.

Er begann auszubrechen, sich herumzutreiben. Saß nachts stundenlang in irgendeiner Bar und kam erst in den Morgenstunden nach Hause. Er wußte selbst nicht, was er in diesen Lokalen suchte. Die Mädchen waren primitiv, der Alkohol schlecht und teuer, das Publikum, das dort verkehrte, laut und gewöhnlich.

Aber dort war Leben.

Bei Gisela war kein Leben. Da war Korrektheit und Stumpfsinn, Pedanterie und Überdruß. Und je öfter er floh, je öfter er der Eintönigkeit für ein paar Stunden zu entrinnen suchte, desto verzweifelter versuchte sie ihn festzuhalten. Es gab Tränen, wenn er fortging, und wüste Beschimpfungen, wenn er zurückkam.

Ach, wie er das alles satt hatte! Wie es ihm zuwider war, wie es ihn lähmte! Lähmte – jawohl.

Manfred Tettenborn ist wütend auf sich selbst. Warum kann er von den Gedanken an die Vergangenheit nicht loskommen? Sind es Schuldgefühle, die ihn plagen? Er weiß ja, daß er auch Fehler gemacht hat. Er hätte nicht heiraten dürfen. Nicht diese Frau! Jede andere, aber nicht Gisela. Er hat ihr Leben verpfuscht, jedenfalls behauptet sie das jetzt. Aber wahrscheinlich behaupten das alle Frauen, die von ihren Männer verlassen werden.

»Zum Teufel mit ihr!« sagte er laut. Er will nicht mehr an Gisela denken. Er will an das denken, was vor ihm liegt: ein paar unbeschwerte Ferientage mit einer schönen, liebenswerten Frau.

Als er vor dem Bergsanatorium vorfährt, tritt Leonore aus der Haustür, geradeso als hätten sie sich auf eine Minute verabredet. Ihre Begrüßung ist so herzlich, daß sie den Rest von Melancholie vertreibt. »Manfred! Ich freue mich, dich zu sehen! Wie war die Fahrt?«
»Sehr angenehm. Ich habe in München übernachtet.«
Er küßt sie auf beide Wangen und sagt ihr, wie erholt sie aussieht. »Wo hast du mich untergebracht?«
»Hier im Sanatorium.« Sie sagt das ein wenig zu schnell und redet danach sofort von etwas anderem, und da weiß er, daß sie ihm gegenüber nicht ganz so unbefangen ist, wie sie das früher war.
Sie gehen hinein, und Manfred Tettenborn wird von Fräulein von Winsen begrüßt. Die Hausdame ist liebenswürdig, fast herzlich, aber die flinken Blicke, die sie zwischen Leonore und ihrem Schwager hin und her wandern läßt, grenzen an Indiskretion. Leonore ist froh, als sie endlich oben in seinem Zimmer und allein sind.
»Ich hoffe, es gefällt dir«, sagt sie. »Bis vor zwei Tagen war alles besetzt. Du solltest hier in der Nähe in einer Pension wohnen. Aber nun hat sich das hier so ergeben, und da dachte ich –«
Sie verstummt, weil er auf sie zukommt. Er legt die Hände auf ihre Schultern und sagt: »Du kannst dir nicht vorstellen, wie froh ich bin, hier bei dir zu sein! Die letzten Tage waren grauenhaft.«
»Das kann ich mir denken.« Sie lächelt verlegen und geht ein paar Schritte von ihm weg. »Draußen auf dem Balkon steht eine Flasche Sekt. Ich dachte, ein Begrüßungsschluck würde dir guttun. Du kannst ja später auspacken.«
»Gute Idee.«
Leonore holt die Flasche herein und stellt zwei Gläser auf den Tisch. Dann setzt sie sich auf die Couch, sieht zu, wie Manfred die Flasche öffnet und sagt: »Wir brauchen nicht darüber zu reden, aber wenn du es loswerden willst, dann erzähl es am besten gleich.«
Manfred gibt ihr das gefüllte Glas in die Hand, und sie lächelt ihm zu und trinkt.
»Du hast recht«, sagt er. »Ich bringe es lieber hinter mich. Du sollst alles wissen. Und dann sag mir, wie du darüber denkst.«
»Würde meine Meinung etwas an deinem Entschluß ändern?«
»Nein.«
Sie schweigt und blickt an ihm vorbei.

Ihre Meinung, sagt er, wäre trotzdem wichtig für ihn. Sie könne das vielleicht nicht verstehen, aber es sei nun einmal so. Darf er ihr noch einmal einschenken? Der Sekt schmeckt ausgezeichnet. Als er eingißt, zittert seine Hand, so daß er die Flasche absetzen muß.
Leonore fragt ihn, was er hat.
Er schüttelt den Kopf und sagt in gleichmütigem Ton: »Ich bin mit den Nerven herunter. In ein paar Tagen wird sich das geben.«
»Hoffentlich.«
Er zündet sich eine Zigarette an, tut ein paar tiefe Züge und sagt: »Ich bin fertig mit Gisela, du weißt es, aber ich habe die Sache noch nicht verdaut. Achtzehn Jahre lassen sich nicht so einfach auslöschen.«
»Nein, natürlich nicht. Aber nun erzähle.«
Er beginnt zu sprechen. Langsam und stockend erst, nach und nach mit immer größerer Erregung. Wie er Gisela kennengelernt hat, wie er anfangs bezaubert war von ihrer Jugend und ihrem Charme, wie er sie dann heiratete und sie sich im Laufe der Ehe gewandelt hat.
Dann schweigt er einen Augenblick, schüttelt sich, als sei ihm die eigene Haut zu eng, und gibt dann zu, sicher auch Fehler gemacht zu haben. Aber wenn Gisela des Mitleids bedurfte – er auch. Er sei derjenige gewesen, der sich ehrlich bemüht habe, diese Ehe zu retten. Doch nun sei Schluß. Nun habe er endgültig genug von diesem Tollhaus.
»Ich trenne mich wirklich nicht leichtfertig von Gisela«, sagt er und drückt seine Zigarette aus. »Aber wenn ich es jetzt nicht tue, dann bin ich bald kaputt, das kannst du mir glauben.«
Leonore schweigt eine ganze Weile. Sie ist erschüttert über das, was sie gehört hat, und sie fragt sich, wie es möglich ist, sich in einem Menschen so geirrt zu haben. Sie hatte ihren Schwager bisher immer für einen überlegenen Mann gehalten. Nun stellte sich auf einmal heraus, daß die Überlegenheit nur gespielt war.
Er brauchte Bestätigung. Und diese Bestätigung war ihm in seiner Ehe versagt geblieben!
Leonore sieht das plötzlich ganz deutlich. Gewiß, Gisela hat ihn geliebt, aber sie muß auch seine Schwächen gekannt haben. Manfred ist labil. Leonore wird das jetzt erst so richtig bewußt. Gisela hat ihn gedemütigt, wenn er Schwäche zeigte, und er hat sich dafür gerächt, sobald er wieder obenauf war. Sie, Leonore, hat oft genug miterlebt, wie ironisch er Gisela gegenüber sein konnte. Gisela litt darunter. Sie litt um so mehr, weil es ihr an Geist mangelte. Sie konnte dieser Ironie nicht mit Überlegenheit begegnen. Sie konnte nur schreien.
Leonore denkt, daß sie Gisela Unrecht getan hat. Natürlich hat sie sich unmöglich benommen, aber sie hat es nur getan, weil sie verzweifelt war,

weil sie sich nicht anders zu helfen wußte. Aber auch ihr Schwager Manfred ist zu bedauern. Hätte er sich nicht in diese kleine dumme egoistische Person verliebt, sondern in eine vernünftige Frau, so wäre er heute ein glücklicher und zufriedener Mann. Statt dessen ist er ein zerrissener Mensch, schwankend zwischen Anklagen und Selbstvorwürfen, ein Mann, dem man ansieht, daß er mit seinen Nerven am Ende ist.
Was kann sie tun, um ihm zu helfen?
»Es tut mir leid«, sagt Manfred in diesem Augenblick. »Ich hätte dich da nicht mit hineinziehen dürfen. Aber ich mußte das alles einmal loswerden.«
»Das kann ich gut verstehen.«
»Und deine Meinung?« fragt er. »Du kannst ganz aufrichtig sein. Wenn du glaubst, ich hätte mich Gisela gegenüber schlecht benommen, dann sage es.«
Vorsichtig, weil sie inzwischen weiß, wie empfindlich er reagiert, erwidert sie: »Ich glaube, daß eure Ehe ein entsetzlicher Fehler war. Ihr habt euch gegenseitig verrückt gemacht und einander weh getan. Wenn du mich fragst – es wäre besser gewesen, du hättest dich schon vor Jahren von ihr getrennt.«
Er nickt. »Das ist mir inzwischen auch klargeworden. Aber ich habe immer gedacht, der Kinder wegen müßte ich bei ihr bleiben.«
Leonore erwidert nichts, und sie denkt, daß das nur die halbe Wahrheit ist.
Sicher ist er der Kinder wegen geblieben, doch er blieb auch, weil es ihm unerträglich war, zugeben zu müssen, daß er sich geirrt habe, daß seine Ehe ein Mißerfolg gewesen sei.
»Laß uns jetzt nicht mehr davon reden«, sagt er. »Ich bin froh, daß ich hier bin. Wir wollen uns ein paar schöne Tage machen.«
Leonore nickt nachdenklich. »Ja. Du mußt dich erholen. Du siehst angestrengt aus. Wenn du jetzt auspacken willst – ich warte unten in der Halle auf dich.«
»Bleib noch einen Augenblick«, bittet er. »Nur einen Augenblick. Deine Nähe tut mir gut.«
Sie war schon aufgestanden. Jetzt setzt sie sich wieder hin. Seine dunklen Augen ruhen auf ihr. Er legt seine Hand auf ihren Arm, und sie weiß nicht, wie sie sich verhalten soll, merkt, daß seine Berührung sie verwirrt. Wie töricht von mir, denkt sie und zieht ihren Arm ganz sacht zurück, und da sie fürchtet, er könnte das mißverstehen, könnte es für eine unfreundliche Geste halten, lächelt sie ihn an, worauf er sagt:
»Wenn ich dir ungelegen komme, mußt du es sagen. Dann reise ich sofort wieder ab.«

Sie schüttelt den Kopf und antwortet leichthin: »Rede nicht so einen Unsinn.«
Er steht auf und macht ein paar Schritte in dem kleinen Zimmer, blickt kurz hinaus auf den Balkon und kommt wieder zurück.
»Entschuldige«, sagt er. »Ich bin nervös. Ich kann nicht lange still sitzen.«
»Das macht doch nichts.«
»Ich bin hierhergekommen, weil ich einen Menschen brauche, mit dem ich reden kann. Du bist für mich – ich weiß nicht, wie ich es erklären soll ... ich habe dich immer bewundert. Doch, doch, das habe ich wirklich. Frauen wie du sind selten. Ich bin ja, wie du weißt, Frauen gegenüber eher mißtrauisch. Sie sind unberechenbar. Ich habe es nie fertiggebracht, mich einer Frau wirklich anzuvertrauen. Ich hatte immer das Gefühl, ich dürfte das nicht tun, es wäre schädlich für mich. Gisela – mein Gott.. sie hat keine Ahnung von mir. Es gibt unzählige Dinge, über die ich nie mit ihr gesprochen habe. Aber als ich dich kennenlernte – ich war sofort fasziniert. Und ich habe meinen Bruder beneidet. Ich dachte – so etwas gibt es also – eine Frau, zu der man sofort Vertrauen hat, mit der man über alles reden möchte, bei der man ganz ungezwungen ist.«
Leonore ist auf dieses plötzliche Geständnis nicht vorbereitet. Sie weiß nicht, was sie darauf erwidern soll. Sie spürt nur, wie einsam dieser Mann ist. Sie fühlt sich stark zu ihm hingezogen, beschließt aber im gleichen Augenblick, vorsichtig zu sein. Sie ist selbst noch angeschlagen und trostbedürftig, obwohl die Freude am Leben bereits überwiegt. Aber ist sie wirklich schon stark genug, diesem Mann zu helfen, dessen launischer Geist, wie sie argwöhnt, jede menschliche Beziehung erschwert?
Er beugt sich in seinem Sessel vor und sieht sie eindringlich an. »Leonore – darf ich dich etwas fragen?«
Sie nickt lächelnd.
»Darf ich mich als deinen Freund betrachten? Kann ich dir ganz aufrichtig und ohne Vorbehalte begegnen?«
Spontan erwidert sie: »Ja – das kannst du.«
»Ich danke dir. Ich bin es so leid, immer alles in mich hineinzufressen.«
Er lehnt sich zurück, entspannt sich jetzt, mit geschlossenen Augen, und sie fragt sich, während sie dieses markante und so wandlungsfähige Gesicht betrachtet, ob es ihr möglich sein wird, diesen Mann zu lieben.
»So etwas bekommt keinem Menschen«, sagt sie schließlich.
Für den Augenblick ist das Thema abgeschlossen. Leonore bleibt noch eine Weile und verabschiedet sich dann, um sich, wie sie sagt, vor dem Mittagessen noch umzuziehen.
In ihrem Zimmer setzt sie sich ans Fenster, um einen Augenblick in Ruhe

nachzudenken. Wie sehr unterschied sich doch ihr Schwager Manfred von Hans, ihrem verstorbenen Mann! Bei Hans war immer alles klar und unkompliziert gewesen. Er hatte auch nie, wie Manfred, unter Kontaktschwierigkeiten gelitten.
Einmal, es mochte zehn Jahre her sein, hatte Hans den Bruder geschildert, wie er ihn kannte und liebte, mit all seinen Schwächen. Leonore entsinnt sich noch deutlich der Worte, die er damals gebrauchte: »Er ist sensibel, reizbar wie eine Frau, immer mißtrauisch, immer auf der Hut. Er kann sich nicht geben. Wenn du mich fragst, ich halte ihn für einen unglücklichen Menschen.«
Sie fand das damals übertrieben. Heute denkt sie, daß Hans wohl recht hatte. Nein, glücklich ist dieser Manfred Tettenborn nicht. Dieses Immer-auf-der-Hut-Sein, dieses Mißtrauen Menschen, insbesondere Frauen, gegenüber, hindert ihn daran. Dabei spürt sie, daß er sich insgeheim danach sehnt, einen Menschen zu finden, dem er vertrauen kann. Er ist sich der Leere, die ihn umgibt, sehr wohl bewußt und leidet darunter.
Leonore seufzt und steht auf. Sie ist beunruhigt. Etwas kommt auf sie zu, bereitet sich vor, geschieht mit ihr. Es ist noch nicht Liebe, o nein, es ist Mitleid, Zärtlichkeit, Bereitschaft, zu helfen. Aber sie weiß noch gar nicht, ob sie sich so festlegen will. Und überhaupt – vielleicht steckt da noch etwas ganz anderes dahinter? Es geht eine starke Wirkung von ihrem Schwager aus, eine Anziehungskraft, die gefährlich werden kann. Bei allen Vorbehalten, die Manfred Frauen gegenüber hat, war er doch immer auf Eroberungen aus. Und er hatte Erfolg! Auch darüber hatte Hans mit ihr gesprochen: »Meinem Bruder fliegen die Frauen zu, aber er kann sie nicht halten. Er will es auch gar nicht. Im Grunde ist er ein Einsiedler, ein Asket. Nur seine Sinnlichkeit läßt ihn immer wieder rückfällig werden.«
Es klopft. Leonore schrickt zusammen. »Herein!«
Manfred steht in der geöffneten Tür. »Entschuldige – ich dachte, du bist fertig. Wolltest du dich nicht umziehen?«
Sie lächelt verlegen. »Ich habe es glatt vergessen.«
»Macht nichts. Du bist schön genug. Gehen wir?«
Sie nickt.
Draußen auf dem Gang nimmt er ihren Arm. »Ich glaube, ich habe vorhin ziemlich viel Blödsinn geredet. Nimm es nicht so ernst. Ich werde versuchen, mich in den nächsten Tagen wie ein halbwegs vernünftiger Mensch zu benehmen.«

16

Nach dem Abendessen sitzt Teresa Gilles allein in der Halle. Frau Klostermeier ist mit Fräulein von Winsen ins Kino gegangen. Die übrigen Gäste sind im Fernsehraum oder haben sich bereits zurückgezogen.
Teresa blättert in einer Zeitschrift, aber sie überfliegt nur die Bildunterschriften. Nach einer Weile legt sie das Blatt beiseite. Was für ein trostloser Abend! Sie macht eine Bewegung, als wolle sie aufstehen, läßt sich aber gleich wieder in ihren Sessel fallen. Oben in ihrem Zimmer war es überhaupt nicht zum Aushalten.
Trudi wird in der Tür sichtbar und nähert sich, um den randvollen Aschenbecher zu leeren, der vor Teresa steht. Sie will etwas sagen, doch Teresa schneidet ihr mit einer ungeduldigen Geste das Wort ab. »Bringen Sie mir noch einen doppelten Whisky.«
Trudi wendet sich wortlos ab, und Teresa Gilles blickt düster hinter ihr her.
Sie ist seit gestern wieder rückfällig geworden, und sie weiß, was sie sich selbst damit antut. Aber schuld daran ist dieser verfluchte Kerl, dieser Enzio, der sie warten und warten läßt und nicht daran denkt, sein Versprechen einzulösen!
Während Teresa auf ihren Whisky wartet, mit der verzehrenden Ungeduld der Trinkerin, zieht sie einen Spiegel aus der Handtasche und betrachtet sich darin. Sie sieht mit beklemmender Angst die Tränensäcke unter ihren Augen und die scharfen Falten rechts und links der Nase. Mit neununddreißig Jahren wäre das nicht nötig! Sie hat zu undiszipliniert gelebt, sie weiß es, aber das ist nun nicht mehr zu ändern. Und wenn dieser Hund nichts von sich hören läßt, dann macht sie Schluß, dann bringt sie sich um! Sie hat nicht mehr die Kraft zu warten, und sie hat auch nicht die Kraft, das Trinken zu lassen und so zu leben, wie das Frauen in ihrem Alter tun, die noch erfolgreich sein wollen. Sie hat alles versucht, alles, aber nun kann sie nicht mehr. Sie wird sich umbringen oder sich zu Tode saufen, aber sie wird ganz bestimmt nicht mehr so blöde sein, weiter und immer weiter zu warten, bis sie eines Tages im Elend verreckt.
Trudi kommt und stellt den Whisky auf den Tisch mit der Bemerkung, die Küche würde jetzt geschlossen.
»Stellen Sie mir eine Flasche aufs Zimmer«, sagt Teresa Gilles in jenem einschüchternden Ton, den sie in den Jahren, als sie noch nicht ganz so abgewrackt war, bei Kolleginnen anwandte, die frisch von der Schauspielschule kamen.
Trudi ist zu perplex, um zu widersprechen. Sie nickt nur und denkt, daß sie diesen Vorfall morgen Dr. Üxleben melden wird. Sie geht hinaus, und

die Gilles bleibt wieder allein, trinkt und starrt in ihr Glas und trinkt wieder und kämpft mit den Tränen.
Sie will gerade erneut zu ihrer Zeitschrift greifen, als Stimmen an der Eingangstür ihre Aufmerksamkeit erregen. Sie blickt nach draußen und sieht Leonore Tettenborn in Begleitung ihres Schwagers. Die beiden stehen an der Treppe und scheinen zu überlegen, ob sie unten bleiben sollen. Sie müssen auswärts gegessen haben. Im Speisesaal hat Teresa sie jedenfalls nicht gesehen. Und die Stimmung der beiden, sie bemerkt es mit Neid, scheint ausgezeichnet zu sein. Leonore lacht ein paarmal, und dieses Lachen widert Teresa an. Wie kommt diese Frau dazu, so heiter zu sein? Wie verträgt sich das mit der Würde einer Witwe, die vor noch gar nicht so langer Zeit ihren Mann verloren hat? Aber sie ist ja wohl darauf aus, sich nun diesem Schwager an den Hals zu werfen. Schon beim Mittagessen war Teresa die Vertraulichkeit aufgefallen, die zwischen den beiden herrscht.
Wieder lacht Leonore, und jetzt hängt sie sich bei ihrem Schwager ein und zieht ihn von der Treppe fort in Richtung Halle.
Teresa Gilles sitzt jetzt aufrecht da und blickt ihnen entgegen. Sie ist entschlossen, das Paar an ihren Tisch zu holen. Sie spannt ihre ganze Willenskraft an, um die Aufmerksamkeit der beiden zu erregen.
Leonore grüßt. Auch Manfred Tettenborn nickt und wünscht einen guten Abend.
»Sie werden nichts mehr zu trinken bekommen«, ruft Teresa Gilles und macht gleichzeitig eine einladende Geste zu Leonore, sich doch zu ihr zu setzen. »Die Küche ist schon geschlossen.«
Leonore zögert. Sie findet diese Teresa Gilles gräßlich aufdringlich, aber dann tut sie ihr auch wieder leid, allein wie sie ist. Wie sie da sitzt und sie anstarrt, steht ihr die nackte Angst im Gesicht geschrieben, man könnte an ihrem Tisch vorbeigehen.
»Sieh doch mal bitte eben nach, ob du noch einen halben Liter Rotwein bekommen kannst«, wendet sie sich an Manfred.
»Für mich bitte auch«, sagt Teresa Gilles. Sie lächelt jetzt entspannt und streckt Leonore den Arm entgegen. »Kommen Sie, meine Liebe – setzen Sie sich einen Augenblick zu mir. Sie sehen, ich bin ganz allein.«
Da ist nun nichts zu machen. Leonore setzt sich, und Teresa überfällt sie gleich mit Fragen, wo sie gegessen habe und ob das Essen gut war und wo sie dieses bezaubernde Kleid her habe.
»Leonard, nicht wahr? Man sieht es gleich. Sehr extravagante Farben, aber bei Ihrer Figur können Sie sich das ja leisten.«
Manfred Tettenborn kommt zurück, gefolgt von Trudi, die auf einem Tablett Rotwein und Gläser balanciert. »Wie ist Ihnen denn das gelungen?«

ruft Teresa Gilles geziert, und Trudi wirft ihr einen Blick zu, der besagt: Für dich hätte ich es bestimmt nicht getan.
Sie sitzen und trinken, und Teresa Gilles läßt neugierige Blicke zwischen den beiden hin und her gehen. Wenn sie will, kann sie Charme entwikkeln. Sie ist so erleichtert, unverhofft Gesellschaft gefunden zu haben, daß sie ihre guten Seiten herauskehrt. Sie gibt Geschichten aus dem Sanatoriumsleben zum besten, schildert Gäste, die sie gekannt hat, und beschreibt sie so komisch, daß Leonore in Lachen ausbricht.
Aber irgendwann ist der Wein ausgetrunken, das Gespräch versickert, und Teresa Gilles, verzweifelt bemüht, die beiden noch eine Weile festzuhalten, rutscht ins Primitive ab. Der Alkohol hat ihr die Zunge gelöst, und sie schildert ausführlich einen Skandal aus der römischen Filmwelt.
»... Die Sache ging ja durch alle Zeitungen, aber die Einzelheiten sind natürlich nur wenigen bekannt. Dieser Regisseur, den sie später ermordet haben, hatte es ja mit Knaben. Aber haben Sie gewußt, daß er es auch mit Tieren trieb? Mit Tieren – jawohl! Und an dem bewußten Abend, als die Geschichte aufflog, hat er zwei Komparsinnen kommen lassen, die hofften, von ihm entdeckt zu werden, hat sie gezwungen, sich splitternackt auszuziehen und sich von seinen Doggen begatten zu lassen.«
»Warum erzählen Sie uns das eigentlich?« Die Frage wird von Manfred Tettenborn in so eisigem Ton gestellt, daß Teresa Gilles einen Augenblick aus der Fassung gerät. Sie spürt, daß sie zu weit gegangen ist, und rettet sich in Unverschämtheit.
»Na, hören Sie mal – wir sind doch erwachsene Menschen. Sind Sie so empfindlich?«
»Empfindlich?« Manfred Tettenborn runzelt die Stirn, es paßt ihm nicht, von einer Frau in dieser Weise angegangen zu werden.
»Ich muß Ihnen sagen, daß ich derartige Geschichten so widerwärtig finde, daß ich lieber davon verschont bleibe.«
Teresa Gilles mustert ihn wie ein seltenes Insekt. Wenn sie betrunken ist, wie jetzt, wechseln ihre Stimmungen von einem Augenblick zum anderen. Sie hat ganz vergessen, daß sie eben noch dankbar war, eine Ansprache zu haben. Jetzt ist sie nur noch schwer gereizt.
»Lächerlich«, sagt sie verächtlich. »Heutzutage spricht man doch über alles. Herrgott – Sie sind doch ein ausgewachsener Mann! Da hätte ich eigentlich erwartet, daß Sie sich nicht so anstellen.«
»Ich bin müde«, mischt sich jetzt Leonore ein. »Ich würde gerne schlafen gehen.«
Teresa Gilles schweigt und zuckt vielsagend die Achseln.
Manfred Tettenborn ist aufgestanden. Er ist wütend und beherrscht sich nur noch mühsam. Andererseits hat er nicht die geringste Lust, mit dieser

Person über ihr unmögliches Betragen zu streiten. Mit steifem Gesicht ist er Leonore behilflich, ihren Schal, der sich beim Aufstehen verklemmt hat, hinter dem Polster hervorzuziehen.
Leonore, die der Szene die Schärfe nehmen möchte, sagt in versöhnlichem Ton: »Natürlich kann man heutzutage über alles sprechen. Ich möchte nur bezweifeln, daß das gut ist. Es gibt Dinge, über die schweigt man besser, sonst wird einem übel.«
Teresa Gilles sucht in ihrem wirren Kopf nach einer Antwort, doch ehe sie sie gefunden hat, sind sie beiden schon gegangen.
»Gute Nacht!« ruft sie laut hinter ihnen her. »Angenehme Ruhe!«
Und dabei macht sie eine heftige Bewegung und stößt ihr Weinglas um. Es fällt zu Boden und zerbricht.
»Scheiße«, sagt sie und fegt mit dem Ellenbogen gleich noch ein weiteres Glas vom Tisch.
Die Nachtschwester steht plötzlich wie ein Geist in der Tür.
»Aber – aber«, sagt sie und kommt näher. Dann ist sie bei Teresa, sieht erst auf die Scherben am Boden und dann auf die zusammengesunkene Gestalt und sagt: »Kommen Sie jetzt! Ich bringe Sie nach oben. Aber seien Sie bitte leise, damit Sie die anderen Gäste nicht aufwecken.«
»Die anderen Gäste können mich mal –«, lallt Teresa Gilles, aber sie steht doch brav auf, schiebt mit der Schuhspitze ein paar Glassplitter beiseite und folgt der Nachtschwester die Treppe hinauf.
In ihrem Zimmer sucht sie gleich nach der bestellten Flasche Whisky, kann sie aber nicht finden und fängt laut an zu fluchen.
Die Nachtschwester, die mit hereingekommen ist, beschwört sie, leise zu sein. Als Teresa Gilles immer weiter tobt, droht sie damit, sie würde jetzt einen Arzt holen.
Das hilft. Teresa fällt wie ein Sack auf ihr Bett und rührt sich nicht mehr. Die Schwester zieht ihr die Schuhe aus, auch den halblangen Rock, was nicht ohne Schwierigkeiten vor sich geht, deckt die Schlafende mit einer Wolldecke zu, macht das Licht aus und verläßt das Zimmer.

Mitten in der Nacht wacht Teresa Gilles auf. Sie weiß nicht, was mit ihr los ist, und zittert vor Angst am ganzen Körper. Auf ihr anhaltendes Klingeln kommt Schwester Maria.
Teresa Gilles blickt ihr aus trüben, verquollenen Augen entgegen. »Ich habe Angst«, sagt sie.
Schwester Maria nimmt ihre gelassenste Miene an, kommt näher, setzt sich auf den Bettrand und sagt: »Sie haben zuviel getrunken. Sie hatten mir doch gesagt, Sie wollen überhaupt nicht mehr trinken. Sie sollten es wirklich lassen. Es ist nicht gut für Sie.«

»Ich weiß«, murmelt Teresa und läßt sich in die Kissen zurückfallen. »Aber Sie haben ja keine Ahnung, wie unglücklich ich bin. Wenn Sie so unglücklich wären wie ich, würden Sie auch trinken.«
»Bestimmt nicht«, erwidert Schwester Maria ernst. »Es ist doch nur eine Flucht«, fährt sie stirnrunzelnd fort. »Irgendwann werden Sie wieder nüchtern, und dann sind Sie noch unglücklicher als vorher. Oder Sie haben Angst, so wie jetzt.«
Sie legt Teresa Gilles wie einem Kind die Hand auf die Stirn, und Teresa sagt mit geschlossenen Augen: »Sie sind ein beneidenswerter Mensch. Für Sie ist alles ganz einfach: Sie trinken nicht – Schluß – aus!«
»Aber ich trinke wirklich nicht«, versichert die Nachtschwester. »Aus Überzeugung.« Sie will ihre Hand wegziehen, doch Teresa Gilles hält diese Hand fest.
»Aus Überzeugung!« wiederholt Teresa und lacht kurz auf. »Was heißt das? Wovon sind Sie überzeugt? Von sich? Von Ihrer Ansicht?«
Die Schwester gerät einen Augenblick aus der Fassung. Sie fühlt sich attackiert. Ziemlich unsanft nimmt sie nun ihre Hand fort und sagt: »Ich halte es einfach für gesünder, nicht zu trinken. Ich sehe doch, was dabei herauskommt.«
Selbstgerecht, denkt Teresa Gilles und schließt die Augen. Die lebt so vor sich hin und hat keine Ahnung!
»Sie sollten jetzt schlafen«, sagt Schwester Maria und steht auf.
»Aber wenn ich nicht schlafen *kann*!« Das klingt schon wieder aggressiv.
»Versuchen Sie es. Ich möchte Ihnen jetzt lieber keine Tablette geben.« Sie macht Anstalten, sich zu entfernen. Ein ungeduldiges »Herrgott, so bleiben Sie doch noch!« nagelt sie an ihrem Platz fest.
Teresa Gilles hat sich aufgesetzt. Sie fährt mit den Fingern durch ihr zerwühltes Haar, nimmt sich zusammen und sagt: »Leisten Sie mir bitte noch einen Augenblick Gesellschaft.«
Die Schwester nickt ohne Begeisterung.
»Wollen Sie sich nicht wieder setzen?« fragt Teresa.
»Danke, ich stehe lieber.«
»Wie Sie wollen.«
Pause. Die beiden so unterschiedlichen Frauen sehen sich an. Ein kleines mokantes Lächeln erhellt Teresas Miene. »Frauen wie Sie sind wirklich zu beneiden«, sagt sie mit falscher Herzlichkeit. »So klar in ihren Ansichten – so stramm ausgerichtet, eingeschworen auf Disziplin und Gehorsam... wirklich beneidenswert.«
Schwester Maria schweigt. Sie hört die Ironie heraus, ist aber nicht gewillt, sich provozieren zu lassen. In ihren Augen ist Teresa Gilles eine

arme, bedauernswerte Person, die man nicht ganz ernst nehmen kann. Sie empfindet moralischen Widerwillen vor ihrer Haltlosigkeit, sagt sich aber, praktisch, wie sie veranlagt ist, daß es nicht ihre Aufgabe ist, dieser Frau ins Gewissen zu reden.

Teresa Gilles kneift die Augen zusammen. »Mal ganz ehrlich, Schwester Maria – Sie sind doch schließlich noch verhältnismäßig jung, ich schätze, noch keine vierzig... woher nehmen Sie eigentlich diese Abgeklärtheit? Waren Sie immer so? Ich meine – schon als junges Mädchen? Hatten Sie nie Lust, mal über die Stränge zu schlagen?«

Die Schwester wird rot. Sie empfindet diese Frage als taktlos.

»Ich weiß nicht, was Sie meinen«, erwidert sie steif.

Teresa Gilles lacht auf. »Nein? Wissen Sie das wirklich nicht? Also das können Sie mir nicht weismachen, meine Liebe. Aber ich kann mich auch deutlicher ausdrücken. Hatten Sie nie den Wunsch, sich gehenzulassen? Einfach das zu tun, was Ihnen Spaß macht, und nicht das, was man von Ihnen erwartet?«

Schwester Maria hält den Blick geflissentlich auf den Boden gesenkt. Was soll man auf eine so indiskrete Frage erwidern? Muß man überhaupt etwas erwidern? Diese Person ist unmöglich! Sie ist ihr von Anfang an unsympathisch gewesen, mit ihrem geschminkten Gesicht und ihrem auffallenden Benehmen.

»Nun, Schwester, warum antworten Sie nicht?«

Schwester Maria blickt auf. Ihr Gesicht drückt Strenge und Abwehr aus. »Bei uns zu Hause war es nicht üblich, sich gehenzulassen. Mein Vater war Beamter. Bei uns herrschte Disziplin. Es wäre keinem von uns eingefallen, einfach an unser Vergnügen zu denken.« Trocken setzt sie hinzu: »Man tat seine Pflicht.«

Teresa Gilles schüttelt den Kopf.

»Wie langweilig«, sagt sie.

»Vielleicht«, erwidert die Schwester. »Aber ich habe mir nie etwas anderes gewünscht.«

»Das ist der Unterschied zwischen uns. Ich hasse Disziplin. Ich verabscheue es, zu irgend etwas gezwungen zu werden. Ich will mein Leben genießen.«

»Genießen Sie es denn?« Die Frage kommt wie aus der Pistole geschossen.

Einen Augenblick ist Teresa starr. Dann beginnen ihre Hände zu flattern.

»Nein«, stößt sie hervor. »Natürlich nicht. Wer kann das schon? Ich bin krank, ich habe Sorgen. Dieses ganze Leben – ich finde es widerwärtig. Manchmal wünschte ich mir, ich wäre tot.«

»So etwas dürfen Sie nicht sagen«, sagt die Schwester mechanisch.
»Ich sage es aber. Und wie ich es sage! Wer will mir das verbieten? Sie vielleicht? Die Kirche? Daß ich nicht lache! Die Kirche schert sich einen Dreck um mich. Ich bin auch längst ausgetreten. Was soll der ganze Unsinn?«
Die Schwester zuckt zusammen. Ihr Gesicht wird noch eine Spur abweisender.
»Ich habe nie etwas für die Pfaffen übriggehabt«, sagt Teresa Gilles unverblümt. »Wenn man sie wirklich braucht, helfen sie einem ja doch nicht.«
»Aber Gott –«, beginnt die Schwester, doch Teresa unterbricht sie sofort.
»Ja, ja, ich weiß. Wenn man schon mit der Kirche nichts im Sinn hat, dann sollte man wenigstens an den lieben Gott glauben.«
Sie fixiert die Schwester mit ihren starren, vom Alkohol glasigen Augen und sagt grob: »*Sie* können das. Sie sehen jedenfalls so aus, als könnten Sie es. Aber wenn Sie mich auf Ihre verdammte frömmlerische Art bekehren wollen, dann werde ich bockig. Also bitte, fangen Sie an! Erklären Sie mir, was ich tun soll. Auf die Knie fallen und beten? Das kann ich nicht. Das habe ich noch nie gekonnt.«
»Vielleicht wollen Sie es nur nicht«, erwidert die Schwester leise.
»Ganz richtig – vielleicht will ich es nicht.«
Sie schweigt und wartet, daß die Schwester sie drängt, es doch wenigstens einmal zu versuchen, aber die schüttelt nur stumm den Kopf.
»Na, also ... da wären wir schon am Ende«, sagt Teresa befriedigt. »Wenn du nicht glauben willst, dann laß es bleiben, dann bist du an deinem Elend selbst schuld! So denken Sie doch, nicht wahr?«
Sie fällt in die Kissen zurück und stöhnt. Die Schwester, betroffen jetzt, kommt wieder näher. »Sie sollten mit einem Priester sprechen«, sagt sie. »Ich möchte mich zu diesem Thema nicht äußern.«
»Feige«, murmelt Teresa Gilles und zieht mit beiden Händen die Bettdecke in die Höhe. »So was nenne ich feige. Wenn Sie schon behaupten, immer Ihre Pflicht zu erfüllen, dann geben Sie mir jetzt eine vernünftige Antwort. Was soll ich tun, um zu Gott zu finden?«
Die Schwester, in die Enge getrieben, hebt ratlos die Schultern und läßt sie wieder fallen. »Ich weiß es nicht.«
Teresa nickt, als hätte sie nichts anderes erwartet.
»Sie sind wenigstens ehrlich«, sagt sie lächelnd. »Das ist mir lieber als die dummen Redensarten, mit denen Sie mir bisher gekommen sind. Pflichterfüllung – Disziplin!« Sie spuckt die Worte förmlich aus. »Das ist doch alles dummes Zeug. Damit kommt man im Leben nicht einen Schritt weiter, wenn es einem wirklich dreckig geht.«

»Doch!« Schwester Maria richtet sich unwillkürlich auf und stemmt kampflustig beide Hände in die Hüften. Sie hat sich wieder gefaßt, spürt vertrauten Boden unter den Füßen. Einem Menschen den Weg zu Gott zu weisen – das traut sie sich nicht zu. Aber von Disziplin, von innerer Haltung, von der Bekämpfung menschlicher Schwächen, davon versteht sie etwas, das ist gewissermaßen ihr täglich Brot.
Sie setzt sich wieder neben Teresa und betrachtet eine Weile das Gesicht, das einmal schön gewesen war – die hohe Stirn, die breiten Backenknochen, die erschlaffte, großporige Haut, die trübe gewordenen Augen. Dann sagt sie mit berufsmäßigem Eifer:
»Wenn Sie mir folgen würden – wenn Sie das tun würden, was ich Ihnen rate, ich könnte Ihnen helfen. Aber ohne Disziplin geht es nicht. Hören Sie auf, sich gehenzulassen! Trinken Sie keinen Tropfen Alkohol mehr. Vielleicht sollten Sie diesen ganzen Beruf aufgeben, er macht Sie kaputt. Sie haben mir selbst erzählt, Sie hätten das alles satt –«
»Habe ich das?« fragt Teresa ganz erschrocken, doch die Schwester beachtet in ihrem Eifer den Einwand nicht und fährt fort: »Also machen Sie Schluß damit! Sie haben in diesem Beruf keine Befriedigung gefunden, sonst könnten Sie jetzt nicht so unglücklich sein. Vielleicht täusche ich mich, aber ich glaube, Sie sollten etwas ganz anderes machen.«
»Was denn?« fragt Teresa Gilles, teils schockiert, teils amüsiert.
»Darüber müssen Sie in Ruhe nachdenken, das kann ich auch nicht auf Anhieb sagen. Ich finde nur, Sie sollten Ihre innere Einstellung zu den Dingen ändern. Mein Vater hat immer gesagt, es kommt gar nicht so sehr darauf an, *was* du tust, es kommt darauf an, *wie* du es tust. Auf die Haltung kommt es an.«
Teresa Gilles gähnt plötzlich, und Schwester Maria fragt ein wenig indigniert: »Langweile ich Sie mit meinen Reden?«
»Nein, nein, Sie langweilen mich überhaupt nicht. Ich glaube aber, ich bin ein hoffnungsloser Fall. Ihre guten Ratschläge nützen mir nichts.«
»Nützen würden sie schon«, erwidert die Schwester trocken. »Ich fürchte nur, Sie wollen sie nicht befolgen.«
Teresa lacht kurz auf und erklärt mit entwaffnender Aufrichtigkeit: »Das fürchte ich auch.«
Ihre Augen fallen zu, sie will jetzt schlafen, aber sie hat noch etwas auf dem Herzen, das möchte sie vorher loswerden.
»Sehen Sie, Schwester Maria«, sagt sie, »ich halte Sie für einen guten Menschen, für einen braven, grundanständigen Menschen, der wirklich nichts anderes will, als seine Pflicht tun.«
»Ach nein, ganz so ist das auch nicht«, erwidert Schwester Maria verlegen. »Ich habe auch meine Schwächen.«

Mit jähem Interesse sieht Teresa Gilles sie an. »Wirklich? Ich dachte es mir. Aber lassen wir das jetzt, Sie hatten mich gerade vom Gegenteil überzeugt. Nur eines noch: Sie sagten, Disziplin wäre ungeheuer wichtig im Leben. Ich behaupte, daß das nur für bestimmte Menschen zutrifft. Nicht für mich. Allein die Vorstellung, ich sollte mich von jetzt ab ununterbrochen zusammennehmen, erfüllt mich mit Grausen. Ich verspreche Ihnen, ich werde es ganz sicher nicht tun.«
Ihre Augen fallen wieder zu, dem geöffneten Mund entringt sich ein Seufzen, und der Ausdruck ihres Gesichtes versetzt Schwester Maria in Panik. Sie will schon nach dem Telefonhörer greifen, um den Arzt zu rufen, da hört sie die vermeintlich Bewußtlose überraschend klar und mit ruhiger Stimme sagen: »Am besten gehen Sie jetzt, Schwester. Ihre moralischen Ansichten in allen Ehren, aber Sie fallen mir auf die Nerven.«
Schwester Maria wendet sich abrupt zum Gehen. Sie unterdrückt nur mühsam ihre Empörung.
An der Tür dreht sie sich noch einmal um und murmelt kaum hörbar: »Gute Nacht.«
Es kommt keine Antwort. Teresa Gilles ist eingeschlafen.
Schwester Maria kehrt in ihr Zimmer zurück. Sie weiß nicht, was sie von alldem halten soll.
Komödiantin, denkt sie und verzieht verächtlich die Mundwinkel. Sie fühlt sich genarrt und beschließt, Teresa Gilles in Zukunft nicht mehr ernst zu nehmen. Ein bösartiges, verworfenes Geschöpf! Schade um jeden Gedanken, den man an diese Person verschwendet.

17

Immer um die Mittagszeit versammeln sich die meisten Sanatoriumsgäste in der Halle. Die neuesten Nachrichten werden ausgetauscht und Tips für Ausflugsziele weitergegeben. Ellen Klostermeier und Teresa Gilles sind gerade von einem Spaziergang zurückgekommen. Es ist Mittag. Teresa ist müde und gähnt ununterbrochen. Das erste Viertel Wein ist bereits ausgetrunken.
Frau Klostermeier sieht Lisa Schneeweiher in der geöffneten Tür stehen und winkt ihr zu. Lisa sieht frisch und vergnügt und erwartungsfroh aus.
»Setzen Sie sich doch einen Augenblick zu uns«, ruft Ellen Klostermeier ihr unbefangen zu.
»Muß das sein?« Teresa Gilles gähnt schon wieder. Sie sieht Lisa entgegen, die näher kommt und grüßt.
»Nur ein paar Minuten«, sagt sie. »Ich werde gleich abgeholt.«

»Sie wird gleich abgeholt.« Teresa Gilles zieht bedeutungsvoll die Augenbrauen in die Höhe und tauscht mit Frau Klostermeier einen Blick. Lisa bemerkt es nicht. Doch selbst wenn sie es bemerkt hätte, wäre es ihr gleichgültig gewesen.

Lisa Schneeweiher ist wie entrückt. Sie ist eingetaucht in Glück und Seligkeit, im Niemandsland der Liebe, giftige Bemerkungen und neidische Blicke erreichen sie nicht.

Nur wer dergleichen selbst erlebt hat, kann es nachempfinden. Die Damen Gilles und Klostermeier können es nicht. Sie finden Lisa nur komisch.

Teresa Gilles versucht Lisa auf plumpe Weise auszufragen. Jeder im Sanatorium weiß natürlich, wer Anton Hollerer ist, doch nur Teresa, die Kollegin, kann sich rühmen, den bekannten Schauspieler näher zu kennen. Ein Fernsehspiel hat die beiden vor einigen Jahren zusammengeführt, und Teresa will nun von Lisa wissen, ob »der Toni«, wie sie sagt, immer noch die Angewohnheit habe, jeder Frau, egal, ob jung oder alt, hübsch oder häßlich, Komplimente zu machen.

»Eine Masche von ihm«, schließt Teresa und verbirgt ihre Bosheit hinter einem harmlosen Lächeln. »Kluge Frauen fallen natürlich nicht darauf herein.«

Lisa Schneeweiher stutzt einen Augenblick, erwidert dann aber leichthin: »Das ist mir bisher noch nicht aufgefallen.«

Ellen Klostermeier, peinlich berührt von Teresas taktloser Bemerkung, kommt Lisa zu Hilfe. »Und wenn schon – ich finde es reizend, wenn ein Mann einer Frau etwas Nettes sagt. Warum muß das eine Masche sein? Er ist einfach charmant.«

Teresa Gilles wendet sich mit spöttischer Miene der anderen zu. Sie hat schon eine scharfe Erwiderung auf den Lippen, doch in diesem Augenblick betreten Graf und Gräfin Hoheisel die Halle, gefolgt von einem winzigen Rauhhaardackel, dessen Anblick unter den anwesenden Damen hysterisches Entzücken auslöst. Von allen Seiten tönt es: »Nein, wie süß!« – »Wie wonnig!« – »Wo haben Sie denn dieses goldige Tierchen her?«

Frau Klostermeier ist wie elektrisiert aufgesprungen und geht auf die Gräfin zu, die, konsterniert über den Wirbel, mitten in der Halle stehengeblieben ist. »Darf man ihn anfassen?« fragt Ellen Klostermeier mit hoher, aufgeregter Stimme. Sie wartet die Antwort gar nicht erst ab, sondern beugt sich zu dem Hund hinunter, um ihn auf den Arm zu nehmen. Andere weibliche Gäste gesellen sich hinzu. Im Nu ist das peinlich berührte Paar umringt.

»Was für ein albernes Theater«, sagt Teresa Gilles, ärgerlich über die Störung. Sie sieht Lisa nach, die den kleinen Dackel natürlich auch aus der

Nähe bewundern will, und benutzt die Gelegenheit, das frisch gefüllte Glas der Frau Klostermeier mit ihrem leeren zu vertauschen.
In die allgemeine Aufregung hinein platzt Toni Hollerer. Er sieht sich suchend nach Lisa um, kann sie aber nirgends entdecken, da Lisa, halb verdeckt von den beiden rundlichen Düsseldorferinnen, gerade damit beschäftigt ist, den Dackel zu streicheln.
Teresa Gilles ruft quer durch die Halle: »Toni! Komm her!« Sie ruft es so laut und durchdringend, daß die meisten Gäste zusammenzucken.
Toni Hollerer begrüßt seine erfolglose Kollegin mit einem besonders formvollendeten Handkuß. Teresa mustert ihn neugierig und stellt fest, daß dieser junge, vielversprechende Schauspieler geradezu aufreizend glücklich aussieht. Sie will ihn in ein Gespräch verwickeln, doch er hört gar nicht zu, denn soeben hat er Lisa entdeckt und geht ihr entgegen.
Teresa Gilles verfolgt neiderfüllt die zärtliche Begrüßung der beiden. Toni küßt Lisa ungeniert auf beide Wangen, legt den Arm um ihre Schulter und führt sie an den Tisch zurück.
»Ich muß mich leider schon wieder verabschieden«, sagt er mit einem strahlenden Lächeln zu Teresa.
»Wie schade.« Teresa Gilles hat ganz plötzlich das Gefühl, daß sie eine uralte Frau ist. Ist es möglich, daß das Leben für sie schon vorbei ist? Eine schreckliche Vorstellung. Aber dabei lächelt sie ebenso strahlend zurück, ergreift die Hände des jungen Mannes und fragt ihn, warum er es denn so eilig habe. Sie wollen an den Hechtsee, antwortet er, während sein Blick auf Lisa ruht, die selig verliebt zu ihm aufsieht. Teresa Gilles, angeschlagen vom Trinken und von der vergeblichen Warterei, empfindet beim Anblick des glücklichen Paares eine fast körperliche Qual. Sie hält immer noch Tonis Hände umklammert, läßt sie nun los und faßt nach Lisas Händen, die sich ihr in erschreckter Abwehr sofort wieder entziehen.
»Gehen Sie nur – gehen Sie –«, sagt Teresa, deren Lächeln jetzt verzerrt ist. »Amüsieren Sie sich, genießen Sie Ihr Leben. Man kann nie wissen, wie lange es dauert.«
Sie sieht den beiden Gestalten nach, die sich rasch entfernen, und ein Gedanke schießt ihr durch den Kopf, ein entsetzlicher Gedanke, vor dem sie selbst erschrickt, den sie aber nicht unterdrücken kann: »Sterben sollen sie!«
Sie sitzt in verkrampfter Haltung, lächelt steif und erwacht erst aus ihrer Erstarrung, als Ellen Klostermeier auf sie zutritt und sagt: »Es ist eine Hündin – Sweety heißt sie. Fünf Wochen alt. Ganz in der Nähe ist eine Zucht. Ich muß unbedingt hinfahren.«
Mit erstaunter Miene sieht Teresa Gilles sie an. Es dauert ein paar Sekunden, bevor sie begreift, wovon die Rede ist. Dann sagt sie mit einer merk-

würdig rauh klingenden Stimme: »Ich habe Hunger. Wir wollen essen gehen.«
Frau Klostermeier folgt ihr eingeschüchtert in den Speisesaal. Sie spürt, daß etwas vorgefallen ist, wagt aber nicht zu fragen. Teresa Gilles macht den Eindruck einer Frau, deren Nerven bis zum Zerreißen gespannt sind. Sie geht grußlos an den Tischen vorüber, die fast alle schon besetzt sind. Nur dem Filmkaufmann Dr. Meyer, der in Gesellschaft einer spindeldürren Blondine speist und ihr ein »Hallo – wie geht's?« zuruft, winkt sie kurz zu.
Während des Essens versucht Ellen Klostermeier eine harmlose Unterhaltung in Gang zu bringen, doch Teresa Gilles reagiert nur mit einsilbigen Antworten, wie »Ja, ja« und »So, so«.
Frau Klostermeier verstummt schließlich, beendet hastig ihre Mahlzeit und verschwindet.
Teresa Gilles bleibt sitzen. Sie bestellt noch einen halben Liter Wein und versinkt in Trübsinn und Selbstmitleid. Sie versucht sich vorzustellen, wie Anton Hollerer, dieser braungebrannte, kraftstrotzende Mann, von einer heimtückischen Krankheit erfaßt wird, an der er langsam dahinsiecht. Sie hat Phantasie genug, sich einzureden, dieses geheimnisvolle Leiden, das keiner bisher erkannt hat, nage bereits an ihm. Ein paar Tage noch, vielleicht ein paar Wochen, dann wird es zum Ausbruch kommen, und mit dem Glück der beiden ist es vorbei.
Der Speisesaal hat sich geleert. Teresa sitzt allein vor ihrem leeren Glas, starrt vor sich hin und malt sich aus, wie Toni, ein blasser, abgemagerter Toni, seiner geliebten Lisa erklärt, es gehe mit ihm zu Ende, es habe keinen Sinn mehr, ihn weiter zu besuchen. Wie ein Autor, der ein Theaterstück schreibt, denkt sie sich Dialoge aus, die das Liebespaar miteinander führt, bis sie schließlich, des makabren Spiels überdrüssig, aufsteht und den Saal verläßt. Auf halber Treppe begegnet sie Leonore Tettenborn, gefolgt von ihrem Schwager. Kurze Begrüßung im Vorübergehen.
Für Teresa mit ihrem moralischen Katzenjammer ist diese Begegnung erneut Anlaß, in Wut zu geraten. Auch diese beiden machen einen zufriedenen, ausgeglichenen Eindruck, was für Teresa fast einer persönlichen Beleidigung gleichkommt.
Wie kommen all diese Menschen dazu, glücklich zu sein? Es ist einfach nicht einzusehen. Es ist ungehörig und herausfordernd.
Gott wird sie strafen, denkt Teresa, während sie ihr Zimmer aufschließt. Sie hängt das Schild mit der Aufschrift »Bitte nicht stören« außen an die Tür und schließt sorgsam wieder hinter sich ab, froh, mit ihrem Kummer und ihrem Groll allein zu sein. Der Anblick glücklicher Menschen ist eine Bedrohung für sie. Sie läuft Gefahr, schwach zu werden und sich selbst

die Schuld an ihrem Versagen zu geben. So weit darf es nicht kommen! Die Verantwortung dem Schicksal zuzuschieben ist einfacher. Selbstvorwürfe machen sie nur noch mutloser.

18

Zwei Tage später findet im Bergsanatorium eine Veranstaltung statt, die von fast allen Gästen des Hauses besucht wird. Ein gewisser Eberhard Waldstein aus Wien, Doktor der Philosophie und beider Rechte, hält einen Vortrag über das Thema »Die geheimnisvollen Kräfte des Unterbewußtseins«.

Nach dem Abendessen versammelt man sich in der Halle, wo bereits die Stuhlreihen aufgestellt sind. Es herrscht eine gespannte, erwartungsvolle Stimmung, da dem Vortragenden der Ruf vorausgeht, ein glänzender und überzeugender Redner zu sein.

Dr. Üxleben spricht ein paar einführende Worte, und Dr. Dr. Eberhard Waldstein, ein kleiner, beweglicher Mann mit dunklen Wieselaugen, tritt hinter das Stehpult.

Bereits nach wenigen Worten hängen die Zuhörer, besonders die weiblichen, an seinen Lippen. Er spricht von den wunderwirkenden Kräften im Inneren des Menschen, von verborgenen Schätzen, die jeder in sich trägt und dessen er sich nur bewußt zu werden braucht, um sich alle Wünsche erfüllen zu können.

Manfred Tettenborn, der neben Leonore in der zweiten Reihe sitzt, denkt, daß dieser Mann eine unglaubliche Ausstrahlung besitzt, eine Ausstrahlung, die andere lähmt. Man ist ihm ausgeliefert. Jede Kritik verstummt angesichts der virtuosen Beredsamkeit, mit der dieser kleine, behende Wiener seine Thesen vorträgt. Natürlich wiederholt er sich, aber das merkt nur der aufmerksame Zuhörer und es mindert nicht die Überzeugungskraft des Redners. Manfred Tettenborn versucht, sich der betäubenden Wirkung zu entziehen, doch es gelingt ihm nicht. Von einer Macht ist die Rede... von einer Macht, die Himmel und Erde in Bewegung setzen kann und jedem Menschen – jedem einzelnen von uns, wie Eberhard Waldstein betont – die Möglichkeit gibt, sein Leben grundlegend zu ändern, zu bessern, sinnvoll zu gestalten.

Mit einfachen, einprägsamen Sätzen, unter Verzicht auf unverständliche Fremdworte und komplizierte Gedankengänge, setzt Dr. Waldstein seinem Publikum auseinander, daß Glück und Reichtum all denen zuteil werden, die mit den Kräften des Unterbewußtseins vertraut sind. »Sie selbst, meine Damen und Herren«, ruft der Redner aus und blickt dabei

die Reihen entlang, »Sie allein entscheiden darüber, ob Sie arm und elend oder glücklich und reich sind. Es liegt in Ihrem Ermessen, neue Gedanken und Vorstellungsbilder in Ihrem Inneren zu schaffen und damit allem Mangel, allen Enttäuschungen in Ihrem Leben ein Ende zu setzen.«
Atemlose Stille herrscht unter den Zuhörern. Kein Rascheln, kein Räuspern, nicht die leiseste Bewegung, nur gespannte Aufmerksamkeit.
Frau Dr. Mittenwald, vielleicht die einzige, deren Miene eine gewisse Skepsis ausdrückt, obwohl auch sie dem Vortrag mit großem Interesse lauscht, Käthe Mittenwald denkt, daß dieser Waldstein Illusionen schafft, während es sich heutzutage Philosophen und Schriftsteller angelegen sein lassen, Illusionen zu zerstören.
Aber der Mensch braucht Illusionen, denkt sie weiter. Genau wie er Hoffnung braucht, statt sich ständig einzureden, alles sei aussichtslos.
Sie blickt unauffällig um sich und sieht gläubig strahlende Augen und staunend offene Münder. Frau Klostermeier trägt ein seliges Lächeln zur Schau, während die drei Industriellengattinnen aus Düsseldorf hektisch gerötete Wangen haben und den Redner wie hypnotisiert anstarren.
Auch Lisa Schneeweiher lächelt selbstvergessen, aber das muß nicht unbedingt etwas mit dem Vortrag zu tun haben. Sie hält die Hand des neben ihr sitzenden Toni Hollerer, der bereits mehrmals durch anerkennendes Kopfnicken sein Einverständnis mit den Thesen Dr. Waldsteins bekundet hat. Die Ärztin denkt, daß das nicht weiter verwunderlich ist, da ja der Erfolg eines Mimen weitgehend davon abhängt, ob es ihm gelingt, geistige und seelische Kräfte in seinem Publikum zu mobilisieren.
Frau Dr. Mittenwald konzentriert ihre Aufmerksamkeit jetzt wieder auf den Redner. Eberhard Waldstein nähert sich dem Ende seines Vortrags und fordert die Zuhörer auf, unverzüglich, noch heute, noch in diesem Augenblick, ihre geistige Vorstellungswelt von negativen Bildern zu befreien.
»Jeder negative Gedanke«, ruft er aus und fixiert dabei Schwester Maria, als setze er bei ihr einen solchen voraus, »jeder negative Gedanke ist ein Hemmnis auf Ihrem Weg zum Erfolg, zu einem glücklicheren Leben. Wir alle wissen doch«, fährt Eberhard Waldstein fort, »wie schwer es ist, gegen seine eigenen Schwächen anzugehen. Wie leicht man geneigt ist aufzugeben, zu verzichten, weil man glaubt, das Erstrebte sei ja doch nicht zu erreichen. Wenn Sie das tun, meine Damen und Herren«, Dr. Waldstein hebt beschwörend beide Hände, »wenn Sie das tun, sind Sie verloren. Vertrauen Sie voll und ganz auf die Macht Ihres Unterbewußtseins! Verbannen Sie jeden negativen Gedanken. Bemühen Sie sich unablässig um eine positive Einstellung zu Menschen und Dingen. Der Erfolg wird nicht ausbleiben.«

Ein Raunen der Zustimmung geht durch die Reihen, und wieder nickt Toni Hollerer bedeutsam und anerkennend mit dem Kopf, während Teresa Gilles sich unwillkürlich höher aufrichtet, als wolle sie allein durch ihre Haltung demonstrieren, daß der Prozeß der inneren Umstellung bei ihr bereits begonnen habe.
Es stellt sich heraus, daß Dr. Waldstein am Ende seiner Rede noch etwas in eigener Sache vorzubringen hat. Er macht Reklame für sein soeben erschienenes Buch mit dem Titel »Die Kraft, die uns trägt« und teilt mit, daß Exemplare davon in ausreichender Zahl vorhanden seien und bei ihm, versehen mit eigenhändiger Widmung, gekauft werden können – »zum Vorzugspreis von achtundzwanzig Mark«. Der Beifall, den Eberhard Waldstein erhält, fällt nicht ganz so enthusiastisch aus, wie er vielleicht erwartet hat. Seine Geschäftstüchtigkeit hat die Begeisterung mindestens der Herren ein wenig gedämpft. Immerhin eilen fast alle der anwesenden Damen jetzt nach vorne zum Rednerpult, um ein signiertes Exemplar der neuen Heilslehre entgegenzunehmen.
Die Serviererinnen und einige der jüngeren Schwestern sind damit beschäftigt, die Stühle teils zu entfernen, teils an den Wänden aufzustellen, denn nun ist, wie es im Programm heißt, ein »zwangloses Beisammensein mit Diskussion« vorgesehen.
»Bleiben wir noch?« fragt Manfred Tettenborn seine Schwägerin.
Leonore nickt. »Ich würde mich ganz gern noch etwas unterhalten.«
Manfred Tettenborn sieht sich nach einem geeigneten Platz um und wird von Graf Hoheisel aufgefordert, sich zu ihm und seiner Frau zu setzen. Die Gräfin zieht Leonore an ihre Seite und will wissen, ob der Vortrag sie beeindruckt habe.
»Beeindruckt – ja«, erwidert Leonore. »Aber für mich ist das alles nichts Neues. Ich hatte schon als junges Mädchen eine positive Einstellung zum Leben. Für mich ist es leicht, an diese Dinge zu glauben, weil ich meiner ganzen Veranlagung nach nicht zum Pessimismus neige. Aber was machen die Zweifler, die Ungläubigen? Denen muß doch eine so simple Lehre, die besagt, daß man mit der richtigen geistigen Einstellung einfach alles erreichen könne, unsinnig erscheinen?«
»Sehr richtig, hochverehrte gnädige Frau«, pflichtet Graf Hoheisel bei. »Ich bin ganz Ihrer Meinung. Diese Lehre verlangt eine naive Gläubigkeit, die nur wenige Menschen besitzen. Aber ich bin fest davon überzeugt, wer auf diese Kräfte vertraut, kann tatsächlich unglaubliche Dinge zustande bringen.«
»Darf ich mich zu Ihnen setzen?« Der Filmkaufmann Dr. Meyer deutet auf den freien Stuhl neben Manfred Tettenborn.
»Bitte.« Manfred Tettenborn rückt etwas zur Seite. Dieser Meyer liegt

ihm nicht, geschwätzig und aufdringlich wie er ist, aber an einem solchen Abend muß man sich wohl oder übel damit abfinden.
Die Runde wird gleich darauf noch durch Ellen Klostermeier, Teresa Gilles und Dr. Üxleben erweitert. Mit einem gewissen Bedauern sieht Leonore, daß Frau Dr. Mittenwald zwei Tische weiter entfernt Platz genommen hat. Sie sitzt neben Eberhard Waldstein, wie immer sehr gerade und mit gekreuzten Armen. Waldstein redet lebhaft auf sie ein, während die Ärztin mit halb geschlossenen Augen zuhört. Was hat Manfred eben gesagt? Leonore wendet sich ihm zu. Es gelingt ihr nicht gleich, den Zusammenhang zu erfassen, da sie den Anfang nicht gehört hat. Sie versucht sich zu konzentrieren.
Manfred Tettenborn erklärt soeben, daß er all diesen pseudowissenschaftlichen Heilslehren mit einem gewissen Mißtrauen begegne, obwohl er zugeben müsse, daß die Thesen des Dr. Waldstein, die übrigens keineswegs neu seien, etwas Bestechendes hätten.
»Bestechend, sehr richtig«, pflichtet der Filmkaufmann bei. »Aber kaum praktizierbar, wenn man kritisch an die Sache herangeht.«
»Das darf man eben nicht«, wirft die Gräfin mit ihrer leisen, angenehmen Stimme ein. »Wenn ich Dr. Waldstein richtig verstanden habe, dann geht es ja gerade darum, unser Unterbewußtsein zu beeinflussen. Wenn Sie jetzt denken: Was uns dieser Mann heute erzählt hat, ist Blödsinn, dann beeinflussen Sie Ihr Unterbewußtsein ja bereits falsch. Jeder weitere Versuch, es in Ihrem Sinne zu beeinflussen, muß scheitern, weil Sie den Erfolg von vornherein in Zweifel gezogen haben.«
»Ich finde, man muß es auf alle Fälle versuchen«, sagt Ellen Klostermeier eifrig, aber sie kichert gleich darauf albern und gibt damit zu verstehen, daß sie selbst nicht so recht an den Erfolg glaubt.
»Ach, du liebe Zeit«, fällt denn auch Teresa Gilles sofort spöttisch ein. »Sie werfen doch gleich die Flinte ins Korn, wenn eine Sache nicht auf Anhieb klappt.«
»Dann sollte sie sich erst recht mit dieser Lehre befassen«, kommt Leonore Frau Klostermeier zu Hilfe. Und zu Teresa Gilles gewandt: »Sie haben doch vorhin gehört, daß es gerade darum geht, schwachen und mutlosen Menschen zu helfen. Wenn ich von Natur aus optimistisch und zuversichtlich bin, dann habe ich es gar nicht nötig, meine Denkgewohnheiten zu ändern.«
Die Trudi bringt den bestellten Wein, verteilt Gläser und Krüge, und als Teresa Gilles sich ereifert, sie habe ausdrücklich gesagt, sie wolle keinen Wein, sondern Whisky, wendet sich ihr Frau Klostermeier kichernd zu. »Könnten Sie nicht Ihr Unterbewußtsein beeinflussen, das Trinken einzustellen?«

Alles lacht. Dr. Üxleben hebt sein Glas und prostet Ellen Klostermeier zu. »Ein glänzender Gedanke.«
Teresa Gilles findet das gar nicht komisch. »Sehr witzig«, sagt sie und hält Trudi, die sich wieder entfernen will, am Ärmel fest. »Denken Sie an meinen Whisky.«
Das angeschnittene Thema wird auch beim Wein weiter diskutiert. Dr. Üxleben beleuchtet es aus der Sicht des Arztes, indem er über die nicht zu unterschätzende Heilkraft spricht, die aus der richtigen geistigen Einstellung des Patienten komme.
Er lehnt sich zurück und sagt in seiner bedächtigen Art: »Selbst der beste Arzt ist machtlos, wenn ein Patient an seine Heilung nicht mehr glaubt, wenn er sich selbst aufgibt. Ich erinnere an das alte Sprichwort: ›Der Arzt verbindet die Wunde, aber Gott heilt sie‹.«
Graf Hoheisel wendet sich ihm lächelnd zu.
»Wie sympathisch, aus dem Munde eines Mediziners so etwas zu hören. Für die meisten Ihrer Kollegen ist Gott doch gar nicht existent.«
»Die Heilkraft, von der ich spreche, trägt viele Namen«, schränkt Dr. Üxleben ein. »Natur, Gott, schöpferisches Prinzip, Allweisheit – und eben auch Macht des Unterbewußtseins.« Dr. Üxleben trinkt einen Schluck Wein und fährt dann fort: »Ich will damit sagen, es kommt darauf an, daß der Patient seinen Geist von Furcht und Sorge befreit und statt dessen mit dem festen Glauben und der sicheren Erwartung erfüllt, gesund zu werden. Diese positive Einstellung, davon bin ich überzeugt, wird auch den Prozeß der Heilung beeinflussen.«
»Da bin ich ganz Ihrer Meinung«, sagt Graf Hoheisel. »Wenn ich Sie richtig verstanden habe, glauben Sie also an die suggestive Kraft des Unterbewußtseins?«
»Genau«, erwidert der Arzt. »Ich hörte kürzlich von einem aufsehenerregenden Fall, der sich in Amerika ereignet hat. Ein bekannter Psychologe unterzog sich einer Röntgenuntersuchung. Es stellte sich heraus, daß der rechte Lungenflügel deutliche Spuren von Tbc aufwies. Darauf machte er es sich zur Gewohnheit, jeden Abend vor dem Einschlafen sein Unterbewußtsein zu beeinflussen. Ich kann Ihnen nicht wörtlich wiederholen, was er sich einsuggerierte, aber es lief darauf hinaus, jeden Gedanken an eine mögliche Krankheit auszuschalten und fest daran zu glauben, daß seine Gesundheit wieder völlig hergestellt wird. Eine etwa vier Wochen später wiederholte Durchleuchtung erwies, daß auch nicht die kleinste Spur der Erkrankung zurückgeblieben war.«
»Aber wie ist das zu erklären?« fragte Leonore erregt.
»Vom medizinischen Standpunkt aus – überhaupt nicht. Die Presse hat den Fall natürlich aufgegriffen, und der Mann wurde interviewt. Auf die

Frage, warum er gerade vor dem Einschlafen diese Methode angewendet habe, soll er erwidert haben, daß die aktive Wirkung des Unterbewußtseins während der gesamten Schlafenszeit hindurch anhält. Deshalb sollte man sich gerade vor dem Einschlafen mit positiven Gedanken beschäftigen.«

Diese Bemerkung löst die unterschiedlichsten Reaktionen aus. Frau Klostermeier gibt beschämt zu, daß sie genau das Gegenteil tut. Sie stelle sich oft die schrecklichsten Dinge vor, die auf sie zukommen können, male sie sich in allen Einzelheiten aus, mit dem Erfolg, daß sie dann jedesmal Herzklopfen bekomme und eine Beruhigungstablette nehmen müsse, um überhaupt einschlafen zu können.

»Für mich ist diese Methode überhaupt nicht anwendbar«, erklärt Dr. Meyer. »Ich lege mich ins Bett, drehe mich auf die Seite und bin sofort weg.« Und in reinstem Berlinerisch setzt er hinzu: »Mit der suggestiven Wirkung ist det also nischt bei mir.«

»Ein gesunder Schlaf ist mindestens genausoviel wert«, gibt Dr. Üxleben lachend zurück.

»Sie sagen es, lieber Doktor, Sie sagen es.« Teresa Gilles breitet in gespielter Verzweiflung die Arme aus. »Ich beneide jeden Menschen, der gut schlafen kann. Bei mir gehen die Gedanken wie ein Mühlrad im Kopf herum. Positiv oder negativ – das kann ich gar nicht unterscheiden, es wirbelt alles bunt durcheinander.«

»Das liegt wahrscheinlich am Whisky«, meint Frau Klostermeier, bereut diese boshafte Bemerkung aber sofort, als Teresa ihr einen wütenden Blick zuwirft.

»Pfefferminztee wäre sicher gesünder«, erklärt Dr. Üxleben in nüchtern beruflichem Ton.

Das Gespräch hat eine neue Wendung genommen. Jetzt geht es um das Thema Schlaflosigkeit, und Dr. Üxleben versucht zu erklären, welche Ursachen diesem weitverbreiteten Übel zugrunde liegen und wie man es bekämpft.

Plötzlich, in eine Gesprächspause hinein, ist die leise Stimme der Gräfin zu vernehmen:

»Ich möchte doch noch einmal auf die Geschichte zurückkommen, die Dr. Üxleben eben erzählt hat, die Geschichte von der Heilung dieses amerikanischen Psychologen.«

»Bitte.« Dr. Üxleben sieht sie an. Auch die anderen wenden ihr die Köpfe zu. Die Gräfin quittiert das mit einem liebenswürdigen Lächeln und dem Anflug eines Errötens.

»Es ist heute abend so viel von Unterbewußtsein geredet worden«, sagt sie. »Sie, lieber Dr. Üxleben, sprachen von einer unerwarteten Heilung,

die darauf zurückzuführen ist, daß der Patient vor dem Einschlafen irgendeinen psycho-physischen Prozeß auslöste.«
Sie lehnt sich zurück und blickt einmal kurz in die Runde.
»Könnte man es nicht viel schlichter ausdrücken?« Ihre Stimme klingt ruhig, doch man hört eine starke Anteilnahme heraus. »Warum sagt man nicht einfach, der Mann hat gebetet? Wäre das so ungewöhnlich? Nein, bitte – lassen Sie mich ausreden! Ich weiß, es ist in unserer modernen Zeit nicht üblich, so etwas zuzugeben. Ein Gebet ist etwas Altmodisches, Überholtes. Wer es überhaupt tut, tut es heimlich. Dabei ist alles, was wir heute gehört haben, nichts anderes als eine Umschreibung dafür.« Sie schweigt und niemand scheint so recht zu wissen, was er antworten soll.
Der Filmkaufmann räuspert sich, doch als ihn die Gräfin mit einer Handbewegung auffordert, sich zu äußern, winkt er sofort ab. »Nein, nein, ich kann dazu nichts sagen. Wenn es um religiöse Dinge geht, bin ich nicht kompetent.«
»Kompetent sind wir wohl alle nicht«, sagt Dr. Üxleben nachdenklich. »Aber kommt es darauf an? Hier geht es doch nur darum, die Frage zu klären, ob nicht all diese modernen Heilslehren ihre ganze Weisheit aus dem christlichen Glauben beziehen.«
»Genau das wollte ich sagen«, antwortet die Gräfin.
»Ich würde das nicht nur auf das Christentum beschränken«, wendet Manfred Tettenborn ein. »Alle Religionen der Welt lehren bestimmte Glaubensinhalte. Ob Sie jetzt zu Christus beten oder zu Allah, bleibt sich letzten Endes gleich. Entscheidend ist doch wohl das Gebet an sich.«
Nach einem kleinen, irritierten Schweigen antwortet Graf Hoheisel anstelle seiner Frau: »Im Prinzip ist das richtig. Nur – wir sind nun einmal Christen und sollten uns ruhig an unseren Glauben halten. Jedenfalls ist das meine ganz persönliche Meinung.«
Der Filmkaufmann, verärgert darüber, sich selbst von der Unterhaltung ausgeschlossen zu haben, erklärt wichtigtuerisch:
»Das Christentum ist doch am Ende, das werden Sie nicht abstreiten können. Seit Europa seine Vormachtstellung in der Welt verloren hat, ist auch die christliche Lehre ins Hintertreffen geraten. Um so mehr rücken andere alte Religionen ins Blickfeld. Wir leben in einer Welt voller Zweifel und Ängste. Da tastet man herum und sucht nach neuen Erkenntnissen. Je weiter man diese Suche ausdehnt, desto größer ist, für mein Gefühl, die Chance, zu einem Ziel zu kommen.«
»Desto größer ist aber auch die Gefahr, vollends verwirrt zu werden«, wendet Graf Hoheisel freundlich ein.
Die Diskussion wird noch eine Weile fortgesetzt, doch die Ansichten sind zu unterschiedlich, als daß man zu einer Einigung gelangen kann. Als das

österreichische Paar sich verabschiedet hat, fließt die Unterhaltung auseinander. Der Filmkaufmann wendet sich den Damen Gilles und Klostermeier zu und äußert sich in abfälligem Ton über Leute, die es nicht lassen können, anderen ihre Meinung aufzudrängen. »Schluß mit dem Gefasel«, sagt er und rückt nahe an Ellen Klostermeier heran. »Jetzt werde ich Ihnen mal eine komische Geschichte erzählen.«
»Wenn Sie mich entschuldigen wollen...« Dr. Üxleben ist aufgestanden und geht an den Nebentisch.
»Was meinst du, wollen wir gehen?« Leonore sieht ihren Schwager fragend an. »Wir können noch ein Glas Wein oben bei mir trinken.«
»Ausgezeichnete Idee.«
Beim Hinausgehen begegnen sie Frau Dr. Mittenwald. Sie bleiben einen Augenblick bei ihr stehen. Die Ärztin erkundigt sich liebenswürdig, wie ihnen der Vortrag gefallen habe. »Dr. Waldstein mußte leider heute noch nach München zurück. Ich habe mich gerade von ihm verabschiedet.«
»Ein interessanter Mann«, sagt Manfred Tettenborn. »Alles, was er sagte, klang bestechend.«
»Aber?« fragt die Ärztin lächelnd.
»Kein ›Aber‹«, sagt Manfred Tettenborn, aber er sagt es zögernd, und Frau Dr. Mittenwald bittet ihn, sich ganz aufrichtig zu äußern. Kritik sei in diesem Fall durchaus angebracht.
»Ein bißchen Scharlatanerie war dabei«, gibt Tettenborn zu.
»Aber ganz zweifellos«, sagt die Ärztin freimütig. »Ein bißchen Scharlatanerie ist immer dabei. Solange dahinter ein paar Körnchen Wahrheit stecken, ist dagegen gar nichts zu sagen. Die Menschen sind dickfellig geworden. Nur der Marktschreier kann sich heute noch durchsetzen. Sehen Sie – ich halte diesen Dr. Waldstein für einen klugen Mann, der von dem, was er sagt, auch tatsächlich überzeugt ist. Daß seine goldenen Regeln, die schon Leute wie Parkinson und Emerson vor ihm gepredigt haben, für jeden praktizierbar sind, wage ich allerdings zu bezweifeln.«
»Er selbst wahrscheinlich auch«, wirft Manfred Tettenborn ein.
Die Ärztin nickt lächelnd. »Er selbst auch, sehr richtig. Und da setzt eben die Scharlatanerie ein. Trotzdem bin ich der Meinung, daß ein solcher Vortrag gut und nützlich ist und zum Nachdenken anregt. Das Leben wird immer komplizierter. Wir brauchen Hilfen, aus welcher Richtung sie auch kommen. Waldstein empfiehlt uns das Unterbewußtsein. Vielleicht kann der eine oder andere von uns etwas damit anfangen. Jedenfalls stimme ich ihm bei, wenn er den Patienten rät, sich in eine positive Stimmung zu versetzen. So, und jetzt sage ich Ihnen gute Nacht. Ich bin müde.«
Die Ärztin gibt beiden die Hand und entfernt sich rasch

Manfred und Leonore sitzen noch eine Weile in Leonores Zimmer beisammen und unterhalten sich. Leonore kann aus der Ärztin nicht recht klug werden. »Sie macht den Eindruck einer überlegenen Frau. Trotzdem glaube ich manchmal, sie ist einsam. Vielleicht ist ihre ganze Selbstsicherheit nur Tarnung, hinter der sich eine große Empfindsamkeit verbirgt.«

»Möglich. Aber ich glaube, sie gehört zu den Menschen, die sich mit den Gegebenheiten abfinden können. Ich will sagen – wenn die Umstände sie dazu zwingen, allein zu sein, so wird sie sich dazu erziehen, das Alleinsein zu ertragen.«

»Du würdest das nicht tun?« fragt Leonore lächelnd.

Er schüttelt den Kopf. »Ich bin keine starke Natur. Das ist ein beschämendes Eingeständnis für einen Mann, aber es nun einmal so.«

»Starke Naturen können sehr unangenehm sein. Wenn du mich fragst – ein Mensch mit Schwächen ist mir lieber.«

»Ich bin dir sehr dankbar, daß du das sagst.«

Leonore ist einen Augenblick verwirrt. Das Gespräch ist plötzlich persönlich geworden, hat einen zärtlichen Unterton bekommen, der auf sie nicht ohne Wirkung bleibt. Sie ist versucht, die Hand auszustrecken und sie auf Manfreds Schulter zu legen, doch sie unterläßt es. Schon die kleinste körperliche Berührung könnte eine unvorhergesehene Reaktion auslösen, die weder ihr noch ihm im Augenblick erwünscht wäre.

»Du darfst nicht vergessen«, fährt Manfred fort, »ich habe natürlich Hemmungen. Meine Ehe ist gescheitert, und ich frage mich, was habe ich falsch gemacht? Sicher habe ich Gisela zu wenig geliebt. Eine Frau braucht Liebe. Selbst wenn es nur eine vorgetäuschte Liebe ist, stärkt sie doch ihr Selbstbewußtsein. Gisela fühlte sich von mir im Stich gelassen.«

»Was willst du tun?«

»Ich kann nichts tun. Ich bin nicht stark genug, ich sagte es schon. Du mußt nicht meinen, daß es mir leichtfällt, mich als Versager hinzustellen, aber ich *habe* versagt. Mindestens in meiner Ehe habe ich versagt.«

»Du kannst nicht dir allein die Schuld daran geben.«

»Nein, das tue ich auch nicht. Aber wenn ich jetzt gehe – wenn ich mich jetzt drücke, dann ist das ein Eingeständnis meiner Schwäche. Verstehst du?«

»Wenn du bleibst, würdet ihr euch nur gegenseitig kaputtmachen.«

»Es gibt also keine Rettung?«

»Nur durch einen klaren Schnitt. Ich glaube, das ist in eurem Fall wirklich die einzig vernünftige Lösung.«

»Vernunft!« Manfred lacht bitter. »Vergiß nicht – ich habe diese Frau einmal geliebt.«

»Möchtest du darüber sprechen?«
»Nein, ich glaube nicht. Es gibt nichts Traurigeres als eine erloschene Liebe. Nein – ich glaube, ich möchte lieber nicht darüber sprechen.«
Er steht auf. Es geschieht ein bißchen unvermittelt, aber Leonore kann ihn verstehen. Vielleicht hat er Angst, er könnte schwach werden und ihr doch mehr erzählen, als ihm lieb ist.
Er küßt sie, sehr behutsam, darauf bedacht, keinen falschen Eindruck zu erwecken. Aber er braucht diese Geste der Zärtlichkeit. Er ist allein, sehr auf Freundschaft, auf Verständnis angewiesen. »Gute Nacht, Leonore. Verzeih, daß ich wieder von mir gesprochen habe. Ich wollte es nicht.«
»Du kannst es jederzeit tun. Darf ich dir noch etwas sagen?«
»Natürlich.«
»Irgendwann wird das alles hinter dir liegen. Du wirst wieder glücklich sein, ich weiß es.«
»Willst du mir dabei helfen?« fragt er rasch.
»Wenn ich kann – gerne.«
Sie schiebt ihn lächelnd aus der Tür.
Später sitzt sie noch lange beim Schein einer Kerze und denkt über das Gespräch nach. Besonders die letzten Worte, die Manfred zu ihr gesagt hat, bereiten ihr Kopfzerbrechen. Kann sie ihm helfen, solange sie noch zögert, eine neue Bindung einzugehen? Sie macht sich selbst nichts vor. Ihre Zuneigung zu ihm ist nicht frei von erotischen Wünschen und Vorstellungen. Ihm wird es nicht anders gehen. Sich mit ihm zu befassen, auf seine Probleme einzugehen, seine Hemmungen zu beseitigen – das alles ist ohne körperliche Beziehung nicht möglich. Er ist ihr nicht gleichgültig, sie weiß es längst. Noch ist sie keine Liebende, ist noch nicht besessen von ihm, doch sie spürt schon jetzt, wie ihre Sinne sich regen, wenn sie bloß an ihn denkt.

19

Am anderen Morgen bringt Trudi das Frühstück. Leonore, sonst immer zu einem Gespräch aufgelegt, ist heute einsilbig.
Nachdem die Trudi den Tisch gedeckt hat, bleibt sie an der Tür stehen und stemmt die Hände in die Hüften.
»Haben S' schlecht geschlafen?« fragt sie mitleidvoll.
»Nicht besonders. Kopfschmerzen hab' ich auch.«
Die Trudi murmelt ein paar bedauernde Worte und zieht so behutsam die Tür hinter sich zu, als wäre ein Schwerkranker im Zimmer.
Leonore muß lächeln. Und sie beschließt, sich zusammenzunehmen. Dr.

Waldstein und seine Lehre von der Kraft des Unterbewußtseins fällt ihr ein. Sie verbietet sich energisch jede dumme Grübelei. Während sie sich die zweite Tasse Kaffee einschenkt, sagt sie laut vor sich hin: »Heute beginnt ein wunderschöner Tag. Ich werde sehr glücklich sein.«
Sie wiederholt diesen Satz noch ein paarmal und fühlt sich tatsächlich besser.
Nach dem Frühstück will sie sich gerade für eine halbe Stunde auf den Balkon in die Sonne legen, da klopft es an der Tür.
Manfred steht vor ihr, ein völlig veränderter, gutgelaunter Manfred, der ihr erklärt, das Wetter sei prachtvoll und ob sie Lust habe, mit ihm zur Wieskirche zu fahren. Sie könnten irgendwo in der Nähe zu Mittag essen.

Um Viertel nach zehn sind sie schon unterwegs. Sie fahren am See entlang, durch kleine Ortschaften mit buntbemalten Häusern, deren Dächer verschneit sind und an denen Eiszapfen hängen. Es ist ein klarer, wolkenloser Tag, so ein richtig strahlender Tag zum Frohsein und Übermütigwerden. Manfred pfeift vor sich hin und lacht Leonore von der Seite an. Sie sagt ihm, er solle auf die Straße achten, sie sei sehr kurvenreich, doch er lacht nur noch mehr, legt den Arm um ihre Schulter und meint, das tue er ja und sie brauche sich keine Sorgen zu machen, er passe schon auf.
Sie macht sich aber doch Sorgen, nicht so sehr der entgegenkommenden Fahrzeuge wegen, die hier selten sind, sondern aus ganz anderen Gründen, die mit der körperlichen Nähe ihres Schwagers zu tun haben. Etwas in ihr beginnt immer stärker zu wirken, sei es durch die Hand, die sie berührt, sei es durch die Blicke, die sie treffen. Irgendwann, vor unendlich langer Zeit, hat sie das schon einmal erlebt, dieses Entstehen eines Zaubers, dem man sich nicht entziehen kann. Ein Satz fällt ihr ein, den sie einmal gelesen und in ihrem Gedächtnis bewahrt hat, ein Satz aus einem Gedicht von Hermann Hesse, den sie jetzt in Gedanken vor sich hin sagt: »Denn jedem Anfang wohnt ein Zauber inne, der uns beschützt und der uns hilft, zu leben.«
Sie muß unwillkürlich lächeln, doch als Manfred, der dieses Lächeln bemerkt, wissen will, woran sie eben gedacht habe, gibt sie eine ausweichende Antwort: »An etwas Schönes.«
Sie fahren durch einen verschneiten Wald, und Manfred lenkt den Wagen auf einen Parkplatz und schlägt vor, ein Stück spazierenzugehen. Sie steigen aus und gehen einen geräumten Weg entlang, vorbei an einem schmalen, zugefrorenen Bachbett. Es ist still hier, und sie bleiben ein paarmal stehen, weil sie glauben, das Geräusch eines sich nähernden Tieres gehört zu haben, aber es ist nur der Schnee, der sich von den Zweigen löst.

Sie sprechen wenig auf diesem Spaziergang, sehen sich nur immer wieder an und halten sich mit den Blicken fest. Sie sind beide darauf bedacht, keinen Fehler zu machen und nicht durch eine voreilige Bemerkung alles aufs Spiel zu setzen. Also schweigen sie lieber und geben sich dem beglükkenden Gefühl wachsender Vertrautheit hin. Sie sind beide erwachsene Menschen, beide nicht unerfahren, aber diese ersten Anzeichen des Verlangens lösen bei beiden Verwirrung aus. Verwirrung und auch Erschrekken; denn Liebe bedeutet nicht nur Glück, sie bedeutet auch Unruhe der Seele, kann Hölle und Paradies sein.

Dann fahren sie weiter. Die Straße windet sich durch verschneites, hügeliges Land. Es ist ihnen beiden nicht nach Reden zumute. Sie sind in einer erwartungsfrohen, aber auch nachdenklichen Stimmung. Ein paarmal macht Leonore Bemerkungen über die Landschaft: »Sieh mal, die kleine Kirche dort oben... die Mauer... der Baum.«

Dann wieder Schweigen. Lächeln. Vor-sich-hin-Träumen.

Sie besichtigen die Wieskirche bei Steingaden, diesen so bezaubernd schlichten Bau, dessen Inneres ein einziges, sich in den schmalen Chor öffnendes Oval ist. Vergoldete Altäre, Engel und Madonnen, geschnitztes Gestühl, schimmernde Leuchter – ein Schwelgen in heiterem, verspieltem Rokoko.

Anschließend trinken sie ein Glas Wein in einer Dorfschenke und sehen zu, wie die Bauern am Nebentisch Karten spielen. Sie gehen über einen Friedhof und lesen die Inschriften alter Grabsteine.

Der Himmel bleibt weiter wolkenlos. Die Sonne scheint auf das Wasser – sie fahren jetzt am Ammersee entlang –, und die kleinen Ortschaften erglänzen im hellen Licht.

»Wollen wir hier am See irgendwo einkehren und zu Mittag essen?« fragt Manfred.

»Ja«, sagt sie. »Was ist das für ein wundervoller Tag! Ich bin glücklich.«

»Wie schön, daß du das sagst. Es tut mir gut. Du kannst dich freuen. Gisela konnte das nicht. Oder sagen wir lieber – sie konnte es nicht zeigen.«

Sie finden einen Gasthof am See, der um diese Jahreszeit geöffnet hat. Es gibt gebackene Forellen, und dazu trinken sie einen leichten Mosel. Sie sind nun schon ganz vertraut, manchmal berühren sich ihre Hände, und sie können jetzt ganz unbefangen miteinander reden und lachen. Stillschweigend sind sie übereingekommen, von der Vergangenheit nicht zu sprechen. Nur das Heute zählt, die Gegenwart, der Augenblick...

Nach dem Essen gehen sie wieder spazieren, schlendern eine verlassene Strandpromenade entlang und lehnen lange an einer Steinmauer in der Sonne. Der Wein hat Manfreds Zunge gelöst. Er wirkt jetzt ganz entspannt. Zum erstenmal, seit Leonore ihn kennt, ist er so unverkrampft

und aufgeschlossen. Er erzählt Geschichten aus seiner Jugend, Geschichten aus einer Zeit, da er Gisela noch nicht kannte.
Dann stehen sie unten am See, und Manfred bringt Leonore bei, wie man flache Steine über das Wasser springen läßt. Sie stellt sich ungeschickt dabei an, und er muß es ihr immer wieder vormachen, bis es ihr schließlich gelingt.
Sie erschrickt, als Manfred sie plötzlich an sich zieht und einen Augenblick festhält. Gleich darauf läßt er sie wieder los und sagt:
»Nein, nein, ich bin schon vernünftig. Ich habe dich gern, und ich finde es wundervoll, mit dir zusammen zu sein. Aber ich werde dich zu nichts überreden, was dir später leid tut.«
Ruhig erwidert sie: »Was immer du tust, ich werde dir bestimmt keine Vorwürfe machen.«
»Und wenn ich mich nun in dich verliebe? Wenn ich dich bitte, mit mir zu schlafen, weil ich einsam und unglücklich bin?«
»Mein Lieber...« Sie sieht ihn an und legt ihre Hand ganz leicht an seine Wange. »Ich glaube, ich kenne dich ganz gut. Du wirst mich erst dann darum bitten, wenn du sicher bist, daß ich es auch will.«
»Du bist eine kluge Frau, Leonore.«
»Klug? Ich weiß nicht. Einfach eine Frau – genügt das nicht?«
Manfred lächelt. »Du hast recht. Eine Frau zu sein genügt durchaus. Nur – die meisten Frauen wollen sehr viel mehr sein. Gisela, zum Beispiel. Sie wollte mir immer alles mögliche beweisen. Ich habe gar keinen Wert darauf gelegt, aber sie tat es trotzdem. Sie konnte den Gedanken nicht ertragen, daß ich in ihr ›nur‹ eine Frau gesehen habe. Das genügte ihr einfach nicht. Anfangs hat mich das irritiert, aber nun kenne ich den Grund.«
»Ja?« Leonore sieht ihn an.
»Sie ist frigide... Nein! Bitte, hör mich an! Ich muß das einmal loswerden. Vielleicht sollte man über Intimitäten in seiner Ehe nicht reden, aber zu dir habe ich Vertrauen. Gisela hat nie mit mir darüber gesprochen, dazu war sie zu gehemmt, aber sie konnte sich einfach nicht geben. Wenn ich sie umarmt habe, hatte ich immer den Eindruck, sie läßt das nur aus Pflichtgefühl über sich ergehen. Dabei liebte sie mich, davon bin ich überzeugt. Aber sie war eben keine richtige Frau. Sie hatte immer alle möglichen Ausreden, um nicht mit mir schlafen zu müssen. Schließlich wollte ich es selbst nicht mehr. Da war sie dann wieder beleidigt, so komisch das klingt.«
Er bleibt stehen, bückt sich und hebt einen flachen Stein auf. Während er ihn betrachtet und mit den Fingern fest umschließt, sagt er: »Kannst du verstehen, daß ich mich danach gesehnt habe, endlich einer normalen Frau zu begegnen?«

»Ja, das kann ich sehr gut verstehen.«
»Andererseits möchte ich auch nicht aus Mitleid geliebt werden.«
Sie erwidert nichts darauf. Statt dessen legt sie, nachdem sie ihn einen Augenblick angesehen hat, ihre Arme um seinen Hals und küßt ihn auf den Mund.
»Leonore –« Der Stein fällt zu Boden.
»Nein, nein –« Sie läßt Manfred los und tritt einen Schritt zurück.
»Das war keine Liebeserklärung«, sagt sie. »Das war nur ein Beweis meiner Zuneigung. Laß mir ein bißchen Zeit, ja? Aus Mitleid werde ich dich bestimmt nicht lieben. Wenn ich es tue, dann nur aus ganzem Herzen.«
»Meine Liebe…« Mehr sagt er nicht, nur das: »Meine Liebe!«
Sie kehren um, steigen in den Wagen und fahren zurück. Unterwegs beschließen sie, im Sanatorium anzurufen und das Abendessen abzusagen. Sie sind beide nicht in der Stimmung, sich den neugierigen Blicken der anderen Gäste auszusetzen.
»Was wollen wir tun?« fragt Manfred.
»Lach mich nicht aus – ich möchte ins Kino gehen.«
»Ins Kino? Ist das dein Ernst?«
»Ja. In Rottach läuft ein alter Film mit Audrey Hepburn. Den möchte ich gerne sehen.«
»Wie du willst.«

Nach der Vorstellung empfängt sie dichtes Schneetreiben, und sie laufen Hand in Hand bis zur nächsten Ecke, wo sich die kleine Weinstube befindet, in der Leonore mit Lisa Schneeweiher war. Es ist noch nicht spät, erst kurz nach sieben Uhr, und sie bekommen einen Tisch für sich allein. Manfred bestellt Rotwein und Fladenbrot, das frisch aus dem Ofen kommt, und sie beobachten das Kommen und Gehen der Einheimischen und der Touristen, die man oft nicht von den Einheimischen unterscheiden kann: dralle Mädchen in Jeans und Pullover, bärtige Männer in Lodenjacken, den Hut mit Gamsbart verwegen aus der Stirn geschoben, daneben Damen mit Nerzmänteln über der Schulter, Frauen, denen man ansieht, daß sie aus dem Hotel Bachmair kommen. Sie haben zarte Fältchen um die Augen und ein dezentes Make-up aufgetragen und sehen alle aus, als hätten sie es dringend nötig, von quälender Langeweile befreit zu werden. Einige befinden sich in Gesellschaft junger Burschen, die laut und derb sind und beim Lachen prachtvolle Zähne zeigen.
Leonore sagt, es sei gut, einmal aus der sterilen Sanatoriumsatmosphäre herauszukommen. Man könne nicht immer nur mit Hinfälligen und Neurotikern zusammen sein.
»Neurotisch bin ich auch«, sagt Manfred Tettenborn prompt.

»Du mußt nicht so einen Unsinn reden«, erwidert sie. »Du bist ein völlig normaler Mensch. Vielleicht nimmst du dich nur ein bißchen zu wichtig.«
»Das wird es sein«, sagt Manfred und lacht.
Seltsamerweise ist er nicht gekränkt. Er wundert sich selbst darüber. Hätte Gisela so etwas zu ihm gesagt, er hätte ihr das übelgenommen.
Sie sitzen und plaudern. Manfred läßt neuen Wein kommen und bestellt für sich und Leonore Schweinswürstl mit Sauerkraut.
Und dann tut sich plötzlich die Tür auf, und Lisa Schneeweiher erscheint, gefolgt von Toni Hollerer, Felix und Angela.
Lisa steuert sofort auf Leonores Tisch zu, und Leonore kann Manfred gerade noch schnell zuflüstern, das helfe nun nichts, er solle gute Miene zum bösen Spiel machen, und vielleicht würde es ja ganz komisch werden.
Leonore bemerkt gleich bei der Begrüßung, daß mit Lisa etwas nicht stimmt. Sie ist eine Spur zu laut, lacht grundlos und übertrieben und macht einen hektischen, überdrehten Eindruck. Etwas liegt in der Luft, Leonore spürt es, eine gewisse Gereiztheit, obwohl Lisa behauptet, sie hätten einen besonders vergnügten Nachmittag hinter sich.
Felix von Maindorff hat sich neben Manfred Tettenborn gesetzt. Es paßt ihm gar nicht, daß Lisa ihn zu diesen fremden Leuten an den Tisch gelotst hat, und da er sich nicht um gute Umgangsformen schert, macht er denn auch aus seinem Mißvergnügen kein Hehl. Hollerer bestellt Wein und bemerkt zu Leonore, Lisa habe bereits ein paar Glas zuviel getrunken und man könne das, was sie sage, nicht mehr ganz ernst nehmen.
»Gar nicht wahr«, protestiert Lisa laut und muß schon wieder lachen. Sie hängt sich bei Hollerer ein, legt ihren Kopf an seine Schulter und kichert vor sich hin, bis Maindorff sie nicht gerade freundlich auffordert, diese Albernheiten zu unterlassen.
»Laß sie doch«, sagt Toni Hollerer ganz gemütlich. »Sie ist doch noch ein Kind.«
Maindorff wirft ihm einen vernichtenden Blick zu. Er hat sich einen Schnaps bestellt, den er jetzt mit verblüffender Schnelligkeit hinunterkippt. Danach lehnt er sich zurück und fixiert Leonore.
»Finden Sie es hier auch so heiß?« sagt Angela Kardes in geziertem Ton zu Manfred. Sie läßt sich von ihm aus der Jacke helfen, wobei sie sich absichtlich so ungeschickt anstellt, daß er nicht umhin kann, ihren Busen zu streifen.
»Mach nicht so ein Theater«, sagt Maindorff scharf.
Lisa kichert schon wieder und sagt dann, unterbrochen von zweimaligem Aufstoßen: »Seid doch – nicht so – ungemütlich.«

»Du bekommst nichts mehr zu trinken«, sagt Toni Hollerer streng. Worauf Lisa blitzschnell ihr Glas ergreift und daraus trinkt, bis Hollerer es ihr wegnimmt.
Maindorff hat unterdessen eine Unterhaltung mit Leonore begonnen. Es ärgert ihn, daß sie seine zudringlichen Blicke ignoriert, und so versucht er nun, auf andere Weise ihre Aufmerksamkeit zu erregen. Er will wissen, welche Filme sie von ihm gesehen hat, und als sich herausstellt, daß sie nicht einen einzigen kennt, kann er das erst gar nicht begreifen. »Inzest« – ob sie denn »Inzest« nicht gesehen habe? Nein? Aber das sei doch nun wirklich ein Film gewesen, der in der ganzen Welt Aufsehen erregt habe und auf den er mit Recht stolz sei.
Eine Viertelstunde spricht Maindorff auf Leonore ein, leise und beschwörend, den Blick fest auf sie gerichtet, ohne sich darum zu kümmern, daß Manfred Tettenborn mehrmals versucht, ihn zu unterbrechen.
Manfred ist müde und hat keine Lust, noch länger mit diesen Menschen beisammen zu sein. Er kann mit diesem Künstlervölkchen, wie er es bei sich nennt, nichts anfangen. Endlich gelingt es ihm, in eine Gesprächspause hinein Leonore zu fragen, ob es nicht Zeit sei, nach Hause zu fahren. Sie stimmt sofort zu.
Maindorff, beleidigt darüber, daß man einfach über seinen Kopf hinweg verfügt, sagt leise zu Leonore: »Seien Sie keine Spielverderberin. Jetzt, wo es gerade gemütlich wird, können Sie doch nicht gehen.«
Manfred hat schon die Kellnerin herbeigewinkt. Während er zahlt, macht Maindorff erneut den Versuch, Leonore zum Bleiben zu bewegen. Er ist jetzt in Fahrt gekommen und braucht Publikum. Auf den Kerl könnte er gut verzichten, doch die Frau gefällt ihm, sie soll bleiben.
»Ich lasse Sie nicht weg«, sagt er und lächelt auf eine unangenehm vertrauliche Weise.
»Mach keinen Unsinn«, mischt sich Hollerer ein. Er kennt Maindorff gut genug und weiß, daß er es mitunter darauf anlegt, einen Streit zu provozieren.
»Laß mich!« sagt Maindorff und schüttelt den Arm seines Freundes ab. Und zu Leonore: »Sie bleiben, nicht wahr? Sie werden mich doch jetzt nicht allein lassen.«
Manfred Tettenborn hat bezahlt und ist aufgestanden. Der kleine Wortwechsel ist ihm entgangen.
»Ich hol dir deinen Mantel«, sagt er zu Leonore.
»Die Dame bleibt hier«, erklärt Maindorff großspurig.
Leonore schüttelt den Kopf und will aufstehen. Maindorff hält sie fest.
»Lassen Sie mich bitte los«, sagt Leonore leise.
»Ich denke nicht daran.«

Was dann geschieht, kommt für Maindorff völlig überraschend. Manfred Tettenborn versetzt ihm einen Stoß, daß er zurückfliegt.
Hollerer fängt ihn auf. Maindorff will aufspringen, doch Hollerer hält ihn eisern fest. »Sei doch vernünftig, du blöder Hund«, zischt er ihm zu. »Willst du hier eine Schlägerei anfangen?«
Plötzlich mischt sich Angela Kardes ein. »Aber er hat doch gar nichts getan. Ich weiß überhaupt nicht, was los ist. Es ist doch geradezu lächerlich –«
»Halt's Maul«, fährt Maindorff sie wütend an, worauf sie verstummt.
Leonore Tettenborn und ihr Schwager Manfred sind gegangen.
Hollerer hat seinen Freund wieder losgelassen. der sitzt da und stiert vor sich hin.
»Du bist betrunken«, sagt Anton Hollerer. »Ich habe mich für dich geschämt.«
Maindorff sieht ihn aus glasigen Augen an. Er erwidert in streitsüchtigem Ton: »Was muß sich dieses dumme Luder auch so anstellen! Hätte ja dableiben können.« Und zu Lisa, die sich vor Schreck ganz klein gemacht hat: »Überlassen Sie es in Zukunft gefälligst mir, wo ich mich hinsetze.«
Daraufhin entsteht ein längeres Schweigen.
Anton Hollerer und Lisa sehen einander an. Nach einer Weile sagt Toni leise: »Nimm's nicht tragisch. Mein Freund Felix ist ein wilder Bursche, aber er meint es nicht so.«
»Hol dich der Teufel«, sagt Felix von Maindorff und haut plötzlich mit der Faust auf den Tisch, daß die Gläser nur so klirren.
»Wißt ihr, was wir jetzt machen?« fragt er und blickt in die Runde. »Jetzt fahren wir zu uns und besaufen uns richtig. Diese kleine Spießerin«, er grinst Lisa über den Tisch hinweg an, »soll uns endlich einmal kennenlernen.«

20

Als sie auf der glatten Straße durch die belebte Ortschaft fahren – Hollerer sitzt mit Lisa auf dem Rücksitz, den Arm fest um sie gelegt, als müsse er sie beschützen –, hat Lisa zum erstenmal Angst. Es ist nicht das ihr vertraute Gefühl von Furcht, das sie so oft in Gesellschaft von lauten und groben Menschen empfindet, nein, es ist eine Art Todesangst, die sie gepackt hat und die sie sich überhaupt nicht erklären kann. Etwas Schreckliches, sie fühlt es, kommt auf sie zu, nicht heute und nicht morgen, aber bald schon, sehr bald sogar.
Maindorff, der sich selbst jetzt beweisen will, daß er noch nüchtern ist,

fährt wie der Teufel. Angela an seiner Seite kreischt einmal laut auf, als sie mit knapper Not einem entgegenkommenden Wagen ausweichen. Als sie vor der Garage halten, atmet sie erleichtert auf und öffnet ganz schnell die Tür, um auszusteigen.
Drinnen im Haus macht Maindorff überall Licht, schleppt Flaschen herbei und fordert Toni auf, im Kamin Feuer zu machen.
»Jetzt geht's los«, sagt er ein paarmal hintereinander. »Jetzt geht's los, Kinder! Jetzt hauen wir richtig auf die Pauke.«
»Du setzt dich zu mir«, sagt er zu Lisa und zieht sie neben sich auf die Couch. »Jetzt trinken wir erst mal Bruderschaft. Komm – stell dich nicht so an. Gib mir einen Kuß!«
Lisa weiß nicht, wie ihr geschieht. Sie wird gepackt und in die Kissen gedrückt, und Felix von Maindorff preßt seine Lippen auf ihren Mund. Sie strampelt mit den Beinen und wehrt sich, doch er hält sie einfach fest. Als er sie endlich losläßt, springt sie wütend auf. »Das ist eine Unverschämtheit!«
Felix von Maindorff will sich ausschütten vor Lachen. Zu Toni, der für einen Augenblick das Zimmer verlassen hatte, um trockene Holzscheite zu holen und eben wieder hereinkommt, sagt er, immer noch lachend: »Sieh dir diese kleine Kratzbürste an! Sie ist empört, weil ich sie geküßt habe.«
»Laß sie doch in Ruhe«, sagt Toni friedlich.
Lisa läuft auf ihn zu. »Er ist einfach über mich hergefallen.«
Toni nimmt sie in den Arm. »Aber, Kind – das wirst du doch nicht tragisch nehmen. Kommt, vertragt euch wieder!« Er führt sie zurück zur Couch, bittet sie, sich wieder hinzusetzen.
Maindorff sagt trocken: »Keine Angst, kleine Maus. Ich beiße nicht.«
Sie nehmen Lisa in die Mitte, Toni schiebt ihr ein Kissen in den Rücken. Felix grinst sie freundlich an. »Na, siehst du! Alles halb so schlimm.«
Angela Kardes kommt aus dem Schlafzimmer. Sie hat sich umgezogen und trägt jetzt ein langes Gewand aus einem durchsichtigen Stoff. Man sieht die Brustwarzen durchschimmern.
Lisa Schneeweiher starrt sie an.
Maindorff steckt eine Zigarette in den Mund, zündet sie an, inhaliert tief. Dann sieht er Lisa forschend von der Seite an und fragt spöttisch: »Schon wieder schockiert, junge Frau?«
Lisa zuckt die Schultern.
»An so was mußt du dich gewöhnen, wenn du mit Toni befreundet bist«, sagt Maindorff. »Wir sind Künstler und keine Spießer, verstehst du? Abgesehen davon, daß die Spießer heutzutage auch ganz muntere Spiele treiben. Ich habe da gerade kürzlich eine Serie gelesen über Sex in deut-

schen Kleinstädten. Na, ich muß schon sagen..« Er sieht Lisa an, als wollte er sie dafür verantwortlich machen. »Ich habe ja schon allerhand in meinem Leben gesehen und gehört, aber was sogenannte biedere Ehefrauen in diesem Bericht zu Protokoll gegeben haben, da kann man nur staunen.«

»Ich finde das alles widerlich«, sagt Lisa Schneeweiher leise.

»Ist es auch, mein Kleines, du hast vollkommen recht«, sagt Toni und legt den Arm um sie.

»Nun hör dir das an!« wendet sich Maindorff mit schiefem Lächeln an Angela. »Hättest du gedacht, daß unser lieber Toni so abfällig über Leute urteilt, die sich mal ein bißchen amüsieren wollen? Wo er doch früher, weiß Gott, selbst nicht gerade prüde war.«

»Laß das dumme Gerede«, sagt Toni unwillig und nimmt Angela ein frisch gefülltes Glas ab, das sie ihm hinhält. »Danke.«

»Dummes Gerede?« Maindorff sieht ihn erstaunt an. »Nun tu mal nicht so. Du wirst uns doch hoffentlich nicht weismachen wollen, daß dir unsere hübschen kleinen Sexspiele keinen Spaß gemacht haben?«

»Ist das wahr?« Lisa sieht Toni entgeistert an. War das nun Scherz oder Ernst? Diesem Maindorff traut sie zu, daß er so etwas einfach nur daherredet.

»Ist das wirklich wahr?« wiederholt sie eindringlich, weil Toni nicht antwortet.

»Natürlich ist es wahr«, sagt Maindorff und lacht. »Was ist schon dabei? Du hast ihn hoffentlich nicht für eine männliche Jungfrau gehalten, deinen Toni? Er hat es ganz schön getrieben, seit ich ihn kenne. Aber wenn du mich fragst, so was gehört dazu. Du willst ja schließlich einen richtigen Kerl im Bett haben und keinen verklemmten Idioten.«

»Das ist ungeheuerlich!«

Lisa will aufspringen, wird aber von Toni in die Kissen zurückgedrückt. »Bleib sitzen!«

Und zu Felix, leise und wütend: »Kannst du nicht von etwas anderem reden, verdammt noch mal! Mußt du immer mit irgendwelchen Bettgeschichten anfangen? Als ob es kein anderes Thema gäbe!«

Toni will Lisa wieder an sich ziehen, doch sie stößt ihn zurück. »Laß mich in Ruhe!«

»Na bitte, das hast du jetzt erreicht«, sagt Toni zu Maindorff.

»Ich will dir mal etwas sagen, lieber Freund«, erwidert Felix in festem Ton. »Wenn dieses kleine Gänschen hier die Wahrheit nicht vertragen kann, dann taugt sie nicht für dich. Sie muß doch wissen, daß sie es bei dir nicht mit einem grünen Jungen zu tun hat, sondern mit einem ausgewachsenen Mann.«

»Aber –«, beginnt Lisa.
»Du hältst jetzt den Mund«, sagt Maindorff und steckt sich eine neue Zigarette an. »Du bist noch gar nicht dran, jetzt rede ich. Dieser Toni hier – früher oder später mußt du das mal erfahren – ist nämlich kein sanft säuselnder Liebhaber, sondern ein alter Hurenbock, jawohl, das ist er, und wenn du mich noch so entsetzt ansiehst. Ein alter Hurenbock, der die Mädchen reihenweise aufs Kreuz gelegt hat. Und die Mädchen haben sich das gerne gefallen lassen. Und wenn du nicht willst, daß er dir in kurzer Zeit davonläuft, dann gebe ich dir den guten Rat: Finde dich damit ab. Er wird die Mädchen auch weiter aufs Kreuz legen, oder ich sollte mich sehr in ihm täuschen, aber wenn du ihm nicht jedesmal eine Szene machst, dann ist das nicht weiter tragisch. Dann wird er bei dir bleiben, und ihr könnt ein glückliches Paar werden und herrlich und in Freuden leben. So, das mußte einmal gesagt werden!«
Maindorff hebt sein Glas, prostet erst Toni, dann Lisa zu und trinkt. Er nimmt nicht die geringste Notiz davon, daß Lisa wie erstarrt dasitzt, sondern erinnert Toni an jenes köstliche Erlebnis in Rom, wo Peppino – »du weißt doch, Peppino, der schwule Aufnahmeleiter mit den roten Haaren, dessen Schwester Striptease in einer Bar auf der Via Veneto machte« – sie alle in sein Haus nach Trastevere einlud, eine alte Bruchbude, die kurz vor dem Zusammenbrechen war, und wie Toni von einer wild gewordenen Malerin im Badezimmer verführt wurde. Und dann Positano, die Außenaufnahmen zu »Die tolle Witwe«! Maindorff sprudelt jetzt nur so die Erinnerungen an gemeinsame Zeiten mit Toni heraus. Er will, daß Lisa erfährt, was für ein Kerl Toni ist, was für ein wilder, ausgelassener Bursche, der ganz bestimmt nicht bereit ist, ihretwegen auf all das zu verzichten.
Und Toni geht darauf ein. Toni hat für einen Augenblick vergessen, daß Lisa neben ihm sitzt. Er lacht und haut sich auf die Schenkel und gibt seinerseits eine Geschichte zum besten, in der allerdings Maindorff die dominierende Rolle spielt.
Angela Kardes tut Lisa leid. Sie macht einen völlig verstörten Eindruck. Angela füllt Eiswürfel in ein Glas, gießt eine ordentliche Portion Whisky darüber und sagt zu Lisa: »Trinken Sie das, es wird Ihnen guttun. Hören Sie nicht auf das dumme Geschwätz. Sie wissen doch, Männer müssen immer angeben.«
»Was müssen Männer?« Maindorff unterbricht sich mitten im Satz, packt Angela beim Handgelenk, daß sie aufschreit, und zieht sie neben sich. »Kein Weiberpalaver, wenn ich bitten darf! Hör gefälligst zu, wenn ich rede.«
Die beiden Männer unterhalten sich noch eine ganze Weile, während die

Mädchen stumm dabeisitzen. In dem nur schwach erhellten Raum wird Lisa, inzwischen benebelt vom Whisky, allmählich schläfrig. In ihrem Kopf wirbelt alles bunt durcheinander. Sie hat weder die Kraft noch die Konzentration, sich richtig zu entrüsten. Was sie hört, verwirrt sie. Sie vermag nicht mehr zu unterscheiden, was gut und böse, richtig oder falsch ist. Sie hat nur das brennende Verlangen, endlich mit Toni allein zu sein, um sich in seine Arme schmiegen zu können. Sie muß wissen, ob er sie, nach allem, was sie heute gehört hat, überhaupt noch liebt oder ob diese seine Liebe bloß eine Einbildung von ihr war.
Irgendwann – Lisa hat längst das Gefühl für Zeit verloren und kann sich auch nicht entschließen, auf die Uhr zu sehen – schlägt Toni vor, daß die Mädchen Kaffee machen sollen. Lisa trottet schlaftrunken hinter Angela in die Küche. Während sie zusieht, wie Angela Wasser in einen Topf gießt und Tassen und Untertassen aus dem Schrank holt, sagt sie traurig:
»Ich kann das alles nicht verstehen. Warum müssen Männer so – ich meine, warum müssen sie so viele Frauen haben? Ist das so wichtig?«
»Ich glaube schon«, erwidert Angela. »Ich kenne jedenfalls keinen, der nicht dauernd davon redet, mit wie vielen er geschlafen hat.«
Lisa ist empört. »Das ist ja schrecklich!«
»Ach wo, so schrecklich ist das gar nicht«, sagt Angela gelassen. »Männer sind nun mal so. Sie dürfen das nicht so tragisch nehmen. Und der Toni ist wenigstens lieb. Selbst wenn er Sie betrügt – dem dürfen Sie das nicht übelnehmen. Der tut das nicht aus Gemeinheit. Der tut das einfach, weil die Frauen so hinter ihm her sind und weil er nicht nein sagen kann. Spaß macht es ihm natürlich auch«, setzt sie trocken hinzu.
Lisa ist jetzt wieder hellwach. Sie fragt sich, wie sie das anstellen soll, einen Mann wie den Toni zu halten.
»Was soll ich denn bloß tun?« fragt sie ganz kläglich.
Angela gießt das dampfende Wasser in den Filter. »Was Sie tun sollen? Gar nichts sollen Sie tun. Nett zu ihm müssen Sie sein. Und nicht so blöde eifersüchtig wie die meisten Frauen.«
»Aber –«
»Ich sag Ihnen doch, der Toni ist lieb. Wenn Sie sich mit meinem Felix eingelassen hätten – ach, du liebe Zeit, da bekämen Sie bald Ärger. Mädchen wie Sie, so sentimentale Mädchen, die immer gleich von Liebe reden, wissen Sie, was er mit denen macht?«
Lisa schüttelt den Kopf.
»Die nimmt er zu sich ins Bett, aber so, daß ihnen Hören und Sehen vergeht, und am nächsten Morgen schmeißt er sie raus.«
Angela sagt das ganz trocken und selbstverständlich, und Lisa denkt, daß dann wohl von Liebe zwischen den beiden nicht die Rede sein kann. Es

liegt ihr auf der Zunge zu fragen, wie man mit einem Mann leben kann, der so etwas fertigbringt, aber sie traut sich dann doch nicht. Sie ist zu schüchtern, und sie würde auch nicht die richtigen Worte finden.
Angela nimmt das Tablett und bittet Lisa, ihr die Tür aufzumachen. Und dann sagt sie im Vorbeigehen noch leichthin: »Wenn ich Ihnen einen guten Rat geben darf: Machen Sie mit dem Toni, was Sie wollen, aber versuchen Sie nicht, ihn zu ändern, das gibt nur Ärger.«

21

Eine Stunde später ist es still im Haus geworden. Die Lichter sind gelöscht. Lisa und Toni liegen im Dunkeln beieinander und unterhalten sich flüsternd. Lisa ist immer noch etwas verstört nach all den Einblicken in diese unverständliche Männerwelt. Für das unerfahrene Mädchen, das sie bis vor wenigen Tagen gewesen ist, hat das alles etwas Beängstigendes. Sie beginnt sich allmählich darüber klarzuwerden, daß die Behandlung eines Mannes mehr erfordert als einfache Hingabe, und sie fragt sich, ob sie klug und vor allem nachsichtig genug sein wird, um mit diesem leidenschaftlichen und unberechenbaren Toni fertig zu werden.
»Verlaß mich nicht«, sagt sie laut.
»Nein, mein Liebling, das werde ich ganz bestimmt nicht tun.« Die Worte kommen ihm leicht von den Lippen, und er glaubt in diesem Augenblick selbst daran.
Sie seufzt tief und zieht ihn an sich. »Ich will alles tun«, sagt sie. »Ich will alles tun, um dich glücklich zu machen.«
Sie umarmen sich, und sie spürt seinen Körper und denkt: Wieviel Frauen hat er vor mir geliebt? Etwas in ihr krampft sich zusammen.
»Was ist, Liebste?«
»Nichts.«
Er setzt sich nackt neben ihr auf, um sie zu betrachten. Der Mond scheint hell durch das große Fenster, und er sieht ihr Gesicht, das ihm zugeneigt ist, sieht die großen, dunklen Augen, die fragend auf ihn gerichtet sind.
»Was siehst du mich so an?«
»Ich weiß nichts von dir«, sagt sie.
»Ist das so schlimm? Was willst du wissen?«
»Warst du schon oft verliebt?«
Er denkt, daß diese Frage lächerlich ist. Eine typische Frauenfrage, auf die man nur mit einer Lüge antworten kann oder überhaupt nicht.
»Nein«, sagt er und streicht ihr das Haar aus dem Gesicht und beugt sich über sie, um sie zu küssen.

»Ich liebe dich«, sagt sie. »Aber ich habe Angst, dich zu verlieren. Ich bin nicht wie Angela. Ich könnte es nicht ertragen, wenn du mich betrügst.«
Er gibt keine Antwort, streichelt nur sanft ihre Brüste.
»Ich könnte es nicht ertragen«, wiederholt sie laut.
»Mach dir keine Sorgen. Du mußt gar nicht an so etwas denken.«
»Ich tue es aber.«
»Das ist dumm. Jetzt und hier sind wir glücklich.«
»Aber verstehst du denn nicht? Diese Drohung ist immer da. Ich liebe dich, aber du kannst jederzeit mit einem anderen Mädchen davongehen. Das ist... das ist ein schrecklicher Gedanke für mich.«
Er versteht es und versteht es nicht. Aber er kann ihr nicht sagen, daß es klüger von ihr wäre, so etwas nicht auszusprechen. Sie ist eben nicht klug. Sie ist lieb und zärtlich und rührend, aber für einen Mann auf die Dauer sicher schwer zu ertragen.
Plötzlich schlingt sie die Arme um ihn und bittet ihn, nicht auf ihr dummes Geschwätz zu hören.
»Küß mich!« sagt sie. »Küß mich und hab mich lieb. Du hast recht, es ist unwichtig, ich will nicht daran denken.«
Und so legt er sich wieder neben sie, und sie umarmen sich leidenschaftlich, und er ist zärtlich und sagt ihr alles, was sie hören will.
Später schläft er ein, während sie immer noch in seinen Armen liegt, aber sie bleibt wach und denkt, wie ausgeliefert sie dieser Liebe ist.
Plötzlich muß sie an ihre Schwester Nora denken. Würde Nora je imstande sein, einen Mann so zu lieben? Nein. Sie würde es auch gar nicht wollen. Sie war viel zu egoistisch dazu.
Toni seufzt im Schlaf, und Lisa schmiegt sich in die Beuge seines Arms. Ach, es ist ihr egal, wie alles weitergeht. Auf den Augenblick kommt es an! Sie spürt jetzt auch keine Eifersucht mehr. Dies ist ihre Nacht, die ihr niemand mehr nehmen kann. Sie wird die Erinnerung daran bis in alle Ewigkeit in ihrem Herzen tragen.
Ist das nicht Grund genug, glücklich zu sein?

22

Seit zwei Tagen schneit es ununterbrochen. Die Sanatoriumsgäste können kaum vor die Tür gehen.
Leonore und Manfred sind geschwommen und sitzen nun an der Bar im Hallenbad, zusammen mit der schönen Gräfin Hoheisel, die, wie Leonore inzwischen weiß, mit Vornamen Thekla heißt.
Der Bademeister, der gleichzeitig die Dienste eines Barmannes versieht,

serviert ihnen Sherry. Graf Hoheisel, der eben seine letzte Runde zurücklegt – der Vierundsiebzigjährige schwimmt täglich eine halbe Stunde –, ruft seiner Frau zu, sie möchte für ihn einen Calvados bestellen.
Leonore stellt fest, daß Thekla Hoheisel einen Ring mit einer besonders schön geschliffenen Gemme trägt, und macht eine Bemerkung darüber. Es entspinnt sich ein Gespräch über antiken Schmuck, von deren Herstellung die Gräfin, die vor ihrer Heirat in einem Antiquitätengeschäft tätig war, eine Menge weiß.
Dieser Antiquitätenhändler, erzählt die Gräfin leise, sei ein ganz besonders liebenswerter Mensch gewesen. Durch ihn habe sie auch ihren Mann kennengelernt, der ein Freund von ihm gewesen sei. Eines Abends habe er sie zum Essen zu sich gebeten, und da sei auch Maximilian Hoheisel erschienen, und sie habe vom ersten Augenblick an gewußt, daß sie füreinander bestimmt seien. »Trotz des großen Altersunterschiedes«, setzt sie lächelnd hinzu.
Andere Hausgäste kommen, planschen ein bißchen im Wasser herum und lassen sich danach, eingehüllt in Bademäntel, in den bequemen Liegestühlen nieder, die rings um das Becken aufgestellt sind. Einmal wirft Dr. Üxleben einen Blick herein, winkt kurz zur Bar herüber und verschwindet wieder, nicht, ohne vorher eine der Düsseldorfer Damen mit einem Scherz erfreut zu haben, den sie mit lautem Gelächter quittiert. Dann kommt Graf Hoheisel an die Bar, auch er im Bademantel, das graue Haar feucht und leicht gekraust. Er nimmt von seiner Frau das gefüllte Glas mit Calvados entgegen, wobei er »Danke dir, meine Liebe« sagt und um die Erlaubnis bittet, sich neben Leonore setzen zu dürfen.
Leonore, die zu dem Ehepaar aus Wien eine starke Sympathie gefaßt hat, macht dem Grafen ein Kompliment über seine sportlichen Leistungen. Sie finde es imponierend, wie konsequent er sein tägliches Pensum absolviere.
»In meinem Alter, meine Gnädigste, ist Konsequenz unerläßlich, um gegen die beginnende Trägheit anzukämpfen.«
»Da haben Sie recht!« ruft Frau Potthaas aus Düsseldorf, die eben dem Wasser entsteigt und die letzten Worte mit angehört hat. »Das sage ich meinem Mann auch immer, aber es nützt leider nichts.«
Sie nimmt die auffallend geblümte Badekappe vom Kopf, schüttelt sie ungeniert aus, daß die Tropfen nach allen Seiten spritzen und watschelt auf ihren kurzen dicken Beinen in Richtung Umkleidekabine.
Leonore muß unwillkürlich an den daheimgebliebenen Gatten denken, der jeden Abend anruft, um sicherzugehen, daß sein Liebesleben nicht durch das unerwartete Auftauchen der Frau Gemahlin gestört wird.
Manfred Tettenborn trinkt bereits seinen dritten Sherry. Thekla Hoheisel

hat ihn in ein Gespräch über Salzburg verwickelt, doch man sieht ihm an, daß er mit seinen Gedanken nicht bei der Sache ist. Immer wieder geht sein Blick zu Leonore hinüber. Es gelingt ihm kaum, der Gräfin gegenüber höflich und aufmerksam zu sein. Er sieht an diesem Morgen schlecht aus, seine Gesichtsfarbe ist blaß.

Thekla Hoheisel, die seine Nervosität bemerkt, denkt, daß eine große Spannung in ihm ist. Sie zweifelt nicht einen Augenblick daran, daß Leonore der Grund dafür ist. Nach einer Weile steht sie auf und sagt zu ihrem Mann: »Wenn du noch hierbleiben willst – ich gehe nach oben. Ich wollte vor dem Essen noch etwas lesen.«

Maximilian Hoheisel steht sofort auf. »Ich komme mit.«

Zwei Minuten später sind sie gegangen, und Leonore setzt sich neben Manfred, leicht irritiert, weil er schon wieder ein frisch gefülltes Glas vor sich stehen hat, diesmal einen Calvados.

»Warum trinkst du so viel?« fragt sie.

»Ich weiß auch nicht. Es geht mir nicht gut. Ich bin den ganzen Morgen schon nervös.«

»Vom Trinken wird es nicht besser.«

»Jawohl, Frau Doktor«, sagt er, nimmt das Glas mit dem intensiv riechenden Apfelschnaps und trinkt es aus.

Er weiß selbst nicht, was mit ihm los ist. Im allgemeinen nimmt er sich zusammen, zeigt seine schlechte Laune nicht. Er kennt diese Stimmungen. Sie treten immer dann auf, wenn er mit Menschen zusammen ist, bei denen er das Gefühl hat, ihr Leben ist in Ordnung. Bei ihm ist alles ein einziges Durcheinander.

Leonore sieht ihn an. Sie lächelt.

»Ja, ja«, sagt er. »Ich weiß. Ich benehme mich kindisch.«

»Überhaupt nicht.«

»Manchmal habe ich alles satt.«

»Ich bitte dich«, sagt sie nur und legt einen Augenblick die Hand auf seinen Arm.

Er starrt vor sich hin. Seit Tagen nimmt er sich vor, mit ihr zu reden. Er fühlt, sie weicht ihm aus, hält ihn bewußt von sich fern. Nun gut, er wird sich nicht aufdrängen, er denkt nicht daran. Wenn sie sich nicht entscheiden kann, dann wird er eben abreisen. Zum Teufel mit allen Weibern! Auch mit Leonore, wenn sie nicht den Mut hat, ein Risiko einzugehen. Er ist wütend und deprimiert, und die Nettigkeit dieses österreichischen Ehepaares fällt ihm auf die Nerven.

»Manfred«, sagt Leonore leise.

»Ja?«

»Sieh mich bitte an!«

Sie blickt ihm gerade in die Augen. »So geht das nicht weiter«, sagt sie. »Komm mit auf mein Zimmer. Ich muß mit dir reden.«
Manfred Tettenborn ist überrascht. Sie hat ganz sachlich gesprochen. Sie will mich loswerden, denkt er.
Wortlos steht er auf, ruft dem Bademeister zu, er würde später bezahlen, und folgt Leonore hinaus in den gekachelten Vorraum, wo Dr. Meyer gerade mit Wassertreten beschäftigt ist.
»Hallo, hallo!« ruft Dr. Meyer fröhlich und rafft den Bademantel noch etwas höher um die mageren Schenkel. »Wollen Sie mitmachen?«
»Nein, nein«, sagt Manfred Tettenborn hastig. »Lassen Sie sich nicht stören.«
Oben in Leonores Zimmer provoziert Manfred sie schon mit den ersten Worten, doch er kann nicht anders. Er sagt ihr, es sei ein Fehler von ihm gewesen, hierherzukommen, er sehe es ein, und er würde abreisen, heute noch, wenn sie es für richtig halte.
Sie antwortet schnell und ohne Umstände:
»Du mußt hierbleiben. Ich brauche dich.«
Er schüttelt den Kopf.
»Doch«, sagt sie. »Ich lasse dich nicht fort.«
Er starrt sie an. »Was soll das heißen?«
Sie geht auf ihn zu und schließt ihn in ihre Arme. »Das soll heißen, daß ich mich nicht mehr wehre.«
Er macht eine Bewegung. »Sag mir nicht, daß du mich liebst. Ich würde es nicht glauben.«
Sie lächelt zu ihm auf. Ihr Gesicht ist hell und offen. »Ich begehre dich. Ich möchte, daß du mich glücklich machst, und ich will dich auch glücklich machen.«
Da endlich zieht er sie an sich. Er küßt sie, fühlt die weichen, behutsamen Lippen und spürt, wie sie ihm entgegenkommt. Nach einer ganzen Weile läßt er sie los. Sie sind beide wie benommen, und Leonore sagt:
»Laß uns irgendwo hinfahren, wo uns niemand kennt. Ich möchte mit dir allein sein.«
»Völlig einverstanden. Wann?«
»Von mir aus – sofort. Ich brauche nicht länger als zehn Minuten.«
Er lächelt und nimmt ihre Hand in seine. »Noch vor ein paar Minuten wollte ich dich verlassen. Ich bin ein verdammter Idiot, Leonore, Liebe, ich glaube, du wirst es nicht leicht mit mir haben.«
»Das kann schon sein.«
»Bist du sicher, daß du heute nacht in meinen Armen liegen willst?«
»Ganz sicher, mein Liebster.«
»Ich fürchte, ich kann nicht so lange warten. Ich bin sehr ungeduldig.«

Sie lacht ihn an und läßt seine Hand los. »Ich habe dich bisher immer für einen besonnenen Menschen gehalten.«
»Das war ein Fehler.«
»Wir wollen uns jetzt nicht darüber streiten. Ich muß packen.«
Sie will zum Schrank gehen, doch er hält sie fest. »Ich muß dir noch etwas sagen.«
»Was?«
»Es ist ein großes Glück, daß es dich gibt.«
»Oh, mein Liebling...«
Sie lächelt dankbar, und ihre Hand streicht über seine Wange, doch als er sie an sich ziehen will, sagt sie rasch: »Nein, nein, wir müssen jetzt vernünftig sein, sonst kommen wir überhaupt nicht weg.«
»Wirst du dich beeilen?«
»Ja.«
»Also gut, dann gehe ich jetzt. Ich sage unten Bescheid, daß wir nicht zum Essen kommen.«
Dann läßt er sie allein, und sie steht vor dem geöffneten Koffer – und es ist ihr einen Augenblick, als sähe ihr jemand über die Schulter, ein Schatten, aber sie weiß natürlich, daß es nur eine Einbildung ist.

Sie haben beschlossen, nach Tirol zu fahren, in die Nähe von Kitzbühel.
»Ich kenne einen alten Bauerngasthof«, sagt Leonore. »Etwa drei Kilometer hinter dem Ort. Ich war als junges Mädchen mit meinen Eltern da. Es wird dir dort gefallen.«
In den Bergen ist es neblig, und darum kommen sie nur langsam vorwärts. Es sind kaum Fahrzeuge unterwegs, und eine seltsame Stille hüllt sie ein, nur unterbrochen von dem gleichmäßigen Brummen des Motors. Sie sprechen wenig, denn Manfred muß auf die Straße achten. Die Strecke ist kurvenreich, und die Sicht wird noch durch dichtes Schneegestöber erschwert.
»Es ist ganz merkwürdig«, sagt Manfred, nachdem er längere Zeit geschwiegen hat. »Ich habe eigentlich das Gefühl, als wäre das immer so gewesen. Du und ich – ein altes Liebespaar, das seit Ewigkeiten beisammen ist.«
»Mir geht es genauso«, erwidert sie und fragt sich, ob das hier nun der Beginn eines neuen Lebens ist oder nur eine kurze Unterbrechung ihrer Einsamkeit. Ob ihr letzteres genügen würde, darüber will sie sich jetzt noch keine Gedanken machen.
Sie ist glücklich. In diesem Augenblick ist sie glücklich, und das genügt ihr.
Da sind die Berge, eingehüllt in Nebel, ein verlassener Heuschober, mit

Schnee bedeckt – das vertraute Landschaftsbild fremd und fern in seiner winterlichen Einsamkeit. Aber sie fühlt sich wohl und geborgen. Die Kälte kann ihr nichts anhaben und nichts die graue Melancholie dieses trüben Wintertages. In ihr ist alles hell und voll froher Erwartung. Und wenn Illusion dabei ist, denkt sie, wird die Freude darum nicht geringer.
Als sie am späten Nachmittag nach Kitzbühel kommen, hat es aufgehört zu schneien. Vereinzelte Sterne stehen am Himmel und verheißen schönes Wetter für den nächsten Tag.
In dem entlegenen Gasthof bekommen sie ein großes Zimmer mit zwei bunt bemalten Bauernbetten. Es ist kalt, doch die Wirtin verspricht, sofort Feuer zu machen. Sie gehen hinunter in die Gaststube, wo ein paar Einheimische an einem langen Holztisch sitzen, Wein trinken und Karten spielen. Sie werden mit »Grüß Gott!« begrüßt, und der Wirt, ein zahnloser Alter mit verschmitztem Lächeln, kommt hinter der Theke hervor und fragt, ob auch alles recht sei mit dem Zimmer und ob die Herrschaften vielleicht zum Abendessen Tiroler Knödel mit Saftgulasch wünschen.
»Herrlich«, sagt Leonore. »Tiroler Knödel esse ich für mein Leben gern. Und hinterher vielleicht einen Kaiserschmarren.«
Dann sitzen sie nebeneinander am Kachelofen, trinken Rotwein und wärmen sich den Rücken, und Leonore seufzt vor Behagen und nimmt eine kleine schwarze Katze auf den Schoß, die um ihre Beine streicht.
»Da haben wir es ja gut getroffen«, sagt Manfred und bricht eine Scheibe Brot entzwei und gibt Leonore die Hälfte davon.
Leonore nickt und zeigt ihm den Tisch, an dem sie mit ihren Eltern gesessen hat, drüben in der Ecke unter dem Herrgottswinkel. Zweimal sind sie hier gewesen, jedesmal im Winter, und sie hätten Skitouren oben auf dem Hahnenkamm gemacht.
»Du hast mir noch nie etwas von deiner Kindheit erzählt«, sagt Manfred und krault die kleine Katze, die sich auf Leonores Schoß zusammengerollt hat und leise schnurrt.
»Ich hatte eine ganz wundervolle Kindheit«, erwidert sie. »Eigentlich so, wie sie jedes Kind haben sollte. Mit Eltern, die sich verstehen, und mit einem Vater, der immer Zeit für mich hatte, wenn ich etwas von ihm wissen wollte. Ich habe ihn leider viel zu früh verloren.«
»Hat es nie Probleme gegeben? Ich meine – als du älter wurdest?«
Sie schüttelt den Kopf. »Nein. Du weißt ja, ich habe sehr früh geheiratet. Probleme? Ich kann mich wirklich nicht erinnern. Manchmal habe ich mich schon gefragt, womit ich das eigentlich verdient habe. Eine glückliche Kindheit – eine glückliche Ehe ... vielleicht steht mir noch etwas ganz Schreckliches bevor. Ich meine – als Ausgleich. Obwohl Hans' Tod eigentlich schon schrecklich genug war.«

»Denkst du noch oft an ihn?«
»Ich denke immer wieder an ihn. In manchen Augenblicken sehe ich ihn deutlich vor mir. Und ich rede auch mit ihm – frage ihn um Rat.«
Er blickt sie nachdenklich an. »Hast du ihn auch unsertwegen um Rat gefragt?«
»Noch nicht. Aber ich bin sicher, er würde es verstehen.«
Er lächelt. »Du meinst – Tote sind nachsichtig? Sie rechten nicht mit uns?«
»Ich würde es nicht nachsichtig nennen«, sagt Leonore, die dieses Wort offenbar irritiert. »Tote wissen um die Dinge … jedenfalls könnte ich mir denken, daß es so ist. Man braucht ihnen gar nicht viel zu erklären. Sie verstehen das Wesentliche.«
Wieder blickt Manfred sie an. Seine Augen sind dunkel und melancholisch. »Das Wesentliche – ach ja, siehst du, da triffst du bei mir genau den Punkt. Ich habe lange danach gesucht, aber ich habe es bis heute nicht gefunden.«
»Vielleicht finden wir es zusammen«, sagt Leonore still.
Danach schweigen sie. Und das Kätzchen schnurrt, und der zahnlose Wirt bringt frischgefüllte Weinkrüge an den Tisch der Kartenspieler und ruft ihnen im Vorbeigehen zu, das Gulasch käme gleich.
»Wir bekommen noch einen Kalterer«, sagt Manfred.
Das seltsame ist, daß sie gar nicht befangen sind. Es ist so, wie Manfred sagt, sie sind wie ein altes Liebespaar, miteinander vertraut, voll zarter Aufmerksamkeit, doch ohne jene Unsicherheit, wie sie Liebende mitunter befällt, die noch nie das Geheimnis einer gemeinsamen Nacht geteilt haben.
Als dann das Essen aufgetragen wird, stellen sie fest, daß sie beide Hunger haben. Das Gulasch ist hervorragend, und auch die Knödel mit ihrem lokkeren Teig erweisen sich als echt bäuerliche Delikatesse. Sie essen mit Appetit und dazu trinken sie den einfachen roten Wein und werden dabei gesprächig und erzählen sich gegenseitig Geschichten aus ihrer Vergangenheit. Und dann kommt die Nachspeise, und Leonore erklärt, sie bekäme keinen Bissen mehr herunter. Aber dann kostet sie doch, und Manfred streut Puderzucker über den Kaiserschmarren, damit sie, wie er sagt, endlich dem Dr. Üxleben ein paar Pfunde mehr präsentieren kann.
Später bestellen sie Kaffee und Himbeergeist, und einer der Bauern am Nebentisch hebt sein Schnapsglas und ruft ihnen zu: »Wohl bekomm's!«
Dieser Teil des Abends ist ganz ohne Spannungen, von einer leichten, fast übermütigen Heiterkeit. Manfred kann witzig und aufgeschlossen sein, wenn er will. Das Verkrampfte fällt dann von ihm ab, und er gibt sich

ganz zwanglos und natürlich. Später erst, als die fröhliche Zecherrunde am Nebentisch gegangen ist und sie beide allein in der Gaststube bleiben, versinkt er wieder in Schweigsamkeit, und Leonore kann nur vermuten, daß sich in ihm etwas regt, eine Erinnerung, die ihn bedrückt, doch er spricht nicht darüber, wohl um sie nicht zu belasten. »Was meinst du?« fragt er. »Wollen wir schlafen gehen?«
Kaum hat er es ausgesprochen, wird ihm das Doppelsinnige dieser Bemerkung bewußt, und er drückt einmal kurz Leonores Hand, um ihr zu zeigen, es sei nicht so plump gemeint gewesen, wie es sich anhörte.
»Ja«, sagt sie und beugt sich noch einmal zu der Katze hinunter, die den Kopf wohlig schnurrend an ihrem Bein reibt. »Gehen wir schlafen. Es ist spät geworden.«

In ihrem Zimmer empfängt sie wohlige Wärme. Die Betten sind aufgedeckt, und einen Augenblick fragt sich Leonore, ob das Ganze nicht vielleicht ein Traum ist, sie hier allein mit ihrem Schwager, inmitten ländlicher Einsamkeit, niemand im Haus außer dem alten Wirtsehepaar, denn sie sind die einzigen Gäste.
Sie ist nicht prüde, aber nun steht sie doch da und zögert und weiß nicht, soll sie sich ausziehen oder noch warten, bis er sie einen Augenblick allein läßt.
Es ist zu albern, denkt sie und kann diese plötzliche Hemmung gar nicht begreifen.
Sie setzt sich auf das schmale, etwas wacklige Sofa, das den Betten gegenübersteht. Sie möchte irgend etwas Harmloses sagen, doch es fällt ihr nichts ein.
Manfred hat schon verstanden. Lächelnd fragt er: »Soll ich uns noch etwas zu trinken heraufholen? Der Alte ist sicher noch wach.«
»Ja, tu das«, sagt sie und ist ihm dankbar für sein Verständnis.
Er geht nach draußen, und sie entkleidet sich, zieht ihr Nachthemd an, bleibt einen Augenblick vor dem halb blinden Spiegel stehen, um sich darin zu betrachten, und legt sich dann in das hohe alte Bett, das aussieht, als hätte es bereits Generationen als Schlafstatt gedient.
Sie fühlt sich jetzt sehr behaglich, und während sie noch darüber grübelt, was das eigentlich für ein Gefühl ist, das sie für Manfred empfindet, keine Liebe, eher der Wunsch, wieder zur Liebe fähig zu sein, klopft es, und er kommt herein, ein Tablett in der Hand, das er so ungeschickt balanciert, daß sie fürchtet, die Gläser werden noch umkippen.
Er stellt das Tablett auf ihren Nachttisch, und Leonore rückt zur Seite, damit er sich auf den Bettrand setzen kann. Manfred schenkt die Gläser voll, und sie trinken und lächeln einander zu.

»Sag mir etwas, Leonore.«
»Was soll ich dir sagen?«
»Sag mir, daß du froh bist, bei mir zu sein.«
»Ich bin sehr froh. Ich liege hier und sehe dich an, und ich weiß, daß das ein glücklicher Augenblick in meinem Leben ist.«
Er stellt das Glas ab und beugt sich über sie, um sie zu küssen. Dann setzt er sich wieder auf und nimmt ihre Hand in seine. »Du weißt hoffentlich, worauf du dich einläßt«, sagt er. »Ich bin ein großer Egoist. Ich stelle Ansprüche an eine Frau.«
Sie lächelt. »Ich habe keine Angst.«
Er lehnt sich zurück. Irgendwo im Haus rauscht Wasser. Es knackt im Gebälk, und in der Ferne bellt ein Hund.
»Gisela hat mich nie verstanden. Sie wollte mich auch gar nicht verstehen. Sie hat eine Vorstellung von mir geliebt, nicht mich.«
Leonore erwidert nichts. Sie hört zu und hört auch wieder nicht zu. Das alles hat er ihr schon erzählt, sie kennt es auswendig. Sie kennt es auch von anderen. Die gescheiterte Ehe – Klagelied unzähliger Menschen, Männer und Frauen, die vom Partner mehr erwarten, als er zu geben imstande ist. Es gibt keine Vollkommenheit in der Ehe, es gibt nur Nachsicht und Verständnis, doch beides ist nur möglich, solange man liebt. Wenn die Liebe aufhört, endet auch die Bereitschaft, Nachsicht zu üben.
»Verzeih, Liebste!« sagt Manfred.
»Was?«
»Daß ich schon wieder von mir rede. Aber ich habe dich gewarnt.«
»Es macht doch nichts. Du kannst so lange reden, wie du willst.«
»Es ist lächerlich«, sagt er und steht auf. »Ich muß das einmal hinter mich bringen, aber es wird wohl noch eine Zeitlang dauern.« Er schweigt eine Weile und geht in dem großen Zimmer auf und ab. Die Holzdielen knarren unter seinen Schritten. »Ich wünsche mir, glücklich mit dir zu werden«, sagt er dann. »Aber es wird nicht leicht sein. Ich schleppe zuviel Vergangenheit mit mir herum. Du mußt Nachsicht mit mir haben, Liebste, viel Nachsicht.«
»Ja«, sagt sie. »Ich weiß.«
Als er dann später neben ihr liegt – er kam zu ihr, als wäre das schon eine alte Gewohnheit –, schiebt er seinen Arm unter ihren Kopf und zieht sie an seine Schulter. Er sieht ihr Gesicht, sieht ihre Augen, die im Widerschein der kleinen Lampe auf dem Nachttisch glänzen. Verrückt ist das, denkt er. Da kann man sich hundertmal vornehmen, sich auf nichts mehr einzulassen, kein Gefühl mehr zu investieren, sich nicht mehr preiszugeben – und dann kommt eine Frau, und alles beginnt wieder von neuem. Der Kreislauf der Liebe: Sehnsucht, Verlangen, Hingabe – und später die

Erkenntnis, versagt zu haben. Aber muß das so sein? Mußte es auch diesmal so sein? Konnte nicht ein Wunder geschehen und aus dieser Beziehung etwas Gutes erwachsen, etwas Bleibendes?
»Wir wollen behutsam miteinander umgehen«, sagt er.
»Ja, mein Liebling, das wollen wir.«
»Ich werde versuchen, dir nie weh zu tun, dich nie zu kränken.«
Sie lacht und sieht sehr jung aus. »Du hast dir viel vorgenommen.«
Er bleibt ernst. »Du wirst mir dabei helfen. Es kommt immer auf die Frau an. Jedenfalls glaube ich, daß ich Gisela nicht grundlos gekränkt habe.«
Danach schweigen sie, und nach einer Weile dreht sich Manfred zur Seite und macht das Licht aus. Plötzlich ist etwas im Raum – eine Spannung, eine atemlose Stille; nur ein paar Sekunden dauert das, aber beide spüren es und wagen nicht, sich zu bewegen. Als Leonore dann die Hand ausstreckt und seine Schulter berührt, ist es wie eine Erlösung für ihn. Er spürt sein Blut und wird von einer heftigen Erregung erfaßt. Er vergißt, daß er rücksichtsvoll sein wollte und zart. Ungestüm zieht er sie an sich und preßt seine Lippen hart und fordernd auf ihren Mund. Er ist nichts als Sinnlichkeit, nichts als glühende Leidenschaft. Vage streift ihn der Gedanke, daß er ihr weh tun könnte, doch er fühlt sich zu sehr als Sieger, um darauf Rücksicht zu nehmen.
Später schläft er; fällt in den Schlaf wie in einen Abgrund, doch nur, um bereits nach wenigen Minuten wieder zu erwachen und sie erneut an sich zu ziehen. Er stammelt Worte, wie sie ihm noch nie über die Lippen gekommen sind, zärtliche, verliebte Worte, die ihr die Tränen in die Augen treiben. Als erfahrene Frau weiß sie, daß man auf das, was in Liebesnächten gestammelt und geflüstert wird, nicht allzuviel geben darf, doch sie spürt auch, daß hinter dem Rausch dieser Stunde mehr verborgen ist als Hingerissenheit. Daß da Gefühl ist und Hingabe, der Wunsch nach Verständnis und Vertrauen, nach etwas, was über die Verzauberung dieser Nacht hinausgeht.
Sie lieben sich wieder, und ihrer Umarmung folgt diesmal ein langes Ausruhen, durch keine verworrenen Träume gestört. Sie erwachen erst, als die Sonne bereits hell ins Zimmer scheint, und dieses Erwachen ist wie ein beglückendes Geschenk.
Küsse und Zärtlichkeiten und selige Verwunderung über das, was ihnen da geschieht. Sie stehen auf und gehen ans Fenster und sehen eine Weile hinaus in den strahlenden Wintermorgen. Dies ist ein Tag, nur für sie geschaffen – es ist ihre Sonne, ihr Schnee, ihr Glanz auf den Bergen; sie sind die ersten Menschen am Rande einer eben neu erstandenen Welt.
»Ich bin glücklich«, sagt Leonore. »Ich weiß, es ist gefährlich, es auszusprechen, aber ich kann nicht anders.«

Er zieht sie an sich. »Ich liebe dich, Leonore.«
»Ich liebe dich auch. Gestern glaubte ich noch nicht daran, aber jetzt weiß ich es.«
»Ich danke Gott dafür«, sagt er. »Ich bin nicht sicher, daß es ihn gibt, aber wenn es ihn gibt, dann danke ich ihm. Dich zu lieben und von dir wiedergeliebt zu werden – das ist ein großes Geschenk. Ein großes, unverdientes Geschenk.«
»Wieso unverdient?« fragt sie.
»Womit soll ich es verdient haben? Ich habe nichts dazu getan. Es ist mir einfach in den Schoß gefallen.«
»Mir doch auch«, sagt sie. »Aber das ist wohl immer so mit der Liebe. Man muß sie geschenkt bekommen. Man kann sie sich nicht einfach nehmen.«

23

Beim Frühstück unten in der Gaststube machen sie Pläne für den Tag. Sie werden einen Waldspaziergang hinauf zur Einsiedelei machen und oben zu Mittag essen.
Sie fahren nach Kitzbühel, lassen den Wagen auf einem Parkplatz stehen und machen sich auf den Weg. Anfangs begegnen ihnen noch vereinzelte Spaziergänger, doch je höher sie steigen, desto einsamer wird es. Hier und da ein vereinzeltes Gehöft. Sonst nur dichter, tief verschneiter Tannenwald.
Die Luft ist kalt, aber beim Klettern wird ihnen warm, und Leonore knöpft ihre Pelzjacke auf. Sie bleibt einen Augenblick stehen, und Manfred fragt, ob sie müde ist, doch sie schüttelt nur den Kopf und geht weiter.
Gegen Mittag erreichen sie die Einsiedelei, im Sommer ein beliebtes Ausflugsziel, doch zu dieser Jahreszeit kaum besucht. Sie gehen in die kleine Wallfahrtskirche, und Leonore macht Manfred auf die rührend naiven Bilder aufmerksam, die die Wände schmücken. Meist stellen sie Kinder dar, die in Gefahr schweben und von der Gottesmutter errettet werden. Die Bilder sind mit Daten versehen und schildern in bewegten Worten, wo und wie dem kleinen Seppl oder Toni geholfen wurde.
Nebenan im Gasthaus bekommen sie Erbsensuppe mit Speck, und die Wirtin, eine jüngere Frau mit einem gewaltigen Kropf, erzählt ihnen, daß im vergangenen Sommer eine Amerikanerin hier gewesen sei und um die Heilung ihres gelähmten Sohnes gebetet habe. Zu Weihnachten sei dann ein Brief von ihr gekommen und eine Geldspende für die Kirche, denn ihr Gebet war erhört worden.

»Was sagst du dazu?« fragt Manfred, nachdem die Wirtin sie allein gelassen hat.
»Was soll ich dazu sagen? Ich halte solche Dinge durchaus für möglich. Es gibt unzählige Beispiele dafür.«
Er blickt sie nachdenklich an. »Es fällt mir schwer, an Wunder zu glauben. Ich bin zu skeptisch. Aber vielleicht ist das ein Fehler.«
Sie denkt eine Weile darüber nach. »Skepsis ist eine Krankheit unserer Zeit«, sagt sie schließlich. »Noch nie ist so viel gezweifelt und in Frage gestellt worden wie in diesem Jahrhundert. Ich versuche immer, mich dagegen zu wehren.«
»Bist du wundergläubig, meine Liebe?« fragt er lächelnd.
»In gewisser Weise – ja. Ich halte Wunder für denkbar und würde mich nie darüber lustig machen, wenn beispielsweise eine Mutter ein Wunder erfleht, damit ihr Kind geheilt wird.«
»Und du glaubst auch an die Möglichkeit dieser Heilung?«
»Durchaus.«
»Wie schön, daß du das sagst«, ruft er beglückt. »Vielleicht kannst du mir helfen. Ich bin nicht nur ein Skeptiker, ich bin auch ein Pessimist. Aber mit deiner Einstellung wird es dir sicher gelingen, mich zu heilen.«
Sie zögert mit der Antwort. Bisher haben sie noch nicht von der Zukunft gesprochen. Sie sind jetzt ein Liebespaar, aber wird es je ein gemeinsames Leben für sie geben? Manfred ist verheiratet. Selbst wenn er nicht bereit ist, zu seiner Familie zurückzukehren, würde Gisela nie in eine Scheidung einwilligen.
»Wirst du mir helfen?« fragt Manfred. »Ich brauche dich. Ich kann dir gar nicht sagen, wie sehr ich dich brauche.«
»Ich will es versuchen, Liebster.«
»Hab Geduld mit mir. Laß mir Zeit, zu mir zurückzufinden. Ich bin entsetzlich angeschlagen. Du darfst mir glauben, was ich sage, diese Ehe hat mich kaputtgemacht. Ich weiß, es liegt nicht nur an Gisela, es liegt auch an mir. Wir haben uns gegenseitig zerfleischt.«
»Ist das nicht übertrieben?«
»Nein. Ich bin von Natur ein gutmütiger Mensch, aber sie hat es fertiggebracht, mich so maßlos zu reizen, daß ich nahe daran war, sie mit meinen bloßen Händen zu erwürgen. Ich war rasend vor Zorn. Und wenn ich länger bei ihr geblieben wäre – ich schwöre dir, es wäre ein Unglück geschehen. Oder ich wäre in der Klapsmühle gelandet.«
»Du schilderst das zu dramatisch, Manfred.«
»Es war dramatisch, glaube es mir. Es ging an meinen Lebensnerv. Und darum brauche ich dich, Leonore. Ich brauche einen Menschen – verstehst du? Einen Menschen, der Verständnis für mich hat. Ich gebe es zu – ich

bin labil. Ich bin auch schwierig. Aber es nützt nichts, wenn man mich anbrüllt, wie es Gisela getan hat. Dann werde ich rabiat. Soll ich dir sagen, was mir gefehlt hat? Eine Frau... eine vernünftige, kluge Frau, die mir die Meinung sagt, aber die lieb mit mir ist, die mich nicht anschreit und beschimpft, wenn ich betrunken nach Hause komme. Du würdest so etwas nie tun – oder wenn, dann anders. Nicht so böse, nicht so penetrant...«
Er hält inne und schlägt sich mit der Handfläche gegen die Stirn. »Ist das nicht schrecklich, daß ich schon wieder davon anfange? Verzeih, Leonore – ich bin ein unmöglicher Mensch. Am besten, du trennst dich wieder von mir.«
Sie schüttelt lächelnd den Kopf.
Er will sich eine Zigarette anstecken, hält aber mitten in der Bewegung inne und sagt: »Ich kann nicht begreifen, was du eigentlich an mir liebst.«
»Nein? Wirklich nicht?«
»Kannst du es mir erklären?« fragt er und legt die Zigarette neben seine Kaffeetasse.
»Ach, Liebling...« Sie überlegt, was sie sagen soll. Was liebt man an einem Menschen? Liebt man bestimmte Eigenschaften an ihm? Liebt man seine Stimme, sein Lächeln, seine Art, sich zu geben? Liebt man vielleicht nichts von alledem, sondern nur die Vorstellung von etwas, was gar nicht existiert?
»Vielleicht liebe ich deine Schwächen«, sagt sie schließlich. »Das, was menschlich an dir ist. Deine Anfälligkeit, deine Sensibilität, das – das Unrobuste an dir. Ich habe mich nie zu den sogenannten starken Männern hingezogen gefühlt. Dein Bruder gehörte auch nicht dazu. Er war tapfer, o ja, das war er, aber er war nicht stark, nicht rücksichtslos. Und du bist es auch nicht. Du bist verletzlich und gefühlvoll, und du schämst dich nicht, es zu zeigen. Und darum liebe ich dich«, setzt sie lächelnd hinzu.
Manfred greift über den Tisch nach ihrer Hand und hält sie fest. »Leonore... meine Liebe, meine Liebste! Du verstehst mich, du nimmst mich so, wie ich bin, vor dir brauche ich keine Rolle zu spielen. Herrgott noch mal – ich weiß doch, wie schwierig das mit mir ist. Ich bin launenhaft und egozentrisch –«
»Aber auch zärtlich und empfindsam.«
»Na gut, wenn du meinst... trotzdem eher schwierig. Als Lebensgefährte bestimmt nicht immer angenehm.«
Sie lacht. »Warum sagst du das? Du willst mich doch nicht heiraten.«
Er lacht nicht, lächelt nicht einmal. »Ich würde es sofort tun, Leonore, glaub es mir. Leider kann ich es nicht. Wärst du dennoch bereit, mit mir zu leben?«

»Muß ich sofort darauf antworten?«
»Warum nicht?«
»Das kommt so – so plötzlich.«
»Ich liebe dich. Ich möchte dich ganz für mich haben.«
»Also doch ein Egoist«, sagt sie lächelnd.
»Ja. Aber vielleicht gelingt es mir trotzdem, dich glücklich zu machen. Oder ist es dir unangenehm, mit einem Mann zusammen zu leben, der verheiratet ist?«
»Wenn es keine andere Möglichkeit gibt –«
»Im Augenblick sehe ich keine. Gisela will sich nicht scheiden lassen. Und ich werde unter keinen Umständen zu ihr zurückkehren. Du könntest mit Recht sagen: Dann laß uns warten! Aber das kann Jahre dauern. Warum sollen wir diese Jahre verschenken? Warum eigentlich? Das sehe ich nicht ein. Wir sind nicht mehr jung genug, um so verschwenderisch mit der Zeit umzugehen.«
»Was also sollen wir tun?«
»Ein gemeinsames Leben führen. Ich bin dazu bereit. Ja, ja, ich weiß, für dich ist es schwieriger als für mich. Es gibt immer Leute, die gerne klatschen und –«
»Das stört mich nicht«, sagt Leonore rasch.
»Vielleicht würde es dich eines Tages doch stören, Liebste. Ich will ganz ehrlich sein – mir wären klare Verhältnisse auch lieber. Aber was soll ich machen? Ich kann dich nur bitten, Verständnis zu haben. Wenn du zu mir kommen willst, Leonore – wenn du dich entschließen könntest, an meiner Seite zu leben, du würdest mich unendlich glücklich machen.«
Leonore sieht ihn an und sagt in sanftem Ton:
»Du hast recht, es wäre töricht zu warten. Das Leben ist kurz. Seit ich Hans verloren habe, weiß ich, wie plötzlich alles zu Ende sein kann. Allein ist alles dunkel und trostlos. Wenn ich dir helfen kann – wenn du glaubst, daß wir beide miteinander auskommen können... ich bin bereit.«
Zum erstenmal seit Beginn des Gesprächs weicht die Spannung von Manfred Tettenborn. Ein befreites Lächeln geht über sein Gesicht.
»Leonore... meine Liebe – ich verspreche dir –«
»Nein«, sagt sie und legt schnell ihre Hand auf seinen Arm. »Versprich jetzt gar nichts. Es wird sich alles finden. Ich weiß, daß du mich liebst, das genügt. Wir wollen nichts im voraus planen, es kommt doch immer alles anders. Genügt es nicht, zu wissen, daß wir einen gemeinsamen Weg gehen wollen?«
»Ja, liebe Leonore, ja...«
Er will ihr nicht sagen, daß er seiner selbst nicht sicher ist, daß er Angst davor hat, noch einmal eine Frau unglücklich zu machen; daß er sehr we-

nig an sich selbst glaubt und einen Menschen braucht, der ihn zur Liebe, zum Glück hinführt und zu ihm hält, wenn er Schwäche zeigt.
Sie bleiben noch eine Weile in ihrer Ecke am Fenster sitzen und blicken hinaus in die verschneite Landschaft. In der Abenddämmerung kehren sie zu dem Gasthof zurück, und als sie ihr Zimmer betreten und die Tür hinter ihnen geschlossen ist, nimmt Manfred Leonores Hände, preßt sie an seine Lippen und hält sie fest, während er spricht:
»Du mußt mir Zeit lassen, Liebste. Ich habe meine Vergangenheit noch nicht überwunden. Du mußt Geduld haben... viel Geduld. Ich wünschte, ich könnte dir versprechen, dich glücklich zu machen, aber ich kann es nicht. Ich habe schon einmal versagt.«
»Das kann niemand. Kein Mensch kann ein solches Versprechen geben. Man kann sich nur bemühen – immer wieder aufs neue bemühen.«
»Und wenn es nicht gelingt? In meiner Ehe habe ich mich auch bemüht. Trotzdem ist alles schiefgelaufen.«
Er läßt ihre Hände los und macht ein paar Schritte von ihr fort. Sie setzt sich auf den Bettrand und zieht ihre Schuhe aus.
»Du weißt, daß das nur zum Teil an dir lag«, sagt sie.
Er kommt zurück, zieht sie hoch und hält sie auf Armlänge von sich entfernt.
»Soll ich dir etwas sagen, Leonore? Es sind die kleinen Dinge, die eine Liebe kaputtmachen. Ich kenne dazu ein altes chinesisches Sprichwort. Willst du es hören?«
»Ja.«
»›Glück entsteht oft durch Aufmerksamkeit in kleinen Dingen, Unglück oft durch Vernachlässigung kleiner Dinge.‹ – Ich habe viele kleine Dinge in meiner Ehe vernachlässigt«, fährt er fort und setzt sich neben sie. »Gisela auch – das ist richtig. Aber wenn du jetzt zu mir kommst... ich finde es großartig, daß du es tust – nur... ich bin nicht sicher, daß es gutgeht.«
»Dieses Risiko muß ich eingehen«, erwidert sie ruhig. »Dieses Risiko muß jeder eingehen, der sich mit einem anderen zusammentut.«
»Es gibt zuverlässigere Menschen als mich.«
»Die anderen gehen mich nichts an. Du bist der Mann, für den ich mich entschieden habe.«
Er nimmt sie ungestüm in seine Arme. »Wir werden glücklich werden. Wir lieben uns und werden glücklich werden.«
In seinen Armen liegend spürt sie seine Erregung. Er muß in all diesen Jahren entsetzlich einsam gewesen sein.
Sie zieht ihn an sich, küßt ihn auf den Mund und empfindet dabei zugleich Sehnsucht und Mitgefühl, weil sie ihn nicht nur mit ihrem Körper liebt, sondern auch mit ihrem Verstand und ihrem Herzen.

»Du mußt mir vertrauen«, sagt sie. »Du mußt uns beiden vertrauen. Nur wenn wir uns vertrauen, können wir sicher sein, uns nicht zu verlieren.«
Er läßt sie los und sinkt in die Kissen zurück. »Ich vertraue dir ja«, murmelt er. »Wenn es überhaupt einen Menschen gibt, dem ich vertraue, dann bist du es.«
Und so ergibt er sich ihr, und sie ist glücklich und redet beruhigend auf ihn ein. Er dreht sich zu ihr um, und sie liegen dicht nebeneinander und versichern sich gegenseitig, daß alles gut werden würde.
»Vielleicht soll man in der Liebe nichts denken und nichts fragen«, sagt Manfred.
»Sicher nicht.«
Er holt tief Atem. Was hat er vorhin für einen Unsinn geredet! Diese Frau liebt ihn. Wäre sie nicht gekommen, er müßte verzweifeln. Er darf nicht alles wieder in Frage stellen. Diesmal kein Mißtrauen, kein Sarkasmus – nur Dankbarkeit. Und Freude...
»Leonore –«
»Ja?«
»Ich liebe dich!«
»Ich liebe dich auch.«
Er beugt sich über sie. »Was immer mit uns geschieht, Leonore, meine Liebe – es ist wunderbar, daß du da bist!«

Sie verlassen das Zimmer nicht mehr an diesem Abend. Die Nacht bricht an, und sie sind in einem Land, das viele Namen hat, das sich aber nur denen wirklich erschließt, die sich lieben. Sie sind glücklich und nicht mehr einsam, und sie stellen keine Fragen mehr.

24

Lisa Schneeweiher geht, eine Hand leicht auf das Geländer gestützt, die Treppe zur Halle hinunter. Auf dem Absatz bleibt sie stehen und betrachtet sich kritisch in dem Spiegel, der seitlich an der Wand angebracht ist. Das schwarze Samtkleid wird nur von zwei schmalen Trägern gehalten. Die Schultern sind nackt. Immer noch zu mager, stellt sie fest, obwohl sie in den letzten beiden Wochen fünf Pfund zugenommen hat. Sie hätte sich doch nicht zu einem ausgeschnittenen Kleid überreden lassen sollen, aber Toni meinte ja, es würde ihr besonders gut stehen und sie müsse endlich einmal wie eine erwachsene Frau aussehen. Was erwartet man heute von ihr? fragt sie sich etwas ratlos und ängstlich. Es wird ein Fest im Hotel Bachmair gegeben, und Felix von Maindorff hatte einen Tisch für sich und seine Freunde bestellt und zu Toni gesagt, er erwarte, daß ihnen Lisa nicht die Stimmung verderbe, sonst gäbe es Krach. Toni hatte es ihr erzählt und gleich hinzugefügt, sie brauche keine Angst zu haben, wenn sie es langweilig fände, würde er mit ihr nach Hause gehen.

Doch daran glaubt Lisa nicht. Sie hat längst herausgefunden, daß Toni in einem gewissen Abhängigkeitsverhältnis zu Maindorff steht und daß dieser einen starken Einfluß auf ihren Geliebten ausübt, einen Einfluß, der sich nicht immer günstig auf ihre Beziehung zu ihm auswirkt. In Maindorffs Gesellschaft ist Toni leicht geneigt, unfreundlich, ja mitunter ungezogen zu ihr zu sein. Sie kann daher Maindorff nicht leiden und meidet ihn, wo sie kann. Heute kann sie es nicht. Heute soll gefeiert werden, und ihr graut jetzt schon davor, denn sie kann nicht tanzen, und ganz gewiß kann sie nicht auf Befehl lustig und ausgelassen sein.

Sie hat sich für den Abend sorgfältig angezogen – noch ist Toni verliebt, und sie hofft, ihm so zu gefallen, daß er bald den Wunsch hat, mit ihr allein zu sein. Aber Maindorff wird vorher mit ihr tanzen wollen, und sie weiß jetzt schon, daß er dabei wieder versuchen wird, zudringlich zu werden. Wenn er mich bloß nicht küßt! Aber das wird er hoffentlich nicht wagen. Er wird schlüpfrige Bemerkungen machen, und sie wird vor Verlegenheit rot werden und nicht wissen, was sie machen soll. Das alles kennt sie schon, und sie kennt auch das rohe Gelächter und die dreisten Blicke und den Tonfall, in dem er zu Toni sagt: »Deine kleine Konfirmandin fällt mir mit ihrem Getue auf die Nerven.«

Ja, wahrhaftig, sie fürchtet sich vor ihm. Sie fürchtet seinen Einfluß auf Toni, jetzt, da sich sein Aufenthalt in Rottach dem Ende zuneigt und sie immer noch nicht weiß, ob es eine gemeinsame Zukunft für sie gibt oder ob Toni sie einfach zurückläßt.

Ihre Liebe ist ihr bisher als etwas Vorbestimmtes erschienen, doch Felix von Maindorff läßt keine Gelegenheit aus, ihr klarzumachen, daß das Ganze für Toni nur eine Liebschaft sei, ein kleines, vergnügliches Abenteuer, das irgendwann beendet ist. Sie hat Angst. Sie wäre von Herzen gern heiter und unbeschwert, aber sie wird von Tag zu Tag verkrampfter. Je näher der Abschied rückt, desto dringlicher wartet sie auf das entscheidende Wort von Toni, doch dieses Wort kommt nicht. Und sie weiß, wer dahintersteckt, sie weiß, wer verhindert, daß Toni sie bittet, für immer bei ihm zu bleiben.

Ich hasse ihn, denkt sie. Ja, sie haßt diesen Maindorff, diesen kalten, glattzüngigen Menschen, dem nichts heilig ist, der alles in den Schmutz zieht. Sie haßt ihn inbrünstig, und gleichzeitig fürchtet sie sich vor ihm. Für sie verkörpert er das Böse schlechthin, und instinktiv fühlt sie, daß seine Freundschaft, oder das, was er darunter versteht, für Toni schädlich ist.

Aber es hilft alles nichts, heute abend wird er erscheinen, und Toni erwartet von ihr, daß sie nett zu ihm ist. Hoffentlich, denkt sie zu ihrem Erstaunen, wird er mich nicht dazu verführen, meine Meinung über ihn zu ändern.
Heute abend liegt etwas in der Luft. Sie kann es nicht erklären. Sie spürt es, wie man ein nahendes Gewitter spürt. Ihre Beziehung zu Toni ist seit Tagen gespannt. Es sieht so aus, als warte er nur darauf, daß sie ihm durch ihr Verhalten einen Vorwand liefert, den Bruch herbeizuführen. Das hat nichts damit zu tun, daß er in sie verliebt ist, er wehrt sich nur gegen ein Versprechen, gegen eine Bindung. Die Anwesenheit Felix von Maindorffs und die bevorstehende Abreise geben dem heutigen Abend etwas Bedrohliches.
Während sie mit verkrampftem Lächeln und ausgestreckten Händen auf Toni zugeht, der am Ende der Treppe auf sie wartet, macht sie sich auf schlimme Dinge gefaßt, die sich heute noch ereignen werden.

Zunächst scheinen sich ihre Befürchtungen als grundlos zu erweisen. Maindorff erwartet sie und Toni in der Hotelhalle und freut sich ehrlich über ihr Kommen.
»Du siehst reizend aus«, sagt er genau im richtigen Ton zu Lisa. Und dabei blickt er sie so freundlich und wohlgefällig an, daß sie ganz verwirrt ist. Sein Lächeln ist frei von Spott, den sie so fürchtet, und er nimmt sie und Toni beim Arm und bemerkt im Weitergehen: »Ich habe dafür gesorgt, daß wir einen anständigen Tisch in der Bar bekommen. Nicht zu nahe bei der Musik. Angela ist schon vorausgegangen.«
Maindorff trägt einen weißen Smoking, und Lisa bemerkt Lippenstiftspuren an seinem rechten Ärmel. Sie versucht sich seinem Schritt anzupassen und hat Schwierigkeiten mit ihrem langen Kleid. Am Eingang zur Bar stolpert sie, und Maindorff faßt schnell zu und trägt sie halb die drei Stufen hinunter. Es ist ihr peinlich, und sie macht sich impulsiv von ihm frei und sagt: »Es geht schon, laß doch – ich bitte dich!«
In der Bar herrscht großes Gedränge, die Kapelle macht einen ohrenbetäubenden Lärm, und Lisa hält sich die Ohren zu. Felix von Maindorff schiebt sich rücksichtslos durch die Tanzenden, bahnt sich mit den Ellenbogen einen Weg und zieht Lisa hinter sich her. »So – da sind wir«, sagt er und bleibt vor dem reservierten Tisch stehen, Lisas Hand festhaltend.
»Wo bleibt ihr denn?« jammert Angela. »Ich hatte schon die größten Schwierigkeiten –«
Sie lamentiert weiter, doch Maindorff achtet gar nicht darauf. Er rückt den Tisch zurück und fordert Toni auf, sich neben Angela zu setzen.
»Lisa kommt hier an meine Seite«, erklärt er in einem Ton, der keinen

Widerspruch duldet. »Sonst redet sie doch nur den ganzen Abend mit Toni. Pscht!« macht er, als Lisa zaghaft protestieren will. »Du hältst den Mund. Heute abend geschieht, was ich will.«
Kaum sitzen sie, klatscht Maindorff laut in die Hände und winkt den Kellner herbei. »Bringen Sie eine Flasche Champagner«, befiehlt er und wehrt ab, als Toni ihm die Getränkekarte hinhält. »Pommery oder Heidsieck, das ist mir völlig gleich, aber beeilen Sie sich ein bißchen. Ich habe Durst.«
Der Kellner verschwindet, und Maindorff blickt sich um und winkt einer ältlichen, mit Schmuck behängten Person zu, die ihm ihr Glas entgegenhebt.
»Die hat mir gerade noch gefehlt«, sagt er, während er sein Zigarettenetui aufklappt und es erst Lisa, die den Kopf schüttelt, und dann Toni hinhält. »Lola Goldschmidt – die Witwe von Mike Goldschmidt, dem Drehbuchautor. Seit einem Jahr ist sie hinter mir her, um mir einen Stoff anzudrehen, den der Alte hinterlassen hat. Aber man hat mich gewarnt. Mike war zum Schluß so senil, daß er nur noch Blödsinn verzapft hat. Aber heute kein Wort vom Geschäft«, fährt er fort und legt den Arm um Lisa, wobei seine Fingerspitzen zart über ihre Schultern streichen. »Was für eine glatte Haut deine Süße hat«, bemerkt er zu Toni. »Du bist zu beneiden, Junge!«
Das Gespräch kommt langsam in Gang. Lisa ist schon wieder gehemmt, während Tonis Aufmerksamkeit von einem schwarzhaarigen Mädchen abgelenkt wird, das ihn aufdringlich anstarrt. Sie lächelt ihm ungeniert zu, und Toni, der sich von Lisa beobachtet fühlt, grinst leicht verlegen zurück und fragt Angela, ob sie die Kleine kenne.
»Keine Ahnung, wer sie ist«, erwidert Angela. »Ich habe sie schon ein paarmal gesehen. Immer mit anderen Kerlen. Scheint eine ganz Scharfe zu sein.«
Der Champagner wird gebracht, und Maindorff bestellt gleich eine zweite Flasche und erklärt, heute käme es ihm nicht darauf an.
Lisa leert ihr Glas auf einen Zug, weil sie es nicht mit ansehen kann, wie Toni diesem fremden Mädchen schöne Augen macht, und Maindorff schenkt ihr grinsend sofort wieder ein und sagt: »Nur zu – nur keine Hemmungen!«
Sie trinken jetzt alle und reden laut durcheinander, um die Musik zu übertönen. Lisa beobachtet, wie die Schwarzhaarige Toni ein Zeichen macht und wie er bedauernd die Achseln zuckt.
Sie kann sich nicht beherrschen und fragt in aggressivem Ton: »Was will diese Person von dir? Sie starrt dich immerzu an. Ich finde das unglaublich.«

Toni, feige wie die meisten Männer, wenn sie sich ertappt fühlen, tut, als habe er keine Ahnung. »Wen meinst du denn? Ach, die Kleine da drüben – du lieber Gott... die ist doch ganz harmlos.«
»Wenn du nichts dagegen hast, werde ich jetzt mit Lisa tanzen«, verkündet Felix von Maindorff und steht auf. Die Gelegenheit ist günstig. Lisa ist wütend auf Toni, und er weiß aus Erfahrung, daß gekränkte Frauen nachgiebig sind. Er hat sich im Grunde nie etwas aus Lisa gemacht, sie ist gar nicht sein Typ, aber er will sie auf die Probe stellen. Sie hat allzuoft betont, wie undenkbar es für sie wäre, einen Mann, den sie liebt, zu betrügen.
Maindorff weiß, daß er auf Frauen anziehend wirkt. Er weiß auch, daß ihn Widerstand reizt, weil es nur selten geschieht, daß er auf Widerstand stößt. Lisa muß klargemacht werden, daß sie ihn braucht, wenn sie Toni nicht verlieren will. Sie kann es sich nicht leisten, ihn einfach abfahren zu lassen. Außerdem vermutet er, daß sie gar nicht so kalt und abweisend ist, wie sie sich ihm gegenüber gibt. Sie muß nur erst einmal ihre Scheu vor ihm verlieren.
Felix von Maindorff hat keine Illusionen mehr. Zu lange hat er in einer Welt gelebt, die keine Tabus kennt. Er und seine Kumpane fordern vom Leben nichts anderes als Lust. Sie haben keine Hemmungen, und sie denken nicht daran, auf irgend jemanden Rücksicht zu nehmen. Jedes Jahr brachte Nachwuchs an jungen hübschen Mädchen, die sich willig auszogen, noch ehe es von ihnen verlangt wurde, und die ohne Ziererei mit jedem Mann ins Bett gingen, der sie dazu aufforderte.
Der Drang, immer neue Eroberungen zu machen, ohne sich zu binden, ist bei Maindorff fast schon zum Zwang geworden. Schnell zupacken und sofort wieder vergessen ist seine Devise.
Was ist sein Motiv? Er weiß es selbst nicht. Flucht vor der Einsamkeit? Wohl eher Flucht vor der inneren Leere. Und natürlich sitzt ihm auch die Angst im Nacken. Noch ist er reich und unabhängig genug, sich nach Belieben amüsieren zu können. Doch was wird später einmal sein? Es gibt Beispiele genug in seinem Kollegenkreis. Schnell verdientes Geld ist leicht zerronnen. Und wenn man einmal nicht mehr gefragt ist, hat das vergnügte Leben ein schnelles Ende. Also mitnehmen, was mitzunehmen ist. Warum nicht auch Lisa Schneeweiher?
Die Tanzfläche ist so überfüllt, daß man sich kaum bewegen kann. Maindorff hält Lisa fest an sich gepreßt. Sie dreht ihr Gesicht von ihm weg und macht sich in seinem Arm steif.
»Locker, Mädchen«, sagt er und legt seine Hände um ihre Schultern. »Verkrampf dich nicht so, sonst wird nie eine gute Tänzerin aus dir.«
Er besitzt das Talent, sich in Frauen einzufühlen, doch Lisas Sprödigkeit

macht ihn verdrießlich. Er hat eigentlich schon genug von ihr. Es ärgert ihn, daß es ihm nicht gelingt, auch nur einen Funken Sinnlichkeit in ihr zu wecken. Und während er tanzt, beginnt er, in der plumpen Weise, die ihm eigen ist, sie zu provozieren.

»Sag mal, was ist eigentlich los mit dir? Wo starrst du denn dauernd hin? Du bist zu albern mit deiner Eifersucht. Laß den Toni doch mal in Ruhe! Der sieht dich im Augenblick doch nicht, der hat es auf die Kleine abgesehen.«

»Eine widerliche Person!« Lisa ist außer sich. »Wie kann man sich bloß so auffallend benehmen!« Sie wird dunkelrot vor Zorn und verrenkt sich fast den Kopf, um die beiden nicht aus den Augen zu verlieren.

»Deinem Süßen macht's Spaß. Ich kenne ihn doch. Toni hat was übrig für kesse Mädchen mit strammen Brüsten.«

»Sag so was nicht!« stößt sie hervor. »Das ist ekelhaft. Du willst mich nur ärgern ... laß mich – du tust mir weh! Du sollst mich nicht so festhalten.«

»Wenn ich dich nicht festhalte, fällst du um.«

Gereizt, den Tränen nahe, faucht sie ihn an:

»Du willst mich ja nur los sein! Du hast mich von Anfang an nicht leiden können. Ich weiß genau, daß du gegen mich intrigierst. Du hast uns bloß hierhergelockt, damit Toni nicht mit mir allein ist. Du hast Angst, daß er mich heiratet und daß du ihn nicht mehr herumkommandieren kannst wie bisher. Ich kenne dich doch, du bist ein Egoist. Du willst Toni ganz für dich haben. Er soll in deinen unappetitlichen Filmen mitspielen, und er soll genauso ein liederliches, unmoralisches Leben führen, wie du es führst. Aber das werde ich verhindern. Wenn ich es irgend kann, werde ich es verhindern. Toni ist ein anständiger Mensch. Ich werde nicht dulden, daß du ihn verdirbst.«

Am liebsten hätte er laut gelacht und ihr gesagt, sie sei eine blöde Gans. Aber ihr unerwarteter Angriff zeigt ihm andererseits, daß sie mehr Temperament besitzt, als er vermutet hat. Vielleicht lohnt es sich doch, sich näher mit ihr zu befassen. Er nimmt ihre Hand, küßt sie und sagt mit dem unerwarteten Charme, der ihm manchmal zur Verfügung steht:

»Ich bin untröstlich, daß du in mir so ein Ungeheuer siehst. So schlimm bin ich gar nicht. Und wenn du glaubst, daß ich dich nicht leiden kann, so irrst du dich gewaltig. Ich finde dich – nun ja ... ich würde sagen – ungewöhnlich. Du könntest natürlich sehr viel mehr aus dir machen, unter der richtigen Anleitung. Soll ich dir einen Rat geben, Lisa? Zeig dem Toni nicht, wie verliebt du in ihn bist. Und lauf vor allem nicht hinter ihm her!«

Lisa Schneeweihers Zorn ist verraucht. Sie begreift gar nicht, woher sie

den Mut genommen hat, ihm all das zu sagen. Er hat ja auch recht. Sie macht sich wirklich lächerlich mit ihrer Eifersucht.
»Tut mir leid«, murmelt sie. »Ich weiß, daß du es gut mit ihm meinst –«
»Ich meine es mit euch beiden gut«, sagt er einschmeichelnd und dirigiert sie dabei geschickt in einen Nebenraum mit abgeteilten Nischen. »Wenn du klug bist«, sagt er, »läßt du Toni mit der Kleinen ein paarmal tanzen. Wir beide trinken inzwischen ein Glas Champagner und unterhalten uns ein bißchen. Sieh mal – ich hab' mit Toni eine Menge vor. Wenn du ihn wirklich heiraten willst – also ganz umgehen kannst du mich nicht.«
Es geht alles so schnell, Lisa weiß gar nicht, wie ihr geschieht. Sie sitzt schon neben ihm in einer der dunklen Nischen, und Maindorff winkt die Kellnerin herbei. Lisa drückt sich in die hinterste Ecke. Es ist ihr unangenehm, mit Maindorff allein zu sein. Doch dann denkt sie wieder: Vielleicht ist es ganz gut. Es drängt sie, mehr von Toni zu wissen; Dinge zu erfahren, die er selbst ihr niemals erzählen würde.
Sie stellt ein paar Fragen, Tonis Vergangenheit betreffend, doch Maindorff antwortet ausweichend. Es ärgert ihn, daß sie immer wieder von Toni anfängt. Sie scheint überhaupt nichts anderes im Kopf zu haben. Während er sie von der Seite betrachtet, wie sie trinkt – sie macht dabei ein so gequältes Gesicht, als hätte man sie gezwungen, eine strafbare Handlung zu begehen –, spürt er das Verlangen, ihr das Glas wegzureißen und einfach über sie herzufallen. Er hat sich vorhin beherrscht, als sie ihn attackierte, aber tief in seinem Innern ist ein Groll zurückgeblieben. Wie kann dieses nichtssagende Geschöpf es wagen, ein Werturteil über seine Filme abzugeben! Eine glatte Unverschämtheit, die er sich nicht bieten lassen kann. Erleichtert, einen Vorwand gefunden zu haben, denkt er: Ich werde es ihr heimzahlen – gleich...
Er drückt seine Zigarette im Aschenbecher aus, wendet sich Lisa zu und legt, ohne zu zögern, seine linke Hand auf ihren Schenkel. »Wenn du jetzt nicht aufhörst, von Toni zu sprechen, werde ich ernstlich böse.«
»Aber –«
»Sieh mich an!« sagt er, und als sie dieser Aufforderung nicht sofort nachkommt, wiederholt er fast drohend: »Du sollst mich ansehen! So – na also... du benimmst dich wirklich kindisch. Und jetzt hör mir gut zu! Ich werde dir etwas sagen, was dich wahrscheinlich kränken wird, aber es ist besser, du weißt Bescheid.«
Sie beginnt zu zittern. Sie starrt ihn an, und in ihren Augen liegt die nackte Angst. »Toni... er will sich von mir trennen?«
Er sagt in herrischem Ton: »Werde jetzt bitte nicht hysterisch! Wenn du vernünftig bist, wird er sich nicht von dir trennen. Ich werde dafür sorgen. Aber er war nahe daran – es tut mir leid, dir das sagen zu müssen.«

»Aber warum?« fragt Lisa verzweifelt. »Warum denn bloß? Ich habe doch nichts getan, ich war immer nett zu ihm. Ich... o mein Gott!« Sie schlägt die Hände vors Gesicht und bricht in Tränen aus.
Ihre Verzweiflung macht ihn wütend. »Heul nicht!« fährt er sie an und rüttelt sie derb. »Verdammt noch mal, du sollst nicht heulen! Nimm dich gefälligst zusammen.«
Sie läßt die Hände sinken, sitzt wie erstarrt. »Was soll ich bloß tun?«
»Gar nichts sollst du tun. Ich bringe das schon wieder in Ordnung«, prahlt er, ohne sich zu schämen. »Toni hört auf mich. Wenn ich ihm sage: Mach keinen Unsinn, Junge – Lisa ist okay, dann kommt er schon wieder zur Vernunft.« Lisa will aufspringen, aber er packt sie beim Handgelenk und zieht sie auf den Sitz zurück. »Wo willst du denn hin?«
»Ich will zu Toni.«
»Du bist wohl verrückt geworden? Ich hab' dir doch gesagt, laß ihn in Ruhe, bleib hier. Aber bitte – wenn du verrückt spielen willst, dann hau ab. Geh zu deinem Toni und mach ihm eine Szene. Aber beklage dich später bitte nicht bei mir!«
»Ich bin ja schon vernünftig«, sagt sie und sieht ihn mit ihren großen Augen erschrocken an. »Schrei mich nicht so an.«
»Ich meine es ja nur gut«, sagt er wieder versöhnlich und zieht sie an sich. »Komm, jetzt trinken wir Champagner. Und du zeigst deinem Toni mal, daß du nicht auf ihn angewiesen bist.«
Er streichelt ihre Schulter und schiebt dabei wie unabsichtlich den dünnen Träger beiseite. Gerade geht die Musik zu einem schmalzigen Tango über, und Maindorff summt die Melodie mit, während die Kuppe seines Daumens mit leichtem Druck über Lisas Hals gleitet.
Lisa sitzt wie hypnotisiert da, unfähig, auch nur einen Muskel zu bewegen.
Maindorff ist jetzt entschlossen, in der nächsten halben Stunde Mittel und Wege zu finden, Lisa zu verführen. Es mußte heute nacht geschehen, sonst war die Sache für ihn uninteressant. Seine Begierde ist erwacht. Er genießt es zu sehen, da sie Angst vor ihm hat. Sie sitzt stocksteif da, blickt ihn ganz bestürzt an, wagt aber nicht, seine Hand wegzuschieben. Erst als seine Finger an dem Reißverschluß an ihrer Taille zerren, flüstert sie mit erschrockener Kinderstimme: »Nein, nein – bitte nicht!«
»Du bist jetzt ganz ruhig«, erwidert er. »Benimm dich nicht wie ein alberner Backfisch, sonst werde ich rabiat.«
Er dreht sie mit einem Ruck zu sich herum, und seine Arme schließen sich so fest um ihren Brustkorb, daß sie nach Luft ringt. Nach einer Weile läßt er sie los und sagt angewidert: »Wie kann man bloß so verdammt zickig sein.«

Er läßt sie dabei nicht aus den Augen, wohl wissend, daß er sie mit dieser Bemerkung an ihrer verwundbarsten Stelle trifft. Sie fällt auch prompt darauf herein.
»Zickig bin ich überhaupt nicht. Wie kannst du so etwas sagen? Ich mag es nur nicht, wenn man mich anfaßt. Was siehst du mich so an? Ich will nicht mit dir herumknutschen.«
»Dummes Zeug«, sagt Maindorff verächtlich. »Natürlich willst du's. Du traust dich bloß nicht. Gib doch zu, daß du eine verklemmte kleine Spießerin bist.«
»Das ist eine Gemeinheit!« Lisa ist aus ihrer Erstarrung erwacht. Am liebsten hätte sie ihm ins Gesicht gespuckt. Ihre Augen flammen vor Zorn. »Du sollst dich schämen, mir so etwas zu sagen!«
»Meinst du?« fragt Maindorff mit überlegener Ironie. »Dann beweise mir doch das Gegenteil.«
Er legt den Arm um ihre Taille und zieht sie wieder an sich.
»Aber ich...«, sagt Lisa unsicher, »ich kann doch nicht...«
Er spürt den Widerstand in ihrem Körper und lacht spöttisch. »Gut, wenn du nicht kannst, dann laß es. Aber dann bist du eben doch eine kleine Spießerin. Es nimmt dir ja niemand übel, so was muß es auch geben. Ich fürchte nur – ich fürchte...« Er läßt den Satz in der Luft hängen. Seine Arme fallen herab, und er wendet sich von ihr ab wie von etwas Peinlichem.
Lisa ist völlig verstört. Wie schon so oft in ihrem Leben, hat sie das Gefühl, auch diesmal wieder versagt zu haben. Oh, und er würde Toni sicher erzählen, wie dumm sie sich benommen hat! Was soll sie bloß tun? Wie verhält man sich in so einer Situation? Sie hat keine Ahnung.
»Sei doch nicht gleich beleidigt«, sagt sie zaghaft. Und weil sie feige ist, weil sie eine panische Angst davor hat, Maindorff könnte Toni gegen sie beeinflussen, lehnt sie sich gegen ihn und schiebt ihren Arm unter seinen.
»Ich bin überhaupt nicht beleidigt«, erwidert er und dreht sich flink zu ihr um. Jetzt ist er seiner Sache sicher, hat den Sieg bereits in der Tasche. Seine Miene hellt sich auf, er drückt sie mit einer fast liebevollen Bewegung an sich.
»Jetzt paß mal gut auf«, sagt er. »Dieses Gedudel hier fällt mir auf die Nerven. Ich glaube, wir suchen uns ein anderes Lokal.«
»Und Toni?« fragt sie, schon wieder in Panik. »Den können wir doch nicht einfach hierlassen?«
»Natürlich nicht«, beruhigt er sie. »Den nehmen wir mit. Wenn du hier auf mich wartest – ich sag den beiden nur mal eben Bescheid.« Er steht auf. Sein Plan ist fix und fertig. Er wird Toni überhaupt nichts sagen. Er

wird für ein paar Minuten verschwinden und dann zurückkommen und Lisa weismachen, Toni wäre so mit dem fremden Mädchen beschäftigt, daß er von ihm, Maindorff, gar keine Notiz genommen habe. Er hätte aber mit Angela verabredet, wo sie sich treffen würden.
Maindorff verschwindet, und Lisa bleibt allein in der dunklen Nische zurück, immer noch verwirrt und unglücklich, teils über Tonis Untreue, teils über ihre eigene Unfähigkeit, Männer richtig zu behandeln.
Sie schließt die Augen, halb betäubt von dem ungewohnten Alkohol, der ohrenbetäubenden Musik und dem Stimmengewirr. Sie hat ja gleich gewußt, der Abend wird schlimm für sie werden, daher ist sie im Grunde froh, hier heraus und erst einmal an die frische Luft zu kommen, um überhaupt wieder klar denken zu können.
Maindorff kommt zurück und versichert, es sei alles in Ordnung. Toni wisse Bescheid und würde in spätestens einer halben Stunde nachkommen. Der Einfachheit halber habe man sich zu Hause verabredet. »Wir können dann immer noch überlegen, ob wir in Rottach bleiben oder rüber nach Wiessee fahren. Da ist irgendein Faschingsball in der ›Krone‹.«
»Was macht Toni?« fragt Lisa, die gar nicht richtig zugehört hat.
»Er tanzt wie ein Verrückter mit der Kleinen. Aber mach dir keine Sorgen – der kommt schon wieder zur Vernunft. Ganz gut, wenn wir beide erst mal verschwinden.«
Lisa steht auf. Sie ist sehr blaß und sieht aus, als würde sie jeden Augenblick zu weinen anfangen. Maindorff nimmt ihren Arm. Er weiß, daß er sich schäbig benimmt, aber er genießt es. Sein Gewissen oder das, was er dafür hält, ist hinlänglich beruhigt. Er hat sich durch einen vorsichtigen Blick in die Bar davon überzeugt, daß Toni mit dem schwarzhaarigen Mädchen in einer Ecke sitzt, während Angela engumschlungen mit einem jungen Mann tanzt, der einen lila Samtanzug trägt und eine so bleiche Gesichtsfarbe hat, als wäre er soeben dem Grabe entstiegen.
Amüsiert euch nur, denkt Maindorff. Ich habe nichts dagegen...
Er führt Lisa die Treppe hinauf, läßt sich an der Garderobe die Mäntel geben, und während er sich bei ihr einhängt, verlassen sie das Hotel. Draußen ist es bitterkalt. Sie laufen die wenigen Schritte bis zum Parkplatz. Einmal rutschen sie aus, und Maindorff sagt ärgerlich: »Die hätten hier ruhig besser streuen können.«
Wenn Lisa später an diese Nacht zurückdenkt, wird sie sich immer wieder fragen, warum sie gerade in dem Augenblick, in dem Maindorff abfahren wollte, die Nerven verlor. Vielleicht wäre alles anders gekommen, die furchtbare Katastrophe wäre verhindert worden, hätte nicht plötzlich alles in ihr dagegen rebelliert, mit Maindorff allein in das leere Haus zu fahren und ihm dort ausgeliefert zu sein...

Sie sind eingestiegen. Lisa duckt sich tief in ihren Sitz und zieht den Mantel eng um sich. Sie friert; sie friert erbärmlich.
»Es wird gleich warm werden«, hört sie Maindorff sagen, doch ihre Gedanken sind ganz woanders. Ihre Gedanken sind bei Toni.
Sie sieht ihn vor sich: das blonde Haar, das immer leicht in die Stirn fällt. Das kräftige, braungebrannte Gesicht, die lachenden Augen...
Was war geschehen heute abend? Warum war da plötzlich ein Abstand zwischen ihm und ihr? Lag es nur an dem Mädchen? War es nicht vielmehr so, daß er sich immer noch hartnäckig dagegen wehrte, an sie, Lisa, gebunden zu sein?
Sie gerät in Panik. »Ich will raus hier«, schreit sie. »Laß mich – ich will hierbleiben.«
Maindorff, die Hand am Anlasser, fährt herum. »Bist du verrückt geworden?«
Sie will aussteigen, doch er hält sie fest. Sie will schreien, doch er preßt ihr die Hand auf den Mund.
Er ist außer sich vor Zorn.
Es entspinnt sich ein stummer, erbitterter Kampf. Etwas wie blinde Raserei überkommt ihn. Brutal faßt er zu und reißt ihr den Mantel auseinander. Er zerrt an ihrem Kleid und greift nach ihren Brüsten.
»Du Miststück«, sagt er wütend, als sie ihm mit den Fingernägeln das Gesicht zerkratzt. »Halt still, sonst bring ich dich um!«
Er will sich erneut auf sie stürzen, doch in diesem Augenblick werden sie vom Licht eines Scheinwerfers erfaßt. Maindorff schließt sekundenlang geblendet die Augen.
Lisa, halb wahnsinnig vor Angst, schreit gellend um Hilfe. Er läßt sie los, und sie drückt den Türgriff herunter, springt aus dem Wagen und läuft davon.
Maindorff flucht hinter ihr her. Er beschimpft sie in den unflätigsten Ausdrücken. Wenn er in Zorn gerät, so wie jetzt, kennt er sich selbst nicht mehr. Er war nahe daran gewesen, Lisa zu erdrosseln.
Während er aussteigt, den Wagen abschließt und sich mit zitternden Händen eine Zigarette ansteckt, rennt Lisa ins Hotel zurück. Sie irrt durch die Gänge und ist so verstört, daß sie sich überhaupt nicht zurechtfindet und schließlich in der Küche landet. Ein freundlicher Koch zeigt ihr den Weg und blickt kopfschüttelnd hinter ihr her.
Endlich ist Lisa wieder in der Bar. Hier herrscht inzwischen ein solches Gedränge, daß sie kaum vorwärtskommt. Es wird Rumba getanzt. Lisa wird hin und her geschoben, bekommt Rippenstöße und Püffe von allen Seiten, und ein dicker Mann tritt ihr so kräftig auf den rechten Fuß, daß ihr vor Schmerz die Tränen in die Augen schießen.

Dann sieht sie Toni. Er ist mitten unter den Tanzenden und hat seine Partnerin mit beiden Händen um die Taille gefaßt. Er hebt sie in die Höhe, schwenkt sie herum und bleibt dann abrupt stehen, um sie an sich zu drücken.
»Toni!« Lisa stürzt auf das Paar zu.
Mit dem offenen Pelzmantel, dem aufgelösten Haar und den weit aufgerissenen Augen erregt sie Aufsehen. Man dreht sich nach ihr um, zeigt mit Fingern auf sie, lacht.
Toni sieht sie kommen und erschrickt. Er läßt seine Tänzerin los und blickt Lisa mit einem angewiderten Gesichtsausdruck entgegen.
»Wo kommst du denn auf einmal her?« fragt er gedehnt. »Wie siehst du aus?«
»Komm mit«, sagt Lisa wild und greift nach seiner Hand. »Komm sofort mit!«
Er schüttelt sie ab. »Was soll denn das? Du siehst doch, ich tanze. Kannst du nicht einen Augenblick warten?«
Lisa bricht in Tränen aus. Sie heult einfach los wie ein kleines Kind. »Du mußt mitkommen«, sagt sie verzweifelt. »Du mußt mitkommen... bitte – ich bitte dich... ich flehe dich an.«
Sie ist kreidebleich im Gesicht und sieht aus, als würde sie im nächsten Moment umfallen.
»Ich komme ja schon«, sagt Toni und nimmt ihren Arm. Die Szene ist ihm entsetzlich peinlich. Sie werden von allen Seiten angestarrt. Die Tanzenden machen einen Bogen um sie. Einige lachen, andere blicken indigniert.
Bloß weg hier! denkt Toni. Weg, bevor ein Reporter auftaucht. Er schiebt Lisa vor sich her, redet beruhigend auf sie ein, überlegt dabei, was passiert sein könnte.
Lisa sieht erbarmungswürdig aus. Sie schluchzt vor sich hin. Ihr Körper ist gekrümmt. Toni wird himmelangst. Er weiß nicht, was er von alldem halten soll.
Wie aus dem Boden gewachsen steht plötzlich Maindorff vor ihnen. »Glaub ihr kein Wort«, sagt er zu Toni. »Sie ist völlig hysterisch.«
Lisa richtet sich auf. »Scher dich weg!« ruft sie in heller Wut. »Ich will dich nicht mehr sehen.«
»Total übergeschnappt«, sagt Maindorff ungerührt. »Am besten, du bringst sie nach Hause.«
Lisa macht eine Bewegung, als wolle sie sich auf ihn stürzen, doch Toni umklammert fest ihren Ellbogen.
»Dieser dreckige Kerl«, jammert Lisa und zittert schon wieder vor Angst. »Dieser gemeine, dreckige Kerl.«

Die Verzweiflung in ihrer Stimme rührt Toni, doch er sieht das spöttische Grinsen im Gesicht seines Freundes und will sich keine Blöße geben. »Verdammt noch mal, nimm dich jetzt zusammen«, sagt er zu Lisa. Er hat es satt, hier vor allen Leuten ein Schauspiel zu geben und stößt sie unsanft vorwärts. Maindorff folgt ihnen und redet leise und heftig auf Toni ein: »Ich sage dir, sie hat den Verstand verloren. Du darfst ihr Gerede gar nicht ernst nehmen. Sie hat zuviel getrunken. Bring sie nach Hause und pack sie ins Bett und dann komm auf dem schnellsten Weg wieder her. Ich halte inzwischen die Kleine fest.«

Als Lisa ein paar Minuten später neben Toni im Auto sitzt, hat sie nur den einen Wunsch, sich in seine Arme zu werfen und von ihm getröstet zu werden. Wenn es sich irgendwie vermeiden läßt, wird sie ihm keine Szene machen. Er soll nur liebevoll und zärtlich zu ihr sein.
Schon die Art, wie sie ihm ihr tränenüberströmtes Gesicht zuwendet, wirkt provozierend auf ihn. Als sie sich an ihn schmiegen will, wehrt er gereizt ab: »Ja, ja, schon gut. Sei jetzt bitte vernünftig und benimm dich nicht wie ein kleines Kind. Also, was ist los?«
Lisa, unangenehm berührt von dem kühlen Ton, vergißt alle guten Vorsätze und sprudelt ihre Anklagen heraus. Maindorff sei ein ekelhafter Kerl, der versucht habe, sie zu vergewaltigen. Aber schuld daran sei niemand anderer als Toni. Sie einfach sitzenzulassen und sich an diese ordinäre Person heranzumachen! Eine Gemeinheit sei das gewesen – jawohl, eine Gemeinheit! Aber wenn man sich mit einem Menschen wie Maindorff einlasse, dann dürfe man sich ja nicht wundern; so was färbe natürlich ab. Und sie könne sich schon denken, mit was für einer Sorte Mädchen sich Toni bisher herumgetrieben habe. Und an das ganze Getue von großer Liebe glaube sie jetzt auch nicht mehr. Sie hätte ja heute gesehen, wie wenig Verlaß auf ihn sei...
Das alles unterbrochen von Schluchzen und Nase-Hochziehen und Hände-vor-das-Gesicht-Schlagen.
Danach tritt Stille ein. Lisa weiß, daß sie das alles so nicht hätte sagen dürfen, aber sie konnte nicht anders. Die Tränen steigen ihr schon wieder in die Augen, doch sie ist zu kraftlos, nach einem Taschentuch zu suchen. Sie hofft noch immer, Toni wird sie jetzt in den Arm nehmen, sie sehnt sich danach, wie sie sich noch nie nach etwas gesehnt hat, doch er sitzt nur stumm an ihrer Seite und starrt vor sich hin.
Endlich, nach einer ganzen Weile, fragt er: »War es das? Bist du fertig?«
»Ja«, sagt Lisa und hält unwillkürlich den Atem an. Seine Stimme verrät ihr, daß sie eben etwas zerstört hat, was gut und schön war. Etwas ist unwiderbringlich dahin...

Toni betätigt den Anlasser. Die Wut ist so jäh in ihm aufgestiegen, als wäre ein Ventil geöffnet worden. Er spürt plötzlich eine ungeheure Erleichterung, eine Befreiung. Etwas ist ihm wiedergeschenkt worden, was er bereits verloren geglaubt hatte: seine Unabhängigkeit.
Er schaltet den Rückwärtsgang ein und lenkt den Wagen aus der Parklücke. Der glattgefrorene Schnee knirscht unter den Reifen.
Lisa bohrt die Fingernägel in die Handteller und wappnet sich. »Wo fährst du hin?« fragt sie.
»Ich bringe dich ins Sanatorium. Nach allem, was du mir eben gesagt hast, ist es wohl besser, wir trennen uns.«
Aber das ist doch Wahnsinn, will sie sagen, doch vor Schreck bringt sie keinen Ton heraus. Sie blickt ihn nur stumm von der Seite an. Sie ist jetzt eingeschüchtert und tief verletzt, unfähig, sich zu wehren oder aufzubegehren.
Toni spürt das, genießt es, fühlt sich sehr männlich, sehr überlegen. Er hätte nicht übel Lust, vor sich hin zu pfeifen. Maindorff hat schon recht. Man soll den Weibern nicht so viel Bedeutung beimessen. Mit Erleichterung registriert er die Gleichgültigkeit, die er beim Anblick von Lisas Tränen empfindet.
Sie fahren am See entlang. Lisa weint still vor sich hin. Sie beginnt sich zu fragen, was denn nun aus ihr werden soll. Die Kluft zwischen ihnen ist schon so groß, daß sie keine Möglichkeit mehr sieht, sie zu überbrükken. So schnell geht das!
Toni hat sie abgeschüttelt. Sie selbst hat ihm mit ihren Vorwürfen die Chance dazu gegeben. Vielleicht hatte er nur auf eine solche Gelegenheit gewartet? Vielleicht warten alle Männer darauf? War es nicht denkbar, daß in allen geduldig der Wunsch im Hinterhalt lauert, die Frau bei einem Fehler zu ertappen, um sich ihrer zu entledigen?
Lisa rafft sich zu einem letzten Versuch auf. »Toni?« fragt sie mit leiser Stimme und lehnt sich vorsichtig an ihn. »Wollen wir diese dumme Geschichte nicht einfach vergessen? Es tut mir leid, wenn ich dich gekränkt habe.«
Sie hat den falschen Augenblick gewählt. Toni will keine Versöhnung, Toni will Freiheit. Und zwar Freiheit ohne schlechtes Gewissen.
»Das hättest du dir vorher überlegen sollen«, entgegnet er kühl.
»Gut«, sagt Lisa plötzlich störrisch. »Ich dränge mich nicht auf. Ich habe gar keinen Grund, mich bei dir zu entschuldigen. Du bist es, der sich schlecht benommen hat.«
Er antwortet nicht.
Sie möchte noch etwas sagen, etwas, was ihm weh tut, das ihn verletzt, aber ihr fällt nichts ein.

Schweigend legen sie den Rest der Fahrt zurück, jeder mit seinen eigenen Gedanken beschäftigt. Erst als sie in die Sanatoriumseinfahrt einbiegen, sagt Toni mit einem Anflug von Reue: »Ich glaube, wir sind jetzt beide ein bißchen durchgedreht. Versprich mir, daß du nicht heulst, wenn ich wegfahre. Ich rufe dich auf jeden Fall morgen früh an.«
Lisa, inzwischen so verkrampft, daß sie selbst diese harmlose Bemerkung aufbringt, erwidert patzig: »Nicht nötig.«
»Wie du willst«, sagt Toni ein wenig erstaunt. »Ich dachte nur –«
Kaum hält der Wagen, hat sie auch schon die Tür geöffnet und steigt aus. Sie zittert. Sie will nicht weinen, aber die Tränen lassen sich nicht zurückhalten.
»Herrgott noch mal«, sagt Toni und packt ihren Arm, weil sie einfach weglaufen will.
Sie stehen voreinander. Lisa ein zitterndes Bündel, Toni wütend, weil er nun doch ein schlechtes Gewissen hat. Er hätte sich nie auf diese Geschichte einlassen sollen!
»Wein doch nicht so«, sagt er hilflos.
Er will sie in den Arm nehmen, doch sie wehrt ab. »Laß mich!«
Er zuckt die Schultern, wie ein Mann es tut, der sich überfordert fühlt.
»Mir ist kalt«, sagt Lisa. Sie macht ein paar Schritte auf das Haus zu. Toni geht hinter ihr her. Stumm sieht er zu, wie sie in ihrer Handtasche nach dem Schlüssel sucht.
»Ich werde dich morgen früh anrufen«, sagt er gegen seinen Willen.
Sie schließt die Tür auf. Dabei überlegt sie, ob sie ihm die Hand geben soll. Während sie noch darüber nachdenkt, taucht die Nachtschwester auf.
»Gute Nacht«, sagt Lisa hastig.
»Gute Nacht!« Er streckt die Hand aus, aber sie hat sich schon umgedreht. Die Tür fällt hinter ihr ins Schloß.
Toni sieht nicht mehr, wie Schwester Maria die weinende Lisa in ihre Arme schließt.

25

Toni braucht nicht länger als zwölf Minuten, bis das hell erleuchtete Hotel wieder vor ihm auftaucht. Während der Fahrt hat er jeden Gedanken an Lisa verdrängt. Er hofft, nicht zu spät zu kommen, Maindorff und das Mädchen noch anzutreffen. Sie ist genau das, was er jetzt braucht: frech und unsentimental; und sie sagt vulgäre Dinge, ohne zu erröten, und gibt einem Mann das Gefühl, sich ungehemmt gehenlassen zu können.

Er betritt das Hotel und läuft sofort Maindorff in die Arme.
»Wo bleibst du denn, Mensch?« fragt Felix. »Ich habe hier auf dich gewartet. Wir wollen gleich losfahren. Die Kleine ist ganz scharf auf dich.«
Das ist der Ton, den Anton Hollerer kennt, den er lange genug entbehrt hat. »Na, wunderbar«, sagt er und fühlt, wie die Ungeduld in ihm aufsteigt. Er will weitergehen, doch Maindorff hält ihn fest.
»Was ist mit Lisa?« fragt er.
Toni zuckt die Achseln. »Was soll mit ihr sein? Alles in Ordnung. Ich habe sie ins Sanatorium gebracht.«
Sie sehen sich an, grinsen einander zu. Maindorff klopft Toni auf die Schulter. »Weiber –«, sagt er bloß. »Na, nun komm, Junge! Jetzt wird endlich mal wieder ordentlich auf die Pauke gehauen.«

Sie ziehen von Lokal zu Lokal: Maindorff, Angela, Toni und das dunkelhaarige Mädchen, das sich Ilona nennt und behauptet, Fotomodell zu sein.
»Reine Angabe«, sagt Maindorff zu Toni. »Eine ganz gewöhnliche Hure.«
Toni stört das nicht. Im Gegenteil. »Ich mag Huren gern. Sie sind nett und lustig und verlangen nicht, daß man Gefühle in sie investiert.«
Er sagt das mit schwerer Zunge, und dabei streichelt er Ilonas Arm und sieht sie freundlich grinsend an. Er ist inzwischen schwer betrunken, und seine Stimmung schwankt zwischen Ausgelassenheit und Melancholie.
Es ist zwei Uhr morgens, als sie die »Goldene Kanne« verlassen, um zu Ilonas Wohnung zu fahren, die sich in der Nähe des Sees in einem Appartementhaus befindet.
Toni und Ilona stehen unter einer Laterne am Parkplatz und warten auf die beiden anderen, die noch von Bekannten in der Hotelhalle aufgehalten worden sind.
Toni hat Mühe, sich auf den Beinen zu halten. Er umklammert mit beiden Armen den vereisten Laternenpfahl. Schwankend und breitbeinig versucht er das Gleichgewicht zu halten und Ordnung in seine verwirrten Gedanken zu bringen.
Ilona, enttäuscht darüber, daß dieser hübsche Junge während der letzten halben Stunde nur noch Unsinn dahergeredet hat, sagt leicht gereizt: »Wie willst du denn Auto fahren? Du bist ja total blau.«
»Ich bin stocknüchtern«, erwidert Toni und spürt eine Welle von Übelkeit in sich aufsteigen.
»Quatsch«, sagt Ilona. Sie läuft auf Maindorff zu und ruft: »Dein Freund ist betrunken. Nimm ihm den Wagenschlüssel ab.«
Maindorff kommt näher. Er hat selbst eine Menge getrunken, fühlt sich

aber durchaus in der Lage, einen Wagen zu steuern. Er traut das auch Toni zu und lacht Ilona aus. »Du kannst dir ja ein Taxi nehmen, wenn du nicht mit ihm fahren willst.«

Ilona bittet ihn, sie in seinem Wagen mitzunehmen, doch er schüttelt nur den Kopf. Sie läuft neben ihm her, rutscht aus, klammert sich an Maindorff fest, der sich unsanft von ihr befreit. »Du fährst mit Toni, und damit basta!«

Toni hat inzwischen den Laternenpfahl losgelassen. Er torkelt zu seinem Wagen. Eine ganze Weile fingert er am Schloß herum, bis es ihm endlich gelingt, den Schlüssel hineinzustecken und aufzuschließen.

Ilona weigert sich einzusteigen.

»Pah!« sagt er. »Dann fahre ich eben allein.«

Aber das will sie auch wieder nicht. Etwas verspricht sie sich noch von ihm, jung und erfolgreich wie er ist.

Sie steigt schließlich widerstrebend ein, macht die Tür zu und wartet, daß Toni abfährt. Aber der sitzt nur da und starrt mit glasigen Augen auf das Armaturenbrett, als hätte er in seinem Leben noch nie so ein Ding gesehen.

Von draußen wird an die Scheibe geklopft. Toni ruft: »Heh!« und kurbelt mühsam das zugefrorene Fenster herunter.

Maindorff steckt seinen Kopf herein. »Alles in Ordnung, Junge? Kannst du fahren?«

»Klar«, sagt Toni großspurig und versucht sich zusammenzureißen, denn ihm wird schon wieder übel.

Maindorff zieht den Kopf zurück. »Okay. Wir fahren hinter euch her.«

Er stapft durch den Schnee zu seinem Wagen zurück.

Angela hält ihm die Tür auf. Sie ist müde und schlecht gelaunt.

»Können wir nicht nach Hause fahren?« fragt sie.

»Nein.«

Sie schweigt. Sie wagt nicht zu widersprechen und ist wütend auf sich selbst – wie des öfteren in letzter Zeit, wenn sie spürt, wie abhängig sie geworden ist. Sie fragt sich, was aus ihr werden soll, wenn Maindorff sie eines Tages fortschickt. Er wird es tun, sie weiß es. Er hat noch jeden fortgeschickt, der ihm nicht mehr paßte.

Sie fahren los. Es ist kaum noch Verkehr auf der Straße. Maindorff hält sich dicht hinter Toni. Sie biegen bei der nächsten Ampel rechts ab, fahren eine enge Straße entlang und kommen wieder an eine Kreuzung. Die Ampel schaltet gerade auf Rot, doch Toni fährt einfach weiter.

»Idiot«, sagt Maindorff und gibt Gas, nachdem er sich durch einen raschen Blick nach allen Seiten davon überzeugt hat, daß kein anderer Wagen in der Nähe ist.

Sie haben den Ort hinter sich gelassen und befinden sich auf einer Nebenstraße, die ein Stück durch den Wald führt. Es ist eine Straße mit scharfen Kurven, und Maindorff flucht, weil Toni zu schnell fährt. Er hupt zweimal scharf, doch der Wagen vor ihm ist schon hinter der nächsten Kurve verschwunden.
Maindorff gibt Gas. Er versucht Toni einzuholen. Der Abstand zwischen den beiden Wagen verringert sich, doch in Maindorffs vernebeltem Hirn schlägt plötzlich eine Alarmglocke an.
Wieder taucht eine Kurve vor ihnen auf. Maindorff bremst, um nicht auf den anderen Wagen aufzufahren. Ein Schock durchfährt ihn, als er sieht, daß Toni einfach weiterrast. Sein Auto dreht sich zweimal um die eigene Achse, stürzt die Böschung hinunter und bleibt mit den Rädern in der Luft liegen.
Als Maindorff kurz darauf seinem Wagen entsteigt, ist er sicher, da unten in dem Wrack zwei Tote zu finden. Ein Gedanke schießt ihm durch den Kopf, der alle anderen Gedanken verdrängt: Ich muß umbesetzen.
Gefolgt von Angela, die laut vor sich hin jammert, klettert er die steile, vereiste Böschung hinunter. Einen Augenblick steht er da und betrachtet das zertrümmerte Auto, dessen linke Seite völlig eingedrückt ist. Dann rüttelt er an der eingeklemmten Tür und versucht sie zu öffnen. Es gelingt ihm nicht.
Plötzlich sind Scheinwerfer da. Menschen tauchen am Straßenrand auf. Stimmen werden laut. Maindorff entfernt sich ein paar Schritte von dem Wrack, mit einemmal von lähmendem Entsetzen befallen. Er ist außerstande, den Leuten, die offenbar etwas von ihm wissen wollen, Rede und Antwort zu stehen. Er torkelt, versucht die Böschung hinaufzuklettern, wird aber von jemandem festgehalten. Und dann hört er das wilde Kreischen einer Frauenstimme und taumelt zurück mit vor Schreck geweiteten Augen und hört sich laut sagen: »Ich habe nichts damit zu tun!«
Angela stürzt auf ihn zu. Er will sie abschütteln, doch sie klammert sich an ihm fest. »Bring mich weg«, fleht sie. »Ich kann das nicht sehen – ich kann das nicht sehen...«
Er stößt sie zurück. Langsam, Schritt für Schritt, geht er auf das zertrümmerte Fahrzeug zu. Die eingeklemmte Tür ist jetzt einen Spaltbreit geöffnet. Er bleibt stehen, wagt aber nicht, einen Blick in das Innere des Wagens zu werfen.
Eine Stimme sagt: »Der Mann lebt. Wir müssen Hilfe holen. Für die Frau können wir nichts mehr tun.«

Im Morgengrauen kehrt Maindorff, zusammen mit Angela, nach Hause zurück. Toni ist inzwischen mit einem Hubschrauber nach München ge-

bracht worden. Falls er den Unfall überlebt, was noch nicht feststeht, wird er aller Voraussicht nach querschnittsgelähmt bleiben. So die vorläufige Diagnose des Unfallarztes.
Maindorff hat Angelas unentwegtes Stöhnen dadurch zum Schweigen gebracht, daß er sie anbrüllte, aber während sie ihm an dem kalten Kamin gegenübersitzt, entringen sich ihr immer wieder Laute des Entsetzens. Sie ist völlig verstört und redet unzusammenhängendes Zeug.
»Laß mich allein«, sagt Maindorff.
»Ich will bei dir bleiben«, entgegnet Angela. Und dann setzt sie etwas hinzu, was aus ihrem Munde erstaunlich klingt: »Ich habe Angst.«
»Angst...« Maindorff wiederholt das Wort mit düsterer Stimme. Er wirft mit einer theatralischen Gebärde den Kopf zurück und schließt die Augen. Gräßliche Visionen tauchen vor ihm auf: verstümmelte Leiber, blutende, vor Schmerz entstellte Gesichter mit weit aufgerissenen Mündern.
Er springt auf, stößt den Tisch beiseite, brüllt unbeherrscht los: »Dieser verfluchte Idiot! Dieser Narr... dieser gottverdammte Narr – konnte er nicht aufpassen!«
Es ist deine Schuld, denkt Angela. Aber sie würde es nie wagen, ihm so etwas zu sagen. So murmelt sie nur leise: »Reg dich nicht auf. Vielleicht ist alles halb so schlimm. Vielleicht wird er ja wieder gesund.«
Einen Augenblick sieht es aus, als wolle er sich auf sie stürzen, aber dann winkt er nur ab und sagt: »Geh ins Bett. Ich ertrage dieses Gerede nicht.«
Sie schüttelt nur den Kopf. Zwei Minuten vergehen. Drei. Vier. Es ist still im Haus. Angela stöhnt nicht mehr. Sie sitzt nur da und starrt ins Leere.
Maindorff geht auf und ab, schnipst mit den Fingern, führt Selbstgespräche, die sich alle um den Film drehen. In Gedanken geht er die möglichen Darsteller durch, die für die Rolle, die er Toni zugedacht hatte, in Frage kommen. Zwischendurch trinkt er Whisky, raucht eine Zigarette und fragt Angela, ob sie sich an den Namen des Schauspielers erinnern könne, den sie kürzlich zusammen in einem französischen Kurzfilm gesehen hätten. Angela kann sich nicht erinnern.
»Na, ich komme schon drauf«, sagt Maindorff. »Begabter Bursche. Hatte eine gewisse Ähnlichkeit mit Toni.«
Er hat sich jetzt wieder gefangen. Der Whisky hat ihm gutgetan. Er schenkt sich noch ein Glas ein. Keine Visionen mehr, keine zitternden Hände, keine Alpträume von Tod und Verderben. Er verbietet sich das. Er kann es sich nicht leisten, durchzudrehen.
Nachdem er endlich einen Entschluß gefaßt hat, nimmt er den Telefonhörer auf.
Angela sieht ihn an. »Was hast du vor?« fragt sie.
»Ich rufe Faber an. Er muß herausfinden, wo der Junge steckt.«

Die trüben, übernächtigten Augen der jungen Frau irren ab. Sie sucht nach einer Entschuldigung für diese ihr unverständliche gefühllose Eile. Ein kürzes Schweigen der Verlegenheit breitet sich aus.
Nach einer Weile fragt Angela leise: »Du hast Toni also schon abgeschrieben?«
Felix von Maindorff entwirrt mit einer an ihm ungewohnten Pedanterie die verdrehte Telefonschnur.
Dann blickt er kühl auf. »Wenn du so willst«, sagt er. »Ja.«
Und um jeden Widerspruch auszuschließen, setzt er noch einmal mit Nachdruck hinzu: »Ja – ich habe ihn abgeschrieben.«

26

Ellen Klostermeier sitzt in dem runden Besuchersessel im Büro von Frau Dr. Mittenwald. Frau Klostermeier hat die Ärztin um eine Unterredung gebeten. Ihr hübsches, etwas gewöhnliches Gesicht ist ungeschminkt. Das gibt ihr ein ganz neues, menschliches Aussehen.
Die Ärztin sieht sie mit vagem Interesse an. Sie kann sich in diese Art Frauen kaum hineindenken. Sie hat viele von ihnen in den letzten Jahren kennengelernt. Alle waren sie hübsch, verwöhnt und oberflächlich und konnten mit ihrem Leben nichts anfangen.
Diese Frau allerdings hat – bei aller Oberflächlichkeit – etwas an sich, das für sie einnimmt. Sie sieht ein, daß sie Fehler gemacht hat, und sucht nach einer Möglichkeit, diese Fehler wiedergutzumachen.
Frau Dr. Mittenwald lächelt aufmunternd. »Sie wollten mich sprechen? Was kann ich für Sie tun?«
Ellen Klostermeier ist von einer geradezu rührenden Verlegenheit. »Ach, das ist so schwer – ich weiß gar nicht, ob ich Sie mit diesen Dingen behelligen kann. Aber ich habe ja keinen Menschen...« Sie hält den Blick gesenkt, zupft nervös an einem Häutchen am Fingernagel.
Käthe Mittenwald, die Ärztin, beobachtet sie aufmerksam. »Reden Sie nur«, sagt sie freundlich.
»Mein Mann – ich möchte zu ihm zurückkehren. Halten Sie das für richtig?« fragt Ellen Klostermeier.
Frau Dr. Mittenwald trinkt einen Schluck Tee und lehnt sich zurück. Es ist immer schwierig, sich zu einer so privaten Frage zu äußern. Sie könnte natürlich ausweichend antworten, doch damit ist dieser Frau nicht gedient. Also erwidert sie geradeheraus: »Wenn Ihr Mann damit einverstanden ist – und wenn Sie selbst sich diesen Schritt zutrauen, halte ich das durchaus für richtig.«

»Mein Mann... er meint es so gut mit mir«, sagt Ellen leise. »Ich weiß, daß er nur darauf wartet, daß ich wieder nach Hause komme. Ich verstehe das alles gar nicht«, stammelt sie hilflos. »Er hat mich lieb, und ich hab' ihn ja auch gern, aber ich bin eben keine gute Ehefrau. Wenn ich jetzt zurückgehe, ich weiß nicht, ob ich immer alles richtig mache – ich meine, wenn ich mich plötzlich in einen anderen verliebe, dann weiß ich eben nicht, ob das gutgeht. Ich will ihn ja nicht betrügen, ich will es wirklich nicht, aber wenn es eben doch passiert, dann fängt der ganze Ärger wieder von vorne an.«
Die Ärztin schüttelt den Kopf. »Daran dürfen Sie jetzt nicht denken.«
Zum erstenmal hebt Ellen Klostermeier den Kopf und sieht die Ärztin voll an. Ihr Lächeln ist entwaffnend, ihre Frage klingt ungeduldig.
»Sie meinen, ich soll es einfach wagen?«
»Ja. Man soll nicht zuviel über mögliche Komplikationen in einer Ehe nachdenken. Wichtig ist Ihre Bereitschaft, es noch einmal mit Ihrem Mann zu versuchen. Probleme gibt es immer. Es kommt nur darauf an, wie man mit ihnen fertig wird. Wenn man einen Menschen gern hat – und Sie haben Ihren Mann gern –«
Ellen Klostermeier nickt.
»– dann gibt es immer einen Weg.«
Käthe Mittenwald schweigt. Was rede ich da, denkt sie. Sprüche. Wenn es hart auf hart kommt, kann sie nichts damit anfangen.
Sie entschließt sich, deutlich zu werden.
»Sie waren zwei Jahre lang allein. Haben Sie das gefunden, was Sie gesucht haben?«
»Nein.«
»Sie kehren also zurück, weil Sie mit der Freiheit nichts anfangen konnten. Ist das so?«
Frau Klostermeier lächelt verlegen. »Ich dachte immer, es passiert etwas. Es kommt etwas auf mich zu – etwas Großes, Einmaliges. Es kam gar nichts. Ich war nur allein.«
»Glück«, sagt die Ärztin, »oder das, was wir darunter verstehen, kommt nie von außen. Und wer etwas Großes, Einmaliges erwartet – einfach so, ohne selbst etwas dazu zu tun –, wird meist enttäuscht.«
»Was raten Sie mir also?« fragt Ellen Klostermeier.
»Wenn Sie jetzt zu Ihrem Mann zurückkehren – seien Sie nicht enttäuscht, wenn Sie das Leben an seiner Seite genauso langweilig finden wie früher. Sie haben gelernt, daß die Sensationen auch anderswo nicht zu finden sind. Versuchen Sie etwas aus Ihrer Ehe zu machen. Zurückzugehen allein genügt nicht. Sie müssen wissen, daß eine Aufgabe auf Sie wartet. Glück ist nichts, was Ihnen fix und fertig präsentiert wird. Es ist

ein Zustand, den Sie sich erarbeiten müssen. Mit Geduld. Mit viel Geduld.«

»Hoffentlich kann ich das«, sagt Frau Klostermeier. »Ich bin immer sehr ungeduldig gewesen.«

Und auf einmal kommt ihr ganz deutlich zum Bewußtsein, was sie getan hat – wie unfähig sie gewesen war und wie sie alle Schuld am Versagen ihrer Ehe allein Werner, ihrem Mann, zugeschoben hat. Sie wußte ja, daß er langweilig und nichtssagend war. Warum hat sie ihn geheiratet, wenn sie nicht bereit war, sich damit abzufinden? Und Geduld hatte sie nie für ihn aufbringen können – nicht für ihn und nicht für sich selbst.

Sie ist jetzt zerknirscht, ganz bereit, alles gut, alles besser zu machen. Spontan ruft sie aus: »Ich danke Ihnen! Sie sind der erste Mensch, der mir so etwas gesagt hat. Meine Freunde – ach Gott, eigentlich habe ich ja gar keine –, aber zum Beispiel Frauen, mit denen ich über meine Ehe gesprochen habe... die haben mich immer nur aufgehetzt.«

»Mit solchen Frauen sollten Sie sich gar nicht abgeben«, sagt die Ärztin mit trockener Ironie.

»Mach ich auch nicht mehr. Ich will überhaupt versuchen, mich zu ändern.«

Nun lächelt Frau Dr. Mittenwald ihr zu und steht auf. »Verlangen Sie nicht zuviel. Und vergessen Sie nicht: Auch dazu gehört Geduld. Sich zu ändern – ein anderer Mensch zu werden, dazu braucht man manchmal ein ganzes Leben. Und selbst das reicht nicht immer aus.«

Ellen Klostermeier steht vor ihr, entschlossen, erfüllt von guten Vorsätzen. »Ich rufe jetzt meinen Mann an. Ich kann es gar nicht mehr erwarten, nach Hause zu kommen.«

Die Ärztin nimmt sie beim Arm und bringt sie zur Tür. »Jedenfalls wünsche ich Ihnen alles Gute. Lassen Sie einmal von sich hören. Ich würde mich freuen, wenn dieser zweite Anlauf gelingt.«

Die kleine Frau Klostermeier wird plötzlich ernst. »Ein bißchen Angst habe ich schon. Verstehen Sie das?«

»Natürlich. Ein bißchen Angst gehört dazu. Sonst wird man zu übermütig.«

»Ja, ja«, sagt Ellen prompt, »das stimmt. Ich habe immer gedacht, das kann ich mir leisten. Aber jetzt denke ich anders darüber.«

27

Lisa Schneeweiher erwacht aus kurzem, schwerem Schlaf mit einem Gefühl dumpfer Verzweiflung. Ihr Gesicht ist klebrig von getrockneten Trä-

nen. Noch im Schlaf hat sie geweint. Sie liegt still unter ihrer Decke, und die Erinnerung an das, was geschehen ist, an Tonis unbegreifliches, herzloses Verhalten und seinen Abschied von ihr, ruft ein Gefühl von Ekel und Lebensüberdruß in ihr wach, so daß sie außerstande ist, irgendeinen Entschluß zu fassen. Sie liegt einfach da, ruft sich jede kleinste Einzelheit des gestrigen Abends ins Gedächtnis zurück und steigert sich mehr und mehr in Kummer über das Scheitern ihrer Liebe und all ihrer Hoffnungen auf ein gemeinsames Leben mit Toni hinein.
Als das Telefon läutet, glaubt sie zunächst, es gehe sie nichts an. Sie ist so eingesponnen in ihre Traurigkeit, daß sie das anhaltende Klingeln einfach nicht zur Kenntnis nimmt. Dann aber fällt ihr plötzlich ein: Das könnte Toni sein! Und sie greift hastig zum Hörer.
»Hallo – wer ist da?«
»Angela –«
Pause. Lisa wartet, aber es kommt nichts mehr.
»Was ist los?« fragt sie schroff. »Was willst du von mir?«
Stille. Es klingt wie Schluchzen am anderen Ende der Leitung. Aber das muß ein Irrtum sein.
Lisa wird plötzlich wütend. Sie wittert eine Gemeinheit. Hinter diesem Anruf steckt natürlich Maindorff.
»So rede schon«, sagt sie ärgerlich. »Oder traust du dich nicht? Steht Toni hinter dir? Du kannst ihm sagen – nein, warte, ich sag es ihm selbst. Gib ihn mir – na los, gib ihn mir schon. Ich will ihn sprechen.«
»Ich kann dir Toni nicht geben.«
»Was heißt das?«
»Er ist nicht da.«
Sekunden vergehen. Lisa hört jetzt deutlich, daß Angela weint.
Ganz leise, mit einer dünnen, fremden Stimme fragt sie: »Ist etwas passiert?«
Angela sagt ihr, was geschehen ist, wie und wann und was man mit Toni gemacht hat. Sie versucht, etwas wie Hoffnung in ihre Stimme zu legen, aber das mißlingt kläglich, weil sie nicht daran glaubt, daß es noch so etwas wie Hoffnung für Toni gibt.
Lisa schreit nicht auf. Sie sitzt nur da wie erstarrt, und das Entsetzen breitet sich in ihr aus wie eine eisige Flüssigkeit.
Angela sagt: »Es tut mir leid... es tut mir so schrecklich leid.«
Lisa schweigt.
»Bitte sag mir, ob wir irgend etwas für dich tun können. Maindorff –«
Da fährt Lisa auf. »Nein, nein«, ruft sie. »Ich will ihn nicht sehen...«
»Er ist abgereist«, sagt Angela. »Ich werde auch heute abend abreisen. Im Augenblick können wir doch nichts für Toni tun.«

Lisa steht jetzt der Schweiß auf der Stirn. Ihr ist schwindlig, vor ihren Augen dreht sich alles, doch sie versucht sich zusammenzunehmen. »Wo ist er?« fragt sie. »Ich will zu ihm.«
»Das kannst du nicht. Er ist in München. Er liegt in der Universitätsklinik auf der Intensivstation. Niemand darf zu ihm.«
»Doch. Ich darf es. Ich muß es.«
»Sei vernünftig, Lisa. Er ist bewußtlos.«
Lisa beginnt zu weinen. »Ich will zu ihm. Ich will ihm helfen.«
»Maindorff sagt, es wäre besser für ihn, er würde sterben.«
»Ich hasse ihn. Er hat ihn auf dem Gewissen.«
»Das darfst du nicht sagen, Lisa.«
»Ich sage es aber. Er hat ihn auf dem Gewissen, und ich wünsche ihm, daß er genauso elend zugrunde geht wie Toni.«
»Das ist eine Gemeinheit.«
Lisa sagt bebend: »Ich liebe Toni! Ich liebe ihn... Maindorff hat ihn kaputtgemacht. Und jetzt verschwindet er einfach und läßt Toni verrekken.«
»Das ist nicht wahr. Du hast kein Recht, so etwas –«
Aber Lisa hört nicht mehr zu. Lisa legt den weißen Hörer auf die Gabel und schlägt die Hände vors Gesicht. Allein in ihrem Zimmer, durch dessen Balkontür die Sonne hell hereinscheint, versinkt sie in den tiefsten Abgrund der Verzweiflung.
Eine kurze Spanne Zeit in ihrem Leben hat sie sich der Illusion hingegeben, glücklich zu sein. Dieses Glück – oder dieses Scheinglück – ist nun zerstört. Lohnt es sich unter diesen Umständen noch, weiterzuleben?
Sie nimmt die Hände vom Gesicht, steht auf und beginnt in dem kleinen Zimmer umherzuwandern. Sie denkt nach. Eine ganze Weile denkt sie nach, und plötzlich beginnt sie sich zu schämen. Wie groß ihre Verzweiflung und ihr Kummer auch sein mögen, Tonis Leid ist größer. Er ist es, der Trost braucht, nicht sie. Sie hat nicht das Recht, sich gehenzulassen oder sich feige davonzustehlen. Sie muß jetzt all ihre Kraft aufbieten, um ihm zu helfen.
Es ist ein grauenhafter Gedanke, sich vorzustellen, daß dieser Mensch, der so gesund, so vergnügt, so voller Lebenskraft war, jetzt hilflos daliegt, angewiesen auf Ärzte und Pfleger, um überhaupt weiterleben zu können. Sie kennt Toni gut genug, um zu wissen, wie hart es ihn ankommen wird, in Zukunft so abhängig von anderen zu sein.
Der Mann, der sich gestern von ihr getrennt hat, weil er unabhängig bleiben wollte, ist ein anderer als der, der jetzt bewegungsunfähig in einem Krankenhaus in München liegt. Dieser andere braucht sie, und sie wird versuchen, ihn nie spüren zu lassen, wie sehr er sie braucht.

Aber nicht nur Toni ist ein anderer geworden, auch mit ihr ist eine Veränderung vor sich gegangen. Sie ist kein Kind mehr, kein verliebtes, törichtes Kind, das nach unerreichbaren Dingen wie ewigem Glück und ewiger Treue strebt. Sie ist eine erwachsene Frau geworden, jetzt, in diesem Augenblick. Sie hat nur den einen Wunsch, Toni zu retten, ihn davor zu bewahren, sich selbst aufzugeben.
Sie weiß, daß eine schwere Aufgabe auf sie wartet, und sie nimmt sich vor, sich durch nichts beirren zu lassen und niemals den Mut zu verlieren. Sie ist tapfer, sie hat es nur bisher nicht gewußt. Niemand hat auf diese Tapferkeit von ihr Wert gelegt. Aber nun wird sie verlangt, und nun ist sie auch da. Und mit ihr ein neues Selbstvertrauen, eine ganz ungewohnte Sicherheit. Sie zieht sich so rasch wie möglich an und packt ihren Koffer. Dann ruft sie das Sekretariat an und bittet, ihre Rechnung fertig zu machen. »Ich reise ab.«

Eine Stunde später ist der Sepp da, um sie mit dem Wagen nach Gmund zu fahren. Sie hat sich von Frau Dr. Mittenwald und von Leonore verabschiedet. Letztere hat ihr angeboten, sie nach München zu begleiten, doch Lisa hat dieses Angebot abgelehnt.
Jetzt fährt sie zum letztenmal am See entlang. Die Sonne scheint. Der Himmel ist wolkenlos. Sie schließt die Augen, weil sie diesen wolkenlosen Himmel nicht ertragen kann.
Während der ganzen Fahrt nach München sitzt sie mit geschlossenen Augen im Abteil. Ihre Mitreisenden denken, sie schläft. Doch Lisa Schneeweiher schläft nicht; sie betet.
Dann München. Kein blauer Himmel mehr. Wolken. Schneegestöber. Lisa nimmt sich ein Taxi und fährt zum Krankenhaus. Der Wagen hält an der Einfahrt. Sie drückt dem Fahrer einen Zwanzigmarkschein in die Hand, sagt: »Es stimmt«, und ist schon draußen.
Erst in diesem Augenblick verliert sie die Nerven. Sie rennt. Stößt die Menschen beiseite, die ihr entgegenkommen, drängt alles weg, was sich ihr in den Weg stellt, und hämmert mit der Faust gegen die Glasscheibe, hinter der ein Mädchen im weißen Kittel sitzt. Die Scheibe wird zur Seite geschoben.
»Anton Hollerer... heute nacht eingeliefert – Unfall...« Lisa hat kaum noch die Kraft zu sprechen. »Bitte... fragen Sie – ich will wissen, ob er lebt.«
Das Mädchen nickt. Schiebt die Scheibe zu. Greift zum Telefonhörer. Zwei Sekunden vergehen. Drei. Vier. Eine halbe Minute.
Dann wird die Scheibe wieder geöffnet. Das Mädchen sagt: »Herr Dr. Weißhaupt erwartet Sie. Zweiter Stock links. Privatstation.«

»Lebt er?« schreit Lisa.
»Nehmen Sie sich doch zusammen«, sagt das Mädchen. »Ja, er lebt.«
Lisa dreht sich um und geht auf die Treppe zu.
Der Taxifahrer kommt ihr entgegen. »Ihr Koffer – Sie haben Ihren Koffer im Wagen gelassen.«
»Danke«, sagt sie und nimmt ihm den Koffer ab.
Sie steigt langsam die Treppe hinauf. Als sie im zweiten Stock angekommen ist, bleibt sie stehen und lehnt sich gegen das Geländer.
Sie fühlt das Pochen ihres Herzens.
Nie in ihrem Leben wird sie diesen Augenblick vergessen. Toni lebt – nun ist es an ihr, ihm beizustehen.
Sie hat Angst. Eine Ewigkeit vergeht, bevor sie sich entschließt weiterzugehen. Sie muß alle Kraft zusammennehmen. Toni lebt, aber es besteht so gut wie keine Hoffnung, daß er sich wieder bewegen kann wie ein normaler Mensch. Angela hat es ihr heute morgen am Telefon gesagt.
Lisa lehnt immer noch am Geländer. Leise entringen sich ihr die Worte: »Lieber Gott, hilf ihm! Laß ein Wunder geschehen oder gib ihm die Kraft, dieses Leben zu ertragen. Gib uns beiden die Kraft.«
Es wird Zeit – Toni wartet auf sie. Und als sie weitergeht, beginnt sie zu lächeln. Und sie weiß plötzlich, daß es wichtig, ja lebensnotwendig ist, dieses Lächeln nie wieder zu verlieren.

28

Auf dem Weg zum Speisesaal begegnet Teresa Gilles der Hausdame, Fräulein von Winsen. Sie macht ein in sich gekehrtes Gesicht und will mit einem kurzen Gruß an Teresa vorbeigehen.
Teresa hält sie an. »Was sagen Sie zu dem entsetzlichen Unglück mit Anton Hollerer? Ich habe vorhin Nachrichten gehört. Selbst wenn er durchkommt, was noch nicht feststeht – mit seiner Karriere ist es vorbei.«
»Karriere –«, sagt Fräulein von Winsen leicht indigniert. »Ist das so wichtig! Viel schlimmer ist, daß er gelähmt bleiben wird.«
Teresa Gilles lächelt herablassend. »Das verstehen Sie nicht. Natürlich ist es schlimm, ein Krüppel zu sein, aber in jedem anderen Beruf gibt es irgendwelche Möglichkeiten, trotzdem weiterzumachen. Hollerer hat diese Möglichkeit nicht. Er ist erledigt. Aus. Vorbei. Er kann sich eigentlich nur umbringen.«
»Wie können Sie so etwas sagen!« Fräulein von Winsen ist empört. »Ich habe einmal in einem Rehabilitationszentrum gearbeitet. Kein Mensch dort ist auf die Idee gekommen, sich umzubringen.«

»Möglich«, sagt Teresa Gilles. »Aber das beweist gar nichts. Es gibt Menschen, die mit ihrem Schicksal fertig werden, und es gibt andere, und zu denen zählen in erster Linie Künstler, die werden es nicht.«
Fräulein von Winsen, im allgemeinen darauf bedacht, die Gäste nicht zu verärgern, vergißt alle gebotene Zurückhaltung und erwidert gereizt: »Ich begreife nicht, warum sich Künstler immer so wichtig nehmen müssen. Es sind genauso Menschen wie alle anderen.«
Teresa Gilles hat für diese Bemerkung nur ein mitleidiges Lächeln. »Das stimmt nicht. Künstler sind sensibler und daher auch anfälliger. Und wenn sie sich nicht wichtig nehmen würden, dann könnten sie mit ihren Ängsten und Zweifeln und mit ihren Komplexen überhaupt nicht fertig werden.«
Teresa Gilles nickt der Hausdame kühl zu und entfernt sich in die entgegengesetzte Richtung. Vielleicht liegt es an den zwei oder drei Glas Whisky, die sie eben auf ihrem Zimmer getrunken hat, daß sie auf dieses Geschwätz überhaupt eingegangen ist. Sie weiß ja selbst, daß sie nicht zu den Großen in ihrem Beruf zählt, die Anspruch darauf erheben dürfen, ernst genommen zu werden. Eine begnadete Künstlerin ist sie nie gewesen. Bestenfalls eine zweitklassige Schauspielerin. Aber gerade darum fühlt sie sich verpflichtet, die echten Künstler, die, die wirklich etwas Einmaliges leisten, zu verteidigen.
Sie ist jetzt am Ende der Treppe angelangt. Noch drei Schritte, und sie steht an der Rezeption. Der Blick in ihr Schlüsselfach ist inzwischen reine Routine geworden. Sie hat kaum noch Hoffnung, den ersehnten Brief darin zu finden. In ein paar Tagen wird sie abfahren, wird nach München zurückkehren – zurück in ihr lächerliches, enttäuschendes, kaputtes Leben. In das Leben einer Schauspielerin, die es nicht geschafft hat, die aber zu eigensinnig oder zu bequem – oder auch unfähig ist, etwas anderes anzufangen. »Ein Brief ist für Sie gekommen«, sagt die Pferdeschwänzige. »Ich habe gerade die Post sortiert.« Teresa Gilles starrt sie an. »Ein Brief«, sagt sie und will schon die Hand ausstrecken, hält aber in der Bewegung inne bei dem Gedanken: Was schreibt er? Will er mir die Rolle geben? Dann liegt der Brief vor ihr. Sie nimmt ihn mit spitzen Fingern und dreht ihn um und studiert den Absender. Sie kennt diese nervösen, fahrigen Schriftzüge, und obwohl sie sich sagt, daß es lächerlich ist, sich einer Rolle wegen so aufzuregen, ist sie fast einer Ohnmacht nahe.
Sie will diesen Brief in Ruhe lesen, ungestört, unbeobachtet, aber sie will nicht wieder hinauf in ihr Zimmer gehen. Sie hat eine Abneigung gegen dieses Zimmer. Es ist so still, so leer, so trostlos. Sie kommt sich so eingeschlossen darin vor. In der Halle will sie aber auch nicht bleiben. Also geht sie den Gang entlang, und es gelingt ihr, ohne jemanden grüßen zu müs-

sen, zu der kleinen Sitzecke zu gelangen, wo eine bestimmte Gruppe von Gästen abends Bridge spielt. Hier setzt sie sich hin, und hier öffnet sie den Brief, indem sie den kleinen Finger unter die Lasche schiebt und dann ungeduldig den Umschlag aufreißt. Sie liest, was Enzio, der Geliebte einer Nacht, an sie schreibt, und bewegt dabei die Lippen:

»... kann nichts gegen die Entscheidung machen, die hier getroffen wurde. Man wollte die Rolle unbedingt mit einer jungen Schauspielerin besetzen. Die Wahl ist auf Sandra Battista gefallen, die Tochter von... tut mir leid, daß es nicht geklappt hat. Du weißt, wie es in unserem Beruf zugeht... werden uns sicher im Winter in München wiedersehen.

Enzio.«

Sanatoriumsgäste gehen unbeachtet vorbei, während Teresa dasitzt und das Papier in ihrer Hand betrachtet. Sie wartet, daß etwas mit ihr passiert, daß eine Empfindung über sie hereinbricht, Wut, Enttäuschung, Verzweiflung, doch seltsamerweise bleibt sie ganz unbeteiligt. Nach einer Weile steht sie auf, steckt den Brief in ihre Handtasche und begibt sich in den Speisesaal, als wäre nichts geschehen. Sie sitzt allein an ihrem Tisch, denn Ellen Klostermeier ist abgereist, und als sie ihre einsame Mahlzeit beendet hat, geht sie hinüber in die Halle und setzt sich zu Frau Heim, einer Anwaltswitwe aus Hannover, die vor zwei Tagen angekommen ist.

Es ist nichts Auffälliges an Teresa Gilles an diesem Abend. Sie trinkt ihren Whisky, wie sie das immer tut, und hört sich zum zweitenmal die Geschichte vom Ableben des Rechtsanwaltes Heim an. Bärbel Heim ist erst vor drei Wochen Witwe geworden. Alles, was sie erzählt, läuft immer wieder auf den plötzlichen, unbegreiflichen Tod ihres Mannes hinaus. »Er war noch keine fünfzig. Begreifen Sie das? Begreifen Sie, daß so etwas möglich ist?« Teresa Gilles schüttelt den Kopf.

»Er war ein so lebensfroher Mann«, sagt Bärbel Heim niedergeschlagen. »Und er hat so vernünftig gelebt. Keine Zigarette. Keinen Alkohol. Vor ein paar Wochen hat er sich noch gründlich untersuchen lassen. Der Arzt war ganz zufrieden. Und dann – von einem Augenblick auf den anderen... begreifen Sie das?«

»Nein«, sagt Teresa Gilles. »Das begreife ich nicht.«

Aber sie sagt es zu dem schlanken jungen Mann mit den weichen Gesichtszügen und den träumerischen Augen, der plötzlich berühmt geworden war und in dessen Armen sie gelegen hatte, sie, die um viele Jahre Ältere. »Ich begreife es nicht«, sagt sie. Die beiden Frauen sitzen noch eine Weile beisammen, und Bärbel Heim findet diese Schauspielerin, der die anderen alle aus dem Weg gehen, eigentlich sehr nett. Sie erzählt weiter von ihrem verstorbenen Mann und wie das war, als sie ihn vor zwanzig Jahren kennenlernte. Und Teresa nickt und sagt: »Ach ja« und »Ach so«, und sieht aus, als verstehe sie alles, und dabei hört sie überhaupt nicht zu.

»Von einem Augenblick auf den anderen«, sagt Bärbel Heim, nachdem sie alles noch einmal ganz genau geschildert hat. »Begreifen Sie das?«

»Nein«, sagt Teresa Gilles. »Das begreife ich nicht.«

Und dann steht sie auf und wünscht Frau Heim eine gute Nacht, nickt auch Manfred und Leonore Tettenborn zu und geht hinaus. Tritt ab, wie es in den Stücken, die sie gespielt hat, heißt.

Und dann ist sie in ihrem Zimmer, zieht die Vorhänge zu und setzt sich in den Lehnstuhl neben dem Fenster. Es ist gar nicht so, daß sie besonders verzweifelt ist. Sie ist nur leer. Leer und müde. Sie mag nicht mehr. Sie weiß, daß diese Absage das Ende ist. Es hat keinen Sinn mehr, sich etwas vorzumachen. Diese Absage bedeutet, daß sie versagt hat. Daß sie mit dem Einsatz, den sie gewagt hat, nicht herausgekommen ist. Lange genug hat sie sich der Illusion aller Spieler hingegeben, im Weitermachen läge eine Chance. Jetzt gibt sie auf. Sie setzt nicht mehr. Sie läßt die Kugel, die sie so oft genarrt hat, ausrollen. Enzio war die letzte Partie gewesen, die sie gespielt hat. Alles hat sie auf diese Chance gesetzt. Sie hat gehofft, mit diesem Mann, mit dieser Rolle ihr unvollkommenes Leben zu rechtfertigen, die ganze schäbige und beschämende Vergangenheit auszulöschen. Nun aber weiß sie, daß sie sich selbst etwas vorgemacht hat. Gewogen und zu leicht befunden! Oder zu alt. Oder einfach unfähig.

Es ist aus. Sie kann sich nicht mehr selbst belügen. Die alten Täuschungsmanöver, die sie sich und anderen vorgespielt hat, wirken nicht mehr. Sie kann nur still und unauffällig abtreten.

Endgültig in die Niederungen der Erfolglosigkeit hinabzusteigen, dazu vermag sie sich nicht durchzuringen. Dann lieber verschwinden. Ausgelöscht sein.

Sie steht auf, geht ins Badezimmer, schüttet den Inhalt eines Tablettenröhrchens in ein Wasserglas und zerkleinert die Tabletten mechanisch mit dem Griff ihrer Zahnbürste. Und dann trinkt sie, bis sie der Ekel würgt, läßt frisches Wasser in das Glas laufen und zwingt sich dazu, den restlichen Brei mit geschlossenen Augen hinunterzuspülen.

Gegen elf Uhr am anderen Morgen klopft Fräulein von Winsen an die Tür der Schauspielerin. Sie bringt eine frische Tischdecke, da Frau Gilles sich am Tag zuvor beschwert hatte, ihre Decke sei voller Wachsflecken. Sie klopft ein zweites Mal, da sie keine Antwort erhält, doch auch jetzt bleibt alles still.

Sie drückt auf die Klinke – die Tür ist unverschlossen.
Die Hausdame betritt das Zimmer. Sie sieht Teresa Gilles angezogen auf dem Bett liegen. Es sieht aus, als schlafe sie, aber Fräulein von Winsen weiß im gleichen Augenblick, daß Teresa tot ist.
Die Hausdame öffnet den Mund, als wolle sie schreien, aber sie schreit nicht. Sie weiß, was sie dem Ruf des Hauses schuldig ist. Es kommt selten vor, daß hier gestorben wird, aber immerhin, es kommt vor. Und dann muß alles getan werden, damit die Gäste unbehelligt bleiben.
Gewissenhaft, wie Fräulein von Winsen ist, beugt sie sich über Teresa Gilles und überzeugt sich davon, daß das Herz nicht mehr schlägt. Dann richtet sie sich auf und murmelt etwas, das ein Gebet sein soll, aber eher wie eine Bitte um Vergebung klingt.
Sie hat die Schauspielerin nie leiden können. Dafür gibt es keine Erklärung. Aber ein wenig Freundlichkeit, ein wenig Verständnis hätte diese Antipathie vielleicht überbrückt. Dafür ist es jetzt zu spät. Sie entschuldigt sich also bei der Toten, doch gleichzeitig ist ein leises Gefühl der Genugtuung in ihr, das sie nicht ganz unterdrücken kann. Sie hat längst das leere Röhrchen entdeckt und weiß, daß Teresa Gilles keines natürlichen Todes gestorben ist. Und während sie mit gefalteten Händen dasteht und auf das stille Gesicht hinabblickt, denkt sie: So enden solche Frauen eben, so enden sie.
Sie verläßt das Zimmer, schließt sorgfältig hinter sich ab und geht durch den Korridor zum Büro von Dr. Üxleben.
Und in ihrem Kopf wiederholt sich, wie ein Reim, den sie auswendig gelernt hat:
So enden solche Frauen eben, genau so.

29

Leonore Tettenborn ist in ihrem Zimmer und packt.
Manfred sitzt daneben auf dem Sofa und liest einen Brief, der eben mit Eilboten gekommen ist; einen Brief von seiner Frau.
Leonore ist nervös. Sie sucht etwas im Schrank, was sie längst in den Koffer getan hat. Als sie es schließlich merkt, schüttelt sie nur den Kopf, macht den Deckel zu und setzt sich neben ihren Schwager.
»Was schreibt sie?« fragt sie, nachdem Manfred den Brief aus der Hand gelegt hat.
»Lies selbst«, antwortet er. »Es ist genau die Antwort, die ich erwartet habe.«
Sie nimmt das Blatt und überfliegt es. Es sind nur wenige Zeilen. Gisela

teilt in dürren Worten mit, daß sie in eine Scheidung unter keinen Umständen einwilligen wird.
»Was nun?« fragt Leonore.
Manfred legt den Arm um sie und zieht sie an sich. »Ich sage dir doch, ich habe nichts anderes erwartet. Bist du enttäuscht, Liebste?«
Sie schüttelt den Kopf.
»Und du hast es dir auch nicht anders überlegt? Du wirst mit mir leben – obwohl ich verheiratet bin?«
»Ja«, sagt sie, »und ich habe nicht einmal ein schlechtes Gewissen dabei. Soll ich dir sagen, warum?«
»Sag es.«
Sie lehnt sich zurück und nimmt seine Hand. »Ich kannte mal eine Frau, eine ehemalige Schulfreundin von mir. Sie war verheiratet, aber ihr Mann liebte eine andere und wollte sich scheiden lassen. Seine Frau hat das verhindert. Mit dem billigsten und schäbigsten Trick, den eine Frau anwenden kann: Sie hat einen Selbstmordversuch gemacht. Aber sie ist dabei so geschickt vorgegangen, daß man sie auf jeden Fall rechtzeitig finden mußte. Ihr Mann war natürlich entsetzt. Er liebte sie nicht mehr, aber sie tat ihm leid. Und aus Mitleid ist er schließlich bei ihr geblieben. Jetzt gibt es nicht *einen* unglücklichen Menschen, sondern drei: den Mann, die Ehefrau und die verlassene Geliebte. – Und darum habe ich kein schlechtes Gewissen«, schließt sie. »Wenn ich dich bitten würde, zu deiner Frau zurückzukehren – erstens würdest du es nicht tun, und zweitens würde nichts Gutes dabei herauskommen. Also komme ich lieber zu dir, und wir versuchen, aus diesem unvollkommenen Zustand das Beste zu machen.«
»Es wird nicht immer leicht sein.«
»Ich weiß.«
»Sie werden sich ganz schön das Maul über uns zerreißen.«
»Sie werden auch wieder damit aufhören.«
»Du bist eine großartige Person, Leonore.«
»Ich liebe dich. Wenn man jemanden liebt, ist es ganz einfach, großartig zu sein.«

Evelyn Peters

Umarme jede einzelne Stunde

Roman

Wie lange ich lebe, liegt nicht in meiner Macht;
daß ich aber, solange ich lebe, wirklich lebe,
das hängt von mir ab.

SENECA

Wir haben oft [illegible] begegnet [illegible]
[illegible] wir [illegible]
[illegible] vorhanden.

I

Ich habe von Anfang an gewußt, daß sie etwas Besonderes in meinem Leben war.
Sie besaß die seltene Gabe, andere glücklich zu machen. Und sie bediente sich dazu ungewöhnlicher Mittel. Viele, die sie gekannt haben, bezeichneten sie als unmoralisch, doch alle, die mit ihr zu tun hatten, erlagen letzten Endes ihrem eigenwilligen Charme.
Noch bevor ich sie zum ersten Mal sah, war ich neugierig auf sie. Schuld daran war unser Hauswirt, Herr Krahlmann, der sich über die neue Mieterin in mysteriösen Andeutungen erging.
Auch ich hatte ein kurzes Gespräch mit ihm, einen Tag vor ihrem Einzug.
Wir begegneten uns im Treppenhaus. Er wollte hinunter, ich wollte hinauf.
Herr Krahlmann hielt mich an. »Ach, Frau Berg - hätten Sie einen Moment Zeit?«
Ich hatte keine, aber Herr Krahlmann wartete meine Antwort gar nicht ab. Er redete gleich weiter.
»Es handelt sich um die neue Mieterin - Frau Keller. Sie zieht ja nun morgen ein.«
»Ja«, sagte ich. »Und?«
Herr Krahlmann machte eine Geste der Hilflosigkeit. »Wenn Sie mich fragen - ich habe da gewisse Bedenken.«
Ich verlagerte das Gewicht von meinem rechten Bein auf das linke. »Welche Bedenken?« fragte ich.

Er sah sich um und senkte die Stimme. »Ich glaube, ich habe da einen Mißgriff getan. Diese junge Person, die die Wohnung gemietet hat - also wenn Sie mich fragen, etwas an der Sache ist faul.«
Ich begann ungeduldig zu werden. In einer halben Stunde kam mein Mann nach Hause. Seine Mittagspause war nur kurz. Er wollte in Ruhe essen.
»Könnten Sie sich nicht etwas deutlicher ausdrükken?« sagte ich. »Ich bin ein bißchen in Eile.«
Herr Krahlmann, seit drei Monaten pensioniert und immer auf der Suche nach einem Gesprächspartner, sah mich trübe an.
»Sie werden sehen, es gibt Ärger«, orakelte er. »Ich habe meine Frau gewarnt, aber sie war ja ganz versessen auf die neue Mieterin. Nicht einmal die Miete durfte ich erhöhen, stellen Sie sich das vor! Ich kann gar nicht begreifen, was plötzlich in meine Frau gefahren ist. Diese Person muß sie verhext haben.«
»Und was ist nun mit ihr?« Ich war bereits auf der nächsten Treppenstufe. »Was haben Sie denn für Befürchtungen? Wird sie die Miete nicht zahlen?«
Er machte eine wegwerfende Handbewegung. »Das ist nicht das Problem. Nein, nein - etwas anderes macht mir Sorge.«
»Herr Krahlmann, es tut mir leid, aber -«
Ich wollte nach oben, doch er hielt mich fest. Immer noch die Stimme dämpfend, aber dabei so laut, daß es durch das ganze Treppenhaus hallte, verkündete er, die neue Mieterin führe einen unsoliden Lebenswandel.
»Ich habe keine Beweise«, sagte er düster, »aber so was fühlt man! Stellen Sie sich vor . . .«, er faßte nach meinem Handgelenk, »sie hat sofort erklärt, ihre Gäste blieben gelegentlich über Nacht. Gäste . . .!« Herr Krahlmann blickte mich bedeutsam an. »Damit dürf-

ten ja wohl Herren gemeint sein, wenn Sie mich fragen.«
»Das denke ich auch«, erwiderte ich und befreite mich aus seinem Griff. »Aber wenn Sie mich fragen, dann ist mir das, ehrlich gesagt, gleichgültig. Das geht uns schließlich nichts an.«
»Das hier ist ein anständiges Haus«, sagte Herr Krahlmann mit Betonung. »Ich habe mich verpflichtet gefühlt –«
Den Rest hörte ich nicht mehr.

Sie hieß Katharina Keller, wie ich am nächsten Tag erfuhr. Es wurden nämlich Blumen für sie abgegeben, insgesamt zwölf Sträuße. Und da niemand bei ihr in der Wohnung war, klingelten die Boten bei mir. Anfangs gab ich mir noch Mühe, passende Vasen zu finden. Schließlich begnügte ich mich damit, die Blumen in Eimern unterzubringen.
Als mein Mann abends nach Hause kam, erkundigte er sich etwas konsterniert, ob er etwa meinen Geburtstag vergessen habe.
Ich erwiderte, ich könnte mich nicht erinnern, jemals in meinem Leben an diesem Tag auch nur annähernd so viele Blumen bekommen zu haben.
»Von dir schon gar nicht«, schloß ich mit liebevollem Spott.
»Aber für wen sind sie denn, um Gottes willen?« fragte er.
»Für die neue Mieterin.«
»Für die mit dem unsoliden Lebenswandel?« fragte er.
»Genau. Aber was den Lebenswandel betrifft, so sollten wir nicht voreilig urteilen. Du weißt, auf Herrn Krahlmanns Prognosen kann man sich nicht unbedingt verlassen. Uns hat er anfangs für ein Liebespaar

gehalten, dabei waren wir schon fünfzehn Jahre verheiratet.«

»Immerhin«, sagte mein Mann. »Ein Liebespaar waren wir ja auch.«

Dabei beließen wir es. Wir sprachen nicht mehr über die neue Mieterin.

Doch in dieser Nacht wurde ich noch einmal nachhaltig an sie erinnert. Ich war gerade eingeschlafen, da läutete es. Mein Mann erkundigte sich durch die Sprechanlage, wer da sei.

Es war der Telegrammbote. Er hatte ein Telegramm für Katharina Keller abzugeben. Ob wir es wohl annehmen könnten?

Ziemlich verärgert stieg mein Mann die Treppe hinunter.

»Falls die Dame noch mehr Telegramme bekommen sollte«, sagte er, »dann lassen Sie sie bitte bis morgen liegen.«

Am nächsten Tag sah ich Katharina zum ersten Mal.

Es war am späten Nachmittag, als es bei uns klingelte. Die Unruhe im Treppenhaus hatte sich gelegt. Der Möbelwagen war wieder abgefahren. Ich wußte sofort, es konnte nur sie sein. Und dann stand sie vor mir.

Ich will versuchen, sie zu beschreiben. Es wird nicht ganz leicht sein, denn mit Worten wie ›hübsch‹, ›charmant‹, ›liebenswürdig‹ ist dem Phänomen Katharina nicht beizukommen.

Also erst einmal das Äußere. Sie war mittelgroß und sehr schlank. Sie hatte glattes, braunes Haar und schwarze Augen. Und diese Augen, die groß und strahlend waren, beherrschten das ganze Gesicht. Es ist unerheblich, ob ihre Stirn hoch oder niedrig, die Nase kurz oder lang war. Ich habe es vergessen. Nicht

vergessen habe ich ihre Augen, ihr Lächeln, ihre Stimme. Und nicht vergessen habe ich eine ganz bestimmte kleine Handbewegung, mit der sie Dinge beiseite schob, die ihr unwichtig erschienen.
Katharina sagte, sie käme wegen der Blumen und es täte ihr leid, mir soviel Mühe gemacht zu haben.
»Nicht der Rede wert«, sagte ich, obwohl ich gestern anderer Ansicht gewesen war.
Ich bat sie herein.
»Der Tee ist gerade fertig«, sagte ich. »Hätten Sie Lust, eine Tasse mit mir zu trinken?«
»Gerne.«
Sie folgte mir ins Wohnzimmer. Kaum saßen wir, begann sie Fragen zu stellen. Sie wollte wissen, wie lange ich hier schon wohne, wer die anderen Hausbewohner seien, ob ich verheiratet sei und was mein Mann mache.
Obwohl ich derartige Fragen sonst nicht mag, gab ich bereitwillig Auskunft. Ich spürte bei der Fremden eine so selbstverständliche Anteilnahme, daß ich einfach drauflosredete. Noch wußte ich nichts von ihr, da kannte sie bereits meine näheren Lebensumstände. Ich erzählte ihr, ich sei seit zwanzig Jahren mit einem Arzt verheiratet und wir hätten eine neunzehnjährige Tochter, die gerade die Hotelfachschule besuche.
»Ich helfe meinem Mann gelegentlich in der Praxis. Im übrigen führe ich das Leben einer Hausfrau.«
Sie nickte, lächelte, schwieg. Aber die Art ihres Schweigens war so, daß ich versucht war, ihr noch mehr zu erzählen.
Ich halte nicht viel von Frauenfreundschaften. Ich finde, es kommt nicht viel dabei heraus. Die Frauen, die ich kenne, sind entweder Ehefrauen und Mütter, deren Probleme sich von meinen kaum unterscheiden. Oder es sind berufstätige Frauen, die mit sich und

ihrer Karriere beschäftigt sind und auf mich, die Nur-Hausfrau, mitleidig lächelnd herabsehen. Katharina konnte ich in keine der beiden Kategorien einordnen. Wer war sie? Wo kam sie her? Was tat sie? Warum fühlte ich mich von ihr so angezogen?

Ich stellte ein paar vorsichtige Fragen, doch die Antworten brachten mich nicht weiter. Ich erfuhr lediglich, daß Katharina unabhängig war; unabhängig im weitesten Sinne. Nicht verheiratet, nicht berufstätig, nicht zeitlich oder örtlich gebunden.

Wovon lebt sie eigentlich? fragte ich mich.

Sie war nicht sehr elegant gekleidet. Sie trug eine graue Flanellhose und einen Rollkragenpullover. Ihr Haar war kunstlos frisiert. Sie sah nicht wie eine Frau aus, die große Ansprüche stellte, aber sie leistete sich immerhin ein teures Appartement in einer bevorzugten Wohngegend von Hamburg, in Flottbek.

Wahrscheinlich hat sie einen Liebhaber, dachte ich. Doch dann sah ich sie mir noch einmal genauer an und verwarf den Gedanken wieder. Ich kannte ein paar Frauen, die von Männern lebten. Sie wirkten anders als Katharina. Nicht so heiter, nicht so unbekümmert. Ja, das war es. Sie wirkte wie ein Mensch, den nichts und niemand belastet. Frei.

Ich war nun schon sehr neugierig geworden, aber Katharina erklärte, sie müsse jetzt gehen, sie bekäme heute noch Besuch. Sie bat mich, einen Teil der Blumen zu behalten. Den Rest trugen wir gemeinsam nach nebenan.

Katharinas Wohnung bestand aus zwei großen, ineinandergehenden Räumen, Küche und Bad. Die Möbel waren bereits aufgestellt. Moderne, zweckmäßige Möbel, die eher unpersönlich wirkten.

Mein Blick fiel auf fünf große Bücherkisten, die noch unausgepackt waren.

»Sie lesen viel?« fragte ich.
»O ja, sehr viel. Lesen ist für mich die schönste Beschäftigung.«
Sie lächelte dazu, aber ich spürte, daß sie mit ihren Gedanken bereits woanders war und mich loswerden wollte. Später, als ich sie besser kannte, war dieser abwesende Gesichtsausdruck, dieses plötzliche Entrücktsein, mir vertraut. Im Moment irritierte es mich. Eben noch war sie herzlich und aufgeschlossen gewesen. Von einem Augenblick zum andern wurde sie fremd.
Es war, als klappe ein Visier zu.
Ich verabschiedete mich.

Am Abend erzählte ich meinem Mann von unserer Begegnung. Ich schilderte Katharina als eine Frau, die ungezwungen, charmant und liebenswürdig sei. Unwillkürlich geriet ich dabei ins Schwärmen.
Werner betrachtete mich belustigt. »Na, hör mal - so kenne ich dich ja gar nicht. Du bist doch sonst nicht so leicht zu beeindrucken.«
»Ich kann es auch nicht erklären. Sie fasziniert mich einfach. Sie strahlt eine unglaubliche innere Sicherheit aus. Ich muß dahinterkommen, woran das liegt.«
Werner blieb skeptisch. Er meinte, eine Frau, die nichts täte, die nicht verheiratet sei und keine Kinder habe - an so einer Frau könne eigentlich nicht viel dran sein.
»Das ist typisch Mann!« rief ich aus. »Sie paßt nicht ins Schema, schon wird sie verdammt.«
»Du übertreibst, meine Liebe«, sagte er in seinem manchmal etwas gönnerhaften Ton. »Aber was ich bis jetzt gehört habe, spricht wirklich nicht für sie. Ich frage mich, womit sie sich den ganzen Tag beschäftigt.«

»Sie liest«, gab ich zur Antwort.
Darauf meinte er, wieder ein wenig herablassend: »Was wird das schon sein? Wahrscheinlich Kriminalromane.«
»Du magst sie nicht«, stellte ich fest. »Es hat keinen Sinn, daß wir weiter über sie reden. Ich finde sie jedenfalls reizend.«
»Ts, ts, ts«, machte er. »Ich hoffe nur, daß Herr Krahlmann nicht recht behält und unsere neue Nachbarin ein leichtes Mädchen ist. Der Gedanke, hier im Haus plötzlich lauter fremden Kerlen zu begegnen, ist mir nicht so angenehm.«
»Blödsinn«, sagte ich ärgerlich, obwohl ich selbst bereits ähnliche Vermutungen angestellt hatte.
»Nun, wir werden ja sehen.« Mein Mann griff nach der Zeitung. »Jedenfalls scheint sie dich ganz hübsch eingewickelt zu haben. Ich wünsche dir nur, daß du keine Enttäuschung mit ihr erlebst.«
Er begann zu lesen. Ich saß da und betrachtete ihn eine Weile. Unwillkürlich fragte ich mich, ob er ein Mann war, der Katharina gefallen würde. Ich konnte es mir nicht recht vorstellen, hütete mich aber, diesen Gedanken zu äußern. Werner hätte sofort wissen wollen, wie ich zu dieser Annahme käme, und ich wäre um eine ehrliche Antwort verlegen gewesen. Ich liebte meinen Mann, wir waren glücklich miteinander, doch es gab gewisse Züge an ihm, eine Korrektheit, die manchmal an Pedanterie grenzte. Nein, ich konnte mir nicht vorstellen, daß sich eine Frau wie Katharina, die nach allem, was ich bisher von ihr wußte, ein ungewöhnliches Leben führte, zu einem Mann wie Werner hingezogen fühlen würde.
Mein Mann merkte, daß ich ihn beobachtete. Er hob den Kopf von der Zeitung. Wir lächelten einander zu.

Ich stand auf und berührte im Vorbeigehen seine Schulter. »Ich bin müde, ich geh schlafen.«
Er nickte. »Ich komme gleich nach.«
Im Schlafzimmer waren die Betten bereits aufgedeckt. Das Fenster stand offen. Es war kühl im Zimmer. Altes Ehepaar, dachte ich, und eine etwas wehmütige Stimmung kam plötzlich in mir auf. Es war alles so schnell gegangen. Zwanzig Jahre - wo waren sie geblieben? Hatte ich alles richtig gemacht? Gab es nichts zu bereuen? Nichts Versäumtes nachzuholen?
Es kam selten vor, daß ich über derartige Dinge nachgrübelte. Der Alltag ließ mir keine Zeit dazu. Ich war auch nicht etwa unzufrieden mit meinem Leben, durchaus nicht. Nur manchmal, in ganz seltenen Augenblicken, war da plötzlich ein Gefühl von Angst, ein jähes Erschrecken. Schon wieder ein Jahr vorüber . . . und was war eigentlich geschehen? 365 Tage. Welche Fülle von Möglichkeiten. Hatte ich sie genutzt?
Mit Werner konnte ich über so etwas nicht reden. Er hätte mich ausgelacht. Oder er wäre ärgerlich geworden. ›So ein Unsinn. Ich habe meine Arbeit. Und du hast mich. Was willst du eigentlich? Fehlt es dir an etwas?‹
Nein, nein, durchaus nicht . . . Aber lag nicht gerade in dieser Zufriedenheit eine gewisse Gefahr? Die Tage gehen dahin, das Leben gleitet von einem fort, ohne daß man sich dessen bewußt wird.
Ich schloß das Fenster und zog die Vorhänge zu. Dann knipste ich die beiden Nachttischlampen an. So war es behaglicher. Am liebsten hätte ich noch den Deckenstrahler ausgeschaltet, aber ich hatte Hemmungen. Werner hatte eine Abneigung gegen schummerige Beleuchtung. Es machte ihn nervös. Eine Marotte, die ich ihm nicht abgewöhnen konnte.

Ich zog mich aus und legte mich ins Bett. Werners gerahmte Fotografie stand auf meinem Nachttisch. Eine Aufnahme, die vor zwei oder drei Jahren gemacht worden war. Ich sah sie an und stellte fest, daß er sich in der Zwischenzeit verändert hatte. Das Gesicht war schmaler geworden, die beiden Falten rechts und links neben der gebogenen Nase traten schärfer hervor, der Mund wirkte strenger.

Er ist alt geworden, ging es mir durch den Kopf. Er arbeitet zuviel, gönnt sich zuwenig Abwechslung.

Vom Gang her kam die vertraute Stimme: »Liegst du schon im Bett?«

»Ja.«

»Schlaf nur, ich muß noch ein paar Notizen machen.«

Die Schritte draußen entfernten sich.

»Werner!« rief ich laut. »Kannst du noch einen Augenblick zu mir kommen?«

Er kam ins Zimmer, blieb aber an der Tür stehen. »Was ist?«

»Bitte . . .« Ich streckte ihm die Arme entgegen. Das komische Gefühl in mir, eine Mischung von Sehnsucht und Traurigkeit, war noch nicht verflogen. »Gib mir einen Kuß!«

Zögernd trat er näher. Derartige spontane Aufforderungen von meiner Seite war er nicht gewohnt. Ich sah ihm an, daß ihn mein Betragen befremdete.

»Ich habe wirklich noch zu arbeiten«, sagte er, während er sich vorsichtig auf den Bettrand setzte.

»Ja, ja, ich weiß.« Ich streichelte seine Hand. »Bist du eigentlich glücklich mit mir?«

»Natürlich, das weißt du doch.«

»Woher soll ich es wissen? Du sagst es mir nie.«

»Barbara - ich bitte dich!« Seine Stimme klang ungeduldig. »Muß man denn so etwas ständig sagen?«

»Ständig nicht, aber ab und zu.«
»Also gut, ich bin glücklich mit dir.«
Ich zog ihn an mich. »Wie gut. Ich bin es auch. Und jetzt laß dich nicht weiter stören. Deine Frau ist heute abend sentimental.«
»Na, so was.« Er richtete sich auf und sah mich besorgt an. »Wie kommt denn das? Ist dir nicht gut? Hast du Probleme?«
Ich lächelte. »Keine Probleme. Nur ein bißchen Angst, weil alles so schnell geht. Ich fürchte, ich werde alt.«
»Das werden wir alle. Und bei dir hat es noch eine Weile Zeit.« Der Blick, mit dem er mich ansah, war warm und zärtlich. Ich war getröstet.
»Ich gefalle dir also noch?« fragte ich halb im Scherz.
»Dumme Frage. Natürlich gefällst du mir.«
»Dann gib mir einen Kuß.«
Er küßte mich, ließ mich aber gleich wieder los.
»Nicht böse sein, aber ich muß dich jetzt allein lassen.«
»Ja, ja, geh nur. Gute Nacht, Liebster. Mach bitte das Licht aus, bevor du hinausgehst.«

Ich blieb allein, lag noch eine Weile wach. Vieles ging mir im Kopf herum. Werner und ich - die Zeit unserer ersten Liebe. Wie jung wir damals waren, wie ahnungslos. Ich ahnungsloser als er. Gesteigertes Lebensgefühl - ich dachte, das würde nun immer so bleiben. Mit dem anderen, durch den anderen. Werner, nüchterner als ich, lachte mich aus. Nannte mich romantisch, verträumt. Aber das würde sich geben, meinte er.
Irgendwann gab es sich dann auch. Der Alltag begann. Keine Zeit mehr zum Träumen. Die Romantik wich der Wirklichkeit. Eines Tages - unsere Tochter war

knapp ein Jahr alt - entdeckte ich, daß ich nicht mehr in Werner verliebt war. Es war ein Schock. Ich begehrte ihn nicht mehr. Er bedeutete mir unendlich viel, er war mein Freund, mein Gefährte - aber seine Zärtlichkeiten ließen mich kalt.

Was war geschehen? Ich wußte es nicht. Ich war ratlos, verzweifelt. Und dann entschloß ich mich, mit ihm darüber zu reden. Er war überhaupt nicht gekränkt, im Gegenteil. Er fand das ganz normal. Das wäre eben so mit den Gefühlen. Sie wandelten sich.

Und dann sprach er von den verschiedenen Phasen, die man in einer Ehe durchmache. Die Phase der Verliebtheit, der Enttäuschung, der Entfremdung, bis hin zur Abneigung, zur Ablehnung des anderen. Das alles bliebe kaum einem Ehepaar erspart. Viele hielten nicht durch, viele ließen sich scheiden. Aber das wäre falsch. Man dürfe sich nicht entmutigen lassen, müsse nach neuen Verständigungsmöglichkeiten suchen, erneut Sympathie aufbauen. Jenseits dieser Phase des ›Umdenkens‹ begänne dann eine neue Liebe. Eine dauerhafte, reale Liebe.

Das alles erklärte mir Werner damals, in seiner bedächtigen, ein wenig belehrenden Art. Und er sollte recht behalten. Längst hatten wir wieder zueinandergefunden, hatten auch wieder die Liebe neu für uns entdeckt.

Während ich über all das nachdachte, hörte ich auf einmal von nebenan leise Musik. Katharinas Appartement grenzte unmittelbar an unsere Wohnung. Das Haus war hellhörig gebaut. Ich hörte ihr Lachen. Und plötzlich wußte ich, woher der Anflug von Unzufriedenheit, von einer gewissen resignierten Wehmut kam. Er war ausgelöst worden durch diese Frau, die

eine Frische und Unbekümmertheit ausstrahlte, wie ich sie nicht mehr besaß.
Ich muß sie näher kennenlernen, dachte ich. Muß hinter ihr Geheimnis kommen. Sie hat etwas, was mir fehlt, was den meisten Frauen fehlt: Freude am Leben.

2

Es begann eine merkwürdige Zeit. Der Gedanke an die neue Nachbarin ließ mich nicht mehr los. Wann immer ich sie traf - auf der Straße, beim Einkauf, im Treppenhaus -, war ich auf eine merkwürdige Weise angerührt.

Nach und nach kam ich dieser Frau, die sich von allen anderen Frauen meiner Bekanntschaft durch Aussehen, Wesen und Ansichten unterschied, näher.

Katharina machte auf mich den Eindruck eines Menschen, der ganz mit sich im Einklang stand. Sie strahlte eine Wärme aus, die ich als besonders wohltuend empfand. Seit meiner Kindheit leide ich unter Hemmungen und finde nur schwer Zugang zu anderen. Es faszinierte mich, daß Katharina die Gabe und die Kraft zu besitzen schien, mit den Problemen des Lebens spielend fertig zu werden.

Ein Beweis war meine Putzfrau.

Diese für mich unentbehrliche Person, die ich seit drei Jahren beschäftigte, zeichnete sich durch ein besonders mürrisches, unliebenswürdiges Wesen aus. Ich fand mich stillschweigend damit ab, denn sie war andererseits zuverlässig und tüchtig, und doch war ich immer froh, wenn sie ihre Arbeit beendet und die Wohnung wieder verlassen hatte.

Eines Tages sprach mich Katharina auf Frau Schätzer - so hieß die Unentbehrliche - an. Sie suche jemanden, der die Reinigung ihres Appartements übernehmen

würde. Ob wohl Frau Schätzer bereit wäre, einmal wöchentlich für mehrere Stunden zu ihr zu kommen? Ich konnte nur müde lächeln. »Vollkommen ausgeschlossen«, sagte ich. »Frau Schätzer nimmt keine weitere Arbeit an. Daß sie zu mir kommt, ist der reinste Gnadenakt.«
Ein paar Tage vergingen. Dann rief mich Katharina an und teilte mir mit, sie hätte Frau Schätzer zufällig getroffen. Sie hätte sich bereit erklärt, bei ihr sauberzumachen.
»Es stört Sie hoffentlich nicht«, setzte Katharina hinzu. »Ich bin sehr froh über die Regelung. Sie macht einen besonders netten und freundlichen Eindruck auf mich.«
Ich glaubte meinen Ohren nicht zu trauen. Doch es sollte noch besser kommen. Als Frau Schätzer das nächste Mal bei mir erschien, war sie wie ausgewechselt. Anstatt wie bisher stumm und verbissen ihre Arbeit zu verrichten, sprach sie plötzlich mit mir und brachte beim Abschied sogar ein Lächeln zustande.
Ich konnte diesen Wandel überhaupt nicht begreifen. Erst sehr viel später wurde mir klar, daß Katharina dieses Wunder bewirkt hatte. Es war ihr auf ihre unnachahmliche Weise gelungen, bei der ruppigen Person ein paar seelische Knötchen zu lösen. Ich habe nie wieder Grund gehabt, mich über Mißlaunigkeit von ihrer Seite zu beklagen.

Meine erste wirklich intensive Begegnung mit Katharina verdankte ich dem Umstand, daß Werner zur Regelung einer Erbschaftsangelegenheit zwei Tage verreisen mußte. Ich kam am Abend vor seiner Rückkehr aus der Praxis nach Hause und fand zu meinem Erstaunen eine Flasche Sekt vor meiner Wohnungstür. Daran war ein Zettel geheftet: ›Habe gerade eine größere Sendung erhalten. Mit Dank für alle Gefälligkeiten. Ihre Nachbarin K. K.‹

Ich war gerührt. Die erwähnten Gefälligkeiten waren ganz unwesentlich gewesen. Gelegentlich hatte ich ein Paket oder einen Blumenstrauß angenommen.

Da ich Licht hinter ihrer Wohnungstür bemerkte, klingelte ich, um mich zu bedanken. Sie öffnete und fragte, ob ich nicht einen Augenblick hereinkommen wolle.

»Aber ja«, sagte ich. »Mit Vergnügen. Ich bin allein. Mein Mann ist verreist.«

Die Wohnung war inzwischen fertig eingerichtet. Die Bücher waren ausgepackt und auf mehrere Regale verteilt. Sie beherrschten den Raum.

Katharina muß wohl meinen etwas verwunderten Blick bemerkt haben, denn sie sagte:

»Die Bibliothek meines Vaters. Er ist vor einem halben Jahr gestorben und hat mir das alles vermacht. Er war Schriftsteller. Reiseschriftsteller«, setzte sie hinzu. »In Kleinasien hat er sich jahrelang herumgetrieben.«

Etwas wie Härte war plötzlich in ihrem Blick, aber im nächsten Augenblick lächelte sie schon wieder und bat mich, Platz zu nehmen.

»Danke. Ich sehe mich gerne noch etwas um.«

Ich ging hin und her, sah mir die Bilder an, kleine, alte Stiche, vorwiegend italienische Landschaften; ich betrachtete die Buchrücken und stellte fest, daß fast alle großen Philosophen des Altertums vertreten waren, aber auch eine Gesamtausgabe von Balzac, Gedichte von Hölderlin, ein Band Mörike und eine Reihe von Geschichtswerken.

Katharina ließ mir Zeit, sie störte mich nicht in meinen Betrachtungen. Einmal nur, als ich näher an eine Fotografie herantrat, die in einem silbernen Rahmen

zwischen den Büchern stand und eine auffallend schöne Frau mittleren Alters zeigte, sagte sie: »Das ist meine Mutter.«
Ich war versucht, das Foto in die Hand zu nehmen, um es genauer zu betrachten, doch eine unerklärliche Scheu hielt mich zurück.
Wir setzten uns. Katharina fragte, ob ich ein Glas Sekt trinken wolle, und als ich nickte, holte sie eine Flasche aus der Küche und öffnete sie mit einer Geschicklichkeit, die darauf schließen ließ, daß sie darin Erfahrung besaß.
Sie schenkte mir ein Glas ein. Ich dankte und sagte, ich sei nicht gewohnt, Sekt zu trinken. »Hoffentlich steigt er mir nicht zu Kopf.«
»Das macht doch nichts«, erwiderte sie und lächelte. »Ihr Mann ist verreist. Sie haben heute keine Pflichten mehr. Wenn es Ihnen schmeckt, dann trinken Sie ruhig.«
Eine Weile saßen wir und redeten über dies und das. Ich hatte mir vorgenommen, mehr über sie herauszubekommen, aber es dauerte eine Weile, ehe ich meine Befangenheit überwand.
Sie gefiel mir sehr, und ich konnte das gar nicht begreifen. Ich hatte noch nie das Bedürfnis gehabt, eine Frau zu meiner Vertrauten zu machen. Warum jetzt? Es war da ein ganz seltsames Wohlbehagen, das ich in ihrer Nähe empfand. Ich sagte es ihr.
»Das freut mich«, meinte sie. »Wohlbehagen ist etwas sehr Wichtiges. Ich tue alles, um es mir zu erhalten. Glück ist sicher wichtiger, aber es ist auch schwerer zu erreichen. Wohlbehagen kann man schaffen - sich und anderen. Und das sollte man tun.«
»Erzählen Sie . . .«, bat ich, froh darüber, endlich ein Stichwort gefunden zu haben. »Wie machen Sie das? Wie schaffen Sie Wohlbehagen?«

Sie sah mich freundlich und ein wenig spöttisch an, trank einen Schluck Sekt und schien zu überlegen.
»Mein Gott«, rief ich, »wenn das so einfach wäre, dann würden ja alle Menschen sich und anderen Wohlbehagen schaffen, und es ginge plötzlich herrlich gemütlich auf der Welt zu! Aber wie stellt man das an? Die meisten Menschen fühlen sich doch alles andere als wohl in ihrer Haut, meinen Sie nicht auch?«
»Das ist sicher richtig. Aber die meisten Menschen manövrieren sich auch in Situationen, in denen das Unbehagen gar nicht ausbleiben kann.«
»Moment - Moment! Was heißt ›manövrieren‹? Was soll man denn tun, wenn man plötzlich mitten in einem Schlamassel drinsteckt? In einer falschen Ehe, in einem falschen Beruf - wie kann man denn das verhindern?«
Sie sah mich mit einem seltsam hintergründigen Lächeln an. »Richtig planen«, sagte sie leise. »Sich genau überlegen, was man vom Leben, von den Menschen erwartet.«
»Wer weiß das schon?!« Ich war ein wenig enttäuscht. Wenn das alles war - da hatte ich mir mehr von ihr erhofft.
Katharina sah mich noch immer an. Ihr Lächeln vertiefte sich. »Ich«, sagte sie fast entschuldigend. »Ich habe es natürlich nicht immer gewußt. Ich habe es erst nach und nach gelernt. Und es mußte erst etwas sehr Trauriges in meinem Leben passieren, bis ich es richtig begriffen habe.«
»Und jetzt?« Das war mir so herausgerutscht. Ich bereute es sofort, als ich ihr verschlossenes Gesicht sah.
»Verzeihen Sie«, sagte ich. »Ich wollte nicht neugierig sein. Es geht mich natürlich nichts an, wie Sie leben.«
Sie lächelte wieder. »Ich versuche so zu leben, daß ich mich nicht unbehaglich fühle - das ist alles. Ich um-

gebe mich mit Menschen, die ich mag, und tue nur Dinge, die mir Freude machen.«

»Das bedeutet ...«, ich griff in die Schale mit Salzstangen, die Katharina auf den Tisch gestellt hatte, und nahm eine heraus, »... das bedeutet, Sie sind finanziell unabhängig.«

»Ach, das ist übertrieben. Ich habe von meinem Vater etwas Geld geerbt. Nicht viel. Geradesoviel, daß ich mir ab und zu eine hübsche Reise leisten kann. Im übrigen arbeite ich.«

»Sie arbeiten?« Ich muß sie wohl ziemlich entgeistert angesehen haben, denn sie lachte hellauf.

»Ja, warum denn nicht? Haben Sie etwas dagegen?«

»Nein, natürlich nicht. Aber ich - Sie haben neulich doch selbst gesagt, daß Sie nicht arbeiten«, schloß ich etwas verwirrt.

»Ich habe gesagt, ich gehe keiner geregelten Tätigkeit nach«, berichtigte sie mich. »Das tue ich auch nicht. Aber wenn ich Lust und Zeit habe, dann schreibe ich.«

»Oh«, sagte ich. »Was schreiben Sie denn?«

»Alles mögliche. Erzählungen, kleine Geschichten - was mir gerade so einfällt. Aber ich tue es ohne besonderen Ehrgeiz. Nur so - zum Vergnügen.«

Ich lachte. »Um sich behaglich zu fühlen.«

»Ja, das auch. Es gehört dazu. Haben Sie Hunger?« fragte sie plötzlich. »Soll ich uns ein paar Brote machen?«

Ich hatte tatsächlich Hunger. Die Zeit war so schnell vergangen. Ich war schon fast zwei Stunden bei Katharina. Und ich hatte gar keine Lust, jetzt wegzugehen.

»Gute Idee«, sagte ich. »Ich komme mit in die Küche.«

Ich folgte ihr. Was ich erwartet hatte, weiß ich nicht. Möglicherweise einen Haufen schmutziges Geschirr, Abfälle, Unordnung. Doch nichts davon. Katharinas Küche blitzte vor Sauberkeit.

Sie hantierte eine Weile herum, entnahm dem Kühlschrank Butter, Schinken, Käse, eine Flasche Wein und stellte alles auf ein Tablett.
»Störe ich Sie auch wirklich nicht?« fragte ich.
»Nein, überhaupt nicht, im Gegenteil. Ich freue mich, wenn Sie noch ein bißchen bleiben.«
Wir gingen wieder hinein. Sie deckte den Tisch. Wir setzten uns einander gegenüber.
Sie aß mit Appetit. Man sah ihr an, daß ihr das Essen Freude machte, daß sie mit ganzem Herzen dabei war.
Sie hob ihr Glas. »Ich hoffe, der Wein schmeckt Ihnen. Es ist ein sizilianischer Corvo. Ich habe ihn zum ersten Mal in Palermo getrunken. Hoffentlich ist er Ihnen nicht zu herb.«
»Gar nicht. Er schmeckt ausgezeichnet.«
»Das freut mich.«
Ich fragte sie nach ihren Reisen. Sie schien weit in der Welt herumgekommen zu sein. Ich ertappte mich dabei, daß ich sie beneidete. Mein eigenes Leben erschien mir plötzlich schal.
»Erzählen Sie«, bat ich. »Wann waren Sie zuletzt in Palermo?«
»Im vergangenen Oktober. Es ist eine sehr aufregende Stadt. Was da alles zusammenkam und mitmischte! Phöniker, Römer, Byzantiner, Sarazenen, Normannen, Staufer - sie alle haben ihre Spuren hinterlassen.«
Sie verbreitete sich noch eine Weile darüber. Schilderte auch ihre Eindrücke von Segesta, Selinunt, Agrigent, Syrakus. Ich stellte fest, daß sie ungewöhnlich viel wußte, die Kultur, die Geschichte des Landes gut kannte.
»Haben Sie Kunstgeschichte studiert?« fragte ich.
Sie lachte. »Nein, nein. Ich habe einen Freund, der viel davon versteht. Er ist Archäologe. Er hat mir eine Menge beigebracht.«

Nachdem wir gegessen hatten, räumten wir den Tisch ab und trugen alles nach draußen. Katharina stellte das schmutzige Geschirr weg. Die restlichen Lebensmittel verpackte sie in Folie und tat sie zurück in den Kühlschrank. Sie entkorkte eine weitere Flasche Wein.

Längst hatte ich jedes Zeitgefühl verloren. Ich wußte nicht mehr, wie spät es war. Es war mir auch egal. Ich wollte mehr und mehr über sie wissen. Wie war das mit diesem Freund, dem Archäologen? War er ihr Geliebter? Gehörte er zu ihrem Leben? War er der einzige? Lebte er in ihrer Nähe?

Katharina hatte Kerzen angezündet. Zwei kleine Tischlampen gaben ein gedämpftes Licht, wie ich es liebte. Es war sehr behaglich.

Sie hatte ihre Schuhe ausgezogen und lief in Socken herum, suchte noch ein paar Sachen zusammen, Aschenbecher, Käsegebäck, eine Schachtel Konfekt. Dann setzte sie sich neben mich. »So«, sagte sie. »Ich denke, wir haben alles, was wir brauchen.«

Sie lehnte sich zurück. Ihr Gesicht entspannte sich. Sie lächelte mich auf eine Weise an, die mich entzückte.

Sie begann plötzlich zu lachen. »Was haben Sie eben gedacht? Wollen Sie es mir sagen?«

Ich schüttelte den letzten Rest von Befangenheit ab und sagte: »Wissen Sie, Sie haben mich schrecklich neugierig gemacht. Darf ich Ihnen ein paar Fragen stellen?«

Sie nickte gelassen. »Sicher. Fragen Sie nur. Ich habe keine Geheimnisse.«

»Wie kommt es, daß Sie allein leben? Ich kann mir das nicht erklären. Eine Frau wie Sie - jung, attraktiv, lebensfroh. Die Männer müssen sich doch förmlich um Sie reißen?!«

Wieder dieses hintergründige Lächeln, das ich bereits kannte. »Ich habe viele Freunde«, erwiderte sie freundlich. »Wenn Sie das meinen.«
Was sollte ich mit dieser Antwort anfangen? Sie besagte gar nichts. Ich wollte es genauer wissen. Es mußte wohl am Alkohol liegen, daß ich meine gewohnte Zurückhaltung fallenließ.
»Haben Sie einen Geliebten?« platzte ich heraus.
»Aber ja. Mehrere.«
Es verschlug mir den Atem. Unwillkürlich mußte ich an Werner und seine Vermutungen denken.
»Sind Sie jetzt schockiert?«
»Nein. Es ist - es ist schließlich Ihre Sache. Und überhaupt, heutzutage - ich meine, wir sind doch moderne Menschen.«
»Das hat nichts damit zu tun«, entgegnete sie mit einer gewissen Strenge.
Ich schwieg. Jetzt begriff ich überhaupt nichts mehr.
Sie stand plötzlich auf, trat an das Bücherregal und holte die Fotografie ihrer Mutter.
Sie stellte das Bild vor mich hin.
Eine Weile sah ich mir das Foto an, während Katharina mich beobachtete.
»Eine schöne Frau. Sie sieht aus, als wäre sie nicht sehr glücklich«, sagte ich.
»Nicht sehr glücklich!« Katharina lachte kurz auf. »Sie war die unglücklichste Frau, die mir je begegnet ist.«
»Oh - wie traurig.«
Katharina sah mich an. Wieder war diese unerklärliche Härte in ihrem Blick. »Ja, sehr traurig. Aber sie war selbst schuld daran. Es tut mir leid, das sagen zu müssen, aber es ist so.«
»Das müssen Sie mir erklären.«
Den Blick auf das Bild ihrer Mutter gerichtet, sagte Katharina: »Mein Vater war ein schöner, lebenslustiger

Mann. Sehr umschwärmt. Die Frauen liebten ihn. Als meine Mutter ihn heiratete, hätte sie wissen müssen, worauf sie sich einließ. Sie hätte wissen müssen, daß dieser Mann nicht treu sein kann. Aber als es dann losging«, fuhr sie fort, »als er anfing, sie zu betrügen, da wurde sie vor Eifersucht fast verrückt. Sie machte ihm Szenen - fürchterliche Szenen. Ich kann mich noch gut daran erinnern. Ich war noch ein Kind, aber diese Szenen haben sich mir unauslöschlich eingeprägt.«

»Das muß schrecklich für Sie gewesen sein.«

Katharina überhörte meinen Einwurf. Sie schien mit ihren Gedanken weit weg zu sein.

»Eines Tages hat er sie verlassen«, sprach sie weiter. »Es mußte so kommen. Er hat das alles nicht mehr ertragen können.«

Ich sah auf das Bild. »Die arme Frau.«

»Der arme Mann! Was konnte er denn dafür, wenn er sie betrog? Er hat doch nur seiner Natur gemäß gelebt. Sie hätte ihn ja nicht zu heiraten brauchen. Sie hätte sich einen braven Durchschnittsmann suchen müssen. Einen Phlegmatiker, dem es viel zu mühsam gewesen wäre, sich mit anderen Frauen abzugeben.«

Ich mußte unwillkürlich lachen, obwohl ich das, was sie sagte, nicht billigte. »Aber so einfach ist das doch auch wieder nicht«, murmelte ich. »Ich meine - man darf doch als Frau eine gewisse Rücksichtnahme erwarten.«

Katharina sah mich aus ihren großen, strahlenden Augen an. »Ach ja?«

Ich schwieg.

»Ich sehe das anders«, sagte sie. »Gerade in einer Ehe kann man nur sehr begrenzt Rücksichtnahme verlangen - dazu dauert sie zu lange. Und was meine Mutter betrifft - sie hat von meinem Vater verlangt, daß er all

das in sich abtötet, was sein Wesen ausmacht. Heiterkeit, Leichtsinn, Lust am Abenteuer. Hätte er sich danach gerichtet, er wäre zugrunde gegangen.«
Dafür ist *sie* dann zugrunde gegangen, dachte ich, aber ich sprach es nicht aus.
Katharina nahm das Bild und stellte es an seinen Platz zurück.
»Sie halten nicht viel von der Ehe?« fragte ich.
»Im Gegenteil«, erwiderte sie und setzte sich. »Ich halte sehr viel davon. Aber gerade weil ich das tue, werde ich selbst ganz bestimmt nicht heiraten.«
»Und warum nicht?«
»Ich bin meinem Vater sehr ähnlich. Auch ich müßte eine Menge Dinge in mir abtöten, wenn ich nur halbwegs dem Ideal einer Ehefrau gleichen wollte.«
Das war keine Redensart. Sie meinte es ernst. Eine seltsame Frau! Wer sie reden hörte, hätte sie für oberflächlich halten können, aber sie war alles andere als das.
»Sehen Sie«, fuhr sie lächelnd fort. »Ich habe gewiß nichts dagegen, daß die Menschen heiraten und Kinder bekommen. Das muß so sein, das ist gut und richtig. Nur - es ist nichts für mich.«
»Aber ich bitte Sie . . .«, protestierte ich schwach.
»Nein, ich tauge nicht dafür. Der liebe Gott hat mich nicht dazu erschaffen. Ich kann einen Mann glücklich machen, aber immer nur für kurze Zeit. Nur, solange ich in ihn verliebt bin.«
Sie schwieg. Da ich darauf nichts zu erwidern wußte, trank ich einen Schluck Wein.
»Sie haben ganz einfach Angst vor der Ehe«, sagte ich schließlich. Ich wollte sie provozieren. Was sie sagte, klang zwar überzeugend, doch etwas in mir wehrte sich gegen diese Einstellung.
Sie lächelte auf ihre entwaffnende Art.

»Da haben Sie recht«, gab sie zu. »Angst habe ich auch. Jede Ehe bringt es mit sich, daß man sich an den anderen gewöhnt. Das soll ja auch so sein. Aber je mehr man sich an einen Zustand oder an einen Menschen gewöhnt, desto schwerer kommt man von ihm los.«
»Ja, und? Das ist doch gut so.«
Sie nickte. »Sicher. Aber nur, solange beide mitspielen. Wenn einer losläßt, hängt der andere in der Luft.« Sie beugte sich vor und sah mich eindringlich an. »Wissen Sie, was ich nie erleben möchte?«
»Was denn?«
»Ich möchte nie einen Mann daran erinnern müssen, wie schön es einmal war, nur damit er bei mir bleibt.«
»Ja, das muß schlimm sein.«
Heftig erwiderte sie: »In so eine Situation darf man gar nicht erst kommen. *Ich* bestimme, wann eine Liebe zu Ende ist, aber das kann ich nur, solange ich nicht verheiratet bin und keine Kinder habe.«
»Und was sagen die Partner dazu?« Ich konnte mir die Frage nicht verkneifen. »Sind die damit einverstanden?«
»Ach nein«, sagte sie versonnen. »Manchmal gibt es Schwierigkeiten. Halten Sie mich nicht für zynisch«, fuhr sie fort, da ich schwieg. »Ich bin nur konsequent. Vielleicht bin ich auch egoistisch - sicher bin ich das. Aber das sind die meisten Menschen, das ist nichts Besonderes. Die meisten Menschen verbergen es nur, vor allem Frauen. Jedenfalls so lange, bis sie verheiratet sind.«
Ich wollte sie gerade fragen, ob sie wirklich der Ansicht sei, ein Leben ohne feste Bindung wäre auf die Dauer das Richtige, da läutete das Telefon.
Katharina stand auf. »Entschuldigen Sie bitte.«
Sie ging zum Schreibtisch, nahm den Hörer ab.
»Malte!« Ein Strahlen ging über ihr Gesicht. »Wie lieb,

daß du anrufst ... Wo bist du? ... In London? ... Ah ja ...«
Eine Weile hörte sie zu, stellte Fragen, lachte.
Sie schien mich vergessen zu haben. Ich konnte sie ungestört beobachten. Sie sah glücklich aus, hingegeben. Doch dann, von einem Augenblick zum anderen, veränderte sie sich, sie wurde abweisend, verschlossen.
»Nein, nein«, sagte sie. »So geht das nicht. Ich kann das nicht am Telefon entscheiden. Wir müssen in Ruhe darüber reden. Wann, sagst du, kannst du hier sein? ... Übermorgen? Sehr gut. Ich hole dich am Flughafen ab. Telegrafiere mir, mit welcher Maschine du kommst! Auf Wiedersehen, Liebling! Viel Erfolg bei deinem Konzert! Wie? Ja, danke. Das wünsche ich dir auch. Adieu.«
Sie legte auf und sah mich an. »Ein sehr lieber Freund«, sagte sie. »Malte Klimm.«
»Der Dirigent?« fragte ich.
Sie nickte. »Ich kenne ihn seit Jahren. Ein schwieriger Mann. Sehr schwierig. Eine Zeitlang habe ich ihn auf allen seinen Konzertreisen begleitet. Als wir uns trennten, waren wir beide unglücklich.«
»Und warum haben Sie sich getrennt?«
»Oh, das wäre nicht gutgegangen auf die Dauer«, sagte sie lebhaft. »Er hat das auch eingesehen. Malte braucht eine Frau, die sich ganz auf ihn einstellt, die nur für ihn lebt.«
»Und?« fragte ich. »Hat er diese Frau gefunden?«
»Ich glaube, ja. Aber jetzt scheint er Schwierigkeiten zu haben.«
Sie ging ein paarmal auf und ab. Ich spürte, daß sie allein sein wollte. Als ich aufstand, um mich zu verabschieden, hielt sie mich nicht zurück.

3

Ich brannte darauf, Werner von meinem Besuch bei unserer Nachbarin zu erzählen.
Beim Abendessen hielt ich mich noch zurück. Ich erkundigte mich nach dem Verlauf seiner Reise und nach dem Gespräch mit dem Anwalt. Es stellte sich heraus, daß die angekündigte Erbschaft lediglich aus ein paar Möbeln und Bildern bestand.
»Ein oder zwei gute Stücke«, sagte Werner. »Der Rest ist kaum den Transport wert.«
»Und wie geht es Gerti?« wollte ich wissen.
Gerti war die jüngere Schwester meines Mannes. Die ältere, Johanne, war vor kurzem gestorben und hatte ihm die Möbel vermacht.
»Ach, das ist alles ziemlich unerfreulich«, sagte Werner. »Die Ehe klappt überhaupt nicht mehr. Gerti und Franz geraten sich ständig in die Haare. Einer beklagt sich über den anderen. Ich muß sagen, es war ziemlich peinlich.«
Ich vermied es, näher darauf einzugehen. Seit Jahren war ich der Ansicht, die beiden sollten sich scheiden lassen, doch Werner, der nichts von Scheidungen hielt, wollte davon nichts hören. Er hatte auch seiner Schwester, die ihn gebeten hatte, Stellung zu nehmen, abgeraten. ›Ich bin in diesen Dingen altmodisch‹, hatte er gesagt. ›Ich finde, man muß eine Sache durchstehen, die man angefangen hat.‹
Ich hatte die Flasche Sekt kaltgestellt, die mir Katha-

rina geschenkt hatte. Nach dem Essen brachte ich sie herein.
»Nanu?« wunderte sich Werner. »Was feiern wir denn?«
»Deine Rückkehr.« Ich gab ihm die Flasche zum Entkorken. »Ein Geschenk unserer neuen Nachbarin.«
Er lachte. »Wohl eine Art Bestechung? Damit wir ein Auge zudrücken, wenn die Dame Besuch empfängt?«
»Sei nicht albern«, wies ich ihn zurecht. »Sie ist eine ganz seriöse Person. Ich war gestern abend bei ihr eingeladen.«
»Und?« Werner hatte die Arme auf die Seitenlehnen des Sessels gestützt und sah mich skeptisch an. »Wie war es denn?«
»Reizend. Wir haben uns ausgezeichnet unterhalten. Sie ist wirklich bemerkenswert.«
»Inwiefern? Also bitte, ich möchte das jetzt genau wissen«, drängte Werner, als ich zögerte. »Was ist denn an dieser Frau so bemerkenswert?«
»Mach erst mal die Flasche auf«, sagte ich. »Sekt muß man kalt trinken.«
Werner machte sich am Korken zu schaffen. Es dauerte eine Weile, bis er ihn heraus hatte. Katharina macht das besser, ging es mir durch den Kopf. Es ärgerte mich ein wenig, daß er sich so ungeschickt dabei anstellte.
Endlich hatte er die Flasche geöffnet. Er schenkte die Gläser ein. »Eigentlich mache ich mir nichts aus Sekt.«
»Ich schon«, erwiderte ich leicht gereizt. »Prost!«
Wir tranken. Über den Rand seines Glases hinweg sah mich Werner an. »Du bist irgendwie verändert«, sagte er.
»So?«
»Ja. Ich kann es nicht recht erklären. Da ist etwas in deinem Blick - etwas Kritisches.«

Ich schwieg.
»Na gut, lassen wir das.« Er lehnte sich zurück. »Also jetzt erzähl von deinem Besuch. Worüber habt ihr gesprochen?«
Ich gab unser Gespräch wieder, soweit ich es in Erinnerung hatte. Noch ehe sich Werner geäußert hatte, begann ich bereits, Katharinas Ansichten zu verteidigen.
Werners Miene verfinsterte sich.
»Also du findest das alles großartig?« fragte er, nachdem ich geendet hatte. »Eine Frau, die sich Liebhaber hält und diese Liebhaber entläßt, wenn sie keine Verwendung mehr für sie hat, so etwas gefällt dir?« Er sah mich vorwurfsvoll an. »Das kann ich nicht begreifen. Ich hätte eine andere Einstellung von dir erwartet.«
»Ich wußte, daß du das sagen würdest.«
»Aber du gibst mir nicht etwa recht?!«
»Nein.«
Wir starrten uns an.
»Barbara!« Es klang fast flehend. »Was ist in dich gefahren? Wie kannst du eine Frau bewundern, die alles negiert, was unser Leben ausmacht? Ich denke, wir sind glücklich verheiratet?«
»Du bringst alles durcheinander. Was hat denn das mit uns zu tun?«
»Eine ganze Menge. Diese Frau beeinflußt dich. Und zwar negativ.«
»Das ist nicht wahr«, rief ich. »Das ist einfach nicht wahr! Komm, sei nett, trink mit mir einen Schluck und mach nicht so ein böses Gesicht. Diese Frau ist kein männermordendes Ungeheuer. Sie ist unkonventionell, unbürgerlich. Aber ist das so schlimm? Es ist doch ihr Leben, nicht wahr? Sie kann es sich doch so einrichten, wie sie es für richtig hält.«

»Ich will nicht, daß sie meine Frau gegen mich aufhetzt«, sagte er störrisch.
Ich begann zu lachen. »Du bist ein Schaf! Wie kommst du auf eine so absurde Idee?«
»Es geht schon los«, murmelte er. »In so einem Ton hast du früher nicht mit mir geredet.«
Einen Augenblick war ich verblüfft. Hatte mich Katharina vielleicht wirklich schon beeinflußt?
»Sei nicht gleich beleidigt«, sagte ich. »Ich wehre mich nur dagegen, daß du sie verteufelst. Sie ist nett, glaub's mir. Sie wird dir gefallen.«
»Ich mag keine emanzipierten Frauen.«
Ich schüttelte den Kopf. »So kommen wir nicht weiter. Du mußt sie kennenlernen. Ich bin sicher, du wirst dein Urteil ändern.«
»Das glaube ich nicht. Aber bitte, wenn du so viel Wert darauf legst - lad sie doch ein.«

Ich war sofort Feuer und Flamme. Ich war wirklich gespannt darauf, welchen Eindruck sie auf Werner machen würde. Ich gestehe, daß ich mir eine gewisse Abwechslung meines Ehealltags von dieser Begegnung versprach. Werner war schwer in Schwung zu bringen. Bei dem Talent Katharinas, ungewöhnliche Stimmungen zu erzeugen, konnte ich nur gewinnen.
Ich überlegte, wen ich dazubitten konnte. In Gedanken ging ich unseren Bekanntenkreis durch. Es gab eigentlich nur ein einziges Paar, das in Frage kam: Ivar und Sylvia Listen. Wir hatten die beiden auf einer Urlaubsreise in Spanien kennengelernt. Ivar war Maler, ein bärtiger, asketischer Mann mit heftigen Augen. Seine Frau, blond und sanft, blickte zu ihrem Mann auf wie zu einem Halbgott. Während des Urlaubs war sie krank geworden. Infektiöse Grippe mit

hohem Fieber. Werner hatte sich um sie gekümmert. Er hatte dafür gesorgt, daß sie in ein in der Nähe gelegenes Krankenhaus kam und sie täglich besucht. Ivar hatte ihm zum Dank ein Bild geschenkt. Eine phantastische Landschaft, in kräftigen Farben gemalt. Später erst hatten wir erfahren, daß seine Bilder seit einigen Jahren beachtliche Preise erzielten.
Die Listens lebten in Hamburg. Nach unserer Rückkehr freundeten wir uns an. Seltsamerweise war es Werner, der den Kontakt zu den beiden pflegte. Er gab es nicht zu, aber er hatte für Sylvia Listen eine heimliche Schwäche. Während ihrer Krankheit hatte sie ihm anvertraut, daß sie sich seit Jahren ein Kind wünsche. Ivar wollte nichts davon wissen. Er behauptete, Kinder wären eine zu starke Belastung. Sie stünden seiner Karriere im Wege. ›Ein grauenhafter Egoist‹, hatte Werner gewettert. ›Will die Frau ganz für sich haben. Ich muß versuchen, ihm das auszureden.‹
Der Versuch war mißlungen. Ivar Listen bestand weiter darauf, daß seine Frau die Pille nahm. Doch Werner gab nicht auf. Er behauptete, eines Tages würde er ihn herumkriegen. Ich glaube, das war der Grund, warum er die Verbindung zu den beiden nicht abreißen ließ.
Ich sagte Werner, ich würde Katharina gerne zusammen mit den beiden einladen.
»Was versprichst du dir davon?« fragte er.
»Er ist ein interessanter Mann. Ich wüßte nicht, wen wir sonst einladen sollten.«
»Wie wäre es mit Hufnagels?«
»Die Hufnagels können mit einer Frau wie Katharina überhaupt nichts anfangen.«
»Warum nicht?«
»Weil sie gräßliche Spießer sind.«
»Erlaube mal - er ist ein anerkannter Chirurg.«

»Deswegen ist er trotzdem ein Spießer.«
»Bisher fandest du die beiden sehr nett«, sagte Werner tadelnd.
»Ich habe sie nie nett gefunden. Ich habe nur dir zuliebe so getan.«
Er sah mich verwundert, fast besorgt an.
»Schon wieder dieser rebellische Ton. Du entwickelst ja ganz neue Seiten.«
»Ja, ja«, sagte ich ironisch. »Das macht alles die Frau von nebenan.«
Werner sah mich an. Ich blickte zurück.
»Hm«, machte er. Und dann herrschte einen Augenblick Stille.
»Also Listen, meinst du, würde ihr gefallen?« begann er nach einer Weile von neuem.
»Möglich.«
»Hoffentlich gefällt er ihr nicht zu gut.«
»Was soll das heißen?«
»Nach allem, was du mir von ihr erzählt hast, würde es ihr wohl nicht viel ausmachen, eine Ehe zu zerstören.«
Scharf erwiderte ich: »Ich finde es gemein, wie du über einen Menschen herziehst, den du überhaupt nicht kennst.«
»Ich stelle fest, du bist außerordentlich engagiert.«
»Ja, das bin ich. Ich mag diese Frau, und ich suche ihre Freundschaft. Und was Listen betrifft - ich glaube ohnehin nicht, daß er Sylvia treu ist. Er ist nicht der Typ.«
»Das klingt ja fast wie ein Kompliment«, sagte er.
»Unsinn.« Ich fühlte, daß ich errötete. Vielleicht war es idiotisch, aber manchmal störte mich bei Werner sein Mangel an Abenteuerlust. Mich zu betrügen wäre ihm nie in den Sinn gekommen. Gut. Aber entsprang das etwa nur der Liebe zu mir? Oder nicht eher seinem

Hang zur Bequemlichkeit, seiner überlegenen Abgeklärtheit, zu der er sich erzogen hatte?!
»Kann ich die beiden nun einladen?« fragte ich fast gereizt.
»Mach, was du willst. Ich habe dir meine Bedenken mitgeteilt. Wenn du es besser weißt - bitte.«
Ich spürte, er war gekränkt, aber ich sah nicht ein, warum ich immer nachgeben sollte. Ivar Listen war der einzige Mensch in unserem Bekanntenkreis, der etwas außergewöhnlich war. Er war klug und begabt. Katharina würde sich nicht mit ihm langweilen. Er gehörte wie sie zu den Menschen, deren Leben sich nicht in festgefahrenen Bahnen bewegte.
Wir saßen noch eine Weile schweigend beisammen. Verstimmung lag in der Luft. Einmal, als ich mir Sekt nachschenkte, sagte Werner: »Trink nicht so viel.«
»Es schmeckt mir.«
»Ich dachte, du machst dir nichts daraus?«
»Dann hast du falsch gedacht.«
Ein Wortgeplänkel, nichts weiter. Oder täuschte ich mich? Hatte diese Gereiztheit auf beiden Seiten tiefere Ursachen? Ich war im allgemeinen nicht aggressiv. Werner lobte das an mir: ›Du bist eine verträgliche Frau. Man kann gut mit dir auskommen.‹
Sollte sich das geändert haben?
Werner stand auf. »Du bist heute abend gereizt. Ich habe den Eindruck, du willst dich mit mir streiten.«
»Aber nein«, sagte ich rasch. »Wirklich nicht, du irrst dich.«
Ohne mich zu besinnen, sprang ich auf, lief zu ihm hin. Ich wollte die Arme um seinen Hals legen, doch er schob mich von sich.
»Bitte, Barbara - laß das! Du weißt, ich mag diesen Überschwang nicht.«
Ich kannte diese Reaktionen und nahm sie sonst nicht

weiter tragisch. Jetzt fühlte ich mich verletzt. Ohne etwas zu erwidern, drehte ich mich um und ging an meinen Platz zurück.
»Natürlich«, kam es von der Tür. »Jetzt bist du auch noch beleidigt.«
Ich schwieg, preßte die Lippen aufeinander.
»Herrgott noch einmal!« Werner ließ den Türgriff los. Langsam kam er näher und blieb vor mir stehen. »Also ich bitte dich, sei jetzt vernünftig. Ich habe dir überhaupt nichts getan. Wenn du glaubst, mit mir einen Streit anfangen zu müssen –«
»Ich wollte dir einen Kuß geben –«
»Du kennst mich. Es gibt Augenblicke, da bin ich einfach nicht in der Stimmung dazu.«
»Ja, ja«, sagte ich. »Ich weiß.«
Ein nervöses Lachen überkam mich. War ich hysterisch? Kam ich in die Wechseljahre?
»Wann bist du schon in Stimmung ...«, hörte ich mich sagen.
Da er nicht antwortete, sah ich ihn an. Sein Gesicht war ausdruckslos.
»Du scheinst zu vergessen –«, begann er.
»Was?«
Werner setzte sich mir gegenüber. »Ich dachte, wir wären uns klar darüber, daß diese Dinge nicht mehr so wichtig sind. Du weißt, daß ich dich liebe. Genügt das nicht? Ich kann dich nicht mehr so oft in den Arm nehmen. Es geht einfach nicht. Ich bin müde und kaputt. Wenn du das nicht begreifst, dann tut es mir leid.«
»Ich begreife alles«, murmelte ich.
»Anscheinend nicht. Mag sein, daß du dich vernachlässigt fühlst, ich weiß es nicht, ich verstehe nicht viel von Frauen.«
»Nein«, sagte ich und mußte lächeln.

»Jedenfalls kann ich nicht auf Anhieb zärtlich sein. Ich kann es einfach nicht. Wenn du so auf mich losstürzt, dann - entschuldige, ich habe das so empfunden. Du weißt, ich bin anders als du. Nicht so spontan, nicht so -«
»Nicht so gefühlvoll«, warf ich ein.
Er überhörte das. »Aber du darfst deswegen nicht gekränkt sein. Du mußt auch bedenken, wir sind immerhin zwanzig Jahre miteinander verheiratet. Du kannst nicht von mir erwarten, daß ich mich immer noch . . .« Er sprach noch eine Weile weiter.
Ich kannte diese bedächtigen Monologe, die den Mangel an Leidenschaft in unserer Ehe rechtfertigen sollten. Ich war auch immer bereit, es zu akzeptieren, gewissermaßen als Preis für das friedvolle Glück an seiner Seite. Nur manchmal, an einem Abend wie diesem, vielleicht nach dem Genuß einer halben Flasche Sekt, irritierten mich diese Reden.
»Entschuldige«, sagte ich und stand auf. »Du hast natürlich in allem recht.« Ich ging an ihm vorbei zur Tür und öffnete sie.
Er kam mir nach. Jetzt war er es, der den Arm um mich legte. »Habe ich dir nicht gerade neulich erst eine Liebeserklärung gemacht?« fragte er.
Ich konnte mich zwar nicht erinnern, nickte aber.
»Siehst du! Und nun stellst du mich wie einen alten Ehetrottel hin, der seine Frau ständig vernachlässigt.«
»Ich habe mit keinem Wort -«
»Schscht«, machte er. »Werd nicht schon wieder laut. Mir kam es jedenfalls so vor. Und nun laß uns schlafen gehen.«
»Du hast sicher noch zu arbeiten«, sagte ich.
»Nein.«
»Nein?«
»Nein!« sagte er mit Nachdruck.

Wir sahen uns an. Plötzlich mußten wir beide lachen. Werner drückte mich an sich. »Was habe ich bloß für eine komplizierte Frau.«
»Ich halte mich eher für simpel.«
Einträchtig, Hand in Hand, gingen wir ins Schlafzimmer.
Werner verzichtete darauf, die hellste Beleuchtung einzuschalten. Wir zogen uns aus.
Dann lag jeder in seinem Bett. Ich knipste die Nachttischlampe aus. »Na?« machte Werner.
»Was heißt - na?«
»›Na‹ heißt, daß ich für simple Frauen immer schon eine Schwäche gehabt habe.«
Er kam zu mir. Wir küßten uns.
Viel mehr passierte, glaube ich, nicht.
Aber ich war sehr glücklich.

4

Zehn Tage später, an einem Sonnabend, fand jenes denkwürdige Abendessen bei uns statt, das eine Menge Wirbel in unser Leben bringen sollte.
Als ich Katharina die Einladung überbrachte, freute sie sich. »Da werde ich ja endlich Gelegenheit haben, Ihren Mann kennenzulernen.«
Es war wie verhext. Obwohl wir Tür an Tür miteinander wohnten, waren sich die beiden noch nie begegnet. Werner hatte mich bereits damit aufgezogen, die Frau von nebenan existiere wohl nur in meiner Phantasie. Nach wie vor störte ihn mein Interesse an Katharina, die er sich als frivoles, leichtfertiges Geschöpf vorstellte. Das Wort ›Lebensfreude‹, das ich im Zusammenhang mit ihr immer wieder erwähnte, löste bei ihm offenbar nur negative Vorstellungen aus.
Während ich in der Küche die letzten Vorbereitungen traf, ertappte ich mich dabei, daß ich nervös war. Ich wußte, wie gehemmt Werner fremden Menschen gegenüber sein konnte. Auch fürchtete ich, falls ihm Katharina mißfiel, seine Ironie. Er hatte mich noch ein paarmal darauf hingewiesen, daß er es grundverkehrt fand, sie ausgerechnet mit den Listens zusammen einzuladen: ›Du wirst sehen, es gibt Ärger.‹
Inzwischen waren mir selbst Bedenken gekommen, aber nun war es zu spät.
Werner kam in die Küche und fragte, ob er mir helfen

könnte. Wie immer tat er das, wenn ich bereits mit allem fertig war.
»Laß nur, Liebling«, sagte ich. »Oder ja - warte, du kannst mir den Haken am Reißverschluß zumachen, ich schaff das nie.«
Während er noch damit beschäftigt war, klingelte es.
»Willst du - oder soll ich?« fragte er, mich loslassend.
»Geh nur . . . oder nein - warte, ich mach selbst auf, es wird Katharina sein.«
Ich lief an ihm vorbei zur Tür.
»Mach doch nicht so ein Theater«, rief er mir nach. »Das ist wirklich zu albern.«
Er ließ sich dann auch bewußt Zeit und tauchte erst auf, als ich Katharina bereits ins Zimmer geführt hatte.
»Mein Mann . . .«, sagte ich und sah mit Genugtuung, daß seine Augen aufleuchteten. Kein Zweifel, er war beeindruckt.
Er hatte die Flasche glücklicherweise schon vorher geöffnet. So gab es jetzt keine Verzögerungen.
»Ich freue mich, daß wir uns endlich kennenlernen«, sagte er zu Katharina. »Ich dachte schon, es gibt Sie gar nicht.«
»Das dachte ich von Ihnen auch«, sagte sie und lachte.
Sie blickte ihn an, aufmerksam und freundlich.
Werners Gesicht entspannte sich. »Auf gute Nachbarschaft«, sagte er und stieß mit ihr an.
»Wollen wir uns nicht setzen?« fragte ich. »Es kann noch eine Weile dauern, bis unsere Freunde kommen. Sie sind nicht sehr pünktlich.«
Alle meine Befürchtungen waren grundlos gewesen. Jedenfalls sah es zunächst so aus. Werner und Katharina unterhielten sich ganz zwanglos miteinander. Es gab keine Verlegenheitspausen. Der eigenartige Zau-

ber, den sie ausstrahlte, begann auch bei meinem Mann zu wirken. Es war ein stiller Triumph für mich, den ich genoß.

Sie trug an diesem Abend ein hochgeschlossenes weißes Wollkleid, das sie sehr mädchenhaft erscheinen ließ. Sie wirkte stiller als sonst, zurückhaltender. Fast ein wenig schüchtern.

Stimmte sie sich auf Werner ein? War das ihr Geheimnis, daß sie es verstand, bei dem jeweiligen Gesprächspartner immer genau den richtigen Ton zu treffen?

Werner warf mir einmal einen Blick zu und schüttelte dabei unmerklich den Kopf, was soviel hieß, wie: Was hast du mir bloß von dieser Frau erzählt? Sie ist ganz anders.

Sie war anders als sonst. Aber sie war auch wieder ganz sie selbst: herzlich, aufgeschlossen, durch ihre bloße Gegenwart eine angenehme Stimmung erzeugend.

Ich weiß nicht mehr, worüber wir in dieser ersten Viertelstunde sprachen, aber ich erinnere mich noch genau, wie es ihr mühelos gelang, Werner aus seiner Reserve zu locken. Er lachte über ihre Bemerkungen, wurde warm, zutraulich, ja geradezu galant. Ich hatte ihn schon lange nicht mehr so gelöst erlebt.

Wie gesagt, alles ließ sich gut an. Ich war zufrieden und fühlte mich in meiner Ansicht über unsere neue Nachbarin bestätigt.

Dann tauchten die Listens auf. Und von diesem Augenblick an schien die Luft plötzlich mit Spannung geladen zu sein.

Diese beiden Menschen waren grundverschieden, aber offenkundig verband sie ein starkes Gefühl miteinander; zumindest liebte Sylvia ihren Mann abgöttisch.

Ivar Listen wirkte im ersten Augenblick eher abstoßend. Er war lang und mager, hatte ein schmales, scharfgeschnittenes Gesicht mit einem Spitzbart. Helle, unerhört eindringliche Augen, die sich an Menschen und Dingen festsaugten. Er strahlte eine dämonische Kraft aus, die sich auch in den heftigen Farben seiner Bilder ausdrückte.
Daneben Sylvia - blaß, blond und liebreizend. Ein weiches Madonnengesicht unter glattem Scheitel. Eine Erscheinung wie aus einem mittelalterlichen Marienbild. Rührend und mitleiderregend.
Werner übernahm die Vorstellung. Ein Ausdruck von Überraschung trat in das gelblich-bleiche Gesicht des Malers. Lächelnd, während er nahe an Katharina herantrat, gab er ihr die Hand.
Dann drehte er sich zu Sylvia um, legte ihr beide Hände auf die Schultern und schob sie wie einen Gegenstand in Katharinas Richtung. »Meine Frau«, sagte er. Und in dem Ton, wie er es sagte, lag sowohl der Besitzanspruch wie die Distanzierung, die seine Beziehung zu Sylvia kennzeichneten.
Wir setzten uns zu Tisch. Ivar und Katharina nebeneinander. Werner und Sylvia den beiden gegenüber. Ich an der Schmalseite, in der Nähe der Tür.
War sich Katharina der Wirkung bewußt, die sie auf Ivar, auf Sylvia, auf jeden von uns ausübte? Ich weiß es nicht. Sie war unbekümmert fröhlich und riß uns alle mit ihrer guten Laune mit. Wie ich es schon einmal erlebt hatte, bekundete sie offen ihre Freude an Essen und Trinken. Jedes Gericht, das auf den Tisch kam, lobte sie und nannte mich eine fabelhafte Köchin. Ivar, der sich aus Essen überhaupt nichts machte, der die Speisen gedankenlos in sich hineinschlang, betrachtete sie voller Staunen.
Sie war so bei der Sache, daß sie es nicht bemerkte.

Doch als ich ihm ein zweites Stück Ente auf den Teller legen wollte und er den Kopf schüttelte, sagte sie plötzlich zu ihm: »Aber Sie haben ja kaum etwas gegessen.«

»Ich habe keinen Appetit«, erwiderte Ivar und spielte bereits mit seinem Zigarettenetui. Ich wußte, er lauerte nur auf den Augenblick, da er rauchen konnte.

Sylvia fühlte sich bemüßigt zu sagen: »Mein Mann hat leider keine Freude am Essen.«

Ivar runzelte die Stirn, schwieg aber.

»So etwas!« rief Katharina. »Keine Freude am Essen! Das kann ich gar nicht begreifen.«

»Unwichtig. Gänzlich gleichgültig.« Ivar sagte es in herablassendem Ton.

Katharina blickte ihn prüfend an. »Verzeihen Sie, aber da muß ich widersprechen. Ein gutes Essen ist für mich immer ein kleines Fest, und ich finde, man muß dankbar dafür sein, denn es gibt genügend Menschen in der Welt, denen so etwas vorenthalten bleibt.«

Ivar lachte. »Ein ganz neuer Aspekt. Ich gebe zu, von dieser Seite habe ich die Sache noch nicht betrachtet. Ich bin einfach ein Feind von Völlerei.«

»Das bin ich auch«, sagte Katharina mit blitzenden Augen. »Aber Freude am Essen hat nichts mit Völlerei zu tun.«

»Also gut«, Ivar legte die Hand auf seine Brust, »ich gelobe Besserung. Laden Sie mich gelegentlich ein, und ich verspreche Ihnen, alles, was auf den Tisch kommt, entsprechend zu würdigen.«

»Das gelingt ihm nie«, flüsterte Sylvia mir zu. »Er merkt es gar nicht, wenn ich ihm etwas Gutes vorsetze.«

Ivar, der jedes Wort verstanden hatte, warf seiner Frau einen unwilligen Blick zu.

»Manchmal kommt es eben darauf an, richtig motiviert zu werden«, sagte er kühl.
Sylvia wurde rot. Sie erwiderte nichts.
Der Maler wandte sich erneut Katharina zu. Er wollte wissen, ob sie vielleicht noch mehr goldene Lebensregeln bereithalte. Er hätte bereits bemerkt, sie sähe außerordentlich zufrieden aus. Woran das läge?
»Ich freue mich«, erwiderte Katharina einfach.
»Sie freuen sich? Worüber?«
»Über alles. Über jeden neuen Tag.«
»Habt ihr das gehört?« rief Ivar und sah uns der Reihe nach an. »Freude am Dasein! Ja, wo gibt es denn so was. Ich dachte, die Freude wäre längst abgeschafft. Haben wir denn noch Grund, uns zu freuen?«
»Grund genug«, erwiderte Katharina. »Die meisten wollen das bloß nicht wahrhaben. Sie kultivieren das Mißbehagen.«
Ivar vergaß, die Zigarette, die er bereits in der Hand hielt, anzuzünden. Er starrte Katharina an, als wäre sie ein Fabelwesen mit zwei Köpfen.
»Junge, Junge . . .«, sagte er, riß endlich das Streichholz an, inhalierte tief und stützte beide Ellenbogen auf den Tisch. Er ließ den Blick nicht von Katharina. »Waren Sie immer so? Ich meine - liegt das mit der Freude in Ihrer Natur?«
Sie schüttelte den Kopf. »Ich glaube eher, ich habe mich dazu erzogen.«
Ivar blies den Rauch aus. »Ah - positives Denken, ich verstehe. Sie versuchen, keine trüben Gedanken aufkommen zu lassen.«
»Kann man denn das?« wollte Sylvia wissen, doch ihr Mann gebot ihr mit einer Handbewegung, zu schweigen.
»*Sie* kann das«, sagte er und saugte sich mit seinen

Blicken an Katharina fest. »Sie hat die innere Kraft dazu.«
Ich stand auf, um den Tisch abzuräumen und die Nachspeise zu holen.
Sylvia bot sich an, mir zu helfen. In der Küche begann sie plötzlich zu weinen, hörte aber sofort wieder auf und beschwor mich, Ivar nichts zu sagen.
»Es wird immer schlimmer mit ihm. Er ist ein so schwieriger Mensch. Ich fürchte, ich kann nicht richtig mit ihm umgehen.«
Dann wollte sie mehr über Katharina wissen. Was für eine Frau sie sei. Ich sagte ihr, ich wüßte es selbst nicht.
»Sie hat Mut«, stellte Sylvia fest. »Sie bringt es fertig, einem Mann ihre Meinung zu sagen.«
»Das ist leicht, wenn man nicht mit ihm verheiratet ist. Sie hat nichts zu verlieren.«
Wir gingen wieder hinein. Katharina und Ivar saßen immer noch am Tisch. Sie redeten leise miteinander. Werner stand mit dem Rücken zu ihnen am Buffet. Er holte die Mokkatassen heraus, eine Flasche Cognac, Gläser. Bei unserem Eintritt drehte er sich um. Er preßte die Lippen auf eine Art zusammen, die ich nur zu gut kannte. Etwas mißfiel ihm.
Die beiden am Tisch nahmen keine Notiz von uns. Auch als ich die Schüssel mit der Süßspeise hinstellte, unterbrachen sie ihr Gespräch nicht. Ich sah Katharina an. Es lag etwas unbeschreiblich Gelöstes darin, wie sie im Stuhl lehnte, den Arm aufgestützt, das Gesicht Ivar zugewandt - so als gäbe es im Moment nichts anderes auf der Welt als ihn.
Ich wagte nicht, Sylvia anzublicken. Sie tat mir leid, weil ihr Mann so tat, als wäre sie gar nicht vorhanden.
Der Nachtisch rettete uns. Ich reichte die Schüssel herum, und Katharina war für den Augenblick abge-

lenkt, ihr Dialog mit Ivar unterbrochen. Doch kaum saßen wir am Kamin, kaum hatte jeder seine Tasse Kaffee in der Hand, zog der Maler seinen Stuhl wieder dicht in Katharinas Nähe und redete leise auf sie ein.
Werner versuchte ein paarmal, die beiden mit ins Gespräch zu ziehen - vergeblich. Schließlich wurde es ihm zu dumm. Als Ivar gerade über eine Bemerkung von Katharina laut lachte, fuhr er dazwischen: »Was finden Sie denn so komisch? Dürfen wir mitlachen?«
Der Maler sah erst ihn, dann mich, dann Sylvia an. Er schien über die Störung erbost zu sein. »Sie«, er deutete mit dem Zeigefinger auf Katharina, »hat mich gerade furchtbar beschimpft. Sie hat mir gesagt, ich hätte im Leben immer die falschen Dinge getan und darum sollte ich mich nicht wundern, daß ich alles so langweilig und reizlos fände.«
»So etwas Ähnliches habe ich dir auch schon einmal gesagt«, kam die leise Stimme Sylvias.
»Hast du?« Ivar sah sie an, wie man ein vorlautes Kind ansieht, das ungefragt dazwischengeredet hat. »Ich kann mich nicht erinnern.«
»Und was sind Ihrer Meinung nach die richtigen Dinge?« fragte ich Katharina. »Was hätte er tun sollen?«
»Nicht soviel grübeln. Nicht soviel in Frage stellen. Das Leben aufspüren. Jeden Tag. Jede Stunde.«
»Tun Sie denn das?« wollte Werner wissen.
»Ich versuche es.«
»Sie freut sich«, sagte Ivar und schüttelte den Kopf. »Ich begreife es nicht. Seien Sie mir nicht böse, aber es gehört eine gewisse Naivität dazu, eine gewisse - Ahnungslosigkeit, um auf diesem trüben Planeten fröhlich zu sein.«

»Ja, ich weiß, das ist die geläufige Meinung.« Es war ein Unterton von Ironie in Katharinas Stimme. »Aber vielleicht ist es genau umgekehrt? Warum soll man nicht den Versuch machen, sich in allen Lebenslagen in eine heitere, positive Gemütsstimmung zu versetzen?«

»Also Heiterkeit als Abwehr?« fragte ich. »Um die bösen Geister zu bannen?«

Sie nickte. »Auch das. Aber in erster Linie, weil es sich leichter leben läßt. Ich kann Miesmacher nicht leiden«, sagte sie zu Ivar. »Sie reden alles kaputt. Zerstören selbst das, was noch halbwegs heil ist. Was soll das eigentlich? Was gewinnt man dabei? Nichts. Das Unbehagen vergrößert sich.«

»Also Unbehagen empfinden Sie auch?« fragte der Maler rasch.

»Natürlich. Was dachten Sie denn? Unbehagen, Angst, Entsetzen. Alles, was sie wollen. Aber ich setze dem meine positive Einstellung entgegen. Meine Freude an kleinen Dingen.«

»Also eine Philosophin«, stellte Werner überrascht fest.

Katharina meinte, sie selbst wäre zu dumm dazu, eine eigene Philosophie zu entwickeln, aber klug genug, um von anderen zu lernen.

Ivar hakte sofort ein. Wollte wissen, welchen der großen Philosophen sie sich zum Vorbild nehme. Auch Werner zeigte sich interessiert. Wir waren jetzt alle bei der Sache, entschlossen, über das Thema zu diskutieren.

»Ich bin da flexibel«, sagte Katharina lachend. »Ich suche mir von jedem das heraus, was meiner Lebenseinstellung entspricht - Mark Aurel, zum Beispiel. Wissen Sie, was er einmal gesagt hat? Glücklich ist, wer sich selbst ein glückliches Los bereitet hat. Glückliche

Lose aber sind: gute Gemütsstimmung, gute Neigungen, gute Handlungen.«
»Ein weites Feld«, sagte Ivar. »Dazu müßte man erst einmal klar definieren: Was ist gut, was ist böse?«
Sie sah ihn gelassen an. »Ich finde nicht, daß diese Definition große Schwierigkeiten bereitet. Für mich ist böse, was anderen und mir schadet, und gut, was anderen und mir nützt.«
»Klingt wunderhübsch und einleuchtend«, sagte der Maler sarkastisch. »Aber auch da kommt es wieder auf die Betrachtungsweise an.«
Das gab Katharina ohne weiteres zu. Sie stelle ja auch nicht die Behauptung auf, ihre Ansicht der Dinge sei richtig oder habe allgemeine Gültigkeit. Sie habe lediglich seine Frage beantwortet.
»Ich komme noch einmal auf die Heiterkeit zurück, auf die Sie soviel Wert legen«, sagte Werner nach einem Augenblick der Stille. »Sie sind natürlich in einer relativ guten Ausgangsposition, da Sie auf keinen Menschen Rücksicht zu nehmen haben. Sie sind unverheiratet, haben keine Kinder. Ein Angriff auf Ihre Gemütsruhe erfolgt allenfalls von Außenstehenden.«
Katharina gab das zu. »Einer der Gründe, warum ich allein lebe.«
Werner beugte sich vor. Er schien entschlossen, der Sache auf den Grund zu gehen, ohne ein Blatt vor den Mund zu nehmen. »Ist das nicht alles sehr egoistisch?« fragte er rundheraus.
Katharina nickte fröhlich. »Aber ja.«
Werner war einen Augenblick aus dem Konzept gebracht. Daß jemand einen Fehler ohne Beschönigung zugab, war ihm neu.
»Aber Egoisten sind wir doch alle«, sagte Ivar ungeduldig. »Der eine mehr, der andere weniger.«
»Frauen im allgemeinen weniger«, warf ich ein.

Und Sylvia, die bisher geschwiegen hatte, setzte hinzu: »Jedenfalls dann, wenn sie lieben.«
Der Maler blickte einmal kurz zu ihr hinüber. Sylvia hob die Schultern, als wollte sie sagen: Es ist so, tut mir leid.
»Du hast natürlich recht, meine Liebe«, sagte Ivar unerwartet sanft. »Aber das gilt genauso auch für den Mann.«
Sylvia errötete. Diesmal aus Freude.
»Verzeihen Sie«, wandte ich mich an Katharina. »Darf ich einmal eine persönliche Frage stellen?«
»Bitte?«
»Sie haben mir einmal unmißverständlich gesagt, Sie würden nie in Ihrem Leben heiraten.«
»Was für ein Unsinn!« Das war Werner. »Sie ist eine ganz normale Frau. Warum sollte sie nicht heiraten?«
»Bitte unterbrich mich nicht«, sagte ich. »Das steht jetzt nicht zur Debatte.« Und zu Katharina: »Sie sprachen sich damals gegen jede Art von Zwang aus, die aus dem Zusammenleben mit einem anderen erwächst. Haben Sie keine Angst, in eine Isolation zu geraten, die sich auf Ihr heiteres Gemütsleben mindestens so nachteilig auswirkt, wie - nun, sagen wir: wie ein zänkischer oder treuloser Ehemann?«
Alles lachte. Werner hob sein Glas und prostete mir zu.
»Gute Frage«, sagte er. »Hoffentlich meintest du mit dem zänkischen Ehemann nicht mich.«
Katharina erwiderte etwas erstaunt, sie wäre durchaus nicht isoliert, im Gegenteil. Es gäbe Menschen, Männer, die ihr sehr naheständen. Sie lehne allerdings jede feste Bindung ab.
»Auch in der Liebe?« fragte Werner.
»Gerade in der Liebe«, erwiderte sie.
Er schüttelte den Kopf. »Das verstehe ich nicht.«

»Was ist daran so schwer zu verstehen.«
»Für mich setzt sich die Liebe aus mehreren Elementen zusammen«, sagte Werner bedächtig. »Eines davon ist das Gefühl der Zusammengehörigkeit. Dieses Element klammern Sie aus.«
»Das ist richtig.«
»Haben Sie nie bedacht, daß Sie sich unter Umständen damit schaden?«
»Ich tue es bewußt«, erwiderte sie. »Vielleicht schade ich mir, aber ich werde auch nicht enttäuscht.«
»Auch egoistisch«, bemerkte Werner tadelnd. »Ihre Lebensphilosophie basiert darauf, daß Sie allem Unangenehmen aus dem Wege gehen.«
»Ist das nicht meine Sache?« fragte Katharina freundlich.
»Weiß Gott!« rief Ivar aus. »Ich finde auch, das ist ihre Sache.«
Werner schwieg.
»Sehen Sie«, fuhr Katharina fort, »ich habe eines Tages den Entschluß gefaßt, ein heiteres Leben zu führen. Ich tue keinem Menschen damit weh. Trotzdem nehmen es mir viele übel. Sie auch«, sagte sie lächelnd zu Werner.
Er brummte etwas Unverständliches.
»Sie können mich gerne oberflächlich nennen«, sagte sie. »Auch leichtfertig, zynisch, eigensüchtig. Das alles trifft mich nicht, weil ich nichts davon bin. Jedenfalls nicht in dem Sinne, wie Sie es meinen.«
»Auch noch eingebildet«, sagte Werner halb im Scherz, halb im Ernst. »Sie halten sich für einen Sonderfall.«
»Jeder Mensch ist ein Sonderfall«, entgegnete Katharina mit fester Stimme. »Den meisten ist das nur zu unbequem. Sie lassen sich lieber in eine Norm pressen.«

Werner war so verblüfft, daß er schwieg.
»Faszinierend«, sagte Ivar gedehnt. »Sie faßt den Entschluß, glücklich zu sein, und ist es. Sie läßt sich in keine Norm pressen - führt ein Leben nach eigenem Muster. Aber irgendwo muß ein Haken sein«, fuhr er fort. »Man kann sich auf dieser Welt nicht jeden Ärger vom Hals schaffen.«
Katharina lachte hellauf. »Aber das weiß ich doch selbst. Bilden Sie sich ein, ich führe ein ideales Leben? Das habe ich nie behauptet. Ich habe lediglich gesagt, ich führe ein Leben, das mir gemäß ist. Und ich genieße dieses Leben. Das ist alles.«
»Aber -«, begann Ivar von neuem, doch sie schnitt ihm mit einer Handbewegung das Wort ab.
»Es gibt da allerdings eine kleine Einschränkung, wenn ich das noch sagen darf. Um den täglichen Ärger auf ein Mindestmaß zu reduzieren, darf man weder sehr ehrgeizig noch sehr anspruchsvoll sein. Ich bin beides nicht.«
»Na, na«, machte Werner.
»Sie ist wirklich nicht anspruchsvoll«, kam ich Katharina zu Hilfe. »Sie leistet sich nicht einmal ein Auto.«
»Nein«, sagte sie. »Das würde mein Budget übersteigen. Ich verdiene nicht viel. Gerade genug, daß ich mich nicht einschränken muß. Meine Wohnung ist so klein, daß sie mich nicht belastet. Kostbarkeiten, die mir gestohlen werden können, habe ich nicht. Merken Sie den Trick?« wandte sie sich unvermittelt an Werner. »Ich biete wenig Angriffspunkte. Das ist die beste Voraussetzung, um unbehelligt zu bleiben.« Sie sah uns reihum an, lächelte, lehnte sich entspannt zurück. »Noch eine Frage?«
»Ja, ich habe noch eine Frage«, sagte Werner ernst. »Eine sehr wichtige Frage: Wie stellen Sie sich Ihre Zukunft vor? Keine Familie, keinen Mann, keine Kinder

- irgendwann wird sich das rächen. Sie werden im Alter sehr einsam sein.«
Einen Augenblick fürchtete ich, sie würde ärgerlich werden, aber sie erwiderte mit entwaffnender Offenheit: »Daran denke ich heute noch nicht. Ich lebe jetzt, in diesem Augenblick. Das ist das einzige, was für mich zählt.«
»Bravo!« rief Ivar und klatschte in die Hände. »O Gott - Sie sind zu beneiden. Warum können wir nicht alle so denken? Da strampeln wir uns ab, da machen wir uns verrückt. Da bangen und zittern, planen und kalkulieren wir. Nur eines tun wir nicht: leben!«
Werner sagte, während er aufstand und ringsum die Gläser füllte: »Ich habe nicht den Eindruck, lieber Ivar, daß gerade Sie am Leben vorbeileben.«
»Da bin ich nicht so sicher«, murmelte der Maler.
Alle hatten es gehört. Wir schwiegen betreten.
»Ich bin müde«, sagte Sylvia in die eingetretene Stille hinein. »Es ist spät geworden.«
Ivar sah sie an. Sie war blaß und hatte Schatten unter den Augen. Es war mir den ganzen Abend schon aufgefallen. Es schien, als nage ein geheimer Kummer an ihr.
»Fühlst du dich nicht wohl?« fragte Ivar freundlich, aber mit einem Unterton von Ungeduld in der Stimme.
»Ich habe Kopfschmerzen.«
Katharina war seinem Blick gefolgt. Ruhig und forschend betrachtete sie die junge Frau des Malers. Es war dieser teilnahmsvolle Ausdruck, den ich an ihr liebte und der sie so schnell das Vertrauen ihrer Mitmenschen gewinnen ließ.
Ivar sagte, das täte ihm leid, aber auf eine Viertelstunde käme es wohl nicht an.
Sylvia schwieg.

In diesem Augenblick legte Katharina ihre Hand auf Ivars Arm. Mit der ihr eigenen ruhigen Sicherheit sagte sie: »Wenn es Ihrer Frau nicht gutgeht, sollten wir lieber Schluß machen.«
Ivar stand sofort auf. Es war, als hätte sie ihm einen Befehl erteilt. Ich blickte Sylvia an. Sie schien genauso überrascht zu sein wie ich.
Als wir uns verabschiedeten, forderte Ivar Katharina auf, ihn einmal in seinem Atelier zu besuchen. »Ich würde Ihnen gerne meine Bilder zeigen.«
Sie schien zu zögern. Ihre Augen gingen von ihm zu Sylvia, doch die Frau des Malers blickte an ihr vorbei.
»Werden Sie kommen?« fragte Ivar drängend.
»Ich weiß es noch nicht. Vielleicht.«
»Sie würden mir eine große Freude machen.«
Ich sah, wie die hellen Augen Ivars die Gestalt Katharinas erfaßten, als wolle er sich jede Einzelheit ihrer Erscheinung einprägen.
»Wie gut, daß wir uns getroffen haben«, sagte er. »Sie sind eine bemerkenswerte Frau.«
Was Sylvia auch denken mochte, sie verbarg es hinter einem Lächeln.
Werner begleitete die Listens nach draußen. Ich blieb mit Katharina allein.
»Möchten Sie noch etwas trinken?« fragte ich. »Vielleicht einen Whisky?«
»Nein, danke.«
Das Feuer im Kamin war niedergebrannt. Wir starrten beide auf die glimmenden Holzreste.
Mich überkam auf einmal der Wunsch - nein, brennende Neugier, zu wissen, was Katharina dachte.
»Wie gefallen Ihnen die beiden?«
Sie hob den Kopf. »Ich glaube, die junge Frau ist sehr unglücklich.«
»Wie kommen Sie darauf?«

»Sie liebt ihren Mann, aber er empfindet das eher als Belastung.«
»Sie wünscht sich ein Kind«, sagte ich.
»Und?«
»Er will nichts davon wissen.«
Katharina gab eine Antwort, deren Bedeutung ich erst sehr viel später begriff: »Gut, daß Sie's mir gesagt haben.«
Werner kam zurück. Er fragte, ob noch etwas Kaffee da wäre.
»Ich werde jetzt auch gehen«, sagte Katharina.
Ich bat sie, noch einen Augenblick zu bleiben. Auch Werner meinte, es wäre nett, noch eine Weile zu plaudern. Ich spürte, er hatte etwas auf dem Herzen. Wollte er Katharina warnen?
Er setzte sich neben sie und begann ohne Umschweife: »Sie haben großen Eindruck auf Listen gemacht. Er sagte mir, er würde das Gespräch mit Ihnen gerne fortsetzen.«
»Warum nicht? Ich finde ihn nett.«
Mein Mann und ich wechselten einen Blick miteinander. Werner räusperte sich.
»Es geht mich natürlich nichts an«, sagte er. »Aber ich wollte Sie eigentlich bitten, ihn nicht in seinem Atelier zu besuchen.«
Katharina sah ihn überrascht an. »Warum?«
»Seine Frau würde es nicht wollen. Das sagt sie natürlich nicht, aber ich weiß es.«
Er machte eine Pause, um dann hinzuzufügen: »Sie hat es nicht leicht mit ihm. Er ist ein Mensch, der ausschließlich seinen eigenen Interessen lebt. Rücksicht auf andere kennt er nicht.«
»Was hat das mit mir zu tun?« fragte Katharina scharf. »Worauf wollen Sie hinaus?«
»Sie gefallen ihm«, kam ich Werner zu Hilfe. »Wenn

Sie ihn besuchen, wäre das eine zusätzliche Belastung für Sylvia. Es könnte ja immerhin sein . . . ich meine, es wäre denkbar -«
Katharina legte ihre Hand auf meine, und diese Geste sagte mehr als Worte. »Ich bin erwachsen. Ich kann selbst beurteilen, was ich zu tun habe.«
»Verzeihen Sie«, sagte Werner sofort. »Ich wollte Sie nicht bevormunden. Es war lediglich eine Bitte von mir.«
Damit war das Thema beendet. Wir sprachen von anderen Dingen, aber die Stimmung war gestört. Werner war Katharina gegenüber jetzt auf der Hut. Er hatte sie im Verdacht, nicht aufrichtig zu sein, und auch ich hatte das unangenehme Gefühl, sein allzu direkter Versuch, sie von einem Zusammentreffen mit Ivar abzuhalten, hatte eher das Gegenteil bewirkt.
Eine Viertelstunde später war sie fort. Ich brannte darauf, von Werner zu hören, welchen Eindruck Katharina auf ihn gemacht hatte, doch er schwieg. Offenbar war er sich selbst nicht genau darüber im klaren, was er von dieser Frau, die so eigenwillige Ansichten vertrat, zu halten hatte.
Erst später, als wir bereits im Bett lagen, sagte er plötzlich: »Du hast recht, ein oberflächlicher Mensch ist sie nicht. Aber ich halte sie in gewissem Sinne für hemmungslos. Sie lebt, wenn ich das einmal so ausdrükken darf, ohne Rücksicht auf Verluste.«
»Du denkst an Sylvia - nicht wahr?«
»Ja. Du wirst sehen, diese Ehe geht in die Brüche. Listen interessiert sich für deine Freundin. Und sie - nun ja . . .«
Er ließ den Satz in der Luft hängen.
Ich schwieg. Ich war betrübt, weil ich mir sagte, wenn es wirklich dazu käme, dann wäre das meine Schuld, weil ich mir von Katharina eine falsche Vorstellung

gemacht hatte. Doch dann rief ich mir wieder ins Gedächtnis zurück, was sie über die Definition von ›gut‹ und ›böse‹ gesagt hatte, und dachte: Nein, so weit geht sie nicht. Das ist nicht die Frau, die einer anderen den Mann wegnimmt. Das paßt einfach nicht zu ihr.

»Woran denkst du?« fragte Werner aus dem Dunkel.

»Ich denke, daß du dich irrst. Katharina ist für Sylvia keine Gefahr.«

»Ich würde mich freuen, wenn du recht hättest«, erwiderte er.

5

Zwei Tage später, ich war allein zu Hause, läutete das Telefon. Es war Ivar Listen. Er fragte, ob ich einen Moment für ihn Zeit hätte. »Ich brauche Ihre Hilfe.«
Es stellte sich heraus, daß er Katharina um ein Wiedersehen gebeten hatte. Sie hatte abgelehnt. Er konnte das gar nicht begreifen.
»Sie wird ihre Gründe haben«, sagte ich.
»Reden Sie mit ihr.«
»Ich? Wie komme ich dazu?«
»Sie ist Ihre Freundin.«
»Das ist sie nicht. Sie ist unsere Nachbarin, das ist alles. Ich habe nicht den geringsten Einfluß auf sie.«
Er brummte etwas vor sich hin, was sich wie ein unterdrückter Fluch anhörte.
»Hören Sie, Ivar«, ich wurde energisch, »das ist alles Unsinn. Was wollen Sie von dieser Frau? Sie sind verheiratet. Hätte ich geahnt -«
»Ich muß sie wiedersehen«, unterbrach er mich. »Sie müssen das arrangieren. Ich bitte Sie darum.«
Seine Stimme, eben noch ungeduldig und heftig, wurde unversehens sanft. »Ich bin in einer Krise. Ich habe Schwierigkeiten - ich kann Ihnen das jetzt nicht im einzelnen erklären, aber es ist ernst. Diese Frau - ich glaube, sie könnte mir helfen.«
Er redete noch eine Weile auf mich ein, sprach von Problemen, mit denen er alleine nicht fertig werde. Als ich ihm riet, einen Psychoanalytiker aufzusuchen,

wurde er böse. Er brauche keinen Analytiker, er brauche einen heiteren, ausgeglichenen Menschen. »Eine Frau wie Katharina«, sagte er. »Sie ist so wundervoll problemlos.«
»Da bin ich nicht so sicher.«
»Doch, doch, sie ist es. Sie wird mit dem Leben fertig. Ich nicht. Ich bin in einer Sackgasse angelangt.«
»Und Sie glauben, Katharina könnte Sie da wieder herausholen?«
»Ja, das glaube ich. Sie hat die nötige Kraft dazu.«
»Also gut«, sagte ich halb widerwillig. »Ich werde mit ihr reden. Ich bitte Sie nur - machen Sie keine Dummheiten. Sylvia braucht Sie.«
Darauf ging er nicht ein.

Ich dachte lange über dieses Gespräch nach. Das Ganze war mir äußerst unangenehm. Ich haßte es, mich in fremde Angelegenheiten zu mischen. Was dachte sich dieser Mensch eigentlich? Es gehörte eine gehörige Portion Unverfrorenheit dazu, ein solches Ansinnen an mich zu stellen. Oder war er vielleicht wirklich in Not? Sylvia hatte mir einmal gestanden, Ivar spiele immer nur den Überlegenen. In Wahrheit sei er verletzlich und leide unter Depressionen.

Am späten Nachmittag entschloß ich mich, Katharina aufzusuchen. Sie empfing mich freundlich, aber ich merkte, daß ich ungelegen kam. Sie sei bei der Arbeit, sagte sie. Sie hätte gleich nach dem Frühstück zu schreiben angefangen.
Im Zimmer herrschte Unordnung. Manuskriptblätter lagen verstreut auf dem Teppich. Bücher und Zeitschriften türmten sich auf einem Tisch, zwischen den Resten einer Mahlzeit und einem randvoll gefüllten Aschenbecher.

»Manchmal erwischt es mich«, sagte Katharina. »Dann fange ich mit einer Geschichte an und vergesse alles andere darüber.«
Sie sah mich an, und ich merkte, daß ich sie aus einer Art von Traumzustand geweckt hatte. Doch dann begann sie zu lächeln, ihr strahlendes, gewinnendes Lächeln, mit dem sie alle Menschen und nun auch Ivar bezauberte. Dann lud sie mich mit einer Geste ein, mich neben sie zu setzen.
Ich sagte, es täte mir leid, sie gestört zu haben, aber ich käme im Auftrag von Ivar Listen.
»Ach so.«
»Sie dürfen nicht böse sein. Es ist sonst nicht meine Art, mich in so etwas einzumischen, aber ich habe den Eindruck . . .«
Sie hörte mich ruhig an, ohne mich zu unterbrechen. Ich erzählte von unserer Bekanntschaft mit Listens und schilderte Ivar als einen eigenwilligen, launischen Künstler, der seiner Frau das Leben nicht gerade leichtmache. »Aber ich glaube trotzdem, er liebt sie und könnte sie nicht entbehren.«
Und dann sprach ich von dem heutigen Anruf. Ich versicherte ihr, ich hätte nicht den Eindruck, Ivars Behauptung, er stecke in einer Krise, sei bloß eine Ausrede gewesen.
»Nein, das glaube ich auch nicht«, sagte sie zu meiner Überraschung.
Eine Weile blieb es still zwischen uns.
»Vielleicht können Sie ihm wirklich helfen«, sagte ich schließlich. »Er ist fest davon überzeugt.«
Sie sah mich seltsam an. »So?«
»Seine Frau kann es nicht. Auf sie würde er nicht hören.«
»Nein, das würde er sicher nicht.«
Sie bückte sich, sammelte die Manuskriptblätter ein

und schichtete sie auf einen Haufen. Den Blick darauf geheftet, als wären ihre Gedanken mit dem Geschriebenen beschäftigt, sagte sie plötzlich: »Also gut - ich werde mich mit ihm treffen. Ich will ganz ehrlich sein, ich hätte es ohnehin getan. Nicht so schnell vielleicht, ich lasse mir gerne Zeit. Aber getan hätte ich es. Dieser Mann interessiert mich. Ich will wissen, was mit ihm los ist.«

Halb scherzhaft sagte ich: »Hoffentlich verlieben Sie sich nicht in ihn.«

»Wäre das so schlimm?«

»Er ist verheiratet.«

»Ich würde ihn seiner Frau ja nicht wegnehmen.«

Ich schwieg.

Sie lachte. »Wie besorgt Sie plötzlich aussehen! Dabei wissen Sie so gut wie ich, daß er ihr ohnehin nicht treu ist.«

»Das ist etwas anderes«, erwiderte ich schnell.

»Wieso?«

Ich wollte gerade zu einer längeren Erklärung ansetzen, da läutete es an der Tür.

Sie stand auf. »Entschuldigen Sie.« Sie ging nach draußen. Ich hörte, wie sie die Tür aufschloß und gleich darauf einen Freudenschrei ausstieß: »Malte!«

Dann kam sie herein und stellte mir einen großen, zur Fülle neigenden Mann mit einer weißen Löwenmähne vor: »Malte Klimm, ein sehr lieber Freund von mir.«

Der Raum schien plötzlich zu eng zu sein. Malte Klimm, berühmter Dirigent, heimisch an allen großen Opernhäusern der Welt, kam angestapft wie ein Bär aus den sibirischen Wäldern. Gutmütiges, kluges Gesicht. Graues Kraushaar. Braune, freundlich zwinkernde Augen, umrahmt von Lachfältchen. Ein Mann, der mir auf Anhieb gefiel. Ich sagte, ich würde jetzt gehen, doch Katharina bat mich, wenigstens noch auf einen Drink zu bleiben.

Ich hatte schon viel über Klimm gehört und gelesen. Ich wußte, daß er ebenso beliebt wie gefürchtet war, daß alle großen Häuser sich um ihn rissen, daß er mehrere kostspielige Wohnsitze hatte und mindestens viermal geschieden war.

Ihn jetzt so aus der Nähe betrachten zu können war ein großes Vergnügen für mich.

Er strahlte ein unglaubliches Selbstbewußtsein aus, gepaart mit Liebenswürdigkeit. Ein Mann, der um seine Wirkung wußte und diese Wirkung voll ausspielte.

Und doch - wenn er das Wort an Katharina richtete, wenn er sie ansah und scheinbar unabsichtlich ihren Arm berührte, wurde sofort deutlich, daß sie die Überlegenere war.

Kein Zweifel, Malte Klimm liebte Katharina.

Einmal, als sie das Zimmer verließ, um Eiswürfel aus der Küche zu holen, sagte er zu mir: »Eine bezaubernde Frau. Ich bin nie einer schöneren und klügeren begegnet.«

Er wollte wissen, ob ich Katharina schon lange kenne. Ich erwiderte, leider erst seit ein paar Wochen.

»Oh, da werden Sie noch die erstaunlichsten Dinge erleben«, sagte er. Er war aufgestanden und lauschte. Den schweren Oberkörper leicht vorgeschoben, wartete er auf Katharinas Rückkehr. Mich schien er vergessen zu haben.

Als sie wieder hereinkam, eilte er auf sie zu, nahm ihr die Schale ab und küßte ihr beide Hände. Er legte den Arm um sie und flüsterte ihr etwas ins Ohr, was ich nicht verstand. Sie lachte. Ich kam mir völlig überflüssig vor, fand das Ganze aber ungeheuer spannend und beschloß, meinen Drink in die Länge zu ziehen.

Katharina wollte wissen, wie lange Malte in Hamburg bliebe.
»Leider nur ein paar Stunden. Ich fliege weiter nach Wien.«
Er schien auf ein Wort des Bedauerns zu warten, doch Katharina begnügte sich mit einem: »Ah, ja.«
Es gehörte nicht viel Beobachtungsgabe dazu, um die Spannung zu bemerken, die zwischen dem so ungleichen Paar herrschte. Der Bär aus den sibirischen Wäldern litt. Und er litt um so mehr, als Katharina gutgelaunt und charmant blieb und auf keine seiner fast gereizten Anspielungen einging.
Es ging um eine gemeinsame Reise, die er im kommenden Frühjahr plante. Sie wollte nicht mitkommen, unter gar keinen Umständen. Es wurde nicht offen darüber geredet. Alles geschah in Andeutungen, während wir scheinbar harmlos plauderten. Malte Klimm tat mir leid. Er hatte so gar keine Chance. Eine Affäre, die für Katharina abgetan war. Sie wollte ihn nicht etwa loswerden, das spürte ich. Als Freund hätte sie ihn akzeptiert. Nur mit dem Liebhaber konnte sie nichts mehr anfangen.
Im Laufe der Unterhaltung büßte Klimm viel von seiner Selbstsicherheit ein, wurde reizbar, nervös. Katharina blieb gleichbleibend freundlich, reagierte auf seine Sticheleien mit großer Gelassenheit. War sie sich bewußt, daß sie ihn quälte? Er war ihr lästig mit seinem Drängen. Störte das Wohlbehagen, die Ausgeglichenheit, auf die sie soviel Wert legte.
Eine Viertelstunde blieb ich noch, dann verabschiedete ich mich.

Am anderen Morgen rief sie mich an. Ob ich ihr die Telefonnummer von Ivar Listen geben könne. Im Telefonbuch habe sie ihn nicht gefunden.

»Sie wollen ihn also wirklich wiedersehen?« fragte ich.
»Aber ja. Sagten Sie nicht, ich könnte ihm helfen?«
Ich schwieg.
Plötzlich ein leises Lachen am anderen Ende der Leitung. Dann ihre warme, ruhige Stimme: »Ich merke schon, Sie haben große Bedenken. Seien Sie unbesorgt - ich habe noch nie einer Frau ihren Mann weggenommen. Ich werde es auch diesmal nicht tun.«
»Es wird Komplikationen geben.«
»Die gibt es im Augenblick auch.«
»Aber es ist doch nicht nötig, zusätzlich Unruhe zu stiften«, sagte ich ohne rechte Überzeugung. »Können Sie auf diese Begegnung nicht verzichten?«
»Nein, das kann ich nicht. Es gibt Menschen, die trifft man nicht zufällig. Man trifft sie, weil man sie braucht oder weil man ihnen etwas beibringen kann. Vielleicht kann ich Ivar beibringen, mehr Verständnis für seine Frau zu haben.«
»Sie?« rief ich überrascht. »Sie wollen ihm das beibringen?«
»Ja, das will ich. Ich bin ein ganz guter Katalysator.«
»Sie sind eine merkwürdige Frau, Katharina.«
»Warum? Weil ich mein eigenes Leben lebe? Weil ich Konventionen ablehne?«
»Ich möchte wissen, woher Sie Ihre Sicherheit nehmen«, sagte ich. »Sie werden mit dem Leben so spielend fertig. Ich beneide Sie darum.«
»Ich glaube, Sie haben eine falsche Vorstellung von mir. Ich bejahe das Leben, das ist alles. Spielend fertig werde ich nicht damit.« Mit veränderter Stimme fragte sie: »Und wie hat Ihnen mein Freund Malte Klimm gefallen?«
»Ein bemerkenswerter Mann. Er liebt Sie, soweit ich das beurteilen kann.«
»Mag sein. Aber das ist eine sehr egoistische Liebe. Ich

konnte sie auf die Dauer nicht ertragen. Ich wäre daran kaputtgegangen.«
»Sehen Sie - auch darum beneide ich Sie!« rief ich. »Sie haben den Mut, egoistisch zu sein.«
»Vielleicht werde ich einmal dafür bestraft werden«, sagte sie lachend.
Eine Weile plauderten wir noch. Es reizte mich, sie herauszufordern, aber sie ging nicht darauf ein. Ich hatte sie im Verdacht, daß ihr Klimm längst nicht so gleichgültig war, wie sie tat. Auch nahm sie die Liebe nicht als oberflächliches Spiel, wie ich anfangs geglaubt hatte. Sie beendete eine Beziehung, wenn es ihr ratsam erschien, aber sie brach nicht die Treue. Nicht in dem Sinne, daß sie einen Menschen fallenließ.
Als sie mich schließlich noch einmal um Ivars Telefonnummer bat, gab ich sie ihr ohne Bedenken. Vielleicht gelang es ihr wirklich, ihm etwas beizubringen, was ihm fehlte. Einen Mangel auszugleichen. Den Mangel an Wärme, an Menschlichkeit, an Verständnis, den es brauchte, um eine gute Ehe zu führen.

Die beiden mußten sich bereits am nächsten Tag getroffen haben, denn ich erhielt wenig später einen Blumenstrauß, an dem eine Karte mit Ivars Namen geheftet war. Er hatte nur ein einziges Wort darauf geschrieben: ›Danke!‹
Kam ich mir wie eine Kupplerin vor? Keineswegs. Ich war durchdrungen von dem Gefühl, etwas Gutes getan zu haben. Ich vertraute Katharina.
Anders mein Mann. Als wir ein paar Tage später gegen Abend an der Elbe spazierengingen, kamen uns Ivar und Katharina entgegen. Der Maler hatten den Arm um Katharina gelegt. Er redete lebhaft auf sie ein. Sie lachten miteinander. Wer sie sah, konnte nicht im Zweifel darüber sein, daß sie verliebt waren.

Werner blieb wie angewurzelt stehen. »Das ist unglaublich«, stieß er hervor. »Hast du das gewußt?«
Sie waren inzwischen nahe herangekommen. Ich flüsterte Werner zu, er solle sich zusammennehmen. Ich würde ihm alles erklären.
Es war eine peinliche Begegnung. Ich erinnere mich noch gut daran. Sie sahen aus, wie glückliche, verliebte Menschen eben aussehen. Beide machten kein Hehl daraus, daß sie sich prachtvoll verstanden. Übermütig - ja, das war es. Sie benahmen sich übermütig. Ganz und gar unbefangen. Als wäre es die selbstverständlichste Sache von der Welt, daß sie zusammen an der Elbe spazierengingen.
Werner brachte es fertig, nach Sylvia zu fragen. »Wo ist Sylvia? Warum ist sie nicht hier?«
Er war nie ein Diplomat gewesen. Seine Stimme war ein einziger Vorwurf. Der Blick, mit dem er das Paar ansah, eisig.
Ivar erwiderte leichthin: »Sylvia geht nicht gerne spazieren. Das sollten Sie eigentlich wissen.«
Ich glaubte, in Katharinas Gesicht mit den vom Wind geröteten Wangen zu lesen, wie lächerlich sie die strafende Miene fand, die mein Mann aufsetzte. Fühlte ich doch selbst, daß alles ganz anders und durchaus nicht verdammenswert war. Kein Ehebruch im alltäglichen Sinne. Eher das Gegenteil, so absurd das auch klingen mochte.
Katharina sprach vom Wetter. Sie pries den herrlichen Tag und sagte, man müsse ihn ausnutzen.
»Carpe diem!« sagte der Maler und hängte sich lachend bei ihr ein. »Man ist ein Narr, wenn man es nicht tut. Sie«, sein lächelnder Blick streifte die Frau an seiner Seite, »bringt es mir gerade bei.«
»So«, sagte mein Mann kurz. »Dann wollen wir nicht länger stören.«

Ohne ein weiteres Wort stapfte er davon. Es blieb mir nichts anderes übrig, als mich ihm anzuschließen.
Im Weggehen hörte ich, wie Ivar sagte: »Da kann man nichts machen.«
Eine Weile gingen Werner und ich schweigend nebeneinander her.
Schließlich hielt ich es nicht länger aus und sagte: »Besonders höflich hast du dich nicht gerade benommen.«
»Warum auch?« Mich traf der typische empörte Blick eines Mannes, der sich von seiner Frau im Stich gelassen fühlt. »Du findest das alles natürlich völlig harmlos, nicht wahr?«
»Das will ich nicht sagen.«
»Was heißt das?« Er blieb stehen. »Was weißt du?« fragte er mißtrauisch.
»Ich weiß gar nichts«, log ich. »Die beiden gehen spazieren. Das ist schließlich kein Verbrechen.«
»Hast du nicht gesehen, wie sie aussahen?« fragte er streng.
»Wie sahen sie denn aus?«
»Glücklich.«
»Und?«
»Es steht ihnen nicht zu.«
Ich lachte ihn einfach aus. »Das geht entschieden zu weit«, bemerkte ich. »Ich weiß, du verteidigst die Ehe, das tue ich auch.«
»Da bin ich nicht mehr so sicher«, murmelte er.
Ich nahm seinen Arm. »Doch, Liebster, das tue ich, glaub mir. Nur in diesem Fall mache ich eine Ausnahme.«
»Du machst immer eine Ausnahme, wenn es um Katharina geht.«
»Sie wird dieser Ehe nicht schaden.«
»Er ist schon meilenweit von Sylvia entfernt«, sagte er.

»Das war er auch ohne Katharina. Aber sie wird dafür sorgen, daß er wieder zu ihr zurückfindet.«
Er sah mich an, als zweifelte er an meinem Verstand. Seine geradlinige Natur empörte sich gegen eine solche Verdrehung scheinbar offenkundiger Tatsachen. »Ich finde, man muß Sylvia warnen«, erklärte er.
»Misch dich da bitte nicht ein. Es ist nicht deine Angelegenheit.«
»Aber man kann sie doch nicht blindlings in ihr Verderben rennen lassen!« rief er.
»Ich habe dir schon einmal gesagt, sie verliert nichts durch Katharina. Sie kann höchstens etwas gewinnen.«
Er erwiderte nichts. Er blieb stehen und blickte schweigend einem vorbeifahrenden Schiff nach.
Nach einer Weile drehte er sich zu mir um. »Alles, was diese Frau tut, findet deine Bewunderung. Woran liegt das?«
»Sie überzeugt mich«, erwiderte ich. »Ich traue ihr ungewöhnliche Dinge zu.«
»Man könnte meinen, sie bedeutet dir mehr als ich.«
»Mein Gott - du bist doch nicht etwa eifersüchtig?«
Sein Gesicht hatte auf einmal einen traurigen Ausdruck.
»Doch, in gewisser Weise bin ich das.«
Ich trat auf ihn zu, nahm seine Hand und legte sie an meine Wange. »Dazu hast du nicht den geringsten Grund«, sagte ich.
Werner lächelte seltsam. »Sie ist alles, was ich nicht bin. Heiter, unbeschwert, lebensfroh. Sie hat alles, was du an mir vermißt. Doch - ich weiß es. Ich bin dir viel zu schwerfällig, zu korrekt. Du langweilst dich mit mir.«
»Aber das ist doch nicht wahr!« rief ich.

Er ging schneller. Ich lief hinter ihm her, hielt ihn fest.
»So hör mir doch zu! Das ist ja alles Unsinn. Du bist mein Mann, ich liebe dich.«
»Du bist unzufrieden mit mir. Seit Katharina aufgetaucht ist, bist du unzufrieden mit mir. Du stellst Vergleiche an. Du beneidest sie.« Er sah mir in die Augen. »Sei ehrlich, Barbara. Beneidest du sie?«
»Beneiden ist nicht der richtige Ausdruck.«
»Sondern?«
»Ach, ich weiß nicht. Ich fühle mich manchmal - eingeengt.«
»Ja«, sagte er. »Aber erst, seit es diese Frau gibt. Früher hast du dich nie eingeengt gefühlt.«
Ich dachte: Woher weißt du das? Hast du mich je danach gefragt? Wir setzten uns auf eine Bank. Die Sonne schien. Zum ersten Mal in diesem Jahr war es sommerlich warm. Warum konnten wir nicht vergnügt sein? Warum konnten wir nicht miteinander lachen? Immer gab es jetzt diese merkwürdigen Spannungen. Hatte es wirklich etwas mit Katharina zu tun?
»Sag doch was«, bat ich. »Mach nicht so ein Gesicht.«
»Was mach ich denn für ein Gesicht?«
»Streng. Du siehst so streng aus.«
»So bin ich nun mal. Ich kann es nicht ändern.«
Ich ärgerte mich. »Du willst es nicht ändern«, sagte ich. »Du willst uns den Tag verderben. Es ist deine Rache.«
Er sah mich an. »Rache? Wofür?«
»Dafür, daß du dich von mir im Stich gelassen fühlst. Daß ich eine Lebensweise verteidige, die dir zuwider ist.«
»Du mußt wissen, was du tust. Ich kann dir nicht verbieten, mit dieser Frau zu verkehren -«

»Das kannst du wirklich nicht. Sie tut schließlich nichts Böses.«
»Nein«, versetzte er langsam, »direkt böse kann man es nicht nennen. Darin liegt ja gerade die Gefahr. Sie tut, was sie will. Lebt nach ihren eigenen Gesetzen. Jetzt ist es Ivar, den sie haben will, also nimmt sie sich ihn. Daß er verheiratet ist, stört sie dabei nicht. Bei jeder anderen würdest du empört sein. Bei ihr nicht. Weil du sie magst. Weil sie dir gefällt. Darin liegt die Gefahr. Sie ist so nett, daß sich die Begriffe verschieben.«
»Also nett findest du sie auch«, hakte ich sofort ein.
»Ich finde sie reizend. Aber das heißt noch lange nicht, daß ich mir den Blick trüben lasse, wie du es tust.«
Ich schwieg.
»Du wirst zugeben müssen, Sylvia ist der wertvollere Mensch von beiden«, sagte er.
»Aber sie fällt Ivar auf die Nerven.«
»Das gibt ihm noch lange kein Recht, sie zu verlassen.«
Ich sah ihn an. Seine Entrüstung war echt.
»Du irrst dich«, sagte ich. »Er wird sie nicht verlassen. Er wird sich nur für eine Weile von ihr erholen, das ist alles.«
Er zog die Brauen hoch. »Ich möchte wissen, was du tätest, wenn ich einen ähnlichen Wunsch verspürte.«
»Ich hätte dafür Verständnis.«
»Wie überaus großzügig«, spottete er. »Ich höre deine neue Freundin. Wie ist es mit dir? Hättest du nicht auch mal Lust zu einem Seitensprung?«
»Jetzt wirst du geschmacklos«, stellte ich ruhig fest.
»Aber wieso denn? Was dem einen recht ist, ist dem anderen billig. Carpe diem! Du langweilst dich in un-

serer Ehe. Warum solltest du dir nicht einen Liebhaber nehmen? Andere tun es auch.«

»Was andere tun, interessiert mich nicht. Ich bin glücklich mit dir. Ich brauche keinen Liebhaber.«

»Frag Katharina. Sie ist sicher anderer Ansicht.«

»Du bist gemein!«

»Nein, nur logisch. Sie ist gegen die Ehe. Sicher tust du ihr leid. Es wird der Tag kommen, da wird sie dir klarmachen, wieviel du an meiner Seite versäumst.«

Ich lachte auf, plötzlich befreit und erheitert. Hatte er wirklich Angst, ich könnte ihn betrügen? Fürchtete er deswegen den Einfluß Katharinas? »Ach, mein Liebling«, sagte ich, »das sind wirklich sehr törichte Gedanken, die du dir machst. Natürlich versäume ich eine ganze Menge, aber das hat nichts mit anderen Männern zu tun.«

»Womit sonst?«

»Versuch es zu erraten.«

»Das kann ich nicht. Sag es mir.«

»Nein. Du mußt es selbst herausfinden.«

»Ich bin zu alt für solche Spiele.«

»Siehst du - genau das ist es. Immer sagst du, du bist zu alt. Dabei stimmt das gar nicht. Du bist noch jung. Du redest dir nur ein, daß du alt bist. Und darüber wirst du manchmal ganz melancholisch und mürrisch. Und ich mit dir.«

»Also doch unglücklich?«

»Manchmal.«

»Sag mir, wann.«

»Wenn ich das Gefühl habe, daß alles festgefahren ist, daß nichts mehr geschieht, sich nichts mehr ändert. Ich will dich nicht kränken, aber das ist so. Du hast ganz bestimmte Vorstellungen von einem Leben, von einer Ehe. Ich muß mich in allem nach dir richten. Manchmal möchte ich etwas Bestimmtes tun, aber das

kann ich nicht, weil du dich darüber ärgern würdest. Also lasse ich es. Und dann bin ich unglücklich. Oder sagen wir - unzufrieden.«
Er schwieg. Er scharrte mit dem Fuß im Sand, sah an mir vorbei. Nach einer Weile sagte er: »Könntest du dich vielleicht etwas genauer ausdrücken. Was würdest du denn zum Beispiel gerne tun?«
»Kleinigkeiten. Im Grunde unwichtig. Die Möbel umstellen zum Beispiel, aber da würdest du dich entsetzlich darüber aufregen.«
»Na, na -«
»Oder ins Kino gehen, wenn ich gerade Lust dazu habe. Oder mit dir in ein nettes Lokal. Oder am Wochenende verreisen.«
»Einfach so?« fragte er.
»Ja, einfach so, Koffer packen und weg. Raus aus dem Alltag. So wie früher. Erinnerst du dich? Früher haben wir das manchmal zusammen gemacht.«
Er schwieg. Nach einer Weile erwiderte er: »Ich kann nicht einsehen, warum wir am Wochenende verreisen sollen. Zu Hause haben wir es viel bequemer. Außerdem kostet es Geld.«
»Natürlich.«
»Ist das alles, worüber du dich zu beklagen hast?« Er sprach freundlich, aber es war eine leise Gereiztheit in seiner Stimme.
»Ich habe mich nicht beklagt.«
»Es hörte sich aber so an.«
»Dann hast du mich mißverstanden. Ich habe lediglich gesagt, ich wünschte mir manchmal ein bißchen Abwechslung. Unser Leben scheint mir - ja, es scheint mir erstarrt.«
»Das hat dir Katharina eingeredet!«
»Womit wir wieder beim Ausgangspunkt wären.« Ich stand auf. »Komm - laß uns nach Hause gehen. Es hat

keinen Sinn, daß wir weiterreden. Du verträgst nicht die geringste Kritik. Sofort wirst du ungerecht.«
Ich weiß nicht, warum ich das gesagt habe. Es war mir so herausgerutscht. Es kränkte ihn tief, ich sah es ihm an.
Wir legten schweigend den Weg bis zum Parkplatz zurück. Als wir im Wagen saßen, wollte ich den Arm um ihn legen, doch er sagte, ich solle ihn in Ruhe lassen. Da wurde mir klar, daß es nicht bei diesen kleinen Streitereien bleiben würde. Unsere Ehe war in eine Krise geraten. Möglicherweise steckte sie da schon längere Zeit drin.
Ich hatte es bloß noch nicht bemerkt.

6

Von Katharina sah und hörte ich nichts. Sie schien verreist zu sein. Ich hätte sie gerne gesehen, um ihr ein paar Fragen zu stellen. Sie fehlte mir. Ich kam mir ohne sie verlassen vor, besonders jetzt, da Werner nur das Nötigste mit mir redete.

Einmal kam er abends sehr spät nach Hause. Ich lag bereits im Bett. Als ich ihn fragte, wo er gewesen war, erwiderte er: »Bei Sylvia.«

Ich muß ihn wohl sehr erstaunt angesehen haben, denn er sagte: »Wundert dich das? Einer muß sich schließlich um sie kümmern, nachdem Ivar verschwunden ist.«

Ich starrte ihn an. »Was heißt das?«

»Abgedampft. Nach Venedig. Zusammen mit deiner Freundin.«

»Das ist nicht wahr!«

»Wenn ich es dir sage. Er hat Sylvia ein paar Zeilen hinterlassen. Sie solle sich keine Sorgen machen, er käme bald wieder. Aber er hätte einfach mal raus gemußt. Neue Eindrücke sammeln. Abstand gewinnen.«

Werner setzte sich auf den Bettrand und begann sich die Schuhe auszuziehen. Dabei schimpfte er leise vor sich hin: »Die machen sich das Leben einfach, diese Herren Künstler. Schnappen sich ein hübsches Mädchen und verduften nach Italien. So etwas sollte ich mir einmal erlauben!«

Wider Willen mußte ich lachen. »Versuch es doch.

Meinst du, ich würde mich deswegen scheiden lassen? Bestimmt nicht. Vielleicht täte es unserer Ehe sogar gut, wenn wir einmal für eine Weile getrennt wären.«
»Du weißt genau, daß ich so etwas nie täte«, erwiderte er würdevoll.
»Eben«, sagte ich. Und setzte in Gedanken hinzu: Leider.
Ich schloß die Augen und dachte nach. Eine Trennung ist gar nicht so schlecht, wenn man genau weiß, daß der andere zurückkommt. Aber würde Ivar zurückkommen? Und wenn - hatte Sylvia dann als Frau überhaupt noch eine Chance?
Werner ging ins Badezimmer. Nach einer Weile kam er zurück, legte sich ins Bett und sah mich an. »Ich möchte dich etwas fragen, Barbara.«
»Bitte.«
»Verteidigst du diese Frau immer noch?«
»Ich kann sie verstehen. Wenn ich so geartet wäre wie sie, würde ich das gleiche tun.«
»Du würdest mit einem verheirateten Mann nach Venedig fahren?«
»Genau.«
»Du empfindest das nicht als unmoralisch?«
»Katharina hat ihre eigenen Vorstellungen von Moral.«
»Darf ich fragen, welche?«
Ich setzte mich auf. »Sie hat einmal gesagt, man kann nichts zerstören, was nicht bereits in sich morsch ist. Warum soll sie nicht mit einem Menschen verreisen, der sich ohnehin an nichts gebunden fühlt? Du mußt umdenken, Lieber. Deine Vorstellungen von ehelicher Treue sind veraltet. Du glaubst, damit allein sei alles getan. Das ist es nicht. Ich würde es dir nicht übelnehmen, wenn du mit einer anderen Frau schläfst. Aber ich nehme es dir übel, wenn du nicht

nett zu mir bist, wenn du mich kränkst, wenn du ständig an mir herumerziehst und mir jede Freude vergällst.«
»Jetzt schweifst du ab«, sagte Werner vorwurfsvoll.
»Nein, das tue ich nicht. Du hast mich gefragt, ob ich Katharinas Handlungsweise als unmoralisch empfinde. Die Antwort ist: Nein. Sie und Ivar werden für eine Weile glücklich sein.«
»Auf Kosten Sylvias.«
»Das ist nicht wahr. Sie verliert nichts, was sie nicht ohnehin bereits verloren hat. Aber unter Umständen gewinnt sie etwas dadurch.«
»Was denn?«
»Einen Mann, der ein bißchen mehr Verständnis für ihre Probleme hat. Vielleicht bedarf es dazu eines gewissen Anstoßes. Und vielleicht ist gerade Katharina dazu geeignet, diesen Anstoß zu geben.«
»Ehebruch als Therapie«, murmelte Werner und schüttelte den Kopf.
»Warum nicht?« fragte ich. »Es wäre nicht das erste Mal, daß eine Ehe dadurch wieder in Ordnung käme.«
Darauf ging er nicht ein. Er zog sich die Decke über die Ohren und sagte, er komme da nicht mit und wahrscheinlich sei er zu altmodisch. Er könne sich nicht vorstellen, daß bei einem Ehebruch etwas Gutes herauskäme.

So ganz geheuer war mir bei alledem auch nicht. Ich mußte in den darauffolgenden Tagen oft an Sylvia denken. Sie tat mir leid. Ich überlegte, ob ich sie anrufen sollte, fürchtete aber, sie würde das mißverstehen. Zwar sagte ich mir, daß mich die ganze Geschichte im Grunde nichts anging, aber ich fühlte mich ein wenig dafür verantwortlich, besonders da Werner keine Gelegenheit ausließ, das Schlimmste zu prophezeien. Er fürchtete allen Ernstes, Sylvia könnte sich etwas antun, und verbrachte fast jeden Abend ein oder zwei Stunden bei ihr. Dann, zu Beginn der dritten Woche, erhielt ich plötzlich einen Anruf von Ivar. Er sei zurückgekehrt, zunächst allein, Katharina sei noch in Venedig geblieben, und er bitte mich, am späten Nachmittag in eine bestimmte Weinstube zu kommen, er müsse mit mir reden.

Ich hinterließ Werner eine kurze Nachricht und machte mich auf den Weg. Ich weiß noch, daß es regnete und daß ich in keiner guten Stimmung war. Ich fürchtete, daß er mir für etwas Vorwürfe machen würde, an dem ich keine oder nur eine sehr geringe Schuld hatte.

Es kam ganz anders.

Ivar stand an der Theke, als ich hereinkam. Er sah so verändert aus, daß ich ihn kaum erkannte.

»Ach, meine Liebe . . .«, sagte er zur Begrüßung. Und dabei drückte er meine Hand, als wollte er sie zerquetschen.

Wir setzten uns. Der Wirt brachte Wein. Ivar strahlte mich an. »Ich hoffe, Sie haben Zeit«, sagte er.

Selbst die Stimme war verändert. Der Blick. Das Lächeln. Einfach alles. Ein fremder Mensch saß vor mir. Ein Mensch, der mir sympathisch war.

»Was ist denn bloß passiert?« fragte ich. Wir kannten uns kaum. Ivar war mir gegenüber immer eher reserviert gewesen.

»Ich bin glücklich«, sagte der Maler. »Wenn Sie wissen, was das ist.«

»Ich denke schon«, erwiderte ich.

»Na, ich weiß nicht.« Er sah mich zweifelnd an. »Ich habe bisher noch nie einen glücklichen Menschen kennengelernt - einen wirklich glücklichen Menschen«, ergänzte er.

»Und jetzt?«
Er warf mir über den Rand seines Glases einen Blick zu. Da wußte ich, was geschehen war. Er war verliebt.
»Erzählen Sie«, sagte ich. »Wenn Sie wollen.«
»Ich bin noch nie einer solchen Frau begegnet.«
»Sprechen Sie von Katharina?«
»Von wem sonst? Ich bin erfüllt von ihr. Ich kann nichts anderes mehr denken.«
»Trotzdem sind Sie zurückgekommen.«
»Sie hat mich fortgeschickt.«
Ich nickte. »Das dachte ich mir. Sie schickt jeden fort.«
Er zündete sich eine Zigarette an. »Das macht nichts. Wir bleiben Freunde. Das ist möglich. Mit einer Frau wie Katharina ist das möglich. Merken Sie was?« fragte er und sah mich erwartungsvoll an.
»Sie sind verändert.«
Er nickte. »Ja, das ist es. Sie hat einen neuen Menschen aus mir gemacht. Ich sehe die Dinge mit anderen Augen. Auch meine Ehe.«
Ich schwieg.
»Darf ich ganz offen sein?« fragte er.
»Natürlich.«
»Sie haben vielleicht gedacht: Wie primitiv, einfach so abzuhauen. Aber es war meine Rettung. Die Gleichgültigkeit - verstehen Sie? Ich war so verdammt gleichgültig gegen alles geworden. Unlustig. Müde. Ich brachte die Tage hin, das war alles. Selbst meine Arbeit - ach, ich kann Ihnen das nur schwer verständlich machen. Nichts gelang mir mehr. Ich war angeekelt von mir selbst.« Er trank einen Schluck und gleich danach noch einen.
»Sehen Sie«, sagte er. »Auch das hat sie mir wieder beigebracht: Genuß an den Dingen zu haben.«
Einen Augenblick schien er in Gedanken versunken.

Etwas Hübsches mußte ihm eingefallen sein. Seine Augen wurden plötzlich noch heller.
»Wo war ich stehengeblieben?« fragte er dann.
»Sie sagten, Sie waren angeekelt.«
»O, ja, angeekelt. Alles kam mir so sinnlos vor. Sylvia gab sich alle Mühe mit mir, aber sie konnte mir nicht helfen. Verstehen Sie mich bitte nicht falsch - ich mag Sylvia gern. Sie ist eine rührende Erscheinung. Vielleicht etwas zu rührend. Sie tut alles für mich. Man kann es ihr nicht ausreden. Immer ist sie um mich besorgt. Manchmal schreie ich sie an, sie soll mich in Ruhe lassen. Dann schaut sie mich an wie ein angeschossenes Tier. Ich komme mir gemein vor. Ach, es war manchmal zum Kotzen. Sie heulte, und ich wurde immer biestiger zu ihr. Sie hätte einen besseren Mann verdient, weiß Gott, aber sie wollte mich ja unbedingt haben. Um nur ein Beispiel zu geben -«
»Sie wollten von Katharina sprechen«, unterbrach ich ihn sanft.
Er sah mich erstaunt an. »Aber das tue ich ja. Sie hat mir beigebracht, Sylvia zu verstehen. Es wird jetzt alles gut werden.«
Also doch, dachte ich erleichtert. Hatte ich sie also richtig eingeschätzt!
»Soll ich Ihnen sagen, wie sie's fertigbrachte?«
Ich nickte.
»Sie hat sich den Teufel um mein albernes Benehmen geschert. Wenn ich finsterer Laune war, hat sie mich einfach ausgelacht. Ich kam mir schließlich blöde vor mit meiner Maulerei. Sie sagt, das Leben wäre eine großartige Sache, aber die meisten Menschen kapieren das nicht. Sie sagt, es sei nicht das Glück, das uns fehlt. Es fehlt uns die Bereitschaft, Glück wahrzunehmen. Sie hat diese Bereitschaft. Aber ich glaube, man muß bestimmte Fähigkeiten dazu mitbringen.«

»Welche?« fragte ich, da er schwieg.
»Fröhlichkeit«, sagte er, »Unschuld. Leichtsinn.«
»Sie halten Katharina für leichtsinnig?«
»In gewisser Weise - ja. Aber sie ist stark. Darum kann ihr der Leichtsinn nicht gefährlich werden. Und sie hat ein gutes Herz«, setzte er hinzu.
»Ja, das hat sie wohl. Einer wirklichen Gemeinheit ist sie nicht fähig.«
Er grinste. »Ich weiß schon«, sagte er. »Sie denken jetzt an Sylvia. Keine Sorge. Sie kriegt mich wieder. Aber meine Geschichte ist noch nicht zu Ende.«
Er sah mich zwingend an und fuhr fort: »Ich sagte Ihnen, sie besitzt die Gabe, etwas in den Menschen zu wecken, was verschüttet war. Oder anders - sie bringt etwas zum Klingen, Wünsche, Sehnsüchte, längst verloren geglaubte Gefühle. Alles in mir war schon erstarrt. Nun kommt es plötzlich wieder in Bewegung. Ich ahne neue Möglichkeiten - in meinem Beruf, in meiner Beziehung zu anderen Menschen.«
Er schloß einen Augenblick wie geblendet die Augen.
»Es ist ein unbeschreibliches Gefühl«, sagte er.
Ich mußte ihn einfach fragen: »Und das Geheimnis? Was ist ihr Geheimnis? Können Sie es mir sagen?«
»Die Liebe«, erwiderte er. Und dann, schnell, als könnte ich ihn mißverstehen: »Liebe als gesteigertes Lebensgefühl - nicht als egoistisches Luststreben.«
»Aber sie kannte Sie doch kaum, als sie auf die Idee kam, mit Ihnen zu verreisen. Kann man in diesem Fall von Liebe reden?«
Er nickte langsam. »Seltsamerweise - ja.«
Eine kurze Pause folgte. Es ging etwas über sein Gesicht, eine Erinnerung - der strenge Mund wurde weich. Ein abwesendes Lächeln machte aus Ivar wieder einen verträumten Knaben. »Ich habe viele Frauen gekannt«, sagte er. »Wenn ich mit ihnen schlief - es

war nicht mehr als ein sportliches Vergnügen. Bei Katharina war es etwas anderes. Es war ein Erlebnis. Keine bloße Erregung. - Darum nenne ich es Liebe«, setzte er hinzu.
Wir schwiegen.
Er fingerte an seinem Glas herum, als zögere er, mir noch mehr anzuvertrauen.
Ich berührte leicht seine Schulter. »Sprechen Sie weiter«, bat ich leise.
Langsam, fast widerwillig sagte er: »Das muß Ihnen alles ziemlich verrückt vorkommen. Man lernt sich kennen, man nimmt zusammen Reißaus, und dann kommt der eine allein zurück und sagt: Ich bin gerettet. Aber sehen Sie - das ist eben das Besondere an Katharina. Sie bringt dich dazu, daß du dich aufschließt, daß du ihr vertraust, daß du die Dinge mit ihren Augen siehst - und dann lenkt sie dich unmerklich in die Richtung, in der sie dich haben will. Sie schickt dich fort, aber man spürt, daß sie dich gern hat und daß es nicht gut wäre, länger zu bleiben.«
»Hat sie etwas über Sylvia gesagt?« fragte ich, da ich mich nicht länger beherrschen konnte.
»Oh, wir haben viel über sie gesprochen. Es ist merkwürdig - sie weiß alles über sie. Sie hat mich gelehrt, meine eigene Frau zu verstehen.« Er lächelte - dieses neue, ungezwungene Lächeln. »Ich weiß jetzt jedenfalls, was ich zu tun habe.«
Ich stellte keine weiteren Fragen. Mir war klar, was er damit meinte.
Sylvia würde ihr Kind haben. Dieser Ivar, der eine neue Einstellung zum Leben gewonnen hatte, würde ihr das Kind, das sie sich so sehnlich wünschte, nicht länger verweigern.
Das alles hatte Katharina zustande gebracht.

Am Abend erzählte ich Werner von dem Vorgefallenen.

Ich redete eine ganze Weile auf ihn ein. Sagte ihm, wie froh, wie gelöst, wie ganz und gar verändert Ivar wäre.

»Er ist glücklich«, sagte ich. »Du wirst sehen, er wird jetzt auch Sylvia glücklich machen. Dazu war er bisher nicht in der Lage.«

»Erstaunliche Fähigkeiten scheint deine Freundin zu besitzen«, erwiderte er. »Ich gebe zu, in ihr steckt eine bemerkenswerte Kraft. Ich frage mich nur, was geschieht, wenn sie einmal an einen Mann gerät, der mit ihrer Art zu leben nicht einverstanden ist.«

»Wie meinst du das?«

Er sah mich fest an. »Katharina will frei sein, ungebunden, das betont sie bei jeder Gelegenheit. Sie läßt niemanden wirklich an sich heran. Sie kann einen Mann glücklich machen, ich bezweifle es nicht. Aber ist sie selbst glücklich? Redet sie es sich nicht nur ein?«

»Ich weiß nicht . . .«, sagte ich zögernd. »Ich halte sie für eine perfekte Lebenskünstlerin.«

»So etwas kann nicht dauern, glaub es mir.«

»Aber warum denn nicht?«

»Weil sie irgendwann einem Menschen begegnen wird, der ihre Spielregeln nicht akzeptiert.«

»Dann wird sie sich von ihm trennen.«

»Und wenn sie ihn liebt? Nein, nein, alles hat seine Grenzen. Eine Frau mag noch so klug, noch so vorsichtig sein - eines Tages erwischt es sie doch. Oder sie ist eine ganz kalte und abgebrühte Person, und genau das ist Katharina nicht.«

Ich blinzelte ihm zu. »Wie schön, daß du endlich einmal etwas Nettes über sie sagst.«

Er sah mir in die Augen, mit dem liebevollen Blick, der plötzlich bei ihm erscheinen konnte. »Ich hab ja

gar nichts gegen sie, solange sie dich nicht mit ihren verrückten Ideen ansteckt.«
»Du mußt zugeben, im Falle von Ivar -«
»Ich gebe gar nichts zu«, erklärte er in bestimmtem Ton. »Das war nur die Ausnahme, die die Regel bestätigt. Es wird dir nicht gelingen, mich vom Gegenteil zu überzeugen.«
»Ja, ja«, sagte ich, schon wieder ungeduldig. »Ehebruch ist eine leichtfertige Angelegenheit. Unmoralisch und verwerflich.«
»Man sollte ihn jedenfalls nicht verharmlosen«, gab er zurück.
»Und Katharina prophezeist du eine traurige Zukunft?«
»Sie wird nicht so heiter und glücklich bleiben, wie sie es jetzt ist. Das halte ich für ausgeschlossen.«
»Du wünschst es ihr, nicht wahr?«
»Ich wünsche es ihr *nicht.* Aber es wird so kommen. Sie wird einen Mann lieben, der sie nicht mit anderen teilen will. Und sie wird sich entscheiden müssen: dieser Mann oder ihre Freiheit.«
»Und wenn sie die Freiheit wählt?«
»Dann wird es mit ihrer Seelenruhe vorbei sein.«
Ich schüttelte den Kopf.
»Du glaubst mir nicht, ich weiß. Warten wir es ab. Kein Mensch entgeht seinem Schicksal, auch Katharina nicht.«
»Muß das Schicksal unbedingt ein Mann sein?«
»Wenn man so geartet ist, wie sie - ja.«
Darauf konnte ich nichts erwidern. Ich spürte plötzlich, daß er recht hatte.

Zwei Tage später wäre ich in der Haustür fast mit Katharina zusammengeprallt.
»Hallo!« sagte sie. »So eilig?«

»Ich habe kein Salz im Haus. Der Laden macht gleich zu.«
»Kommen Sie mit zu mir. Ich kann Ihnen welches geben.« Sie umarmte mich. »Ich freue mich, Sie wiederzusehen!«
Ich folgte ihr die Treppe hinauf. Mit ihren schmalen Hüften, den knapp sitzenden Leinenhosen und dem grobmaschigen Pullover sah sie aus wie ein Junge. Einmal drehte sie sich um und lächelte mir zu. In diesem Moment wurde mir bewußt, wie sehr sie mir gefehlt hatte.
»Wir hatten eine himmlische Zeit in Venedig«, berichtete sie unbefangen, nachdem wir uns gesetzt hatten. »Möchten Sie etwas trinken? Ein Glas Sekt?«
Sie wartete meine Entgegnung nicht ab, sondern sprang auf und lief in die Küche.
Als sie zurückkam, mit der geöffneten Flasche und zwei Gläsern, sagte sie: »Wollen wir nicht du zueinander sagen? Ich fände es netter.«
Einen Augenblick war ich überrascht. Dann erwiderte ich: »Gerne.«
Sie stieß mit mir an und küßte mich auf beide Wangen. »Ich mag dich gern«, sagte sie einfach.
Ich errötete vor Freude. »Es war hier sehr langweilig ohne dich.«
»Wirklich? Aber du hast doch deinen Mann?«
»Er hat wenig Zeit.« Ich wollte ihr nicht sagen, daß es ihretwegen ständig Auseinandersetzungen gab.
»Erzähl von Venedig«, bat ich.
Sie lachte. »Wart ihr sehr schockiert?«
»Ich nicht. Mein Mann - ach, weißt du, er ist sehr altmodisch. Er findet einfach, daß sich so etwas nicht gehört.«
»Von seinem Standpunkt aus hat er sicher recht. Ich sehe die Dinge eben anders.«

»Ich weiß.«
Wir sahen uns an. Ich war fest entschlossen, kein Wort von meinem Gespräch mit Ivar zu sagen, doch sie wußte schon Bescheid.
»Es heißt immer, Frauen können den Mund nicht halten«, sagte sie lachend. »Männer können es noch viel weniger.«
»Tut er dir nicht leid?« fragte ich schnell.
»Wer? Ivar? Aber warum denn?«
»Weil du die Sache so schnell beendet hast.«
»Es war besser so«, erwiderte sie ruhig.
Ich schwieg; aber mein Gesicht drückte Zweifel aus. Mir war, als hörte ich Werners Stimme: So kann man nicht leben. Das funktioniert auf die Dauer nicht.
Sie saß gelöst und aufrecht da und sah mich aus ganz klaren, vergnügten Augen an.
»Vermutlich hältst du mich jetzt auch für frivol und leichtsinnig - genau wie dein Mann«, sagte sie plötzlich.
»Aber nein -«
»Aber ja. Natürlich tust du das, gib es ruhig zu. Aber so ein Erlebnis wie das mit Ivar - es mußte einfach sein. Es war eine Notwendigkeit.«
»Für wen? Für dich oder für ihn?«
»Für beide. Wir fühlten uns zueinander hingezogen. Ganz stark. Unbezwinglich. Dem kann man nicht ausweichen. Dem darf man nicht ausweichen. Es wäre eine Sünde wider das Leben.«
»Aber wenn alle Menschen so denken würden ... wenn jeder einer Versuchung sofort nachgeben würde -«
»Keine Angst, das geschieht nicht.« Sie lächelte ein wenig spöttisch. »Die meisten müssen Rücksicht auf irgend etwas nehmen. Sie sind viel zu vorsichtig, viel zu bedacht auf ihren guten Ruf, auf die Meinung der

Leute. Selbst heute noch - ja, erstaunlicherweise gerade heute haben viele nicht den Mut, sich einem Gefühl zu überlassen . . . sich einfach hineinzuwerfen - ohne Rücksicht auf Verluste.«

»Vielleicht sind die anderen nicht so stark wie du«, sagte ich nachdenklich.

Ihr Gesicht bekam von einer Sekunde zur anderen einen Ausdruck, den ich nicht beschreiben kann.

»Ob ich stark bin, wird sich erst herausstellen . . .«, sagte sie wie zu sich selbst.

»Wie meinst du das?«

»Ach - nichts Besonderes. Ich denke nur, daß ich mit Menschen - mit Männern - bisher viel Glück hatte. Keiner hat mir mein Fortgehen verübelt.«

Wieder mußte ich an Werner denken. Wie hatte er gesagt: Was geschieht, wenn einer ihre Spielregeln nicht akzeptiert?

Katharina stand auf. Sie stellte sich in die geöffnete Balkontür. »Dieses kurze Leben«, sagte sie leise. »Muß man es nicht ganz bewußt auskosten? Ich kann das. Ich hab es mir vorgenommen - und ich tu's.«

Sie drehte sich um und sah mich an. »Hast du noch nicht bemerkt, daß die meisten Menschen gar nicht richtig lebendig sind? Sie leben nicht - sie vegetieren. Du brauchst dir nur ihre Gesichter anzusehen. Verkniffen - verbiestert. Das kommt, weil sie das Leben verachten, weil sie sich ihm verweigern.«

»Aber es ist nicht damit getan, daß man sich einen Geliebten nimmt«, sagte ich gegen meinen Willen.

Sie lachte herzlich. »Nein, damit ist es natürlich nicht getan. Und zu manchen Menschen paßt es auch gar nicht, es wäre schädlich für sie. Weil nämlich ihre Furcht größer wäre als ihr Vergnügen.«

Ich schwieg.

»Siehst du«, sagte sie und kam zu mir zurück, »das ist

doch das Entscheidende: daß man herausfindet, was für einen gut ist, und daß man dann den Mut hat, es sich zu nehmen. Wenn mich ein Mensch anzieht, so, wie mich Ivar angezogen hat, dann weiche ich dem nicht aus. Das ist meine Art, lebendig zu bleiben.«
»Ja - du kannst das«, sagte ich und spürte ein leises Bedauern, fast Neid, wie so oft in ihrer Gegenwart.
Und dann stellte ich die Frage, die ich ihr schon längst hatte stellen wollen: »Und was ist, wenn dir einmal die Liebe begegnet? Die richtige Liebe - eine, die alles fordert?«
»Ach, weißt du, es gibt so viele Arten von Liebe. Diese eine, von der du sprichst, kann man das überhaupt Liebe nennen? Ist es nicht eher - Egoismus? Auf diese Art von Liebe lege ich keinen Wert.«
Darauf wußte ich keine Antwort. Sie tat alles mit einem Achselzucken ab. Lächelnd - entwaffnend.
»Ich werde mich nie von einem Mann beherrschen lassen«, sagte Katharina entschieden. »Wer das tut, der kann genausogut tot sein.«
»Übertreibst du jetzt nicht?« rief ich heftig. »Wie viele Frauen lassen sich beherrschen und leben doch.«
Ihr Blick streifte mich.
»Leben sie wirklich?« fragte sie freundlich. »Vielleicht bilden sie es sich nur ein?«

7

Der Sommer kam. Es wurde mit jedem Tag heißer, und ich wartete voller Ungeduld auf den Beginn unseres Urlaubs. Wir hatten vor, Anfang September für drei Wochen nach Tirol zu fahren. Freunde von uns hatten uns ihr Haus in der Nähe von Kitzbühel zur Verfügung gestellt. Unsere Tochter Sybille wollte uns dort besuchen.
An Sybille, unserem einzigen Kind, hingen wir beide mit großer Liebe. Leider teilte sie unsere Gefühle nicht. Seit sie vor einem Jahr volljährig geworden war, und ihr Elternhaus verlassen hatte, begegnete sie uns mit kritischer Zurückhaltung. Vor ein paar Monaten war sie mit einem Freund bei uns erschienen, der uns beiden nicht gefiel. Insbesondere Werner hatte das unmißverständlich zum Ausdruck gebracht. Worauf sich Sybille noch mehr von uns zurückzog. Jetzt teilte sie uns plötzlich mit, sie habe sich von ihrem Freund getrennt und sei nicht abgeneigt, ihre Ferien zum Teil mit uns zu verbringen. So kam es zu dem Plan, sich in Tirol zu treffen. Vorher jedoch wollte Sybille ein paar Tage nach Hamburg kommen.
Ich erzählte Katharina von dem bevorstehenden Besuch. Sie sagte, sie freue sich darauf, meine Tochter kennenzulernen.
So sehr Werner auch meine Freundschaft mit Katharina mißbilligte, war sie doch im Laufe der Wochen und Monate immer fester geworden. Wir sahen uns

fast täglich, gingen gemeinsam schwimmen, machten Einkäufe, gingen ins Kino und führten lange Gespräche miteinander. Durch den Umgang mit Katharina wurde ich freier, ungezwungener, selbstbewußter. In mein bisher ganz auf Werner abgestelltes Leben kam Abwechslung. Wieviel Spaß hatte ich durch meine neue Freundin!

Eines Morgens, kurz nachdem Werner das Haus verlassen hatte, klingelte sie bei mir. »Das Wetter ist so schön, Barbara. Hättest du nicht Lust, einen Ausflug mit mir zu machen?«

Ich hatte zunächst tausend Einwände. Der Haushalt, dringende Korrespondenz, ein Anruf von Werner, er benötige dies oder das in der Praxis - sie lachte mich einfach aus. »Das hat alles Zeit. Das Leben ist kurz, vergiß das nicht. Ruf Werner an. Er wird nichts dagegen haben, wenn du dir einen schönen Tag machst.«

Nein, er hatte nichts dagegen. Jedenfalls tat er so am Telefon. Als ich abends nach Hause kam, braungebrannt, vergnügt, in ausgelassener Stimmung, fragte er, wie es gewesen war.

Ich erwiderte: »Herrlich.« Wir hätten einen großen Spaziergang gemacht und anschließend in einem ländlichen Gasthof zu Mittag gegessen.

»Worüber habt ihr euch unterhalten?«

»Ich weiß es nicht mehr. Wir haben viel gelacht.«

Er schwieg. Dann fragte er unvermittelt: »Was bekomme ich heute zu essen?«

»Ich habe Aufschnitt besorgt.«

»Das ist alles?« fragte er mit deutlichem Vorwurf in der Stimme.

Ich sagte, ich könnte ihm vorher noch eine Suppe machen. Es gäbe auch Salat und Obst. Außerdem hätte er doch gesagt, er würde mittags etwas Warmes im Lokal gegenüber der Praxis essen.

»Ich bin nicht dazu gekommen«, sagte er. »Ich kann auch nicht recht einsehen, warum ich unnötig Geld ausgeben soll.«
»Normalerweise koche ich für dich«, entgegnete ich ärgerlich. »Heute kam ich nicht dazu, weil ich unterwegs war. Ist das ein Grund, mir Vorwürfe zu machen?«
»Ich mache dir keine Vorwürfe.«
Wir aßen in düsterer Stimmung. Meine Freude war verflogen. Ich nahm es ihm übel. Und während ich früher versucht hatte, meine schlechte Laune vor ihm zu verbergen, trug ich sie jetzt offen zur Schau. Die Folge davon war, daß er mir vorwarf, Katharina hätte mich gegen ihn aufgehetzt.
»Das ist eine Gemeinheit«, sagte ich wütend. »Sie spricht ausgesprochen nett von dir.«
Keine Antwort. Nur ein zweifelnder Blick, ein Achselzucken.

Am Samstag darauf kam Sybille. Das heißt, sie kam nicht, sie brach bei uns ein. Mit Bergen von Gepäckstücken, Schmutzwäsche, einem Transistorgerät, einer Katze, die sofort fauchend auf mich losging, und ihrem starken, unberechenbaren Temperament.
Sie begrüßte mich mit ungewöhnlicher Herzlichkeit, gab mir sogar einen Kuß und behauptete, ich sähe fabelhaft aus. Irgendwie verjüngt.
Werner gegenüber zeigte sie sich kritischer. Sie verärgerte ihn innerhalb der ersten fünf Minuten, indem sie behauptete, er sähe überarbeitet aus. »Ich sage immer, du schuftest zu viel. Wenn du die Hälfte deiner Patienten nach Hause schicken würdest, hättest du immer noch genug zu tun.«
»Rede nicht so einen Unsinn«, wies Werner sie zurecht. »Das kannst du überhaupt nicht beurteilen.«

Normalerweise essen wir um halb acht Uhr zu Abend. Da Werner auf Pünktlichkeit großen Wert legt, bemühte ich mich, diese Zeit einzuhalten. An diesem Tag war das unmöglich. Sybille verschwand kurz nach sieben im Badezimmer und rief mir zu, sie müsse sich die Haare waschen.
»Beeil dich«, rief ich zurück. »Wir wollen pünktlich essen.«
»Ja, ja.«
Kein Gedanke, daß sie um halb acht Uhr fertig war. Wir setzten uns zu Tisch und warteten. Ich hatte Sybilles Lieblingsgericht vorbereitet, Kalbsleber mit Apfelscheiben. Dazu Kartoffelbrei, schön sahnig gerührt und mit Petersilie garniert.
»Willst du schon anfangen?« fragte ich Werner, nachdem fünf Minuten vergangen waren.
»Nein. Ich nehme an, das Fräulein Tochter wird sich etwas beeilen.«
»Sybille!« rief ich laut. »Bitte, beeil dich. Das Essen wird kalt.«
»Macht nichts«, tönte es zurück. »Fangt ruhig schon an. Ich brauche noch einen Augenblick.«
Ich sah Werner an. Er runzelte die Stirn und sah auf seine Armbanduhr. »Bin gespannt, wie lange dieser Augenblick dauert«, murmelte er.
»Nun laß sie doch. Wir können ja wirklich schon anfangen.«
»Nein, das werden wir nicht tun«, erwiderte er. »Ich halte es aus erzieherischen Gründen für falsch.«
»Aus erzieherischen Gründen!« Ich mußte lachen. »Du vergißt, daß deine Tochter erwachsen ist. Du kannst sie nicht mehr gängeln wie ein kleines Kind.«
»Ob sie erwachsen ist oder nicht, interessiert mich nicht. Ich kann erwarten -«
Er setzte zu einer längeren Rede an. Ich hörte nur mit

halbem Ohr hin. Meine Aufmerksamkeit galt mehr den Geräuschen, die aus dem Badezimmer zu mir drangen. Sybille schien zu duschen. Ich überlegte, ob ich die Leber in den Backofen schieben sollte, damit sie warm blieb.

»Hörst du mir überhaupt zu?« fragte Werner plötzlich laut.

»Natürlich. Du hast gesagt, es wäre typisch für Sybille, gleich am ersten Abend ihre Nichtachtung uns gegenüber zum Ausdruck zu bringen.«

»Du gibst mir hoffentlich recht«, sagte Werner, den Blick auf seine Uhr geheftet.

»Ich finde, du übertreibst. Sie hatte das Bedürfnis, sich die Haare zu waschen. Ich gebe zu, der Zeitpunkt war unglücklich gewählt, aber -«

»Natürlich. Du verteidigst sie noch. Das hast du immer getan. Wenn ich wirklich einmal energisch durchgreifen wollte, dann bist du mir in die Parade gefahren. Das Ergebnis dieser Erziehung siehst du jetzt vor dir.«

»Ist von mir die Rede?« kam Sybilles helle Stimme von der Tür her. Sie stand da, barfüßig, ein Badetuch um sich geschlungen, das Haar mit einem Handtuch hochgebunden. Auf ihrer rechten Schulter saß die Katze. Sie bot ein entzückendes Bild, jung und schlank, wie sie war, aber Werner schien das nicht zu bemerken. Er stellte nur die gereizte Frage, ob sie gedenke, sich in dieser Aufmachung zu Tisch zu setzen.

»Natürlich nicht«, sagte Sybille. »Ich kenne doch meinen Vater. - Obwohl es praktischer wäre«, setzte sie hinzu, die Katze mit einem Schwung hochhebend und in der Schwebe haltend. »*Noch* ist das Essen warm.«

»Du wirst dich gefälligst beeilen und dich anziehen«,

donnerte Werner, dem jetzt die Geduld riß. »Ich finde es unglaublich, daß du uns gleich am ersten Abend aufregen mußt.«
Sybille setzte die Katze liebevoll zu Boden und erwiderte im Hinausgehen, sie fände es überflüssig, sich über eine derartige Kleinigkeit aufzuregen. Wir hätten anfangen und uns gar nicht um sie kümmern sollen. Damit verschwand sie und machte nicht allzu leise die Tür hinter sich zu.
»Nimm die Katze mit!« rief Werner empört hinter ihr her. »Ich will das Vieh hier nicht im Zimmer haben.«
Die Tür öffnete sich noch einmal. Sybille steckte den Kopf herein, lockte die Katze mit zärtlichen Tönen, packte sie und warf ihrem Vater einen Blick zu, der soviel besagte wie: Stell dich bloß nicht so an. Du könntest wirklich ein bißchen netter sein.
Genau das sagte ich ihm. Ich sagte ihm, er spiele mal wieder den Oberlehrer und werde Sybille gleich am ersten Tag die Lust am Familienleben nehmen.
»Sie soll sich anpassen«, brummte er.
»Und wenn sie es nicht tut?« fragte ich.
»Dann kann sie von mir aus ihre Ferien woanders verbringen. Ich denke nicht daran, mir meine paar Urlaubstage vergällen zu lassen. Und was soll das überhaupt mit der Katze? In meinen Wagen kommt die nicht.«
Als Sybille zurückkam, trug sie Jeans und eine helle Bluse. Das Haar war noch feucht. Sie hatte es im Nacken zu einem Pferdeschwanz zusammengebunden.
»Ja, ja, ja«, sagte sie, auf Werners Achselzucken reagierend. »Ich weiß, du hättest mich lieber in einem Rock gesehen. Aber hör doch endlich auf, solche Äußerlichkeiten tragisch zu nehmen.«
»Danke für die Belehrung«, erwiderte Werner sarka-

stisch. »Ich könnte dir auch einige Dinge nennen, von denen ich mir wünschte, du würdest sie unterlassen, doch ich verkneife mir das. Sonst nennt mich deine Mutter wieder einen Oberlehrer.«

»Hat sie das getan?« Sybille grinste mich vergnügt an. »Du bist ja direkt mutig geworden. So kenne ich dich gar nicht.«

»Können wir jetzt essen?« Das kam so scharf, daß ich zusammenfuhr. Werner war nun ernstlich verärgert. Ich hätte gerne etwas Begütigendes gesagt, aber es wäre doch nur falsch aufgefaßt worden.

Nach dem Essen - Sybille hob immer wieder hervor, daß selbst eine lauwarme Leber, so köstlich zubereitet, ein Genuß sei - kam es dann zu dem üblichen Frage- und Antwortspiel zwischen Vater und Tochter, das Sybille nicht ausstehen konnte. Es begann immer mit dem Einleitungssatz Werners: »Also - nun erzähle mal«, worauf Sybille prompt mürrisch erwiderte: »Was soll ich denn erzählen?«

Es war verständlich, daß Werner wissen wollte, wie sie mit ihrer Ausbildung vorankam. Doch warum ließ er ihr nicht ein bißchen Zeit? Sie mußte ja erst einmal warm werden. Aber nein, schon ging es los, inquisitorisch und immer mit leichter Ungeduld in der Stimme: »Wie weit bist du denn nun praktisch? Was machen deine Englischkenntnisse? Hast du dich endlich entschlossen, wohin du gehen willst, wenn du fertig bist? Ich habe dir geschrieben, du könntest dich an meinen alten Freund Mitchell in London wenden. Hast du Kontakt zu ihm aufgenommen?«

Sybille antwortete langsam und ausweichend. Man sah ihr an, daß sie die Fragerei als lästig empfand. Nein, sie wisse noch nicht, ob sie wirklich nach England gehen würde. Es gäbe so viele andere Möglichkeiten. An Dr. Mitchell hätte sie natürlich noch nicht geschrieben. Wozu denn? Das hätte doch alles Zeit. Und überhaupt bezweifelte sie, daß ein ehemaliger Schiffsarzt Verbindungen zu Leuten aus der Hotelbranche habe.

»In jedem Fall kann er dir behilflich sein«, sagte Werner.

»Ach, Papa . . .« Sybille warf mir einen Blick zu, der besagte: Warum kann er mich nicht in Ruhe lassen? Ich suche mir meine Freunde lieber selbst aus.

»Nun laß sie doch, Werner«, kam ich ihr zu Hilfe. »Sie wird ihm schon schreiben. Es hat ja wirklich alles noch Zeit.«

»An deiner Stelle würde ich sie in ihrer Laschheit nicht noch unterstützen«, wies Werner mich zurecht. »Man kann nicht früh genug die Weichen stellen, wenn man Karriere machen will.«

Sybille brach in Lachen aus. »O Gott, Papa, du bist köstlich! Meinst du wirklich, daß ich Karriere machen will? Ich habe nicht die Absicht. Ich will Geld verdienen und ein bißchen in der Welt herumkommen, das ist alles. Ganz bestimmt werde ich mich in meinem Beruf nicht verrückt machen.«

»Ich weiß nicht, ob das die richtige Einstellung ist«, sagte Werner kopfschüttelnd.

Sybille nahm sich eine Zigarette. Unter den mißbilligenden Blicken ihres Vaters steckte sie sich eine an.

»Was heißt das?« fragte sie herausfordernd. »Was meinst du mit ›richtiger Einstellung‹?«

»Dein Vater meint, um erfolgreich zu sein, braucht es ein gewisses Maß an Ehrgeiz«, sagte ich rasch, um einer schärferen Antwort Werners zuvorzukommen.

Sybille hob die Schultern. »Ich sagte schon, ich bin nicht daran interessiert, eine Karrierefrau zu werden.«

»Woran bist du dann interessiert?« fragte Werner und versuchte, ihren Blick festzuhalten.

Sie sah ihn offen an. »Ich will ein halbwegs vernünftiges Leben führen.«
»Darf ich fragen, was du darunter verstehst?«
O Gott, dieser ironische Ton, wie ich ihn haßte! Ich warf Werner einen verzweifelten Blick zu, aber er ignorierte mich.
Sybille überlegte einen Augenblick. Dabei legte sie den Kopf in den Nacken und blies Rauchringe in die Luft. »Ach, Papa«, sagte sie schließlich. »Es hat keinen Sinn, daß wir darüber reden. Du würdest dich nur ärgern.«
Werner stand auf. Es sah aus, als wollte er das Zimmer verlassen, aber er tat nur ein paar Schritte und blieb vor Sybille stehen. »Es ist immer ein Zeichen von Schwäche, sich um eine klare Antwort zu drükken.«
Diesmal lachte sie ihm ins Gesicht. »Klingt ziemlich hochtrabend«, meinte sie. »Also gut, ich werd's dir sagen. Unter vernünftig leben verstehe ich, soviel Zeit haben, daß man sich mit sich selbst beschäftigen kann. Lesen, nachdenken –«
»Aber bitte nicht auf meine Kosten«, sagte Werner mit einem Anflug von Humor. »Schließ erst einmal deine Ausbildung ab.«
»Keine Sorge, Papa«, jetzt war es Sybille, deren Stimme einen ironischen Tonfall hatte. »Daran bin ich selbst interessiert. Ich möchte mich nicht ständig für mein Tun rechtfertigen müssen.«
»Aber das brauchst du doch gar nicht«, rief ich. Und zu Werner, wütend: »Laß sie jetzt endlich in Ruhe. Sie ist noch keine drei Stunden im Haus, und schon müßt ihr euch in die Haare kriegen.«
»Ich werde meine Tochter ja wohl noch nach ihren Plänen fragen dürfen«, sagte Werner aufgebracht.
»Wir wollen das Thema wechseln«, erklärte Sybille

mit einer ungeduldigen Bewegung. »Ihr habt überhaupt noch nicht gefragt, was mit Manfred ist. Wollt ihr es wissen?«
»Natürlich«, sagte ich. (Manfred war der unsympathische junge Mann, den sie bei ihrem letzten Besuch mitgebracht hatte.) »Was ist mit ihm?«
»Mit Manfred ist es aus«, erwiderte sie, den Blick auf ihren Vater gerichtet.
»Gott sei Dank!« Werner sprach aus, was ich dachte. »Ich kann dir gar nicht sagen, wie gräßlich mir dieser Bursche war. Ich hatte immer den Eindruck, er würde sich nicht waschen.«
»Unwesentlich«, erklärte Sybille. »Viel schlimmer war, daß wir in unseren Ansichten nicht übereinstimmten. Sexuell klappte es auch nicht. - Außerdem hat er mich betrogen«, sagte sie abschließend. Und damit war das Thema Manfred für sie erledigt. Es wurde nicht mehr über ihn gesprochen.
Dafür wollte Werner nun wissen, ob sie einen neuen Freund habe.
»Das hat Zeit«, erklärte Sybille. »Ich finde den Zustand jetzt ganz angenehm. Brauch ich wenigstens keine Rücksicht auf jemanden zu nehmen.«
»Auch eine Einstellung«, bemerkte Werner trocken.
»Klar«, meinte Sybille. »Die Jungs heute sind doch alle irrsinnig egozentrisch.«
»Du vielleicht nicht?« fragte Werner.
»Streit ich ja gar nicht ab.« Sybille zog die Schuhe aus und legte die Füße, die in weißen Wollsocken steckten, auf den Tisch. »Uff«, machte sie.
»Muß das sein?« fragte ich mit einem Seitenblick auf Werner.
»Stört es euch?« fragte sie überrascht.
»Ehrlich gesagt, ja.« Das war Werner. »Eine fürchterliche Unsitte.«

»Ist aber sehr gesund«, meinte Sybille. Zögernd und nur, weil ich ihr einen bittenden Blick zuwarf, nahm sie die Füße wieder herunter. »Wovon sprachen wir gerade?« fragte sie seufzend.

»Von deiner Egozentrik«, entgegnete Werner und schob das Etui mit den Zigaretten, nach dem sie greifen wollte, aus ihrer Reichweite.

»He«, machte sie, »bitte, laß das! Ich bin erwachsen.«

»Es ist idiotisch, wenn man in deinem Alter soviel raucht«, sagte Werner tadelnd.

»Jawohl, Herr Doktor, ich weiß.« Schwupp - schon hatte sie sich eine neue Zigarette angesteckt. »Was übrigens die Egozentrik angeht, verehrter Papa«, sagte sie, »du hast auch eine gehörige Portion davon mitbekommen.«

»Ich?« Werner schien ehrlich überrascht.

»Klar«, sagte Sybille wieder. Ein Lieblingsausdruck, den sie bei jeder Gelegenheit gebrauchte. »Oder hältst du dich vielleicht für uneigensüchtig?«

»Wie sprichst du denn mit deinem Vater!« wies ich sie zurecht.

»Laß nur«, winkte Werner ab. »Das ist heutzutage üblich. Die Jugend fühlt sich berechtigt, uns zu kritisieren. Nur wir müssen das Maul halten.«

»Ts, ts, ts«, machte Sybille mit erhobenem Zeigefinger. »Was für Ausdrücke aus deinem Munde! Das bin ich nicht gewohnt.«

»Ich passe mich an«, erwiderte Werner sarkastisch.

Sie zog die Brauen in die Höhe. »Ich kann mich nicht erinnern, ein ordinäres Wort gebraucht zu haben.«

Das hatte sie wirklich nicht getan. Trotzdem wirkte ihre Art irgendwie aufreizend und erweckte in Werner Aggressionen, die sich in einem rüden Tonfall Luft machten. Ich kannte das schon an ihm. Er liebte seine Tochter. Aber gerade weil er sie liebte, machte es

ihn wütend, daß sie so gar nicht dem Wunschbild entsprach, das er sich von ihr machte.
»Bist du auch der Meinung«, wandte er sich jetzt an mich, »daß ich egozentrisch bin?«
Ich schwieg, weil ich ihn nicht auch noch reizen wollte.
Sybille lachte so laut, daß ich ihr einen warnenden Blick zuwarf. »Mami gibt dir in allem nach«, sagte sie, immer noch lachend. »Sie ist ein Engel an Geduld. Wenn du mit mir verheiratet wärst - wir hätten bestimmt ständig Krach miteinander.«
»Sybille, das ist dummes Zeug«, sagte ich, bemüht, meiner Stimme einen überzeugenden Klang zu geben. »Ich gebe keineswegs immer nach. Das stimmt einfach nicht.«
»Ach, geh ...«, machte sie, »das merkst du doch gar nicht. Das wird dir gar nicht mehr bewußt.«
»Jetzt reicht es aber.« Werner setzte sich kerzengerade auf und blickte Sybille finster an. »Darf ich fragen, was du damit bezweckst, deine Mutter gegen mich aufzuhetzen?«
Sybille, die spürte, daß sie zu weit gegangen war, legte ihre Hand auf seinen Arm. »Das tue ich doch gar nicht«, sagte sie begütigend. »Aber gib zu, Papi, manchmal bist du wirklich ganz schön egozentrisch. Es dreht sich doch im Grunde alles um dich.«
Wieder sah er mich an.
»Das ist wirklich nicht wahr«, rief ich. »Du vergißt, daß Papi schwer arbeitet. Wenn er nach Hause kommt, verwöhne ich ihn. Das ist doch ganz selbstverständlich.«
Sie verschränkte beide Arme hinter dem Kopf und sah abwechselnd Werner und mich an. »Und wo bleibst du?« fragte sie langsam. »Wer verwöhnt dich?«
»Erlaube mal ...« Werners Gesicht rötete sich.

Er tat mir leid. Sybille übertrieb natürlich stark. Werner war zwar kein übermäßig aufmerksamer Ehemann, das lag ihm nicht. Aber so eigensüchtig und ichbezogen, wie Sybille ihn jetzt hinstellte, war er wirklich nicht.
»Keine Sorge«, sagte ich schnell. »Ich komme schon zu meinem Recht. Abgesehen davon, daß es dich nichts angeht, bin ich mit meinem Leben sehr zufrieden.«
»Das freut mich.« Sybille lächelte auf eine sonderbare Art, als glaubte sie mir nicht. Und dann, in einem völlig neuen Ton: »Ich habe mich übrigens entschlossen, niemals zu heiraten.«
Werner und ich wechselten einen Blick miteinander.
»Das wirst du dir noch überlegen, Kind«, sagte ich.
»Du hast mich nicht richtig verstanden, Mami.« Sybille nahm die Arme wieder nach vorn und wollte die Beine hochziehen, doch nach einem Blick auf ihren Vater ließ sie sie wieder unter den Tisch verschwinden. »Ich habe lange darüber nachgedacht. Heiraten kommt für mich nicht in Frage.«
»Lächerlich«, sagte Werner. »Was sagst du dazu?« Er wandte sich an mich. Ich sah ihm an, daß er auch diese Bemerkung als persönliche Kränkung empfand.
»Du bist viel zu jung, um das heute schon entscheiden zu können«, sagte ich zu Sybille.
Sie lachte. »Zu jung? Ich seh doch, was los ist. Schau dich doch um. Die meisten Ehen heutzutage sind eine Farce. Einer macht dem anderen etwas vor. Letzten Endes lebt jeder sein eigenes Leben, und wenn es gar nicht mehr geht, dann läuft man auseinander. Nein, nein«, sie griff nach einer neuen Zigarette, »ihr könnt mir nichts erzählen. Ich denke nicht daran, zu heiraten.«
Werner starrte vor sich hin. »Warum wackelst du ei-

gentlich ständig mit deinem rechten Bein?« fuhr er Sybille plötzlich an.
»Ich bin nervös.«
»Kein Wunder, wenn du dauernd rauchst.«
»Damit hat es überhaupt nichts zu tun.«
»Womit dann?«
»Ich weiß es nicht.«
Vater und Tochter sahen sich an. Sybille schnitt eine Grimasse.
»Diese Gespräche nerven mich«, sagte sie zu Werner. »Ich weiß, daß dir alles, was ich sage, nicht paßt. Aber ich bin nun einmal so. Ich habe keine Lust, mich zu verstellen.«
»Das ist alles deprimierend«, sagte Werner kopfschüttelnd. »Man kann sich mit seinen eigenen Kindern nicht mehr verständigen.«
»Aber wieso denn?« rief ich. »Sie gibt sich doch alle Mühe. Du hörst doch gerade, sie will dir nichts vormachen. Und wenn sie sagt, sie will nicht heiraten, dann ist das eben ihre ehrliche Meinung, und wir müssen das akzeptieren.«
»Müssen wir?« Werner sah mich mit hochgezogenen Brauen an. »Müssen wir wirklich? Ich kann das nicht einsehen. Früher war es üblich, daß Eltern ihren Kindern vernünftige Ratschläge gaben.«
»O Gott!« sagte Sybille und warf den Kopf zurück. »Jetzt wirst du womöglich noch behaupten, damit wären sie glücklich geworden.«
»Zufriedener als heute waren sie bestimmt«, sagte Werner. »Aber es hat keinen Sinn, mit dir darüber zu reden. Du bist immer starrsinnig gewesen. Was immer ich dir vorgeschlagen habe, du hast genau das Gegenteil davon gemacht.«
»Das ist nicht wahr!« sagte Sybille.
»Natürlich ist es wahr. Diese ganze Hotelgeschichte –

wenn es nach mir gegangen wäre, hättest du etwas Vernünftiges studiert –«
»Herrgott noch mal!« Sybille ballte die Fäuste. »Mußt du immer an mir herumnörgeln?« schrie sie ihren Vater an. »Das ist ja zum Kotzen!«
»Benimm dich«, sagte Werner. »Dieser Ton paßt mir nicht.«
»Was meinst du, was mir alles nicht paßt?« rief sie wütend.
»Müßt ihr denn immer streiten?« Ich wußte, es war verkehrt von mir, mich einzumischen, aber ich konnte nicht anders. Prompt bekam ich die Quittung.
»Deine Erziehung«, sagte Werner zu mir. »Ich hätte es ihr bereits als Kind abgewöhnt, so mit mir zu reden.«
»Laß Mami in Ruhe«, sagte Sybille. »Immer mußt du ihr die Schuld an allem geben.«
Ich begann zu weinen. Ich haßte derartige Auseinandersetzungen.
Sybille sprang auf. »Siehst du, das hast du nun davon«, zischte sie ihrem Vater zu. Und zu mir, auch nicht gerade freundlich: »Ich weiß nicht, warum du jetzt heulen mußt. Nun hör schon auf. Wenn das so weitergeht, verreise ich in den Ferien lieber allein.«
»Guter Gedanke«, sagte Werner. »Ich habe auch keine Lust, ständig derartige Szenen erleben zu müssen.«
»Das kommt überhaupt nicht in Frage.« Ich putzte mir die Nase und setzte mich entschlossen auf. »Diese ganze dumme Auseinandersetzung war vollkommen überflüssig«, sagte ich.
Ich hielt Werner mein leeres Glas hin. »Gib mir bitte was zu trinken. Und hör endlich auf, an Sybille herumzunörgeln.«
Werner füllte schweigend mein Glas. Ich trank.
Sybille sah von einem zum anderen. Sie begann plötzlich zu kichern.

»Was ist jetzt schon wieder?« fragte Werner.
»Es tut mir leid«, sagte Sybille. »Aber Ehepaare wirken auf mich immer komisch.«
Stille. Werner schüttelte den Kopf.
Sie sprang plötzlich auf, kam um den Tisch herum und hockte sich zwischen uns auf den Boden. »Seid mir nicht böse, ich hab's nicht so gemeint. Ihr seid schon in Ordnung. Aber komisch seid ihr trotzdem. Alle Ehepaare haben irgend etwas, was mich zum Lachen reizt.«
»Du bist ziemlich albern«, sagte ich und legte ihr die Hand auf den Kopf.
Für eine Weile blieb es still, und mir kam der Gedanke, daß wir jetzt für jeden Außenstehenden den Anblick einer glücklichen Familie boten, aber leider stimmte das nicht. Die echte Harmonie fehlte.
In diesem Augenblick sagte Sybille: »Wie kommt es eigentlich, daß Mami plötzlich so mutig geworden ist?«
»Was heißt das?« fragte Werner.
»Früher hat sie dir doch nie widersprochen.«
»Aber das ist doch Unsinn«, sagte ich.
Und Werner setzte mißbilligend hinzu: »Du tust gerade so, als wäre deine Mutter ständig unterdrückt worden.«
»In gewisser Weise war sie das auch.« Sybille stand auf, trank einen Schluck aus meinem Glas und setzte sich uns wieder gegenüber. »Die meisten Ehefrauen werden unterdrückt«, verkündete sie. »Das ist der Grund, warum ich nicht heirate.«
»Ich höre deine neue Freundin«, sagte Werner zu mir. »Die redet genauso einen Blödsinn.«
»Was für eine neue Freundin?« fragte Sybille interessiert.
Ich warf Werner einen warnenden Blick zu, aber er

war nicht mehr zu bremsen. Er begann von Katharina zu sprechen. Und er entwarf ein so verzerrtes Bild von ihr, daß ich es einfach korrigieren mußte. Die Folge war, daß er nun erst recht in Rage geriet und erklärte, am liebsten sähe er es, wenn ich den Umgang mit Katharina abbrechen würde. Sie übe einen schlechten Einfluß auf mich aus.

»Aber das ist wirklich zu dumm«, rief ich. »Du machst dich doch lächerlich. Ich denke nicht daran, auf die Freundschaft mit dieser Frau zu verzichten.«

Sybille war unserer Auseinandersetzung mit großen Augen gefolgt. »Das muß ja eine tolle Person sein«, sagte sie und legte nun endgültig, sicher ohne jede böse Absicht, ihre Beine auf den Tisch. »Papi hat hoffentlich nichts dagegen, wenn ich sie kennenlerne?«

Werner stand auf. »Ich habe den Eindruck«, sagte er steif, »es ist besser, wenn ich euch jetzt allein lasse. Ihr könnt euch ungenierter unterhalten.«

»Aber wieso denn?« fragte Sybille verblüfft.

Werner ging zur Tür.

»Was hat er denn?« murmelte Sybille.

»Nimm die Füße runter«, sagte ich leise. »Er kann es nun mal nicht leiden.«

»Oh, diese Anstellerei!« Sie sprang auf die Beine und lief hinter ihrem Vater her. »Jetzt bleib doch hier und sei nicht gleich beleidigt. Wir haben uns doch überhaupt noch nicht richtig unterhalten.«

»Nicht meine Schuld.« Werner machte die Tür auf. Im Hinausgehen drehte er sich um und sagte zu Sybille: »Du mußt noch eine Menge lernen, mein Kind. Im Umgang mit Menschen gibt es bestimmte Spielregeln. Wenn man die nicht befolgt, ist ein erquickliches Zusammenleben unmöglich.«

Damit ging er hinaus.

Sybille kam zu mir zurück, nahm die Weinflasche in die Hand, hielt sie gegen das Licht und stellte fest, daß sie leer war.
»Trinken wir noch was?« fragte sie.
»Du kannst dir gerne etwas holen. Ich glaube, es ist besser, ich gehe zu Papi. Ich möchte ihn jetzt nicht allein lassen.«
»Falsch«, sagte Sybille. »Wenn du jetzt zu ihm gehst, glaubt er, er hätte sich richtig verhalten.«
»Ach, Kind . . .«, ich stand auf, »von seinem Standpunkt aus -«
Sie zog mich auf meinen Platz zurück. »Es gibt auch noch andere Standpunkte. Bleib wenigstens noch ein paar Minuten. Wenn du gleich hinterherrennst, glaubt er, du hast ein schlechtes Gewissen.«
Das habe ich auch, dachte ich. Aber ich sprach es nicht aus.
Sie zog ihren Stuhl näher und sah mich erwartungsvoll an. »Und jetzt erzähl von dieser Katharina«, forderte sie mich auf. »Was ist das für eine Frau?«
Ich wußte nicht recht, wie ich anfangen sollte. Da war immer die warnende Stimme Werners im Hintergrund, dem Kind keine Flausen in den Kopf zu setzen. Ich bewunderte Katharina. Ich beneidete sie um ihre Lebensweise. Aber sie meiner neunzehnjährigen Tochter als Vorbild hinzustellen - dazu konnte ich mich doch nicht entschließen. So schilderte ich Katharina als eine ungewöhnliche Frau, die ihren eigenen Lebensstil gefunden hat, der aber nicht nachahmenswert sei.
»Warum nicht?« fragte Sybille. Sie war ganz bei der Sache.
»Weil er nicht zu jedem paßt.«
Sie sah mich verständnislos an. »Wie sieht sie denn aus?« fragte sie dann. »Ist sie hübsch?«

»Sie ist lebendig, das ist viel wichtiger. Neben ihr fällt jede andere Frau ab.«
»Na, dann kann man doch nur von ihr lernen«, sagte Sybille und räkelte sich in den Kissen.
»Da bin ich nicht so sicher. Dein Vater meint -«
»Ach der . . .« Sybille machte eine wegwerfende Handbewegung.
»Kein Wort gegen Papi«, sagte ich streng. »Er ist ein großartiger Mann.«
»Weiß ich doch. Aber er versteht nicht zu leben. Er ist ein Arbeitstier. Ein Pflichtmensch. Irrsinnig korrekt und anständig. Aber leben . . .« Sie lehnte den Kopf zurück und schien einen Augenblick ernsthaft nachzudenken. »Also nein«, sagte sie entschieden, »irgendwo fehlt es da. Ich finde, Papi lebt am Leben vorbei.« Sie beugte sich vor. »Und weißt du, was ich glaube?«
»Was?«
»Ich glaube, er hat vor gewissen Dingen Angst.«
Ihre Bemerkung setzte mich in Verlegenheit. Überhaupt war mir dieses Gespräch peinlich. Es kam mir wie ein Verrat an Werner vor. Aber ich konnte jetzt nicht kneifen, das hätte mir Sybille übelgenommen. Also fragte ich: »Wie meinst du das?«
»Vor Frauen, zum Beispiel. - Nicht vor dir natürlich«, setzte sie schnell hinzu. »Aber du bist ja auch keine Frau in dem Sinne.«
»In welchem Sinne?« fragte ich belustigt.
»Im biestigen Sinne. Weiber - verstehst du. Ich meine, es gibt doch Weiber, die einen Mann fertigmachen. Vor so was hat Papi, glaube ich, eine Heidenangst.«
»Du hast zuviel getrunken«, stellte ich fest.
»Nein, überhaupt nicht. Ich will dir nur erklären, was ich meine. Zum Lebendigsein muß man sich auf alle möglichen Dinge einlassen. Papi läßt sich auf gar

nichts ein, jedenfalls auf nichts Gefährliches. Er sitzt den ganzen Tag in seiner Praxis, und abends ist er bei dir. Das ist alles. Findest du nicht, das ist ein bißchen wenig für einen Mann? Ich meine, um lebendig zu bleiben?«

Ich schwieg. Unter ihrem bohrenden Blick bequemte ich mich schließlich zu der Antwort, ich hätte noch nicht darüber nachgedacht.

»Aber nun zu dir«, redete Sybille weiter. »Was hast du eigentlich von deinem Leben? Der verdammte Haushalt, und manchmal hilfst du in der Praxis, und damit hat sich's. Ist das ein Leben? Mir würde das nicht genügen. Ich würde davon stumpfsinnig werden.«

Ich war nahe daran, dachte ich. Aber dann kam Katharina. Seitdem ist alles anders.

Ich muß wohl ein etwas betretenes Gesicht gemacht haben, denn Sybille griff plötzlich nach meiner Hand. »Entschuldige, ich wollte dich nicht ärgern. Ich dachte bloß - ich wollte dir erklären, warum ich gegen die Ehe bin.«

Ich stand auf. Mir war, als hätte ich Werners Stimme gehört. »Du mußt das Kind nicht mit dem Bad ausschütten«, sagte ich. »Wir reden ein andermal über das Thema, ja? Was du sagst, ist sicher richtig. Es gibt viele Gründe, die gegen eine Ehe sprechen. Es gibt ebenso viele Gründe dafür. Das Ganze ist, wie alles im Leben, eine Frage der Einstellung.«

Ich ging zu ihr und gab ihr einen Kuß. »Sei nett zu deinem Vater«, bat ich. »Er liebt dich. Du mußt ihn nicht dauernd ärgern.«

»Er soll nicht ständig an mir herumerziehen.«

Ich seufzte. Die Antwort, die sich mir aufdrängte, hätte ihr nicht gepaßt. Also sagte ich gar nichts.

»Schon gut, Mami«, sagte sie etwas gönnerhaft. »Ich weiß, du hast es nicht leicht. Ich verspreche dir, in den

Ferien ein Engel zu sein. Aber wenn mir ab und zu der Kragen platzt, dann darfst du mir's nicht übelnehmen.«
Ich ging hinaus.
Im Schlafzimmer brannte Licht. Werner lag mit geschlossenen Augen im Bett. Es sah aus, als schliefe er, aber kaum hatte ich die Tür hinter mir zugemacht, sagte er: »Na, habt ihr euch ausgesprochen?«
Ich hörte so etwas wie Ironie aus seiner Stimme heraus und erwiderte gereizt: »Du hättest ja dableiben können. Es bestand nicht der geringste Grund, wegzulaufen.«
»Ich möchte jetzt nicht darüber reden. Komm endlich schlafen. Ich bin müde.«
Ich zog mich aus und ging ins Bad. Absichtlich trödelte ich eine Weile herum, in der Hoffnung, Werner würde einschlafen. Ich wußte, wenn er noch wach wäre, würde ich das Gespräch doch noch einmal auf Sybille bringen.
Es kam anders.
»Komm zu mir«, sagte Werner, als ich im Bett lag. Er streckte den Arm aus. »Ich brauche dich.«
Alles schmolz zusammen, was sich an Groll gegen ihn in mir angesammelt hatte. Ich kroch unter seine Decke und nahm ihn in den Arm.
»Es tut mir leid«, murmelte er an meinem Hals. »Ich weiß, ich finde nicht den richtigen Ton zu dem Kind.«
»Das kommt noch«, sagte ich. »Laß uns jetzt wirklich nicht mehr davon reden.«
»Bleib doch noch«, bat er, als ich mich nach einer Weile aufrichtete. Er zog mich zurück, drückte meinen Kopf in die Kissen. »Laß uns noch ein bißchen beieinander liegen.«
Ich lag ganz still, versuchte mich nicht zu rühren.

Nach ein paar Minuten hörte ich seine friedlichen Atemzüge. Er war eingeschlafen.
Eine glückliche Ehe - ging es mir durch den Kopf. Und ich mußte in der Dunkelheit vor mich hinlächeln. Da konnte Sybille - und auch Katharina - nun sagen, was sie wollte. Es gab etwas zwischen zwei Menschen (wenn es überhaupt etwas zwischen ihnen gab), das entstand erst, wenn sie lange genug miteinander gelebt hatten. Werner und ich brauchten einander. Ich wußte es, auch wenn ich anfing, wider den Stachel zu löcken.
Es gab vieles, was ich vermißte, ich mache kein Geheimnis daraus. Katharina hatte mir die Augen dafür geöffnet. Aber wog nicht ein Augenblick wie dieser - ›Komm zu mir, ich brauche dich‹ - viele kleine Enttäuschungen auf?
Am liebsten wäre ich aufgestanden und hinüber zu Sybille gegangen. Jetzt hätte ich die richtigen Worte gefunden. Aber dann fürchtete ich, ihrer kühlen Sachlichkeit doch nicht gewachsen zu sein, und ließ es bleiben.
Werner bewegte sich im Schlaf. Ich beugte mich über ihn.
»Was ist?« fragte er. »Schnarche ich?«
Ich mußte lachen. »Nein«, sagte ich. »Schlaf weiter. Es ist alles in Ordnung.«
Ich rollte mich hinüber auf meine Seite.
»Wenn ich nicht nett genug zu dir bin, mußt du es sagen«, hörte ich plötzlich Werners Stimme.
»Du bist sehr nett zu mir.«
»Na, ich weiß nicht. Frag Sybille. Ich glaube, sie denkt anders darüber.«
»Sybille hat keine Ahnung.«
»Es war ein verpatzter Abend. Tut mir leid.«
Jetzt war ich es, die den Arm nach ihm ausstreckte.

In dieser Nacht kamen wir erst sehr spät zur Ruhe, aber ich war glücklich und dachte, daß ich wirklich keinen Grund hatte, eine Frau zu beneiden, deren Leben nur aus fragwürdigen Abenteuern bestand und die mit großer Wahrscheinlichkeit eines Tages einsam und verlassen sein würde.

8

Ich fand es provozierend, daß uns Katharina in Jeans, Männerhemd und Wollsocken empfing. Sie stellte sich damit auf eine Stufe mit meiner Tochter, und ich hatte das Nachsehen.
»Das also ist Sybille«, sagte sie. »Wir sagen doch du zueinander, einverstanden?«
»Natürlich.« Sybille, im Umgang mit Fremden sonst muffig und eher zurückhaltend, nickte strahlend.
Katharina bat uns, hineinzugehen, sie hole nur eben noch was zu trinken.
»Keinen Sekt«, sagte ich schnell.
Sie sah mich erstaunt an. »Warum denn nicht? Den trinken wir doch immer um diese Zeit.«
»Reingefallen«, platzte Sybille heraus. Und zu Katharina: »Das sollte ich wahrscheinlich nicht wissen.«
Katharina lachte und zuckte die Achseln. »Du siehst nicht aus wie eine Abstinenzlerin.« Damit verschwand sie in der Küche.
Drinnen im Zimmer sah sich Sybille neugierig um. »Gemütlich«, stellte sie fest. »Hier würde ich mich auch wohl fühlen.«
Sie trat an eines der Bücherregale und las mit schräg geneigtem Kopf halblaut die Titel. »Donnerwetter«, sagte sie anerkennend. »Lauter Philosophen.« Sie drehte sich halb zu mir um und blickte mich skeptisch an, als wollte sie sagen: Davon hast du natürlich keine Ahnung ...

»Warum setzt ihr euch nicht?« Katharina kam herein und deutete auf die Couch. »Zigaretten stehen da drüben, Sybille. Ich nehme an, du rauchst.«
»Ja, leider«, sagte ich und hätte mich im nächsten Moment dafür ohrfeigen können, denn Sybille warf mir den typischen angewiderten Blick der bevormundeten Tochter zu.
»Sie wird es sich schon wieder abgewöhnen«, meinte Katharina und setzte sich in einen der tiefen Sessel, in denen ihre zierliche Gestalt fast versank.
Hoffentlich legt sie jetzt nicht die Füße auf den Tisch, ging es mir durch den Kopf. Es störte mich sonst nicht, nur in Sybilles Gegenwart hätte ich es nicht gerne gesehen.
Katharina, in der Behandlung von Menschen weitaus erfahrener als ich, ließ die Füße auf dem Teppich und hatte sogar ihre Schuhe wieder angezogen.
»Salute!« sagte sie und hob ihr Glas. »Ich freue mich, daß wir uns kennenlernen.« Sie ließ ihre Augen zwischen Sybille und mir hin und her wandern. »Sehr ähnlich seid ihr euch nicht«, stellte sie fest.
Ich hätte jetzt sagen können, daß Sybille eher ihrem Vater nachgeriet, aber ich behielt es lieber für mich.
»Haben Sie das alles gelesen?« fragte Sybille und deutete auf die Bücher. Sie verbesserte sich sofort: »Hast du das alles gelesen, wollte ich sagen.«
»Das meiste«, erwiderte Katharina.
»Toll«, sagte Sybille. Und zu mir: »Daran kannst du dir ein Beispiel nehmen. - Sie - du mußt wissen«, wandte sie sich an Katharina, »meine Mutter rührt kaum ein Buch an. Sie behauptet immer, sie hätte keine Zeit dazu.«
Ich ärgerte mich. Warum griff mich Sybille an? War das die Reaktion darauf, daß ich in den letzten bei-

den Tagen versucht hatte, ihre Manieren zu verbessern?
»Ich denke«, sagte Katharina ruhig, »sie wird wirklich keine Zeit dazu haben. Du darfst nicht vergessen, ich lebe allein.«
»Das habe ich auch vor«, erklärte Sybille. »Ich will auch allein leben. Heiraten kommt für mich nicht in Frage.«
»Ach ja? Wirklich?« Katharina sah mich von der Seite an, als wollte sie sagen: Reg dich nicht auf, das überlegt sie sich noch.
»Meine Eltern sind natürlich entsetzt«, sagte Sybille mit einem Auflachen. »Vor allem mein Vater.«
»Das wäre ich an seiner Stelle auch«, sagte Katharina trocken.
»Kennst du meinen Vater?« fragte Sybille, und ich antwortete an Stelle von Katharina: »Natürlich kennt sie ihn. Wir wohnen ja schließlich Tür an Tür.«
Etwas in Sybilles Stimme, an dem Tonfall, in dem diese Frage gestellt war, mißfiel mir. Überhaupt fand ich ihr Benehmen herausfordernd. Sie kannte Katharina erst ein paar Minuten, stellte sich aber sofort auf ihre Seite.
Zum ersten Mal dämmerte mir, daß Werner nicht so unrecht hatte, wenn er Katharinas Einfluß auf mich fürchtete.
»Mein Vater ist sehr altmodisch«, verkündete Sybille. »Es ist manchmal furchtbar schwierig, ihm etwas begreiflich zu machen.«
Katharina dachte nicht daran, ihr zuzustimmen. »Mit dem Wort ›altmodisch‹ würde ich vorsichtig sein«, sagte sie. »Das ist so ein Begriff, den man schnell bei der Hand hat, wenn die ältere Generation nicht sofort zu allem ja und amen sagt.«
Sybille räumte ein, daß daran etwas Wahres sei. »Aber

manchmal kann er wirklich ganz schön stur sein«, sagte sie.
Katharina blickte sie ruhig lächelnd an. »Ich nehme an, du bist es auch, nicht wahr?«
Sybille - mir hätte sie mit Sicherheit eine patzige Antwort gegeben! - lachte. »Nun ja, das stimmt. Aber was soll ich denn machen? Ich muß mich schließlich zur Wehr setzen.«
»Zur Wehr setzen ...« Ich schüttelte den Kopf. »Wenn ich das schon höre! Du weißt genau, daß Papi nur dein Bestes will.«
Katharina blinzelte mir zu, mich nicht einzumischen und sagte: »Ich kann verstehen, daß Sybille die Dinge anders sieht als ihr Vater, das ist ihr gutes Recht -«
»Danke!« Sybille lehnte sich erleichtert zurück.
»Ich war noch nicht fertig«, sagte Katharina ruhig. »Dein Vater besitzt zweifellos mehr Erfahrung als du. Er kann dir sicher manchen guten Rat geben. Oder hast du grundsätzlich zu Erwachsenen kein Vertrauen?«
Sybille wiegte den Kopf. »Ich weiß nicht. - Ich hasse Moralpredigten«, stieß sie plötzlich hervor.
Katharina nickte. »Das kann ich gut verstehen. Auf die reagiere ich auch sauer.«
»Aber dein Vater -«, begann ich, verstummte jedoch sofort wieder, weil ich nicht selbst in den Geruch kommen wollte, Moral zu predigen.
»Er hat kein Vertrauen zu mir«, platzte Sybille heraus. »Das ist es! Ich brauch bloß den Mund aufzutun, und schon heißt es: Du hast ja keine Ahnung! Aber lassen wir das ...«, sie machte eine kindlich-trotzige Gebärde, »was sollen wir jetzt darüber reden, das führt doch zu nichts.«
Sie stand auf und reckte sich. »Darf ich mich ein bißchen umsehen?« sagte sie zu Katharina. »Es ist wirk-

lich hübsch bei dir. Wenn du mir die Wohnung überlassen würdest - ich würde nichts daran ändern.«
Sie war schon wieder bei den Büchern, hob sich auf die Zehen und zog eines aus dem Regal. Ohne sich weiter um uns zu kümmern, blätterte sie darin, hockte sich schließlich auf die Kante eines Tisches und begann darin zu lesen.
»Wollen wir zusammen essen?« fragte mich Katharina. »Oder habt ihr was vor?«
Sybille, ohne von ihrem Buch aufzusehen, erwiderte zu meiner Überraschung: »Nein, wir haben nichts vor. Ich fände es prima, wenn wir noch eine Weile hierblieben.«
Katharina lachte. »Das freut mich. Ich dachte schon, du hättest dich über mich geärgert.«
Jetzt blickte meine Tochter auf. »Warum sollte ich?« fragte sie erstaunt. »Ich ärgere mich nur über Menschen, die mich erziehen wollen.«
Ich wollte etwas erwidern, doch Katharina hinderte mich daran. »Komm mit in die Küche«, sagte sie und nahm mich beim Arm. »Du kannst mir helfen.«
Wir gingen hinaus. Katharina hatte unsere leeren Gläser mitgenommen. Sie holte die Flasche aus dem Kühlschrank, füllte mein Glas und sagte: »Du machst ein Gesicht, als könntest du noch einen Schluck vertragen.«
»Es ist nicht leicht mit Sybille«, sagte ich. »Sie hat einen furchtbaren Dickkopf.«
»Ich finde, sie ist in Ordnung.«
»Findest du das wirklich?«
»Ja.«
»Werner ist anderer Ansicht. Er hat ständig etwas an ihr auszusetzen. Besonders ihre Manieren . . .«
»Aber das ist doch wirklich zu albern!« rief sie.
»Werner legt nun einmal Wert darauf.«

»Das kann ich ja auch verstehen.« Sie holte eine Pappschachtel mit Eiern aus der Speisekammer und schlug eines nach dem anderen mit unglaublicher Geschwindigkeit in eine Schüssel. »Schlechte Manieren, besonders bei den eigenen Kindern, können einem sicher auf die Nerven gehen. Aber soll ich dir mal was sagen?« Sie hielt in der Bewegung inne und sah mich an.
»Ja?«
»Im Augenblick ist das nicht so wichtig. Sybille ist in einem schwierigen Alter. Sie wehrt sich gegen jede Art von Bevormundung. Dein Mann sollte sie eine Zeitlang in Ruhe lassen. Schließlich will er seine Tochter ja nicht aus dem Hause graulen.«
»Natürlich nicht«, murmelte ich.
Sie stellte sich das zu einfach vor. Ich kannte Werner besser. Er konnte den Mund nicht halten. Es würde immer wieder zu Auseinandersetzungen kommen.
Eine Weile waren wir schweigend beschäftigt. Katharina hackte Petersilie. Ich schnitt Schinken in Scheiben. Während ich vor mich hingrübelte, pfiff sie vergnügt einen Schlager.
Plötzlich sagte sie: »Also nein - ich möchte heute nicht mehr neunzehn Jahre alt sein. Gott, war ich blöde damals!«
»Wie alt bist du eigentlich?« fragte ich gedankenlos.
»Neunundreißig«, erwiderte Katharina.
Ich starrte sie an.
Sie lachte. »Was ist denn? Hast du mich für jünger gehalten?«
»Für viel jünger.«
»Das tun die meisten. Ich scheine mich gut gehalten zu haben. Das macht meine disziplinierte Lebensweise.«
Ich konnte es nicht fassen. Sie sah nicht älter aus als Ende Zwanzig. Natürlich gab es ein paar Falten um die

Augen, aber die fielen kaum auf. Es waren Lachfalten, die ihrem Gesicht einen zusätzlichen Reiz gaben.
Während sich Katharina darüber verbreitete, daß die meisten Frauen viel jünger aussehen könnten, wenn sie nicht ständig so mißgelaunt und griesgrämig wären, rührte sie eine Salatsauce an, in die sie allerlei Gewürze tat. Dann zerließ sie Speck in der Pfanne, tat die Schinkenscheiben dazu und begann Spiegeleier zu braten.
Der Duft, der durch die geschlossene Tür drang, lockte Sybille in die Küche.
»Knoblauch!« rief sie entzückt. »Gut, daß ich heute keine Verabredung mehr habe.«
Sie blieb in der Tür stehen und sah Katharina eine Weile zu.
»Du siehst aus, als würde dir Kochen Spaß machen«, sagte sie zu Katharina.
»Das tut es auch.« Katharina nahm die Pfanne vom Herd und verteilte den Inhalt auf drei Teller. Dabei erklärte sie, man käme als Frau ja doch nicht drum herum, und dann sollte man die Sache wenigstens mit einem gewissen Vergnügen betreiben.
»Ich habe den Eindruck, du bist eine Lebenskünstlerin«, sagte Sybille.
Ich drückte ihr den dampfenden Teller in die Hand.
»Den Eindruck habe ich schon lange.«

Wir hatten gegessen und saßen beim Kaffee. Es ging ungezwungen und heiter zu, wie immer bei Katharina. Wir redeten über die verschiedensten Themen: Mode und Reisen, Theater und Literatur, die Schwierigkeiten der jungen Generation, ihre Abneigung gegen Streß, ihr Aufbegehren gegen die Forderungen der Eltern.
Sybille zeigte sich überraschend aufgeschlossen. Ich

hatte sie noch nie so ruhig und vernünftig reden hören. Sie erklärte Katharina, warum sie es abgelehnt hätte zu studieren und aus welchen Gründen sie sich für die Hotelbranche entschlossen habe.
Katharina hörte aufmerksam zu. Sie stellte ein paar Fragen, die echtes Interesse verrieten. Einmal, als sich Sybille in abfälliger Form über einen Lehrer äußerte, mit dem sie überhaupt nicht zurechtkam, sagte Katharina: »Das ist eine gute Übung für dich. Was meinst du, wie oft du in diesem Beruf noch auf Menschen stoßen wirst, die schwierig und unangenehm sind. Gerade solche Menschen so zu behandeln, daß sie sich schließlich in umgängliche Wesen verwandeln, ist eine Kunst, die du lernen mußt.«
»Aber wie macht man das?« fragte Sybille. »Ich kann den Kerl nicht ausstehen.«
»Rede dir das nicht dauernd ein«, sagte Katharina ruhig. »Vielleicht hat er ein Magenleiden oder einen geheimen Kummer? Die meisten Menschen sind nicht aus purer Gemeinheit unfreundlich. Sie haben irgendeinen Grund. Den muß man herausfinden.«
»Er macht immer ein muffiges Gesicht.« Sybille zog die Mundwinkel nach unten. »Ungefähr so.«
»Dann lach ihn doch mal an«, schlug Katharina vor. »Sag ihm was Nettes. So was wirkt manchmal Wunder.«
»Das fällt mir furchtbar schwer.«
»Siehst du«, sagte Katharina. »Ihm wahrscheinlich auch. Einer von euch muß damit anfangen. Du kannst es ja wenigstens mal versuchen.«
So ging es noch eine Weile hin und her. Katharina sprach über die Kunst, mit Menschen richtig umzugehen und daß es dazu eigentlich nur notwendig sei, sich auf sie einzustellen, auf ihre kleinen Eigenarten Rücksicht zu nehmen.

»Warum immer ich?« fragte Sybille. »Die anderen können es ja auch tun.«
»Sicher«, sagte Katharina lächelnd. »Aber darauf würde ich mich nicht verlassen. Wenn einer immer erst auf die Nettigkeit des anderen wartet, um selbst nett zu sein - dabei kann eigentlich nicht viel herauskommen.«
Sybille mußte das zugeben. Überhaupt stellte ich fest - und zwar wieder mit einer leisen Anwandlung von Eifersucht -, daß die Aggressivität meiner Tochter in Gegenwart Katharinas erheblich gemildert war. Sie, die sich von uns nichts sagen ließ, hörte Katharina aufmerksam zu. Sie wurde erst wieder aufsässig, als noch einmal das Thema Heirat angeschnitten wurde.
»In diesem Punkt ist bei mir nichts zu machen«, sagte sie. »Ich müßte ja blöde sein, wenn ich mich freiwillig lebenslänglich einsperren ließe. Darauf läuft es doch letzten Endes hinaus. Nein, danke, ohne mich. Ich bleibe allein und führe ein Leben, wie es mir paßt.«
Ich warf Katharina einen raschen, fragenden Blick zu. Was würde sie jetzt sagen? Es war ihre eigene Lebenseinstellung, zu der sich Sybille bekannte.
Zu meiner Überraschung erwiderte Katharina: »Wir reden in ein paar Jahren darüber; es ist einfach noch zu früh, sich dazu zu äußern.«
»Das finde ich gemein!« rief Sybille. »Du darfst jetzt nicht kneifen. Ich will wissen, was du von der Ehe hältst. Bitte, sag es mir!«
Katharinas Gesicht wurde ungewöhnlich ernst. »Wenn du darauf bestehst, dann will ich es dir sagen. Ich glaube, wenn man einen Mann wirklich liebt, wenn man ihn so liebt, daß man bereit ist, auch seine Fehler und Schwächen zu akzeptieren, dann sollte man ihn auch heiraten.«

»Aber warum?« rief Sybille leidenschaftlich. »Warum?«
Darauf Katharina: »Weil die Ehe an sich eine gute Einrichtung ist.«
Ich war so überrascht, daß ich mich nicht länger zurückhalten konnte und sagte: »Das sagst ausgerechnet du?«
Katharina nickte. »Ja, das sage ich. Ich werde nicht heiraten, weil ich nicht dazu tauge. Aber die Mehrzahl der Menschen taugt nicht zum Alleinsein. Das ist Tatsache, auch wenn viele plötzlich das Gegenteil behaupten.«
»Eine unglückliche Ehe ist die Hölle auf Erden«, sagte Sybille düster.
»Richtig«, stimmte Katharina fröhlich zu. »Es gibt aber auch glückliche Ehen, ob du es glaubst oder nicht. Und darum rate ich dir, dich nicht jetzt schon festzulegen. Du mußt erst innerlich ganz sicher sein, was du besser verkraften kannst: eine Ehe oder ein Leben allein.«
Sybille sah erst Katharina an und dann mich. Sie schien Vergleiche zwischen uns anzustellen. Unter ihrem kritischen Blick fühlte ich mich unbehaglich.
»Selbst wenn ich einen Mann liebe«, sagte sie, »möchte ich jederzeit wieder verschwinden können.«
Darauf erwiderte Katharina ruhig: »Wenn du in ein paar Jahren immer noch genauso denkst, dann gebe ich dir recht - dann bleib lieber unverheiratet.«
Dabei ließen wir es bewenden. Wir sprachen von anderen Dingen.
Bald darauf verabschiedeten wir uns. Katharina verabredete mit mir, daß sie uns eventuell in Kitzbühel besuchen würde. Sie plane eine Reise nach Südtirol und könne es so einrichten, daß sie zwei Tage bei uns bliebe.

Als wir wieder drüben in unserer Wohnung waren, äußerte sich Sybille begeistert über meine neue Freundin: »Endlich mal eine Frau, mit der man reden kann. Nicht so spießig wie deine anderen Weiber.«
»Sybille -«
»Schon gut. Mein ich ja nicht böse. Ich finde sie eben doof und langweilig. Katharina ist anders. Sie ist - ich weiß nicht, wie ich das ausdrücken soll - echt . . . ungekünstelt. Es macht Spaß, mit ihr zusammenzusein.«
»Ja, das finde ich auch.«
Sie blinzelte mir zu. »Mal ehrlich, Mami - Papi kann sie wahrscheinlich nicht ausstehen.«
»Das ist stark übertrieben.«
»Er mag keine emanzipierten Frauen.«
»Ich würde sie nicht emanzipiert nennen.«
»Klar ist sie das. Sie macht es nur mit Charme. Die Männer kommen nicht so schnell dahinter.«

9

Seit fünf Tagen waren wir in Kitzbühel. Es waren gute Tage, in denen Frieden und Eintracht herrschten. Das Wetter war prachtvoll.
Wir badeten im Schwarzsee, machten gemeinsame Spaziergänge und fuhren mit der Seilbahn hinauf auf den Hahnenkamm. Vater und Tochter führten endlich einmal vernünftige Gespräche miteinander, frei von Aggressivität und gegenseitigem Mißtrauen. Ich war glücklich.
Das Haus, das uns Freunde für die Ferien zur Verfügung gestellt hatten, lag unterhalb des Lebenberges mit Blick auf den Wilden Kaiser. Es gab ein großes Wohnzimmer mit Terrasse und offenem Kamin. Außerdem drei Schlafräume, zwei Bäder und eine geräumige Küche. Platz genug also, um sich nicht gegenseitig auf die Nerven zu fallen.
Vom ersten Tag an hatte sich Sybille bereit erklärt, das Frühstück zu machen. Sie schlief nicht gerne lange, im Gegensatz zu mir, und so machte es ihr nichts aus, in aller Frühe hinunter in den Ort zu gehen und frische Brötchen zu holen. Wenn Werner und ich gegen halb zehn auf der Terrasse erschienen, war bereits alles fix und fertig, der Tisch mit frischen Blumen geschmückt, und Sybille erwartete uns gutgelaunt, scheuchte die Katze von der Sitzbank - sie war natürlich doch mitgekommen - und stand auf, um den Kaffee einzugießen.

Die reinste Familienidylle - hoffentlich würde sie von Dauer sein, dachte ich.

Am sechsten Tag unseres Aufenthaltes, als wir abends im Café Praxmayr saßen und einer Trachtengruppe zusahen, die Schuhplattler tanzte, passierte es dann. Es fing ganz harmlos an. Ein rothaariger junger Mann erschien an unserem Tisch und forderte Sybille zum Tanzen auf. Sie ging mit, und wir sahen den beiden eine Weile zu, verloren sie aber im Gedränge bald aus den Augen.
»Möchtest du auch tanzen?« fragte Werner.
»Sehr gerne.«
Ich wußte, es machte ihm keinen Spaß, aber da er mich aufforderte, konnte ich nicht widerstehen.
Werner gab sich redlich Mühe, aber es war einfach zu voll auf der Tanzfläche. Außerdem herrschte ein unbeschreiblicher Lärm.
»Grauenhaft«, sagte Werner. »Das hat wirklich keinen Sinn. Komm, wir setzen uns wieder.«
In diesem Moment entdeckte ich Sybille. Sie tanzte eng umschlungen mit dem Rothaarigen.
»Sieh mal«, sagte ich. »Sybille.«
Werner blickte in meine Richtung. Sein Gesicht verfinsterte sich. »Unsympathischer Bursche«, sagte er. »Warum muß sie sich so ranschmeißen? Sieh dir das an!«
»Die tanzen heute doch alle so.«
Wir gelangten nur mit Mühe zu unserem Platz zurück. Da hatte sich inzwischen ein anderes Paar hingesetzt. Werner machte den beiden klar, daß der Tisch besetzt sei. Es gab einen kurzen Wortwechsel. Der Kellner erschien schließlich und wies den beiden einen Platz in einer Nische zu, die gerade frei wurde.

»Warum warst du denn so unfreundlich?« fragte ich Werner.
Er gab keine Antwort und starrte hinüber zur Tanzfläche.
»Ich muß hier raus«, sagte er ungeduldig. »Dieser Krach ist ja nicht auszuhalten.«
»Also gut. Ruf den Kellner. Wenn Sybille Lust hat, kann sie ja noch dableiben.«
»Es wäre mir lieber, sie käme mit.«
Die Musik vollführte noch einmal einen wilden Wirbel und brach dann ab. Die Tanzfläche leerte sich. Sybille stand plötzlich vor uns, hinter ihr der Rothaarige.
»Können wir ein bißchen zusammenrücken?« fragte sie. Sie drehte sich halb zu ihrem Begleiter um. »Das sind meine Eltern. Sie können sich gerne zu uns setzen.«
»Wir wollten gerade gehen«, sagte Werner.
»Jetzt schon?« Sybille machte ein überraschtes Gesicht. »Aber jetzt wird es doch erst richtig gemütlich.«
Werner warf dem jungen Mann einen prüfenden Blick zu und zeigte auf den freien Stuhl an seiner Seite. »Bitte.«
Der Rothaarige setzte sich. »Puh«, machte er und nestelte an seinem Kragen. »Verdammt heiß hier.«
Er trug ein grünes Sporthemd, das unter den Armen verschwitzt war, dazu eine khakifarbene Leinenhose. Hinter seiner runden Brille musterte er Werner und mich, als wollte er sagen: Wenn es euch nicht paßt, kann ich es auch nicht ändern.
»Ihr wollt also wirklich gehen?« fragte Sybille, nachdem Werner noch einmal dem Kellner ein Zeichen gegeben hatte.
»Ja, wir wollen gehen«, sagte Werner mit Nachdruck. »Du kommst doch mit?!«

»Also das könnt ihr wirklich nicht von mir verlangen.« Sie sagte es nicht unfreundlich, aber entschieden.
»Wir verlangen es ja auch gar nicht«, sagte ich rasch. »Du kannst gerne bleiben. Hast du deinen Schlüssel mit?«
»Ja.«
»Bitte, sei leise, wenn du nach Hause kommst.« Werner, stark verärgert jetzt, stand auf. Er zog einen Geldschein aus der Tasche und drückte ihn Sybille in die Hand. »Ich habe keine Lust, länger auf diesen Menschen zu warten.«
Auch der junge Mann war aufgestanden. »Ich heiße übrigens Nolte«, sagte er. »Ich kann Ihre Tochter nach Hause bringen.«
»Völlig überflüssig«, mischte sich Sybille ein. »Ich bin kein kleines Kind mehr.«
Nolte grinste. »Das sehe ich. Aber ich bringe Sie trotzdem nach Hause.«
Ich gab ihm die Hand. »Das ist nett von Ihnen. Gute Nacht!« Und zu Sybille: »Amüsier dich gut. Und bleib nicht zu lange.«
Werner wandte sich zum Gehen.
»Gute Nacht, Papi«, sagte Sybille laut. »Schlaf gut.«
Er drehte sich halb zur ihr um. »Ich hätte es lieber gesehen, du wärst mitgekommen.«
Sie zuckte die Achseln. Ihr eben noch lachendes Gesicht verschloß sich. Herr Nolte lächelte still in sich hinein.
Wir gingen. An der Tür drehte ich mich noch einmal um. Die Musik hatte wieder angefangen zu spielen. Ich stellte mich auf die Zehenspitzen und sah zu Sybille hinüber. Sie ging zur Tanzfläche, Nolte dicht hinter ihr, beide Hände auf ihren Schultern.

Es war eine Nacht wie im Bilderbuch. Sternenhimmel. Ein warmer Wind. Vollmond hinter den Bergen. Nur der Familienfrieden war wieder einmal gestört.
»Ich weiß nicht, warum du dich wegen so einer Kleinigkeit aufregst«, sagte ich. »Laß sie doch tanzen, wenn es ihr Spaß macht.«
»Warum muß sie sich immer solche unmöglichen Typen aussuchen.«
»Du kennst ihn doch nicht. Vielleicht ist er ganz nett.«
»Ein grobschlächtiger Bursche. Hat eine penetrante Art, einen anzusehen.«
Ich mußte lachen. »Das bildest du dir nur ein. Er ist ganz harmlos.«
Zu Hause schlug ich vor, uns noch eine Weile nach draußen zu setzen. Ich holte eine angebrochene Flasche Rotwein und zwei Gläser. Werner hatte sich beruhigt. Er gab jetzt selbst zu, sich unnötig aufgeregt zu haben.
»Du kannst nicht verlangen, daß sie immer mit uns Alten zusammen ist«, sagte ich.
»Natürlich nicht«, erwiderte er. Nach einigem Zögern setzte er hinzu: »Ich kann nur nicht begreifen, was sie an einem Kerl wie diesem Nolte findet.«
»Er ist jung. Er tanzt gut. Sie amüsiert sich mit ihm.«
»Ich wüßte nicht, was ich mit ihm reden sollte.«
Ich legte die Hand auf seinen Arm. »Das verlangt ja auch keiner von dir.«
Er nahm meine Hand und hielt sie fest. »Wie gut, daß wir uns haben«, sagte er. »Daß wir uns verstehen - daß wir miteinander reden können.« Er beugte sich zu mir herüber. »Wir können doch miteinander reden?« fragte er eindringlich.
»Natürlich.«
Er lehnte sich aufatmend zurück. »Das ist gut. Das ist

sehr gut. Ich hatte in letzter Zeit manchmal Angst ...« Er ließ den Satz in der Luft hängen.
»Du meinst Katharina?« fragte ich rasch.
»Ja.«
»Vor Katharina brauchst du keine Angst zu haben. Ich mag sie gern, das ist alles.«
»Sie wirkt nicht zerstörerisch?«
»Aber nein, im Gegenteil.«
Eine Weile saßen wir schweigend da. In den Bauernhäusern am gegenüberliegenden Hang gingen die Lichter aus. Von der Kirchturmuhr schlug es eins.
Werner stand auf. »Ich glaube, wir sollten schlafen gehen.«
Im Vorbeigehen warf er einen Blick in Sybilles Zimmer. Die Katze lag zusammengerollt auf dem Bett und schlief.
Werner schloß die Tür. »Es wäre ja auch zu schön gewesen«, murmelte er.
»Was?«
»Wenn wir sie mal ein paar Tage für uns gehabt hätten.«
Ich schwieg. Ich dachte genauso, wollte es aber nicht zugeben.

»Was ist los?« fragte ich, als Werner mitten in der Nacht aufstand und zur Tür ging.
»Nichts.« Er kam zurück und legte sich wieder hin. »Ich dachte, ich hätte Schritte gehört.«
Ich war fast schon wieder eingeschlafen, da hörte ich ihn sagen: »Weißt du eigentlich, wie spät es ist?«
»Nein.«
»Zehn Minuten vor drei.«
Ich schwieg.
»Hast du gehört, was ich gesagt habe?«
»Ja.«

»Und?«
Ich seufzte. »Ich kann es nicht ändern.«
Er knipste die Nachttischlampe an, setzte sich auf und blickte mich vorwurfsvoll an. »Du glaubst doch nicht etwa, daß die beiden immer noch tanzen. Das Lokal hat längst geschlossen.«
»Mach das Licht aus«, bat ich. »Ich möchte schlafen.«
»Ich begreife nicht, wie du jetzt schlafen kannst.«
»O Gott, Werner, mach dich doch nicht lächerlich! Sie ist neunzehn Jahre alt. Ein erwachsener Mensch.«
»Kein Grund, sich herumzutreiben«, sagte er.
»Das tut sie doch gar nicht. Laß mich jetzt schlafen. Ich finde es idiotisch, wie du dich anstellst.«
In diesem Augenblick klappte draußen die Tür.
Werner sprang aus dem Bett.
Ich packte seinen Arm. »Laß sie in Ruhe, hörst du. Ich will nicht, daß du ihr jetzt Vorwürfe machst.«
»Das ist meine Sache.« Er schüttelte mich ab und lief zur Tür.
Resigniert ließ ich mich zurückfallen. Am liebsten hätte ich mir die Ohren zugehalten, um nichts von dem zu hören, was sich draußen abspielte.
Werner hatte die Tür offengelassen. Sie sprachen laut und böse. Jeder von beiden fühlte sich im Recht.
»Das war das letzte Mal, daß ich mit euch zusammen weggefahren bin«, rief Sybille wütend. »Ich muß ja total bekloppt gewesen sein. Mir eine solche Szene zu machen, bloß, weil ich mal etwas später nach Hause gekommen bin! Das ist wirklich ein Hammer.«
»Wie redest du eigentlich mit mir?«
»Wie redest *du* denn? Du schreist mich an, als wäre ich ein dummes Gör. Ich verbitte mir das.«
»Du hast dir gar nichts zu verbitten. Benimm dich gefälligst anständig, sonst -«
»Sonst - sonst?« wiederholte Sybille spöttisch. »Was

denn sonst? Willst du mir vielleicht eine runterhauen? Das bringst du auch noch fertig.«
»Verdient hättest du es.«
Ich hielt es nicht länger aus und begann zu schreien: »Könnt ihr nicht endlich aufhören, zu streiten? Das ist ja nicht zu ertragen. Ich halte das nicht mehr aus.«
Einen Augenblick herrschte Stille. Dann ein kurzes Auflachen Sybilles. »O mein Gott! Das reinste Narrenhaus.«
Ich hörte Schritte. Eine Tür flog mit lautem Knall ins Schloß.
Nach einer Weile rief ich leise: »Werner - was ist denn? Was stehst du da draußen herum? Komm endlich schlafen.«
Er kam herein.
Eben noch war ich wütend auf ihn gewesen. Jetzt tat er mir leid. Er sah aus wie ein alter Mann.
Wortlos kam er näher, legte sich ins Bett und machte die Nachttischlampe aus.
Ich hatte ihm so vieles sagen wollen: Daß es falsch war, sie anzuschreien; daß es zu nichts führte, daß es nur die Kluft zwischen ihm und ihr vergrößerte. Ich hatte ihm sagen wollen, daß die Zeiten sich geändert hatten, daß man jungen Menschen heute mehr Freiheiten zugestehen müsse, daß es klüger gewesen wäre, ihr nächtliches Ausbleiben mit keinem Wort zu erwähnen; daß sie sich jetzt, nachdem er ihr Vorwürfe gemacht hatte, erst recht vor ihm verschließen würde.
Statt dessen sagte ich gar nichts. Nur einmal, als ich ihn stöhnen hörte, legte ich die Hand auf seine Schulter und murmelte: »Reg dich nicht auf. Es ist alles halb so schlimm.«

Ich schlief erst gegen Morgen ein und erwachte spät. Werner war bereits aufgestanden. Ich hörte ihn in der

Küche mit dem Geschirr klappern und ging hinaus. Er stand im Pyjama vor dem Herd. In einem Topf brodelte Wasser.
Während er auf die Eieruhr starrte, sagte er mit dumpfer Stimme: »Sie ist fort.«
»Was heißt das?«
Er deutete auf einen Zettel. Sybille teilte mit, sie hätte einen Ausflug ins Kaisergebirge gemacht und käme erst am späten Abend zurück.
»Wahrscheinlich mit diesem Kerl«, sagte Werner.
»Das ist gut möglich.«
Ich bat Werner, über die ganze Sache nicht mehr zu reden. »Die Sonne scheint. Warum wollen wir uns den Tag verderben?«
»Du redest schon wie deine Freundin Katharina.«
»Sie ist eine Lebenskünstlerin.«
»Da bin ich nicht sicher. Du kennst meine Einstellung. Man kann sich nicht allen Pflichten entziehen.«
Er nahm den Topf vom Herd und ließ kaltes Wasser über die Eier laufen. »Aber lassen wir das. Ich weiß, du bist anderer Meinung.«
Das Frühstück verlief schweigend. Jeder von uns hing seinen Gedanken nach.
Später fuhren wir zum See. Als wir nebeneinander auf den heißen Holzplanken lagen, sagte Werner plötzlich: »Möglich, daß ich einen Fehler gemacht habe. Aber ich kann nun einmal nicht über meinen Schatten springen.«
»Ich weiß –«
»Du weißt hoffentlich auch, daß ich Sybille liebe?«
»Natürlich weiß ich das.«
»Aber ich kann nicht einfach alles so hinnehmen. Ich kann es nicht.«
Ich spürte, daß er litt, aber ich konnte ihm nicht helfen. Er hatte seine festgefügten Ansichten, von denen

er keine Handbreit abwich. Kompromisse lehnte er ab. Das erschwerte das Zusammenleben mit ihm. Er war ein anständiger Mensch, pflichtbewußt, ehrlich und zuverlässig. Aber er konnte verletzen wie kaum ein anderer. Ich verzieh es ihm, weil ich ihn liebte. Aber würde es auch Sybille verzeihen? Ich sah deutlich, daß der Augenblick kommen würde, da Sybille und er einander aus dem Weg gehen würden.

Wir blieben fast den ganzen Tag am See. Die Sonne brannte heiß. Die Zacken des Wilden Kaisers ragten in den wolkenlosen Himmel. Immer mehr Menschen strömten in die Badeanstalt. Schlauchboote wurden ins Wasser gelassen. Kinder balgten sich schreiend um Gummimatratzen. Transistorgeräte plärrten.

Irgendwann erklärte Werner, er hätte jetzt genug und würde lieber nach Hause gehen.

Ich spürte, er war nervös. Dachte er an Sybille, die sich jetzt mit ›diesem Kerl‹ im Gebirge herumtrieb, sich womöglich von ihm verführen ließ? Ich mußte innerlich lächeln. Er war so rührend altmodisch und ahnungslos.

Zu Hause wartete eine Überraschung auf uns. Vor der Tür parkte ein grüner Golf. Ein Mann und eine Frau saßen darin. Katharina.

»Das hat mir gerade noch gefehlt«, brummte Werner. »Wen hat sie denn da mitgebracht?«

»Ich habe keine Ahnung.«

Werner lenkte den Wagen vor die Garageneinfahrt. Bevor ich ausstieg, drehte ich mich zu ihm um. In sein mißgelauntes Gesicht hinein sagte ich: »Tu mir den einzigen Gefallen und sei nett zu ihr. Solange sie hier ist, möchte ich keinen Streit haben.«

Katharina lief auf mich zu und umarmte mich. Sie stellte mir einen jungen Mann vor, von dem sie sagte,

er hieße Pit Becker und sei von Beruf Werbefotograf. Werner kam dazu und schüttelte beiden die Hand. Er bemühte sich freundlich zu sein, wirkte aber verkrampft. Ich sah, wie sein Blick an dem kleinen Kettchen hängenblieb, das Pit um den Hals trug.
Wir standen eine Weile vor der Tür und unterhielten uns über den Reiseverkehr. Pit erzählte, sie hätten an der Grenze fast eine Stunde warten müssen. Jetzt hätten sie erst einmal eine Weile genug vom Autofahren. Zwei bis drei Tage wollten sie hierbleiben.
Ich jubelte innerlich. Ich lud beide ein, erst einmal eine Tasse Kaffee bei uns zu trinken und sich dann in Ruhe ein Zimmer zu suchen.
»Es wird schwer sein, etwas zu bekommen«, mischte sich Werner ein. »Kitzbühel ist überfüllt.«
»Wir werden schon etwas finden«, sagte Pit und lachte. »Wenn nicht, übernachten wir in einem Heustadel.«
Wir gingen ins Haus. Die anderen setzten sich auf die Terrasse, während ich in die Küche ging, um Kaffee zu machen. Katharina kam mir nach.
»Hübsch habt ihr es hier«, sagte sie.
»Doch, ja, es ist recht nett.«
Prüfend sah sie mich an. »Was ist los? Keine Ferienstimmung?«
»Ach, da ist so eine dumme Geschichte passiert. Sybille hat sich mit einem jungen Mann eingelassen. Werner ist wütend.«
»Albern«, sagte Katharina. Sie kam auf mich zu, streichelte meine Wange. »Ärgere dich nicht. Du sollst dich erholen. Kümmere dich gar nicht um ihn. Wütende Männer läßt man am besten links liegen.«
»Wenn das so einfach wäre.«
Sie zwinkerte mir zu. »Versuch es doch mal.«
»Ach, Katharina - du bist nie verheiratet gewesen.«

Sie lächelte freundlich. »Ich meine ja bloß. Manchmal denke ich, du bist zu nett zu ihm.«
»Ich will Frieden in meiner Ehe haben.«
Sie nickte wie eine alte weise Frau. »Darin liegt die Gefahr. Du willst Frieden, und er nützt das aus.«
»Wer ist Pit?« fragte ich, um sie abzulenken.
Jetzt ging ein Strahlen über ihr Gesicht. »Gefällt er dir?«
»Er sieht sympathisch aus.«
»Er ist ein verrückter Kerl, aber furchtbar nett. Wir haben uns ganz zufällig kennengelernt, auf einer Bank im Park. Er las in einem Buch über Hunde und sagte plötzlich: Das ist komisch, das muß ich Ihnen vorlesen.«
»Einfach so?«
»Ja, einfach so. Das ist das Nette an ihm. Er ist ganz unkompliziert. Wir kamen ins Gespräch und haben uns gleich großartig verstanden. Er arbeitet in einer Werbeagentur. Ist zuständig für den Etat von ›Bello-Hundefutter‹. Daher auch seine Lektüre. Da ist eine irrsinnig komische Geschichte passiert, die muß ich dir erzählen -«
»Entschuldige«, unterbrach ich sie. »Nur noch eine Frage. Hast du in letzter Zeit etwas von Ivar gehört?«
Sie blinzelte mir zu, aber nicht vertraulich, eher warnend: Stell keine indiskreten Fragen.
»Alles in Ordnung«, sagte sie schnell. »Ich habe vor meiner Abreise mit Sylvia telefoniert. Es geht ihr gut.«
Auch eine Antwort, dachte ich. Aber es war ja auch blöde von mir gewesen, nach Ivar zu fragen. Es gab einen neuen Mann. Katharina war glücklich mit ihm. Alles andere interessierte sie nicht.
Sie nahm mir das Tablett mit dem Kaffeegeschirr ab. »Ich geh schon nach draußen. Pit soll die Geschichte selbst erzählen. Er kann das besser als ich.«

Dann saßen wir zu viert auf der Terrasse. Ich schenkte Kaffee ein. Katharina reichte Kuchen herum. Im Handumdrehen hatte Pit drei Stück davon gegessen. Auf Veranlassung von Katharina erzählte er die Geschichte mit dem Hundefutter. »Also das war so . . .« Er hatte den Auftrag, einen Dackel zu fotografieren, der sich voller Begeisterung auf eine Schüssel mit ›Bello‹ stürzen sollte.
»Doch das Biest dachte gar nicht daran«, erzählte Pit. »Kaum stand er vor der Schüssel, drehte er sich angewidert ab und trottete davon. Ich kam schließlich auf die Idee, ein paar Fleischbrocken unter das Futter zu mischen. Was tut das Vieh? Klaubt die Brocken vorsichtig raus und läßt den Rest stehen.« Ich lachte. Katharina lachte. Werner lachte nicht.
Er fragte eher gelangweilt: »Und was haben Sie gemacht?«
»Wir mußten für teures Geld einen anderen Hund engagieren, der nicht so wählerisch war. Aber ein halber Arbeitstag war verloren. Und die Leute von ›Bello‹ waren auch noch beleidigt. Die Kosten für den zweiten Hund haben sie uns aufgebrummt.«
»Ist das nicht eine herrliche Geschichte?« fragte Katharina, immer noch lachend.
Ich nickte. Werner aber, der, wie ich wußte, Werbeleute für unseriös hielt, machte ein Gesicht, als wollte er sagen: Wie kann man sich bloß so einen komischen Beruf aussuchen.
Pit hatte noch andere heitere Geschichten parat. Er erzählte sie so drollig, daß schließlich selbst Werner lachen mußte. Es wurde eine vergnügte Stunde. Wieder einmal hatte ich Grund, Katharina dankbar zu sein.
Gegen Abend machten wir einen Spaziergang um den Schwarzsee. Die Sonne ging unter. Im Schilf quakten

Frösche. Hinter dem Wilden Kaiser stand eine blasse Mondsichel.

Katharina hatte sich bei mir eingehängt. Die Männer gingen in einigem Abstand hinter uns her.

Ich sagte: »Du hast eine glückliche Hand mit Männern. Immer gerätst du an besonders nette Typen.«

Sie lachte. »Ich gerate nicht an sie. Ich suche sie mir aus. Mit einem miesen Typ würde ich mich nie einlassen.«

»Wie willst du vorher wissen, ob einer mies ist? Männer können sich doch verstellen.«

Sie lachte noch herzhafter. »Das ist eine Erfahrungssache. Ich habe gelernt, sie zu durchschauen. Ich spüre genau, wenn ein Mann nur nett ist, um etwas Bestimmtes zu erreichen. So einer hat bei mir keine Chancen. Sie müssen an sich nett sein, verstehst du? Dann können sie gerne alle möglichen Fehler haben.«

Eine Weile gingen wir schweigend nebeneinander her. Die Männer waren hinter uns geblieben. Ich hörte ihre Stimmen nur noch undeutlich.

»Manchmal möchte ich wissen«, sagte ich, »wie du eigentlich zu Werner stehst. Magst du ihn überhaupt?«

»Ich mag ihn sehr gern«, erwiderte sie prompt. »Ob du ihn allerdings immer richtig behandelst, bezweifle ich. Aber das geht mich natürlich nichts an.«

Ich sah sie erstaunt an. »Aber was tue ich denn? Ich meine - was mache ich falsch?«

»Du nimmst ihn zu ernst.«

»Er nimmt sich selbst ernst.«

»Eben. Ein Grund mehr für dich, etwas Leichtigkeit in eure Ehe zu bringen. Werner neigt dazu, die Dinge zu dramatisieren. Wenn du ihn darin unterstützt, macht ihr euch gegenseitig verrückt. Nimm Sybille - du sagst, Werner ist empört, daß sie einen Freund oder einen Mann aufgegabelt hat.«

»Das stimmt.«
»Und was tust du?«
»Ich - wieso?« Einen Augenblick war ich verwirrt. »Ich verteidige sie natürlich.«
Sie nickte. »Das dachte ich mir. Weil du seine Empörung ernst nimmst. Du solltest ihm lieber klarmachen, daß er sich damit lächerlich macht.«
»Das würde er nicht verstehen.«
Leise sagte sie: »Du hast ein bißchen Angst vor deinem Mann, gib es zu.«
»Ein bißchen - ja. Ich möchte ihn nicht verärgern.«
Sie drückte leicht meinen Arm. »Das kann ich verstehen. Soll ich vielleicht einmal mit ihm reden?«
»Wenn du das tun würdest -«
»Warum nicht? Ich könnte ihm klarmachen, daß er seine Tochter aus dem Haus treibt, wenn er den wilden Mann spielt.«
Sie wollte noch etwas sagen, doch ich machte ihr ein Zeichen, zu schweigen. Die Männer waren inzwischen herangekommen. Werner sollte nicht hören, daß wir über ihn geredet hatten.
Nachdem wir uns vor unserem Haus von Pit und Katharina verabschiedet hatten - sie wollten sich ein Zimmer suchen und nach dem Abendessen noch einmal vorbeikommen -, setzten wir uns noch eine Weile auf die Bank neben dem Eingang. Werner schüttelte ein paarmal den Kopf, sagte aber nichts. Schließlich bemerkte er, er käme da nicht mit, worauf ich erwiderte, das verlange ja auch niemand von ihm. Die Menschen seien eben verschieden, und was Katharina tue, sei ausschließlich ihre eigene Angelegenheit.
»Es ist mir nur peinlich wegen Sybille«, sagte Werner.
»Was heißt das?«
»Es ist nicht gerade ein gutes Beispiel, das deine Freundin gibt.«

Ich lachte nervös. »Weil sie einen Freund hat?«
Er sah mich mißbilligend an. »Darum geht es nicht, das weißt du ganz genau. Es geht um die Einstellung. Heute der - morgen ein anderer. Ich möchte nicht, daß meine Tochter den Eindruck gewinnt, so etwas wäre normal.«
»Wenn es nach dir ginge, sollte sie natürlich so schnell wie möglich heiraten.«
»Wäre das so schlimm?«
»Ja. Ich finde, sie soll erst einmal ihre Erfahrungen machen.«
»Komische Einstellung für eine Mutter. Unter Erfahrungen verstehst du ja wohl, sie soll Liebhaber haben?«
»Warum denn nicht?«
»Hattest du welche?«
»Nein. Aber das war eine andere Zeit. Heutzutage -«
»Heutzutage muß man mit möglichst vielen Kerlen ins Bett gehen, ich weiß. Ich kann nur nicht recht einsehen, wozu das gut sein soll. Erfahrungen machen nicht nur frei, sie stumpfen auch ab.«
»Du bist entsetzlich altmodisch«, sagte ich.
Er sah mich an. »Mag sein. Ich war bisher der Meinung, du bist es auch. In letzter Zeit entwickelst du allerdings erstaunlich freie Ansichten. Im Hinblick auf deine Tochter empfinde ich das eher beunruhigend.«

10

Ein seltsames Fahrzeug näherte sich. Ein Volkswagen, buntbemalt wie eine Bonbonniere. Ihm entstiegen Sybille und ihr neuer Verehrer. Sie kamen plaudernd und lachend auf uns zu. Der Rothaarige hatte seinen Arm um Sybille gelegt. Ich sah, wie sich Werners Schultern in Abwehr strafften.

Sie kamen in den Garten und begrüßten uns. Ich mußte mit meiner Befangenheit kämpfen, als ich Nolte die Hand gab. Er sah so unverschämt zufrieden aus.

Was Werner eben zu mir gesagt hatte, wirkte noch nach. Ich fühlte, daß er recht hatte. Ich vertrat Ansichten, die nicht zu mir paßten, die auch nicht meine eigenen waren. Ich vertrat sie, weil ich Katharina mochte. Sie war die Frau, die ich gerne gewesen wäre. Durfte sie sich das Recht nehmen, so zu leben, wie sie lebte? Ja und nein. Wenn ich Sybille ansah, ihr triumphierendes Gesicht (Ich tue, was ich will, und wenn ihr euch auf den Kopf stellt), dann rief alles in mir ablehnend: Nein. Aber Sybille war nicht Katharina. Auch ich war nicht Katharina. Oder doch? War nicht in jeder Frau ein Stück Katharina?

Da saß ich und sah mißbilligend meiner Tochter entgegen - was würde Katharina an meiner Stelle tun? Sie hatte sich entzogen. Keine Heirat. Keine Kinder. So einfach war das. Aber war es einfach?

»Wir haben ganz schön was hinter uns«, sagte Sy-

bille und warf eine halb angerauchte Zigarette seitlich in die Büsche. »Hast du was zu trinken für uns, Mami?«
Ich wollte aufstehen, doch Werner hielt mich fest.
»Früher war es üblich, daß man erst einmal guten Tag sagte.«
Sybille und der Rothaarige sahen sich an.
»Guten Tag«, sagten beide gleichzeitig.
»Entschuldigen Sie«, Nolte hielt mir treuherzig die Hand hin, »es war nicht böse gemeint. Manchmal denke ich an so was nicht.«
»Du mußt wissen«, Sybilles Stimme klang hell und spöttisch, »mein Vater legt auf Manieren großen Wert.«
»Meiner auch«, sagte Nolte versöhnlich.
Mein Blick streifte ihn. Er sah nicht übermäßig intelligent aus, fand ich, aber eigentlich sehr nett. Ein derbes, häßliches Gesicht. Sinnliche Lippen. Das mußte es wohl sein. Auch Sybille war sinnlich. Sie hatte sich mir gegenüber einmal ganz stolz dazu bekannt und hinzugesetzt, ich solle mich bloß nicht aufregen, sinnlich wäre besser als verklemmt.
Wir gingen ins Haus. Ich bereitete für die jungen Leute einen Imbiß, während Werner, wie ich durch die angelehnte Tür hören konnte, den Rothaarigen einem regelrechten Verhör unterzog. Wo er herkomme, wer seine Eltern seien, was für einen Beruf er ausübe und so weiter.
Sybille kam zu mir in die Küche. Sie schloß die Tür und lehnte sich dagegen.
»Ich bin gespannt, wie lange sich Harry das gefallen läßt«, sagte sie.
»Wer ist Harry?«
»O Gott, Mami!«
»Na, ich kann ja nicht wissen, daß er Harry heißt.«

»Aber du kannst es dir denken. Jedenfalls quetscht ihn Papi aus, als sollte ich ihn heiraten.«
»Man will ja schließlich wissen, mit wem man es zu tun hat«, sagte ich.
Worauf meine Tochter trocken erwiderte: »Ihr habt ja gar nichts mit ihm zu tun. Da kann es euch schließlich egal sein, wo er herkommt.«
Darauf wußte ich nichts zu sagen. Das heißt, ich hätte schon etwas dazu sagen können, aber Sybille hätte mich gar nicht verstanden. Also ließ ich es.
Wir saßen wieder draußen auf der Terrasse. Sybille teilte uns mit, sie sei zum Abendessen verabredet. »Harry hat ein paar Freunde getroffen. Wir wollen tanzen gehen, in die Tenne.«
Ich sah, wie sich Werners Gesicht rötete. Ehe er Einspruch erheben konnte, sagte ich:
»Katharina ist heute nachmittag angekommen. Wir erwarten sie nach dem Abendessen. Sie hätte dich sicher gerne begrüßt.«
»Bleibt sie länger?« fragte Sybille. »Weißt du«, wandte sie sich an Harry, »das ist eine ganz tolle Person. Eigentlich solltest du sie kennenlernen.«
»Darf ich fragen, was du an dieser Frau so bewunderst?« erkundigte sich Werner in sarkastischem Ton.
Sybille warf mir einen kurzen fragenden Blick zu, auf den ich nicht reagierte. Sie sah ihren Vater an. »Magst du sie etwa nicht?« fragte sie mit leicht zugekniffenen Augen.
»Das habe ich nicht gesagt.«
»Also ich finde sie großartig«, erklärte Sybille eine Spur zu laut. »Endlich eine Frau, die den Mut hat, ihr eigenes Leben zu leben.«
Werner lächelte mit schmalen Lippen. »Was du Mut nennst, mein liebes Kind«, erwiderte er ruhig, »ist

nichts anderes als Flucht vor der Verantwortung. Hätten deine Mutter und ich genauso gedacht und gehandelt, so wärst du heute nicht auf der Welt.«

Dagegen war nichts zu sagen, und Sybille schwieg. Sie wiegte nur einmal nachdenklich den Kopf.

In die kleine verlegene Pause hinein sagte der Rothaarige: »Ja, ich glaube, wir sollten jetzt gehen. Wir werden erwartet.« Er verabschiedete sich so ausgesucht höflich, daß ich mir kaum das Lachen verbeißen konnte. Offenbar hatte Sybilles Bemerkung, ihr Vater lege Wert auf Manieren, doch Eindruck auf ihn gemacht.

Sybille gab erst mir, dann Werner einen Kuß. »Großartig finde ich sie doch«, sagte sie im Hinausgehen. »Außerdem können schließlich nicht alle Frauen Kinder bekommen. Es gibt sowieso viel zu viele.«

Die Tür fiel hinter ihr ins Schloß. Wir blieben allein.

Werner stand auf. Er ging ein paarmal auf und ab und setzte sich dann wieder auf die Bank. »Nun ja«, sagte er, »wir müssen uns eben damit abfinden, daß Kinder heute anders sind als wir es waren.«

Ich legte rasch die Hand auf seinen Arm. »Was willst du eigentlich? Du kannst dich über Sybille wirklich nicht beklagen.«

»Hast du gesehen, wie dieser Bursche sie ansah? Ich kann dir gar nicht sagen, wie widerlich mir der Gedanke ist, daß so ein Kerl etwas mit meiner Tochter hat. Und sag jetzt bitte nicht zu mir, ich wäre rückständig.«

»Nein.«

»Entschuldige«, murmelte er. »Ich wollte dich nicht anschreien.«

Um viertel vor neun Uhr, wir hatten gerade gegessen, läutete es an der Haustür.

»Deine Freundin«, sagte Werner. »Ich fürchte, ich bekomme heute abend noch Krach mit ihr.«
»Nimm dich zusammen«, bat ich. »Sie hat dir doch wirklich nichts getan.«
»Nichts, außer, daß sie Unruhe stiftet. Nicht nur dich steckt sie mit ihren wilden Ideen an, jetzt auch noch unsere Tochter.« Er ahmte Sybilles Stimme nach: »Endlich eine Frau, die den Mut hat, ihr eigenes Leben zu leben.« Bissig setzte er hinzu: »Wenn sie das Pech gehabt hätte, von einem ihrer Liebhaber geschwängert zu werden, hätte ich mal sehen mögen, wie sie ihr eigenes Leben weitergeführt hätte.«
Es läutete zum zweiten Mal. Ich ging hinaus.
Sie hatten ein Zimmer gefunden, natürlich. Wie hätte es anders sein können. Katharina war nicht nur eine Lebenskünstlerin, sie war auch ein Glückskind. Das letzte Zimmer, die letzten Karten an der Kasse, die letzte Parklücke - für sie kein Problem. ›Sich positiv einstellen, darauf kommt es an, glaub es mir. Dann kommen dir die Dinge und Menschen entgegen.‹
Oft genug hatte sie so zu mir gesprochen. Ich war fasziniert. War ich es immer noch?
Ich merkte sofort, daß Pit und Katharina ziemlich viel getrunken hatten. Sie alberten herum und benahmen sich ziemlich kindisch. Vielleicht hätte ich mitgelacht, wenn ich mit ihnen allein gewesen wäre. Aber die Gegenwart Werners, der auf die heiter-frivolen Bemerkungen Katharinas, auf die Blicke, die das verliebte Paar miteinander tauschte, und auf die Ungezwungenheit, mit der sich beide benahmen, ausgesprochen unwirsch reagierte, machte mich unsicher.
Spürte Katharina, wie mir zumute war? Ich kannte sie in vielen Stimmungen, heiter, übermütig, ironisch, aber noch nie hatte ich erlebt, daß sie sich gehen ließ. Tat sie es absichtlich? Wollte sie Werner herausfor-

dern? Fast sah es so aus. Selbst ihre Stimme klang verändert, hatte plötzlich einen harten Klang.

»Warum sind Sie eigentlich so schweigsam, Werner? Stört Sie unser Besuch?«

»Ich bitte Sie.« Werner, von dem direkten Angriff überrumpelt, wurde verlegen.

»Ich bin immer für Ehrlichkeit«, sagte Katharina. »Wir schneien hier so herein. Ein illegales Paar. Ich weiß, daß Sie so etwas nicht mögen.«

»Dazu möchte ich mich nicht äußern«, bemerkte Werner steif.

Katharina lachte hellauf. »Schade. Ich hätte gerne mit Ihnen über dieses Thema diskutiert. Auch im Hinblick auf Sybille.«

»Sybille?« Werners Gesicht verschloß sich. »Was hat meine Tochter damit zu tun?«

»Wir sind uns vorhin zufällig begegnet.«

»Ja, und?«

Katharina lehnte sich zurück. Über dem Rauch ihrer Zigarette ruhten ihre Augen belustigt auf Werner. Und dann flogen auf einmal Rede und Gegenrede hin und her - anfangs noch ganz harmlos, später an Schärfe zunehmend. Pit machte große Augen. Ich rang innerlich die Hände. Doch die beiden waren nicht zu bremsen. Ich begriff gar nicht, was plötzlich in Katharina gefahren war. Ging es ihr wirklich nur darum, Sybille gegen einen allzu konservativen Vater in Schutz zu nehmen? Oder lag ihr daran, sich selbst und ihre Anschauungen gegen Werner zu verteidigen? Beide redeten aneinander vorbei. Werner sprach von Bindung, Pflicht, Treue. Er verurteilte scharf die sogenannten Kurz-Beziehungen und sprach sich für Ehe und Familie als die einzig haltgebende Institution aus; man müsse sie gegen junge Leute verteidigen, die sich ihrer Verantwortung entziehen wollten.

Katharina meinte, er schütte das Kind mit dem Bade aus. Sie sollen ja heiraten, die jungen Leute, warum nicht, sie hätte nichts dagegen. Auch Sybille solle heiraten. Aber warum dürfe sie sich vorher nicht amüsieren?

»Was verstehen Sie darunter?« fragte Werner.

»Seien Sie doch ehrlich, Sie sind bloß eifersüchtig.«

Werner beugte sich vor. »Wissen Sie, wie lange Sybille diesen jungen Mann kennt, mit dem sie jetzt im Bett liegt?«

»Wer liegt mit wem im Bett?« kam eine helle Stimme von der Tür. Wie ein Geist stand plötzlich Sybille vor uns.

In die eingetretene Stille hinein, sagte sie laut und vernehmlich: »Das ist doch wirklich zum Kotzen, wie hier über mich hergezogen wird.«

Ich sprang auf. »Kein Mensch zieht über dich her«, rief ich. »Wir haben ganz allgemein diskutiert.«

»Ja, das haben wir«, kam mir Katharina zu Hilfe. »Komm, setz dich zu uns. Trink einen Schluck Wein.« Sie zog das widerstrebende Mädchen an ihre Seite. Pit, der bei Sybilles Eintritt aufgestanden war, setzte sich wieder hin.

Es wurde sehr still im Zimmer. Wir alle, außer Katharina, machten betretene Gesichter.

Sybille starrte ihren Vater an.

Werner starrte zurück. Er hatte ein schlechtes Gewissen, aber das würde er nie zugeben.

»Wo kommst du überhaupt her?« fragte er unfreundlich.

»Aus dem Bett«, erwiderte Sybille.

»Das war eine dumme Bemerkung«, sagte Katharina ruhig. »Erstens stimmt es nicht. Und zweitens ist es immer falsch, einen Menschen zu provozieren.«

Sybille war gekränkt. »Was ist eigentlich los? Fallt ihr

jetzt alle über mich her?« Und zu Katharina: »Von dir hätte ich erwartet, daß du mir nicht auch noch Vorschriften machst.«
»Sei nicht so empfindlich.« Katharina schob Sybille ihr gefülltes Glas hin, doch Sybille schüttelte unwillig den Kopf.
Sie sah uns der Reihe nach an und platzte dann heraus: »Na, los doch - diskutieren wir weiter. Oder habt ihr in meiner Gegenwart Angst? Vor mir braucht ihr euch nicht zu verstellen, das kann ich nicht ausstehen. Ihr braucht auch keine Rücksicht auf mich zu nehmen. Wenn mein Vater hier schon lauthals verkündet, daß ich mit einem Kerl im Bett liege -«
»Sybille!« Ich warf ihr einen flehenden Blick zu.
»Keine Unverschämtheiten, wenn ich bitten darf«, sagte Werner.
»Unverschämtheiten . . .« Sybille dehnte das Wort in die Länge. »Hast du es gesagt - ja oder nein?« fragte sie mit einem bitterbösen Blick.
»Man kann so einen Satz nicht einfach aus dem Zusammenhang reißen«, verteidigte ich Werner lahm.
Sybilles Kopf fuhr herum. »Halt du dich da raus. Er soll mir selber antworten.«
Es war Katharina, die die Situation rettete.
»Ich kann gar nicht begreifen, warum du dich so aufregst«, sagte sie zu Sybille. »Du hast eben selbst gesagt, man braucht keine Rücksicht auf dich zu nehmen. Dann halt jetzt den Mund und laß uns von etwas anderem reden. Du magst es ja auch nicht, wenn man inquisitorische Fragen an dich stellt, noch dazu in Gegenwart anderer.«
Sie versetzte Sybille einen freundschaftlichen Rippenstoß. »Ich hab mir sagen lassen, junge Leute sind toleranter als die Erwachsenen. Außerdem vermeiden sie es, die gleichen Fehler zu machen.«

Sybille machte ein verdutztes Gesicht. Sie wußte nicht, sollte sie wütend werden oder lachen. Schließlich lachte sie.
Katharina legte ihr die Hand auf die Schulter. Vielleicht fürchtete sie, das Lachen könnte in Weinen umschlagen. Es war eine Niederlage. Ich kannte Sybille gut genug, um zu wissen, die Sache war damit nicht aus der Welt geschafft.
Die Unterhaltung kam nach diesem Zwischenfall nur zögernd wieder in Gang. Pit versuchte es mit einer Anekdote, fand aber wenig Anklang. Ein paarmal gab er Katharina zu verstehen, es wäre wohl besser, zu gehen, doch sie reagierte nicht darauf. Nach einer Weile stand er auf und sagte, die Hand nach ihr ausstrekkend: »Komm jetzt, Liebling. Wir sind lange genug geblieben.«
»Nur noch eine Zigarette«, erwiderte Katharina. »Einverstanden?« Sie lächelte ihm zu. Er lächelte zurück. Gleich darauf setzte er sich wieder hin.
Es ging Katharina gar nicht um die Zigarette. Sie hätte genausogut darauf verzichten können. Es war nur eine kleine Demonstration ihrer Unabhängigkeit. Jedenfalls schien es mir so.
Sybille ließ ihre Blicke zwischen dem Paar hin und her wandern. »Kennt ihr euch schon lange?« fragte sie ohne Umschweife.
»Nicht sehr lange«, sagte Katharina.
»Wie lange?«
»Eine Woche.«
Sybille sah ihren Vater an. Sie grinste still in sich hinein.
Werner wandte sich ab.
Ich stand auf und ging zum Fenster, als wollte ich nach dem Wetter sehen.
Hinter mir hörte ich Sybille sagen: »Ich beneide dich.

Du bist keinem Menschen Rechenschaft schuldig. Das muß ein großartiges Gefühl für eine Frau sein.«
»Ich bin mir selbst Rechenschaft schuldig«, erwiderte Katharina.
Ich drehte mich um.
Pit und Katharina waren aufgestanden. Ich dachte, daß sie ein bezauberndes Liebespaar abgaben, wie füreinander geschaffen. Aber dasselbe hatte ich schon einmal gedacht, als ich Ivar an Katharinas Seite erblickte.
»Jetzt gehen wir aber wirklich«, sagte Katharina zu mir.
Werner und ich begleiteten die beiden nach draußen. Wir brachten sie bis zur Gartentür. Auch Sybille war mitgekommen. Sie hatte sich bei Katharina eingehängt. »Sei vernünftig«, hörte ich Katharina leise zu ihr sagen. »Provoziere deinen Vater nicht.«
»Fällt mir schwer«, gab Sybille zur Antwort.
Wir gingen zurück ins Haus. Ich schloß die Tür und war darauf gefaßt, daß der Zank nun gleich von neuem losgehen würde. Doch nichts geschah. Der erwartete Wortwechsel zwischen Vater und Tochter blieb aus.
Sybille verschwand sofort in ihrem Zimmer, nachdem sie uns vorher mit starrem Gesicht gute Nacht gewünscht hatte.
Werner setzte sich nach draußen auf die Terrasse, nachdem er eine neue Flasche Wein aufgemacht hatte. So etwas war ich bei ihm nicht gewohnt. Wenn er überhaupt trank, dann in Gesellschaft. Daß er sich mit dieser Flasche jetzt zurückzog, war ein alarmierendes Zeichen.
Ich wäre gerne zu ihm gegangen, aber eine seltsame Scheu hielt mich zurück. Ich hatte das Gefühl, er wünschte allein zu sein.

Eine Weile hantierte ich in der Küche herum. Spülte Gläser, stellte das Frühstücksgeschirr für den nächsten Morgen auf das Tablett. Die Stille im Haus wurde mir unheimlich. Werner saß im Dunkeln und brütete vor sich hin, ärgerlich auf seine Tochter und wahrscheinlich auch auf sich selbst. Und Sybille? Warum war sie überhaupt so schnell zurückgekommen? Hatte es Krach mit dem Rothaarigen gegeben? Dieses starre, trotzige Gesicht - was ging in ihr vor? War sie unglücklich? Litt sie darunter, daß ihr Vater so gar kein Verständnis für sie hatte?

Ich hielt es schließlich nicht mehr aus und ging in ihr Zimmer.

Sie lag im Bett und las. Als ich eintrat legte sie das Buch zur Seite und sah mir entgegen. Sie lächelte nicht. Sie sah mich an wie eine Fremde. »Was willst du?«

Ich setzte mich neben sie. Es drängte mich, sie zu streicheln, wie ich es früher getan hatte, als sie noch ein kleines Kind gewesen war, aber ich hielt mich zurück. Sie hätte es mißverstanden. Hätte gedacht, ich wollte mich anbiedern.

»Mach mir bloß keine Vorwürfe«, sagte sie böse.

»Warum sollte ich?«

»Ich weiß doch, daß Papi wütend auf mich ist. Und du gibst ihm natürlich recht.«

»Er behauptet genau das Gegenteil. Er behauptet, daß ich dir immer recht gebe.«

Der trotzige Ausdruck in ihrem Gesicht verschwand. »Ich weiß, alte Mum, du hast es auch nicht leicht.«

Sie setzte sich auf und griff nach den Zigaretten, die auf dem Nachttisch lagen. »Ich bin nervös«, sagte sie.

Behutsam stellte ich ein paar Fragen. Sie antwortete einsilbig. Nein, es hätte keinen Ärger mit Harry gege-

ben. Sie hätte nur plötzlich keine Lust mehr gehabt dazubleiben. Es wäre doof gewesen.
Ich spürte, daß sie log. Da war etwas, was sie mir nicht erzählen wollte. Möglicherweise war ein anderes Mädchen aufgetaucht. Sybille, so ruppig sie sich manchmal benahm, konnte ausgesprochen empfindlich reagieren. Sie war darin ihrem Vater ähnlich. Beide neigten zur Eifersucht.
Plötzlich, ohne Übergang, sagte Sybille: »Morgen reise ich ab. Diese gemeinsamen Ferien waren eine Schnapsidee.«
»Familienleben interessiert dich wohl überhaupt nicht!« brauste ich auf.
»Familienleben«, das klang schon wieder gereizt, »wenn ich das schon höre! Was stellst du dir eigentlich darunter vor? Daß ich Hand in Hand mit euch spazierengehe und immer alles brav befolge, was mein lieber Papa anordnet? Nee - ohne mich. Ich hab mir wirklich alle Mühe gegeben, aber kaum mache ich mich mal selbständig, kaum tanze ich nicht nach eurer Pfeife, werde ich angebrüllt. Das lasse ich mir nicht gefallen. Ich bin erwachsen. Mein Vater muß das endlich begreifen. Das kannst du ihm mit einem schönen Gruß von mir bestellen. Und noch etwas kannst du ihm von mir sagen.« Sie war jetzt in Rage und sprach laut. »Du kannst ihm sagen, daß ich sein Benehmen heute abend widerwärtig gefunden habe - jawohl, widerwärtig! Mich so vor allen Leuten bloßzustellen . . . was hat er sich eigentlich dabei gedacht?«
Ich schwieg. Jedes Wort von mir hätte sie noch mehr gereizt.
»Siehst du«, rief sie triumphierend, »du weißt es auch nicht! Aber das ist typisch für Papi. Er redet immer große Töne, von Manieren und gutem Stil, aber was er sich heute geleistet hat, war alles andere als manier-

lich. Wenn er nur einen Funken Verständnis für mich hätte, dann wäre er zu mir gekommen und hätte mir gesagt, es täte ihm leid.«
»Das kannst du nicht von ihm verlangen.«
Sie sah mich erstaunt an. »Warum nicht? Ich kenne Väter, die so etwas tun würden.«
»Möglich. Aber du weißt genau -«
»Ja, ich weiß genau«, unterbrach sie mich ungeduldig, »ich weiß, daß mein Vater sich eher die Zunge abbeißen würde als zuzugeben, daß er einen Fehler gemacht hat.«
»Ihr seid euch sehr ähnlich. Du würdest es auch nicht tun.«
Sie lachte nicht. Genau wie ihr Vater, hatte sie wenig Humor.
Sie meinte bloß, dann wäre es eben das beste, sich so wenig wie möglich zu sehen. Sie hätte keine Lust, sich ständig anzupassen, und wenn sie es nicht täte, gäbe es Krach.
Ich stand auf. Ich war müde. Müde und ein wenig traurig. Der Traum vom glücklichen Familienleben hatte nur wenige Tage gedauert.
»Ich hoffe, du wirst dich wenigstens von deinem Vater verabschieden«, sagte ich.
»Wenn du meinst, daß er Wert darauf legt.«
Jetzt war ich es, die die Geduld verlor. »Natürlich legt er Wert darauf«, rief ich. »Wofür hältst du ihn eigentlich? Hast du immer noch nicht begriffen, daß er dich liebt? Und wenn er zehnmal Fehler macht, und wenn er zehnmal etwas tut, was dich kränkt - er ist dein Vater und liebt dich, und du wirst dich gefälligst von ihm verabschieden.«
»Jawohl«, sagte Sybille. Es klang nicht etwa kleinlaut. Es klang gelangweilt.
Ich war jetzt wirklich ärgerlich auf sie. Aber der Ärger

einer Mutter wird immer von der Sorge gebremst, einen Fehler zu machen. Ich wollte sie nicht verlieren. Ich wollte nicht zu den Müttern gehören, die sich mit ihren Töchtern nicht verstehen.
Also schluckte ich meinen Ärger hinunter und blieb noch eine Weile. Ganz vorsichtig versuchte ich ihr klarzumachen, wie schwierig es für Eltern sei, die Grenze zu ziehen zwischen Nachgiebigkeit und Toleranz. Natürlich müsse man seine Kinder respektieren, aber man könne sich auch nicht alles von ihnen bieten lassen und ihnen auch nicht in allen Punkten nachgeben.
Sybille erwiderte, das träfe auf Kinder zu, die noch nicht erwachsen wären. In ihrem Alter hätte sie ein Recht darauf, ihre eigenen Entscheidungen zu treffen und auch ihre eigenen Fehler zu machen.
»Und wenn ich mich schlecht benehme, so ist das auch meine eigene Sache«, schloß sie gähnend.
»Dann darfst du dich aber auch nicht wundern, wenn es zwischen dir und deinem Vater immer wieder zu Auseinandersetzungen kommt.«
Sie gähnte noch heftiger. »Ich wundere mich nicht. Ich ziehe nur die Konsequenz und gehe.«
Ich zuckte die Achseln.
Sie mußte mir wohl angesehen haben, daß ich über diesen Entschluß nicht gerade froh war, denn sie griff nach meiner Hand und setzte hinzu: »Keine Angst - ich sage ihm auch auf Wiedersehen. Und überhaupt brauchst du dich über das alles nicht weiter aufzuregen. Generationsprobleme hat es immer gegeben, das ist normal. Du kannst mit deiner Tochter eigentlich ganz zufrieden sein. So schlimm bin ich gar nicht.«
»Das weiß ich doch«, sagte ich schnell.
Sie gab mir einen hastigen Kuß und erklärte, sie müsse jetzt schlafen, sie wäre hundemüde.

Ich ging hinaus.
Werner hatte inzwischen fast die ganze Flasche Wein ausgetrunken. Er sagte, er sei vollständig betrunken, aber dafür wisse er jetzt endlich, was er zu tun habe. Ich wollte natürlich wissen, wie er das meine, aber er erklärte, er würde es mir morgen erzählen, jetzt könne er nicht mehr klar denken.

11

Es gab keine dramatische Abschiedsszene. Am nächsten Morgen frühstückte Sybille mit uns und teilte uns in aller Ruhe mit, sie würde den Rest der Ferien bei einer Freundin in den Dolomiten verbringen. Ich sah Werner an, doch er äußerte sich nicht dazu. Er lächelte mit schmalen Lippen, als hätte er nichts anderes erwartet.

Nein, dramatisch war nichts an diesem letzten Ferienmorgen, den wir zu dritt verbrachten. Es war nur alles entsetzlich ungemütlich. Vater und Tochter unterhielten sich verkrampft, und ich saß dazwischen und hatte vor Nervosität einen Kloß im Hals.

Danach ging Sybille in ihr Zimmer, um zu packen. Werner nahm die Zeitung. Er hielt sie vor sein Gesicht, als wollte er sich dahinter verstecken. Er las nicht, ich wußte es. Er wollte nur nicht angesprochen werden.

Es war ein trüber Morgen. Das Wetter war umgeschlagen. Die Wolken hingen tief über den Bergen, und alles sah grau und düster aus. Es regnete still vor sich hin. Ich versank in Melancholie und war unfähig, aufzustehen und etwas zu tun.

Dann erschien Sybille wieder. Sie sei jetzt fertig, sagte sie, sie wolle sich verabschieden.

Werner ließ die Zeitung sinken. Er sah Sybille an. Hatte er gehofft, sie würde es sich im letzten Moment anders überlegen? Sie fragte ihn, ob er böse auf sie sei.

Er erwiderte in resigniertem Ton:
»Warum sollte ich? Du machst ja doch, was du willst. Ich habe mich längst daran gewöhnt.«
Er streckte die Hand aus. »Also auf Wiedersehen. Gute Reise.«
Sybille übersah die Hand, beugte sich zu ihm hinunter und gab ihm einen Kuß. »Schade, daß du mich nicht verstehst.«
Ich begleitete sie nach draußen. Ihr Gepäck stand an der Treppe. Als ich die beiden Koffer sah, gab es mir einen Stich. Es sah so endgültig nach Abschied aus.
»Du hast Papi sehr weh getan«, sagte ich.
»Er mir auch«, erwiderte sie.
»Ich verstehe das alles nicht.«
Sie blickte mich an und lächelte abwesend. »Arme Mama. Du tust mir leid.«
»Was soll das?« fragte ich unwillig.
»Du stehst immer so dazwischen. Möchtest es gerne allen recht machen. Aber das funktioniert eben nicht.«
»Gräßlich, wie du redest«, sagte ich. »So - so überheblich.«
Sie schüttelte den Kopf. »Du siehst das ganz falsch. Ich bin überhaupt nicht überheblich. Ich sehe die Dinge nur anders als du.«
»Wie denn?«
»Klarer«, sagte sie und nahm ihre Koffer; die Katze folgte ihr.
Ich folgte ihr die Treppe hinunter. Mir war gräßlich zumute. Vielleicht hatte sie recht. Ich saß zwischen zwei Stühlen. Wollte es wirklich allen recht machen und wurde immer mißverstanden.
Unten an der Tür legte ich die Hände auf ihre Schultern und hielt sie fest. »Wann sehen wir uns wieder?«
»Ich schreibe euch. Mach dir keine Sorgen, es ist alles

halb so schlimm.« Sie sprach zu mir wie zu einem Kind.

»Paß gut auf dich auf, hörst du?«

»Natürlich, Mami.« Auch das klang eher mitleidig.

Wir küßten uns, dann ging sie. Ich setzte mich auf den Hocker am Fuß der Treppe und dachte über die Schwierigkeit nach, einander im richtigen Augenblick das Richtige zu sagen. Beide liebten wir Sybille. Beide waren wir nicht in der Lage gewesen, zwei Wochen in Frieden mit ihr zu leben. Eigentlich trostlos.

Langsam, wie eine alte Frau, ging ich die Treppe hinauf. Fast hatte ich Angst vor Werner. Ich fürchtete, er würde mir in seiner Enttäuschung Dinge sagen, die ich nicht unwidersprochen hinnehmen konnte. Und schon gäbe es eine neue Auseinandersetzung. Und ich wollte doch nichts anderes als mit den Menschen, die ich liebte, in Frieden leben! Warum war das so schwer?

Ich betrat das Zimmer. Werner saß immer noch am Frühstückstisch. Bei meinem Eintritt hob er den Kopf und sah mir entgegen.

»Nun? Ist sie fort?«

»Ja.« Ich setzte mich neben ihn, nahm seine Hand.

»Gut, daß du da bist«, sagte er.

Ich streichelte seine Wange. »Danke.«

»Wofür bedankst du dich?«

»Weil du im richtigen Augenblick das richtige Wort gesagt hast.«

Wir blieben noch eine Weile sitzen, jeder in seine Gedanken eingesponnen. Draußen rauschte der Regen. Ich mußte daran denken, daß Sybille jetzt am Bahnsteig stand und auf ihren Zug wartete. Ich hatte Sehnsucht nach ihr.

Den Vormittag verbrachten wir lesend. Ich war unkonzentriert. Mein Blick ging immer wieder zu Werner hinüber. Hatte Katharina recht? Behandelte ich

ihn wirklich falsch? War ich zu nachgiebig? Ich liebte ihn. Auch seine Schwächen. Auch seine Fehler. Wenn er versagte, stellte ich mich auf seine Seite. Vielleicht war das altmodisch, kindisch, unmodern. Aber ich konnte nicht anders. Ich war davon überzeugt, daß es die Frau ist, die sich anpassen muß. Frauen fällt so etwas leichter, jedenfalls dann, wenn ihnen an dem Mann, den sie lieben, wirklich etwas gelegen ist. Werner war nicht anpassungsfähig. Bei einer Meinungsverschiedenheit konnte er sich so versteifen, daß mir gar nichts anderes übrigblieb als nachzugeben, wenn ich nicht Gefahr laufen wollte, daß wir eine Woche lang nicht miteinander redeten. Wer will, mag sich darüber lustig machen. Ich halte es für wichtiger, eine harmonische Ehe zu führen als hartnäckig auf seinem Recht zu bestehen.
»Ich muß mit dir reden«, sagte Werner in meine Überlegungen hinein.
»Ja?« Ich legte mein Buch aus der Hand.
»Es geht um Katharina. Ich habe eine Idee. Sie ist mir gestern abend gekommen, als ich draußen allein saß. Ich glaube, sie ist gut.«
Ich muß ihn wohl etwas ängstlich angesehen haben, denn er sagte: »Keine Sorge, ich sage nichts Unangenehmes über deine Freundin, im Gegenteil. Ich habe lange über sie nachgedacht.«
»Du?«
»Ja, ich. Schließlich weiß ich, was sie dir bedeutet.«
»Ich weiß nicht, worauf du hinaus willst.«
»Warte es ab. Ich werde es dir sagen.« Er lehnte sich zurück. »Ganz ehrlich gesagt, Barbara - für mich bedeutet Katharina eine große Gefahr.«
»Wieso?«
»Sie und ich - das ist wie Feuer und Wasser. Meine Art des Denkens ist ihr völlig fremd. Das könnte mir

gleichgültig sein, was geht sie mich schließlich an? Doch du bist meine Frau, und darin liegt die Gefahr für mich. Katharina unterminiert unsere Ehe. Noch wehrst du dich dagegen, ich weiß, aber es kommt der Augenblick, da wirst du auf ihre Linie umschwenken. Du bist ihr nicht gewachsen, sie ist stärker als du. Sie wird dich davon überzeugen, daß du mit mir nicht glücklich bist. Darauf will ich es nicht ankommen lassen.«
Er hatte mit großem Ernst gesprochen. Ich war betroffen. Was er sagte, war nicht so abwegig. Schon jetzt kam es vor, daß ich mich fragte, ob ich Werner nicht doch kritischer gegenüberstehen sollte. Möglicherweise schaffte sie es wirklich eines Tages, mich ernstlich unzufrieden zu machen.
»Was hast du vor?« fragte ich beunruhigt. »Du kannst mir den Umgang mit Katharina nicht verbieten.«
Er sah mich belustigt an. »Das weiß ich selbst. Darum bin ich ja auch so stolz auf meine Idee.«
»Was denn für eine Idee, um Himmels willen?«
»Ich werde Katharina verheiraten.«
»Du wirst sie - was?«
»Verheiraten. Und zwar mit dem einzigen Mann, der überhaupt für sie in Frage kommt: mit Felix Hasting.«
Ich starrte ihn an. Hasting - Hasting, da war doch etwas, ich hatte schon von ihm gehört, aber im Moment wollte es mir nicht einfallen.
»Wer ist Felix Hasting?« fragte ich verwirrt.
»Ein alter Freund von mir. Ich traf ihn zufällig neulich wieder. Hab dir nichts davon erzählt, weil ich es für überflüssig hielt.«
Hasting! Jetzt wußte ich es wieder. Schlagartig fiel mir alles ein, was Werner mir zu Beginn unserer Ehe von diesem Freund erzählt hatte. Daß er ein Mann war, nach dem die Frauen verrückt waren, der aber jede fe-

ste Bindung ablehnte. Ein großer, blonder, strahlender Mann, den Werner immer ein bißchen um seine unbekümmerte Lebensweise beneidet hatte, obwohl er so ganz anders war als er. Eigentlich unmoralisch, wie Werner damals sagte. Rücksichtslos, wenn seine Interessen im Spiel waren. Ein Erfolgsmensch, ein Glückskind. Ein Mensch, der jede Hürde nahm, jeden Widerstand brach, überall seinen Willen durchsetzte. Werner bewunderte diesen Mann. Er war ihm aber auch ein wenig unheimlich. Ihn mit mir zusammenzubringen hatte er damals kategorisch abgelehnt. ›Ich bin doch nicht verrückt‹, hatte Werner damals gesagt. ›Womöglich verliebst du dich noch in ihn.‹

Und mit diesem Mann wollte Werner Katharina verheiraten? Er mußte verrückt geworden sein. Die Idee war geradezu absurd.

»Ich weiß jetzt wieder, wer das ist«, sagte ich. »Du wolltest ihn nie mit mir zusammenbringen, weil du Angst hattest, er würde mich verführen.«

»Das ist übertrieben«, erwiderte Werner.

Ich lehnte mich zurück und sah ihn fest an. »Kannst du mir sagen, was du damit bezweckst, wenn du diesen Hasting jetzt auf Katharina losläßt?«

Er lächelte hintergründig. »Dieser Mann ist ihresgleichen, wenn du verstehst, was ich meine. Genauso frei, genauso stark, genauso lebensfroh. Die beiden würden ein ideales Paar abgeben.«

»Aber sie will nicht heiraten«, rief ich.

Er überhörte meinen Einwand und sprach weiter: »Hasting ist ein Mann mit Ausstrahlung, mit Willenskraft. Ein Mann, der sich nicht von einer Frau auf der Nase herumtanzen läßt. Er wäre der einzige Mann, dem ich zutraue, daß er Katharina gewachsen ist.«

Ich schwieg. Es war ein schlau ausgedachter Plan, das mußte ich zugeben. Ich brauchte Werner nur anzusehen, um zu wissen, daß er innerlich bereits triumphierte. Längst war ihm die Unabhängigkeit Katharinas ein Dorn im Auge. Endlich sah er eine Möglichkeit, sie mit ihren eigenen Waffen zu schlagen. Verliebte sie sich in Hasting, war sie verloren. Sie würde eine Frau wie jede andere werden. Verheiratet, gesittet, angepaßt. Das war seine Idee. Die Idee eines Mannes, der es nicht ertrug, daß eine Frau sich anmaßte, ihr eigenes, von der Norm abweichendes Leben zu leben und mit ihren Ansichten den Frieden seiner Familie zu gefährden.

»Nun, was sagst du dazu?« fragte er, nachdem er mich eine Weile beobachtet hatte.

»Nicht schlecht«, erwiderte ich. »Ich weiß, worauf du hinaus willst, aber so, wie ich Katharina kenne, wird dein Plan nicht gelingen. Ich glaube nicht, daß man sie ummodeln kann. Sie ist Katharina und wird sich nicht ändern.«

»Laß es mich wenigstens versuchen«, sagte er. »Es ist ein Experiment, das mich reizt. Oder hast du etwas dagegen, wenn ich die beiden zusammenbringe?«

»Nein . . .«

Ich hatte viel dagegen, unendlich viel, aber ich wagte es nicht zu sagen, aus Angst, mich lächerlich zu machen. Ich konnte ihm nicht sagen, daß ich ein ungutes Gefühl dabei hatte. Man experimentiert nicht mit Menschen. Es konnte nichts Gutes dabei herauskommen. Hasting war eine Kraft. Katharina war eine Kraft. Der Zusammenprall mußte verheerend sein. Ich ahnte es, ich fürchtete es, aber es hätte keinen Sinn gehabt, das auszusprechen. Werner hätte mich nicht verstanden. Für ihn war Katharina nichts anderes als ein Störenfried, den er aus dem Wege räumen wollte. Ob sie dabei kaputtging, war ihm egal.

Seltsamerweise war es nicht die Furcht, sie könnte

wirklich kaputtgehen, was mich beunruhigte. Es war etwas anderes. Es war die Ahnung, ich würde sie verlieren. Sie würde so plötzlich aus meinem Leben verschwinden, wie sie darin aufgetaucht war, und ich würde um eine entscheidende Freude ärmer geworden sein.

Werner tat etwas, was er selten tat. Er kam zu mir und nahm mich in den Arm. »Ich muß dir ein Geständnis machen«, sagte er. »Ich bin eifersüchtig auf Katharina.«

»Und nun willst du sie loswerden.«

»Ja, das will ich, ja . . .«

Und so gab ich meine Einwilligung, und er war glücklich und sagte, es wäre auch für Katharina das Beste. Jetzt wäre sie noch jung genug, ein neues Leben anzufangen. In ein paar Jahren schon könnte es zu spät für sie sein.

12

Wir waren wieder zu Hause. Ein paar Tage später kehrte auch Katharina zurück. Sie rief bei mir an und sagte, sie habe wenig Zeit, sie arbeite an einer Novelle, die sie ganz in Anspruch nehme. In zwei Wochen hoffe sie damit fertig zu sein, dann würde sie sich melden.
»Und Pit?« fragte ich überflüssigerweise.
»Wieso? Er ist in Frankfurt. Das weißt du doch.«
»Natürlich. Ich dachte nur - ich meine - werdet ihr euch wiedersehen?«
Ein kleiner ungeduldiger Laut. Dann: »Sicher. Irgendwann. Ich weiß es noch nicht. Also nicht böse sein, ich muß jetzt Schluß machen. Auf Wiedersehen!«

Ich erzählte Werner nichts von diesem Anruf. Aber er traf Katharina zwei Tage später im Treppenhaus und sagte, sie sei zurück und er würde sich gleich mit Hasting in Verbindung setzen, um ein Treffen zu arrangieren.
»Warum so eilig?« fragte ich. »Hat das nicht Zeit? Hasting läuft uns nicht davon.«
»Das kann man nie wissen«, gab er zur Antwort. »Er ist ein begehrter Mann.«
Es war nichts zu machen. Werner ging so zielstrebig ans Werk, daß ich ganz verblüfft war. Es mußte ihm viel daran gelegen sein, mich Katharinas Einfluß zu entziehen.

Zunächst gab es Schwierigkeiten. Hasting leitete zusammen mit seinem Bruder eine Privatklinik in Bad Segeberg und war sehr beschäftigt. Zweimal mußte er eine Verabredung mit Werner kurzfristig absagen. Beim dritten Mal klappte es. Die beiden trafen sich zum Essen. Werner kam in aufgeräumter Stimmung zurück und erzählte, Hasting könne es gar nicht erwarten, Katharina kennenzulernen.
»Was hast du ihm denn gesagt?« wollte ich wissen.
»Ich habe ihm gesagt, sie sei die unglaublichste Frau, die mir je im Leben begegnet sei. Anfangs dachte er, ich übertreibe, aber dann sagte ich ihm, sie erschiene mir wie die weibliche Ausgabe von ihm selbst. Sie besäße das, was mich auch an ihm immer so fasziniert hätte: Talent zum Glück. Er stutzte einen Augenblick und meinte dann, so eine Frau hätte er immer gesucht und nie gefunden.«
»Und wie soll es nun weitergehen?« fragte ich.
»Hasting schlug vor, am übernächsten Wochenende gemeinsam nach Dänemark zu fahren. Er kennt ein hübsches Hotel in Ribe. Wenn Katharina einverstanden ist, würde er alles arrangieren. Wir würden dann zusammen in seinem Wagen fahren.«

Es blieb mir überlassen, Katharina für den Plan zu gewinnen. Ich wartete, bis sie mich anrief und mir sagte, ihre Novelle sei fertig. Sie lud mich für den Tag darauf zum Mittagessen ein. Während wir noch bei der Vorspeise waren, platzte ich mit meiner Neuigkeit heraus.
Ich kann mich schlecht verstellen. Sie mußte gemerkt haben, daß mir die ganze Sache nicht geheuer war, daß ich nur gezwungenermaßen dabei mittat.
»Was ist das für ein Mann?« fragte sie rundheraus.
»Ein Freund von Werner.«

»Kennst du ihn?«
»Nein.«
»Na, hör mal -«
»Es hat sich nie ergeben«, sagte ich schnell und wurde rot.
Sie begann zu lachen. »Langsam begreife ich. Das Ganze ist eine Idee von Werner. Er will mich verkuppeln.«
»Also gut«, sagte ich. »Ich will ganz ehrlich sein. Er meint, du und Hasting, ihr wärt ein ideales Paar.«
»Wie will er das beurteilen? Er kennt mich doch kaum. Oder sagen wir - er hat eine bestimmte Vorstellung von mir, und die ist mit Sicherheit falsch.«
Wie immer glaubte ich, Werner verteidigen zu müssen.
»Traust du ihm so wenig Menschenkenntnis zu?« fragte ich.
»Ach, weißt du, die meisten Männer beurteilen Frauen falsch. Das ist ja gerade der Punkt, warum so viele Ehen schiefgehen. Sie verlieben sich gar nicht in eine bestimmte Frau. Sie verlieben sich in das Bild, das sie sich von ihr machen. Und wenn sie nach einiger Zeit merken, daß dieses Bild mit der Wirklichkeit nicht übereinstimmt, reagieren sie ausgesprochen unfreundlich. Liebende Frauen - Frauen wie du - versuchen dann, sich dem Bild, oder sagen wir: der Idealvorstellung ihres Mannes anzugleichen. Wer das nicht kann oder nicht will, riskiert, daß der Mann sich einer neuen Frau, sprich: einem neuen Bild, zuwendet.«
»Was hat das alles mit Hasting zu tun?«
»Nichts. Ich versuche dir nur zu erklären, daß Werner gar nicht wissen kann, wer zu mir paßt.«
»Also du willst Hasting nicht kennenlernen?« fragte ich erleichtert.
»Natürlich will ich ihn kennenlernen. Du hast mich

neugierig gemacht. Nur heiraten werde ich ihn ganz sicher nicht.«
»Und wenn er dir gefällt?«
»Dann werde ich ihn erst recht nicht heiraten.«
Ich wollte Werner nicht in den Rücken fallen, aber eine Warnung schien mir doch angebracht. Ich glaubte, ihr sagen zu müssen, daß Hasting kein dummer Junge sei, den man so leicht wieder abschütteln könne wie einen Pit, und daß eine Beziehung zu ihm gefährlich werden könnte.
Sie lachte mich einfach aus. »Was soll mir schon passieren? Kannst du mir das sagen?«
»Daß du von ihm nicht mehr loskommst.«
»Ich bitte dich.« Sie sagte das in mitleidigem Ton. »Du solltest mich eigentlich besser kennen.«
Ich sah sie an. »Du bist sehr stark, Katharina, ich weiß. Aber ist dir nie der Gedanke gekommen, einem gleichwertigen Partner zu begegnen? Ja, einem, der stärker ist als du?«
»Ich habe keine Angst«, erwiderte sie schnell. »Jeder Mann, selbst wenn er noch so stark und überlegen ist, hat gewisse Schwächen. Ich traue mir zu, sie herauszufinden. Du kannst mir Hasting getrost bringen. Ich werde bestimmt nicht an ihm zugrunde gehen.«
Ich schwieg.
»Du bist davon nicht überzeugt?« fragte sie lächelnd.
»Nein. Ich denke manchmal, daß du deine Kräfte überschätzt. Glaubst du nicht, daß einmal ein Augenblick kommt, wo du dich an jemanden anlehnen möchtest, weil dir das Alleinsein unerträglich geworden ist?«
»Wenn ich mich an den Falschen anlehne, wird alles noch viel unerträglicher.« Sie stellte das Glas, das sie in der Hand hielt, so hart auf den Tisch, daß der Inhalt überschwappte.

»Verzeih«, sagte ich leise. »Ich hätte das nicht sagen dürfen. Ich weiß, man darf bei dir an gewisse Dinge nicht rühren.«
»Nein, das darf man nicht. Und jetzt laß uns bitte von etwas anderem reden.«

Die Fahrt nach Dänemark, zusammen mit Hasting und Katharina, wird mir unvergessen bleiben. Ein wolkenloser, tiefblauer Himmel. Herbstliche Sonne über dem weiten, flachen Land. Wir mieden die Autobahn und fuhren auf Nebenstraßen durch Schleswig-Holstein. Grüne Wiesen, schwarzweiß gefleckte Kühe, hin und wieder strohbedeckte Häuser, einsame Gehöfte, eine Schafherde.
»Was für eine bezaubernde Landschaft«, sagte Katharina. »Ich wußte gar nicht, wie schön es hier ist.«
Sie saß auf dem Beifahrersitz, neben Hasting, der darauf bestanden hatte, daß wir mit seinem Wagen fuhren. Werner und ich hatten wie Schwiegereltern hinten Platz genommen. Es hatte sich ganz selbstverständlich so ergeben. Überhaupt schien alles an dieser Begegnung selbstverständlich zu sein.
Hasting war um acht Uhr morgens bei uns erschienen. Er trat ins Zimmer, strahlend und lebhaft, und der erste Gedanke, der mir durch den Kopf fuhr, als ich ihn sah, war: Werner hat recht. Dieser Mann würde zu Katharina passen.
Er trank eine Tasse Kaffee mit uns und erzählte von Ribe, das er von mehreren Besuchen kannte. Er strahlte eine Vitalität aus, einen Schwung, der mich mitriß. Zudem besaß er Charme. Mir gefielen seine lachenden Augen, seine liebenswürdige Art, seine Jungenhaftigkeit. Er wirkte nicht wie ein erfolgreicher Arzt, eher wie ein Künstler oder ein Mann, der nur seinen Neigungen lebt. Entspannt - ja, das war es. Fe-

lix Hasting wirkte wie ein Mensch, der gerade einen langen Urlaub hinter sich hat.
Dann kam Katharina.
Hasting stand auf, um sie zu begrüßen. Nichts von Spannung, wie damals, als sie Ivar Listen bei uns kennenlernte. Nur ein Lächeln von beiden Seiten, als hätten sich zwei Menschen wiedergetroffen, die seit Jahren miteinander befreundet waren. Sie unterhielten sich gleich ganz zwanglos, und als wir die Wohnung verließen, nahm Hasting Katharinas Arm und ging mit ihr, lebhaft auf sie einredend, die Treppe hinunter.
Werner und ich folgten ihnen langsam.
»Na, was sagst du?« fragte er leise. »Wie findest du ihn?«
»Bezaubernd«, gab ich zurück.
»Kannst du verstehen, daß ich ihn als junger Mann beneidet habe? Alle Frauen waren hinter ihm her, während ich mich verdammt anstrengen mußte, wenn mir ein hübsches Mädchen gefiel.«
»Dafür hast du jetzt mich«, sagte ich und drückte ihm lachend den Arm.
»Hoffentlich genügt es dir?«
»Dumme Frage. Das weißt du doch. Komm - wir müssen uns beeilen. Die beiden fahren sonst noch ohne uns weg.«
Und nun fuhren wir durch das herbstlich-goldene Land, die Sonne schien, und die Stimmung war ausgelassen. Katharina summte eine Melodie vor sich hin, und Hasting sagte, sie solle ruhig lauter singen, sie habe eine hübsche Stimme.
Das ungute Gefühl, das ich vor dieser Begegnung gehabt hatte, war längst verschwunden. Jetzt stellte ich mich innerlich ganz auf Werners Seite und wünschte, es möge Hasting gelingen, Katharina für sich zu gewin-

nen und sie dazu zu bewegen, ihr unstetes Leben aufzugeben.
Kurz hinter der dänischen Grenze parkte Hasting den Wagen vor einem ländlichen Gasthof. Wir frühstückten zum zweiten Mal, aßen Schinken und tranken dazu Bier und Aquavit.
»Noch einen«, sagte Katharina und schob Hasting ihr leeres Schnapsglas hin. »Schmeckt ausgezeichnet.«
Hasting winkte dem Kellner. Der näherte sich mit der Flasche und fragte Katharina, ob sie vielleicht eine ›Sturmflut‹ wünsche. Als sie ahnungslos nickte, holte er ein größeres Glas und füllte es bis zum Rand. Über ihr erstauntes Gesicht brachen wir alle in Gelächter aus.
Als wir uns draußen auf dem Parkplatz noch einen Augenblick die Füße vertraten, hängte sich Katharina bei mir ein und erklärte, dieser Ausflug wäre ein guter Einfall gewesen. »Ihre Idee«, sagte sie zu Werner. »Ich weiß.« Und dabei blickte sie ihn aus lachenden Augen an, als wollte sie sagen: Ich durchschaue dich, mein Lieber. Glaub ja nicht, daß ich nicht weiß, was du vorhast ...
»Er ist sehr nett«, sie deutete mit dem Zeigefinger auf Hasting, »er ist wirklich ein besonders netter Mensch.«
»Vielen Dank«, sagte Hasting und lachte. »Hoffentlich behalten Sie auch weiterhin diese gute Meinung von mir.«
»Wir werden sehen.« Sie wandte sich von ihm ab, ließ meinen Arm los und ging zum Wagen.
Er blickte ihr hinterher. Und plötzlich war ein neuer, wacher Ausdruck in seinem Gesicht. Er sah aus, als lausche er angestrengt einer fernen Melodie nach.
Wir fuhren weiter. Katharina sang nicht mehr. Sie

hatte den Kopf in den Nacken gelegt. Hasting sah sie ein paarmal von der Seite an. Er fragte sie, ob der Schnaps sie vielleicht müde gemacht hätte, doch sie schüttelte den Kopf.

»Ich denke nach.«

»Worüber denn?« wollte er wissen.

»Das geht Sie nichts an«, erwiderte sie ruhig. »Vielleicht erzähle ich es Ihnen später einmal.«

Hasting nahm die rechte Hand vom Steuer und legte sie auf ihren Arm. »Bitte vergessen Sie es nicht.«

Werner und ich sahen uns an. Beide hatten wir den gleichen Gedanken: Es geht schon los.

Eine Viertelstunde später tauchten die Türme von Ribe auf, und bald darauf fuhren wir durch die engen Gassen und hielten dicht beim Dom vor dem Hotel ›Dagmar‹. Ein freundlicher Mensch mit rosigen Wangen nahm uns in Empfang und führte uns zu unseren Zimmern.

Kaum waren wir allein, platzte Werner mit der Bemerkung heraus: »Habe ich es nicht gesagt? Wie füreinander geschaffen! Wetten, daß die beiden ein Paar werden?«

»Vielleicht«, erwiderte ich. »Aber sicher ist das keinesfalls.«

Das Telefon läutete. Ich nahm den Hörer ab. Es war Katharina. Sie fragte, ob ich einen Augenblick zu ihr herüberkommen könnte. Ich fand sie auf dem Bett liegend, die Arme unter dem Kopf verschränkt. »Setz dich zu mir«, sagte sie und rückte etwas zur Seite. »Ich habe eine Frage.«

Ich setzte mich auf den Bettrand. »Was möchtest du wissen?«

»Erzähl mir, was du über Hasting weißt. Erzähl mir alles.«

»Ich weiß selbst nicht viel. Er hat eine Klinik, zusam-

men mit seinem Bruder. Ich glaube, er ist sehr erfolgreich.«
»Das interessiert mich nicht. Ich will wissen,was er für ein Mensch ist.«
Ich war überrascht. Warum fragte sie mich das? Sie besaß selbst eine gute Beobachtungsgabe. War sie plötzlich unsicher geworden?
Ich erzählte ihr, was ich von Hasting wußte. Viel war es nicht. Daß er ein bekannter Internist sei. Daß er Affären mit Frauen habe. Daß er sich gerne amüsiere und sehr von sich eingenommen sei. Und daß er es seit Jahren ablehne, zu heiraten.
Sie hörte zu und runzelte dabei die Stirn.
»Ich glaube, ihr seid euch ähnlich«, sagte ich.
Sie lachte. »Du meinst, ich bin auch von mir eingenommen?«
»Du bist sehr selbstsicher. Sehr - überlegen. Das ist er auch.«
Sie setzte sich auf und zog die Beine an. »Soll ich dir etwas sagen, Barbara?«
»Sag es.«
»Hasting gefällt mir. Aber er ist genau der Mann, den ich in meinem Leben nicht brauchen kann.«
Ich bat sie, mir das näher zu erklären, doch wie immer wich sie aus. Sie sprang auf und sagte, Hasting habe versprochen, ihnen den Ort zu zeigen. Er würde sicher schon warten.
Gemeinsam verließen wir das Hotel. Zunächst umwanderten wir den Dom. Hasting erzählte uns, daß dieser Dom eine der ältesten Kirchenbauten des Nordens sei. Ungefähr um das Jahr 1160 sei das gewaltige Steingebäude vollendet worden.
»Vieles ist verlorengegangen, anderes wurde hinzugefügt«, sagte er. »Aber die Hauptmasse des Gebäudes steht noch.« Er machte uns darauf aufmerksam, daß

der Boden um die Kirche herum sich im Laufe der Zeit stark gehoben hatte, wie das oft bei älteren Gebäuden der Fall sei, deren Umgebung nicht gepflastert war.
Wir gingen hinein und durchschritten das Mittelschiff, das von schweren, viereckigen Pfeilern getragen wurde. Hasting wies auf die hübschen Granitbögen hin, die auf diesen Pfeilern ruhten. Er zeigte uns auch Bildreste, die man an einigen Stellen noch erkennen konnte.
Katharina hatte sich von uns abgesondert. Nach einer Weile machte ich mich auf die Suche nach ihr und fand sie in einer Seitenkapelle, in den Anblick eines Grabmals vertieft.
Sie hatte mich nicht bemerkt. Ich blieb einen Augenblick stehen und beobachtete sie. Sie sah so verändert aus, daß ich fast erschrak. So ernst und abwesend schien sie, daß ich nicht wagte, sie anzusprechen. Ein fremder Mensch stand plötzlich vor mir, eine Frau, die ich noch nie in meinem Leben gesehen hatte. Und da wurde mir mit einemmal klar, daß es noch eine andere Katharina geben mußte als die, die ich kannte, eine, die alles andere als heiter und unbeschwert war. Versunken in Gedanken, die sie nie aussprechen würde, zeigte sie mir zum ersten Mal ihr wahres Gesicht.
Leise trat ich zurück, und als wir uns später wieder zusammenfanden, draußen vor der Kirche im hellen Sonnenlicht, da dauerte es eine Weile, bis ich Katharina gegenüber wieder unbefangen sein konnte. Mir war, als hätte ich einen Blick in ihr Inneres getan und darin etwas entdeckt, was sie ängstlich vor uns verbarg: den verletzlichen Kern.
In den kommenden Stunden vergaß ich das alles wieder. Wir liefen kreuz und quer durch die engen Gas-

sen mit dem alten Kopfsteinpflaster und den winzigen Häusern mit den Butzenscheiben und den bunten Blumen davor. Einige davon waren nicht viel höher als wir. Wenn man sich auf die Zehenspitzen stellte, konnte man die Hand in die Dachrinne legen. Viele dieser Häuser waren so krumm und schief, daß es aussah, als würden sie jeden Augenblick zusammenfallen.

Hasting zeigte uns dann noch den Hafen mit den vielen kleinen Jachten, und wir saßen im Sonnenschein auf Holzbänken vor einem Gasthof und tranken ein Glas Wein. Katharina erklärte, sie sei einfach hingerissen von Ribe, und wenn sie einmal alt sei, würde sie hierherziehen und in einem dieser windschiefen kleinen Häuschen den Rest ihres Lebens verbringen.

»Sie werden nie alt«, versicherte Hasting ernsthaft. »Aber wenn Sie wirklich hierherziehen, dann komme ich mit. Wir sitzen Hand in Hand auf einer Bank, so wie die beiden alten Leutchen da drüben, und spielen Philemon und Baucis.«

Katharina sah ihn an. Sie hob leicht die Brauen und fragte: »Glauben Sie wirklich, daß Sie sich dazu eignen?«

»Eigentlich nicht«, erwiderte Hasting. »Aber bei Ihnen könnte ich es vielleicht lernen.«

»Ich glaube nicht, daß man so etwas lernen kann«, sagte sie. »So etwas muß angeboren sein.«

Werner nickte. »Da haben Sie recht.«

Eine Weile saßen wir und schwiegen. Der Wind strich über uns hin. Die Sonnenstrahlen spiegelten sich im Wasser. Drüben, auf der anderen Seite des Flusses, weideten Schafe an einer Böschung. Ihr Blöken war weithin vernehmbar. Es war so still und friedlich, daß ich mir vorkam wie auf einem anderen Planeten.

Katharina drückte meine Gedanken aus: »Manchmal

kann alles so einfach sein. Ich frage mich, warum wir uns das Leben oft so kompliziert machen.«
»Du doch nicht«, sagte ich. »Du bist eine Lebenskünstlerin.«
»Ja? Ist sie das?« Hasting beugte sich vor. Er blickte Katharina eindringlich an. »Erzählen Sie mal.«
Sie zuckte die Achseln. »Da gibt es nichts zu erzählen. Ich versuche, die unangenehmen Dinge von mir fernzuhalten.«
»Das versuche ich auch«, sagte Hasting. »Aber in meinem Beruf gelingt mir das nicht immer. Ich bin umgeben von kranken und unglücklichen Menschen. Die meisten sind des Lebens überdrüssig, weil sie sich den Forderungen, die an sie gestellt werden, nicht gewachsen fühlen.«
»Das ist es ja, was ich meine«, rief Katharina. »Sie haben sich auf zu vieles eingelassen. Unersättlich. Die meisten sind doch heute unersättlich. Mehr Geld, mehr Erfolg, mehr Einfluß - alles immer noch mehr. Daran gehen die Menschen kaputt.«
Hasting warf ihr einen raschen, prüfenden Blick zu. »Und Sie, Katharina, Sie bescheiden sich?«
»Ja«, erwiderte sie. »Ich bescheide mich.«
»In allem?« fragte Hasting lächelnd.
Sie gab sein Lächeln zurück. »In allem.«
»Sie leistet sich nicht einmal einen Mann«, rief Werner dazwischen. »Aus Angst, er könnte ihr geordnetes Leben durcheinanderbringen.«
Ich warf ihm einen unwilligen Blick zu. »Was soll das?«
»Aber es ist doch wahr«, sagte er. »Katharina - geben Sie es zu. Sie sind gegen die Ehe.«
»Das bin ich auch«, sagte Hasting. Und etwas leiser setzte er hinzu: »Aber das soll nicht heißen, daß ich meine Meinung nicht eines Tages ändere.«

Diese Worte waren an Katharina gerichtet, aber sie ließ sich nicht anmerken, ob sie sie gehört hatte.
Werner hob sein Glas und prostete Hasting zu. »Sehr gescheit von dir, dich nicht festzulegen. Ich finde auch, wenn die Richtige kommt, soll man zugreifen.«
Katharina stand auf und dehnte sich in den Schultern. »Mir wird kühl. Ich möchte noch ein Stück spazierengehen.«
Im Weggehen sagte sie zu Werner mit einem nur angedeuteten Lächeln: »Sie haben zufällig Glück gehabt. Aber ich kenne viele, bei denen die Richtige letzten Endes die Falsche war.«
Damit ging sie davon.
»Warten Sie einen Augenblick«, rief ihr Hasting nach. »Ich komme mit.«
Er zog sein Portemonnaie heraus und drückte Werner einen Schein in die Hand. »Sei so nett und erledige das für mich. Wir sehen uns später beim Abendessen.«
Und mit raschen Schritten eilte er hinter Katharina her.
Werner und ich sahen uns an. Er grinste.
»Zieh nicht schon wieder voreilige Schlüsse«, sagte ich.
Wir blieben noch eine Weile sitzen und warteten, ob die beiden wieder auftauchen würden. Doch das taten sie nicht. Ich hätte die Unterhaltung mit Werner gerne fortgesetzt, doch als ich noch einmal auf die einfache Lebensweise zu sprechen kam, meinte er mißmutig, Katharina habe ja keine Ahnung. Er als Familienvater habe finanzielle Verpflichtungen, die es ihm gar nicht erlauben würden, so ein ungebundenes Leben zu führen und nur sporadisch zu arbeiten.
»Wobei ich noch gar nicht sicher bin, ob sie überhaupt etwas tut.«

»Was heißt das?« fragte ich scharf. »Glaubst du, sie läßt sich aushalten?«
»Mindestens die Hotelkosten dürfte ihr jeweiliger Freund übernehmen.«
»Dafür hast du nicht den geringsten Beweis. Und selbst wenn es so wäre - was ist schon dabei?«
Er sah mich an. »Die Grenzen verwischen sich schnell«, sagte er nicht unfreundlich.
Ich war wütend. Immer wieder gelang es ihm, Katharinas wegen einen Streit vom Zaun zu brechen. Der Puritaner in ihm mußte sich von dieser freizügigen Frau so provoziert fühlen, daß er jede Gelegenheit ergriff, sie herabzusetzen. Er wagte es nicht, Katharina derartige Dinge ins Gesicht zu sagen, aber bei mir tat er sich keinen Zwang an.
Wir machten noch allein einen kleinen Spaziergang durch den Ort und gingen dann ins Hotel zurück, um uns auszuruhen. Ich hatte unterwegs auf Werners Fragen immer nur einsilbige Antworten gegeben. Er spürte, daß ich verstimmt war.
Wir lagen im Bett und sprachen nicht und sahen hinauf zur Decke.
»Es ist immer dasselbe«, sagte Werner. »Sowie ich auch nur das geringste Wort gegen Katharina sage, bist du beleidigt.«
»Ich bin überhaupt nicht beleidigt.«
»Dann komm zu mir.«
Ich rührte mich nicht.
»Willst du nicht?« fragte er.
Er lag auf der Seite und sah mir in die Augen, und da war etwas von Enttäuschung, aber auch etwas von Ungeduld, so daß ich mich fragte, ob er mich jetzt nicht nur in den Arm nehmen wollte, um sich selbst etwas zu beweisen.
»Nicht jetzt«, sagte ich.

»Warum nicht?«
»Du willst es doch gar nicht wirklich.«
Er schwieg.
»Also, was soll es dann?«
»Dumme Frage. Du bist meine Frau. Ich liebe dich. Ich möchte, daß du bei mir liegst.«
Ich nahm all meinen Mut zusammen und sagte: »Aber ich möchte es nicht einfach so aus Gewohnheit tun.«
»In einer Ehe läßt sich das nicht immer vermeiden.«
»Wir können es ja lassen. Es zwingt uns niemand dazu. Wir können einfach eine Weile nicht miteinander schlafen. Vielleicht ist dann alles wieder ganz neu und aufregend.«
»Ich höre deine Freundin Katharina.« Und mit Grabesstimme: »Die Ehe ist der Tod jeder Liebe.«
»So habe ich es nicht gemeint.«
»Wie du es gemeint hast, ist mir egal. Auf jeden Fall lasse ich mir nicht von meiner Frau vorschreiben, ob und wann ich zu ihr ins Bett komme.«
Er kroch einfach zu mir unter die Decke, zog mich an sich und legte sein linkes Bein über meine Hüfte, und dann küßte er mich. Unsere Lippen lagen fest aufeinander, und ich dachte, wie merkwürdig es doch war, daß ich keine Erregung dabei empfand. Dabei liebte ich ihn. Es war nur so, daß wir es schon zu oft getan hatten und daß es Augenblicke wie diesen gab, wo es mir lieber gewesen wäre, er hätte mich in Ruhe gelassen.

Später schliefen wir, und als wir aufwachten, war es inzwischen dunkel geworden und das Zimmer nur vom Schein einer Straßenlaterne erhellt. Wir standen auf, machten Licht und zogen uns zum Abendessen an. Ich merkte, daß mich Werner beobachtete. Als ich vor dem Toilettentisch saß und mir das Haar bürstete,

trat er hinter mich und nahm mir die Bürste aus der Hand. »Bitte, hör mir einen Augenblick zu.«
»Ich höre«, sagte ich.
»Du hast natürlich vollkommen recht«, erklärte er. »Wir hätten es vorhin genausogut bleiben lassen können. Aber ich hatte in letzter Zeit manchmal den Eindruck, als wolltest du dich mir entziehen. Und als du dann noch sagtest, du wolltest es nicht einfach aus Gewohnheit tun, da bin ich wütend geworden.«
»Also eine Vergewaltigung«, sagte ich und lachte. »Die rebellische Ehefrau wird zur Räson gebracht.«
Er sah mich zweifelnd an. »Hast du das wirklich so empfunden?«
Ich zog seinen Kopf zu mir herunter. »Dummer Kerl. Natürlich nicht.«
Wir küßten uns. Und diesmal empfand ich es als sehr angenehm. Er ließ mich los und ging ins Badezimmer. Durch die angelehnte Tür unterhielten wir uns. Er meinte, es wäre eigentlich ganz hübsch, einfach mal so ins Blaue zu fahren. Man käme mal raus aus dem täglichen Trott.
»Habe ich ja immer gesagt.«
Er kam zurück und blieb in der Tür stehen. »Ich weiß, ich bin manchmal ein furchtbar sturer Kerl. Du mußt mich eben etwas in Schwung bringen.«
Ich schwieg.
»Also gut, ich gebe zu, in gewisser Hinsicht können wir beide etwas von Katharina lernen. Sie hat ein erstaunliches Gespür für das, was das Leben an Freuden hergibt.«
»Ja, das hat sie.«
»Trotzdem hoffe ich, daß es Hasting gelingt, sie zu zähmen.«
Und mit einer für ihn erstaunlichen Offenheit setzte er hinzu: »Wir Männer mögen es nicht so gern, wenn

eine Frau sich Freiheiten herausnimmt, die - nun ja -« Er stockte und suchte nach der richtigen Formulierung.
»Die eigentlich nur einem Mann zustehen«, kam ich ihm zu Hilfe.
»Ja.«
»Ist das nicht sehr egoistisch von euch Männern?« fragte ich. »Alle Freiheit wollt ihr nur für euch haben?«
»Wo kämen wir hin, wenn alle Frauen so lebten wie Katharina? Wenn alle Frauen in den Männern nur noch ein Mittel sehen würden, sich selbst zu verwirklichen? Das würde ja ein schönes Durcheinander werden. Da gäbe es ja kein geordnetes Familienleben mehr.«
»Wäre das so schlimm?«
»Es wäre eine Katastrophe. Aber wir wollen uns jetzt nicht darüber unterhalten. Ich nehme an, du bist klug genug, das selbst einzusehen. Katharina ist faszinierend, aber sie ist eine Gefahr. Im Mittelalter wäre sie als Hexe verbrannt worden.«
»Und heute?«
»Heute läßt man sie leben. Aber eine Gefahr bleibt sie doch. Gerade weil ihre Ansichten so verdammt verlockend sind und weil sie sie so überzeugend vertritt.«
»Bist du etwa auch schon von ihr angesteckt?« fragte ich verblüfft.
»Nein. Dazu habe ich zu viel Verantwortungsgefühl. Ich würde nie auf die Idee kommen, mein persönliches Glück so hoch zu bewerten, daß ich darüber meine Pflichten anderen Menschen gegenüber vergesse.«
»Aber das tut sie doch gar nicht«, rief ich. »Glaube mir, ich kenne sie besser als du. Gerade weil sie keine

Pflichten verletzen will, geht sie sie erst gar nicht ein. Sie ist ehrlich genug, das offen zu sagen.«

Er schwieg.

Ich fürchtete, er war immer noch gekränkt, daß ich nicht gleich voller Begeisterung zu ihm ins Bett gesprungen war. Er würde das nie zugeben, aber ich wußte, daß es so war.

Ich wollte ihn beruhigen. »Du weißt, ich bin anders als sie. Du und unser gemeinsames Leben - das steht für mich an erster Stelle.«

»Ist das wirklich wahr?« fragte er. »Bildest du dir das nicht vielleicht nur ein?«

»Liebster«, sagte ich.

»Weißt du, es wäre schrecklich für mich, wenn ich plötzlich merken würde, daß ich dir im Grunde gleichgültig bin.«

Also hatte ich ihn doch gekränkt!

Ich zog ihn neben mich auf das Bett und nahm seine Hand. »Du und Sybille«, sagte ich, »ihr seid die beiden wichtigsten Menschen für mich auf der Welt. Das bilde ich mir nicht ein, das weiß ich. Und daran kann auch meine Freundschaft zu Katharina nichts ändern.«

13

Zum Abendessen trafen wir uns alle im Speisesaal. Es war ein besonders hübscher Raum mit kleinen, gelben Lampen, viel Blumenschmuck und Kerzen auf den Tischen. Jedes Gedeck war umrandet mit Blütenblättern und Kaffeebohnen. Noch nie hatte ich eine so originelle Tischdekoration gesehen. Wir bestellten Smørbrod, eine dänische Spezialität, und es kamen unglaublich viele kleine Schüsseln mit Fisch, Fleisch, Salaten und Saucen. Wir konnten kaum die Hälfte davon aufessen.

Es wurde eine vergnügte Mahlzeit. Katharina trug ein ärmelloses, blaues Kleid. Sie sah wunderhübsch aus, und ich mußte sie immerzu ansehen. Wir lachten und tranken viel, und über allem lag ein seltsamer Zauber, der sich jedem von uns mitteilte. Je weiter der Abend fortschritt, desto deutlicher wurde es, daß wir den Beginn einer Liebe miterlebten.

Hasting und Katharina bestritten die Unterhaltung fast allein. Es war für mich faszinierend zu beobachten, wie dieser kluge und selbstbewußte Mann mehr und mehr in den Bann Katharinas geriet. Die beiden sprachen über Reisen, Theater und Literatur, doch jedes Wort schien eine doppelte Bedeutung zu haben, und in Wahrheit sprachen sie nur über sich selbst.

Werner saß in seinem Sessel zurückgelehnt und hörte schmunzelnd zu. Er schien tief befriedigt zu sein, und

auch ich war jetzt froh, ihn nicht daran gehindert zu haben, die beiden zusammenzubringen. Sie schienen wirklich wie füreinander geschaffen.
Im Verlaufe des Abends, als wir schon bei Kaffee und Cognac angelangt waren, schien sich Hasting plötzlich bewußt zu werden, daß er uns bisher vernachlässigt hatte. Er wandte sich Werner zu und stellte ein paar Fragen, die sich um berufliche Dinge drehten. Dabei kamen sie auf eine Patientin zu sprechen, die Werner vor einiger Zeit zu Hasting geschickt hatte. Es handelte sich um eine Frau in mittleren Jahren, die eine unglückliche Ehe führte und zu trinken begonnen hatte. Werner wollte wissen, was aus ihr geworden war.
»Ein hoffnungsloser Fall«, meinte Hasting. »Ich hatte sie schon so weit, daß sie entlassen werden konnte. Aber dann tauchte ihr Mann auf und verlangte die Scheidung. Seitdem ist sie völlig zusammengebrochen. Das Leben hat jeden Sinn für sie verloren.«
»So etwas kann ich überhaupt nicht verstehen«, sagte Katharina. Sie lächelte spöttisch, aber gleichzeitig trat ein gequälter Ausdruck in ihr Gesicht, den ich bereits kannte. »Wie kann man sich so abhängig machen von einem Mann? Das ist - das ist würdelos.«
Hasting warf ihr einen kurzen, scharfen Blick zu. »Finden Sie? Finden Sie das wirklich?«
»Ja. Das Leben ist viel zu schön, viel zu kostbar, um es sich von einem anderen Menschen ruinieren zu lassen.«
»Aber wenn man diesen Menschen liebt?« Die Frage kam natürlich von Werner.
Sie sah ihn an. Einen Augenblick überlegte sie. Dann sagte sie langsam: »Ich kann nur für mich selbst sprechen. Für mich ist Liebe gleichbedeutend mit Glück. Wenn mir ein Mann weh tut, dann macht er mich un-

glücklich. Dann kann ich keine Liebe mehr für ihn empfinden.«

Hasting lachte. »Eine sehr klare Einstellung. Aber dazu muß man seiner selbst sehr sicher sein.«

Er blickte Katharina an und schien auf eine Antwort zu warten. Doch sie schwieg.

»Sie lieben also das Leben?« fragte er. Und als sie nickte, fragte er weiter: »Können Sie mir auch verraten, was der Sinn dieses Lebens ist?«

»Nein, das kann ich nicht«, erwiderte sie schnell. »Ich weiß nicht, wozu wir da sind und was der liebe Gott mit uns vorhat. Aber eines glaube ich zu wissen . . .« Sie lehnte sich zurück und sah Hasting eindringlich an. »Wenn wir dieses Leben nicht mit aller Kraft lieben, wenn wir nicht den Mut haben, ja dazu zu sagen, dann wird es uns zerstören.«

Sie hatte mit tiefem Ernst gesprochen, und ihre Worte verfehlten nicht ihre Wirkung auf uns. Werner allerdings wandte ein, daß das für die meisten Menschen kaum zu schaffen wäre, angesichts des Elends, das in dieser Welt herrsche.

»Aber das Elend wird doch nicht davon besser, daß ich das Leben verabscheue«, rief Katharina. »Im Gegenteil - es wird nur schlimmer dadurch.«

»Da ist etwas dran«, sagte Hasting und setzte hinzu, seine Patienten seien der beste Beweis dafür.

»Die meisten haben sich vom Leben abgekehrt«, sagte er. »Sie lieben es nicht, sie hassen es. Sie halten mir stundenlange Vorträge darüber, wie unerfreulich und sinnlos alles sei. Und sie haben Angst. Noch nie habe ich so viele Menschen erlebt, denen es vor der Zukunft buchstäblich graut und die alles in den düstersten Farben sehen. Die Folge davon ist, daß sich ihr Zustand immer weiter verschlechtert.«

»Genau darauf wollte ich hinaus.« Katharinas Wangen

hatten sich gerötet. Ich hatte sie selten so erregt gesehen. »Ich glaube, es ist unerhört wichtig, gerade in ausweglosen Situationen eine positive Einstellung zu haben.«

»Das sagen Sie!« Werner runzelte die Stirn. »Sie sind jung und gesund und können praktisch noch gar nicht mitreden.«

»Woher wissen Sie das?« fragte Katharina scharf.

Ich erschrak. Schlagartig wurde mir klar, daß es ein Geheimnis in ihrem Leben gab, das sie selbst vor mir bisher verborgen hatte.

Ich warf Werner einen warnenden Blick zu, doch er achtete nicht darauf. Er sagte, und es klang durchaus nicht böse, eher mitleidig: »Nehmen Sie es mir nicht übel, aber ich kann mir nicht vorstellen, daß Sie schon einmal etwas wirklich Schweres durchgemacht haben.«

Aller Augen wandten sich Katharina zu. Hastings Gesicht nahm einen gespannten Ausdruck an.

Sie schien zu zögern. Doch als Hasting sie fragend ansah, sagte sie mit einer fremden, abweisenden Stimme, als wolle sie es schnell hinter sich bringen: »Ich war blind. Nach einem Autounfall war ich fast ein Jahr lang blind gewesen. Und daß ich wieder sehen kann, verdanke ich einzig und allein der Tatsache, daß ich die ganze Zeit fest daran geglaubt habe. Die Ärzte hatten mich aufgegeben.«

Wir saßen alle wie vom Donner gerührt. Ich wagte nicht, Werner anzublicken.

»Es tut mir leid«, hörte ich ihn sagen. »Bitte, verzeihen Sie mir.«

»Aber ich bitte Sie«, Katharina sprach jetzt wieder ganz unbefangen, »Sie konnten es doch nicht wissen. Ich spreche nicht gerne davon, und wir wollen auch bitte nie wieder darüber reden.« Sie sah uns alle der

Reihe nach an. Ihr Lächeln schien uns um Verzeihung zu bitten, daß sie uns schockiert hatte.
Hasting war es, der aussprach, was ich dachte. Er nahm Katharinas Hand und sagte: »Sie sind eine wundervolle Frau. Ich glaube, wir können alle von Ihnen lernen.«
»Ach nein, so ist das nicht.« Sie entzog ihm ihre Hand und griff nach ihrem Glas. Bevor sie trank, sagte sie: »Ich habe viele Fehler und bin eine schreckliche Egoistin, das können Sie mir glauben. Ich habe nur etwas gelernt, was viele Menschen erst zu spät begreifen. Ich habe gelernt, wie kurz dieses Leben ist und wie kostbar jeder einzelne Tag.«
»Darauf wollen wir trinken«, sagte Hasting und hob sein Glas. Wir stießen miteinander an. Ich erinnerte Katharina an jenen Ausspruch von Seneca, den sie zu Beginn unserer Bekanntschaft, als ich einmal in trüber Stimmung war, zitiert hatte: ›Umarme jede einzelne Stunde.‹
Wir prosteten uns erneut zu. Die Verlegenheit, die Katharinas unerwartete Mitteilung ausgelöst hatte, war überwunden. Grund genug für mich, sie nur noch mehr zu bewundern. Ein Mensch, der einer privaten Hölle entronnen war und das Lachen nicht verlernt hatte! Hasting hatte recht: Wir konnten alle von ihr lernen.
Hasting machte Katharina den Vorschlag, sie solle einmal wöchentlich in seinem Sanatorium einen Vortrag halten.
»Worüber soll ich denn sprechen?« fragte sie.
»Über alles, was Ihnen am Herzen liegt.« Er lächelte sie verschmitzt an und fügte hinzu: »Wie wäre es mit der Liebe? Was halten Sie davon?«
»Viel«, erwiderte sie schnell. »Ich glaube, die Liebe ist das einzige, worauf es in diesem Leben ankommt.«

Werner, schon leicht angeheitert, rief in komischer Verzweiflung: »Aber sie vergeht! Vergessen Sie das nicht.«
»Das ist unwichtig«, erklärte Katharina mit einer großartigen Geste. »Es kommt nicht darauf an, daß die Liebe beständig ist. Das Bewußtsein, sie erlebt zu haben - sie immer wieder aufs neue zu erleben, das allein ist entscheidend. Es ist auch nicht wichtig, bis an sein Lebensende mit einem Menschen vereint zu bleiben. Wichtig ist die Begegnung . . .«
»Sie sprechen wie ein Mann«, sagte Hasting mit einem leisen Tadel in der Stimme.
»Aber ich empfinde wie eine Frau«, erwiderte sie.
»Läßt sich das vereinen?« fragte er.
Sie hob leicht die Schultern. »Ich habe noch nie darüber nachgedacht.«
Sie sagte das ein klein wenig ungeduldig.
»Ich glaube, du läßt sie doch besser keinen Vortrag über die Liebe halten.« Werner blinzelte Hasting zu. »Sie macht dir sonst noch deine Patienten rebellisch.«
Hasting achtete nicht auf ihn. Sein Blick war immer noch auf Katharina gerichtet. »Sie machen mich neugierig«, sagte er leise zu ihr. »Wir müssen einmal in Ruhe darüber reden.«
Sie schwieg, aber der Schatten eines Lächelns ging über ihr Gesicht. Sie berührte flüchtig mit den Fingerspitzen seine Hand.
Ich machte den Vorschlag, zu gehen. Es war spät geworden.
Ich will ganz ehrlich sein: Ich beneidete Katharina. Ich beneidete sie um die Unbekümmertheit, mit der sie daran ging, einen neuen Menschen für sich zu erobern. Um Hasting ging es mir dabei nicht. Hasting war mir gleichgültig. Es ging um etwas anderes: um

den Zauber, den der Anfang jeder neuen Liebe mit sich bringt.

Wir waren die letzten, die das Lokal verließen. Ich schlug vor, noch einen Rundgang um die Kirche zu machen, doch Werner sagte, er hätte keine Lust.
Katharina hatte sich bei Hasting eingehängt. Lachend und leise miteinander redend gingen sie die Treppe hinauf. Werner und ich folgten in einigem Abstand.
Oben vor unseren Zimmern gab es noch ein kleines Palaver. Wir besprachen das Programm für den morgigen Tag.
Katharina nahm mich beiseite und flüsterte mir zu: »Komm nachher noch auf einen Sprung zu mir.«
Ich mußte sie wohl etwas verblüfft angesehen haben, denn sie lachte hellauf.
»Darf man mitlachen?« fragte Hasting.
»Nein, das darf man nicht«, erwiderte sie.
Sie gab mir einen Kuß, wünschte den beiden Männern eine gute Nacht und verschwand in ihrem Zimmer.
Wir alberten noch einen Augenblick herum. Hasting meinte, er hätte sich diesen Abschied etwas romantischer vorgestellt, und Werner erwiderte, gerade die reizvollsten Frauen seien manchmal erstaunlich nüchtern. Und was Katharina anbelangte, so könne man sowieso nicht schlau aus ihr werden.
»Das kann man aus Frauen nie«, sagte Hasting. »Aber Spaß beiseite - ich finde Ihre Freundin - nun, ich finde sie bemerkenswert. Sie interessiert mich. Es war eine charmante Idee von ihnen, sie mitzubringen.«
Er küßte mir die Hand, klopfte Werner auf den Rükken und ging mit einem letzten Blick auf Katharinas Tür davon.

»Verstehst du das?« fragte Werner, sowie wir allein waren.
»Was?«
»Sie war ja wirklich ein bißchen kurz angebunden eben.«
»Was soll sie denn tun? Soll sie ihm in unserer Gegenwart um den Hals fallen?«
»Das nicht, aber -« Er ließ sich auf das Bett fallen und band seine Schuhbänder auf. »Ich nehme an, das Ganze war nur Theater«, sagte er. »Sie hat sich sicher längst mit ihm verständigt.«
Noch vor wenigen Minuten hatte ich dasselbe gedacht. Trotzdem berührte mich diese Bemerkung aus seinem Mund peinlich. Ich kam nicht dazu, mir darüber klarzuwerden, warum das so war, denn er redete sofort weiter.
»Es ist wirklich erstaunlich, woher diese Frau den Mut - fast möchte ich sagen: die Frechheit nimmt, sich über alle herkömmlichen Konventionen hinwegzusetzen.«
Ich schwieg.
Er hob den Kopf und sah mich an. »Ein bißchen beneidest du sie - gib es zu.«
»Unsinn.«
»Natürlich beneidest du sie. Es klingt ja auch alles großartig. Liebe - Selbstverwirklichung . . . die immer neue Bereitschaft zum Glück - klingt alles fabelhaft einleuchtend. Aber -«
»Aber du findest es einfach unmöglich, ich weiß. Und soll ich dir sagen, warum? Weil du im Grunde deines Herzens ein Spießer bist.«
Kaum hatte ich es ausgesprochen, hätte ich es gerne zurückgenommen, doch nun war es zu spät. Ich wußte, daß der darin verborgene Vorwurf eine wunde Stelle in Werner traf.

»Das ist eine ziemlich törichte Bemerkung«, erwiderte er steif. »Nur, weil man gewisse Traditionen hochhält, weil man nicht jeder Laune, jedem Gefühl nachgibt, weil man sich nicht selbst immer in den Mittelpunkt stellt, deswegen ist man noch lange kein Spießer.«

»Es gibt eben Menschen, die sind anders. Und weil sie anders sind, verstehen sie es, mehr aus ihrem Leben zu machen.«

»Meine liebe Barbara, jetzt will ich dir einmal etwas sagen . . .« Er stand auf, zog seine Jacke aus und hängte sie in den Schrank. Dann schloß er die Tür und lehnte sich dagegen.

»Ich weiß, wir leben in einer Zeit, in der es als schick gilt, sich über Tabus hinwegzusetzen und sich so freizügig wie möglich aufzuführen. Deine Freundin gehört auch zu dieser -«

Ich hörte nicht mehr zu. Absonderliche und aufrührerische Gedanken gingen mir durch den Kopf. Während ich ihn da stehen sah, die Arme verschränkt, den Blick streng auf mich gerichtet, als wäre ich eine widerspenstige Schülerin, fragte ich mich, was aus mir geworden wäre, wenn ich ihn vor zwanzig Jahren nicht geheiratet hätte. Und plötzlich wünschte ich mich weit fort - wünschte, alles wäre anders gekommen.

»Hörst du mir überhaupt zu?« fragte er.

»Ich bin zu müde.«

Er runzelte die Stirn. »Komisch. Den ganzen Abend hast du dich großartig unterhalten. Kaum bist du mit mir allein, bist du zu müde.«

Ich verlor die Geduld. Ich wollte raus hier. Ich glaubte plötzlich zu ersticken.

»Sag es mir ein anderes Mal, ich will es jetzt nicht hören.«

»Aber ich -«
»Nein, nicht jetzt. Entschuldige - ich habe Katharina versprochen, noch zu ihr zu kommen.«
Er begann zu lachen. »Katharina - natürlich. Für sie hast du immer Zeit. Sie fällt dir auch nicht auf die Nerven.«
»Nein.«
»Hoffentlich störst du sie nicht«, sagte er. »Ich würde dir empfehlen, anzuklopfen, bevor du hineingehst.«
»Manchmal kannst du widerlich sein«, stieß ich hervor.
Ich wollte gehen, doch er packte meinen Arm und hielt mich fest. »Treib es nicht zu weit«, sagte er leise. »Ich lasse mir eine ganze Menge bieten, aber es hat alles seine Grenzen.«
»Was tue ich denn?« fragte ich empört. »Kannst du mir sagen, was ich tue?«
Wir sahen uns an. Ein Ausdruck von Resignation trat in seine Züge.
»Du spielst nicht mehr mit«, sagte er.
Er ließ mich los, drehte sich um und ging ins Bad. Die Tür fiel hinter ihm ins Schloß.
Einen Augenblick war ich sprachlos. Ich überlegte, ob ich ihm nachgehen, ob ich etwas Versöhnliches sagen sollte, doch dann war es mir zu dumm. Es ging mir durch den Kopf, daß ich möglicherweise eine Ehekrise heraufbeschwor, aber selbst das ließ mich in diesem Augenblick kalt.

Ich ging hinüber zu Katharina.
Sie stand am geöffneten Fenster, in einem gelbseidenen Pyjama, und sah mir entgegen.
»Störe ich?« fragte ich.
»Nein. Ich habe auf dich gewartet.«
Sie deutete auf den Lehnstuhl, der neben dem Bett

stand. »Setz dich. Willst du etwas trinken? Ich habe noch Wein bringen lassen.«
»Aber doch nicht für mich«, sagte ich.
»Für wen sonst?« Sie lachte. »Nein, Barbara, so einfach ist das alles nicht.«
Sie setzte sich auf den Bettrand. »Es ist nicht so, daß ich gleich mit jedem Mann schlafe, der mir gefällt.«
»Nein, natürlich nicht.«
Sie trank einen Schluck Wein, füllte das Glas und schob es mir zu. »Mir ist heute abend etwas ganz Merkwürdiges passiert«, sagte sie.
»Was?«
»Ich habe mich in einem anderen Menschen wiedererkannt.«
»Hasting?«
»Ja. Wir sind uns ähnlich. Und das ist eine Gefahr, weil er genausowenig bereit ist, Konzessionen zu machen, wie ich.«
»Könntest du dich in ihn verlieben?«
»Natürlich«, sagte sie mit einem unbeschreiblich reizenden, zutraulichen Lächeln. »Aber ich habe Angst davor«, fuhr sie fort. »Ich will mir nicht mein Leben durcheinanderbringen lassen. Ich will nicht!«
»Wer sagt dir, daß er es durcheinanderbringt?«
»Ich sage es.«
Sie zog die Beine an und legte ihre Stirn auf die verschränkten Arme.
»Bist du traurig, Katharina?« fragte ich betroffen.
Sie hob den Kopf. »Nein. Noch bin ich glücklich. Sehr sogar. Und ich will es bleiben.«
Sie nahm meine Hand und drückte sie fest. »Verstehst du mich - ich will es bleiben.« Sie sagte es in fast beschwörendem Ton. »Ich will nicht werden wie so viele Frauen: enttäuscht, unzufrieden, verbittert. Ich will mein Leben genießen. Es klingt entsetzlich egoistisch,

ich weiß, aber so bin ich nun mal. Ich habe euch vorhin erzählt, daß ich blind gewesen war, daß ich nichts mehr sehen konnte. Damals habe ich mir geschworen: Wenn ich jemals wieder gesund werde, will ich alles an Freuden aus diesem Leben herausholen, was es hergibt. Und das habe ich getan«, schloß sie. »Bis zum heutigen Tag.«
Ich schwieg. Ich hätte ihr vieles entgegenhalten können. Mir war, als hörte ich Werners Stimme, die von Pflicht, Selbstüberwindung, Tugend und anderen gewichtigen Dingen sprach.
Aber hatte ich mich nicht gerade selbst gegen diese Art von Belehrung empört? Trotzdem drängte es mich, ihr wenigstens eine Frage zu stellen. »Du sprichst immer nur vom Leben«, sagte ich. »Du glaubst also nicht an ein Leben nach dem Tode?«
Sie blickte mich lächelnd an. »Glaubst du daran?«
»Werner sagt –«
»Ich will nicht wissen, was Werner sagt. Ich will wissen, was du sagst.«
»Es fällt mir schwer«, sagte ich wahrheitsgemäß. »Ich bin oft voller Zweifel.«
»Aber das geht uns doch allen so«, rief sie. »Und ich lehne es auch ab, mir ständig Gedanken darüber zu machen, ob es ein Jenseits gibt oder nicht. Wir leben hier und jetzt. Ich finde, daß ist eine Verpflichtung. Wichtiger als alles andere. Auch das habe ich erst begriffen, als ich krank war und viel Zeit zum Nachdenken hatte.«
»Carpe diem!« sagte ich. »Ich nehme an, das ist dein Leitspruch im Leben?«
Sie nickte. »Ja. Und darum bin ich mißtrauisch, wenn mir jemand weismachen will, ich müsse hier auf Erden auf viele Dinge verzichten, um drüben dafür belohnt zu werden.«

»Dann verstehe ich nicht, warum du Angst vor Hasting hast«, sagte ich. »Er liebt das Leben, genau wie du. Ihr könntet es zusammen doppelt genießen.«
Schweigen. Katharina wandte ganz langsam den Kopf und sah mich an. »Es wäre schön, wenn es so wäre«, erwiderte sie.
»Dann weiche ihm nicht aus«, sagte ich entschieden.
Sie stand auf, als wäre ich mit meiner Bemerkung zu weit gegangen. Sie ging ein paarmal auf und ab und blieb vor dem Spiegel stehen, der ihr Bild in dem hochgeschlossenen Pyjama wiedergab.
»Habe ich denn gesagt, daß ich das tun werde?« fragte sie und betrachtete sich aufmerksam. »Nein, Barbara, davon habe ich kein Wort gesagt.«

Als ich in unser Zimmer zurückkam, war alles dunkel. Ich hoffte, Werner würde schlafen, doch kaum lag ich im Bett, begann er zu reden. Er wollte wissen, ob wir uns ausgesprochen hätten.
»Du siehst das alles falsch«, sagte ich. »Wir reden nie über intime Dinge. Wir haben uns ganz allgemein unterhalten.«
»Aber ihr habt über Hasting gesprochen?«
»Kurz.«
»Wie findet sie ihn?«
»Nett.«
»Das ist alles?«
»Werner«, sagte ich mit einem verquälten Lachen, »ich dachte immer, bloß Frauen wären neugierig. Du bist ja viel schlimmer. Laß uns jetzt schlafen - bitte. Ich kann nur wiederholen, sie findet ihn nett.«
Eine Weile blieb es still zwischen uns. Doch dann fing er von neuem an. »Barbara?«
»Ja?«
»Es tut mir leid, daß ich vorhin so heftig war.«

»Schon gut.«
»Wenn ich dir etwas sage, kannst du mir wenigstens zuhören.«
»Ich habe an etwas anderes gedacht.«
»Du denkst in letzter Zeit oft an etwas anderes.«
Ich seufzte. Er gab keine Ruhe.
»Was willst du eigentlich von mir?« fragte ich. »Warum mußt du mir dauernd Vorwürfe machen? Das hast du doch früher nicht getan.«
»Ich hatte keine Veranlassung. Du warst viel netter zu mir. Du hättest auch nie zu mir gesagt, ich falle dir auf die Nerven.«
»Ich ertrage es nicht mehr, daß du ständig an mir herumerziehst«, sagte ich.
»Manchmal muß ich das tun. Ich als dein Ehemann -«
»Ach, hör doch auf!« rief ich. »Du ödest mich an.«
»Was tue ich?«
»Ja, du ödest mich an«, sagte ich ungerührt. »Du bist ein schrecklicher Pedant. Sybille sagt das auch.«
»Laß Sybille aus dem Spiel«, sagte er böse. »Schlimm genug, daß sie sich schlecht aufführt. Jetzt fängst du auch noch an, zänkisch zu werden.«
»Wenn hier einer zänkisch ist, dann bist du es. Ich weiß gar nicht, was plötzlich in dich gefahren ist. Oder doch - ich weiß es. Du ärgerst dich, weil ich selbständiger geworden bin. Weil ich nicht mehr so nachgiebig bin wie früher. Weil ich dir gelegentlich zu widersprechen wage. Weil -«
Ich brach ab, weil Werner plötzlich Licht machte.
»Was ist los?« fragte ich und blinzelte überrascht.
»Nichts.«
»Warum machst du dann das Licht an?«
»Ich wollte dich ansehen.«
Ich war aus dem Konzept gebracht. Plötzlich wurde mir klar, daß dieser ganze Streit im Grunde lächerlich

war. Ich liebte ihn. Warum griff ich ihn an? Weil ich unzufrieden war? Weil ich mich nach mehr Zärtlichkeit sehnte? Weil ich mich in meiner Ehe zu langweilen begann?
»Du siehst sehr hübsch aus, wenn du dich so ereiferst«, sagte Werner. »Aber du solltest jetzt besser damit aufhören. Ich sage auch nichts mehr. Dein Pedant sagt dir jetzt gute Nacht.«
Er beugte sich zu mir herüber und gab mir einen Kuß.
»Ich möchte dich nicht verlieren, Barbara.«
»Ich möchte dich auch nicht verlieren.« Ich sagte das nicht nur so daher, ich meinte es wirklich.
»Das ist alles gut und schön mit der Selbstverwirklichung, aber in einer Ehe -«
»Ich weiß«, fiel ich ihm ins Wort. »In einer Ehe kommt es auf andere Dinge an.«
»Wie gut, daß du das sagst. Vergiß es nicht wieder.«
»Nein.«
»Ich hasse Streit. Ich möchte nichts anderes als in Frieden mit dir leben.«
»Das möchte ich auch.«
Er ließ sich zurückfallen. Zwei Minuten später war er eingeschlafen.
Ich lag noch eine Weile wach und dachte nach. Ich war entsetzt über das, was geschehen war. So behandelt man keinen Mann. So behandelt man ihn nur, wenn man ihn loswerden will. Aber ich wollte ihn ja behalten.
Werner bewegte sich im Schlaf. Ich streckte die Hand aus und berührte seine Schulter.
»Schlaf gut«, murmelte er.
»Du auch.«
Wie oft hatten wir das schon zueinander gesagt? Hundertmal? Tausendmal? Wie oft hatten wir einander geküßt, gestreichelt, getröstet? War das nicht wichtiger

als alles andere? Wichtiger als Abenteuer, Selbstbestätigung - Lust?
Ich bewunderte Katharina, aber ich beneidete sie nicht mehr. Sie mußte ihren Weg zu Ende gehen, wie ich meinen zu Ende gehen mußte.

14

Am nächsten Morgen fuhren wir in aller Frühe auf die Insel Rømø. Es war noch Nebel auf den Straßen, und die Wiesen und Äcker lagen im Dunst. Aber als wir über den Damm fuhren, der die Insel vom Festland trennt, umfing uns plötzlich strahlendes Licht. Die Sonne tauchte aus dem Nebel hervor, und bald war der Himmel wolkenlos. Das Meer glitzerte in der Ferne. Auf den Deichwiesen weideten unzählige Schafe. Möwen zogen in der Luft ihre Kreise. Es sah alles so hübsch, heiter und frischgewaschen aus, daß wir unsere helle Freude daran hatten.

»Was für ein prachtvoller Morgen«, sagte Katharina. Sie wandte sich halb zu uns um, und Werner und ich versicherten einstimmig, ja, es sei bezaubernd.

Hasting schwieg. Er schien verstimmt zu sein.

Katharina saß wieder neben ihm, aber die beiden sprachen nicht miteinander. Ich fühlte, daß zwischen ihnen etwas vorgefallen sein mußte. Ich fühlte es so stark, daß selbst die ungezwungene Heiterkeit, die Katharina ausstrahlte, mich nicht darüber hinwegtäuschen konnte. Ich sah Hastings Gesicht im Rückspiegel, und dieses Gesicht hatte einen Ausdruck von verhaltenem Zorn, der sich nicht zuletzt darin äußerte, daß er zu schnell, fast rücksichtslos fuhr.

Noch vor dem Frühstück hatte ich die beiden von einem Spaziergang zurückkommen sehen. Ich stand am Fenster und konnte sie unbemerkt beobachten. Katha-

rina wirkte vergnügt, aber Hasting sah ausgesprochen verärgert aus. Bei der Abfahrt äußerte sie dann den Wunsch, hinten zu sitzen, doch Hasting erwiderte, lachend zwar, aber in einem Ton, der keinen Widerspruch duldete, das käme nicht in Frage. Sie fügte sich, doch seitdem behandelte sie ihn, als wäre er Luft.
Wir hatten die Insel erreicht und fuhren auf einem schmalen Weg mitten durch einen Kiefernwald. Immer wieder tauchten, versteckt in einer Mulde, kleine, strohbedeckte Häuser auf, eingerahmt von Gärten, in denen Schafe, manchmal auch Ponys standen. Das letzte Stück Weg stieg steil bergan, und dann hatten wir die Höhe der Dünen erreicht, und vor uns dehnte sich kilometerlang ein Sandstrand, wie ich ihn in dieser Weite noch nie erblickt hatte. Ganz hinten in der Ferne blinkte das Meer. Das Fährschiff, das gerade von Sylt kam, sah aus, als führe es auf dem Land.
Es war schon spät im Jahr, die Saison fast zu Ende. Zwar gab es noch viele Wagen, die den Strand entlangfuhren, und man sah auch hier und dort Menschen im Wasser, aber bei der Weitläufigkeit des Strandes fanden wir leicht einen Platz, wo wir praktisch allein waren.
Hasting parkte ganz vorne in der Nähe eines der Warnschilder, und wir stiegen aus. Einen Augenblick blieben wir erst einmal stehen und staunten. Die Urweltlandschaft, die sich uns darbot, war überwältigend.
»O Gott, ist das schön!« jubelte Katharina und breitete die Arme aus. »Dieser weite Himmel - die Sonne ... das Meer - so etwas Schönes habe ich noch nie gesehen!«
Sie rannte davon, immer noch mit ausgebreiteten Armen, drehte sich ein paarmal im Kreis, kam zurück

und ließ sich neben uns in den Sand fallen. »Ach, ist das alles herrlich! Ich bin ja so froh, daß ich hier bin. Barbara - warum sagst du nichts?« Sie setzte sich auf und streckte die Hand nach mir aus. »Komm her zu mir! So sag doch etwas . . . sag, daß es schön ist.«
Ich lachte. »Ja, es ist herrlich.«
Sie blickte zu uns auf. Ihr Gesicht war jung und schön. Es lag ein solcher Ausdruck von Hingerissenheit auf diesem Gesicht, daß ich unwillkürlich einen Blick auf Hasting warf.
Sein Zorn schien verflogen zu sein. Er sah Katharina halb überrascht, halb belustigt an und sagte kopfschüttelnd: »Ich habe noch nie einen Menschen gesehen, der sich so freuen kann.«
»Ich auch nicht«, versicherte Werner.
Dieser Tag auf Rømø lebt in meiner Erinnerung fort als eine Aneinanderreihung glücklicher Stunden. Wir liefen barfuß den Strand entlang und suchten nach Muscheln. Und später lagen wir faul in der Sonne, ließen den Sand durch die Finger rinnen und redeten über harmlose Dinge.
Einmal allerdings gab es einen Zwischenfall, der den Frieden dieses Tages fast zerstört hätte.
Es war um die Mittagszeit. Die Sonne brannte heiß, und der Wind hatte sich etwas gelegt. Katharina schlug vor, endlich schwimmen zu gehen, doch Werner meinte, das Wasser sei zu kalt, und auch Hasting riet davon ab.
Sie lachte die beiden einfach aus, holte ihr Badezeug und verschwand hinter dem Wagen. Als sie wieder zum Vorschein kam, nur mit einem knapp sitzenden Bikini bekleidet, sprang Hasting auf und ging ihr entgegen. Er sagte etwas zu ihr, was ich nicht verstand, aber es muß etwas sehr Hübsches gewesen sein, denn sie stellte sich auf die Zehenspitzen und gab ihm ei-

nen Kuß. Dann lief sie über den Strand, dem Meer entgegen.
»Warten Sie - ich komme mit«, rief ihr Hasting nach. Doch sie schüttelte nur den Kopf und rannte weiter. Er ließ sich in den Sand fallen, murmelte etwas wie »viel zu faul« und schloß die Augen.
Eine Weile blieb es still zwischen uns. Ich döste vor mich hin und war nahe daran, einzuschlafen, als ich Hasting plötzlich sagen hörte: »Ihre Freundin schwimmt aber ziemlich weit hinaus.«
Ich richtete mich halb auf und blinzelte gegen die Sonne. Ganz weit draußen im Meer war ein kleiner Punkt zu erkennen.
»Verrückt«, sagte Werner. »Wie kann sie bloß so leichtsinnig sein. Das ist doch wirklich nicht nötig.«
»Sie wird schon wiederkommen«, beruhigte ich die beiden Männer. »Soviel ich weiß, ist sie eine gute Schwimmerin.«
Ich hielt es wirklich nur für einen Scherz, dachte, sie wollte uns einen kleinen Schrecken einjagen.
Aber plötzlich begriff ich, daß sie in Gefahr war.
Und gleich darauf hörte ich Hasting rufen: »Das ist kein Spaß mehr!«
Es ging alles in Sekundenschnelle. Werner und ich liefen hinter Hasting her, wir schrien alle und winkten, Hasting rannte ins Meer, und als es tiefer wurde, begann er zu schwimmen.
Es schien endlos zu dauern, bis sie beide wieder vor uns standen. Hasting war rot im Gesicht und wütend, Katharina blaß, aber vergnügt und ein wenig außer Atem.
Die ersten Worte, die Hasting zu ihr sagte, waren alles andere als höflich: »Eigentlich hätten Sie jetzt eine Tracht Prügel verdient.«
Ihr Kopf fuhr herum. Einen Augenblick dachte ich, sie

würde sich auf ihn stürzen. Dann aber straffte sie nur die Schultern und sagte in verächtlichem Ton: »Machen Sie sich nicht lächerlich. Es konnte überhaupt nichts passieren.«
»Sie hätten ertrinken können«, mischte sich Werner jetzt ein.
»Es war unverantwortlich von Ihnen, so weit hinauszuschwimmen.«
Sie sah erst ihn, dann mich an, doch ich zuckte die Schultern, fest entschlossen, mich nicht einzumischen. Das Ganze hatte mir einen furchtbaren Schrekken eingejagt, aber ich hätte mir eher die Zunge abgebissen, als ihr einen Vorwurf zu machen.
»Aber es hat doch Spaß gemacht«, rief sie. »Ich hatte plötzlich einfach keine Lust mehr, umzukehren. Ich wollte mal sehen, wie lange ich es durchhalte.«
»So - das wollten Sie mal sehen«, sagte Hasting trokken. »Und daß wir Angst um Sie hatten, das kümmert Sie wohl gar nicht?«
»Nein«, erwiderte sie mit einem amüsierten Lächeln, das nicht frei von Spott war. »Daran habe ich wirklich nicht gedacht.«
Wir gingen zurück.
Nachdem sich die erste Aufregung gelegt hatte, benahm sich Hasting wieder wie ein normaler Mensch. Er sagte sogar, es täte ihm leid, so unhöflich gewesen zu sein.
Katharina, die erst nach und nach begriff, daß wir wirklich um sie gebangt hatten, sagte: »Aber das müßt ihr verstehen! Probieren, wieviel Kraft in einem steckt - auch das ist eine Form von Lebensfreude. Man spürt, daß man ein lebendiger Mensch ist, man spürt es bis in den kleinen Zeh ... großartig ist das.«
»Ja, solange man keinen Krampf bekommt«, erklärte Hasting.

Darüber mußten wir alle lachen, und der Friede war endgültig wiederhergestellt.
Viel später erst, als wir allein waren, gestand mir Katharina, daß sie einen Augenblick lang wirklich befürchtet hatte, ihre Kräfte könnten erlahmen, aber dann hätte sie sich zusammengenommen und wäre ganz ruhig weitergeschwommen.
»Keine Angst haben, Barbara«, sagte sie zu mir. »Das ist das wichtigste im Leben. Wenn du Angst hast und gehst nicht dagegen an, bist du verloren.«

Wir blieben bis zum späten Nachmittag auf der Insel und fuhren dann über den Damm zurück nach Hause. Unterwegs waren wir nicht sehr gesprächig. Jeder von uns hing seinen Gedanken nach. Ich fühlte, daß Katharina einen unauslöschlichen Eindruck auf Hasting gemacht hatte, aber er gehörte nicht zu den Männern, die ihre Eigenmächtigkeiten ohne weiteres tolerieren würden. Wenn es zu einer dauerhaften Bindung zwischen den beiden kommen sollte, dann mußte einer von ihnen nachgeben. Wer aber würde das sein? Weder Hasting noch Katharina ertrugen die Abhängigkeit von einem anderen Menschen. Beide waren, das hatte bereits dieses kurze Wochenende gezeigt, nicht bereit, sich anzupassen. Hasting hatte etwas enorm Anziehendes, aber er konnte auch unangenehm werden, wenn er auf Widerspruch stieß. Wie würde Katharina, die bei den Männern bisher nur bedingungslose Hingabe gekannt hatte, darauf reagieren, wenn er ihr gegenüber Härte zeigte?
Während der ganzen Rückfahrt vertrieb ich mir damit die Zeit, Spekulationen darüber anzustellen, wie dieses Spiel, das Werner und ich eingeleitet hatten, nun weitergehen würde. Ich kam zu keinem Ergebnis. Weder konnte ich mir Hasting in der Rolle eines Liebha-

bers vorstellen, der sich Katharinas Wünschen fügt, noch Katharina in der Rolle einer Ehefrau, die ihren unbändigen Freiheitsdrang opfert und sich einem fremden Willen unterordnet.

Es war bereits dunkel, als wir zu Hause ankamen. Werner forderte Hasting auf, bei uns zu Abend zu essen, doch er lehnte ab. Er habe schon eine Verabredung, sagte er, und dabei sah er Katharina an, die ohne eine Spur von Verlegenheit erklärte: »Ja, das stimmt. Ich habe ihn auf einen Drink eingeladen.«

Wir gingen ins Haus. Hasting trug Katharinas Koffer, und oben verabschiedeten wir uns. Werner konnte gar nicht schnell genug unsere Wohnungstür aufschließen und verschwinden. Drinnen grinste er, machte pst und legte den Zeigefinger an die Lippen.

»Sei nicht so albern«, sagte ich. »Wir sind doch keine kleinen Kinder. Tu jetzt bloß nicht so, als wäre es dir peinlich, daß er bei ihr ist. Du hast es so gewollt.«

Ich ging in die Küche, um das Abendessen vorzubereiten. Werner gesellte sich zu mir. Er öffnete eine Flasche Wein und bot sich an, den Tisch zu decken. Beide bemühten wir uns, nett zueinander zu sein. Der Streit vom vergangenen Abend saß uns noch in den Knochen.

Bevor wir uns zu Tisch setzten, ging Werner zum Fenster und schob die Vorhänge einen Spalt auseinander.

»Der Wagen steht noch immer vor der Tür«, sagte er.

»Ich hoffe, du siehst jetzt nicht alle zehn Minuten nach. Das wäre mir peinlich.«

Er lachte. »Keine Angst. Mögen sie glücklich werden. Von jetzt an überlasse ich die beiden ihrem Schicksal.«

Er zog mit einem Ruck die Vorhänge zu und kam zu mir.

Wir verbrachten einen friedlichen Abend miteinan-

der. Das Thema Katharina wurde vermieden, aber einmal, als von drüben Musik bis zu uns drang, hoben wir beide den Kopf und blickten uns lächelnd an.
Als wir zu Bett gingen, wollte Werner wissen, ob nun alles wieder in Ordnung sei zwischen uns.
»Natürlich.«
»Schwierige Sache, so eine Ehe«, murmelte er.
»Schwierig? Wir kommen doch eigentlich ganz gut zurecht.«
»Aber manchmal gibt es Krach.«
»Das ist normal. Hauptsache, wir vertragen uns wieder.«
Er kam zu mir und küßte mich. »Ich bin glücklich mit dir, du weißt es«, sagte er. »Aber es hat mich gestört, daß du dich sosehr an Katharina gehängt hast.«
»Das wird ja nun anders werden. Sie wird bald wieder aus unserem Leben verschwinden.«
»Glaubst du das wirklich?« fragte er, und ich hörte ihm an, wie erleichtert er darüber war.
Und mit einer Entschiedenheit, die mich selbst überraschte, erwiderte ich: »Ich weiß es. Sie wird fortgehen und nie mehr zurückkommen.«

15

Ich kann nicht mehr mit Bestimmtheit sagen, wann ich zum ersten Mal bemerkte, daß Katharina sich veränderte. Diese Wandlung vollzog sich fast unmerklich, doch sie war nicht zu übersehen. Einmal war ich bei ihr, als Hasting unangemeldet erschien. Er hatte bereits einen Schlüssel zu ihrer Wohnung.

Wir saßen beisammen und plauderten, als es draußen kurz läutete, gleich darauf die Tür aufgeschlossen wurde und Hastings Stimme ertönte: »Ich bin es.«

Katharina blieb still sitzen. Sie richtete sich nur eine Spur höher auf, und in ihr Gesicht trat ein Leuchten, das es von innen heraus zu verklären schien. Ich habe einen solchen Ausdruck von Glück vorher noch nie bei einem Menschen gesehen.

Hasting kam herein. Katharina blickte ihm lächelnd entgegen. Sie sah so zärtlich und unschuldig aus wie ein Kind.

Als sich die beiden begrüßten, hielt ich unwillkürlich den Atem an. Sicher ahnten sie nicht, wieviel sie in diesem Augenblick von sich preisgaben.

Ein anderes Mal machten wir Besorgungen in der Stadt. Das war kurz vor Weihnachten. Sybille war zu Besuch gekommen. Zu dritt bummelten wir durch die festlich geschmückten Straßen, Katharina, meine Tochter und ich.

Plötzlich blieb Katharina wie angewurzelt stehen. Ich folgte ihrem Blick. Auf der anderen Straßenseite stan-

den ein Mann und eine Frau vor einem Schaufenster. Wir sahen beide halb im Profil. Die Frau war jung und hübsch und trug einen hellen Lammfellmantel. Sie hatte einen Arm unter den ihres Begleiters geschoben und blickte lächelnd zu ihm auf. Es war Felix Hasting. Ich sah Katharina an. Sie stand da mit versteinertem Gesicht, einen fremden, starren Ausdruck in den Augen.
»Was ist los?« fragte Sybille, die nicht begriff, warum wir stehenblieben.
Katharina nahm sich zusammen. »Nichts«, erwiderte sie und ging weiter. Und dabei drückte sie einmal kurz meinen Arm, als wollte sie sagen: Kein Wort darüber, hörst du? Wir haben ihn gar nicht gesehen.

Zwei Tage später kam sie zu uns, um sich zu verabschieden. Sie fahre über Weihnachten zum Skilaufen ins Engadin. Dies teilte sie uns erst zu später Stunde mit, als wir bereits mehrere Flaschen Wein geleert hatten und in gelockerter Stimmung waren.
»Ich fahre übrigens für ein paar Tage nach Pontresina«, sagte sie in eine Gesprächspause hinein.
Werner und ich schwiegen, doch Sybille platzte mit der vorlauten Frage heraus: »Darf man wissen, mit wem?«
Werner räusperte sich mißbilligend. »Was geht denn dich das an?«
»Es interessiert mich eben«, erwiderte Sybille.
Sie sah Katharina an, und auch ich blickte zu ihr hin. Da war wieder dieser neue Ausdruck in ihrem Gesicht, dieser hilflos-zärtliche Ausdruck, der eigentlich nicht zu ihr paßte und der mich so nachdenklich stimmte.
»Du kannst es gerne wissen«, sagte sie. »Es ist kein Geheimnis. Ich fahre mit Felix Hasting.«

»Wer ist das?« fragte Sybille neugierig.
Ich klärte sie mit ein paar Worten auf. Sagte, Hasting sei ein alter Freund ihres Vaters, Katharina habe ihn durch uns kennengelernt.
Ich muß wohl in meine Stimme ungewöhnlich viel Wärme gelegt haben, denn Sybille sah mich erstaunt an.
»Scheint ja ein toller Mann zu sein«, bemerkte sie spöttisch. Sie schaute Katharina geradewegs in die Augen. Und dann folgte die nicht gerade taktvolle Bemerkung: »Ich habe den Eindruck, meine Eltern wollen dich verkuppeln.«
Zum ersten Mal sah ich Katharina zornig.
»Red nicht so einen Unsinn!« fuhr sie Sybille an. »Was ist das überhaupt für ein blöder Ausdruck? Du solltest dich schämen, so etwas zu sagen.«
Werner hob den Kopf und blinzelte überrascht.
Sybille biß sich auf die Lippen.
Ich zündete mir aus lauter Verlegenheit eine Zigarette an. Ein derartiger Ausfall wäre bei Katharina früher undenkbar gewesen.
Es folgten noch ein paar Minuten gezwungener Unterhaltung. Dann verabschiedete sich Katharina. Sie wünschte uns frohe Feiertage und gab Sybille einen Kuß. Meine Tochter wollte etwas sagen, besann sich aber und schwieg.
Ich brachte Katharina nach draußen. Sie umarmte mich.
»Viel Glück«, sagte ich halblaut.
Sie lachte. »Das klingt, als hättest du Angst um mich.«
»Angst? Nein. Ich mache mir nur Gedanken. Du bist irgendwie verändert.«
»Merkt man es schon?« fragte sie rasch.
Ich nickte.
Ein Schatten glitt über ihr Gesicht. »Merkwürdig«,

sagte sie. »Ich dachte -« Sie brach ab. Und dann, mit dem alten, unbekümmerten Lachen: »Alles Unsinn, Barbara. Ich passe schon auf. Nichts geschieht, was mein Leben - was mich selbst zerstören könnte.«
»Aber so habe ich es doch gar nicht gemeint«, rief ich. »Wenn ich sage, du hast dich verändert, dann meine ich, du bist - du hast -« Ich verhedderte mich und schwieg.
»Schon gut«, sagte sie. Sie fuhr mit der Hand kurz über mein Haar. »Komische Sache, so eine Liebe«, murmelte sie. »Alles gerät außer Kontrolle. Aber ich wehre mich noch, verstehst du? Ich will mich nicht ausliefern. Ich will nicht.«
Sie umarmte mich noch einmal und ging.
Ja, der Kampf zwischen diesen zwei Menschen war entbrannt. Beide waren stolze, selbständige Naturen. Sie würden sich nicht nur Glück bereiten, sie würden einander auch Schmerzen zufügen. Ich sah das alles kommen und fühlte mich schuldig.
Ich kehrte ins Zimmer zurück. Werner und Sybille sahen mir entgegen. Ich erschrak, weil ich plötzlich gegen beide fast so etwas wie Widerwillen empfand. Im Augenblick wünschte ich mir heftig, allein zu sein.
»Na . . .?« machte Sybille langgezogen. Schon das reizte mich. Aber ihre nächste Bemerkung ärgerte mich noch mehr.
»Die hat es ganz schön erwischt«, stellte sie fest.
»Was soll das heißen?« fragte ich mißbilligend.
Sybille verzog das Gesicht. »Das ist ja wohl sonnenklar. Verknallt ist sie in diesen Hasting.«
»Primitiv«, sagte ich.
Meine Tochter sah mich an. »Habe ich mich nicht fein genug ausgedrückt? Also gut - ich kann es auch anders formulieren: Sie ist verliebt bis über beide Ohren.«

Ich schwieg.
Werner fragte Sybille, ob sie etwas dagegen hätte. Es sei ja wohl Katharinas gutes Recht, sich zu verlieben. Endlich habe sie mal einen vernünftigen Mann gefunden. Diese anderen, mit denen sie sich bisher umgab, seien ja bloß Hampelmänner gewesen.
Ich fragte ihn, wie er so etwas behaupten könne.
»Na, wenn ich noch an diesen Werbefritzen denke, mit dem sie damals in Kitzbühel auftauchte.«
»Es gab auch andere«, sagte ich.
»Ich weiß«, erwiderte Werner. »Es gab viel zu viele.« Und mit einem Blick auf Sybille: »Das ist nicht gut für eine Frau. Es wird Zeit für Katharina, zu wissen, wo sie hingehört.«
»Was du nicht sagst!« Die Ironie in Sybilles Stimme war nicht zu überhören. »Papa als Ehestifter!« Sie sah ihn an. »Ich fürchte nur, das Stück, das du dir ausgedacht hast, hat die falsche Besetzung.«
»Du kommst dir wohl sehr schlau vor, wie?« fragte Werner. »Darf ich fragen, was du damit sagen willst?«
Sybille ging nicht darauf ein. Sie stellte nur fest, es sei typisch für ihren Vater, sich in Dinge einzumischen, die ihn nichts angingen.
»Unverschämtheit«, sagte Werner.
»Aber es ist wahr«, erwiderte Sybille. »Du kannst die Menschen nicht in Ruhe lassen. Schon gar nicht, wenn sie anders sind als du. Jetzt hast du Katharina am Wickel. Die Arme tut mir leid. Sie scheint sich tatsächlich in diesen Mann verliebt zu haben. Und ob dabei etwas Gutes herauskommt, möchte ich bezweifeln. Heute abend wirkte sie auf mich jedenfalls ausgesprochen unfrei.«
»So ein Blödsinn!« rief Werner. »Sie wirkte genau wie immer.«
»Aber du hast doch keine Ahnung«, erklärte Sybille.

»Du verstehst nichts von Frauen, das hast du selbst oft genug gesagt.« Sie lehnte sich zurück, schlug die Beine übereinander und sah uns beide fest an. »Ich weiß nicht, was hier gespielt wird«, sagte sie. »Aber eines weiß ich genau: Katharina hat Sorgen. Sie schlägt sich mit etwas herum, mit dem sie nicht fertig wird.«
»Dummes Zeug!« Werner stand auf. »Es ist die alte Geschichte - meine Tochter kann es nicht lassen, Streit anzufangen. Von mir aus zerbrecht euch weiter den Kopf über Katharina. Das sind Weibergeschichten, die mich nicht interessieren. Gute Nacht!«
Er ging zur Tür.
»Sei doch nicht immer gleich beleidigt«, rief ihm Sybille nach.
»Ich bin nicht beleidigt, ich will nur meine Ruhe haben.«
Wir blieben allein. Eine Weile schwiegen wir, dann fing Sybille von neuem an: »Also nun sei mal ehrlich. Hat Vater diese Geschichte mit Hasting eingefädelt?«
»Sie hat ihn durch uns kennengelernt«, erwiderte ich ausweichend.
»Aber es war seine Idee, gib es zu.«
»Was ist daran so schlimm?« fragte ich gegen meine bessere Einsicht. Die inquisitorische Art meiner Tochter ging mir auf die Nerven. »Hasting ist wirklich ein reizender Mann. Wir hoffen beide, daß Katharina mit ihm glücklich wird.«
Sybille lachte trocken. »Klingt wie Gartenlaube. Und wenn sie nicht gestorben sind, dann leben sie noch heute.« Sie warf den Kopf zurück und sagte böse und entschieden: »Glücklicher als Katharina es bisher war, kann sie nicht werden. Das weißt du genausogut wie ich.«
Ich gab keine Antwort.
Sie beugte sich vor, zwang mich, sie anzusehen.

»Du hast sie beneidet, sei ehrlich. Sie hat dir imponiert, du fandest sie großartig. Ihre Art zu leben, ihre Unbekümmertheit - fabelhaft fandest du das. Sie war anders als du. Sie war das, was du selbst gerne geworden wärst. Du hattest nur nicht den Mut dazu.«
»Schweig!« rief ich ärgerlich. »Wie redest du denn mit mir? Schämst du dich nicht?«
»Warum? Weil ich dir die Wahrheit sage? Kannst du sie nicht vertragen.«
»Ich bin zufrieden mit meinem Leben«, murmelte ich.
»Zumindest redest du es dir ein. - Sei doch ehrlich, Mama«, sie rückte noch ein Stück näher, »so zufrieden bist du gar nicht. Es sind viele Wünsche offengeblieben, gib es zu.«
»Es bleiben immer viele Wünsche offen.«
»Ja, wenn man zurücksteckt, so wie du. Katharina hat nicht zurückgesteckt. Sie hat aus dem vollen gelebt. Darum warst du auch so begeistert von ihr.«
Ich sah sie an. »Warum erzählst du mir das eigentlich alles?«
»Weil ich dir helfen will.«
»Helfen?«
»Ja. Ich will dir helfen, zu dir selbst zu finden.«
»Dumme Sprüche. Was heißt denn das - zu mir selbst zu finden?«
»So zu sein, wie du gerne sein möchtest. Nicht so, wie man es dir vorschreibt.«
»Kein Mensch schreibt mir etwas vor«, sagte ich ärgerlich. Ich war wütend auf sie, weil sie mich in die Enge trieb.
Ihr Mund verzog sich sarkastisch. »Also gut, lassen wir das. Du willst mich nicht verstehen. Alles was ich sage, empfindest du als Verrat gegenüber Vater. Dann leb weiter so wie bisher. Paß dich an. Verzichte auf dein Eigenleben und -«

»Halt jetzt endlich den Mund!« rief ich außer mir. »Mußt du mir unbedingt weh tun? Macht es dir eigentlich Spaß, mich zu quälen?«
»O mein Gott!« sie stieß einen tiefen Seufzer aus. »Das alte Lied. Kaum wage ich es, dir die Wahrheit zu sagen, heißt es, ich quäle dich.«
»Ich will deine verdammte Wahrheit nicht hören!« schrie ich.
»Ja, weil du Angst hast«, sagte sie hart. »Du hast Angst, ich könnte recht haben.«
Ich begann zu weinen.
Sie sprang auf und nahm mich in die Arme. »Nicht weinen, Mami, bitte. Ich bin ja schon still. Ich sage ja schon nichts mehr.«
Sie wiegte mich in den Armen wie ein Kind.
Dies alles war nicht neu für mich. Es war ein Spiel, das wir schon öfter gespielt hatten. Erst reizte sie mich bis aufs Blut, dann tat es ihr leid.
Nach und nach beruhigte ich mich. Sybille entschuldigte sich bei mir. Aber gleichzeitig sagte sie, es sei ein Jammer, daß man nicht vernünftig mit mir reden könnte, daß ich alles immer gleich persönlich nehmen müßte.
»Laß uns schlafen gehen«, murmelte ich. »Ich bin müde.«
Ich wollte aufstehen, doch sie hinderte mich daran. »Nur noch eine Frage, Mama: Hältst du es nicht auch für eine Wahnsinnsidee, Katharina in eine Ehe zu treiben?«
»Niemand treibt sie. Sie ist alt genug, selbst zu entscheiden, was sie tun will.«
»Kann man noch selbst entscheiden, wenn man liebt?« fragte Sybille nachdenklich.
Ich schwieg.
»Nein, Mama, mach dir nichts vor. Ihr habt Katharina

in eine fast ausweglose Situation gebracht. Sie sitzt an der Angel und kommt nicht mehr los, das spüre ich. Sie will diesen Hasting nicht haben, aber sie kann ihn auch nicht mehr lassen. Und das ist so ungefähr das Schlimmste, was einer Frau passieren kann.«

Die Weihnachtsferien waren vorüber. Sybille war wieder abgereist. So sehr ich sie liebte - ich war froh darüber. Ihr Insistieren, ihre Schroffheit, die sie als Ehrlichkeit bezeichnete (»Eure Generation muß immer heucheln, da mach ich nicht mit«), ihre plötzlichen, unerwarteten Angriffe - das alles war schwer zu ertragen.

Ich sprach mit Werner darüber. Er meinte, das würde sich abschleifen. »Laß sie erst einmal verheiratet sein.« Das war genau die Bemerkung, die er nicht hätte machen dürfen. Alle Vorbehalte, die Sybille gegen die Ehe anführte, erhielten dadurch eine gewisse Berechtigung. Es klang wie eine Drohung: ›Laß sie erst einmal verheiratet sein.‹ Und in Gedanken setzte ich hinzu: ›Dann wird sie schon kuschen.‹

Ich erwartete voller Spannung und Ungeduld Katharinas Rückkehr.

Der Gedanke an sie und Hasting ließ mich nicht mehr los. Zehn Tage waren die beiden nun ununterbrochen zusammen gewesen. Was war in dieser Zeit passiert? Katharina hatte einmal zu mir gesagt: ›Liebe ist ein Zauberzustand. Die Kunst des Liebenden besteht darin, den Zauber zu erhalten.‹

War Hasting dies gelungen? Oder hatte er bereits alles zerstört, indem er Machtansprüche stellte, die Katharina nicht zu erfüllen bereit war?

Ich wußte nicht, was ich wünschen sollte: sie besiegt und demütig zu sehen oder immer noch voller Abwehr und Vorbehalte.

Und dann läutete es eines Morgens stürmisch an meiner Tür, und als ich öffnete, fiel mir eine strahlende, braungebrannte Katharina um den Hals, die aussah wie die leibhaftige Glückseligkeit. Ich bat sie herein. Wir setzten uns auf die Couch, und zwei Stunden lang vernahm ich eine Geschichte, die ich bei mir selbst den ›Durchbruch des Gefühls‹ nannte.
Und dennoch - bei aller Begeisterung, die sie zeigte, bei aller Offenheit, mit der sie sich zu ihrer Liebe bekannte, wurde ich auch diesmal nicht schlau aus ihr.
»Ich habe so etwas noch nie erlebt«, bekannte sie. »Er und ich - das ist ein wundervoller Zusammenklang. Wir lieben uns mit jedem Tag mehr. Wenn das überhaupt noch möglich ist«, setzte sie mit einem Lächeln hinzu.
Ich wollte wissen, was für Pläne sie habe.
Sie erwiderte: »Überhaupt keine.« Und sie lachte schallend über mein verdutztes Gesicht. Sie meinte, was sie mir erzählt habe, sei alles, und das sollte mir eigentlich genügen.
Es genügte mir nicht. Da waren so viele Fragen offen, doch Katharina schien nicht gewillt, sie mir zu beantworten. Nur eines wurde mir im Laufe des Gespräches klar: Die Konflikte, die sich aus der Beziehung dieses eigenwilligen Paares ergeben mußten, waren entweder noch nicht aufgebrochen oder wurden verdrängt. Noch triumphierte die Leidenschaft. Oder sollte ich sagen: die Liebe?
Ich sah Katharina an. Vor dem Leuchten ihres Gesichts mußten alle Bedenken verstummen. Was immer geschah, dies hier, diese Glückseligkeit, dieses Hingerissensein, konnte ihr niemand mehr nehmen. Es würde seine Spuren in ihr zurücklassen.
Leider war ich unbeherrscht genug, die Frage nach der

Zukunft noch einmal anzuschneiden. »Aber wie soll es nun weitergehen?«
Diesmal verschloß sich ihr Gesicht. Kurz angebunden erwiderte sie, das wisse sie nicht und das sei ihr auch egal.
»Du weißt doch, für mich zählt nur der Augenblick«, sagte sie.
Der Augenblick! Es klang bestechend und entwaffnend, doch ein Mann wie Hasting würde sich nie damit zufriedengeben. Er hatte, wie mir Werner mehrmals anerkennend versicherte, sein Leben immer umsichtig geplant. Er würde sich nie mit einer Aneinanderreihung glücklicher Augenblicke begnügen. Bisher war eine Frau in seinem Leben nicht vorgesehen gewesen, doch nun, da er liebte (ich zweifelte nicht mehr daran), würde er alles daran setzen, Katharina zu heiraten.
Ich drang nicht weiter in sie, nahm mir aber vor, die Entwicklung dieser Liebesgeschichte, für die ich mich mehr denn je verantwortlich fühlte, aufmerksam zu verfolgen und über Katharina zu wachen. Sie hatte das bisher nicht nötig gehabt. Mit einem lächelnden Schulterzucken hatte sie alles beiseite geschoben, was unangenehm oder lästig zu werden drohte. Auch im Bereich der Liebe. Gerade dort am konsequentesten. Hasting war nicht der Mann, sich beiseite schieben zu lassen. Er würde für Katharina zur großen Herausforderung ihres Lebens werden, an der sie entweder reifte oder zerbrach.

Anfangs sah es so aus, als wären alle meine Befürchtungen unbegründet. Es gab keine Krisen und keine Konflikte, es gab nur ein gleichbleibend heiteres, glückliches Paar.
Wir sahen sie oft. Sie besuchten uns gemeinsam, oder

wir gingen zusammen aus. Sie schienen völlig ineinander aufzugehen, doch keiner von beiden erwähnte auch nur mit einem Wort eine gemeinsame Zukunft.
Der Frühling kam, und die Tage wurden länger. Katharina war plötzlich verschwunden. Dann, als sie sich wieder meldete, stellte sich heraus, daß sie zwei Wochen lang bei Hasting in Bad Segeberg gewohnt hatte. »Morgen fahre ich wieder hin«, sagte sie. »Ich muß mir nur ein paar Kleider holen.«
Ich erzählte Werner die Neuigkeit. Er meinte, nun könne es wohl nur noch kurze Zeit dauern, bis die beiden heiraten würden.
Ich glaubte es nicht. Eher noch glaubte ich, daß wir uns in Hasting getäuscht hatten. Vielleicht genügte es ihm, in Katharina eine bezaubernde, unabhängige Geliebte zu haben?
»Niemals«, erwiderte Werner, als ich ihm diese Möglichkeit vor Augen hielt. »Hasting ist kein Mann, der Kompromisse macht. Wenn er eine Frau liebt, dann will er sie auch vor aller Welt besitzen.«
»Warum nur?« fragte ich. »Dieser Zustand ist doch im Grunde viel reizvoller.«
»Das ist nicht der Punkt«, belehrte er mich. »Hasting wird sich auf die Dauer nicht damit abfinden, daß Katharina kommen und gehen kann, wie und wann sie will.«
»Also läuft es doch darauf hinaus, daß er sie beherrschen will«, sagte ich unwillig.
»Wie immer übertreibst du, meine Liebe. Er will das Recht haben, eine gewisse Kontrolle auszuüben. Das steht ihm nur als Ehemann zu.«
»Kontrolle!« rief ich. »Ein gräßliches Wort im Zusammenhang mit einer Frau.«
Er nickte. »Ich gebe zu, es klingt nicht hübsch. Aber meinst du nicht auch –« er brach ab und sah mich be-

deutsam an, »- daß gerade bei deiner Freundin Katharina eine - nun, nennen wir es anders: eine gewisse Wachsamkeit angebracht ist?«
Ich zuckte die Schultern und schwieg. Der Gedanke mißfiel mir gründlich, daß Hasting Katharina nur heiraten wollte, um sie beaufsichtigen zu können.

Und dann tat Katharina etwas, was nicht einmal ich ihr zu diesem Zeitpunkt zugetraut hätte: Sie reiste allein ins Ausland.
Werner und ich waren gerade mit dem Abendessen fertig, als es bei uns Sturm läutete. Ich ging zur Tür, öffnete und - prallte zurück.
Vor mir stand Hasting. Ein Hasting, den ich kaum wiedererkannte: blaß, unbeherrscht, vor unterdrückter Wut zitternd.
Er stürmte herein und fragte mich, ob ich davon gewußt hätte.
»Wovon?«
»Lesen Sie das!« Er drückte mir einen Zettel in die Hand, und ich las ihn: ›Malte Klimm gibt ein Konzert in London. Er hat Probleme. Bin hingeflogen. Werde zwei bis drei Tage bleiben. Katharina.‹
»Ich hatte keine Ahnung«, murmelte ich dann.
»Was sagen Sie dazu? Wie kann sie so etwas tun, ohne mir vorher auch nur ein Wort zu sagen!« Seine Stimme war die eines Menschen, der zutiefst empört war.
»Beruhigen Sie sich«, erwiderte ich. »Es wird sich alles aufklären. Kommen Sie erst einmal herein.«
Inzwischen war Werner aufgetaucht. Er wollte wissen, was los war.
»Felix wird es dir gleich sagen, aber nicht hier draußen.«

Ich schob die beiden Männer ins Zimmer. Hasting lehnte es ab, sich zu setzen. Er ging mit großen Schritten auf und ab.
»Wer ist Malte Klimm?« fragte er und wandte sich mir voll zu.
Er sah mich an, als wäre ich allein für alles verantwortlich. Stellvertretend für Katharina wurde ich rot. Ich besaß leider nicht ihre herrliche Unbekümmertheit, mit der sie peinliche Situationen einfach hinweglachte.
Dann aber faßte ich mich und erwiderte mit einem Anflug von Gereiztheit: »Er ist ein bekannter Dirigent. Sie sollten ihn eigentlich kennen.«
Hasting trat auf mich zu. Er war immer noch rot vor Zorn. Was für ein Theater, ging es mir durch den Kopf. Männer wirken noch lächerlicher als Frauen, wenn sie eifersüchtig sind.
Hatte er meine Gedanken erraten? Seine Stimme jedenfalls klang beherrschter, als er mich fragte: »Und was hat Katharina mit ihm zu tun?«
Ich sah keinen Grund, ihm nicht die Wahrheit zu sagen. Sie hätte es ebenfalls getan.
»Er war einmal ihr Liebhaber«, erwiderte ich.
Er schob das Kinn vor. Zum ersten Mal fiel mir auf, daß er einen brutalen Zug im Gesicht hatte. Der Charme, den er sonst ausstrahlte, überdeckte das.
»Und was macht sie bei ihm?« fragte er leise, doch mit einem drohenden Unterton in der Stimme.
»Wie soll ich das wissen?«
»Aber Sie kennen sie doch!«
»Schreien Sie nicht«, sagte ich kalt. »Ich habe keine Ahnung. Ich weiß genausoviel wie Sie.«
»Beruhige dich, Felix!« Werner nahm Hasting beim Arm und führte ihn wie einen Kranken zu einem Sessel. »Setz dich. Ich hole uns erst mal einen Cognac.«

Im Hinausgehen warf er mir einen Blick zu, der besagte: Deine Freundin!
Ich gab ihm den Blick zurück. Was er darin las, war alles andere als freundlich. Er verließ schulterzuckend das Zimmer.
Hasting sagte, und ich sah ihm an, wie schwer es ihm fiel: »Ich muß mich bei Ihnen entschuldigen. Ich habe den Kopf verloren. Sie werden mich besser verstehen, wenn ich Ihnen sage, daß ich Katharina liebe.«
Nun war es also heraus! Es überraschte mich nicht. Ich wunderte mich nur, daß er es gerade in diesem Augenblick zugab. Er mußte völlig durcheinander sein.
»Katharina liebt sie auch«, gab ich zurück.
Und weil er mich ungläubig ansah, setzte ich hinzu: »Auf ihre Weise.«
»Was heißt das?«
Ich wollte es erklären, doch da kam Werner mit der Cognacflasche, und ich schwieg.
Wir tranken. Hasting bat um ein zweites Glas und kippte auch dies auf einen Zug hinunter. Er schüttelte sich.
»Ich kann nicht begreifen, wie eine Frau so etwas tun kann«, sagte er.
»Aber was hat sie denn getan?« rief ich aufgebracht. »Sie ist abgereist und hat eine Nachricht hinterlassen. Ich frage Sie, was ist daran so verwerflich? Mußten Sie noch nie verreisen, ohne vorher einen Menschen, der Ihnen nahesteht, zu verständigen?«
Hasting sah mich düster an. »Sie hat es absichtlich getan«, murmelte er. »Sie wollte mir vorher nicht Bescheid geben.«
»Wahrscheinlich befürchtete sie, Sie würden ihr diese Reise verbieten.«
»Sie ist also auf und davon?« vergewisserte sich Wer-

ner, da weder Hasting noch ich ihm die Situation bisher erklärt hatten.

»Unsinn«, sagte ich. »Sie ist für ein paar Tage verreist.«

»Zu einem Liebhaber«, erklärte Hasting dumpf.

»Zu einem ehemaligen Liebhaber«, korrigierte ich ihn.

»Das ist dasselbe«, sagte er.

»Nein, das ist nicht dasselbe«, rief ich ärgerlich. »Herrgott, so nehmen Sie doch Vernunft an! Sie machen aus einer Mücke einen Elefanten. Das ist einfach lächerlich.« Und törichterweise setzte ich hinzu: »Sie tun geradeso, als wären Sie mit ihr verheiratet.«

Werner fragte Hasting, was er zu tun beabsichtige. »Ich an deiner Stelle würde nach London fliegen.«

Hasting schüttelte den Kopf. »Nein, das werde ich nicht tun. Ich habe keine Lust, mich mit diesem - diesem Musikus auseinanderzusetzen.«

Musikus! Einen Augenblick stand mir deutlich der Bär aus den sibirischen Wäldern vor Augen. Ich konnte nicht umhin zu bemerken, Klimm sei eine außergewöhnliche Persönlichkeit. »Er würde Ihnen gefallen.«

Hasting starrte mich finster an.

Eine Weile schwiegen wir. Dann schlug Werner vor, von etwas anderem zu reden. »Im Augenblick können wir doch nichts tun.«

Hasting stand auf. Er wolle lieber gehen, meinte er. Er sei jetzt nicht in der Stimmung, Konversation zu machen.

Er entschuldigte sich bei mir, daß er mir Ungelegenheiten bereitet hätte. »Es war dumm von mir, einfach so hereinzuplatzen.«

Werner legte ihm die Hand auf die Schulter. »Mach dir keine Gedanken. Es wird schon alles wieder in Ordnung kommen. Vielleicht ist das Ganze wirklich nur eine Kinderei, die man nicht so ernst nehmen sollte.«

Hasting schien diesen gutgemeinten Trost gar nicht zu hören. Er machte einen so verstörten Eindruck, daß Werner und ich einen besorgten Blick wechselten. Plötzlich sagte er: »Darf ich Sie morgen früh anrufen? Vielleicht können wir uns kurz treffen. Ich würde gerne einmal allein mit Ihnen über Katharina reden.«
Ich nickte. »Natürlich.«
»Nimm es mir nicht übel«, wandte er sich an Werner. »Das richtet sich nicht gegen dich.«
»Es wird nichts dabei herauskommen«, sagte Werner ein wenig gönnerhaft. »Barbara ist voreingenommen. Sie wird ein einseitiges Bild von Katharina entwerfen.«
Hasting meinte, das schade nichts. Er lege trotzdem Wert auf mein Urteil. Es sei für einen Mann immer interessant zu hören, was eine Frau über eine andere denkt.

16

Hasting und ich trafen uns am nächsten Nachmittag. Er holte mich in seinem Wagen ab, und wir gingen in den Hirschpark. Es war ein warmer schöner Tag. Die Sonne schien. Wir setzten uns auf eine Bank, die etwas abseits stand.
Hasting eröffnete das Gespräch. Er sagte, er habe Vertrauen zu mir, weil er wisse, daß ich Katharina nahestehe.
»Sehen Sie«, fuhr er fort, »ich bin noch nie einer Frau begegnet, die so viele bezaubernde Eigenschaften besitzt. Sie fasziniert mich.«
Ich nickte. »Das kann ich verstehen.«
»Aber ich komme keinen Schritt weiter bei ihr«, rief er erbittert. »Sie weigert sich hartnäckig, mich zu heiraten.«
»Das hätte ich Ihnen vorher sagen können.«
Er wandte rasch den Kopf und sah mich prüfend an. »Haben Sie eine Erklärung dafür?«
»Sie hat Angst, von Ihnen beherrscht zu werden.«
»Hat sie Ihnen das gesagt?«
»Nein, aber das liegt auf der Hand. Sie ist ein Mensch, der nicht die geringste Bevormundung erträgt.«
Er verzog das Gesicht. »Halten Sie mich für herrschsüchtig?«
»Ja«, erwiderte ich schlicht.
Er lachte kurz auf. »Ich dachte, in Ihnen eine Verbündete zu finden. Ich scheine mich geirrt zu haben.«

»Warum wollen Sie Katharina unbedingt heiraten?« fragte ich. »Es geht doch auch so.«
»Es geht eben nicht!« brauste er auf. »Das sehen Sie ja. Diese Reise nach London ist der Beweis dafür. Wäre sie meine Frau, könnte sie sich derartige Eigenmächtigkeiten nicht leisten.«
»Eben«, sagte ich trocken. »Darum bleibt sie lieber Ihre Geliebte.«
Er starrte mich an. »Aber auch als meine Geliebte kann sie sich so etwas nicht herausnehmen. Ich werde dafür sorgen, daß solche Eskapaden in Zukunft unterbleiben.«
Ich sah ihn leicht amüsiert an. »Darf ich fragen, wie Sie das machen wollen?«
»Sehr einfach. Ich werde es ihr verbieten.«
Ich lachte ihn aus. Dann aber wurde ich ernst und sagte: »Davon würde ich Ihnen abraten. So, wie ich Katharina kenne, wird sie sich eher von Ihnen trennen als sich etwas, was sie für richtig hält oder was ihr Spaß macht, verbieten zu lassen.«
Einen Augenblick blieb es still zwischen uns. Er sah mich ungläubig an. Dann geschah etwas, was mich erschreckte. In seine Augen trat ein Ausdruck von Wut. Das Mitleid, das ich für ihn empfand, wich einem Gefühl von Furcht.
»Ich lasse mich nicht zum Narren halten«, stieß er zwischen den Zähnen hervor.
»Was wollen Sie damit sagen? Soll das eine Drohung sein?«
Er packte plötzlich mein Handgelenk. »Sie müssen mir helfen«, stieß er hervor. »Sie können es. Sie sind die einzige, die es kann. Katharina hört auf Sie.«
»Katharina hört auf niemanden.« Ich war empört über seine Roheit. »Lassen Sie mich los. Sie tun mir weh.«

»Verzeihung!« Er gab mein schmerzendes Gelenk frei. »Sie haben ja keine Ahnung«, murmelte er. Dann sagte er in beschwörendem Ton: »Ich brauche Katharina. Ich kann ohne sie nicht mehr leben. Es klingt idiotisch, ich weiß, aber es ist so. Sie ist die einzige Frau -«

Er brach ab, als hätte er schon zuviel gesagt. Dann sah er mich auf einmal scharf an, als bedauerte er, mir gegenüber so offen gewesen zu sein. Mit einer Stimme, die beherrscht klingen sollte, sagte er: »Ich bin zu Konzessionen bereit . . . aber nur bis zu einer gewissen Grenze. Sie muß einsehen -« Wieder brach er ab und schüttelte den Kopf, als begreife er sich selbst nicht.

»Es gibt Augenblicke, da könnte ich rasend werden!« rief er plötzlich leidenschaftlich. »Sie ist nicht zu fassen, verstehen Sie? Sie entzieht sich einem plötzlich . . . wird fremd . . .« Er lachte auf, beugte sich zu mir und zwang mich, ihn anzusehen. »Soll ich Ihnen etwas sagen, Barbara? Manchmal habe ich das Gefühl, sie macht sich über mich lustig.«

»Das glaube ich nicht«, murmelte ich. »Es ist ihre Art der Abwehr. Sie wehrt sich gegen ein Gefühl, das sie zu erdrücken droht.«

»Ach, so sehen Sie das?« sagte er langsam.

»Ja.«

Hasting schien in Nachdenken versunken. In diesem Augenblick fand ich meine Furcht wieder absurd. Ein verliebter Mann - ein Mann, der um eine Frau kämpfte. Konnte ich es ihm verübeln, wenn er die Beherrschung verlor?

»Ich danke Ihnen, Barbara«, sagte er zu meiner Überraschung ohne Übergang. »Sie haben mir sehr geholfen. Ich glaube, ich weiß jetzt, was ich zu tun habe.«

»Machen Sie keinen Fehler«, sagte ich besorgt. Mir

mißfiel der Ausdruck von Triumph, den er nicht ganz unterdrücken konnte.
Er lächelte liebenswürdig. »Keine Sorge.«
Und dann, heiter fast und nicht ohne Selbstironie: »Mich wundert, daß ich nicht schon längst darauf gekommen bin.«
Schlagartig, in einer Art von Hellsichtigkeit, erriet ich, was er vorhatte. Ein Kind! Er würde versuchen, ein Kind mit Katharina zu zeugen, um sie auf diese Weise von ihm abhängig zu machen. Ich war entsetzt. Meine Gedanken überschlugen sich:
Konnte sie überhaupt noch ein Kind bekommen? War sie nicht schon zu alt dafür? Nahm sie Verhütungsmittel? Nein, das tat sie nicht. Sie hatte einmal ernsthaft zu mir gesagt, das hätte sie nicht nötig, sie wäre sicher, unfruchtbar zu sein.
Ich beobachtete ihn von der Seite. Sein Gesicht wirkte unbeweglich. Doch da war ein Zug von Zufriedenheit, der mich verdroß. Sah er sie vor sich, seine Katharina, der er sich nun sicher glaubte? Ein Gefühl tiefer Verbundenheit mit ihr erfaßte mich. Nicht weil sie mir Freundin geworden war - nein, einfach darum, weil sie eine Frau war wie ich und darum - bei aller Überlegenheit - in gewissen Momenten dem Mann gegenüber hilflos.
Wie würde sie reagieren, wenn sie feststellte, daß sie ein Kind erwartete? Ich konnte es mir nicht vorstellen. Es paßte nicht zu ihr. Und doch glaubte ich zu wissen, daß sie anders reagieren würde, als Hasting es erwartete.
»Wollen wir gehen?« fragte ich und stand auf, ohne eine Antwort abzuwarten.
Hasting erhob sich sofort. Er schien erleichtert. Jetzt, da er ein Ziel vor Augen hatte, war ich überflüssig.
»Ja, gehen wir«, sagte er.

Er legte flüchtig die Hand auf meinen Arm. »Sie haben mir geholfen. Ich sehe jetzt klar. Ich danke Ihnen.«
Und mit all dem Charme, der ihm zu Gebote stand: »Verzeihen Sie meine Heftigkeit. Ich neige zum Jähzorn. Aber Sie müssen wissen - Katharina bedeutet mir sehr viel.«
Schon empfand ich wieder Gewissensbisse ihm gegenüber. Sollte ich ihn warnen? Er machte sich falsche Vorstellungen von Katharina. Glaubte, ihrer jetzt sicher zu sein und ahnte nicht, daß der eigentliche Kampf - ein Kampf, bei dem es um weit mehr ging als um Unabhängigkeit und Machtansprüche - erst jetzt beginnen würde.
Er fuhr mich nach Hause. Unterwegs sprachen wir kaum miteinander.
Einmal nur, als wir wegen eines Verkehrsstaus längere Zeit halten mußten, sagte Hasting mit ungewöhnlich weicher Stimme: »Sie dürfen mir glauben, Barbara, es ist mein fester Vorsatz, Katharina glücklich zu machen.«
»Sicher - gewiß . . .«, murmelte ich. Und dachte bei mir: Aber was verstehst du darunter? Du müßtest sehr viel Nachsicht mit ihr haben. Vor allem aber müßtest du das Bild korrigieren, das du von ihr hast. Denn dieses Bild ist falsch.

Katharina kam nicht, wie sie Hasting auf ihrem Zettel mitgeteilt hatte, nach zwei bis drei Tagen aus London zurück. Sie blieb eine volle Woche. Einmal rief er sogar mitten in der Nacht bei uns an, ob wir nichts von ihr gehört hätten.
Hasting tobte. Selbst ich, die Katharina ihm gegenüber nach wie vor verteidigte, fand, sie mute ihm ein wenig zuviel zu.

Als sie mich dann schließlich anrief, um sich zurückzumelden, klang ihre Stimme völlig unbefangen.
»Komm herüber, Liebes. Trink einen Schluck mit mir. Ich habe dir viel zu erzählen.«
So saßen wir also wieder einmal beisammen, und Katharina war ruhig und heiter wie immer. Sie berichtete von der Krise, in der sie Malte Klimm vorgefunden habe, einer menschlichen und künstlerischen Krise, die es ihr unmöglich gemacht habe, eher zurückzukommen.
»Er sah sich am Ende«, sagte sie ernsthaft. »Es war so furchtbar, du kannst es dir nicht vorstellen.« Und leiser setzte sie hinzu: »Er wollte sich umbringen.«
Wir schwiegen eine Weile. Sie griff nach dem Feuerzeug, ließ es einmal kurz aufschnappen und legte es wieder aus der Hand.
Dann sah sie mich an und meinte: »Ich sehe dir an, was du jetzt denkst. Du denkst, das sei nicht mein Problem. Jedenfalls kein Grund, Hasting so lange allein zu lassen.«
Ich nickte. »So ungefähr . . .«
»Ach, Barbara, so einfach ist das alles nicht. Ich habe Klimm einmal geliebt. Und wenn man einen Menschen geliebt hat - mit ihm vertraut war, dann kann man ihn nicht einfach im Stich lassen, wenn er Hilfe braucht.«
Ich wandte alles mögliche ein, aber natürlich überzeugte sie mich, daß sie recht hatte. Als ich schließlich wissen wollte, was sie denn nun eigentlich getan habe, um ihm zu helfen, rief sie lachend: »Aber - kannst du dir das nicht denken? Es gibt nur eine Möglichkeit für eine Frau, einem Mann sein Selbstvertrauen zurückzugeben.«
»Du hast doch nicht etwa mit ihm geschlafen?« rief ich entsetzt.

»Natürlich habe ich das. Bitte - sieh mich nicht so fassungslos an! Was ist schon dabei? Wir waren jahrelang miteinander befreundet.«
»Aber jetzt gibt es Hasting.«
»Hasting?« Sie machte ein erstauntes Gesicht. »Was hat der damit zu tun?«
»Erlaube mal - er wird empört sein.«
»Weiß er es denn?« fragte sie und sah mich treuherzig an.
»Zumindest ahnt er es«, sagte ich. Ich begriff ihre Gelassenheit nicht.
»Wenn er klug ist, läßt er es dabei bewenden«, sagte sie.
»Aber -«
»Kein Aber«, fiel sie mir ins Wort. »Er muß sonst damit rechnen, belogen zu werden.«
Du kennst Hasting nicht, dachte ich, wie ich noch vor wenigen Tagen gedacht hatte: Er weiß nichts von ihr. Einen Augenblick fragte ich mich ernsthaft, ob er nicht zu jenen vor Eifersucht rasenden Männern gehörte, die die Wahrheit aus einer Frau herausprügeln.
»Ich fürchte, du überforderst ihn«, sagte ich aus diesen Überlegungen heraus. »Er wird sich nicht mit Redensarten abspeisen lassen, so, wie ich ihn kenne.«
Und da sie schwieg und mich ein wenig spöttisch ansah, fragte ich ungeduldig: »Ist es nicht sein gutes Recht, Bescheid zu wissen?«
»Nein«, erwiderte sie ruhig. »Was ich in London getan habe, geht ihn nichts an. Ich habe das getan, was notwendig war. Erklärungen dazu gebe ich nicht.«
»Aber so kannst du mit einem Mann wie Hasting nicht umspringen«, rief ich.
Sie zuckte die Schultern. »Er muß mich nehmen, wie ich bin.«
»Und wenn er das nicht tut?« fragte ich.

Sie richtete sich auf. Da war wieder dieses hintergründige Lächeln, das ich schon so gut an ihr kannte.
»Dann müssen wir uns eben trennen«, erwiderte sie.
Ich schwieg. Meinte sie das im Ernst? War also doch nur alles ein Spiel für sie? Ich glaubte es nicht. Und wenn auch - Hasting würde es nicht dulden. Er würde dafür sorgen, daß aus dem Spiel Ernst wurde. Er suchte nach der Frau seines Lebens, und er glaubte, sie in Katharina gefunden zu haben.
Ich verließ Katharina beunruhigt. Ein Sturm braute sich über ihr zusammen.

17

Hasting rief mich in den Abendstunden an. Er war außer sich. Er sagte, er komme eben von Katharina. Er habe sie verlassen müssen, sonst wäre es zu einer Katastrophe gekommen.
»Was soll das heißen?«
»Ich habe noch nie einer Frau gegenüber dermaßen die Beherrschung verloren. Es hat nicht viel gefehlt und ich hätte sie geschlagen.«
»Schämen Sie sich«, sagte ich zornig.
»Sie hat mich bis aufs Blut gereizt.«
»Das ist kein Grund. Sie sind ein erwachsener Mann. Ich begreife das alles nicht.«
»Ich begreife es selbst nicht.«
Er wollte wissen, was er jetzt tun sollte.
»Rufen Sie sie an«, sagte ich.
»Sie nimmt den Hörer nicht ab.«
»Dann gehen Sie zu ihr.«
»Ich habe Angst, wieder ausfallend zu werden.«
Ich schwieg verwirrt.
»Wissen Sie, was sie getan hat?«
»Nein.«
»Sie hat mich ausgelacht. Sie hat mich wie einen dummen Jungen behandelt.«
»Sie haben einen Fehler gemacht. Sie hätten ihr nicht zeigen sollen, daß Sie eifersüchtig sind.«
»Katharina ist eine unglaublich eigensüchtige, eitle und überhebliche Person.«

Ich lachte. »Aber Sie lieben sie.«
Er murmelte eine Entschuldigung. Dann wurde der Hörer aufgelegt.

Bereits am nächsten Tag kam Katharina zu mir und teilte mir mit, sie fahre wieder zu Hasting und würde längere Zeit bei ihm bleiben. Sie bat mich, nach den Blumen zu sehen.
Ich betrachtete sie prüfend. »Alles wieder in Ordnung?«
»Natürlich. Er hat sich beruhigt. Ich habe es dir ja gleich gesagt.«
Es klang nicht ganz aufrichtig. Sie hatte unter dem Streit gelitten, ich sah es. Die Gleichgültigkeit, die sie zeigte, war gespielt.
Am Abend kam Hasting, um sie abzuholen. Ich hörte sie nebenan miteinander reden. Ihre Stimmen klangen erregt. Vom Fenster aus beobachtete ich, wie sie zusammen das Haus verließen. Plötzlich blieb sie stehen, drehte sich um und sah zu mir nach oben. Ich öffnete das Fenster und winkte ihr zu. Sie winkte zurück. Zum ersten Mal, seit ich sie kannte, lächelte sie nicht. Ihr Gesicht war ernst.

Drei Wochen vergingen. Ich hörte nichts von ihr. Ich machte mir Sorgen und wollte ihr schreiben, sie warnen. Doch dann kam ich mir lächerlich vor.
Schließlich kam ein Brief von ihr, der mich erschütterte. Er zeigte deutlich, in welch einer fatalen Situation sie sich befand. Sie schrieb: ›Zum ersten Mal in meinem Leben weiß ich nicht, was ich tun soll. Felix ist versessen darauf, mich zu heiraten. Er setzt mir täglich zu, diesen unwürdigen Zustand, wie er es nennt, zu beenden.
Ach, warum kann nicht alles so bleiben, wie es ist! Du

weißt, ich habe einen Abscheu vor der Ehe. Du wirst sehen, es wird nicht gutgehen. Wir werden beide unglücklich werden. Keiner von uns wird bereit sein, seine Fehler abzulegen, und mit diesen Fehlern werden wir uns das Leben unerträglich machen. Jetzt schon versucht er dauernd, mich zu ändern. Er verlangt die absolute Kontrolle über mich. Kontrolle über Körper und Seele, über meine Gedanken und Empfindungen. Vor allem aber über meine Zeit. Stell Dir vor, er will immer genau wissen, was ich den Tag über gemacht habe. Ich soll über jede Stunde Rechenschaft ablegen. Wenn ich das ablehne, wird er ärgerlich. Andererseits kann er dann wieder so unglaublich charmant und nett sein, daß ich ihm alles verzeihe. Es ist schon so, wie ich immer gesagt habe: Liebe ist Abhängigkeit. Ist er in meiner Nähe, dann denke ich manchmal, ich ertrage ihn nicht länger. Bin ich ohne ihn, dann fehlt er mir. In manchen Augenblicken bin ich völlig verzweifelt. Ich brauche seine Gesellschaft und lebe in einem ständigen Auf und Ab der Gefühle. Es ist ein Zustand, den ich zu beenden wünsche, aber ich habe nicht mehr die Kraft dazu.
Mehr ist im Augenblick nicht zu sagen.

Katharina.‹

Meine erste Reaktion auf diesen Brief war Zorn. Hatte es Hasting also geschafft! War es ihm gelungen, dieses heitere, lebensfrohe Geschöpf unsicher zu machen, ihr die herrliche Unbekümmertheit zu nehmen! Ich ertappte mich dabei, daß ich ihn haßte. Nicht weil er Katharina haben wollte, das konnte ich verstehen. Ich haßte ihn, weil er sie zwingen wollte, dem Bild, das er sich von ihr machte, gerecht zu werden. Hin und her gerissen zwischen der Liebe zu ihm und dem Wunsch, sich selbst treu zu bleiben, mußte sie letzten Endes unglücklich werden.

Ich überlegte, was ich ihr antworten sollte, und kam zu dem Schluß, sie lieber aufzusuchen. Das, was ich ihr zu sagen hatte, daß nämlich Hasting jedes Mittel recht wäre, sie zu einer Ehe zu zwingen, konnte ich ihr nicht schreiben.
Ich sagte Werner nichts von meinem Vorhaben. Er hätte nur versucht, es mir auszureden. Ich meldete mich auch nicht an. Ich setzte mich einfach nach dem Mittagessen in den Wagen und fuhr los.
Die Klinik, die Hasting zusammen mit seinem Bruder leitete, lag inmitten eines großen Parks außerhalb von Bad Segeberg. Er selbst bewohnte auf dem gleichen Grundstück einen Bungalow.
Ich parkte den Wagen auf dem für Besucher bestimmten Platz vor dem langgestreckten Gebäude und ging einen schmalen Kiesweg entlang in den hinteren Teil des Parks, der für Patienten gesperrt war. Ein bißchen kam ich mir wie ein Eindringling vor, aber dann sagte ich mir, Hasting könne es mir eigentlich nicht übelnehmen, wenn ich ohne Vorankündigung auftauchte. Schließlich war Katharina meine Freundin, und er hatte sie durch Werner und mich kennengelernt.
Ich wußte selbst nicht, warum ich plötzlich Herzklopfen hatte. Noch viel weniger begriff ich, daß ich wie ein ertappter Sünder zusammenfuhr, als Hasting plötzlich vor mir stand.
»Was für eine Überraschung«, sagte er, und ich hörte seiner Stimme an, daß er über mein Auftauchen alles andere als erfreut war. »Warum haben Sie sich nicht angemeldet?«
»Hätte ich das tun sollen?«
Wir sahen uns an.
»Katharina ist nicht hier«, sagte er leise und höflich, und ich wußte im gleichen Moment, daß er log.

»Wie schade«, erwiderte ich. »Wissen Sie, wann sie zurückkommt?«
Er lächelte auf eine Weise, die meinen Verdacht bestätigte. »Sie ist mit dem Wagen weggefahren. Es kann spät werden. Ich glaube, es hat keinen Sinn, daß Sie warten.«
Er lügt, dachte ich erbittert. Er will nicht, daß ich sie sehe. Er hat Angst, ich könnte sie gegen ihn beeinflussen.
Laut sagte ich: »Ich bin gekommen, weil ich etwas mit Katharina zu besprechen habe. Ich werde mich auf eine Bank setzen und warten. Irgendwann wird sie ja wiederkommen.«
Er wollte auffahren, besann sich aber und sagte: »Sie haben einen schlechten Zeitpunkt für Ihren Besuch gewählt. Katharina ist krank. Ich möchte nicht, daß Sie jetzt zu ihr gehen.«
»Sie ist also da?« Ich war empört. »Warum haben Sie das nicht gleich gesagt? Was soll dieses Theater?«
»Regen Sie sich nicht auf«, sagte er kalt. »Dazu besteht kein Grund.«
»Was ist denn mit Katharina?« fragte ich. »Was fehlt ihr?«
»Nichts - ein kleines Unwohlsein. Sie ist nervös.«
»Katharina? Nervös?«
Er nahm meinen Arm. »Kommen Sie mit. Ich erkläre es Ihnen.«
Er führte mich ins Haus. Während ich neben ihm den glattgebohnerten Gang entlangging, fragte ich mich, was um Himmels willen geschehen sein konnte. Hatten sie eine Auseinandersetzung gehabt? Hatte sie den Versuch gemacht, sich von ihm zu trennen und war damit gescheitert?
Kaum waren wir in seinem Sprechzimmer, fiel ich über ihn her. »Was haben Sie mit Katharina gemacht?

Wieso ist sie krank? Warum darf ich nicht zu ihr?«
Er sah mich lange an. Er schien zu überlegen.
»Spannen Sie mich nicht auf die Folter«, rief ich mühsam beherrscht. »Sagen Sie endlich, was passiert ist.«
Er erhob sich schwerfällig und ging zum Fenster. Mit dem Rücken zu mir, blieb er davor stehen und sagte: »Sie will mich verlassen. Sie hat gedroht, keinen Tag länger bei mir zu bleiben. Sie ginge vor die Hunde, wenn sie bliebe.«
Mit einem Ruck wandte er sich zu mir um. Ich sah in ein graues, aufgewühltes Gesicht.
»Ich habe ihr doch nichts getan. Ich liebe sie, ich will sie heiraten -«
»Ich, ich, ich . . .«, unterbrach ich ihn schroff. »Sie reden immer nur von sich. Sie denken auch nur an sich. Für Sie ist alles klar. Sie lieben Katharina, Sie wollen sie haben. Alles andere interessiert Sie nicht.«
»Aber -«
»Lassen Sie sie gehen. Zwingen Sie sie nicht, bei Ihnen zu bleiben!«
Er schwieg.
»Sie ist eine eigenwillige Frau«, fuhr ich fort. »Ich möchte nicht behaupten, daß ich sie restlos verstehe, aber ich kann mich in sie hineindenken. Sie ist von Natur aus leidenschaftlich und braucht einen Mann.«
Ich zögerte, bevor ich weitersprach, sagte dann aber entschlossen: »Aber es muß ein Mann sein, der ihr einen gewissen Spielraum läßt.«
»Das kann ich nicht«, stieß er hervor.
»Dann lassen Sie sie gehen«, wiederholte ich. »An Ihrer Seite würde sie nur unglücklich werden.«
Er sah mich ungläubig an. Dann trat er dicht auf mich zu, und wieder, wie schon einmal, sprang die Wut in seine Augen.

»Ich werde sie nicht gehen lassen. Nehmen Sie das bitte zur Kenntnis.«
»Soll das heißen - Sie wollen sie mit Gewalt festhalten?«
»Das wird nicht nötig sein. Sie wird von selbst zur Vernunft kommen.«
Ich war entsetzt. Er schien entschlossen, seinen Willen unter allen Umständen durchzusetzen. Zum ersten Mal in seinem Leben setzte eine Frau ihm Widerstand entgegen. Der Entschluß, diesen Widerstand zu brechen, machte ihn allen vernünftigen Argumenten unzugänglich.
»Hören Sie, Felix, tun Sie mir einen Gefallen«, sagte ich eindringlich. »Lassen Sie mich zu ihr! Ich will wenigstens ein paar Worte mit ihr reden.«
»Nein. Es würde die Situation nur unnötig verschärfen.«
»Aber Sie können mir doch nicht verbieten, zu ihr zu gehen«, rief ich erregt.
Er berührte leicht meine Schulter. »Seien Sie vernünftig, Barbara. Katharina und ich haben Probleme. Wir müssen sie allein austragen. Ich bitte Sie, dafür Verständnis zu haben.«
Ich begriff plötzlich seine Wirkung auf Frauen. Wenn er wollte, konnte er enorm anziehend sein.
»Tut mir leid, daß ich Sie belästigt habe«, murmelte ich.
»Nicht doch . . .« Er nahm meine Hand. »Ich weiß, Sie sind gekommen, weil Sie sich Sorgen um Katharina gemacht haben.«
»Das tue ich noch.«
Diesmal lachte er. »Überflüssig. In ein paar Tagen ist alles geklärt. Ich sehe ein, daß es nicht leicht ist für eine Frau wie Katharina, über ihren Schatten zu springen. Aber sie wird es tun.«

Er brachte mich nach draußen und begleitete mich bis zum Parkplatz. »Es ist wohl besser, ich sage Katharina nichts von Ihrem Besuch.«
»Wie Sie meinen.«
Ich stieg in den Wagen. Hasting blieb stehen und wartete, bis ich abfuhr. Im Rückspiegel sah ich ihn vor dem Portal stehen und mir nachblicken. Ich wußte, er würde dort noch eine Weile ausharren, bis er sicher war, daß ich nicht zurückkehrte.

Einige Tage vergingen. Ich hörte nichts von Katharina und schrieb ihr schließlich ein paar Zeilen und bat um Antwort: ›Ich will nur wissen, ob es dir gutgeht.‹
Nichts geschah. Ich rief in der Klinik an und ließ mich mit der Privatwohnung verbinden.
Es meldete sich die Haushälterin. Nein, Frau Keller sei nicht mehr da. Sie wüßte auch nicht, wo sie sich aufhielte. Aber der Herr Doktor sei zu Hause. »Wünschen Sie ihn zu sprechen?«
»Nein, danke.« Ich legte auf.
Einen Augenblick war ich wie vor den Kopf geschlagen. Katharina war verschwunden. Was nun?
Dann ging alles Schlag auf Schlag.
Zunächst ein Anruf von Hasting.
»Wissen Sie, wo Katharina ist?«
»Nein.«
»Sie dürfen mich nicht belügen, ich flehe Sie an.«
»Ich belüge Sie nicht.«
»Sagen Sie mir Bescheid, sowie Sie auftaucht. Wenn sie bis morgen nicht da ist, verständige ich die Polizei.«
»Sie tun -was?«
»Ich kann nicht länger warten, es tut mir leid.«
»Aber das ist doch Wahnsinn.«
»Leider nein. Es besteht Grund zu der Annahme, daß sie sich etwas antut.«

»Nein!«
Hastings Stimme klang fremd und unpersönlich: »Bitte - beruhigen Sie sich. Noch wissen wir nichts Genaues. Es ist alles nur eine Vermutung.«
»Aber um Gottes willen - was ist denn passiert?«
»Ich sage Ihnen ja, ich weiß es nicht. Sie ist fort.«
»Hat sie keine Nachricht hinterlassen?«
»Nein.«
»Warum glauben Sie dann, sie könnte sich etwas angetan haben?«
Stille.
»So antworten Sie doch!« schrie ich.
Aber er hatte schon den Hörer aufgelegt.

Gegen Abend rief ich zurück. Es hieß, Dr. Hasting sei weggefahren. Man wisse nicht, wann er wiederkäme.
Als Werner nach Hause kam, fand er mich in Tränen. Nach und nach brachte er alles aus mir heraus, was in den letzten Wochen geschehen war. Ich hatte ihm nichts von meinem Besuch bei Hasting erzählt, nichts von Katharinas Brief, nichts von meinen Telefongesprächen, nichts von meinen Sorgen und Ängsten.
Nachdem ich mir alles von der Seele geredet hatte, tat Werner eine Äußerung, für die ich ihm am liebsten um den Hals gefallen wäre. Er sagte: »Alles traue ich deiner Katharina zu, nur keinen Selbstmord. In dieser Hinsicht kannst du völlig beruhigt sein.«
Wir verbrachten den Abend damit, Überlegungen anzustellen, wo Katharina sich befinden konnte. Es war klar, daß sie sich vor Hasting verborgen hielt, da er ihr eine Entscheidung abringen wollte. Doch warum gab sie nicht wenigstens mir eine Nachricht? Hatte sie kein Vertrauen mehr zu mir? Glaubte sie, ich steckte mit Hasting unter einer Decke?

Ich ging ruhelos auf und ab. Werner sagte: »Setz dich doch! Mach dir keine Gedanken. Es wird schon nichts passiert sein.«
Er kam zu mir und nahm mich in den Arm. »Es ist meine Schuld. Du hattest recht. Es war ein Fehler, die beiden zusammenzubringen.«
»Unsinn. Du konntest es nicht wissen. Niemand konnte es wissen. Es hätte ja auch gutgehen können.«
Ich strich über sein Haar und nahm meine Wanderung durch das Zimmer wieder auf.
Werner riet mir, schlafen zu gehen. »Es hat keinen Sinn, daß du hier hin und her rennst. Du machst dich noch ganz verrückt. Heute kommt sie doch nicht mehr nach Hause.«
Später, als ich bereits im Bett lag, kam er ins Zimmer und setzte sich neben mich. Er sprach ganz ruhig und vernünftig mit mir. Alles Schulmeisterliche schien plötzlich von ihm abgefallen. Er fand gute und verständnisvolle Worte für Katharina, und ich dachte: Gott sei Dank, daß er jetzt nichts Falsches sagt. Ich könnte es nicht ertragen.
Er mußte wohl so etwas geahnt haben, denn er tat wirklich alles, um mich zu beruhigen und mir zu zeigen, daß er mit mir fühle. »Man soll eben nicht Schicksal spielen«, sagte er. »Ich verspreche dir, ich halte mich in Zukunft aus so etwas heraus. Auch bei unserer Tochter.«
»Vergiß es nicht«, sagte ich.
»Hab keine Angst«, erwiderte er mit ungewöhnlicher Milde. »Du weißt, es fällt mir schwer, mich mit gewissen Dingen abzufinden, aber ich will mich bemühen.«
Eine Weile saß er noch auf meiner Bettkante. Wir sprachen jetzt nicht mehr von Katharina. Wir sprachen von Sybille. Aber ein so großer Unterschied war da gar nicht. Beide waren unabhängige Naturen, beide

fügten sich nicht in einen konventionellen Rahmen. Sie unterschieden sich nur in der Art und Weise, wie sie ihre Ziele verfolgten. Katharina tat es mit Charme, weil sie ihrer selbst sicher war. Sybille versuchte es mit Ruppigkeit.

»Man muß sehr behutsam sein mit Menschen«, sagte ich zu Werner. »Es ist so schmerzlich, sie zu verlieren.«

»Sprichst du jetzt von Katharina oder von unserer Tochter?«

»Ich spreche von Menschen, die man liebt.«

Er lächelte. »Ich habe verstanden. Das gilt auch für uns beide.«

»Aber ja . . .«

»Was soll ich tun?«

»Nichts. Nur manchmal ein bißchen nett zu mir sein. Ein bißchen verständnisvoll. So, wie jetzt . . .«

18

Gegen Morgen erwachte ich. Graues, dünnes Licht drang durch die Vorhänge. Werner schlief neben mir. Da war irgendein Geräusch, das mich geweckt hatte. Ich hob den Kopf. Da - wieder! Ein langgezogener Ton. Das Telefon!
Ich war schon auf den Beinen. Ein Blick auf Werner - er schlief immer noch. So schnell es ging, schlich ich mich aus dem Zimmer und schloß die Tür hinter mir. Das Telefon läutete weiter. Ich nahm den Hörer ab. Im gleichen Moment hörte ich Katharinas Stimme: »Barbara -«
»Mein Gott - wo bist du? Bist du in deiner Wohnung?«
»Ja. Kannst du rüberkommen?«
»Jetzt?«
»Ja - bitte. Komm sofort. Ich muß dich sprechen.«
»Katharina - was ist? Du weinst ja -«
»Ich weine nicht.« Der Hörer wurde aufgelegt.
Ich lief ins Bad und zog meinen Schlafrock an. Dann sah ich auf die Uhr. Es war Viertel vor fünf.

»Barbara«, sagte Katharina und machte die Tür weit auf, »daß du da bist! Wie gut, daß du da bist! Du mußt mir helfen. Ich muß hier weg, bevor er mich findet.«
Müßig zu fragen, wer damit gemeint war. Ich nickte bloß.
Dann saßen wir wie zwei verlorene Kinder nebeneinander, und ich hielt Katharinas Hand, so wie Werner

noch vor wenigen Stunden meine Hand gehalten hatte. Und ich dachte: Manchmal hilft das mehr als Worte.
Aber schließlich kamen sie dann doch, die Worte. Stockend und leise. Ich war das nicht von Katharina gewohnt, und ich mußte mich anstrengen, sie zu verstehen.
»Ich habe das alles nicht gewollt, Barbara, das mußt du mir glauben. Es gab immer Männer in meinem Leben, du weißt es. Ich hatte sie gern . . . manche hatte ich lieb - aber es war nie so, daß ich nicht mehr von ihnen loskam.«
Sie sah mich an, wie sie mich noch nie angesehen hatte, mit einem Blick, der weit und leer war, dem jede Kraft fehlte.
Ich rüttelte sie leicht an ihrer Schulter. »Katharina - was ist los? Warum bist du so verzweifelt? Was ist denn eigentlich geschehen?«
»Ich bekomme ein Kind«, sagte sie. »Aber Felix darf es nicht wissen.«
Und plötzlich war wieder etwas von der alten Katharina da, die Menschen bezaubern, Menschen in ihren Bann schlagen konnte. Es war, als spanne sich etwas in ihr, als kehre das Leben in sie zurück.
»Du mußt mir schwören, daß du es ihm nicht sagst«, flüsterte sie. »Später einmal . . . wenn alles vorbei ist - vielleicht werde ich es ihm dann erzählen. Vielleicht . . .«
Wir schwiegen. Draußen wurde es langsam hell. Flüchtig dachte ich daran, daß Werner aufwachen und mich vermissen würde. Aber es spielte keine Rolle. Nichts spielte in diesem Moment eine Rolle.
»Du willst dieses Kind also haben?« fragte ich leise.
Sie sah mich erstaunt an. »Aber natürlich. Was dachtest du denn?«

»Und Hasting soll nichts davon erfahren?«
Sie schüttelte entschieden den Kopf. »Nein. Er würde es nur als Druckmittel benützen.«
Ich starrte sie an. Wie gut sie die Männer kannte! Da war wieder Hastings triumphierende Stimme: ›Es ist nicht leicht für eine Frau wie Katharina, über ihren Schatten zu springen. Aber sie wird es tun.‹
Sie *war* über ihren Schatten gesprungen - aber anders, als er es sich vorgestellt hatte!
»Und wie soll es nun weitergehen?« fragte ich. »Hast du dir alles genau überlegt?«
»Ja«, erwiderte sie mit fester Stimme. »Ich gehe von hier fort - irgendwohin, wo mich niemand kennt. Ich will wieder so wie früher leben, unbeeinflußt, nur mir selbst gehörend -«
»Aber du wirst ein Kind haben. Du wirst nie mehr so leben können wie früher - so frei, so ungebunden.«
Katharina lächelte - ihr altes, strahlendes Lächeln, das mich immer so bezaubert hatte. »Bist du da so sicher? Ich glaube, du irrst dich. Das Kind wird mein Kind sein. Ich werde es allein aufziehen, und seine Erziehung wird in erster Linie darin bestehen, daß ich ihm beibringe, dieses Leben zu lieben.«
Sie stand auf, straffte sich. Und dann ging sie zum Fenster und zog mit einem Ruck die Vorhänge auf. Es war Tag geworden. Draußen schien die Sonne.
Sie drehte sich um, und ich sah, daß sie sich wieder ganz in der Hand hatte.
»Ach, Barbara, ich kenne mich doch«, sagte sie. »Ich kann eher für ein Kind ein Stück von mir selbst aufgeben als für einen Mann. Und sag jetzt nicht, es wäre unmoralisch. Unmoralisch ist es, eine Ehe einzugehen, von der man weiß, man kann sie nicht durchhalten.«

Ich nickte. Es ging mir, wie es mir von jeher mit ihr ergangen war: ich bewunderte sie.
»Wo kann ich dich in der nächsten Zeit finden?«
»Überhaupt nicht. Ich fahre in die Schweiz. Es gibt ein kleines Dorf im Tessin, da habe ich einen alten Freund. - Nein, nein«, sagte sie und lächelte. »Nicht so, wie du denkst. Er ist wirklich alt. Bald achtzig, soviel ich weiß. Er lebt dort mit einer jüngeren Frau, die ihm den Haushalt führt. Dort werde ich das Kind zur Welt bringen.«
»Ja, aber - du kannst mir doch deine Adresse geben?«
Sie schüttelte den Kopf. »Besser nicht. Nicht, daß ich kein Vertrauen zu dir hätte«, setzte sie hinzu. »Aber es würde dich nur unnötig belasten, wenn du sie weißt. Ich bin sicher, Hasting wird dir ganz schön zusetzen.«
Jetzt war ich es, die in Panik geriet. Ich erzählte Katharina, was Hasting plante, wenn sie bis heute mittag nicht wieder auftauchte. »Er will die Polizei verständigen.«
Sie stand vor mir, sehr gerade, die Augen hell und wach, ein spöttisches Lächeln um die Lippen.
»Er denkt, ich könnte mich umbringen? Seinetwegen? Aber das ist wirklich zu dumm! Er weiß noch weniger von mir, als ich dachte.« Sie lachte, wurde aber unvermittelt ernst. »Wir dürfen keine Zeit verlieren. Du mußt mir helfen. Geh jetzt rüber und sage Werner, ich wäre dagewesen, sei aber schon wieder fort. Wenn Hasting anruft, dann sag ihm, ich bin auf dem Weg zu ihm.«
»Aber -«
»Geh jetzt! Ich bitte dich.« Sie schob mich zur Tür. »Ich packe ein paar Sachen zusammen und komme dann zu dir. Ruf mich an, sowie Werner fort ist.«
»Was soll ich tun, wenn Hasting plötzlich auftaucht?« fragte ich.

»Warte.« Sie überlegte einen Augenblick. »Nein, ich kann nicht zu dir kommen, das Risiko ist zu groß. Wir treffen uns in dem kleinen Lokal an der Elbe - du weißt schon, wo wir manchmal zu Mittag gegessen haben.«
»Um wieviel Uhr?«
»Um zehn«, sagte Katharina.

Alles lief programmgemäß. Hasting rief an, und ich sagte ihm, Katharina wäre wieder da und käme gegen Abend. Er könne sie jetzt nicht erreichen, sie mache Besorgungen in der Stadt. Ich weiß nicht, ob er mir glaubte. Er war kurz angebunden und kühl.
Auch Werner hatte ich nur die halbe Wahrheit gesagt. Katharina verreise mit unbekanntem Ziel. Ob sie jemals zurückkommen würde, sei fraglich. Kein Wort davon, daß sie ein Kind erwartete. Diese Neuigkeit hob ich mir für einen späteren Zeitpunkt auf. Wir vereinbarten, daß Werner am Abend zu Hasting hinausfahren und ihn von Katharinas Abreise unterrichten sollte.
Nun standen wir auf einem zugigen Bahnsteig am Hauptbahnhof und warteten auf das Zeichen zur Abfahrt. Zehn Minuten blieben uns noch. Ich wußte, ich würde Katharina nie wiedersehen . . .
Sie war heiter, hakte sich bei mir ein und bat mich, nicht so ein trauriges Gesicht zu machen. »Wir hatten eine schöne Zeit miteinander.«
Ja, das hatten wir. Eine Zeit, die ich nie vergessen werde!
»Du hast viel Freude in mein Leben gebracht«, sagte ich zu ihr. »Dafür danke ich dir.«
»Aber ich habe doch gar nichts getan«, wehrte sie ab.
»Du warst da«, erwiderte ich. »Das genügte.«
Sie drückte kurz meine Hand. »Leb wohl, Barbara!

Und vergiß nicht, was ich dir gesagt habe: Sich selbst treu bleiben. Das ist das Wichtigste für eine Frau.«
Sie zog mich an sich. Dann stieg sie ein. Ich sah sie noch einmal am Fenster ihres Abteils. Eine aufrechte Gestalt. Ein strahlendes Lächeln.
Dann setzte sich der Zug langsam in Bewegung. Ich lief noch eine Weile mit. Katharina winkte mir zu. Ich winkte zurück.
Ich verließ den Bahnhof, lief eine Weile ziellos durch die Straßen und fuhr dann nach Hause. Es lag nicht nur am schlechten Wetter - die Welt schien mir trüber, seit Katharina fort war.
Abends war ich allein. Werner war nach Segeberg gefahren. Ich wartete voller Ungeduld auf seine Rückkehr. Es war lange nach Mitternacht, als er schließlich kam. Er sah angestrengt aus. Und er hatte getrunken.
Ich ging auf ihn zu. Sein Gesicht entspannte sich zu einem Lächeln.
»War es sehr schlimm?« fragte ich leise.
Er setzte sich und bat um einen Whisky. Und dann erzählte er mir, was er bei Hasting erlebt hatte.

Auf der Fahrt zu Hasting hatte sich Werner eine kurze Rede zurechtgelegt. Alles sollte ruhig, freundschaftlich ablaufen. Gleich zu Beginn würde er sagen: ›Sie ist fort, und du kannst es nicht mehr ändern. Also finde dich damit ab. Es war meine Schuld. Ich dachte, du und sie - nun ja - ich dachte, es ginge gut. Ich habe mich geirrt.‹
Und dann würden sie etwas zusammen trinken, und Hasting würde etwas von emanzipierten Frauen sagen und daß er bitter enttäuscht wäre. In Wirklichkeit war es ganz anders gekommen.
Werner hatte kurz nach sieben das Haus betreten und war von der Wirtschafterin in die Bibliothek geführt

worden. Hasting stand am Fenster, ein Glas in der Hand. Er begrüßte Werner nicht, sah ihn nur von oben bis unten an und lachte auf eine unangenehme Weise, wie Betrunkene lachen. »Man sieht dir dein schlechtes Gewissen an, du kannst es nicht verbergen. Ihr habt sie wegfahren lassen«, sagte er plötzlich zornig. »Ihr habt mich in dem Glauben gelassen, sie käme, und dann habt ihr sie wegfahren lassen.« Er schleuderte das Glas zur Seite und stürzte auf Werner zu. »Wo ist sie?«
»Ich weiß es nicht.«
»Das ist eine Lüge. Du weißt es genau.«
»Nein, ich schwöre dir, ich habe keine Ahnung.«
»Und deine Frau?«
»Sie weiß es auch nicht.«
»Das glaube ich nicht. Du lügst. Ihr lügt alle.«
Er taumelte zu einem Sessel und ließ sich hineinfallen. Nach einer Weile hob er den Kopf und sah Werner an. »Ich benehme mich wie ein Narr«, sagte er. »Ich muß mich zusammennehmen.«
Werner schwieg.
Hasting stand auf und ging eine Weile hin und her. Einmal schlug er kurz mit der Faust gegen seine Stirn.
»Tut mir leid, daß das alles so kommen mußte«, murmelte Werner.
Hasting sah ihn an. Sein Gesicht veränderte sich. Ruhig, fast nüchtern sagte er: »Es braucht dir nicht leid zu tun. Vielleicht war es besser so.«
Werner, froh darüber, daß Hasting zur Vernunft zu kommen schien, sagte schnell: »Sie ist eine unglaubliche Egoistin.«
Hasting schüttelte den Kopf. »Nein, das ist sie nicht. Sie ist die wundervollste Frau, die mir je begegnet ist. Ich versuche sie zu hassen, aber ich kann es nicht. Wenn sie in diesem Augenblick ins Zimmer träte, ich

würde sie in die Arme nehmen und wäre der glücklichste Mensch auf der Welt.«
Werner gab sich geschlagen. Er sagte nichts mehr. Nach einer Weile verabschiedete er sich.

Während er mir dies alles erzählte, fragte ich mich, wo er den Rest des Abends über gesteckt hatte. Er sagte es mir, als wir bereits im Bett lagen.
Er ließ das Licht brennen. Das war ungewöhnlich. Er hatte auch noch ein Glas Whisky mitgenommen. Das war noch ungewöhnlicher. Und dann sagte er, während er aufrecht im Bett saß: »Ich bin nicht gleich nach Hause gefahren.«
»Das habe ich gemerkt. Wo warst du? Oder willst du nicht darüber reden?«
»Doch. Du sollst es wissen. Du hast immer alles gewußt.«
»Also dann erzähle.«
»Ich war in einer Bar«, sagte Werner. »Ja, du hast richtig gehört. In einem Nachtclub. Mit Mädchen und so. Ich bin da ganz zufällig reingeraten. Eigentlich wollte ich nur irgendwo ein Bier trinken. Abstand gewinnen. Diese Sache mit Hasting - das hat mich fertiggemacht. Du hast einmal gesagt: Man experimentiert nicht mit Menschen. Das kann übel ausgehen. Es ist übel ausgegangen. Er gibt es natürlich nicht zu, aber er leidet wie ein Hund.«
»Du übertreibst«, prophezeite ich. »Es hat viele Frauen in seinem Leben gegeben.«
»Aber er hat keine geliebt.«
»Und Katharina? Von ihr sprichst du gar nicht? Vielleicht leidet sie auch?«
»Sie wird darüber hinwegkommen«, sagte er. »Sie ist die Stärkere.«
»Hasting wird auch darüber hinwegkommen.«

»Sicher. Aber bei ihm wird es länger dauern.«
»Und weil er dir leid tut, deshalb hast du dich betrunken?« fragte ich.
»Nein - nicht deshalb. Ich habe mich betrunken, weil ich mit mir selbst uneins bin.«
»Du?«
»Ja, ich, aber bitte - unterbrich mich jetzt nicht. Ich muß versuchen, dir das zu erklären. Ich bin da also rein, in diese Bar ... irgend so ein Bums auf der Reeperbahn. Anfangs war gar nichts los. Ein paar Mädchen saßen herum. Die Vorführungen, sagte der Kellner, würden erst später beginnen. Ich trank Bier und Schnaps, und der Kellner fragte, ob ich ein Mädchen haben wollte, aber ich schickte ihn weg.«
»Und dann?« fragte ich, weil er längere Zeit schwieg.
»Nichts. Ich saß nur so da und trank, und es ging mir vieles im Kopf herum - so komische Gedanken ... ich weiß nicht, wie ich es dir erklären soll.«
»Versuch es halt.«
»Sieh mal - diese ganze Affäre mit Katharina ... das hätte ja nie solche Formen angenommen, wenn zwischen uns alles in Ordnung gewesen wäre. Laß mich ausreden! Ich weiß schon, was du sagen willst. Du willst sagen, wir führen eine tadellose Ehe. Aber vielleicht genügt dir das nicht? Vielleicht findest du das sterbenslangweilig? Vielleicht wünschst du dir ganz etwas anderes? Leidenschaft - Abenteuer -«
»Quatsch«, sagte ich aus voller Überzeugung. »Ich wünsche mir, daß wir glücklich sind - mehr nicht.«
»Aber sind wir glücklich?« fragte Werner und sah mich an.
Ich schwieg.
»Siehst du - das ist eben das Problem. Du bist ganz zufrieden, soweit ich das beurteilen kann. Aber glücklich -«

»Ach, das ist so ein Wort - ich habe mich falsch ausgedrückt. Ich wollte sagen, ich wünsche mir -«
»Nein - weich mir jetzt nicht aus! Du sagtest Glück und du meintest Glück. Und es ist ja auch dein gutes Recht, glücklich zu sein. Nur - ich habe kein Talent dazu. Mit mir zusammen ist das schwierig.«
Er trank einen Schluck und schüttelte sich. »Schmeckt ekelhaft, dieses Zeug. Aber das ist typisch für mich. Andere saufen es mit Vergnügen.«
Er stellte das Glas ab und beugte sich zu mir. »Weißt du, was Sybille einmal zu mir gesagt hat? Sie hat gesagt: ›Alles, was im Leben Spaß macht, kannst du nicht ausstehen. Du bist der geborene Puritaner.‹«
»Das hat sie gesagt? Eine Frechheit -«
»Aber sie hat recht. Ich bin ein Puritaner. Das hat sich heute nacht wieder bestätigt. Meinst du, es hat mir Spaß gemacht, in diesem Nachtlokal zu sitzen und die nackten Mädchen anzusehen? Hübsche, junge Dinger - so alt wie unsere Tochter . . . du kannst dir nicht vorstellen, was die trieben. Nicht nur, daß sie sich auszogen, das wäre ja noch nicht so schlimm gewesen - nein, die ließen sich auf offener Bühne begatten. Widerlich war das. Zum Kotzen! Aber wahrscheinlich liegt das daran, daß mit mir etwas nicht stimmt. Die anderen fanden es nämlich nicht zum Kotzen. Die haben vor Vergnügen gejohlt.«
»Werner!« Ich nahm seine Hand und hielt sie fest. »Du bist ja komplett verrückt geworden. Mit dir stimmt alles. Rede dir doch nicht so einen Unsinn ein.«
»Vielleicht bin ich kein richtiger Mann«, murmelte er.
»Doch, das bist du.«
»Aber du hast eine Menge an mir auszusetzen. Du sagst es nicht immer, aber du denkst es.«
»Liebling, so viel habe ich gar nicht an dir auszusetzen. Ich wünsche mir nur manchmal, daß du nicht al-

les so schwernimmst - daß du - daß du ein bißchen toleranter bist.«

»Du denkst an Sybille?«

»Ich denke auch an Sybille.«

Er mußte lachen. »Meine arme Frau. Hoffentlich kommst du nicht eines Tages auch auf die Idee, mich zu verlassen, um - wie heißt es doch so schön? - um dich selbst zu verwirklichen!«

»Bestimmt nicht. Meine Wirklichkeit bist du! Und jetzt laß uns endlich schlafen. Mir fallen die Augen zu.«

Er rollte sich auf die Seite und legte den Arm um mich. »Eine einzige Frage noch! Aber bitte - beantworte sie mir aufrichtig.«

»Ich will es versuchen.«

»Was hat dich eigentlich an Katharina so fasziniert?«

»Daß sie den Mut hat, ihr Leben so zu leben, wie sie es für richtig hält.«

Es entstand eine längere Pause. Dann fragte Werner: »Du hättest diesen Mut nicht?«

»Nein. Ich brauche einen Menschen an meiner Seite, und das bedeutet, man muß Konzessionen machen.«

»Einen Menschen - nun ja -«

Ich wußte, was er hören wollte. Und darum sagte ich lächelnd, wenn auch nicht ganz aufrichtig: »Nicht irgendeinen Menschen, natürlich. Ich brauche dich.«

Zwei Monate vergingen. Von Katharina hörte ich nichts.
Ich vermißte sie sehr.
Ich vermißte ihre Stimme, ihr Lachen, ihre Heiterkeit, ihren Charme - den ganzen Zauber ihrer Persönlichkeit.
Die Wohnung nebenan war verlassen. Herr Krahlmann rief mich eines Tages an und fragte, ob ich etwas von Katharina wüßte.
»Sie ist verreist.«
»Wird sie wiederkommen?«
»Das kann ich Ihnen nicht sagen. Warum fragen Sie? Ist etwas mit der Miete nicht in Ordnung?«
»Die Miete wird regelmäßig überwiesen.«
»Na, also.«
»Ja - es ist nur - ich hätte einen Interessenten für die Wohnung.«
»Tut mir leid. Dem werden Sie wohl absagen müssen.«

Wir fuhren in Urlaub. Als wir nach drei Wochen zurückkehrten, war das Namensschild an Katharinas Wohnungstür verschwunden. Es gab mir einen Stich.
»Sieh dir das an«, sagte ich zu Werner. »Sie scheint ausgezogen zu sein.«
»Das mußte ja einmal kommen«, erwiderte er. »Oder hast du damit gerechnet, sie würde wiederkommen?«
Ich schüttelte den Kopf.

Am anderen Morgen rief ich Herrn Krahlmann an. Jawohl, die Möbel seien abgeholt worden. Näheres wisse er leider auch nicht.
»Ist die Wohnung schon wieder vermietet?« fragte ich.
»Ja. Diesmal haben wir Glück gehabt. Eine Frau, die bei einer Behörde arbeitet. Ganz seriöse Person.«

Evelyn Peters

Eine geschiedene Frau
Ullstein Buch 22004

Umarme jede einzelne Stunde
Ullstein Buch 22034

Eine Reise im September
Ullstein Buch 22130

Des Lebens Freude
Ullstein Buch 22184

Erinnerung an einen Sommer
Ullstein Buch 22233

Mai in Morcote
Ullstein Buch 20812

Frauen ohne Männer
Ullstein Buch 20815

Klassentreffen
Ullstein Buch 20817

Reise nach Casablanca
Ullstein Buch 20822

Eine Frau von vierzig
Ullstein Buch 20847

Ende einer Kindheit
Ullstein Buch 20871

Die Wahrheit über Malou
Ullstein Buch 20906

Liebe und Tod auf Ischia
Ullstein Buch 20929

Trans-Europ-Express
Ullstein Buch 20952

ein Ullstein Buch